I0641656

Lurroy

Fol. Z

27

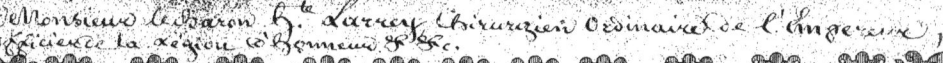

DES SPINOLA

DE GÊNES,

ET DE LA COMPLAINTE, DEPUIS LES TEMPS LES PLUS RECULÉS JUSQU'A NOS JOURS :

SUIVIS DE

La Complaincte de Gennes

sur la Mort de Dame Thomassine Espinolle, Geneuoise,

Dame intendyo du Roy,

auecq's l'Epitaphe et le Regrect

(MANUSCRIT DU XVI.e SIÈCLE, DE LA BIBLIOTHÈQUE DE LA FACULTÉ DE MÉDECINE DE MONTPELLIER);

ACCOMPAGNÉS

D'UNE NOTICE SUR L'HISTORIOGRAPHE ROYAL D'AUTON,
DE LA JUSTE APPRÉCIATION DES AMOURS DE LOUIS XII ET DE THOMASSINE ESPINOLLE,
D'UN GRAND NOMBRE DE NOTES HISTORIQUES, PHILOLOGIQUES OU CRITIQUES,
ET DE TROIS FAC-SIMILÉS ;

PAR H. KÜHNHOLTZ,

Honoré, par S. M. Victor-Emmanuel II , de la Grande Médaille d'Or des Savants des États-Sardes,

BIBLIOTHÉCAIRE ET PROFESSEUR-AGRÉGÉ DE LA FACULTÉ DE MÉDECINE,

MEMBRE TITULAIRE DE LA SOCIÉTÉ ARCHÉOLOGIQUE ET DE L'ACADÉMIE DES SCIENCES ET LETTRES DE MONTPELLIER ;
MEMBRE CORRESPONDANT : DU MINISTÈRE DE L'INSTRUCTION PUBLIQUE, POUR LES TRAVAUX HISTORIQUES ;
DE L'ACADÉMIE NATIONALE DE MÉDECINE DE PARIS ; DE L'ACADÉMIE ROYALE DES SCIENCES ET DE
L'ACADÉMIE MÉDICO-CHIRURGICALE DE TURIN ; DE L'ACADÉMIE ROYALE DE MÉDECINE ET DE
CHIRURGIE DE MADRID ; DE L'ACADÉMIE ROYALE DE MÉDECINE PRATIQUE DE BARCELONNE ;
MEMBRE HONORAIRE DE LA SOCIÉTÉ MÉDICO-CHIRURG.le DE BRUGES ; CORRESPONDANT
DE LA SOCIÉTÉ DE MÉDECINE DE GAND ; DE LA SOCIÉTÉ DES SCIENCES MÉDICALES
ET NATURELLES DE BRUXELLES ; etc. , etc.

Tiré à 150 Exemplaires.

PARIS,   MONTPELLIER,

J.-F. DELIGN, LIBRAIRE, SUCCESSEUR DE MERLIN,   CHARLES SAVY, LIBRAIRIE SCIENTIFIQUE,
QUAI DES AUGUSTINS 47.   GRAND'-RUE 5.

LE 1.er OCTOBRE 1852.

MONTPELLIER, DE L'IMPRIMERIE DE JEAN MARTEL AÎNÉ.

20 Le National Aristocrate, ou les Facultés de Médecine de Montpellier et de Paris, considérées sous le point de vue de la *Centralisation* et de la *Décentralisation*. — Montpellier, 1843, in-8., de 16 pages.

21 PARIS ET MONTPELLIER, sous le rapport de la Philosophie Médicale, ou :

1º Réflexions sur la Réplique en trois articles de M. L. PEISSE à M. le Professeur LORDAT;

2º De la Critique Médicale de certains Parisiens A L'ENDROIT DES PROVINCIAUX.

(Deuxième édition considérablement augmentée.) — Montpellier et Paris, 1843, in-8., de viij-96 pages.

22 Analyse Apologétique et Critique de la brochure du Docteur J.-A TEDINNGAROV, intitulée : *Esquisse d'une Théorie des Phénomènes Magnétiques*. — Montpellier, Octobre 1843, in-8., de 15 pages.

23 Des Journaux de Médecine de Paris et de la Faculté de Médecine de Montpellier, à l'occasion de l'*Inauguration de la Statue de BICHAT*. — Montpellier, Novembre 1843, in-8., de 16 pages.

24 Originalité d'une Réception Doctorale au commencement du XVIIe siècle. — Montpellier (1er Avril 1844), in-8., de 18 pages.

25 Des Ecoles Médicales de Montpellier, de Paris et de Strasbourg. — Montpellier, 1844, in-8., de 15 pages.

26 De l'*Organicisme*, c'est-à-dire du *Matérialisme Médical*, à l'occasion d'un Cancer du Cervelet. — Montpellier, 1844, in-8., de 16 pages.

27 Des motifs qui ont successivement conduit M. le Professeur LORDAT au rétablissement du DOUBLE DYNAMISME chez l'Homme; et Analyse de l'ouvrage de ce Professeur, intitulé : *Preuve de l'Insénescence du Sens-Intime de l'Homme*, etc. — Montpellier et Paris, 1844, in-8., de 47 pages.

28 Rapport sur divers Ecrits de MM. WEMAER et DE MEYER. — Montp., 1844, in-8., de 16 pages.

29 Réflexions de Floriano CALDANI sur l'Anatomie appliquée à la Peinture ; traduites de l'Italien, et accompagnées d'un Avant-Propos et de Notes. — Montp., 1845, in-12., de 52 pages.

30 Du Manifeste de l'Hippocratisme Moderne, de M. CAYOL. — Montpellier, 1845, in-8., de 36 pages.

31 Analyse du Mémoire de M. TEISSIER sur les effets de l'immobilité long-temps prolongée des Articulations. — Montp., 1845, in-8., de 23 pages.

32 Mémoire sur la Fracture de l'Apophyse coronoïde du Cubitus. — Montpellier et Paris, 1845, in-8., de 75 pages.

33 Samuël BOISSIÈRE, Peintre de Montpellier au XVIIe Siècle. — Montpellier, 1845, grand in-8., de 37 pages, avec *Fac-simile* d'un Dessin original.

34 Recherches Archéologiques sur les DRUIDES et les DRUIDESSES, considérés principalement dans leurs rapports sociaux chez les Gaulois. — Montpellier, 1847, in-4., de 79 pages.

35 PHILOSOPHIE MÉDICALE. — *La Médecine est-elle en possession de Principes Généraux ?* — Non, dit l'Ecole Organicienne de Paris; Oui, dit l'Ecole Hippocratique de Montpellier. — *Montpellier et Paris n'auraient-ils pas également raison, au point de vue de leurs Médecines respectives ?*

36 Du Buste d'HIPPOCRATE, en bronze antique, de la Faculté de Médecine de Montpellier, et de son Inscription : « OLIM COÜS, NUNC MONSPELIENSIS HIP-»POCRATES. » — Montpellier, 1849, in-8., de viij-84 pages.

37 Lettre d'UN TANT SOIT PEU GERMAIN, à l'illustre M. Z... Alsacien entier ; en Europe (par le Bureau de la GAZETTE MÉDICALE DE STRASBOURG). — Montp., 1850, in-8., de 80 pages.

38 Réflexions d'un Lecteur qui veut s'instruire sur le nouvel esprit de la REVUE MÉDICALE FRANÇAISE, etc., DE PARIS, à l'occasion d'un CHAPITRE DE VARIÉTÉS ayant pour Auteur M. SALES-GIRONS. — Montpellier, 1852, de 17 pages.

BIBLIOTHÈQUE

DE LA

FACULTÉ DE MÉDECINE

DE MONTPELLIER.

FAC-SIMILÉS DU XVIᵉ SIÈCLE.

DES SPINOLA

DE GÊNES,

ET DE LA COMPLAINTE, DEPUIS LES TEMPS LES PLUS RECULÉS JUSQU'A NOS JOURS:

SUIVIS

de la Complaincte de Gennes

sur la Mort de Dame Thomassine Espinolle, Geneuoise,

Dame intendue du Roy,

auecq's l'Epitaphe et le Regrect

(MANUSCRIT, DU XVIᵉ SIÈCLE, DE LA BIBLIOTHÈQUE DE LA FACULTÉ DE MÉDECINE DE MONTPELLIER).

MONTPELLIER,

JEAN MARTEL AÎNÉ, IMPRIMEUR DE LA FACULTÉ DE MÉDECINE,

RUE DE LA CANABASSERIE, PRÈS LA PRÉFECTURE, 10.

DES SPINOLA

DE GÊNES,

ET DE LA COMPLAINTE, DEPUIS LES TEMPS LES PLUS RECULÉS JUSQU'A NOS JOURS:

SUIVIS DE

La Complaincte de Gennes

sur la Mort de Dame Thomassine Espinolle, Geneuoise,

Dame intendyo du Roy,

auecq's l'Epitaphe et le Regrect

(MANUSCRIT, DU XVI° SIÈCLE, DE LA BIBLIOTHÈQUE DE LA FACULTÉ DE MÉDECINE DE MONTPELLIER),

ACCOMPAGNÉS

D'UNE NOTICE SUR L'HISTORIOGRAPHE ROYAL D'AUTON,
DE LA JUSTE APPRÉCIATION DES AMOURS DE LOUIS XII ET DE THOMASSINE ESPINOLLE,
D'UN GRAND NOMBRE DE NOTES HISTORIQUES, PHILOLOGIQUES OU CRITIQUES,
ET DE TROIS FAC-SIMILÉS;

PAR H. KÜHNHOLTZ,

Honoré, par S. M. VICTOR-EMMANUEL II, de la Grande Médaille d'Or des Savants des États-Sardes,

BIBLIOTHÉCAIRE ET PROFESSEUR-AGRÉGÉ DE LA FACULTÉ DE MÉDECINE,
MEMBRE TITULAIRE DE LA SOCIÉTÉ ARCHÉOLOGIQUE ET DE L'ACADÉMIE DES SCIENCES ET LETTRES DE MONTPELLIER;
MEMBRE CORRESPONDANT : DU MINISTÈRE DE L'INSTRUCTION PUBLIQUE, POUR LES TRAVAUX HISTORIQUES;
DE L'ACADÉMIE NATIONALE DE MÉDECINE DE PARIS; DE L'ACADÉMIE ROYALE DES SCIENCES ET DE
L'ACADÉMIE MÉDICO-CHIRURGICALE DE TURIN; DE L'ACADÉMIE ROYALE DE MÉDECINE ET DE
CHIRURGIE DE MADRID; DE L'ACADÉMIE ROYALE DE MÉDECINE PRATIQUE DE BARCELONNE;
MEMBRE HONORAIRE DE LA SOCIÉTÉ MÉDICO-CHIRURG.^{le} DE BRUGES; CORRESPONDANT
DE LA SOCIÉTÉ DE MÉDECINE DE GAND; DE LA SOCIÉTÉ DES SCIENCES MÉDICALES
ET NATURELLES DE BRUXELLES; etc., etc.

Tiré à 150 Exemplaires.

PARIS,   MONTPELLIER,

J.-F. DELION, LIBRAIRE, SUCCESSEUR DE MERLIN,   CHARLES SAVY, LIBRAIRIE SCIENTIFIQUE,
QUAI DES AUGUSTINS 47.   GRAND'-RUE 5.

LE 1er OCTOBRE 1852.

A SON ALTESSE ROYALE

MONSEIGNEUR

LE DUC DE GÊNES.

Monseigneur,

Un Livre sur la noble et célèbre Famille Spinola, du Duché de Gênes, Votre Apanage, ne devait être dédié qu'à Votre Altesse Royale ; la flatteuse autorisation que Vous avez daigné m'accorder, est un honneur des plus insignes, profondément gravé pour toujours dans mon cœur !

Ainsi, le Poëme du Royal Historiographe d'Anton,

composé, au commencement du XVIe siècle, pour un Roi, Père de son Peuple et Duc de Gênes, vient d'être reproduit, au milieu du XIXe, sous les auspices d'un Prince de l'illustre Maison de Savoie, aussi éclairé qu'il est aimé, d'un Duc de Gênes, encore, Qui aussi, comme Louis XII et comme Sa Majesté Victor-Emmanuel II, Protecteur et Rémunérateur, même à l'Étranger, des Sciences, des Lettres et des Arts.

Étonné depuis long-temps que la Complainte eût été oubliée dans l'Histoire de la Chanson, j'avais eu l'idée d'en entreprendre l'Historique, pour le joindre à mon œuvre actuelle........; mais des difficultés de divers genres, attachées à cet intéressant sujet, paralysant presque mon zèle, m'avaient fait renoncer momentanément à ce dessein.

La bienveillance de Votre Altesse Royale a élevé la gratitude de mon âme, jusqu'au degré capable de lui fournir, à la fois, le courage d'une tentative nouvelle et l'espoir de la voir réussir.

Quand Vous avez bien voulu permettre à cet Écrit de se produire sous Votre auguste patronage, Monseigneur, Votre voix a opéré en moi un miracle. Vous semblez avoir dit

à un Cœur reconnaissant qui a su Vous comprendre :
« que l'Historique de la Complainte se fasse......... », et,
expressément pour Votre Altesse, — mais peu digne
d'Elle, peut-être.... ! — , l'Historique de la Complainte
a été fait......... !

Je suis, avec le plus profond respect,

MONSEIGNEUR,

DE VOTRE ALTESSE ROYALE,

le très-humble, très-obéissant et tout reconnaissant Serviteur,

H. KÜHNHOLTZ,

Bibliothécaire et Professeur-Agrégé.

AVANT-PROPOS.

ÉDANT à l'influence des idées désormais attachées à l'ancienneté et à la réputation de notre École de Médecine, Monsieur le Chevalier Benedetto TROMPEO, Médecin de la feue Reine Douairière MARIE-CHRISTINE, devenu depuis Médecin Honoraire de S. A. R. MONSEIGNEUR LE DUC DE GÈNES, fut attiré à Montpellier, dans le mois de Septembre 1849. A cette occasion, M. le Professeur LORDAT et moi, nous eûmes l'honneur de faire connaissance avec ce Confrère Piémontais, aussi distingué par l'aménité de son caractère et ses nobles et excellentes manières, que par son rang élevé et son éminent savoir.

M. le Docteur TROMPEO désira, naturellement, visiter la Faculté de Médecine, avec assez de soin pour en connaître les principaux détails : il voulut bien m'accepter comme *cicerone*, et je m'empressai de lui faire, de mon mieux, les honneurs de l'Établissement.

Ainsi que le font journellement les Touristes instruits, de toute nation, qui traversent notre laborieuse Cité, le savant Confrère de Turin vit, avec un haut intérêt, la *Collection des Portraits de Professeurs*, le *Conservatoire Anatomique*, la *Salle des Actes*, — notre *Sanctuaire Hippocratique* —, l'*Amphithéâtre d'Anatomie*, etc. ; mais la perspicacité et l'habitude des hautes pensées d'intérêt général qui le caractérisent, lui firent remarquer, d'une manière toute spéciale, et apprécier comme elle devait l'être, la grande idée de Philosophie-Médicale, cosmopolite, que M. le Professeur LORDAT avait conçue et mise à exécution, sous son mémorable Décanat. Il fut agréablement surpris et fort étonné, à l'aspect de cette représentation des divisions normales de l'universalité de la Médecine, par une réunion de Bustes de Médecins Illustres, de toutes nations, qui transformait ainsi un élégant *Atrium* en une sorte de PANTHÉON MÉDICAL.

Conformément au désir de l'honorable Confrère étranger, et obéissant, en outre, à mon goût spécial et à une longue habitude contractée par plus de trente années de service, j'insistai particulièrement, comme on doit le pressentir, sur tout ce qui concernait la Bibliothèque : c'était d'obligation pour un Bibliothécaire en Chef.

Le Docteur Piémontais regretta vivement que la magnifique *Description de l'Abbaye de Haute-Combe*, — de ce superbe Monument élevé par l'amour conjugal et la piété éclairée de la bien-aimée REINE MARIE-CHRISTINE, à la mémoire de l'excellent ROI CHARLES-FÉLIX ; de cet autre SAINT-DENIS des Monarques défunts des États-Sardes —, ne figurât point parmi les trésors, littéraires ou scientifiques, accumulés dans notre précieuse Bibliothèque. La généreuse pensée d'en obtenir, de son Gouvernement, un exemplaire pour la Collection de Livres qu'il visitait et admirait, lui vint instantanément dans l'esprit, et il nous prouva bientôt qu'il possédait la grande considération personnelle et la haute influence indispensables, pour mettre à exécution cet heureux projet. Sur l'invitation de ce savant Confrère, et par l'honorable et tout bienveillant intermédiaire de Son Excellence le Comte Philibert DE COLOBIANO, j'eus le bonheur d'obtenir de S. A. R. MONSEIGNEUR LE DUC DE GÊNES, pour la Bibliothèque dont la conservation, la direction et l'accroissement m'ont été confiés, un très-bel exemplaire de ce splendide ouvrage, que bien des curieux y ont souvent admiré depuis cette époque.

Quand il s'agit de témoignage de reconnaissance, que pourrait attendre un généreux Donateur de la part d'un Donataire tel qu'une Bibliothèque....? Tant vaudrait alors avoir affaire à l'Univers des Matérialistes et des Athées... : une Bibliothèque, c'est de la matière tantôt bien, tantôt mal arrangée... et rien de plus...! Quelle que soit son organisation, cette Collection inerte de Tablettes et de Livres, si riche, comme dépôt des pensées et des sentiments d'autrui, n'a jamais été et ne sera jamais susceptible ni d'un sentiment, ni d'une pensée, ni même d'une seule sensation qui lui fussent propres. Il fallait donc lui nommer d'office un cœur capable de sentir à sa place, et d'exprimer, en son nom, ce qui lui avait été interdit une fois pour toutes.... : mais où serait cet organe, se nommant d'office spontanément lui-même, s'il n'était pas dans la poitrine de son Conservateur?

L'expression d'une reconnaissance bien sentie devint, dès-lors, pour moi une indispensable obligation.

Parmi mes projets de travaux futurs, se trouvaient beaucoup de Notes sur un curieux Manuscrit de la Bibliothèque de la Faculté de Médecine : **La Complaincte de Gennes sur la mort de Dame Thomassine Espinolle, Geneuoise, Dame intendpo du Roy** [Louis XII], **auecq's l'Epitaphe et le Regrect** [par le Poëte-Historiographe D'AUTON]. Je crus devoir les classer, les mettre en ordre et les utiliser dans cette circonstance.

Le Bibliophile JACOB avait bien déjà publié le texte de ce Poëme, dans son édition des *Chroniques* de cet Auteur; mais il n'y avait joint aucune Note, ni aucun Commentaire. Les Trois remarquables Miniatures, soigneusement gouachées et dorées, qui accompagnent le Manuscrit de la Bibliothèque de la Faculté de Médecine, étaient d'ailleurs INÉDITES.

Il me sembla, dès-lors, qu'une Nouvelle Édition de ce Poëme, accompagnée des *Fac-similés* des *Trois Miniatures Inédites*, serait plus propre que tout autre de mes projets de publication, à atteindre le but que j'avais en vue. L'Héroïne du Poëme et sa Famille étaient de Gênes; le Poëme avait été composé, par l'Historiographe Royal D'AUTON, expressément pour notre excellent Roi LOUIS XII, alors DUC DE GÊNES, etc..... Il y avait là, ce semblait, un heureux à-propos à saisir.

Ces circonstances fortuites, mais encourageantes, m'enhardirent et me firent briguer l'honneur de dédier mon œuvre à S. A. R. MONSEIGNEUR LE DUC DE GÊNES...; et, grâce à l'affectueuse bienveillance pour moi de M. le Chevalier TROMPEO, Médecin Honoraire du PRINCE, j'eus le bonheur d'obtenir cette nouvelle faveur. Ce témoignage de haute bienveillance n'était point encore le dernier que je dusse recevoir de la Maison Régnante de Savoie.

Bientôt après, un Personnage des plus éminents voulut, lui aussi, encourager et récompenser, en moi, des coopérations littéraires et des communications scientifiques, qui lui avaient paru des preuves d'un zèle soutenu et d'un amour constant pour la Science. Son Excellence le Comte Alexandre DE SALUCES, Président de l'Académie Royale des Sciences de Turin, — dont les Savants, tant étrangers que nationaux, regrettent vivement la perte — , devait obtenir, pour son Correspondant de Montpellier, une autre distinction des plus flatteuses. Sur la demande spontanée de cet illustre Savant, SA MAJESTÉ VICTOR-EMMANUEL II voulut bien honorer le Bibliothécaire de la Faculté de Médecine de Montpellier, de la GRANDE MÉDAILLE D'OR DES SAVANTS DES ÉTATS-SARDES.

Cette accumulation inespérée de faveurs et d'honneurs ne fit que redoubler le vif désir que j'avais de témoigner, aussi convenablement que possible, toute l'étendue de ma gratitude.

L'impression de ce Travail avait été déjà commencée, sur le même format, mais avec beaucoup moins d'élégance et de luxe, quand j'appris que S. A. R. MONSEIGNEUR LE DUC DE GÊNES avait daigné me permettre de lui dédier ma composition. Cette première impression me paraissant alors trop peu digne d'un MÉCÈNE aussi illustre, je l'abandonnai, et j'en fis détruire sur-le-champ les feuilles tirées ; j'y substituai l'édition actuelle, sur beau papier d'Annonay, grand in-4°. Pour que son exécution typographique fût aussi satisfaisante que la Province pouvait le permettre, on fit venir de Paris un Caractère romain, un Caractère gothique et des Ornements typographiques, d'un excellent goût (Initiales ornées, Têtes de Chapitre, Culs-de-lampe, Vignettes au trait, Fleurons), entièrement neufs.

Je fis plus, au risque de voir le retard de ma Publication mal interprété, peut-être même par les Personnages éminents à l'estime desquels je devais le plus tenir : faisant suspendre brusquement l'impression de mon Travail après le CHAPITRE VI, je composai, expressément pour S. A. R. MONSEIGNEUR LE DUC DE GÊNES, le CHAPITRE VII, de 253 Pages et de 768 Notes, intitulé : DE LA COMPLAINTE, DEPUIS LES TEMPS LES PLUS RECULÉS JUSQU'A NOS JOURS.

Telle est l'unique cause de la tardive publication de mon Livre actuel, et de l'idée défavorable à l'Auteur qu'elle a peut-être suggérée.

Quelque nombreuses et pénibles qu'aient été mes recherches et mes réflexions, je ne me dissimule pas que cette partie de mon Travail, surtout, paraîtra fort imparfaite aux véritables Gens de Lettres.... : mais j'ose espérer que le retard de son apparition et ses défauts trouveront leur excuse, dans le sentiment qui a inspiré cette intention créatrice.

Durant les investigations soutenues auxquelles je me suis livré, depuis long-temps, sur l'illustre Famille SPINOLA de Gênes, j'ai rencontré quelques indications de bons documents historiques que j'aurais fort souhaité de pouvoir consulter, mais qui n'étaient pas à ma disposition. Je citerai surtout les précieuses Collections de Federico FEDERICI, de ROCCATAGLIATA, auxquelles je pourrais joindre les titres d'écrits de plusieurs autres Annalistes de Gênes. Je désignerai encore les *Onze Volumes Manuscrits*, faits, par ordre du Gouvernement Génois, sur *tout ce qui intéressait la République*. Ces Collections et Manuscrits ont été vus, si l'on s'en rapporte à MILLIN [1], par le savant Sylvestre DE SACY, dans les *Archives Secrètes de Gênes*, et ils sont peut-être restés inédits jusqu'à ce jour.

Je signalerai ensuite, d'après le Bibliophile JACOB [2], des *Généalogies* particulières des SPINULA, écrites en latin et en italien, et surtout un Recueil de la Noblesse Génoise, — probablement Manuscrit —, intitulé : *Armi delle Casate Nobili di Genova, raccolte da Agost.* FRANZONE, in-fol.

J'aurais espéré rencontrer dans ces sources abondantes, authentiques et dignes de confiance, des documents historiques précieux que l'on n'aurait pas trouvés ailleurs.

Je ferai connaître cependant ici une circonstance propre à diminuer quelque peu mes regrets sur ce point. Je dois ce motif de consolation à l'extrême obligeance du savant Secrétaire de l'Académie Royale des Sciences de Turin, M. l'Abbé GAZZERA, dont l'amitié m'honore, et en qui l'amabilité égale la science. M'étant adressé avec confiance à cet Érudit, afin d'avoir des renseignements précis sur les Archives de Gênes, en ce qui concernait **La Complainete de Gennes sur la mort de Dame Thomassine Espinolle, Geneuoise, Dame intendue du Roy** [Louis XII], **auecq's l'Epitaphe et le Regrect**, j'ai acquis la certitude qu'il n'existait dans ce précieux Dépôt aucun Manuscrit de D'AUTON

---

[1] MILLIN, *Magasin Encyclopédique*, 1807: T. IV, p. 139.

[2] *Chroniques de Jean D'AUTON*, etc., par Paul-L. JACOB : T. III, p. 354.

relatif à la Pièce de Poésie dont il s'agit. Cette circonstance prête une force nouvelle au sentiment personnel que j'ai exprimé dans ma VIIIe Conclusion (p. 384), savoir : que « le très-remarquable MANUSCRIT H. 439, IN-8°, de la » Bibliothèque de la Faculté de Médecine de Montpellier, *a été fort soigneu-* » *sement écrit, gouaché et doré, expressément pour* LOUIS XII, *en* 1503. »

D'après le soin avec lequel je me suis attaché à faire ressortir le lustre d'une ancienne, noble et célèbre Famille du Duché de Gênes, on m'en croira peut-être l'Historien appointé. . . . : il est pourtant vrai que je suis devenu l'Historien des SPINOLA, d'une manière tout-à-fait spontanée et fort gratuite ; que je ne connais pas et que je n'ai même jamais entrevu, dans le monde, un seul Personnage de ce nom ; et que j'aurai, très-probable-ment, le temps de mourir, sans avoir eu l'honneur de rencontrer un seul de ses illustres Membres, qui pût avoir ainsi l'occasion de me dire une fois *merci*, seulement de vive voix. . . . !

Et maintenant, aurai-je atteint le but que je m'étais proposé. . . . . . ? Ce sera à mes Lecteurs, et surtout à S. A. R. MONSEIGNEUR LE DUC DE GÊNES, qu'il appartiendra de le juger en dernier ressort.

J'ai formé le projet de faire un travail analogue à celui-ci, beaucoup moins étendu pourtant, sur une suite de Monuments Littéraires, sur de précieux MANUSCRITS DE LA BIBLIOTHÈQUE DE LA FACULTÉ DE MÉDECINE DE MONTPELLIER, appartenant aux siècles compris entre le XVIe et le VIIIe. . . . ; mais, me trouvant, moi aussi, dans la catégorie du *petit poisson* dont parle LA FONTAINE dans certaine *Fable*, j'ai besoin d'une condition que je ne puis garantir. . . . . : « *pourvu que* DIEU *me prête vie.* . . . . » Il en sera de ceci, comme de tant d'autres choses. . . . : *ce que* DIEU *voudra*. . . *!*

NOTICE HISTORIQUE

sur

JEAN D'AUTON

E texte du Manuscrit de la Bibliothèque de la Faculté de Médecine de Montpellier, que nous publions aujourd'hui, a déjà paru tout entier, en 1834, par les soins du Bibliophile Paul-L. Jacob, dans les *Chroniques de Jean d'Auton*, dont il fait partie[1]. Nous penserions, néanmoins, qu'il est certains rapports sous lesquels cette œuvre de Poésie, de Calligraphie et de Peinture, peut et doit même être regardée encore comme *inédite* : nous voulons parler surtout des points de vue philologique et iconologique.

Le Manuscrit de Montpellier a été long-temps pour nous le *seul extrait contemporain connu*[2] des *Chroniques* de d'Auton ; on en conservait pourtant plusieurs exemplaires analogues dans de riches Bibliothèques.

[1] Voy. *Chroniq.*, *Mém. et Doc. de l'Histoire de France.* — xvi° siècle. — *Chroniq. de Jean d'Auton*, publiées pour la première fois en entier, d'après les Manuscrits de la Bibliothèque du Roi, avec une Notice et des Notes, par Paul-L. Jacob. — Paris, Silvestre, 1834-35 ; 4 vol. in-8° ; T. III, pp. de 125 à 136.

[2] Nos recherches nous ont appris qu'il en existait quelques autres, dont il sera question plus tard.

1

Ce Manuscrit a été fait avec un luxe vraiment royal, du vivant de
LOUIS XII, selon nous expressément pour lui, par ordre et peut-être même
sous la direction de l'Auteur, *Historiographe* et *Chroniqueur* de ce Monarque,
tant aimé, et si justement appelé le *Père du Peuple*. On verra les preuves
manifestes de ce qui vient d'être dit, dans plusieurs passages fidèlement
rapportés, d'après divers Auteurs recommandables ; dans la description
bibliographique du Manuscrit, et surtout, dans les *fac simile* lithographiés
du texte et des trois belles miniatures *inédites* qui l'accompagnent, et en
rehaussent singulièrement l'importance. La valeur de ce précieux document
historique est encore augmentée par quelques notes *autographes* du savant
Président BOUHIER, auquel il a appartenu.

Nous avons profité, dans cette courte Notice sur J. D'AUTON, des intéressantes recherches du Bibliophile JACOB, consignées, en 1854, dans la
Préface des *Chroniques* de cet Auteur. Agir autrement, c'eût été, tout à la
fois, injustement étouffer le témoignage de notre haute estime pour ce
savant Homme de lettres ; et complétement oublier, — ceci eût été plus
grave encore ! —, que c'était 16 années plus tard que nous avions pris la
plume pour traiter le même sujet. Il y a seulement cette différence entre
nos deux points de vue respectivement choisis, que l'un, celui où s'est
placé le Bibliophile JACOB, permet mieux de bien considérer et de justement priser l'*Historien;* tandis que l'autre, celui où nous nous sommes
nous-même établi, devait surtout nous faire juger le *Poëte*, et convenablement apprécier le Calligraphe et le Peintre qui lui avaient prêté leur
concours.

Malgré l'*Epitaphe* de J. D'AUTON en vers, et sous forme de Biographie,
que nous devons à Jean BOUCHET [5], son Elève et son Ami, on est dans la

---

[5] Voy. GOUJET (l'Abbé): *Bibliothèque françoise, ou Histoire de la Littérature françoise,*
etc. — Paris, 1740 et suiv.: in-12, T. XI,
pp. 357-59; et la *Préface* des *Chroniques de*
D'AUTON, par le Bibliophile JACOB, édition cit.;
T. I, pp. ix-x.

plus grande incertitude sur les points les plus essentiels de la vie de ce Poëte Historien.

Quoique d'Auton soit né, selon Guy Allard, à Beaurepaire en Viennois, et selon l'Abbé Goujet[4], à Poitiers, nous regarderons avec Baudier[5], Dreux du Radier[6] et le Bibliophile Jacob[7], comme l'opinion la plus accréditée, celle qui le fait naitre en Saintonge.

D'Auton, selon La Croix du Maine[8], serait venu au monde en 1466. On a dit mal à propos que les Auteurs de la *Gallia Christiana* le font mourir dans l'année 1523, en indiquant[9] 1511, 1517 et 1525, comme les dates des pièces authentiques attestant qu'il était Abbé. Ces Auteurs ne disent, ni qu'il n'était pas Abbé avant 1511, ni qu'il ne vivait pas après 1525. D'après son *Épitaphe* par Jean Bouchet, d'Auton avait 60 ans quand il est mort, en 1527 ; mais le Bibliophile Jacob place sa mort en 1528. Il semblerait donc plutôt être né en 1468, si toutefois on pouvait s'en rapporter à l'*Épitaphe* citée, en ce qui concerne la détermination précise du nombre des années pendant lesquelles il a vécu.

Son prénom a dû, pendant quelque temps, donner lieu au moins à des indécisions, puisque, en parlant de lui, l'Abbé Massieu dit : « *Jean*, ou » selon d'autres *Pierre* Dauthon, etc. [10] »

Quant à l'orthographe de son nom propre, elle a subi des variations

[4] *Bibliothèque françoise, ou Histoire de la Littérature françoise*, etc., ouvr. cit.; T. XI, p. 357.

[5] Baudier (Michel): *Histoire du Cardinal d'Amboise.* — Paris, 1651, in-8°; p. 44.

[6] Dreux du Radier : *Bibliothèque historique et critique du Poitou.* — 1754, in-12.

[7] *Préface des Chroniques*, etc., ouvr. cit.; T. 1, p. ij.

[8] *Les Biblioth. françoises de* La Croix du Maine *et de* du Verdier sieur de Vauprivas,

édit. de Rigoley de Juvigny. — Paris, 1772, in-4°; T. I, p. 484.

[9] *Gallia Christiana, in provincias ecclesiasticas distributa*, etc. — Parisiis, ex Typ. Reg., 1715 ac seqq., in-fol.; T. II, p. 1348 (1re col.).

[10] C'est par erreur que Jean Le Maire de Belges l'a appelé *Pierre* Dauthon. Cette faute, commise dans la *Légende des Vénitiens*, a été bientôt corrigée au-dessus de sa *Réponse à* Hector *de Troie.*

assez nombreuses : certains Auteurs ont écrit Danton[11], certains autres Danthon[12], d'autres encore d'Anthon[13] ou d'Anton[14]. Quelques Historiens ont voulu qu'il s'appelàt : Dauton[15], Dauthon[16], d'Authon[17], d'Auton, comme l'ont fait Théodore Godefroy, premier éditeur de notre Historiographe , et le Bibliophile Jacob ; et même d'Autun , ainsi que l'ont mieux aimé Garnier[18], Millin[19], Roquefort[20], et la *Biographie Universelle* (de Michaud)[21] ; sans nous faire connaître , toutefois , les raisons valables ou non valables de cette préférence.

Quelle que soit la véritable orthographe de ce nom propre , on conçoit combien il a dû être facile , à des copistes de manuscrits , de changer, même sans le vouloir, un *u* en *n* ou un *n* en *u* : il est tant de gens , de nos jours , dans l'écriture desquels il serait impossible de reconnaître , d'une manière infaillible , ces deux lettres écrites isolément !

On a cru pendant long-temps que l'Ordre auquel d'Auton appartenait en sa qualité de Moine , était celui des Augustins : Baudier l'avance dans

[11] Cette orthographe est une des moins communes.

[12] La Croix du Maine : *Bibliothèque françoise*, etc. cit. ; T. I, p. 484.—L'Abbé Massieu : *Histoire de la Poésie françoise*, etc. — Paris, 1739, in-12 ; p. 295.

[13] C'est une mauvaise orthographe. Voy. La Croix du Maine et du Verdier : ouvrage cité ; T. I, p. 485.

[14] De la Monnoye , Note sur La Croix du Maine ; *Bibliothèque françoise*, etc. ; T. I, p. 485. — (Le Gendre), dans sa *Vie du Cardinal* d'Amboise, *Premier Minist. de Louis XII*, etc. — Amsterd. 1726, in-4° ; portr. et fig. ; liv. IV, p. 259.

[15] Voy. *Gallia Christ.*, *in provin. ecclesias. distributa*, etc. — Parisiis, ex Typ. Reg., 1715 ac seqq., in-fol. ; T. II, p. 1348, 2° col. [*Catalogue des Abbés d'Angles*].

[16] En changeant *n* en *u*, par une faute facile à commettre, d'après les Auteurs qui écrivaient Danthon. Cette faute est commune dans les copies de Mss.

[17] Guy Allard, dans sa *Bibliothèque du Dauphiné*. — 1680 , in-12.

[18] *Histoire de France*, etc. , par Velly, Villaret et Garnier. — Paris, 1765-85, in-12 ; T. XXII, p. 543.

[19] *Voyage en Savoie, en Piémont , à Nice et à Gênes.* — Paris, 1816, in-8°, vignettes ; T. II, p. 173.

[20] Roquefort dit : « Jehan d'Autun ou d'Au-» thon. » *Biographie Universelle* (de Michaud) : « Autun ou Authon (*Jehan* d'). »

[21] *Biographie Universelle ancienne et moderne*, etc. — Paris, 1811 et suiv., in-8° ; voy. l'art. « Autun ou Authon (*Jehan* d') » ; T. III, p. 96.

son *Histoire du Cardinal* d'Amboise[22], l'Abbé Massieu l'affirme dans son *Histoire de la Poésie Françoise*[23], et Roquefort nous dit aussi à son tour « qu'il entra fort jeune dans l'Ordre des Augustins[24] » ; mais le Bibliophile Jacob dit avec raison que c'est *mal à propos avancé*, puisqu'il est évident qu'il appartenait à l'Ordre de Saint-Benoît[25]. D'Auton, en effet, l'apprend lui-même à ses Lecteurs dans le *Prologue de la III* partie de ses *Chroniques*[26].

Quoique dans l'*Épitaphe* historique, due à Jean Bouchet, d'Auton soit dit *noble* et *très-noble :*

> « Par lui estoient grans boubans reboutez,
> » Combien qu'il fust *noble des deux coustez*[27] » ;

ce certificat généologique en vers, langage qui permet tant de licences, nous paraîtrait fort sujet à caution. Il se pourrait bien, — le Bibliophile Jacob le penserait volontiers —, que toute la noblesse de d'Auton fût *son seul mérite*. Ce serait toujours quelque chose…! Il aurait pu dès-lors se nommer, roturièrement : ou Dauton, ainsi qu'on le trouve dans le Catalogue des Abbés d'Angles[28] ; ou Danthon, comme l'écrit La Croix du Maine[29].

Nous concevrions d'ailleurs que, tenant surtout, avec raison, à une *noblesse personnelle*, fondée sur les qualités de l'esprit et du savoir, il n'eût point désiré qu'on le crût parent de ce d'Auton, Seigneur de Saintonge, dont il raconte en détail les *pirateries*, sous la date de 1507. Louis XII, probablement décidé à faire pendre ce Seigneur, disait de lui : « …. que s'il le pouvait tenir, qu'il en ferait belle justice, que ce serait » à l'exemple de tous les autres.….[30] » Eût-on pour parents beaucoup de

[22] *Histoire du Cardinal* d'Amboise.— Paris, 1651, in-8°; p. 44.

[23] *Histoire de la Poésie françoise.*— Paris, 1739, in-12; p. 295.

[24] *Biogr. Univers.* (de Michaud), art. cit.

[25] *Préface* des *Chroniques*, cit.; T. 1, p. ij.

[26] *Chronique de Jean* d'Auton, etc. cit.; T. 1, p. 245.

[27] *Bibliothèque françoise*, etc., ouvr. cit.; T. XI, p. 359.

[28] Voy. *Gallia Christiana, in provin. eccles. distributa*, etc.; T. II, *loc. cit.*

[29] *Bibliothèque françoise*, etc., ouvr. cit.; T. I, p. 484.

[30] A cette noble famille de Saintonge appartenait le fameux Barberousse II (Kaïr-Eddin,

nobles garnements de cette trempe, il serait bien naturel de n'avoir pas la moindre envie de s'en vanter!

Malgré le goût qu'il avait manifesté, de bonne heure, pour l'*Histoire* et pour la *Poésie*, D'AUTON n'avait été qu'un Moine fort obscur de l'Ordre de SAINT-BENOÎT, quand il commença à se faire avantageusement connaître, en 1499, par un Poëme: *Les Alarmes de Mars sur le Royaume de Milan*, et par son *Voyage de Milan*, écrits anonymes que, plus tard, l'on a eu tort d'attribuer à d'autres que lui.

Remarqué, encouragé et admis par ANNE DE BRETAGNE, à la Cour de Savants et de Poëtes au milieu desquels cette REINE aimait à passer ses jours, sa réputation le signala bientôt à LOUIS XII, qui fit de lui son *Historiographe* et *Chroniqueur*.

C'est sûrement une très-belle charge que celle d'Historiographe d'un grand ROI; mais cet emploi élevé, si avantageux pour l'Histoire et si honorable pour celui qui le remplit, porte en soi ses considérations obligées, sa délicatesse de situation et ses dangers. Ainsi que la mort, la faiblesse humaine menace la tête des petits et des grands, à tous les instants de leur existence! Entre dire tout ce qui doit ou peut être dit, et taire ce qui doit être tû, ou empêcher de soupçonner ce qu'il ne faut pas même que l'on soupçonne, la ligne de démarcation est souvent fort difficile à établir, pour tout le monde. L'Historiographe d'un Prince a peut-être plus besoin que tout autre d'un tact des plus exercés, d'une discrétion à toute épreuve, et d'un sentiment de convenances poussé très-loin. Sans cela, il s'exposerait souvent à sembler manquer à son

que l'on appelle aussi HARIADAN OU CHÉRÉDIN)*. On sait que, mêlé à des Corsaires, BARBEROUSSE changea de nom et de religion; devint leur Chef; régna sur Alger, dont il s'était emparé;

* Voy. sa *Vie*, publ. en 1781.—Voy. aussi la *France Pittoresque*.—In-4º, T. III [ALGER]; p. 261, 1re col.

y fit venir les Turcs, sous SOLIMAN II, dont il commanda bientôt les armées navales; et fut justement regardé, jusqu'à la fin de ses vieux jours, comme un des Hommes de guerre les plus intrépides, les plus cruels et les plus luxurieux qui eussent jamais existé.

devoir, dans un sens, ou trahir une noble et entière confiance, dans l'autre. Le Poëte chroniqueur sut répondre dignement au choix qu'on avait fait de lui.

Cette honorable charge fut pour D'AUTON une source de faveurs, de largesses et de distinctions.

Attaché à la personne du ROI comme *Historiographe*, son devoir fut de suivre, dans tous ses voyages, ce Monarque[31], dont *il rédigeait par lettres les louables œuvres.*

En 1502, pendant la visite du ROI à la ville de Gênes, Jean D'AUTON « *qui lors étoit au dit lieu de Félissan pour voir et savoir ce qui se feroit de* » *nouveau, et le tout par écrit rédiger* », offrit un *Rondeau* à la REINE de Hongrie ANNE DE FOIX, qui se rendait auprès de son mari LADISLAS[32].

« Pendant le même voyage, quand le DUC DE VALENTINOIS arriva *incognito* » et à franc étrier de Rome à Milan, et rencontra dans la rue, un soir, le » ROI qui revenait aux flambeaux, Jean D'AUTON, *qui lors étoit logé en* » *cette même rue, ainsi que le bruit des chevaux se faisoit, sortit pour les* » *voir passer*[33]. »

En 1505, Thomassine SPINOLA étant morte de chagrin à l'occasion du faux bruit qui se répandit de la mort du ROI, son *Intendyo*, LOUIS XII donna ordre à D'AUTON de *publier la vertu* de cette noble, belle et malheureuse Génoise. Ce fut alors que D'AUTON composa *la Complaincte*, *l'Epitaphe* et *le Regrect*, objets de cette publication, et qu'il les offrit respectueusement au ROI.

« Après que j'eus cette Elégie mise à fin, dit-il dans ses *Chroniques*[34], » j'en présentai, audit lieu de Tours, ce que j'en avais fait au ROI, pour

---

[31] « Il fut retenu, dit BAUDIER*, à la suite »de la Cour de LOUIS XII, avec *charge d'écrire* »*l'Histoire particulière de ce Prince.* »

* BAUDIER: *Histoire du Cardinal D'AMBOISE*; ouv. cit. p. 44.

[32] Voy. J. D'AUTON: *Préface* des *Chroniques*, etc.; édit. cit. de Paul-L. JACOB, Bibliophile; T. 1, p. iij.

[33] J. D'AUTON: *Préface* des *Chron.* cit.: *Ibid.*

[34] J. D'AUTON: *Chroniq.* cit.; T. III, p, 136.

» lui donner de ma part quelque *diverse nouvelleté* et *moyen d'agréable*
» *passe-temps* : ce qu'*il avisa de mot à mot, et comme depuis par aucuns me*
» *fut dit, l'envoya à Gênes pour faire mettre sur le tombeau de la Défuncte,*
» *en signe de continuelle souvenance et spectacle mémorable.* »

Ce monument a été probablement détruit dans la Révolution dont le
célèbre André Doria devait être le principal promoteur.

En 1507, le Roi se disposant à aller d'Ast à Gênes, d'Auton « *entra en*
» *sa chambre pour lui vouloir bailler quelque peu d'écrit joyeux,* en disant :
» *Sire, j'ai fait une petite Ballade touchant les Génois ; s'il est votre plaisir*
» *de l'ouïr, je l'ai ici?* » Louis XII consentit à l'entendre lire, tout en se
faisant armer par son Grand-Ecuyer Galéas de Saint-Severin.

Il est certain qu'en 1507, d'Auton était à la suite du Roi, auquel se
rendit alors la place de Gênes ; on en trouve la preuve dans le passage
suivant de la *Vie du Cardinal* d'Amboise (par Le Gendre)[35] :

« Pendant les quatre jours que les deux Cours furent à Savonne,
» Ferdinand et d'Amboise tinrent, eux deux, des conseils secrets. Qu'y
» fut-il résolu? D'Anton, Historien du temps, qui était, à ce qu'il assure,
» à la porte du cabinet, pour en éventer quelque chose, dit qu'il ne put
» en rien savoir. »

En récompense des services que d'Auton avait rendus comme Historiographe *et des agréables passe-temps* qu'il avait procurés par ses poésies, le
Roi lui donna l'Abbaye d'Angles[36] ; ce qui ne l'empêcha pas d'y ajouter

---

[35] *Vie du Cardinal* d'Amboise, *Premier Ministre de* Louis XII, etc., par M. L.-L. L.-G. (Le Gendre). — Amsterdam 1726, in-4°, portraits : liv. IV, p. 259.

[36] *Angles* ou *Angle*, petite ville de France, en Poitou, sur la rivière d'Anglin, où se trouvait l'Abbaye de Saint-Augustin, dont il s'agit. Cette Abbaye est appelée : *Sainte-Croix*, dans l'énumération que fait Gabriel-Michel de la Roche-Maillet, dans son *Théâtre Géographique du Royaume de France* ; — Paris, 1632, in-fol., fig. [*Description du Pays du Poitou*]; et *Sancta-Crux de Angla*, dans la *Gallia Christiana*, etc. ; — Parisiis, ex Typ. Reg., in-fol., 1715 ac seqq. ; T. II, p. 1347, 2° col.

On prétend, dit Bruzen de la Martinière[*],

[*] *Le Grand Dictionnaire géographique, historique et critique.* — Paris, 1768, in-fol.; T. I, p. 273.

encore des distinctions, des pensions et divers honorables souvenirs, à l'occasion de presque toutes ses autres productions historiques ou poétiques.

Le Prieuré de Clermont-Lodève en Languedoc semblerait, vu la date de cette gratification, avoir été la récompense des vers, que nous reproduisons aujourd'hui, composés en l'honneur de Thomassine SPINOLA : il le reçut en effet en 1505 ; et, on l'a déjà vu, c'est précisément dans cette année, que la belle Génoise succomba sous les coups que lui avaient portés, de concert, son ardent amour pour le Roi et le faux bruit de la mort de ce Monarque. L'Historiographe exprime ainsi qu'il suit le redoublement de reconnaissance que cette nouvelle générosité du Roi fit naître en son âme : « *Ce qui de moult renforça l'entretiennement de mon état*, dit-il, *et m'obligea* » *de plus à prier* DIEU *pour la prospérité du donneur.* »

La mort de LOUIS XII, en 1515, tarit la source des faveurs royales, qui avaient jusque-là coulé si abondamment pour D'AUTON. Après ce funeste événement, auquel la France ne s'attendait pas encore, D'AUTON se retira dans son Abbaye d'Angles, où il mourut en janvier 1527, selon l'Epitaphe biographique de Jean BOUCHET ; ou en 1528, selon le Bibliophile JACOB [37], vers la 60ᵉ année de son âge. Jean BOUCHET dit bien textuellement dans son *Epitaphe :*

« Puis en janvier mil cinq cent et vingt *sept*
» Il trespassa disant mainct beau *verset* » ;

mais il est probable que c'est uniquement parce que vingt-*huit* n'eût pas rimé aussi bien que vingt-*sept*, avec le mot *verset* du vers suivant [58].

— en traduisant presque rigoureusement la *Gallia Christiana* sur ce point —, « qu'elle » a été bâtie par Saint ISEMBERT, Evêque » de Poitiers, par sa mère TÉBURGE et par » ses frères TENEBAUD et MANASSÈS*. Guillaume » TEMPER en fit la dédicace l'an 1192. La pre- » mière pierre avait été posée l'an 1175, et

* La *Gallia Christiana* dit : « .... SENEBALDO et MANASSE.... »

» l'édifice fut achevé l'an 1191. » — A l'article *Angles* ou *Angle*, BRUZEN DE LA MARTINIÈRE dit néanmoins qu'elle fut *fondée* en 1210**.

[37] *Préface* des *Chroniques*, etc., de D'AU- TON ; édition de P.-Louis JACOB, Bibliophile, cit. ; p. x.

[58] LE CLERC et les auteurs de la *Gallia Chris-*

** BRUZEN DE LA MARTINIÈRE : *Grand Diction. de Géogr.* cit.: T. I, p. 273.

Les *OEuvres poétiques*, imprimées ou manuscrites, de Jean d'AUTON, les seules que nous désignerons ici, sont les suivantes :

1° *Les Alarmes de* MARS *sur le voyage de Milan*, en douze ou quinze cents vers, Poëme anonyme, mais évidemment de d'AUTON, qui l'avait composé à peu près en 1499 *(inédit)*.

2° *Le Voyage et la Conqueste de Milan*, aussi anonyme, mais du même auteur et de la même époque [39].

3° Deux *Epistres* en vers : l'une dans le *Panégyric du Chevalier sans reproche*, de Jean BOUCHET, in-4°; l'autre, dans le *Labyrinthe de Fortune*, du même auteur.

4° *Epistres envoyées au Roi Très-Chrestien delà les Monts, par les Estats de France*, avec *Ballades et Rondeaux* relatifs à la guerre de Venise. — Lyon, 1509; gothique, petit in-4° [40].

5° *L'Exil de Gennes la Superbe*, précédé d'une *Epistre aux Romains* [41], petit in-4°, gothique, sans date. La première de ces deux pièces fait partie des *Chroniques*.

D'autres poésies de Jean d'AUTON, — mais non la *Métamorphose*, qui semblerait perdue pour toujours —, se trouvent dans la Bibliothèque Nationale, sous le N° 7899, en un *Manuscrit unique*, dit le Bibliophile

tiana, ont certainement été dans l'erreur, lorsqu'ils ont cru que d'AUTON était mort en 1523.

[39] Pour ces deux articles, voyez, dans la Bibliothèque Nationale, le Manuscrit N° 9707, petit in-fol. autrefois coté 1406, volume faisant partie des *Chroniques* de d'AUTON, sur la garde duquel on lit encore : « *Ce livre appartient* » *au Roi* LOUIS DOUZIÈME. »

[40] Ces *Epistres* sont au nombre de trois. On y voit, selon l'esprit du temps : l'*Eglise*, c'est-à-dire le *Clergé*, dans la première ; la *Noblesse*, dans la seconde ; *Labeur*, c'est-à-dire le *Tiers-Estat*, dans la troisième, parler,

alternativement, pour louer LOUIS XII et célébrer ses conquêtes.

Les trois *Ballades* ont pour sujet : l'une, *Avant la Bataille*, l'autre, *Après la Bataille*, et la dernière, *Suites de la Guerre*. — Les deux *Rondeaux* traitent le même objet*.

[41] L'Abbé GOUJET avait cru cette *Epistre aux Romains* plutôt de Jean DIVRY que de d'AUTON **.

* Voyez l'Abbé GOUJET : *Bibliothèque françoise, ou Histoire de la Littérature françoise*, etc., cit. ; T. XI, p. 361.
** L'Abbé GOUJET : *Bibliothèque françoise*, cit. ; T. XI, p. 362.

JACOB [42], de format petit in-4°, et en deux Tomes de différentes écritures. — Ces deux Tomes contiennent :

L'*Epistre du preux* HECTOR, *transmise au Roi* LOUIS XII ;

La *Vrai-disant Avocate des Dames*, imprimée sous le nom de Jean MAROT;

Complaincte de feue Madame MARGUERITE D'ECOSSE, *Dauphine de Viennois* ;

Autre *Complaincte* sur la même mort, avec une réponse en consolation :

Ballade et Complaincte d'amour ;

Complaincte de Maître ALAIN ;

Histoire de la constance merveilleuse d'une Femme, translatée en prose de l'italien de PÉTRARQUE ;

Epistre à la Reine ;

Epistre de CLÉRIADES *la Romaine à* RÉGINUS, *son amant*, translatée du latin, et présentée au ROI *un jour de l'an;*

Chansons envoyées par ung à sa Dame ;

Débat entre deux Dames sur le passe-temps des chiens et des oiseaux, imprimé dans les OEuvres de G. CRÉTIN, avec le même titre [45].

Dans la *Bibliothèque françoise* de l'Abbé GOUJET [44], il s'agit d'une *Epitre en vers* de l'Abbé d'Angles, faite en réponse à une *Epitre en vers* de Jean BOUCHET, où ce Poëte « prie D'AUTON de corriger exactement son ouvrage » qu'il lui avait envoyé avant de le publier.... » Cette réponse de l'Abbé d'Angles n'est qu'un éloge de J. BOUCHET et de son livre.

« Il y a plusieurs Manuscrits, dit le Bibliophile JACOB, du *Défaut du*

---

[42] *Préface* des *Chroniques*, etc., cit., p. xiij.

[43] On rencontre dans le *Recueil de Chants historiques français*, etc., par LE ROUX DE LINCY, 2° série, XVI° siècle ; — Paris, 1842, in-18, pap. jés. vel.; pp. de 37 à 39, une *Ballade sur la prise de Gênes*, 1506, suivie d'un Sonnet commençant et finissant par :

« Une autre fois », l'une et l'autre de Jean D'AUTON. Ces pièces se trouvaient déjà dans l'édition des *Chroniques* de Jean D'AUTON, publiée par le Bibliophile P.-Louis JACOB ; T. III, pp. de 288 à 290.

[44] *Bibliothèque françoise, ou Histoire de la Littérature françoise*, etc., cit., T. XI, p. 284.

» *Garillan*, de l'*Exil de Gênes la Superbe* et des *Poésies Historiques*, qui
» sont compris dans la *Chronique*[45]. »

Les *Poésies Historiques* sans nom d'auteur, composant le *Manuscrit* H.
459 de la Bibliothèque de la Faculté de Médecine de Montpellier, et qui
font l'objet spécial de notre publication actuelle, sont les suivantes :

1° « La Complaincte de Gennes sur la mort de dame Thomassine Espinolle
» geneuoise, Dame Intendyo du Roy, auecq's l'Epitaphe et le Regrect. »

2° « Complaincte elegiacque. »

3° « Sensuyt l'Epitaphe parlant par la bouche de la deffuncte. »

4° « Sensuyt cy après le regrect que faict le Roy pour la mort de sa
» Dame Intendyo. »

5° « Rondeau » commençant et finissant par : « *Celle.* »

L'auteur de ces cinq pièces de vers a été pendant long-temps inconnu
aux Bibliophiles les plus recommandables. Lors de la description du
Manuscrit, on verra, par une note autographe du Président Bouhier, que
ce Savant, induit en erreur, ainsi que tant d'autres, sur ce point, les
avait attribuées à Guillaume Crétin.

Comme Historien, d'Auton a été jugé avec trop de sévérité peut-être
par Masselin[46] et par l'*Encyclopédie Méthodique*[47], mais aussi beaucoup trop
favorablement par le Bibliophile Jacob[48], et surtout par Dreux du Radier[49].
Nous le considèrerons ici seulement sous le point de vue poétique.

---

[45] *Préface des Chroniques*, etc., cit.; p. xiij.

[46] « Louis XII, dit Masselin, choisit avec
» moins de discernement Jean d'Auton pour
» écrire l'histoire particulière de son règne;
» car, quoiqu'il le fît ordinairement voyager à
» la suite de l'armée, qu'il s'entretînt familière-
» ment avec lui, et qu'il ordonnât à ses Minis-
» tres et à ses Généraux de ne lui rien celer de
» tout ce qui méritait d'être transmis à la posté-
» rité, il fut moins heureux, à cet égard, qu'un

» grand nombre de ses prédécesseurs. » Les
Chroniques de d'Auton n'en contiennent pas
moins de bons documents historiques.

[47] « *Foible Historien d'un bon* Roi », y est-il
dit: *Encyclop. Méth.* [Histoire].—Paris, 1784-
1804, in-4°; T. I, p. 506, 2° col.

[48] *Préface des Chroniques*, etc., ouvr. cit.;
pp. x et xj.

[49] « .... *Peu d'auteurs de son temps ont écrit*,
» dit-il, *avec plus d'aisance et de facilité !....* »

Jean Bouchet, contemporain et de plus ami et élève de d'Auton, ne parle de notre Poëte qu'avec un véritable enthousiasme; mais il avait trois bonnes raisons pour agir ainsi : outre que la reconnaissance et l'amitié faisaient ici fonction de prisme, il ne montrait pas lui-même plus de goût dans les poésies qu'il composait. Il y a certainement beaucoup d'exagération en lui, quand il appelle d'Auton, dans son *Epitaphe :*

« *Grand Orateur tant en prose qu'en rime....* » ;

mais cette exagération se manifeste bien plus encore dans les quatre vers suivants, de sa 67ᵉ Epître, adressée à l'Abbé de Fontaine-le-Comte, où il dit de notre Poëte Chroniqueur :

« De dix vertus il a fait les ballades
» En si haut style et beau, que les malades
» Se guériraient en icelles lisant,
» Tant est l'auteur affable et bien disant[30]. »

Penserait-on aujourd'hui que d'Auton eût joui, dans son temps, d'une grande réputation comme Poëte....! C'est cependant Guillaume Crétin lui-même qui nous l'apprend, dans sa *Complaincte sur la mort de Guillaume de Bissiput*, mal à propos attribuée à Jean Le Maire :

« Abbé d'Authon et Maistre Jean Le Maire
» Qui en nostre art estes des plus experts.... »

Cette pièce fait partie du Manuscrit et de la dernière édition des *Poésies de Guillaume Crétin.*

Comme Poëte, J. d'Auton est, quoi qu'en ait prétendu J. Bouchet, un auteur d'assez peu de mérite. Roquefort a dit, avec raison, que « les » vers qui nous restent de lui sont au-dessous du médiocre[31] » ; et ce jugement, qui est aussi le nôtre, s'accorde assez bien avec celui du Bibliophile Jacob, ainsi qu'on va le voir.

« Jean d'Auton[32], — dit ce savant Bibliographe, en parlant de notre

[30] Goujet: *Biblioth. françoise, ou Hist. de la Littérat. françoise,* etc. cit.; T. XI, p. 360.

[31] *Biogr. Univers.*; art. cit. : Autun (d').
[32] *Préf.* des *Chroniq.*, etc.; ouvr. cit. p. x.

» auteur comme Poëte — , était de l'Ecole équivoqueuse que Jean MOLINET
» avait fondée, et que Guillaume CRÉTIN soutenait avec la rime plutôt que
» la raison. Jean D'AUTON , comme Poëte , serait même au-dessous du
» médiocre, si parfois des vers spirituels , enfermant une idée nette et
» proverbiale , ne surnageaient au milieu de sa versification creuse et
» enflée. »

On sera peut-être étonné qu'avec si peu de considération , et pour
une œuvre poétique , et pour le mérite de son auteur, nous ayons pu
néanmoins penser que notre publication devait être utile ! A cela nous
répondrons qu'il en est à nos yeux de la *plate Poésie* comme de la *plate
Peinture :* quoiqu'elles ne présentent rien ni de très-utile ni de fort agréable
en elles-mêmes, il sera toujours avantageux d'en conserver le souvenir et
le rang ; ce sont de précieux matériaux, sans lesquels l'*Histoire de l'Art*
serait à jamais tout-à-fait incomplète.

CHAPITRE I.

DE LA FAMILLE SPINOLA, EN GÉNÉRAL.

L est des familles si distinguées , par tous les membres dont elles se composent , que leur histoire en devient nécessairement une chaîne chronologique non interrompue de panégyriques des plus flatteurs. La famille SPINOLA , de Gênes , appartient à cette honorable catégorie.

Avant le XIIIᵉ siècle, il n'existait pas un seul Noble à Gênes. Jean MAROT semblerait faire allusion à cette circonstance , quand il dit , dans son *Voyage de Gênes* [1] :

« Les miens enfans qui dedans ma closture ,
» Avez esté conçeuz & élevez ,
» Les ungs extraictz de noble géniture ,
» Les autres non , *néantmoins par nature ,*
» *D'Eve & d'Adam tous origine avez.* »

A cette époque , pour éviter les contestations si souvent amenées par les prétentions de chacun au *Consulat,* on résolut de prendre pour Chef, ou *Podestat ,* un étranger *auquel on adjoindrait huit citoyens ,* que l'on appela , pour la première fois , *Nobles ,* « de quelque famille qu'ils fussent , obscure ou illustre. Ce fut ainsi que se formèrent

[1] ŒUVRES de Jean MAROT. Nouv. édit.—Paris , Ant.-Urb. COUSTELIER , 1723, in-16; p. 11.

» d'abord ces grandes familles Doria , Spinola , Fieschi , Grimaldi ; les deux premières
» furent à la tête des Gibelins , et les deux autres prirent parti pour les Guelfes [2]. »

« Nous avons été toujours gouvernés par trois ou quatre familles , — dit Stephano ,
» dans le charmant ouvrage ayant pour titre *l'Italie Pittoresque* [3] — : *Nobles* ou *Bour-*
» *geois*, il nous fallait des Maîtres. Ce furent d'abord les Spinola , les Doria , les
» Grimaldi , les Fieschi ; puis, les Bourgeois exclurent les Nobles de l'administration.
» Les Nobles se retirèrent sur nos montagnes , dans leurs châteaux et leurs forteresses,
» et l'on vit surgir les *quatre grandes familles bourgeoises* d'*Antimolto* Adorno , de
» *Pietro* Fregoso , d'*Antonio* de Montalto et de *Ludovico* Guardo. »

Les *quatre premières maisons nobles* : Spinola , Doria , Fieschi et Grimaldi ,
auxquelles on en adjoignait *vingt-quatre* autres [4], formèrent ce qu'on appelle même
aujourd'hui *les vingt-huit familles* [5]. Elles jouissent toutes de la plus haute considération.

Dans Grævius (*Thes. antiq. Ital.*), une couronne de Marquis surmonte l'écusson
de Gênes. D'après le Chevalier de Jaucourt , les familles nobles de Gênes plaçaient
sur leurs armoiries la *couronne ducale* [6].

Les Génois portaient déjà leurs vues bien plus haut, au commencement du
xviie siècle , quelques années avant la naissance de Louis XIV. On peut voir dans la
collection de *Manuscrits* de Guichenon , faisant partie de la Bibliothèque de la Faculté
de Médecine de Montpellier [7], et si précieuse par rapport à l'Histoire des Etats Sardes ,
la copie authentique d'un « *Décret du Sénat de Gênes pour prendre la* couronne
» royale. 1633. »

---

[2] *Voyage d'un François en Italie, pendant
les années 1765 et 1766* (par Lalande). —
Venise, 1769, in-12; T. VIII, p. 456.

[3] Format in-4° moderne. [Gênes], p. 50.

[4] Les 24 familles nobles de second rang
sont, selon Feller [*]: Imperiale, Palavicini,
Giustiniani, Sarvego, Uso di Mare, Di Negro,
Cibo, Lomellini, Lercari, Franchi, Marini,
Mari, Negrone, Ceba, Centurione, Serra,
Gentile, Sauli, Calvi, Pinelli, Cataneo,
Vivaldi, Grilli et Fornari.

[*] Feller (l'Abbé F.-X. de): *Dictionnaire Historique, etc.* — Paris, 1818-20, in-8°; T. 1er [*Chronologie de l'Histoire Universelle*], pp. 95 et 96.

[5] Voy. *Encyclopédie* ou *Dictionnaire rais.
des Sciences, etc.*; 3e édit., par Diderot et
d'Alembert. — Genève, 1777, in-4°; T. IX ,
p. 785, 2e col. — (Le Gendre) dit aussi , dans
sa *Vie du Cardinal* d'Amboise [**]: « La *Noblesse*
» était composée de 28 *familles*, à la tête
» desquelles étaient les Fiesques, les Doria ,
» les Spinola, les Grimaldi. »

[6] *Encyclopédie* ou *Dictionnaire raisonné des
Sciences*, 3e édit.; ouvr. cit.; T. IX, p. 785 .
2e col.

[7] Manuscrits. H. 97, in-fol°.; T. XIV, n° 34.

[**] (Le Gendre), ouvrage cité, p. 234.

Indépendamment de ces vingt-huit principales familles nobles de Gênes, il y avait encore dans cette ville des *familles nobles d'agrégation*, d'un rang moins élevé.

La *noblesse d'agrégation* était celle d'une famille qui avait été adoptée par quelque maison d'ancienne noblesse, dont elle se contentait de porter le nom et les armes, sans avoir droit à ses autres titres et priviléges. C'était, de la part de l'ancienne Noblesse, une sorte de protectorat.

Les habitants de Gênes, considérés dans leur ensemble, présentaient trois divisions bien distinctes, s'effaçant dans les relations communes, mais se rétablissant en toute mémorable occasion.

« Il y avait à Gênes trois sortes d'habitants, dit LE GENDRE, dans sa *Vie du* » *Cardinal* D'AMBOISE [8] : les *Nobles;* les Citadins ou les bons Bourgeois, le *peuple* » *gras;* et les Gens de métier, vivant d'un art mécanique, qu'on appelait le » *peuple maigre.* »

A cette division se rapportait, selon le même auteur, la distinction des Dames de Gênes en « *Damoiselles, Marchandes* et *Bourgeoises.* » Lors des solennités, la disposition des invités et leur rang, dans les cortéges, se réglaient toujours d'après ces idées.

I. L'origine de la famille SPINOLA, peut-être la plus ancienne des quatre premières familles nobles de Gênes, remonte assez loin dans le moyen âge. La *Description des beautés de Gênes* [9], — ouvrage anonyme qui a échappé à BARBIER —, nous apprend que « l'illustre famille SPINOLA descend d'Obert VISCONTI, qui, avec » Gui DE CARMANDINO, fit considérablement agrandir l'Eglise de NOTRE-DAME-DES- » VIGNES, *l'an* 980. »

Il est infiniment probable que le tronc de cette famille, d'un si brillant avenir, est originaire de *Spinola*, bourg situé sur les confins du Milanais et du Montferrat.

Des diverses branches qu'il fournit, la première, la branche aînée, s'établit à Gênes, dont elle devait être une des principales illustrations. Les autres pénétrèrent dans les Royaumes de Naples et d'Espagne [10]; s'étendirent jusqu'en Allemagne, et plus tard,

---

[8] *Vie du Cardin.* D'AMBOISE: ouvr. cit.; p. 234.

[9] *Description des beautés de Gênes et de ses environs, ornée de différentes vues, de tailles-douces et de la Carte topographique de la ville.* — Gênes, 1781, pet. in-8°; p. 82.

[10] Une Marie-Anne SPINOLA fut mariée à Philippe-Jules MANCINI-MAZARINI, DUC DE NE-VERS ET DE DOUZI, petit-neveu du Cardinal MAZARIN, père de Louis-Jules-Barbon MANCINI-MAZARINI, DUC DE NIVERNAIS.

C'est à sa mère Marie-Anne SPINOLA que le DUC DE NIVERNAIS devait son titre de GRAND

en France, dans la Provence et dans le Languedoc, où elles surent s'attirer une considération bien méritée.

On lit dans le bel *Armorial Universel* (illustré) par M. JOUFFROY D'ESCHAVANNES [11], — un des nombreux ouvrages faisant grand honneur à L. CURMER — : « SPINOLA » en Provence. D'or, à une fasce échiquetée de trois traits d'argent et de gueules, » surmontée d'une espile ou robinet en forme de fleurs de lis de gueules, fischée dans » la fasce. »

C'est probablement de cette branche de Provence que provenaient les SPINOLA qui ont possédé, aux environs de Pézénas, le *Château Spinola*, dont Mlle DESPOUS est aujourd'hui propriétaire. Ces SPINOLA, d'après les récits qui nous sont parvenus, auraient été plus tard s'éteindre, sans postérité, à Narbonne.

On sait que les Génois s'enrichirent beaucoup en fournissant des vivres [12] et des munitions de guerre aux Chrétiens croisés contre les Infidèles.

VELLY, VILLARET et GARNIER [13] nous apprennent que, lors des Croisades, en 1248, l'armée était suivie de marchands italiens auxquels le ROI (de France) fit des emprunts; et que, parmi ces Italiens, se trouvaient des Génois, portant les noms de DORIA et de SPINOLA, qui depuis constituèrent les familles les plus considérées de Gênes.

L'Histoire de Gênes nous présente le nom de cette dernière famille, presque toujours attaché aux grands événements de ce pays, depuis l'an 1270 jusqu'au commencement du xvie siècle. A cette dernière époque, la branche aînée, fixée à Gênes, sans renoncer entièrement aux affaires publiques auxquelles elle avait toujours pris une grande part, depuis la fin du xiiie siècle, se livra beaucoup plus qu'elle ne l'avait fait au Commerce du Levant. Au moyen de cette industrie, habilement et honorablement dirigée, la famille SPINOLA acquit tant de richesses, qu'elle put, comme les ADORNI, ses compatriotes, et les ANGO de Dieppe, dans des circonstances mémorables, égaler le faste et la magnificence des Rois.

D'ESPAGNE DE 1re CLASSE. Cette circonstance, fût-elle seule concernant la branche des SPINOLA en Espagne, suffirait certainement pour prouver combien était grande la considération dont jouissoit, dans ce Royaume, la noble et illustre Famille dont il s'agit.

[11] *Armorial Universel*, précédé d'un traité complet de la science du Blason. — Paris, L. CURMER, 1844, gr. in-8°; fig. col. arg. et dor.
[12] Voy.: VELLY, VILLARET et GARNIER, *Hist. de France*, etc., ouvr. cit.; T Ier, p. 530.
[13] *Hist. de France*, ouvr. cit.; T. II, p. 450.

On doit en outre, à cette famille, l'impulsion si remarquable qui fut donnée plus tard aux Beaux-Arts dans Gênes : les Spinola firent, en effet, pour leur patrie, ce que faisaient en même temps, pour l'Italie et pour la France, Léon X et François Ier.

II. Les passages déjà cités en faveur de cette idée que la famille Spinola est peut-être la plus célèbre des quatre anciennes familles nobles de Gênes, sont nombreux sans doute ; et, malgré cela, il nous serait facile d'y en ajouter d'autres qui multi-plieraient ces probabilités, presque autant que nous le voudrions. Nous nous conten-terons d'en fournir ici quelques nouveaux échantillons.

On lit le passage suivant dans Bernard Sacco [14], Historien des plus recomman-dables : « .... *Insignes antiquasque familias mente concipio , ut* Spinulas, Adornios, »Fregosios, Aurias, Riarios, Cicadas, Salvios, Saulosve *et alios.* »

Thomas Corneille, frère du créateur de l'Art dramatique en France, s'exprime ainsi qu'il suit, dans son *Dictionnaire universel géographique et historique* [15] : « Il y a » deux sortes de familles nobles dans Gênes ; les anciennes au nombre de 28 , entre » lesquelles on en distingue *quatre principales* : Grimaldi , Fiesque , Doria et Spinola. »

On lit dans le *Nouveau Voyage d'Italie* par Misson [16] : « Les Fiesque , les Grimaldi , » les Spinola et les Doria , sont les quatre principales familles de l'ancienne Noblesse ; » et les Justiniani , Savii , Franchi et Fornari , sont à la tête de la nouvelle. » Il serait extrêmement aisé de multiplier ces citations.

Mais c'est plus encore à l'occasion des troubles, et surtout des collisions de factions, des révoltes et des révolutions, si fréquentes à Gênes, que la famille Spinola s'est mise de tout temps en évidence. Elle y était presque obligée dans ces temps calamiteux !

L'année 1265 vit s'allumer, dans Gênes, une guerre civile, moins suscitée par les partis Guelfes et Gibelins, que par l'ambition des quatre plus puissantes familles : Spinola , Doria , Grimaldi et Fieschi ; et cette guerre civile eut pour résultat une Révolution en faveur d'Obert Spinola , l'un de ses plus ardents promoteurs [17].

« Le 28 octobre 1270 , est-il dit dans l'*Art de vérifier les dates*, les Doria et les » Spinola , *deux familles très-puissantes à Gênes*, après avoir rassemblé leurs amis et

---

[14] B. Sacco : *De italicarum rerum varie-tate et elegantià , Libr. X, in quibus multa scitu digna recensentur*, etc. —Ticini , 1587, in-4°.

[15] Paris, 1708, 3 vol. in-fol. [art. Gênes].

[16] Misson : *Nouv. voy. d'Ital.* ; 5e édit. — La Haie, 1731, 4 vol. in-12 ; T. III, p. 42.

[17] Uberti Folietæ *Genuens. Hist.* Lib. V, 371 et 372 ; *in coll.* Grævii : *Thes. antiq. et hist. Ital.* — Lugd. Batavorum , 1704-25, in-fol. ; T 1.

» leurs partisans, prennent les armes contre les GRIMALDI et les FIESQUES, leurs émules,
» et s'emparent du Palais du Podestat qui les protégeait.... Le même jour, on proclame
» *Capitaines de la Liberté Génoise* Obert SPINOLA et Conrad DORIA, avec un pouvoir
» absolu [18]. »

« Les dissensions domestiques éclatèrent de nouveau et avec plus de fureur que
» jamais, au commencement de l'an 1296. Les GRIMALDI et les FIESQUES, à la tête des
» Guelfes, attaquèrent les DORIA et les SPINOLA. On en vint aux mains : le parti
» Gibelin eut l'avantage ; les Guelfes furent écrasés, et l'on créa *Capitaines du Peuple*
» Conrad DORIA, qui l'avait été précédemment, et Conrad SPINOLA, fils d'Obert
» SPINOLA, qui avait aussi rempli cette dignité [19]. »

« L'an 1299, les DORIA et les SPINOLA se démettent du gouvernement, et l'on
» reprend l'usage de choisir parmi les étrangers un Podestat et un Capitaine du
» Peuple [20]. »

« L'an 1306, les Gibelins se divisent entre eux, et le plus grand nombre se réunit
» aux Guelfes *pour abaisser les* SPINOLA, *dont le grand crédit commençait à donner de*
» *l'ombrage.* On se bat dans la ville, le jour des Rois, jusqu'à la nuit. Les SPINOLA *sont*
» *vainqueurs,* et obligent leurs ennemis à sortir de Gênes. Le lendemain, Obizzon
» SPINOLA *est fait Capitaine du Peuple, avec un pouvoir illimité* [21]. »

« En 1318, les SPINOLA et les DORIA, s'étant réunis, viennent mettre le siége devant
» Gênes, le 25 mars », mais sans succès. Ils ne sont pas plus heureux en 1319 [22].

« L'an 1414, Baptiste MONTALDO, *aidé des* SPINOLA et de quantité d'autres familles
» considérables, excite une sédition contre le Doge [23]. »

Dans la *Vie du Cardinal* D'AMBOISE par LE GENDRE [24], il est dit qu'après que le
Château de Milan eût été livré aux Français, en 1499, « Gênes envoya faire ses sou-
» missions à LOUIS XII », et que « les FIESQUES, les DORIA, les SPINOLA, les GRIMALDI,
» les ADORNES et les FRÉGOSES, familles dominantes dans cette superbe ville, s'empres-
» sèrent à l'envi de la livrer au ROI. »

Enfin, on lit encore dans l'*Histoire de* LOUIS XII par VARILLAS [25]: « Les maisons

---

[18] *L'Art de vérifier les dates des faits histo-riques, des chartes, des chroniques, et autres anc. monum. dep. la naiss. de N. S.* — Paris, 1770, in-fol. [*Républ. de Gênes*]; p. 870, 2e col.

[19] *L'Art de vérifier les dates des faits histo-riques,* etc. cit. [*Républ. de Gênes*]; p. 871.

[20] *Ibid.* [*République de Gênes*]; p. 871, 1re col.

[21] *Ibid.* [*République de Gênes*]; p. 871, 1re col.

[22] *Ibid.* [*République de Gênes*]; p. 871, 2e col.

[23] *Ibid.* [*République de Gênes*]; p. 875, 1re col.

[24] *Vie du Cardinal* D'AMBOISE, cit.; p. 92.

[25] Paris, 1688, in-16; T. III, p. 135.

» roturières des Frégoses et des Adornes arrivèrent plusieurs fois, quoique par inter-
» valle, à la suprême magistrature de Gênes, et acquirent de si grandes richesses,
» qu'elles ne voulurent plus céder la préséance aux *quatre plus illustres maisons de la*
» *ville*, qui étaient celles de Fiesque, de Doria, de Spinola et de Grimaldi. »

III. D'après ce qui précède, on ne devra nullement être surpris en voyant la famille Spinola, depuis long-temps si considérée, fournir un bon nombre de Doges à la République de Gênes, et de Commissaires-Généraux ou de Gouverneurs à la Corse.

Si, depuis l'institution du Dogat à Gênes, en 1339, jusqu'au commencement du xvie siècle, il n'y a pas de Spinola qui ait régné dans cette ville, sous le titre de Doge, il y a eu, du moins plusieurs honorables membres de cette famille, qui ont gouverné la République en qualité de *Capitaines du Peuple* ou *de la Liberté Génoise, avec un pouvoir illimité.* Comme on l'a déjà vu, dans un intervalle assez court du xiiie siècle, dans *29 ans,* trois Spinola ont joui de cet honneur : Obert Spinola, *Capitaine de la Liberté Génoise,* le 28 octobre 1270 ; Conrad Spinola, fils d'Obert Spinola, créé *Capitaine du Peuple,* l'an 1296 ; et Obizzon Spinola, fait *Capitaine du Peuple,* le lendemain du jour des Rois de l'an 1299, après avoir été investi d'un pouvoir illimité[26]. Il est impossible de ne pas voir dans ce choix une preuve irrécusable d'une extrême confiance.

Quant aux Doges fournis par cette Famille, ils ont été assez nombreux, dans les xvie, xviie et xviiie siècles ; ce qui atteste évidemment que les Spinola de Gênes ont joui, pendant toute la durée de l'indépendance de leur Patrie, du haut degré d'estime, de considération et d'influence, dont ils étaient jadis en possession.

Les fastes de l'Histoire nous présentent en effet, comme ayant été Doges de Gênes ;

DANS LE XVIe SIÈCLE :		DANS LE XVIIe SIÈCLE :	
Spinola (Baptiste)	1531	Spinola (Thomas)	1613
Spinola (Luc)	1551	Spinola (André)	1629
Spinola (Simon)	1567	Spinola (Alexandre)	1654

[26] Voy. *L'Art de vérifier les dates,* etc. cit. ; pp. 870 et 871. — Au commencement du xive siècle, l'Empereur Andronic II, Paléologue, sentant l'utilité qu'il y aurait pour lui de s'allier à la famille Spinola, de Gênes, tant à cause de la richesse et de la considération particulière dont elle jouissait, que de la puissante influence qu'elle exerçait sur le parti Gibelin, demanda en mariage et obtint Argentine Spinola, fille d'Obizzon Spinola, petite-fille d'Obert Spinola I, pour son fils Théodore, Marquis de Mont-Ferrat*.

* Folietæ (Uberti), *Clarorum Ligurum Elogia.* — Romæ, 1577, in-16 ; p. 257.

| DANS LE XVIIe SIÈCLE : | | DANS LE XVIIIe SIÈCLE : | |

DANS LE XVIIe SIÈCLE :

Spinola (Augustin)...... 1679
Spinola (Luc)........... 1687

DANS LE XVIIIe SIÈCLE :

Spinola (Dominique-Marie). 1732
Spinola (Nicolas)........ 1740

IV. Depuis que la Corse était tombée sous la domination de Gênes, les *Commissaires-Généraux* ou *Gouverneurs* de cette île, toujours pris parmi les familles génoises les plus distinguées par leur ancienneté, leur noblesse, leurs talents et leurs brillantes qualités, ont été souvent choisis dans la famille Spinola. On en trouvera la preuve dans l'énumération de ces grands dignitaires que le savant éditeur de Filippini, M. G.-C. Gregorj, Conseiller à la Cour d'Appel de Lyon, a eu le soin d'ajouter à l'excellente *Histoire de Corse* de cet auteur.

Dans une Note sur les *Commissaires-Généraux* ou *Gouverneurs* de la Corse, on trouve en effet le tableau suivant :

Domenico Spinola, Com^{re}-Gén^l 1487
Andrea Spinola, Gouverneur. 1521
Gio-Maria Spinola, *id*.... 1548
Eccellino Spinola, *id*.... 1550
Benedetto Spinola, Com^{re}-Gén^l 1556
Ambrogio Spinola, *id*...... 1557
Stefano Spinola, Gouverneur. 1592
Francesco Spinola, *id*..... 1617

Mario Spinola, Gouverneur... 1621
Cristoforo Spinola, *id*.... 1664
Gio-Andrea Spinola, *id*.... 1672
Gherardo Spinola, *id*.... 1691
Paolo-Francesco Spinola, *id*.... 1714
Gio-Stefano Spinola, *id*... 1717
Agostino Spinola, *id*... 1721
Dom.-Mario Spinola, Com^{re}-Gér^l. 1740 [27]

[27] Anton.-Pietro Filippini: *Istoria di Corsica;* 2e ediz. *rivista, corretta e illustrata con inediti documenti.*—Pisa, Nicolò Capurro, 1827-31 (con rittr.), in-8°; T. III; *Appendice* dall' editore Avocato G.-C. Gregorj [*Governatori di Corsica*]; pp. xcvii-cv.

CHAPITRE II.

DE LA FAMILLE SPINOLA, EN PARTICULIER.

ANS un Etat tel que celui de Gênes, avant le xvie siècle surtout, il convenait qu'une Famille aussi illustre que celle des SPINOLA se vouât plus particulièrement à la gloire de sa Patrie. Les Nobles Génois, portant ce nom, devaient naturellement s'efforcer, à l'envi, de se faire distinguer dans tous les temps, quelle que fût la carrière qu'ils eussent choisie. Nous trouverons donc des SPINOLA illustres : 1° dans l'Etat ecclésiastique ; 2° dans la haute Administration civile et dans la Diplomatie ; 3° dans l'Art de la guerre, principalement maritime ; et 4° enfin, dans les Sciences, les Lettres et les Beaux-Arts : tant avant le xvie siècle que depuis cette époque jusqu'à nos jours.

On sent bien que nous ne signalerons ici que quelques exemples de ces Illustrations les plus saillantes, pris dans ces quatre classes, aux deux époques indiquées.

I. 1° Augustin SPINOLA, Cardinal, né à Savonne[1], fut à la fois un vrai modèle de vertu, de philanthropie et de libéralité. Il favorisa, de tout son pouvoir, le progrès des Lettres dans sa patrie ; et il dut à l'aménité de son caractère, à la pureté de ses mœurs, à la simplicité de sa tenue et de sa manière de vivre, malgré son rang, ses titres et sa fortune, le bonheur d'être aimé de tous ceux qui l'approchèrent.

[1] Voy. ALBERTI (Leandro) : *Descrit. di tutta Italia*, etc. ; Vinegia, 1688, in-4°; p. 13 *verso*.

La pourpre romaine augmenta ses dignités sans pouvoir rien faire d'analogue pour une considération personnelle déjà depuis long-temps à son comble[2].

Porchetto Spinola, Archevêque de Gênes, au commencement du xive siècle, sous le pontificat de Boniface VIII, était un de ces hommes rares qui, au lieu d'aller au-devant des honneurs et des distinctions, attendent, avec dignité, que les distinctions et les honneurs aillent au-devant d'eux.

Il se montra d'autant plus digne de l'Archiépiscopat, qu'il avait donné sa démission par la seule crainte de déplaire à ce Souverain Pontife[3].

On trouve, dans le *Nouveau Voyage d'Italie*, etc., par Misson[4], deux *Brefs* relatifs au projet de Croisade des Dames Génoises, adressés par le Pape Boniface VIII, à Porchetto Spinola, Archevêque de Gênes.

2° Un Philippe Spinola, fils d'Augustin et frère d'Octave, fut fait Cardinal et Evêque de Mole, vers la fin du xvie siècle. Il y a eu, au xviie siècle, un Cardinal du nom de Luisi Spinola, Evêque de Corneto, qui était en relation épistolaire avec la Reine Christine de Suède. La Correspondance *manuscrite* de cette Reine, faisant partie de la riche Bibliothèque de la Faculté de Médecine de Montpellier, cóntient des Lettres de ce personnage[5].

Mario Spinola a été Secrétaire du Pape Innocent XII[6]. Une réponse de ce Pape au compliment de félicitation que lui avait adressé sa ville natale, à l'occasion de son exaltation au Pontificat, est signée Marius Spinola[7].

Dans l'explication de la planche X de l'ouvrage de Giov. Bellori et Michel-Angelo Causei de la Chausse, intitulé : *le Pitture antiche delle grotte di Roma*, etc. avec fig. par Pietro-Santo Bartoli et Francesco Bartoli, —Roma, 1796, in fol., se trouve une Dédicace à l'adresse de J.-B. Spinola, Cardinal du titre de Saint-Césaire et Camerlingue du Saint-Siége; homme doué d'un grand savoir et ayant un goût spécial pour l'Archéologie. Des notes manuscrites autographes, et probablement inédites, dont le savant antiquaire Béguillet avait enrichi l'exemplaire de ce livre qu'il possédait, et qui fait aujourd'hui partie de la Bibliothèque de M. le Professeur Lordat, il

[2] Voy. Uberti Folietæ, *Clar. Ligur. Elog.*, etc.; ouvr. cit., pp. 175 et 176.

[3] Voy. Uberti Folietæ, *Clar. Ligur. Elog.*, etc.; ouvr. cit., p. 201.

[4] Ouvr. cit.; T. III, pp. 302 et 317.

[5] Voy. H., 258, in-4°, T. III: feuillets de 268 à 279 inclusivement; T. V: 1re *Lettre*.

[6] Antoine Pignatelli, natif de Naples.

[7] Voy. le *Nouv. Voy. d'Ital.* de Misson; T. III, p. 325. Cette pièce y est transcrite en entier.

résulterait que l'érudit Cardinal J.-B. Spinola s'était « très-appliqué à la conservation
» des monuments antiques, dans lesquels on découvre *quels moyens les Anciens*
» *employaient pour anoblir les fausses Divinités.* »

Nous dirons enfin, pour terminer à la fois naturellement et le plus dignement
possible l'énumération de ces honorables échantillons appartenant à l'ordre ecclésiastique, que les Journaux nous apprenaient, il y a seulement quelques années, qu'un
des Princes de l'Eglise par création de Grégoire XVI, était le Cardinal-Prêtre
Hugues-Pierre Spinola, né à Gênes le 3 février 1778.

II. Parmi les Administrateurs supérieurs, les Hommes d'Etat, les Plénipotentiaires
et les Diplomates, de la première époque, nous ne saurions mieux faire que de citer
les deux Obert Spinola, aussi remarquables par leur mérite civil que par leur courage
et leur génie militaire.

1° Obert Spinola I fut l'un des Consuls nommés dans les conjonctures difficiles et
périlleuses où se trouvait la République de Gênes, en 1154[8]; et l'un des huit illustres
citoyens Génois, députés vers l'Empereur Frédéric, en 1158, qui remplirent leur
mission à la fois si honorablement et si utilement pour la République. Ce grand
homme sut raviver l'amour de la Patrie sur le point de s'éteindre, en remettant en
vigueur les anciennes et excellentes institutions.

Il fut assez heureux pour rétablir le bon ordre dans le trésor, après avoir libéré
Gênes de ses dettes. Sa probité était si généralement reconnue, que le Roi de Castille[9]
ne craignit pas de le prendre pour arbitre, en 1161, à l'occasion des différends qui
s'étaient élevés entre les Génois et lui ; et que condamné par Obert Spinola à payer à
ce peuple une forte somme et à souscrire à certaines conditions, il se soumit reli-
gieusement à tout ce que son arbitre lui avait imposé.

De nouveau Consul, en 1161[10], et tout aussi peu intimidé par les menaces de
l'Empereur que par les prétentions exagérées des Pisans sur la Sardaigne, il sut,
à l'aide d'une conduite pleine de fermeté, conserver les possessions de la République
dans cette Ile.

Chef d'une députation de Génois des plus nobles, envoyée, en 1166, à l'Empereur

---

[8] Folietæ : *Genuensium Historiæ*, etc.; in Grævii *Thesaur.*, etc.; T. 1, lib. I, col. 260.

[9] « Lupus, *Castellæ rex*... » Vid. Folietæ : *Genuens. Histor.*, etc.; op. cit., in Grævii

Thesaur., etc.; T. I, col. 249 — « *Complurium Hispaniæ* Provinc. *Regem*... » (ibid.), col. 266.

[10] Folietæ : *Genuens. Histor.*, etc.; op. cit.; in Grævii *Thesaur.*, etc.; T. I, col. 266.

4

FRÉDÉRIC I, pour défendre les possessions de la République dans la Sardaigne contre les injustes prétentions des Pisans, Obert SPINOLA I prononça, en présence de ce Monarque, un discours plein tout à la fois de raison, d'éloquence, de courage et de résolution. Il termina ce chaleureux plaidoyer en proposant au Consul Pisan, dans le but d'épargner le sang du Peuple, un combat décisif*, dans lequel le Consul et lui en viendraient aux mains, avec une ou plusieurs galères, jusqu'à dix à volonté, mais *toujours à armes égales*.

L'habile et courageux Orateur impressionna si favorablement son Juge, qu'il en obtint, non-seulement que Gênes ne serait plus inquiétée, en ce qui concernait ses possessions en Sardaigne ; mais encore, que des prisonniers faits par les Pisans, à l'occasion de ce dissident, seraient mis immédiatement en liberté[11].

Quant à Obert SPINOLA II, malgré les justes reproches que lui ont valus son ambition extrême et son insatiable amour pour les honneurs et les distinctions, il n'en faut pas moins reconnaître qu'il administra fort sagement la République. Il avait été nommé, par acclamation, Capitaine de la Liberté Génoise, depuis 1265 jusqu'à 1266; et il obtint le même honneur, en 1270, pour en jouir jusqu'en 1291, époque à laquelle il voulut spontanément y renoncer[12]. Aussi, à l'époque de sa mort vit-on verser des larmes sur sa tombe, même par ceux de ses Concitoyens dont il avait vaincu le parti[13].

Dans l'*Histoire de la République de Gênes*, par M. VINCENS[14], il est question d'un Jérôme SPINOLA SEIGNEUR DE PIOMBINO, qui « pressé par César BORGIA qui voulait le » dépouiller, vers la fin du XVIe siècle, avait voulu vendre sa Seigneurie à la République » (de Gênes). »

2o A la seconde époque appartiennent, entre autres, les hommes distingués dont il va être question.

Ansaldo SPINOLA, habile Diplomate et Consul de Gênes, du temps de l'Annaliste CAFFARO, au commencement du XVIe siècle, eut l'honneur d'être Député vers la ville sainte de Jérusalem, dont les Génois avaient alors à se plaindre[15].

---

[11] FOLIETÆ : *Genuens. Histor.*, op. cit.; in GRÆVII *Thesaur.*, etc.; T. 1, lib. II, col. 275-76.—Vid. etiam : ejusd. *Claror. Ligur. Elog.*; ibid., col. 847.

[12] FOLIETÆ, *op. cit.*; in GRÆVII *Thesaur.*; T. I, col. 372 et 377.

[13] Voy. FOLIETÆ : *Claror. Ligurum Elogia.* — Romæ, 1577, in-8°; p. 253.

[14] Paris, 1842, in-8°; T. II, p. 350.

[15] Voy. CAFFARI : *Annales Genuenses in* MURATORI *Rerum Italicar. Scriptor. Præcip. etc.* — Mediolani, 1723-51, in-fol°; T. VI.

Simon SPINOLA fut élu Doge en 1567. Il se fit distinguer par un talent administratif des plus remarquables, par une justice que rien ne put ébranler, et par une charité de tous les instants et sans bornes; ce qui ne l'empêcha pas d'être aussi d'une inflexible sévérité dans l'exercice de ses hautes fonctions.

La fermeté de sa conduite déjoua et anéantit les conjurations qui se tramaient dans Gênes. Il réprima, avec la même vigueur, les insurrections de quelques parties de la Corse.

Doué d'une véritable éloquence, il en donna constamment des preuves, au grand avantage de sa Patrie, soit dans les Délégations dont il avait été chargé, soit dans les réponses solennelles qu'il eut à faire aux Députations des premiers Corps de l'Etat.

Cet homme de mérite, si justement célèbre, mettait la dernière main à un commentaire sur les lois de Gênes et sur les réformes qui lui semblaient devoir être introduites dans le gouvernement de cet Etat, quand la mort vint le frapper, au moment où il allait voir finir l'exercice de ses fonctions suprêmes [16].

En 1792, un Marquis DE SPINOLA était Ministre de Gênes, auprès de la République Française.

C'est avec ce Marquis DE SPINOLA que l'Abbé GOBEL, alors Evêque constitutionnel de Paris, eut une singulière conversation, ayant pour but de vendre au Pape sa rétractation solennelle, moyennant un *Secours de cent mille écus*, dont il disait *avoir besoin pour payer ses dettes et pour assurer sa subsistance* [17].

III. Mais comme, chez les SPINOLA, l'illustration par l'épée, de fort bonne heure étroitement liée à la haute administration civile, était devenue héréditaire et avait été presque toujours préférée à celle qui provenait soit des Dignités ecclésiastiques, soit des Lettres et des Sciences, on doit bien s'attendre à voir la branche militaire de cette Famille illustre, encore plus féconde et plus imposante que toutes les autres.

Il nous suffira de faire connaître, ici, quelques-uns de ses principaux Hommes de guerre, dont l'Histoire nous a soigneusement transmis les hauts faits, soit avant, soit depuis le XVI° siècle.

1° Obert SPINOLA I, déjà cité à l'occasion des talents hautement administratifs,

---

[16] Voy. FOLIETÆ : *Clar. Ligur. Elog.*; ouvr. cit., pp. 253-254.

[17] On peut lire cette conversation très-remarquable dans les *Ephémérides politiques,*

religieuses et littéraires de NOEL et PLANCHE (2° édit.); Paris, LE NORMANT, 1803, in-8°; *Tableau du 14 avril :* pp. 131-133. — Cet Evêque constitutionnel de Paris fut guillotiné

diplomatiques et oratoires dont il était doué , se trouve placé en tête de ces Héros , aussi bien par la juste appréciation de son mérite militaire, que par l'ordre même des temps.

Sous son quatrième Consulat, se mettant à la tête de nombreuses fortes galères , qu'il avait fait soigneusement construire et parfaitement équiper, il purgea la Corse et la Sardaigne , des pirates Sarrasins, qui infestaient leurs côtes par des brigandages continuels.

L'élévation des sentiments ne le cédait en rien au courage le mieux éprouvé , dans cette grande âme.

C'est lui qui, voyant paraître une flotte Sarrasine, quand il mettait en fuite une flotte Pisane , renonça à ses avantages sur ces derniers, afin d'attaquer plus vigoureusement les Infidèles, qu'il eût vus avec trop de peine spectateurs paisibles d'un combat entre Chrétiens. Les Sarrasins ne durent alors leur salut qu'à la promptitude de leur fuite favorisée par les ombres de la nuit. Obert Spinola I remporta , comme on le voit , deux victoires dans un jour et presque dans une seule action [18].

Ce grand homme laissa sept fils , qui , tous héritiers de sa gloire et de ses vertus, rendirent à leur Patrie les services les plus signalés.

Nicolas Spinola I, l'un d'entre eux , se rendit célèbre par sa belle défense de Ceuta , en 1231, contre les Espagnols [19].

Envoyé de concert avec Carboné Marcello au secours de Ceuta , port et ville de la Mauritanie Tingitane , dépendante du Maroc, à la tête de quinze vaisseaux de la République, dont dix étaient de grandes galères, il fut assez heureux pour paralyser les efforts des assaillants qui serraient la ville de très-près, et pour forcer bientôt les Espagnols et le Roi de Murcie et de Carthagène [20], commandant en personne , à lever honteusement le siége.

Cette glorieuse expédition valut à Gênes un traité de commerce des plus avantageux avec le Roi maure de Séville , qui , en témoignage de reconnaissance , fit présent à Nic. Spinola de huit mille byzantines, somme très-considérable pour l'époque , et d'un

en même temps que Chaumette , Procureur-général de la Commune ; le Comédien Grammont, Anacharsis Cloots et plusieurs autres.

[18] Voy. Folietæ : Clar. Ligur. Elog.; ouvr. cit. : pp. de 248 à 251.

[19] Voy. Folietæ : Genuens. Histor.; op. cit., in Grævii Thes. Antiq., etc., Lib. III , col. 319.

[20] « Helimelmis Muleasis, Murciæ et Carthagenæ Rex. » Vid. Folietæ : Clar. Lig. Elog.; op. cit. : p. 67.

superbe cheval, aux fers et à la selle d'argent, tout harnaché de tissus d'or. Ce fut sur ce cheval que le Héros de Ceuta fit son entrée dans Gênes, au milieu d'un triomphe rendu plus flatteur encore par les acclamations unanimes de ses Concitoyens.

Prenant en considération le courage et le talent militaire de Nicolas Spinola I, l'Empereur Frédéric eut assez de confiance en lui pour le placer à la tête des forces navales de l'Empire, après lui avoir conféré le titre d'Amiral.

Nicolas Spinola II remporta sur les Vénitiens une des plus brillantes victoires, en les punissant ainsi, coup sur coup, d'un acte de perfidie et de déloyauté qu'ils venaient de commettre envers Gênes.

En 1294, l'intrépide Capitaine Génois commandait en Chef les forces navales de la République, quand les flottes ennemies, Vénitienne et Génoise, se trouvèrent en présence d'Ajaccio.

Les Vénitiens avaient rompu une trève, en prenant trois grandes galéasses, chargées de riches marchandises génoises. Nic. Spinola ayant alors fait réclamer ces trois navires, les Vénitiens répondirent avec arrogance à l'Envoyé Génois : « que non-» seulement ils les gardaient en vertu du droit de la guerre, mais qu'en outre ils » allaient s'emparer de la flotte[21]. »

Prenant sur-le-champ son parti en brave, malgré la grande supériorité des voiles ennemies, Nic. Spinola prépara les siens au combat par la belle allocution suivante :

« Citoyens, surpris par un ennemi dont le nombre de vaisseaux et de soldats est » de beaucoup supérieur au nôtre, toute retraite étant désormais impossible, nous » sommes dans l'obligation de courir les chances d'un combat inégal. La seule espé-» rance de nous sauver qui nous reste encore, est dans notre désespoir même. Sous le » rapport de cette arme, *seule* il est vrai, mais *terrible*, nous avons un grand avantage » sur nos ennemis ; dans tout le reste ils nous sont supérieurs. Ce courage calme et » prudent, qui, dans nos autres combats, avait coutume de veiller à notre conservation » et de nous mériter la victoire, nous serait ici inévitablement funeste.

» Remplaçons-le par une audace furieuse. Il n'est d'autre moyen, pour nous, » d'éviter notre perte imminente et presque certaine, que de nous précipiter nous-» mêmes dans le danger ; de ne nous soustraire au péril, qu'en nous y ruant aveu-» glément. Ce que notre bravoure avait coutume de faire, dans nos autres combats,

---

[21] Uberti Folietæ : *Genuens. Histor.*, Lib. V, col. 379 ; *in Thes. Antiq.* Grævii, T. I, in-fol°.

» il faut ici que notre rage seule le fasse : si vous apportez cette conviction dans le
» combat qui va se livrer, nous pouvons vaincre, Citoyens ; sinon, nous devons
» inévitablement périr ! [22] »

Ayant ainsi parlé, et quoiqu'il n'eût alors que vingt vaisseaux sous ses ordres,
Nicolas SPINOLA résolut d'en venir aux mains, avec des ennemis dont la flotte se
composait pourtant de trente-deux vaisseaux ! Seulement, malgré l'indignation, le
désespoir et la rage concentrée qu'il avait dans l'âme, il prit sur-le-champ toutes les
précautions nécessaires pour que le meilleur ordre, l'entente et les secours mutuels,
la bonne tactique navale et la ruse stratégique, lui donnassent la certitude que lui et
les siens vendraient du moins chèrement leur vie.

Tacticien aussi habile qu'expérimenté, Nicolas SPINOLA eut un commencement
d'espérance, quand il se vit impétueusement attaqué par des ennemis qui ne
prenaient pas même la peine de combiner leurs mouvements, parce que, confiants
dans la supériorité de leur nombre, ils comptaient imprudemment d'avance sur
une victoire complète et facile. Le rusé Capitaine Génois, profitant de cette faute, se
hâta de l'aggraver, à l'instant même, en simulant une lâcheté. Il eut recours au
stratagème que le seul des HORACES survivant employa contre les trois CURIACES,
dont les blessures rendaient la marche inégale. Maintenant toutes ses forces parfaitement unies, il feignit de fuir d'abord ; mais, faisant habilement volte-face, en temps
opportun, pour attaquer, chaque fois avec furie, une partie seulement de la flotte
Vénitienne, il sut se ménager l'avantage de battre partiellement, en plusieurs rencontres successives, un imprudent ennemi qui trouva sa perte dans la trop grande
confiance qu'il avait eue en sa supériorité numérique [23].

Excités par le courage et l'étonnante présence d'esprit de leur Chef, les Génois,
quoique moins nombreux de beaucoup, combattirent si vaillamment, que des
trente-deux vaisseaux Vénitiens, vingt-cinq furent bientôt fait prisonniers. Les sept [24]
qui échappèrent au vainqueur, ne durent leur salut qu'à une honteuse fuite.

---

[22] Voy. Uberti FOLIETÆ : *Genuens. Histor.;*
Lib. VI, col. 402-403; *in Thesaur.*, etc., cit.,
GRÆVII, in-fol°; — FOGLIETA : *Dell'Istoria di
Genova.*— Genova, 1597, in-fol°, pag. 235.

[23] Voy. Jac. BRACELLII : *De Claris Genuens.*,
etc.; *in* GRÆVII *Thes. Antiq.*, etc. : T. I, col. 59.

Il arriva alors, aux Vénitiens, ce qui, près de
200 ans plus tard, en 1479, devait être funeste
aux Français, à la mémorable journée de Gui-
negate : *Ils perdirent la victoire pour l'avoir
crue trop facile.*

[24] *L'Art de vérifier les dates*, etc., p. 870,

Un décret de Gênes, reconnaissante, consacra solennellement l'anniversaire d'une si glorieuse journée.

Thomas Spinola, fils de Guillaume et frère de Nicolas Spinola II, sut mériter de nombreux titres honorables, et inspirer une grande considération personnelle, tant aux étrangers, qu'à ses propres compatriotes.

Il eut sa part de gloire, dans la célèbre victoire que remporta Obert Doria sur les Pisans, puisqu'il commandait trente-cinq des soixante et dix vaisseaux Génois qui en vinrent aux mains, dans cette circonstance mémorable. A la suite de ce terrible combat naval, dans lequel les Pisans furent tués, pris ou mis en fuite, il resta, entre les mains des Génois, cinq vaisseaux de transport, chargés d'argent et de marchandises précieuses; 4500 prisonniers, et un butin si considérable, que, selon un Historien digne de confiance[25], il aurait dépassé 120 mille florins d'or.

Gênes vit alors 28 mille marcs d'argent enrichir son trésor. Le nombre total des Pisans, dont regorgeaient ses prisons, s'éleva jusqu'à neuf mille : ce qui fit dire long-temps en Toscane, d'une manière proverbiale : « *Voulez-vous voir Pise? allez à Gênes.* »

Nous n'en finirions pas si nous voulions faire connaître ici les hauts faits d'armes de Guido Spinola, dont le génie militaire fut si utile aux Croisés assiégeant Ptolémaïs; et si nous entreprenions de tracer, avec quelques détails, les actions d'éclat de Gérard Spinola, de Conrad Spinola[26], de Pierre Spinola, d'Obizzo Spinola, de Gaspard Spinola[27], et des deux François Spinola dont la gloire brillait d'un si vif éclat au xvᵉ siècle.

2ᵉ col., ne désigne que trois vaisseaux sauvés, parce qu'il n'a pas compté les *quatre petites galères, armées de 80 rames,* qui portaient le nombre total des vaisseaux ennemis à 32 *.

[25] Joannes Villanus. Voy. Folietæ : *Clar. Ligur. Elog.;* ouvr. cit.: p. 71.

[26] C'est Conrad Spinola qui, joint à Lambert Doria, régla les conditions de la trève de 25 ans, concluc l'an 1300 entre les Génois et les Pisans, après 18 ans d'une cruelle guerre. On peut voir dans Ant.-Pietro Filippini **,

* Voy. Uberti Folietæ : *Clar. Ligur. Elog.;* ouvr. cit.: pp. 68-69.

** *Istoria Corsica,* 2ᵉ ediz.; rivista, etc., dall'

combien ces conditions furent avantageuses et glorieuses pour les Génois, et onéreuses et humiliantes pour les Pisans.

[27] Le fameux Grand-Amiral Vénitien Charles Zeno s'estima fort heureux, en 1384, de tenir tête à la flotte de Gaspard Spinola, dans les mers de la Grèce, jusqu'à la paix qui se conclut cette année même; mais il n'osa point le combattre ***.

Avvocato G.-C. Gregorj. — Pisa, 1827, gr. in-8º, *Appendice:* p. cxviii.

*** Voy. Biographie Universelle (de Michaud), ouvr. cit.; Art. Zeno (Charles) par Simonde-Sismondi : T. LII, p. 227, 2ᵉ col.

Dans un Bref adressé aux Dames Génoises qui sembleraient avoir formé le projet de s'armer et de partir pour la Terre-Sainte, vers la fin du xiiie siècle, le Pape BONIFACE VIII nomme une Dame SPINOLA (S. SPINULA). On peut voir dans le *Nouveau Voyage d'Italie*, de MISSON[28], cette Lettre curieuse, qui se rapporte aux casques et cuirasses conservés dans l'Arsenal de Gènes, et ayant appartenu aux Dames Génoises qui voulaient alors *se croiser*.

Il est encore question dans ce *Nouveau Voyage*[29], d'un autre Bref du même Pape, aussi relatif à la *Croisade des Dames Génoises*, adressé à Porchetto SPINOLA, Administrateur de l'Ecole de Gènes.

2° Dans le xvie siècle, et depuis cette époque, la famille SPINOLA a continué de fournir d'habiles Capitaines, qui ont fixé l'attention de l'Europe, et se sont montrés dignes en tout de leurs aïeux les plus célèbres.

En tête de ces héros, nous remarquons Zacharie SPINOLA, qui, ne pouvant supporter l'arrogance et les insultes humiliantes de VINCENTELLO, osa attaquer, et eut le bonheur de prendre, après un combat acharné, les deux galères, parfaitement armées et équipées, de cet intrépide Marin, alors qu'il n'en avait, lui, qu'une seule à sa disposition.

Nous voyons parmi ces hommes intrépides Paul-Baptiste SPINOLA, qui, se trouvant au service d'EDOUARD VI, Roi d'Angleterre, combattit toute une journée et sut triompher ainsi d'une révolte sérieuse dont, sans lui, ce Monarque eût été infailliblement la victime.

Nous y remarquons encore le célèbre Augustin SPINOLA, toujours cité comme celui qui prenait les armes, le premier, et les déposait, le dernier, dans toutes les circonstances délicates où sa Patrie était en danger; et qui laissa après lui deux fils, Antoine et Hector SPINOLA, réunissant aux avantages personnels de leur père, ses talents militaires, son caractère plein de noblesse et ses solides vertus.

Nous ne pouvons passer sous silence les hauts faits de Quirico SPINOLA, peut-être le seul des grands Capitaines de son temps, assez habile pour arrêter, tant sur terre que sur mer, les conquêtes si brillantes et si nombreuses des Turcs, qui semblaient alors vouloir envahir tous les points du Globe.

Nous en dirons autant d'Alexandre SPINOLA, que, malgré sa jeunesse, l'Empereur

---

[28] 5e édit., ouvr. cit.: T. III, pp. 298 et suiv.   [29] T. III, p. 302.

CHARLES-QUINT avait chargé de commander l'expédition contre l'Afrique, sous sa surveillance. C'est lui qui, dans l'attaque du fort de la Goulette, point le plus important des fortifications de Tunis et presque imprenable, eut le courage de monter le premier sur la brèche du rempart ennemi. Témoin de ce brillant acte d'intrépidité, l'EMPEREUR décora, de ses propres mains, une si noble poitrine, des insignes de l'Ordre de la Couronne Murale[30].

Frédéric SPINOLA, frère aîné du fameux Ambroise SPINOLA, fut aussi un Marin intrépide, du plus grand mérite, quoique, comme tant de grands Hommes de guerre, il n'ait pas été toujours heureux.

Entré au service de PHILIPPE III, Roi d'Espagne, en 1598, il fut bientôt nommé Commandant de l'Escadre des Pays-Bas, et mérita, de la Cour de Madrid, les distinctions les plus flatteuses, par les brillants avantages qu'il remporta sur les Hollandais, dans un grand nombre de circonstances. Il fut ensuite élevé à la dignité de Grand-Amiral d'Espagne.

Le 26 mai 1603, au milieu de prodiges de valeur, Frédéric SPINOLA fut tué, dans un combat naval des plus sanglants. Ce ne fut qu'après sa mort que les douze galères qu'il commandait, chargées de trois mille soldats, furent complétement battues et mises en pièces par quatre vaisseaux des Etats[31].

Mais celui des Héros de cette illustre Famille, qui mérite une mention encore plus particulière et plus détaillée, est, sans contredit, le fameux Ambroise SPINOLA, né à Gênes en 1569, mort en 1630.

Les actions d'éclat de son jeune frère, Frédéric, mirent à nu tout le feu du génie militaire resté jusques alors à l'état latent dans son âme. C'est seulement à l'occasion des brillants faits d'armes de ce célèbre Marin, dont il fut vivement ému, qu'il dut se dire: «*Et moi aussi, je suis un grand Capitaine!* »

S'étant déjà livré, avec ardeur et persévérance, à l'étude des anciens auteurs, — de ceux surtout qui ont traité de l'Art militaire, entre lesquels il estimait plus spécialement VÉGÈCE —, Ambroise SPINOLA prit du service sous PHILIPPE III, dont son frère Frédéric venait d'être nommé Grand-Amiral. Deux mois après, il était à Milan à la tête de neuf mille vieux soldats, *qu'il avait pris à sa solde pour trois ans*[32],

---

[10] Uberti FOLIETÆ *Claror. Ligur. Elogia.* Ouvr. cit. — *Romæ*, 1577, in-16: p. 164.

[31] Voy.: Collect. compl. de Mémoires relatifs à l'Histoire de France, etc., par M. PETITOT. Paris, 1819-27, in-8°: 1ʳᵉ série, T. V, p. 72.

[32] D'après les tarifs de solde de cette époque,

5

pendant que dix galères partaient de Gênes, sous le commandement du Grand-Amiral Frédéric Spinola, qui les avait équipées et armées, lui aussi, à ses frais. « Ainsi, dit » M. Mazas[33], deux frères, simples particuliers, faisaient ce que peu de Princes » Souverains étaient en état d'entreprendre. Sans leur coopération, le Roi d'Espagne » se serait trouvé hors d'état de continuer la guerre contre la Hollande et les Pays-Bas » révoltés. »

Ambroise Spinola eut plusieurs occasions de revoir Gênes, pendant qu'il était au service de Philippe III. Cette ville, fière de l'avoir vu naître, lui rendit constamment des honneurs que jusque-là elle n'avait accordés à personne. Les Nobles Génois n'épargnèrent rien pour le décider à se charger des affaires de l'Etat, mais ce fut en vain; ils n'y purent réussir : Ambroise connaissait trop l'inconstance de ses compatriotes, pour oser accepter une pareille offre.

Après la mort de son frère Frédéric, Ambroise Spinola fut nommé par Philippe III Grand-Amiral d'Espagne; mais il refusa cette honorable charge, alléguant « qu'il » n'avait aucune des qualités nécessaires pour l'exercer dignement. » Il fut alors nommé immédiatement, par ce Monarque, Général en Chef des Troupes Espagnoles, dans les Pays-Bas; et il conserva ce titre honorable, après la mort de Philippe III et de l'Archiduc Albert, sous la régence d'Isabelle et sous le règne de Philippe IV.

Il ne fallait rien moins qu'Ambroise Spinola, pour que les Espagnols pussent résister à Maurice de Nassau, Prince d'Orange, si justement réputé l'un des premiers Capitaines de son temps. Ambroise tint ce Prince fort souvent en échec; et il lui fit même plus d'une fois essuyer de grandes pertes.

On sait combien Ambroise Spinola sut acquérir de réputation par la prise d'Ostende, pendant la guerre suscitée par la révolte des Pays-Bas. Sur la recommandation spéciale que son Maître lui en avait faite, le 14 septembre 1604, il dirigea les travaux de l'attaque, et il eut l'honneur de mettre fin à ce mémorable siége, qui avait duré plus de trois ans, coûté la vie à 130,000 Espagnols ou Hollandais, et exigé plus de 800,000 coups de canons.

La prise d'Ostende fit encore moins d'honneur à Ambroise Spinola, que l'habileté avec laquelle il rendit nulles toutes les savantes tentatives de Maurice de Nassau, faites

la somme qu'il dut dépenser équivaudrait à *deux millions de francs de nos jours.*

[33] Voy. la *Biog. Univers.* (de Michaud), art.

Spinola (Fréd.) et Spinola (Ambr.), auxquels nous avons emprunté quelques détails intéressants sur ces deux grands Hommes de guerre.

pour secourir les assiégés. Le Prince manœuvra vainement, pendant trois mois, autour de cette place, avec une armée égale à celle des assaillants , sans pouvoir jamais interrompre les opérations du siége et empêcher la ville de se rendre.

Spinola livra ensuite à son savant et habile rival de gloire , *quinze combats*, dans lesquels *il put toujours rester vainqueur*.

Il força le Prince d'Orange à lever le siége de Gand : il opéra la soumission de l'Over-Yssel , et s'empara , dans l'espace d'un mois, de Rhinberg et de Linghen , places très-fortifiées, que les Etats avaient données à Maurice , pour le récompenser des signalés services qu'il avait rendus[34].

Le Prince de Nassau eut besoin de tout son génie militaire pour modérer la rapidité de tant de succès, et pour empêcher Ambroise Spinola de faire rentrer tout le pays sous l'obéissance de l'Espagne. Ce fut alors qu'une grande Princesse ayant demandé au Prince Maurice *quel était le premier Capitaine de l'époque*, — le Prince lui répondit : « Spinola *est le second* », réponse moins modeste que celle d'Annibal à Scipion , au milieu de circonstances analogues[35]. Le Prince d'Orange laissa échapper cette belle occasion d'élever sa grandeur d'âme au niveau de son admirable génie militaire. Il oublia trop que le mérite du Juge était en cause et le faisait justement apprécier lui-même, lorsqu'il jugeait le mérite d'autrui.

Ambroise Spinola passant par Paris, après avoir contraint Ostende à se rendre, Henri IV lui demanda *quels étaient ses projets pour la campagne prochaine?* — Encore plus fin que ne l'avait supposé le Roi de France, Ambroise lui développa exactement son projet, dans tous ses détails : il commit alors l'innocente perfidie de dire précisément la vérité. Ce Monarque persuadé que Spinola , voulant lui donner le change, ferait justement le contraire de ce qu'il lui avait dit, se hâta d'écrire dans ce but à son rival, au Prince Maurice, afin qu'il fût ainsi plus sûr de déjouer le projet du Général des Troupes Espagnoles. Mais quelle ne fut pas la mystification de Henri IV, quand il apprit, par la suite, que Spinola avait suivi, de point en point , exactement le plan

---

[34] Voy. *Biogr. Univ.*, cit., art. de M. Mazas.
[35] Lors d'une entrevue qu'ils eurent à Ephèse, Scipion demanda à Annibal *quel avait été, selon lui, le plus grand Capitaine?* — Alexandre , répondit le Carthaginois , *et* Pyrrhus *est le second, parce qu'il a su vaincre* les Romains. — *A qui donneriez-vous le troisième rang*, ajouta Scipion? — *A moi*, répondit Annibal avec confiance. — *Et qu'eussiez-vous donc fait*, lui dit Scipion, *si vous m'aviez vaincu?* — *Je me serais nommé le premier*, répliqua-t-il.

qu'il lui avait développé dans sa réponse mémorable! Ce grand Roi ne put s'empêcher de dire: « Les autres trompent en disant des mensonges, et celui-ci m'a » abusé en disant la vérité. »

Quand la Cour d'Espagne consentit à traiter avec les rebelles, —qu'alors elle eût pu si facilement écraser—, ce fut Ambroise Spinola qu'elle chargea de négocier avec les Etats. Le Prince de Nassau lui-même le prit dans son carrosse, à une demi-lieue de La Haye. « Ces deux rivaux de gloire restèrent ensemble, seuls, pendant une heure[36] ». Ce fut après avoir inspiré autant d'admiration par sa magnificence que par sa gloire, que Spinola signa, le 9 avril 1609, la trève assurant l'établissement de la nouvelle République.

A l'occasion des dissidents auxquels donna lieu la succession de Clèves et de Juliers, Spinola reprit les armes et s'empara rapidement d'Aix-la-Chapelle, de Wésel et de quelques autres placés importantes.

En 1624, Ambroise Spinola eut ordre d'assiéger Breda, place forte alors regardée comme une des mieux fortifiées de l'Europe. Ce grand homme ne se dissimula pas toute la difficulté d'une pareille conquête. Il témoigna même ouvertement à son Maître qu'il se dispenserait volontiers de l'entreprendre, tant il y voyait de probabilité d'insuccès. Mais Philippe III, aussi plein de confiance dans le génie militaire que dans le courage de son généralissime, lui ayant répondu : « Marquis, prenez Breda. Moi, le Roi » : Breda fut pris, en 1625, après un siège de dix mois, dirigé avec le plus rare talent, malgré tout ce que fit le Prince d'Orange pour le faire lever.

Les deux échecs que Spinola fit essuyer, presque coup sur coup, à son illustre adversaire, l'un auprès de Breda, pendant le siége de cette place, où les Hollandais perdirent 10,000 hommes, et l'autre à Anvers, où le Général Espagnol fit pénétrer 3,000 hommes avant que le Prince de Nassau eût pu y arriver, furent cause de la maladie de langueur dans laquelle ce dernier tomba, pour succomber le 23 avril 1625[37].

Le Premier Capitaine de l'Europe mourut de douleur, pour n'avoir pu arrêter les succès et ternir la gloire de celui qu'il avait osé appeler le Second ...!

Ambroise Spinola devait être écrasé, à son tour, sous le poids d'une double peine morale. Il vit avec une affliction profonde, d'une part, la glorieuse résistance des

[36] Biog. Univ. (de Michaud).—Mazas, art. cit.
[37] Voy. Le siége de la ville de Breda, con-   quise par Ambroise Spinola. — Anvers, 1630;
3 vol. in-fol°, fig.

Français qui, sous les ordres du Maréchal DE THOIRAS, s'étaient retirés dans la citadelle de Casal; et de l'autre, surtout, le refus que lui fit la Cour d'Espagne, des renforts dont il avait besoin pour terminer cette conquête et soutenir la brillante réputation dont il jouissait à tant de titres. Son âme en fut si vivement affectée, qu'il tomba, lui aussi, dans une grave maladie, dont il mourut, le 25 septembre 1630, en répétant plaintivement ces mots jusqu'à l'émission de son dernier soupir : « *Me han* » *quittado la honra !* — Ils ne m'ont laissé que la honte!...»

Singulière destinée de deux grands Capitaines, rivaux et jaloux l'un de l'autre, chez qui un malheureux amour-propre se trouvait au niveau du génie militaire et de l'amour de la gloire! Le dépit de n'avoir pu prendre la citadelle de Casal tue Ambroise SPINOLA, comme le regret de n'avoir pu sauver Breda avait déjà tué le PRINCE D'ORANGE !! [38]

La réputation militaire d'Ambroise SPINOLA était des plus grandes et des plus justement établies : « *Vivera il suo nome immortale*, dit BRUSONI[39], *nella memoria de'* »*posteri, come uno de', più eccellenti, e de', più fortunati Capitani del nostro secolo.* »

STRADA, BENTIVOGLIO, GROTIUS et DE THOU ont rendu justice, dans leurs écrits, autant aux vertus, qu'aux brillantes qualités et au génie militaire, que ce célèbre personnage possédait à un si haut degré. Il surpassait, même par sa vertu, Maurice DE NASSAU, dont il fut l'égal par la gloire. C'est lui qui, consulté, par le Cardinal DE RICHELIEU, sur le meilleur moyen de prendre La Rochelle, répondit, d'une manière à la fois si juste et si concise : « *Il faut fermer le port et ouvrir la main.* » Quelque temps après, étant venu saluer le ROI DE FRANCE, dans son camp, devant La Rochelle, il loua et admira les travaux de la fameuse digue[40]. Cette circonstance fut cause que, plus tard, la Cour de Madrid, intéressée à entretenir les troubles de France, ayant chargé SPINOLA de porter des secours à La Rochelle, ce grand Capitaine refusa en disant : « J'ai vu les opérations de ce siége, j'ai donné mon avis sur ce que l'on

---

[38] La mort de MARIE Iʳᵉ, Reine d'Angleterre, fille de HENRI VIII et de CATHERINE D'ARRAGON, doit être rapprochée de celle de ces deux grands Capitaines. « Le Duc DE GUISE prit » Calais, et MARIE mourut peu de temps après, » en 1558. *On n'a pas connu mon mal*, dit-elle » dans ses derniers moments; *si l'on veut le* » *savoir, qu'on ouvre mon cœur, et on y trou-* »*vera Calais.* » (Encyclopédie Méthodique, in-4° [*Histoire*], art. MARIE: T. III, p. 489.)

[39] Girolamo BRUSONI : *Istoria d'Italia dall'* *anno 1625 sino al 1660, Libri ventiotto.* — In Venetia, 1661, in-4°, p. 60.

[40] Voyez PETITOT : Collection complète de Mémoires relatifs à l'*Histoire de France*, etc., ouvr. cit.: T. LI, p. 67.

» devait faire , et je ne peux me charger de cette mission. » Voilà ce qu'était le célèbre Ambroise Spinola.

Enfin , lorsqu'en 1624, Charles Emmanuel I, Duc de Savoie, et le Connétable de Lesdiguières vinrent, après de rapides conquêtes, menacer très-sérieusement la ville de Gênes , ce furent Jérôme Doria et Benoît Spinola qui eurent le pouvoir de rassurer parfaitement leur patrie [41].

Tels étaient , entre beaucoup d'autres , les Hommes de guerre célèbres qu'a produits l'illustre Famille Spinola , Hommes de guerre que nous ne devions citer , comme exemples , qu'en petit nombre, en ayant encore soin de ne tracer ici que fort succinctement leur historique.

IV. La Famille Spinola a fourni aussi son contingent d'hommes célèbres , plus spécialement adonnés à la culture, si respectable et si utile des Lettres , des Sciences et des Beaux-Arts, tant avant qu'après le xvi° siècle.

1° Le Cardinal Augustin Spinola , dont il a été question dans la première division de ce Chapitre, favorisa de tout son pouvoir le progrès des Lettres dans sa patrie.

2° Le Doge Simon Spinola , élu en 1567, était à la fois un Littérateur et un Homme de science distingué , heureusement doué en outre d'une véritable éloquence. Il sut tourner fort heureusement les brillantes qualités de son esprit à l'avantage de sa patrie , soit dans les Délégations dont il avait été chargé , soit dans ses réponses solennelles aux Députations des premiers corps de l'Etat.

Un des Nicolas Spinola a été Poëte fort distingué. On connaît de beaux vers de lui , en l'honneur de l'Historien Ubert Foglieta , composés à l'occasion des XII Livres de cet auteur sur l'Histoire de Gênes [42].

Alexandre Spinola n'était pas seulement remarquable comme Homme de guerre ; à ses brillantes qualités militaires , il joignait encore celles de l'Ecrivain distingué et du Poëte plein d'esprit, d'imagination , de verve et de véritable génie. L'Historien Foglieta ne doute pas que , si une vie plus longue lui eût permis de cultiver convenablement les Lettres et surtout la Poésie , Alexandre Spinola n'eût occupé un rang très-distingué parmi les célébrités littéraires, non-seulement de son époque , mais encore des temps anciens.

---

[41] Voy. *L'Art de vér. les dates des faits hist., des chart., etc.;* édit. cit., in-fol°: pp. 881-82.
[41] Vid.: in S.-Georg. Graevii *Thesaur. Anti-*quitatum et historiarum Italiæ, etc.; op. cit., T. I, Uberti Foliettæ *Historiæ Genuensium,* Libri XII: Authoris *Laudes,* post Dedicationem.

Le Père Charles Spinola n'est pas seulement connu à cause de ses vertus, de ses sentiments religieux et de sa cruelle mort : c'était aussi un Homme de science, digne d'une haute estime. On voit que, Professeur distingué de Mathématiques, chez les Jésuites, il fut envoyé comme Missionnaire au Japon. Seize années d'un zèle et d'un travail infatigable lui avaient procuré de brillants succès, lorsqu'il fut pris et conduit, en 1618, dans une prison d'Omura, d'où il ne sortit quatre ans après, avec des incommodités inconcevables, que « pour être mené à Nangaracki, où il fut brûlé, le » 10 septembre 1618, avec le Père Sébastien Kimura, le premier Prêtre Japonais, et » quelques autres Religieux de sa Compagnie, plusieurs autres des deux Ordres de » Saint-Dominique ou de Saint-François, et un grand nombre de laïques » [43].

Fabio-Ambrosio Spinola, autre savant Jésuite, est auteur d'une *Vie du Père Charles Spinola* en italien, assez estimée, dont il a été fait, par le Père Germain Hugan, une traduction latine, dédiée au célèbre Ambroise Spinola.

Dans son livre intitulé : *De prodigiosis Naturæ et Artis operibus Talismanes et Amuleta dictis, cum recensione scriptorum hujus argumenti Liber singularis;* — Hamburgi, 1717 in-16 ; Petr.-Frid. Arpe fait, à la page 180, une énumération d'auteurs qui se sont occupés de choses relatives aux talismans : « *de Illis qui Talismanibus Affinia* » *tradunt* », et parmi lesquels se trouve un Faulhaberus Spinola.

Dans l'ouvrage de Millin, intitulé : *Voyage en Savoie, en Piémont, etc.* [44], il est question d'un Poëte portant le nom de Filippo Spinola. Voici comment s'exprime le savant Antiquaire français à cette occasion : « Il (Filippo Spinola) a composé plusieurs » Sonnets sur l'*Astronomie*. On lui doit la traduction italienne du Poëme de la *Pein-* » *ture* [45] par Watelet. Il a pris en tête le nom supposé de Nemillo Caramiccio. »

Cuvier (G.) dans le *Règne Animal distribué d'après son organisation, etc.* [46], cite déjà comme *savant Naturaliste*, le *Noble Génois* Maximilien Spinola, à l'occasion de l'ouvrage ayant pour titre : *Insectorum Liguriæ species novæ aut rariores.* — Genuæ, 1806-8, 2 vol. in-4°, fig. M. Maxim. Spinola est auteur de plusieurs autres excellents Mémoires, publiés dans les *Annales du Muséum d'Histoire naturelle de Paris* [47].

---

[43] Voy. Feller : *Dict. hist.*, art. Spinola (Ch.) — Paris, 1818, in-8°: T. VIII, p. 247.

[44] Ouvr. cit. Paris, 1816, in-8°: T. II, p. 250.

[45] Le vrai titre est : *l'Art de peindre ; Poëme avec des réflexions sur les différentes parties* de la Peinture. — Paris, 1760, gr. in-4°, pap. fort, fig.

[46] Paris, 1817, 4 vol. in 8°, fig.: T. IV, p. 162.

[47] Voy. T. X, Paris, 1807 : pp. de 236-248 et de 366-380 ; T. XVII, 1811 : pp. de 138-152.

Nous voyons dans Millin [48] que M. Viviani avait formé un Catalogue de 71 espèces de poissons observées par lui dans le golfe de Gênes, auxquelles M. Maximilien Spinola *en a ajouté beaucoup d'autres, dont quelques-unes étaient peu connues des Naturalistes.*

Enfin, M. Maximilien Spinola a publié encore les deux ouvrages dont les titres suivent : *Essais sur les Insectes hémiptères rhyngotes ou hétéroptères.* — Paris, 1840, in-8° ; et *Dei Prioniti o dei Coleotteri a essi più affini.* — Torino, 1843, in-4°.

Le savant Comte de Vidua a vu à Gênes, en 1810, une Dame Spinola aussi remarquable par sa modestie, que par son mérite, son esprit et son amabilité [49].

Le journal *le Siècle* disait, en 1843, si je ne me trompe : « On a beaucoup » remarqué, dans les Concerts qui ont été donnés cette année, les productions d'une » jeune artiste, Mlle. Spinola-Durazzo. Nous citerons, entre autres, le *Bélisaire* dont » Baroilhet a été le digne interprète, et une romance intitulée : *Aimons-nous !* que » Mlle. Nau a chantée avec sa gracieuse voix. Mlle. Spinola *s'est placée, dès le début,* » *au rang des Compositeurs les plus estimés.* »

Le Baron Alibert, à qui j'avais envoyé une analyse du Manuscrit H. 439, de la Bibliothèque de la Faculté de Médecine, m'écrivait, le 28 février 1836 : « Vous n'ima- » ginez pas tout le plaisir que m'a fait votre aimable Lettre. Votre Histoire de Thomas- » sine Spinola m'a charmé. Je veux que vous sachiez que la famille de cette Noble » Génoise *existe encore;* qu'*elle s'est alliée à la famille de notre* Duc de Lévis, etc.... »

Nous bornerons à cet extrait le choix que nous avons cru devoir faire, parmi les nombreux matériaux que nous ont procurés nos recherches historiques, sur l'illustre Famille Spinola de Gênes, considérée succinctement, en particulier.

---

[48] *Voyage en Savoie, en Piémont, à Nice et à Gênes.* Ouvr. cit. : T. II, p. 221 (note 3) et p. 222 (note 1).

[49] *Lettere del conte* Carlo Vidua, *pubblicate* da Cesare Balbo. — Torino, 1834, in-8°, avec cart. géogr., in-fol°; T. I, p. 158 : «... Ha ta- » lenti, e non è ansiosa di farli comparire, cosa » insolita ! »

CHAPITRE III.

MONUMENTS DUS A LA FAMILLE SPINOLA.

 L'EXEMPLE des illustres lignées qui „constamment pleines d'amour pour leur Patrie , lui ont rendu , de tout temps , les plus signalés services , la Famille SPINOLA devait laisser , pour la postérité , son nom empreint , ou gravé en caractères ineffaçables , sur un grand nombre de monuments , la plupart soigneusement conservés à Gênes.

Des *Edifices publics* ; des *Villas* délicieuses ; des *Palais* somptueux ; d'élégantes *Chapelles*, et des *Tombeaux* magnifiques, auxquels il faut joindre encore l'érection d'une ville *en Principauté* : nous rappellent , en effet , comme à l'envi , l'ancienneté , la noblesse , l'opulence , l'illustration de cette race ; ainsi que la haute considération dont elle a toujours joui , et , par suite , la grande influence qu'elle a si long-temps exercée sur les affaires publiques de son pays.

I. On a senti , de tout temps , l'immense utilité qu'il y a , pour le peuple , à ce que les divers quartiers de la ville qu'il habite , puissent entretenir des relations promptes, faciles , sûres et nombreuses , les uns avec les autres.

Il est infiniment probable qu'à une époque plus ou moins reculée , un SPINOLA se sera efforcé de plaire à ses compatriotes , en établissant , à l'aide d'un beau *Pont*, des relations , de tous les instants , entre quelques-uns des quartiers les plus populeux

6

de la noble cité de Gênes. Il est déjà question , dans la *Cosmographie Universelle* de A. Thevet [1], d'un *Pont* désigné comme une des magnificences de Gênes , et qui porte le nom de Lespinole [2].

II. Au voisinage de Gênes , dans trois gros bourgs , jouissant d'une grande réputation par la fraîcheur de leurs jardins délicieux et de leurs campagnes de luxe , où les familles nobles et riches du pays sont dans l'habitude de passer la belle saison , on a admiré pendant long-temps , et l'on admire encore des maisons d'agrément , des *Villas ,* comme on les nomme en Italie , qui portent le nom de Spinola , c'est-à-dire le nom de ceux qui furent ou sont peut-être aujourd'hui leurs maîtres.

On lit dans le *Voyage d'un Français en Italie* (par Lalande) [3] que « la Maison de » campagne Spinola qui se trouve au faubourg Saint-Pierre d'Arena , sur la rivière » de Ponent , est *très-belle.* »

Il est dit dans la *Description des Beautés de Gênes* [4] : « Sestri et Pegli sont deux » gros bourgs où la Noblesse de Gênes a des maisons délicieuses : les plus belles » appartiennent au Prince Doria Pamphili , à S. E. Monsr Augustin Lomellini , et » à Mme Lilla–Mari Spinola. »

Dans les *Scènes de la Vie Italienne,* de M. Méry [5] , il est question de la « *Villa* » Spinola, si orgueilleuse de ses fresques [6] . . . . . »

A Novi , petite ville , presque toute composée de maisons agréables , où beaucoup de riches Génois passent le printemps et l'automne , se trouvait aussi un *Palais* plutôt qu'une *Villa ,* du nom de Spinola , qui ne le cédait en rien aux magnifiques

---

[1] Paris , 1575, in-fol° : T. II , p. 711, b. — Ce pont est marqué dans la belle vue de *Gênes* [Genua] d'Ub. Folieta. Voy. : Grævius *Antiq.,* etc. ; op. cit. : T. I , p. 215 *(Ponte del Spinola).*

[2] Il est presque inutile de dire que, Spinola ; Spinula , comme l'écrit en latin Folieta ; Espinole , ainsi qu'on le lit dans notre Manuscrit, ne sont que des variantes orthographiques du même nom de famille. Il est tout aussi clair que , dans ce lieu , le mot Lespinole n'est rien autre chose que la coarctation elliptique de cette expression *Lo Ponte* Spinola.

[3] In-12 ; ouvr. cit. : T. VIII, p. 525.

[4] Ouvr. cit. — Gênes , 1788 in-16 : pp. 118. — Voyez aussi : *Voyage d'un François en Italie,* etc. ; ouvr. cit. : T. VIII , p. 525.

[5] Paris , Dumont, 1837, in-8° : T. I. p. 25.

[6] Lorsque, allant à Pézénas , on se trouve sur la chaussée remarquable qui précède le pont jeté sur l'Hérault , on aperçoit dans une belle position , sur le penchant d'une forte colline , une maison de campagne qui porte encore aujourd'hui le nom de *Château* Spinola, parce que Mlle. Desvous , sa propriétaire actuelle , l'a achetée de la veuve d'un Spinola, descendant de l'ancienne Famille Génoise de ce nom.

Palais Brignole, Doria, Balbi, Negroni, Centurioni, Durazzo, réunis dans le même lieu [7].

III. Le bel ouvrage de Pierre-Paul Rubens, sur les *Palais modernes de Gênes* [8], n'en représente que trois, seulement, désignés comme ayant appartenu à la famille qui nous occupe : ces Palais sont ceux de Nicolas, d'André et de Daniel Spinola. L'architecture de ces beaux édifices est peut-être la plus simple des magnifiques monuments reproduits par la gravure, d'après les dessins de Rubens, sans qu'on puisse toutefois s'empêcher d'en admirer la grâce et la noblesse.

Les Spinola possédaient beaucoup d'autres beaux Palais, de chacun desquels nous ne pourrons dire ici que quelques mots, précisément parce qu'ils sont nombreux.

Obligé de rapporter notre rapide revue à une époque déterminée, pour tâcher d'éviter des erreurs graves et nombreuses, qui sans cela eussent été très-faciles à commettre, nous avons cru pouvoir prendre pour guide l'*Istruzione* de Ratti [9], quoique publiée en 1766. Ce petit ouvrage présente d'ailleurs constamment les Palais Spinola sous le jour le plus propre à faire bien ressortir toute l'illustration de cette Famille. Aux faits consignés dans Ratti nous avons rattaché et groupé, comme à autant de centres, les autres documents historiques recueillis dans nos nombreuses recherches.

1° Le Palais Spinola *(in San-Pier-d'Arena)* [10] était encore plus renommé et admiré par les magnifiques peintures dont il était décoré intérieurement, que par sa belle architecture.

Dans son Salon, le plus vaste de tous ceux de Gênes, Gio Carlone avait peint à fresque, et avec le plus grand goût, l'entreprise de Megollo Lercari contre le Gouverneur Impérial de Trebisonde.

On y voyait aussi, dans d'autres pièces, le beau trophée en l'honneur de Frédéric Spinola : ces *cinq glaives*, dont un plus long que les autres, consacraient l'égal nombre de victoires remportées par ce Héros, dans la Flandre. Autour de ce glorieux souvenir, se montrait *la Valeur tenant enchaînés des prisonniers*. Le tout était peint à fresque et avec un rare talent, par André Ansaldi.

---

[7] *Description des beautés de Gênes et de ses environs*, etc. : ouvr. cit.; p. 225.

[8] *Palazzi di Genova, con le loro pianti ed alzati.* — Anversa, 1622, 2 part., in-fol° (139 pl.).

[9] Carl.-Gius. Ratti : *Istruzione di quanto può vedersi di più bello in Genova, in pittura, scultura ed architettura.* — Genova, 1766, in-18.

[10] Carl.-Gius. Ratti, ouvr. cit.; p. 377.

Parmi d'autres fresques, du même auteur et d'un égal mérite, on distinguait encore plus particulièrement les deux compositions représentant : l'une ANDROMÈDE, l'autre le *Mariage d'Argentine* SPINOLA *avec le fils de l'Empereur Andronic* PALÉOLOGUE.

2° Le Palais de Cristofaro SPINOLA présentait, dans sa principale salle, les *Travaux d'Hercule;* divers autres sujets profanes, peints à fresque par Jean-Baptiste CARLONE ; et des paysages, ou ornements, d'HAFFNER et d'ALDROVANDINI [11].

Ce Seigneur Cristofaro SPINOLA habitait alors, dans le Palais Marcello DURAZZO, le plus grand appartement, valant presque à lui seul un somptueux Palais, où, parmi les superbes peintures qu'il possédait, on remarquait surtout une *Sainte Famille,* du DOMINIQUIN , et de très-grands paysages d'ORIZONTE , de STUDIO , de LUCATELLI, et d'autres Paysagistes célèbres [12].

3° Le Palais SPINOLA , situé près des Palais ANSALDO et GRIMALDI , avait une porte ornée de marbres soigneusement travaillés par VALSOLDI. Il contenait de belles fresques , assez bien conservées, de la main de BADARACCO. On y voyait encore d'autres fresques , représentant quelques Scènes de la *Destruction de Troie* , elles-mêmes déjà malheureusement détruites en partie. C'était l'œuvre d'Ottavio SEMINO , qui y avait aussi peint , sur la voûte de la principale salle , *l'Assemblée des Dieux* [13].

4° Le Palais François SPINOLA [14] *(in Piazza Pelliceria)* présentait , dans sa galerie , des *Scènes voluptueuses* ayant *Vénus* pour sujet , par l'Abbé FERRARI ; dans sa principale salle , des sujets d'Histoire empruntés à J. VILLANI , par TAVARONE , avec des ornements de Jean-Baptiste NATALI , de Plaisance , et plusieurs beaux portraits de la main de VAN DYCK.

On y voyait , en outre , une ébauche de la célèbre *Cène de Notre-Seigneur* , de PROCACCINO , reproduite en grand et terminée dans l'Eglise de l'Annonciade ; et un admirable dessin de Carl. MARATTE.

5° Le Palais de Ferdinand SPINOLA *(in Strada Nuova)* [15], un des plus beaux de la superbe rue où il était situé , se faisait remarquer par sa façade peinte à fresque de la main de TAVARONE. Ce Maître en avait orné , en outre , la principale salle , en y peignant , dans le même genre , les *Conquêtes d'Alexandre.*

Parmi ses tableaux les plus précieux , on distinguait surtout un grand portrait

[11] Voy. Carl.-Gius. RATTI , ouvr. cit.; p. 115.
[12] Voy. Carl.-Gius. RATTI , ouvr. cit.; p. 190.
[13] Voy. Carl.-Gius. RATTI , ouvr. cit.; p. 116.
[14] Voy. Carl.-Gius. RATTI , ouvr. cit.; pp. 116-117.
[15] Voy. Carl.-Gius. RATTI , ouvr. cit.; p. 242.

de *Général à cheval*; et un *Couronnement d'épines*, plein d'expression, par van Dyck; *la Vierge et l'Enfant Jésus*, d'Annibal Carrache; un *Silène* par Rubens; divers beaux morceaux du Cappuccino; et plusieurs portraits admirables dus au pinceau du Titien, de Castiglione, du Cangiage, etc.

6° Le Palais de Jean-Baptiste Spinola *(nella Strada del Campo)* [16] était d'une élégante architecture, et présentait parmi les dessins et les tableaux de prix qui l'ornaient, quelques petits dessins des *Loges du Vatican*, de la propre main de Raphaël; et l'ébauche du grand tableau du *Paradis*, peint par le Tintoret, à Venise.

7° Le Palais d'un second Jean-Baptiste Spinola [17] possédait une galerie de tableaux ou de dessins de grands Maîtres, qui, pour être petite, n'en était pas moins d'un très-haut prix.

Les plus remarquables de ces productions du génie étaient : *l'Annonciation*, de l'Albane; une belle copie de *la Transfiguration*, de Raphaël; le *Repos de la Vierge, après son voyage d'Égypte*, attribué au Corrège; *le Sacrifice d'Iphigénie* et *la Mort de Didon*, à la manière du Cortone; *la Vierge en pleurs* et *la Vierge et l'Ange Gabriel*, de Carl. Maratte; *Saint Charles*, *Saint Sébastien* et *Sainte Magdeleine*, de Guido Reni; trois beaux tableaux de Franceschini : *Salomon adorant les idoles; Rebecca au puits*; *Moïse sauvant Rachel des embûches des Madianites*, et un excellent dessin au crayon rouge, de la main du célèbre Génois Jean-Baptiste Gaulli, plus connu sous le nom de Baciccio.

8° Le Palais d'Étienne Spinola *(nella Strada degli Orefici)* [18], d'une magnifique architecture, était riche en tableaux de Rubens, du Guide et des Carrache.

Ce Palais possédait, en outre, un buste en marbre des plus remarquables de l'Algardi, représentant précisément un personnage de la famille Spinola.

Près de ce chef-d'œuvre de sculpture, on admirait la mémorable peinture de Pellegro Piola, ayant pour sujet *la Vierge*, *l'Enfant Jésus*, *Saint Jean et Saint Éloi*; morceau dont l'exposition avait inspiré tant de jalousie, que, peu de jours après, le 29 novembre 1640, son auteur expirait, à la fleur de l'âge, à 23 ans....., sous les coups redoublés du poignard d'un rival envieux!

[16] Voy. Carl.-Gius. Ratti : *Istruzione*, etc. — Ouvr. cit.; p. 209.

[17] Voy. Carl.-Gius. Ratti, ouvr. cit.; p. 304.

[18] Voy. Carl.-Gius. Ratti, ouvr. cit.; p. 213.

9° Le Palais de Saint-Pierre Spinola [19] se faisait admirer par son architecture, pleine de noblesse, par son étendue, et par la richesse de son intérieur, qui l'assimilaient réellement aux Maisons Royales : aussi a-t-il plus d'une fois été choisi pour devenir l'habitation des personnages les plus illustres qui venaient visiter Gênes, et parmi lesquels s'est trouvée l'Infante Marie-Louise d'Espagne, Grande-Duchesse de Toscane.

Les peintures de la façade de ce Palais étaient des meilleures qu'eût produites le pinceau de Lazare Calvi, élève de Perino del Vaga.

On remarquait, à l'intérieur, entre autres chefs-d'œuvre de l'art, *la Mort des Enfants de Niobé*, et une *Bataille*, exécutée avec un rare talent par le Cangiage, qui pourtant n'avait encore que 17 ans....! On y voyait, en outre, de la main d'Ansaldi, des tableaux relatifs à de hauts faits d'armes d'Ambroise Spinola, méritant plus particulièrement d'être ici désignés. Ce *héros* est représenté : dans l'un, *réduisant Aix-la-Chapelle sous l'obéissance de l'Empereur ;* dans l'autre, *faisant prisonnier le Prince de Pologne, au siége de Breda ;* dans le troisième, *recevant le Commandement Général des Armées de Flandre.*

10° Le Palais Spinola provenant du Seigneur Rodolphe *(in Strada Nuova)* [20] ne le cédait en rien aux autres Palais de cette illustre Famille, surtout par les ornements en marbre de sa porte d'entrée, ornements des plus riches et du meilleur goût qu'on puisse imaginer.

Dans une vaste salle et dans la pièce d'attente qui la précédait, s'offraient à la vue deux belles fresques de Domenico Piola : l'une avait pour sujet *un trait d'Histoire Romaine ;* l'autre représentait Janus, *qui, ayant fermé la porte de son Temple, en présentait la clé à Jupiter.* On y rencontrait, dans d'autres pièces, de très-belles peintures à fresque de Giovanbatista et des frères Calvi ; et de nombreux tableaux de grands Maîtres, parmi lesquels se faisaient remarquer : des van Dyck, des Tintoret, des Passignano et divers Peintres Génois des plus célèbres.

Pour couronner dignement cet édifice, la belle terrasse de ce Palais avait été ornée d'un superbe groupe en marbre soigneusement sculpté par Puget, représentant *l'Enlèvement d'Hélène* [21].

[19] Carl.-Gius. Ratti, ouvr. cit. ; p. 262. appelle ce Seigneur *San Pietro da S. Giuseppe.*

[20] Voy. Carl.-Gius. Ratti, ouvr. cit.; p. 253.

[21] Voy. d'Argenville, *Vies des fameux Architectes et Sculpteurs.* — Paris, 1788, in-8°; T. II, p. 197.

Enfin, dans une vaste pièce intitulée *Loggia de' Signori* SPINOLA[22], se trouvaient réunis de nombreux tableaux ayant pour sujet des *traits de magnificence*, des *actions d'éclat*, et de *hauts faits d'armes*, de l'illustre Famille SPINOLA.

11° D'après le *Voyage de* MILLIN *en Savoie, en Piémont, à Nice et à Gênes*[23], on verrait sur les murs du Palais Paolo SPINOLA de cette ville, des peintures de TAVARONE, représentant des traits mémorables de divers Seigneurs de la Maison GRIMALDI. Le Palais lui-même contiendrait de précieux tableaux de grands Maîtres, dont MILLIN donne l'énumération, parmi lesquels on remarque, surtout, un superbe portrait du Doge André SPINOLA, peint par VAN DYCK.

Tels étaient, ou tels sont peut-être même encore, les principaux Palais de Gênes ayant appartenu ou appartenant à cette noble et célèbre lignée des SPINOLA.

IV. Les Eglises de Gênes nous fournissent la preuve, que les sentiments religieux et la vraie piété ont, de tout temps, animé la célèbre Famille qui nous occupe.

Dans la *Description des beautés de Gênes et de ses environs*[24], il est dit, à l'occasion de l'Eglise de *Notre-Dame-des-Vignes*, que « Obert VISCONTI, *d'où descend l'illustre* » *Famille* SPINOLA, et Gui DE CARMANDINO *la firent considérablement agrandir, l'an* 980. »

La paroisse de la Famille SPINOLA était l'Eglise de Saint-Luc, Eglise qui avait été toute peinte par PIOLA le père, d'une manière large ayant quelque chose du goût de PIETRO DI CORTONA et de RUBENS, quoique la couleur de ce Maître ne fût pas toujours naturelle, et que son dessin manquât quelquefois de correction.

Mais c'est dans l'Eglise Sainte-Catherine que se trouve la *Chapelle* SPINOLA, où l'on voit, d'après M*** (D'ARGENVILLE)[25] les *Quatre Evangélistes*, et des *Traits de la Vie de Saint Benoît*, du CANGIAGE.

V. L'expression suprême de l'illustration et de l'opulence des Familles Historiques consiste dans l'érection de magnifiques Tombeaux, auxquels sont confiés les restes mortels de leurs branches entières, ou, tout au moins, les cendres de ceux de leurs membres qui surent le plus se distinguer pendant leur vie. On peut dire que ces

---

[22] Voy. Carl.-Gius. RATTI, ouvr. cit.; p. 256.

[23] Paris, 1816, in-8°; T. II, pp. 238-239: note (3).

[24] Ouvr. cit.; Gênes, 1788, in-16. p. 82.

[25] Voy. *Abrégé de la vie des plus fameux Peintres*, avec leurs portraits gravés en taille- douce, les indications de leurs principaux ouvrages, quelques réflexions sur leurs caractères et la manière de connoître les Dessins et les Tableaux des grands Maîtres; par M*** [D'ARGENVILLE]. — Paris, DE BURE, 1762, in-8°; T. II, p. 330.

monuments funèbres sont de véritables pages glorieuses de l'Histoire, à l'adresse de la postérité, quand surtout le ciseau du Sculpteur et une Inscription viennent en réchauffer et en ranimer le marbre. Ces touchants produits de l'Art et de la Science rappellent, en effet, les vertus, le courage et les plus belles actions du grand homme qu'ils renferment, redevenu poussière pour se conformer aux lois de la Nature, à l'immuable volonté de l'ÉTERNEL.

1° On lit le passage suivant, dans une relation de voyage faite par *deux gentils-hommes Suédois*[26] : « Les édifices sacrés sont, à Gênes ainsi qu'à Naples, remplis » d'inscriptions funéraires. A Gênes, ces inscriptions sont aussi simples en général, » que celles de Naples sont emphatiques... J'ai lu celle-ci écrite, en caractères de la » plus grande proportion, sur la frise du *magnifique Tombeau d'un* SPINOLA :

« *Quod per te facere potes.*
» *Alteri ne commiseris.* »

2° L'Église Saint-Dominique, consacrée en présence du Pape INNOCENT II, en 1132, et qui est la plus longue Église de Gênes, a sa Chapelle de NOTRE-DAME DE LORETTE, embellie par le riche *Tombeau du* Doge Simeone SPINOLA[27].

3° Le *Duomo* de Savone conserve encore quelques monuments de son ancienne Cathédrale, détruite, avant 1604, pour bâtir une forteresse. On y remarque surtout, dans la petite Église des *Gavotti* : « le *majestueux Tombeau en marbre de Stefano* » SPINOLA, qui est dans la *Chapelle de l'Assomption*[28]. » Ce beau monument est l'œuvre de Jacobo-Antonio PONSONELLI.

4° A la mort de François SPINOLA I, les habitants de Gaëte, voulant témoigner combien ce grand homme avait su se faire aimer, par la justice et l'aménité qu'il avait toujours apportées dans l'exercice de ses hautes fonctions auprès d'eux, et surtout par la force d'âme et le courage à l'aide desquels il les avait arrachés à une mort sans cela inévitable, s'imposèrent un deuil général sévère, et envoyèrent à Gênes un *magnifique Tombeau de marbre antique*, destiné à recevoir les restes mortels d'un Héros si regretté[29].

[26] *Nouv. Mém. ou observ. sur l'Italie et sur les Italiens.*—Lond., 1764, in-12 : T. III, p. 274.
[27] MILLIN ; *Voyage en Savoie, en Piémont, à Nice et à Gênes ;* ouvr. cit. : T. II, p. 185.

[28] MILLIN ; *Voyage en Savoie, en Piémont, à Nice et à Gênes ;* ouvr. cit. : T. II, p. 150.
[29] Voy. Uberti FOLIETÆ *Clarorum Ligurum Elogia ;* ouvr. cit., p. 130.

5° Dans l'Eglise *San Francesco-del-Castelletto*, Eglise à belle façade en marbre, où plusieurs nobles Familles Génoises ont leurs sépultures, on voit le superbe Tombeau en marbre du Doge André Spinola. On remarque, au-dessus de ce Tombeau, une Vierge en marbre précieux de la main du Cangiage, maître, comme on le sait, aussi gracieux et savant dans l'art de la Sculpture que dans celui de la Peinture [30].

Parmi les superbes bustes des Spinola réunis dans le même lieu, nous signalerons encore, à cause du talent avec lequel ils sont exécutés, ceux du Doge André Spinola, de son épouse Clélie et de Charles Spinola [31].

6° Quant à notre héroïne Thomassine Spinola, il n'est pas douteux qu'après sa mort il ne lui ait été élevé un magnifique Tombeau, peut-être dans une des principales Eglises de Gênes. D'Auton lui-même nous fournit la preuve de l'existence, temporaire, de ce monument. A la suite de la *Complaincte*, on lit cette phrase, dans le Manuscrit 9704 de la Bibliothèque Nationale et dans l'édition des *Chroniques* publiée par le Bibliophile Jacob [32] : « Après que j'eu ceste élégie mise à fin j'en présentay au dit lieu de » Tours ce que j'en avoye faict au Roy pour luy donner de ma part quelque diuerse » nouuelleté et moyen d'agréable passetemps, ce qu'il aduisa de mot à mot, et *comme* » *depuis par aucuns me fut dit l'enuoya à Gennes pour faire mectre sur le tombeau de* » *la defuncte en signe de continuelle souuenance et spectacle memorable.* »

Il est aussi question de l'érection de ce Tombeau de Thomassine Spinola, dans l'*Histoire de France* de Velly, Villaret et Garnier [33], et dans l'*Histoire de* Louis XII par Delaroche [34].

Nous penserions, assez volontiers, que le souvenir des tendres relations de cette belle Génoise, avec Louis XII, aura quelque peu contribué à la destruction de ce monument de reconnaissance et d'amour. Le Tombeau de Thomassine Spinola rappelait trop, — quoique indirectement —, la conquête de Gênes par les Français, au commencement du xvie siècle. Son existence, sa présence dans cette ville éminemment guerrière, ravivaient naturellement des sentiments pénibles, qui n'avaient jamais pu s'éteindre entièrement dans des âmes généreuses. Ces intrépides Liguriens, toujours mémoratifs, à bon droit, de leurs brillants siècles de gloire, se souvenaient,

---

[30] *Description des beautés de Gênes et de ses environs*; ouvr. cit.: p. 84.

[31] Voy. Millin, *Voyage en Savoie, en Piémont, à Nice*, etc.; ouvr. cit.: T. II, p. 195.

[32] *Chroniques*; ouvr. cit.: T. III, p. 136.

[33] Ouvr. cit., édit. in-4°: T. XI, p. 266.

[34] Delaroche: *Hist. de* Louis XII. — Paris, 1817, in-12: p. 93.

7

avec plaisir peut-être, d'avoir fait du Roi de France, Louis XII, un Duc de Gênes, par pure affection, ou grande confiance; mais ils se rappelaient aussi, avec peine, que Louis XII était redevenu Duc de Gênes par la force des armes, quand ils s'étaient révoltés, en 1507! D'ailleurs, le désir de l'indépendance fermentait alors, plus que de coutume, chez ce peuple valeureux, et ce sentiment se renforçait encore, dans son esprit, par une inconstance habituelle généralement connue.

Il est donc infiniment probable que la fierté Génoise aura voulu anéantir la trace matérielle d'un fait historique, froissant inévitablement l'amour-propre national, à l'époque de la mémorable Révolution Doria, en 1528.

VI. D'après Davity il semblerait qu'une petite ville aurait été érigée en *Principauté*, pour devenir l'apanage de la Maison Spinola. « Le Genovesat, dit cet » auteur [35], contient plusieurs autres villes et fiefs importants, savoir : *Tassarolo*, » petite ville et *Principauté à la Maison* Spinola... »

Le Messager du Midi, — N° du 27 septembre 1850 —, nous rappelle que, dans ce moment, c'est M. le Marquis de Spinola qui est *chargé d'affaires de S. M. Sarde*, *près le Saint-Siége*.

Telle a été, par ses ancêtres et par ses descendants, cette noble et illustre Famille de notre héroïne Thomassine Spinola.

[35] Davity : *États et Empires du Monde* ou *Description générale de l'Europe*, etc., édit. revue par Ranchin et J.-B. de Rocoles.—Paris, 1660; in-fol°, fig. : T. III, p. 33.

CHAPITRE IV.

DE THOMASSINE SPINOLA, EN PARTICULIER.

 A Dame Génoise dont il va être principalement question dans ce Chapitre, appartenait, probablement, à la branche aînée de la Famille Spinola, fixée depuis long-temps à Gênes. Notre héroïne était, au commencement du xvie siècle, une des plus belles, des plus spirituelles et des plus aimables femmes de toute l'Italie : les Historiens nationaux et étrangers, contemporains ou plus rapprochés de nous, n'importe, sont *unanimes* sur ce point.

I. A l'occasion de Thomassine [1] Spinola, l'Art semblait avoir pris plaisir à rivaliser avec la Nature. Thomassine avait reçu une brillante éducation, et ses heureuses dispositions naturelles, avaient su en retirer tant d'avantages, qu'ayant, pour ainsi dire, monopolisé les connaissances solides et les *Lettres*, aussi bien que les Arts d'agrément, elle ne se montrait jamais, nulle part, sans être à l'instant regardée comme un assemblage inouï de perfections. Il ne faut donc pas voir avec trop d'étonnement M. Mazas nous apprendre que Thomassine, selon lui aïeule du célèbre Ambroise Spinola, « avait consacré une fortune considérable à faire fleurir les » Lettres [2]. »

---

[1] Mézeray l'appelle *Thomasse*. Voy. *Histoire de France.*—Paris, 1685, in-fol°: T. II, p. 826.

[2] Voy. *Biographie Universelle :* « Spinola » (Ambr.) »; art. cité.

II. Lorsque notre bon Roi Louis XII fut appelé à Gênes, par les Génois eux-mêmes[3], dans le mois d'août de l'année 1502, il y fut reçu de la manière la plus splendide et la plus flatteuse que l'on puisse imaginer.

Douze Seigneurs, choisis parmi les premières familles nobles, furent désignés pour aller au-devant du Roi. « Iceux douze, dit Godefroy, estoient nommés Lucas
» Spinola (*le premier par considération* [4]), Jean Doria, Francisque Lomelin, Paul
» de Flisco, Simon Bigna, Stephanus Justinian, Raphaël Rugius, Raphaël de
« Furnariis, Ansaldus de Grimaldis, Durand Cathanius, Liquin de Marinis, et
» Julian Centurion, lesquels par l'ordonnance des Seigneurs et du Peuple de la ville
» receurent le Roy, de quoy très honorablement s'acquittèrent. »

Lors de son entrée triomphante dans la ville, qui cut lieu le 26 août 1502, à midi, les Dames de Gênes les plus nobles, riches et belles, allèrent en Députation au-devant du Roi, revêtues, toutes, de costumes de grand prix, dont l'or, les pierres fines et les diamants rehaussaient encore la valeur.

« Les Génois, dit Jacques Tailhié[5], firent au Roi une réception des plus magni-
» fiques. Les fêtes qu'on lui donna répondirent à l'opulence de cette superbe Cité.
» Le Roi, de son côté, leur montra le même amour paternel et la même confiance qu'il
» avait montrée aux habitants de Paris, d'Orléans et de Blois. Il allait à tous les
» festins et à toutes les fêtes qu'on donnait à son occasion, y assistant avec un air
» de familiarité, qui mettait tous les courtisans à leur aise, sans laisser à personne
» la liberté de s'écarter du respect qui lui était dû [6]. »

---

[3] Voy. Mézeray : *Abrégé Chronol. de l'Hist. de France.* — Amsterd., 1704, in-12 : T. IV, p. 94. — Selon Mézeray, Louis XII demeura *dix jours* à Gênes. Il y resta *huit jours*, selon Barth. Senarega. Le *Cérémonial François* dit qu'il n'y resta que *six jours*, et « qu'il toucha » les scrophuleux le dernier jour, avant son » départ. »

[4] Le Lucas Spinola, dont il est ici question, était le mari de Thomassine Spinola. Voy. *Chroniques de Jean d'Auton*; T. II, pp. 213 et 214; et surtout p. 407, où il est dit : « Lucas » Spinola était le *mari* de Thomassine Espi-» nolle, dame *intendio* du Roi. »

[5] *Hist. de* Louis XII (par Jacques Tailhié, Prieur de Villeneuve d'Agenois). — Milan (Paris), 1755, in-8° : T. III, p. 263.

[6] Cette *Note* est une de celles que je dois à l'extrême obligeance de feu Médard oncle, Littérateur fort recommandable par ses vastes lectures, et Bibliographe aussi modeste que distingué : oublier qu'il m'honora de son amitié, c'eût été de l'ingratitude.

Faisons des vœux pour que, dans l'intérêt de l'*Histoire Littéraire*, ses héritiers publient un jour le *Catalogue Raisonné* de sa précieuse collection de Livres. Ce *Manuscrit* a été très-soigneusement rédigé par feu Médard.

« Les Dames de Gênes, dit encore TAILHIÉ, se trouvaient aux banquets et aux
» fêtes que l'on donnait au Roi *chez le Seigneur* DE FLISCO [7], habillées très-richement,
» tantôt à la Milanaise, tantôt à la Génoise, pour varier leur façon de se parer [8]. »

« Les Dames mêmes, dit MÉZERAY [9], conversant librement (avec les François),
» traitoient le Roi l'une après l'autre : et l'éclat d'une telle grandeur, joint à la
» majesté de son visage auguste, leur inspiroit des sentiments amoureux ; sur toutes
» à Thomasse SPINOLA *qui crut que c'étoit un grand honneur d'éprouver les charmes*
» *de sa beauté à captiver le plus grand de tous les mortels.* »

« Les Genevois, dit D'AUTON [10], *contre la nature de leurs mœurs*, menoient là (dans
» les bals, etc.) leurs femmes et filles, sœurs et parentes, pour donner joyeux passe-
» temps au Roi et à ses gens. Et les aucuns d'iceux prenoient les plus belles et
» les présentoient au Roi, en les baisant les premiers, pour faire l'essai ; et puis
» les baisait le Roi volontiers, et dansoit avec elles, et prenoit d'elles tout honorable
» déduit [11]. »

Du reste, au commencement du xvie siècle, sous Louis XII, les Prélats français
ne pensaient pas que les fatigues et les dangers de la guerre, ainsi que la participation
aux fêtes et aux réjouissances publiques, fussent incompatibles avec les devoirs sacrés
de leur profession. Le passage suivant est trop curieux sous ce rapport pour ne devoir
point être cité dans ce lieu : « Il est à remarquer, dit MASSELIN [12], qu'il se trouva à
» l'*Expédition de Gênes* (1507), une trentaine de Prélats, tant Evêques qu'Arche-

---

[7] C'est FIESCHI que TAILHIÉ aurait dû dire :
« Jean-Louis FIESCHI eut la préférence dans
» son Palais de Carignan », dit Emm. VINCENS,
dans son *Histoire de la République de Gênes.*
— Paris, 1842, in-8°: T. II, p. 348.

[8] *Histoire de Louis XII*; ouvr. cit. : p. 268.

[9] *Histoire de France.*—Paris, 1685, in-fol°:
T. II, p. 826.

[10] *Chroniques* citées : T II, p. 237. — Au
commencement du xvie siècle, le mot *Genevois*,
dans beaucoup d'Auteurs, s'appliquait aussi
bien aux habitants de Gênes qu'à ceux de Genève.

GARNIER [*], qui a transcrit ce passage dans

[*] Voy. VELLY, VILLARET et GARNIER : *Histoire de
France*, etc. Paris, 1770-89, 15 vol. in-4°: T. XI, p. 173.

l'*Histoire de France*, dont il était un des collaborateurs, a privé le style de D'AUTON d'une
partie de sa gracieuse naïveté, en voulant le
moderniser.

[11] « LUDOVICUS XIImus *domos civium fami-*
» *liariter intravit. Indè in villani* TERRALBÆ
» *à mulieribus invitatus, cum ipsis choreas*
» *saltavit, et more gallico saltantibus oscula*
» *illis delibavit : quæ res tantùm illi grata*
» *fuisse fertur, ut pluries Curialibus affir-*
» *maverit, non alios magis octo dies jucun-*
» *diores ætate suâ transegisse* [*2]. »

[12] *Histoire de* LOUIS XII; ouvr. cit. : p. 180.

[*2] Bartholom. SENAREGA, in MURATORI *Rer. ita-*
licar. scriptor., etc.: T. XXIV, col. 577.

» vêques. Tristan DE SALLAZART, Archevêque de Sens, s'y distingua particulière-
» ment. Il parut dans la mêlée, armé de toutes pièces, monté sur un bon coursier,
» et une grosse javeline au poing, qu'il maniait avec beaucoup d'adresse : autour
» de lui étaient vingt de ses gens, ayant tous le harnais sur le dos et l'épée à la
» main. Il disait que *lorsqu'il s'agit de la personne du* ROI, *tous ceux de ses sujets*
» *qui étaient en état de le défendre devaient faire la fonction de soldat.* »

Le même Historien ajoute plus loin [13] : « . . . . et, ce qui semblera extraordinaire
» dans nos mœurs actuelles, les *Cardinaux de Narbonne, de Saint–Sérin et quelques*
» *autres Prélats, dansèrent avec les Dames les plus distinguées.* »

Il est, à plus forte raison, infiniment probable qu'il se sera passé quelque chose
d'analogue à cette dernière circonstance en 1502, c'est-à-dire *cinq ans plus tôt*,
quoique néanmoins nous ne l'ayons trouvé clairement exprimé nulle part.

III. Les brillantes fêtes des Génois, en 1502, fournirent, à la belle Thomassine
et à LOUIS XII, de nombreuses occasions de se rencontrer. Se voir et causer
affectueusement ; admirer mutuellement autant leurs qualités morales et intel-
lectuelles, que leurs grâces personnelles ; éprouver le besoin de se revoir et de
s'entendre ; en un mot, s'aimer avec passion, en brûlant d'une flamme douce, mais
pénétrante, mais intime, qui ne devait, au moins d'un côté, jamais plus s'éteindre
qu'avec la vie : tout cela fut l'ouvrage d'un moment...! Tant il est vrai que deux
cœurs, également tendres, accompagnés des plus brillantes qualités de l'esprit et
des avantages corporels le plus dignes d'envie, n'ont besoin, pour s'aimer, que de
se rencontrer et de se connaître !

Voici comment l'Historiographe du ROI, D'AUTON, fait lui–même le récit de ce
singulier amour [14] :

« A la foys les dames de Gennes se trouvoyent au banquetz habilles a la mode
» millanoise, et a la foys a leur mode. Et entre aultres fut là une dame geneuoise,
» nommée Thomassine ESPINOLLE, *l'une des plus belles de toutes les Italles*, laquelle
» gecta souuant les yeulx sur le Roy, qui estoit ung beau prince, a merveille très
» savant et moult bien en parlé. Tant laduisa celle dame, que, après plusieurs
» regars, amour, qui rien ne doubte, lenhardya de parler a luy et luy dire plusieurs
» doulces paroles, ce que le Roy comme prince très humain prist en gré uolontiers ;

---

[13] *Histoire de* LOUIS XII; ouvr. cit.: p. 183.   [14] Nous conservons l'ancienne orthographe.

» souuant deuisèrent ensemble de plusieurs choses par honneur, et tant que celle
» dame soy voyant famillière de luy, une foys entre aultres luy prya très humblement
» que, par une manière d'accoincte, il luy plust qu'*elle fust son intendyo*, et *luy*
» *le sien*, qui est a dire *accoinctance honnourable* et *amiable intelligence* et tout ce
» luy octroya le Roy, dont la noble dame se tint plus heureuse que d'avoir gaigné
» tout l'or du monde, et eust ce don si cher que pour seullement se sentir bien
» uolluc du Roy, tout aultre mist en oubly, voires *jusques a jamais plus ne vouloir*
» *coucher avecques son mary, ce qui pourroit donner a penser ce qu'on vouldroit;*
» mais aultre chose, selon le vray dire de ceulx qui pouuoyent mieulx savoir, *n'y eust*
» *que toute probité* [15]. »

Les récits de ce même fait consignés dans les Historiens postérieurs à d'Auton, présentent quelques variantes, qu'il est bon de transcrire en ce lieu.

« La belle Thomassine, dit de la Place [16], ne put voir tant de mérite dans Louis,
» sans concevoir le désir de lui plaire. Sa pudeur combattit long-temps; mais l'amour
» triompha, et d'autant plus aisément que le Monarque n'avait pu voir impunément
» tout ce que valait Thomassine. »

Voici comment s'exprime Garnier [17] : « Au milieu de ces fêtes, *l'amour, si je puis*
» *ainsi m'exprimer, se choisit une victime d'une espèce si singulière et si rare*, qu'elle
» mérite de trouver place dans l'Histoire.... Thomassine demeura si éperdue, que,
» *malgré sa modestie et la retenue dont elle ne s'était jamais écartée, elle ne rougit*
» *point de faire* (au Roi) *l'aveu de sa tendresse, en le suppliant de vouloir bien être*
» *son* INTENDYO.... »

« Quelque innocent, quelque dégagé des sens qu'on nous peigne cet amour, il
» n'en fut ni moins vif, ni moins durable. Fière d'avoir obtenu ce qu'elle désirait,
» craignant de profaner une si belle flamme, elle dédaigna le commerce du reste
» des mortels; elle rejeta avec *mépris les caresses et les empressements de son mari;*
» livrée entièrement à l'objet de sa passion, elle se consolait de son absence, *en*
» *lui écrivant souvent*, soit pour intercéder en faveur de tous les malheureux, soit

[15] *Cronicque* de Jehan d'Auton, Mst. 9701 de la Bibliothèque Nationale : feuillet 120; et *Chronique*, édit. citée du Bibliophile Jacob, — qui en a modernisé le style, — in-8° : T. II, p. 236.

[16] *Pièces intéressantes et peu connues, pour servir à l'Histoire et à la Littérature.* — Maestricht, 1785, in-12 : T. V, p. 190.

[17] Voy. Velly, Villaret et Garnier : *Hist. de France* citée; édit. in-4° : T. XI, p. 173.

» pour ménager les intérêts de sa patrie : c'est par là qu'elle rendit précieux et
» respectable , aux yeux de ses concitoyens , un égarement qui ne fut funeste qu'à
» elle-même , puisqu'il lui coûta la vie , comme nous le raconterons par la suite. »

Après que le Roi eut reçu foi et hommage de la ville de Gênes, et qu'il eut fait
frapper des monnaies à ses armes , en signe et en souvenir de sa domination sur cette
belle et opulente Cité [18], il partit pour revenir en France.

« Plusieurs de Gennes, dit d'AUTON [19], eurent regrect du Roy, qui sitost les lessoit ,
» et entre aultres dame Thomassine ESPINOLE , qui monstra bien par le degout de ses
» larmes que le cueur en estoit marry, en disant que jamais noblieroit son *intendyo* ,
» ce que ne fist , comme je diray a temps. »

Entièrement maîtrisée par la violence de la passion qu'avait su lui inspirer
LOUIS XII, c'était à l'objet aimé, lui seul, qu'elle rapportait toutes ses actions et toutes
ses pensées. Dans ce tendre délire incessant, nuancé d'une amoureuse extase, aucun
autre humain ne fut plus rien pour elle : « Tout aultre mist en oubly, dit d'AUTON [20],
» *voires jusques a jamais plus ne vouloir coucher avecques son mary....* »!

Comme on l'a vu, Thomassine se consolait de l'absence de son *Intendyo*, en sai-
sissant , avec empressement , toutes les occasions qui se présentaient de lui écrire :

---

[18] « Le Seigneur DE RAVESTEIN, dit LE BLANC [*3],
» fit fabriquer la monnoye sous le nom du Roy,
» avec le titre de *Seigneur de Gennes* (*L. Rex
» Francor. Dominus Januæ*). »

GIUSTINIANI et GUICCIARDINI disent la même
chose; et l'on peut voir, dans le Médailler de
notre *Société Archéologique*, quelques-unes
de ces monnaies peu communes, confirmant

[*3] Voy. LE BLANC : *Traité histor. des Monnoies de
France*, etc.; — Paris, 1690, in-4°, fig. : pp. 323-24 ; —
MILLIN : *Voyage en Savoie*, etc., cit. : T. II, p. 226 ;
— *Figures des Monnoyes de France*; — M. DC. XIX.
in-4° (anonyme, mais par HAULTIN) : p. CCVII.— Les
deux monnaies génoises qui y sont figurées ont
pour légendes, la 1re, sur la face : LUDOVICUS XII
REX FRANCIE ET IA. D., et sur le revers : COMUNITAS
IANUER. CIVITAS. ; la 2e, sur la face : LUDOVIC. REX
FRANCIE ET IA. D., et sur le revers : CONRADUS REX
ROMANOR. B.

Ce précieux ouvrage est un vrai chef-d'œuvre de
gravure sur bois. Les exemplaires ordinaires en sont
fort rares. Celui que j'ai le bonheur de posséder a ,

ce que disent ces Historiens. Le nom de CONRAD
y est conservé.

[19] Mst. de la Biblioth. Nation., 9701, déjà
cit.; et *Chroniques*, in-8° cit. ; T. II, p. 239-40.

[20] Voy. le passage cité ci-devant, *Cronicque
de Jehan d'AUTON*, Mst. 9701 de la *Bibliothèque
Nationale* : feuillet 420; et *Chronique*, édit.
du Bibliophile JACOB, in-8° : T. II, p. 236.

de plus que les autres, *deux grandes planches pliées*,
dont l'existence est inconnue aux meilleurs *Bibliographes*, ce qui l'a fait regarder comme EXEMPLAIRE
UNIQUE par VAN PRAET et par M. BARBIER , Conservateur de la Bibliothèque du Louvre. Cette Bibliothèque n'a jamais possédé un exemplaire des *Figures
des Monnoies de France* (par HAULTIN).

L'une des deux planches finales, indiquées , est
composée de signes , fort singuliers, que beaucoup
de Savants, tant de la Capitale que des Provinces,
n'ont pu expliquer jusqu'à ce jour. Ces signes res-
semblent assez à des signes cabalistiques , ou à des
caractères d'anciens alphabets orientaux , ou à des
signes du Zodiaque , d'après d'anciens Auteurs.

tantôt elle intercédait auprès de ce bon Roi, en faveur de malheureux qui avaient eu l'heureuse idée de s'adresser à elle ; tantôt elle avait recours aux brillantes qualités de son esprit et à la tendresse de son cœur, pour procurer tous les avantages possibles à sa Patrie, dont elle ne perdit jamais de vue les intérêts. Aussi, ses Concitoyens ne virent-ils dans cet égarement, dont ils surent tirer de grands avantages, qu'une passion épurée, débarrassée du grossier alliage des sens externes, et digne du plus grand respect, quoiqu'elle inspirât une craintive commisération. Ils semblaient, en effet, avoir pressenti, de bonne heure, qu'une si vive affection devait un jour être inévitablement funeste [21] à notre Héroïne.

IV. En 1505, Louis XII, alors grièvement malade, passa pour mort pendant quelques jours, tant en France qu'à l'étranger. Le faux bruit de la mort du Roi étant parvenu à Gênes, la tendre Thomassine, accablée de douleur, prit l'immuable résolution de ne plus voir la lumière. Dédaignant toute espèce de consolation, n'ayant que la mort en vue, voulant descendre vivante au tombeau, elle se retira dans une chambre obscure, où elle s'abandonna, pendant huit jours entiers, à tout l'excès de sa douleur: elle ne quitta plus cette sombre demeure que quand elle y eut irrévocablement succombé à une fièvre ardente...!

Voici comment D'AUTON lui-même raconté ce triste événement, dans son style naïf, que nous avons cru devoir conserver encore en ce lieu [22] :

« De la manière estrange de la mort dune dame geneuoise nommée *Thomassine*
» ESPINOLLE, dame *intendyo* du Roy, qui mourut lors en la ville de Gennes.

» A Gennes pareillement fust dict par vray nouvelles de la mort du Roy, de quoy les
» Geneuoys monstrèrent par semblant estre moult troublez, et pensèrent sur leur affaire
» ce quilz voulurent ; et entre aultres fut une dame geneuoise nommée *Thomassine*
» ESPINOLLE, dont jay parlé cy-devant, laquelle monstra bien icy le neu de lamour
» des bonnes femmes indissoluble ; et leur constance immobille ; car a lexemple de
» la bonne JULYA, femme de POMPÉO, qui voyant les habitz de son seigneur tainctz
» du sang des bestes ordonnées au sacrifice, le cuidant mort, sans aultrement sen
» enquérir, crièua de dueil, cette dame recommandable, au seul rapport de la première
» uoix, disant : *Le Roi est mort*, laissa toute cure mondaine et plaisir humain, pour
» se retirer en sa chambre de dueil ou respandit ung torrent de larmes et rendit ung

---

[21] Voy. MASSELIN, ouvr. cité: p. 94.　　　[22] Nous adoptons la même orthographe.

8

» milion de soupirs, disant : — Ores est mort le myen *Intendyo*, accroist de mon estat,
» support de ma uie et *deffense de mon honneur* : ce qui me oste lenuie de plus uiure,
» et me donne vouloir de finir mes jours. — Ainsi se douloit lesplorée dame, monstrant
» combien son *Intendyo* estoit delle bien vollu et lamour dont elle luy en vouloit,
» qui *estoit*, comme jay dit, *entre eulx honnourable et au préjudice de nuls*[23]. Ores en
» fust tant que la pauure dame esprise de dueil et environnée de regrectz fust, par
» laxès de mélancolye, conduycte jusques au lit de la mort qui *vingt jours*[24] *après ce,*
» par une douleur de fièure continue, lui sépara lame du corps dont les Geneuoys
» en firent funéralle feste, et moy historial récit tant pour réuéler la *nouuelleté du cas*
» que pour *magnifier le féminin amour*[25]. »

Le Roi, alors en pleine convalescence, était dans son Château du Plessis-
les-Tours[26], quand il apprit la fin malheureuse de celle qu'il regardait comme une
tendre amie : une aussi belle âme, que celle de Louis XII, ne pouvait qu'en être
très-péniblement affectée. Voici comment s'exprime encore D'AUTON à ce sujet. En
parlant des distractions que l'on procurait au Roi dans son Château du Plessis,
l'Historiographe nous apprend que : « . . . . Chascun luy disoit propos nouueaulx et
» estranges nouuelles, et entre aultres luy fust dict par vrai rapport danciens Geneuoys
» et aultres qui estoyent venus de Gennes, comment dame Thomassine ESPINOLLE, dont
» jay escript cy-dessus, estoit morte et ce pour avoir ouy dire que le Roy estoit mort
» et lui fust compté des regrectz quelle avoit faictz et de la manière de sa mort, *de*
» *quoy le Roy fust moult émerveillé et bien marry;* mais a ce ne peut nullement
» remédier ne aultrement satisfaire si nest pour *publier sa vertu et empliffyer son*

---

[23] Il n'est pas un seul Historien qui ait envisagé la question au point de vue de Lucas
SPINOLA, mari de notre belle et sensible Génoise.

[24] *Trois* jours, selon DE LA PLACE : *Pièces intéressantes*, étc., cit., mais c'est une erreur.

[25] Mst. 9701, cit. de la *Biblioth. Nationale :*
feuillet 249; et *Chroniques*, édit. du Bibliophile Paul-L. JACOB cit. : T. III, pp. 122-23.
— Voy. aussi : VELLY, VILLARET et GARNIER,
ouvr. cit. : T. XI, in-4°, p. 266 ; MASSELIN,
ouvr. cit. : p. 150 ; DELAROCHE, *Histoire de
Louis XII* cit. : p. 93 ; et M. le Marquis de

CUBIÈRES, *Vie de Louis XII*, dans le PLUTARQUE
FRANÇAIS : p. 11.

[26] Château-fort d'une construction singulière, où l'on n'entrait que par un guichet, et
dont les murailles étaient hérissées de pieux
de fer. Louis XI, qui l'avait fait construire,
s'y était retiré pour oublier ses remords, fuir
la haine de ses sujets et éviter la mort qu'il
craignait par-dessus toutes choses ; mais ce
qu'il redoutait si fort le suivit malgré lui au
Plessis, où il mourut, le 24 août 1483, à 60 ans.
Ce Château est aujourd'hui entièrement ruiné.

» *mérite*, voulut que par escript présent en fust mémoire future et pour ce faire me
» donna la charge que lors escripuoye sur les gestes de France et me dist que messire
» Germain de BONNEVAL, Gouverneur de Lymosin, madvertiroit de cest affaire comme
» celui quil en auoit embouché et la vérité en sauoit ; dont men allay au logis de
» celuy Gouverneur, lequel me déclara toute la chose, ainsi que par escript je lay cy
» en ma cronicque rédigée [27]. »

La REINE ANNE était en Bretagne lorsqu'elle apprit la mort de la belle Génoise.
Nous n'avons rien trouvé, dans nos recherches, sur la manière dont la REINE avait
dû juger les relations sentimentales de LOUIS XII avec la tendre Thomassine SPINOLA.

La République de Gênes, à qui Thomassine avait rendu les plus grands services,
lui décerna de riches funérailles publiques, et lui éleva, comme nous l'avons déjà dit,
un magnifique tombeau. Elle députa, en outre, deux de ses plus illustres Citoyens,
à LOUIS XII, pour lui porter cette triste nouvelle [28]. Ce bon ROI versa des larmes sur
la mort d'une si tendre Amie ; et, autant pour honorer sa mémoire que pour conserver
l'attachement qu'il lui portait, il voulut que D'AUTON, son Historiographe, composât,
à cette occasion, une Epitaphe qu'il donna ordre d'envoyer à Gênes, pour être gravée
sur le magnifique tombeau élevé à la défunte par la reconnaissance des Génois [29].

V. Dans sa publication, relative aux *Manuscrits inédits* du TASSE, un aimable
Erudit des plus recommandables, M. l'Abbé GAZZERA, nous dit, en parlant de la
Complaincte de Gennes, etc., qu'*il ne sait s'il doit regarder ce récit comme historique,
comme fabuleux, ou tout à la fois comme participant de l'un et de l'autre* [30]. . . . Nous
ne saurions partager l'indécision de ce savant Piémontais sur l'objet dont il s'agit ; et
nous osons espérer que, quand il aura pris connaissance des documents historiques
réunis dans ce Chapitre, il ne pourra s'empêcher, lui-même, de regarder le fait
dont il s'agit, comme ayant la plus grande authenticité.

[27] Mst. 9701 de la *Biblioth. Nation.*, cit.; et *Chroniques*, édit. du Bibliophile Paul-L. JACOB, cit. : T. III, pp. 124-25.

[28] Voy. VELLY, VILLARET et GARNIER, ouvr. cit., édit. in-4° : T. XI, p. 266; et DELAROCHE, *Hist. de* LOUIS XII, cit. : p. 93.

[29] Voy. D'AUTON, *Chroniq.*, édit. du Bibliophile Paul-L. JACOB, cit. : T. III, p. 136; MASSELIN, *Hist. de* LOUIS XII, cit. : p. 151.

[30] « ...., e comprende il racconto, non so se » storico o favoloso, e forte l'uno e l'altro. » Voy. *Trattato delle dignità ed altri inediti scritti di* Torq. Tasso, premessa una notizia, etc., del Cavaliere Costanzo GAZZERA. Torino, Stamp. Reale, 1838, in-8° : pp. 81-82. — Je m'estime heureux d'avoir favorisé, de tout mon pouvoir, cette importante publication.

Nous croyons devoir placer en ce lieu un document historique que nous devons précisément à l'extrême obligeance de M. l'Abbé GAZZERA. Voici comment s'exprime ce Savant, en répondant à une Lettre par laquelle nous lui demandions des renseignements sur Thomassine ESPINOLLE :

« Dans un Manuscrit de la Bibliothèque de Berne, intitulé : *Croniques de Gennes* » *faites et composées en françois par* Alexandre SAUVAIGE *de nacion gennoise, à la* » *requeste du Sire de* CHANPDENIER, *pour lors Gouverneur dudit Gennes, soubs très* » *hault, très puissant et très excellent Prince* LOUIS DOUZIÈME, *Roi de France,* » l'Auteur, en rapportant la Révolution de l'année 1500, par laquelle la ville de » Gênes passa de la domination du Duc de Milan à celle du Roi de France, parle d'un » événement fort remarquable, dont il n'est rien dit ni dans FOGLIETA, ni dans les » autres Historiens Génois. Voici ce qu'il dit :

« En ce mesme temps la cité et pays de Gennes se rendit ès-mains du Roy LOUIS XII. » En ceste manière avoyent les ADORNES présidé l'espace de onze ans ou environ » soubs le nom de Augustin et Jehan ADORNES pour Ludovic SFORCE, ayant iceulx » en la cité consenty maintes extorcions et forfaits, ainsy que en tout temps ont » acoustumé de faire tous Capellasses en leurs Signories. Et entre les autres, une » nuit, fut trouvée morte de quinze coups de poignart, une Dame de Gennes » *Jhéromine* femme d'un SPINOLLE, Seigneur de Sarraval, Gentilhomme bien condi-» tionné et entre les SPINOLLES moult estimé. De la quelle chose la mescréance en » fut donnée à Anthonyet ADORNE, fils dudit Augustin, pour le dédaing qu'il avoyt » d'elle d'une fille sienne de la quelle il estoyt amoureux et qu'elle ne lui voulloit » consentir, et combien que la chose ne fut oncques certainement avérée toute fois » on le tenoyt pour ainsy. A cause de quoy tous les SPINOLLES, qui naturellement » sont parciaux des ADORNES, irrités du cas efforcené et horrible, prinrent en hayne » les dits ADORNES et à leur puissance machinèrent la perdicion de l'Estat, etc. »

Nous avons été bien aise de tirer de l'oubli un trait historique presque généralement ignoré, emprunté, comme on l'a vu, à un *Manuscrit inédit*, qui contribue à mieux faire connaître les mœurs génoises du XVIᵉ siècle, tout en rendant plus complets les documents que nous avions déjà fournis sur la famille SPINOLA.

Quant à la Dame SPINOLLE poignardée dans cette circonstance, et qui, d'après le Manuscrit de SAUVAIGE, s'appelait *Jhéromine*, elle est évidemment *tout autre* que notre héroïne *Thomassine* SPINOLA. Les prénoms des deux Dames, qui n'ont pas la moindre analogie , et les dates des événements respectifs , nous en fournissent la preuve irréfragable : *Jhéromine* était morte en 1500 , et c'est en 1502 que *Thomassine* devenait éperdument amoureuse de Louis XII...., pour en mourir de douleur, en 1505.....!

VI. Notre aimable et si tendre Poëte Charles d'Orléans ne se doutait pas qu'il prophétisait à l'adresse de son fils , Louis XII , dans les quatre beaux vers suivants , dont seraient sûrement fiers les meilleurs Poëtes de notre époque :

> « Comment se peut un poure cuer deffendre
> » Quand deux beaulx yeulx le viennent assaillir ?
> » Le cuer est seul , désarmé , nu et tendre ,
> » Et les yeulx sont bien armés de plaisir. »

On dirait que la belle et sensible Génoise avait dû définir *le bonheur,* comme notre Sapho du xve siècle, Clotilde de Surville , et la Poëtesse Scudéry, à la fin du xviie siècle, avaient défini elles–mêmes , l'une le *plaisir,* l'autre l'*amour,* dans les plus passionnés de leurs vers. Clotilde de Surville a dit :

> « Faut être deux pour avoir du *plaisir ;*
> » *Plaisir ne l'est qu'autant qu'on le partage !* »

Mlle Scudéry semblerait n'avoir fait que rendre la même pensée, en dégageant pourtant beaucoup plus le *sentiment* d'avec la *sensation* , quand , à son tour, elle s'est exprimée ainsi qu'il suit , dans une de ses tendres Chansons :

> « De deux Amants l'égale flamme
> » Sait doublement les rendre heureux ;
> » Les indifférents n'ont qu'une âme,
> » Lorsque l'on aime on en a deux. »

Nous ne terminerons pas ce Chapitre , sans nous apitoyer , véritablement , sur les funestes effets des fortes Passions , en général , et plus particulièrement sur ceux de l'Amour, dont il doit être expressément question dans le Chapitre suivant.

Comme on l'a vu, deux des plus grands Capitaines de leur siècle , le Prince de Nassau et le célèbre Ambroise Spinola d'une part , et de l'autre , notre tendre Héroïne Thomassine Spinola , périrent victimes de passions différentes , mais toutes deux poussées à l'extrême. Ces deux foudres de guerre , ne respirant , ce semble , que pour la gloire , ne purent survivre à des insuccès, dont leur amour–propre avait été humilié ; tandis que la belle et noble Génoise , croyant avoir perdu son amant de cœur , tout au moins , ne put résister à la violente douleur occasionnée , chez elle , par l'amour concentré et tout exclusif qu'elle lui avait voué pour toujours..!

C'est surtout à notre infortunée Héroïne que s'applique naturellement le distique suivant , très-probablement d'un Poëte moderne :

« *Principium dulce est , sed finis amoris amarus* :
« *Læta venire* Venus , *tristis abire solet.* »

Molière n'a fait que rendre la même pensée , en la paraphrasant , quand il a dit , dans la Scène II de l'Acte II de Mélicerte , *Pastorale Héroïque* , représentée à Saint-Germain-en-Laye , le 2 décembre 1666 :

« Ma fille, songe à toi ; l'amour aux jeunes cœurs
» Se présente toujours entouré de douceurs.
» D'abord il n'offre aux yeux que choses agréables ;
» Mais il traîne après lui des troubles effroyables :
» Et si tu veux passer tes jours en quelque paix ,
» Toujours, comme d'un mal , défends-toi de ses traits. »

CHAPITRE V.

DES EFFETS DE L'AMOUR MALHEUREUX.

ɴ connaissait depuis long-temps les effets heureux et malheureux de la passion dont nous allons actuellement entretenir nos Lecteurs, quand le Philosophe de Genève a dit :

« L'Amour croît s'il s'inquiète ;
» Il s'endort, s'il est content [1]. »

Des observations nombreuses et bien constatées, faciles à recueillir dans les écrits de nos bons Auteurs, soit anciens, soit modernes, attesteraient aisément la vérité de cette double assertion.

Contentons-nous de citer ici quelques curieux exemples de cette passion, en faisant ressortir plus particulièrement ses effets malheureux. Certains Lecteurs nous adresseront peut-être le reproche de nous être attaché à des futilités, dans cette circonstance...; nous nous en dédommagerons, par cette pensée, que, si le vrai Philosophe est toujours désireux d'envisager le cœur humain, sous toutes ses faces, le vrai Médecin s'attache, sans cesse, à connaître tout ce qui peut devenir un remède efficace, pour quelqu'un des maux, si nombreux, pesant sur la pauvre Humanité.

---

[1] *Collection Complète des OEuvres de J.-J. Rousseau, Citoyen de Genève;* — Genève, 1782, in-8° : T. XV, *Le Devin du Village, Intermède ;* Scène II, p. 205.

I. Le vrai tact médical a su trouver fréquemment un précieux remède, comme spécifique, dans la possession de l'objet aimé, quand il s'agissait de combattre des maladies consomptives graves, par amour malheureux, que l'*Art de guérir* avait plus d'une fois traitées pendant long-temps sans le moindre succès, même au risque d'y perdre son nom.

Personne n'ignore le récit de Soranus[2] concernant le violent amour de Perdiccas, Roi de Macédoine, pour Phila, concubine de son père. Hippocrate, selon l'Auteur cité, reconnut cette passion que vainement on avait voulu soigneusement lui cacher. Le Père de la Médecine guérit la fièvre lente à laquelle eût infailliblement succombé ce Monarque, en obtenant qu'il épouserait celle dont il était si fortement épris.

On connaît aussi le trait historique relatif au violent amour d'Antiochus Soter, fils de Séleucus Nicanor, pour sa belle-mère Stratonice. On n'ignore pas que cette passion lui eût été promptement funeste, si Erasistrate n'avait pas eu assez de bonheur, ou plutôt assez d'instruction et de sagacité pour la découvrir, malgré le soin qu'on mettait à la dissimuler. Le Médecin philosophe prescrivit et fit obtenir, aussi avec succès, la possession de l'objet aimé. Combattant ainsi la passion, en détruisant l'obstacle, cause de tant de maux[3], que ce Prince regardait comme absolument insurmontable, Erasistrate n'attendit pas long-temps une parfaite guérison.

On a révoqué en doute le premier de ces récits...: il n'est rien dont on ne puisse douter, quand on le veut bien; mais ni Sprengel[4], ni M. Houdart[5], ni M. Littré[6] n'ont pu *démontrer* l'impossibilité de l'un ou de l'autre de ces faits, dans des lieux et chez des personnages différents. La considération de leur analogie a suggéré contre leur authenticité des préventions, que nous ne saurions adopter au même degré : ces préventions ne constituent nullement une démonstration de leur

[2] Voy. Sorani : *Vita Hippocrat.*, in *Oper.* Hippocrat. ed. van der Linden; T. II, p. 952.

[3] « Appien [*] et Lucien [*2] sont les Historiens » qui nous donnent la description la plus exacte » de cette cure, sans nommer cependant Era» sistrate; mais Plutarque [*3], en la rappor» tant, fait mention de ce Médecin [*4]. »

[*] Appianus Alexandrinus : *De Bello Syr.* O. 126, p. 204.

[*2] Lucianus Samosatenus : *De Deâ Syriâ*, p. 661.

[*3] Plutarchi Chæronei : *Vita Demetrii*, p. 907.

[4] *Hist. de la Médecine*, etc. : T. I, p. 288.

[5] Houdart : *Etudes historiques et critiques sur la Vie et la Doctrine d'*Hippocrate (2ᵉ édit.). — Paris, 1839, in-8º : T. I, p. 39.

[6] *OEuvres complètes d'*Hippocrate, *traduction nouvelle, avec le texte grec en regard*, etc. ; — Paris, 1839, in-8º : T. I, p. 39.

[*4] Kurt Sprengel : *Histoire de la Médecine, depuis son origine jusqu'au dix-neuvième siècle*; trad. de l'allem. par Jourdan et rev. par Bosquillon. — Paris, 1815-20, in-8º : T. I, p. 440.

fausseté. Nous regrettons, avec Daniel Le Clerc, la perte, probablement sans retour, des *Biographies Médicales* qu'avait composées Soranus. Du reste, des Auteurs anciens et modernes, justement considérés, nous fournissent des faits analogues. Arétée[7] parle d'un jeune homme atteint d'une Mélancolie amoureuse si grave, qu'il en serait inévitablement mort, si l'on n'avait pas eu, — avec le pouvoir ici convenable —, l'heureuse idée de traiter son mal, par la possession de la femme, éperdument aimée, qui en était cause. Avicenne avait très-bien connu cet état pathologique[8]. Il semblait, à ce grand Médecin, que cette vive affection devait céder, le plus souvent, à la Thérapeutique qu'Hippocrate et Érasistrate avaient prescrite avec succès, quand toutefois elle serait applicable sans de trop graves inconvénients. Jehan de Nostre Dame[9] cite comme étant morts d'amour : un Poëte Jaufred Rudel, de Savoie, et un personnage nommé Andréas, de France, devenus l'un et l'autre éperdument amoureux, *même avant d'avoir vu les objets de leurs passions*. Jaufred Rudel, alors agonisant, ne vit la Comtesse de Tripoli qu'un seul instant. Après un long voyage qu'il avait fait, uniquement pour la voir, au moins *une fois* en sa vie, il mourut sous les yeux de cette belle Dame, lui ayant pu dire seulement ces quelques mots, à sens interrompu : « Très-illustre et vertueuse Princesse, je ne plaindray » point la mort ores que... ; » et il expira! Quant à Andréas, de France : « Il mourut, » — dit Jehan de Nostre Dame —, pour *trop aymer* celle qu'il *n'auoit james veue!* » Il est question dans Tulpius[10], d'un jeune Anglais qu'un projet de mariage d'amour, brusquement interrompu, fit tomber dans un accès de Catalepsie avec roideur tétanique, qui dura tout un jour. Le malade ne serait peut-être pas sorti du fâcheux état dans lequel il se trouvait, sans la promesse, à lui faite formellement et à haute voix, que celle qu'il aimait *lui serait immédiatement accordée*. Galien[11] avait déjà recueilli dans sa pratique une observation de maladie analogue par sa cause et son résultat.

[7] Voy. Arétæi *Cappadoc. Libri septem*, à Junio-Paulo Crasso *accurat. in latin. sermon. versi.*—Argentorati, 1768, in-16 : Lib. I, p. 66.

[8] Voy. Zimmermann, *Traité de l'Expérience en général*, etc.; trad. en franç. par Le Febvre de V. — Paris, 1774, in-12 : T. III, p. 277.

[9] Jehan de Nostre Dame : *Vies des plus célèbres et anciens Poëtes Provensaux qui ont* floury *du temps des Comtes de Prouence.* — Lyon, 1575, in-16 : pp. de 23 à 26.

[10] Nicolai Tulpii *Observationes medicæ*; ed. sexta. — Lugd. Bat., 1739, in-16, fig. : Lib. I, Cap. XXII, pp. 43 et 44. — Zimmermann a rapporté ce fait dans son *Traité de l'Expérience*, etc.; ouvr. cit. : T. III, p. 277 et 278.

[11] Voy. *Comment. II. in Prorrh.* Cap. LV.

9

Voici encore un fait, cité par Tissot [12], qui nous démontre combien sont puissants les heureux effets de l'amour, quand on sait y avoir recours à propos. « J'ai » beaucoup vu, — dit le célèbre Praticien de Lausanne —, un homme qui, étant dans » un état de consomption presque désespéré, inspira, par sa douceur et son honnêteté, » une simple pitié à une femme charmante, qui se faisait un plaisir de lui donner » des marques de l'intérêt qu'elle prenait à son sort. Quelque malade qu'il fût, son » cœur était encore capable de sentiment ; il aima bientôt, et, à mesure que le » sentiment augmentait, la maladie diminuait, la pitié qu'il avait inspirée devint un » sentiment plus tendre, et *l'amour satisfait lui rendit toute sa santé : des bords du* » *tombeau il passa au lit nuptial, sans aucun autre remède que l'influence d'une passion* » *forte et heureuse.* » La Peinture et la Gravure ont souvent traité : *L'Amour Médecin.*

II. Il faut néanmoins reconnaître que l'amour heureux, quand il est trop vivement senti, peut devenir, même de prime abord, aussi funeste que l'amour malheureux porté à un haut degré : ici encore les deux extrêmes se touchent.

On lit le fait suivant dans les *Ephémérides d'Allemagne* [13] : « Un soldat amoureux » d'une fille lui avait donné rendez-vous la nuit. Comme elle tardait à venir, il se » lève à la hâte pour aller à sa rencontre. Du moment qu'il l'aperçoit, il se préci- » pite vers elle, et *l'embrassant avec transport, il jette un cri de douleur et expire* » *d'amour.* » Dans sa *Dissertation sur la mort subite, avec l'histoire d'une fille cata-* *leptique* [14], Dionis dit avoir *connu* plusieurs jeunes gens qui *périrent dans les embras-* *sements de femmes dont ils étaient passionnément amoureux.* On connaît l'aventure de ce jeune homme qui, étant épris d'une violente passion pour la célèbre Actrice Gaussin [15], vint un jour se jeter à ses pieds, et *expira d'amour, de plaisir et de fureur.*

Les amours platoniques, les amours mystiques, les amours, en un mot, dans lesquelles l'esprit joue, sinon un seul rôle exclusif, au moins le plus grand rôle ; toutes ces amours, disons-nous, traînent à leur suite les plus grands dangers, quand un certain degré d'exaltation les alimente et les accroît sans cesse.

Zimmermann était trop bon observateur, pour que la principale cause de ce qu'on

[12] Tissot : *Traité des Nerfs et de leurs* *Maladies.* — Avignon, 1800 : T. II, p. 336.

[13] *Miscellaneæ Curios. Dec. III, An. IX.* p. 293.

[14] Dionis : *Dissertation sur la Mort subite,*

avec l'histoire d'une fille cataleptique. — Paris, 1709 ; in-12 : p. 128.

[15] Il est dit, dans le *Dictionnaire Histo-* *rique,* etc., de l'Abbé de Feller, que son véritable nom était Gaussem (Jeanne-Catherine).

appelle des *amours spirituelles* ait pu lui échapper. On lit dans cet Auteur un passage curieux, relatif à cette affection morbide ; il vaut la peine qu'on le transcrive ici :
« Ces prétendues amours spirituelles, — dit cet Observateur [16] —, consument encore
» plus le corps que si l'on se livrait immédiatement à l'appétit des sens, parce que
» l'orgasme qui les produit dure continuellement. J'ai remarqué que la plupart de
» ces sujets écervelés, révérés par certains partis, sont devenus hypochondriaques,
» hystériques, stupides et même frénétiques. » L'Auteur fait ensuite un tableau
presque effrayant des suites d'un *amour spirituel* poussé à un très-haut degré. La
sœur du savant Huet, Evêque d'Avranches, fut victime d'un amour mystérieux, de
ce genre, dont on ne put arrêter les funestes effets. Cette cruelle passion la fit
tomber dans un tel marasme, que son corps se transforma en un squelette vivant,
couvert d'une seule peau sèche et parcheminée...! Elle mourut, en se momifiant
ainsi, par l'effet d'une inanition volontaire.....! Zimmermann rapporte, comme
autant d'exemples curieux de ce funeste amour mystique, des observations pleines
d'intérêt, qui lui ont été fournies par les Dames : M. de P***; C. de G***; A. de
G***, Espagnole ; A***, Française. Dans tous les cas dont il s'agit, cette terrible
affection s'est terminée par la mort [17].

III. Si la possession de ce qu'on aime constitue, le plus souvent, la meilleure
Thérapeutique d'un amour bien caractérisé, en revanche, l'absence, l'indifférence,
l'inconstance, la mort de l'objet aimé, sont, tout au moins, très-préjudiciables
aux pauvres humains tyrannisés par cette passion, quand elles ne leur sont pas
décidément funestes. L'Histoire n'est que trop riche de faits venant à l'appui de
cette assertion : il s'en trouve partout; on n'a que l'embarras du choix.

Les tendres et pures amours de la Comtesse de Die, Poëtesse Provençale, et du
Chevalier Guillem Adhémar, vers la fin du xiie siècle, ont quelque analogie avec
celles de Louis XII et de la belle Thomassine Spinola. « On trouve, — dit Jehan
» de Nostre Dame [18] —, parmy les Chansons de cette magnanime Comtesse, que le
» Chevalier Adhémar se trouvant *malade extrêmement de l'amour de cette Comtesse,*
» *comme transporté de son sens, parce qu'on lui avoit rapporté qu'elle devoit espouser*

[16] *Traité de l'Expérience en général et en particulier dans l'Art de guérir ;* trad. de l'allem. par Le Febvre de V. D. M. — Paris, 1774, in-12; ouvr. cit.: T. III, pp. 316-17.

[17] Zimmermann, *Traité de l'Expérience en général,* etc.; ouvr. cit.: pp. de 318 à 322.

[18] *Vies des plus célèbres et anciens Poëtes Provensaux,* etc.; ouvr. cit.: p. 48.

» *le Comte* D'EMBRUNOIS , elle sachant sa maladie le vint visiter auec sa mère la Com-
» tesse. Le Chevalier, *qui n'auoit qu'à rendre l'esprit, lui print sa main et la baisa,*
» *et en souspirant rendit l'esprit.* » La suite du texte de Jehan DE NOSTRE DAME nous
apprend que « la jeune Comtesse en *demeura toute sa vie en mortel regret , et ne se*
» *voulut iamais marier, ains se rendit Religieuse à* Sainct-Honoré de Tharascon , et
» là composa et mist par escript plusieurs belles œuvres , entre autres *Lo Tractat de la*
» *Tharasca,* en rithme Prouensalle..., et *décéda de douleur le mesme an qui fut* 1193. »

Les amours du Vicomte Rémond JOURDAN et de Mabille DE RIES , aussi rapportées
par Jehan DE NOSTRE DAME [19], présentent encore plus d'analogie avec celles de
LOUIS XII et de la belle Génoise. MABILLE , quoique très-sensible aux belles Chansons
du Poëte Provençal , dont elle était l'objet , « ne le voulut iamais aymer ; ne moins
» en faire semblant pour ne donner soubson à son mary...; » et cependant quand
faussement il fut « rapporté à MABILLE qu'il auoit esté tué», dans une guerre entreprise contre le Comte RÉMOND de Thoulouse , «...de douleur elle en print la mort ! »
Jehan DE NOSTRE DAME ajoute : « Le Vicomte estant de retour , ayant entendu la
» mort de cette infélice Dame , l'immortalisa d'une belle et grande statue de marbre
» en forme de Collosse, qu'il feist mettre dans l'Eglise du Monastère de Montmaiour,
» *où il se rendit Religieux* , et là demeura à la vie contemplatiue , sans faire vne
» seule rithme ne chanson. » Le savant RAYNOUARD a dû maudire une telle passion !

On lit encore dans les *Vies des plus célèbres et anciens Poëtes Provensaux, etc.,* du
même Auteur, que Guilhaume DURANT , Troubadour et savant Jurisconsulte [20] de
Montpellier, au XIIIe siècle , fut victime , lui aussi , d'un amour et d'une erreur
ayant assez d'analogie avec la passion et la triste fin de Thomassine SPINOLA. La *mort
apparente* d'une Dame , tendrement aimée , de la maison BALBE , de Provence , fut
aussi funeste à Guilhaume DURANT , que le faux bruit de la mort du Roi LOUIS XII
devait l'être plus tard à Thomassine. Voici en propres termes le récit de Jehan DE
NOSTRE DAME sur cet objet : « Le troisiesme iour, elle fut tellement malade *qu'elle*
» *fut tenue pour morte.* Ses funérailles préparées, elle fut portée en sépulture. Le
» bruit de sa mort paruint aux oreilles du Poëte, et *s'en estonna tellement qu'il cheut*
» *en maladie de la quelle il mourut.* Et fut enseuely le mesme iour que BALBE , la

---

[19] *Vies des plus célèbres et anciens Poëtes
Provensaux,* etc. cit.: pp. 50-51.

[20] Sa vaste science et sa grande pénétration
l'avaient fait surnommer *Speculator.*

» quelle pendant quelle gisoit en la tumbe, à l'heure de ses funérailles, commença à
» respirer, et à se remuer et plaindre, toute l'assistance estonnée. Fut ostée du sépul-
» chre, et promptement secourue. Estant reuenue en conualescence, on luy raconta
» tous ces accidens et *la mort suruenue au Poëte*, dont elle en fut bien fâchée, et se
» rendit Religieuse, et trépassa aagée de lx. ans, et luy décéda en l'année 1270[21]. »

On lit encore dans le même Auteur[22], à l'occasion de Luco de Grymauld : « Il en y
» ha qui ont escript qu'il fut amoureux d'une Damoyselle de Prouence de la maison
» de Villeneufue, belle et élégante, *et qu'elle luy donna le breuvage amatoyre[23] si*
» *qu'en peu de iours luy mesme se priua de vie de ses propres mains*, aagé de 35 ans,
» que fut en l'an 1308; dont elle en cuida receuoir la mort, des reproches qu'on luy
» faisoit d'avoir faict cruellement mourir vn si sauant et fameus Poëte. » On multi-
plierait aisément de semblables citations.

Les brochures, fort rares, intitulées : « *Le Testament dvng Amovrevx qui movrvt*
» *par amovrs, ensemble son épitaphe. Composé et imprimé nouvellement à Paris.* —
» *Finis*, in-16, goth. de 8 ff. », pièce en vers imprimée en 1520, environ ; et le
Testament dung Amoureux qui mourut par amour. Composé nouuellement. C'est le De
profundis des amoureux (sans lieu ni date) ; pet. in-8° goth. de 8 ff. ; réimprimé à
Chartres, chez Garnier, vers 1833, in-16, et tiré à 40 exemplaires seulement, ne
sauraient être autre chose que des récits de quelque fin malheureuse analogue.

Le milieu du xvi° siècle nous fournit un exemple fort remarquable d'une violente
passion malheureuse, du même genre. L'amour, mais aussi la jalousie perpétuelle
de Jeanne-la-Folle, fille de Ferdinand et d'Isabelle, ne sont ignorés de personne.
Elle aimait jusqu'à l'adoration l'Archiduc Philippe, son époux, et cette jalouse
idolâtrie, qui l'avait déjà fait tomber en aliénation mentale et en fièvre lente, du
vivant de ce Prince, la précipita dans le tombeau[24], aussitôt qu'elle l'eut perdu !
Dans une intéressante Notice, qui n'a que le défaut d'être trop courte, M. de

[21] Ouvr. cit.: p. 126 et 127. — Charles de
Belleval rapporte cette anecdote, dans son intéressante *Notice sur Montpellier**. Il y a plus
d'esprit et surtout de talent de style, dans son
récit, mais aussi bien moins de naïveté que
dans le texte de l'ancien Biographe Provençal.

[22] *Vies des Poët. Provensaux*, cit.: p. 180.

* Montpellier. — An XI, in-8°: pp. 39 et 40.

[23] Breuvage qui, d'après les idées de ce
temps, ne devait sa vertu qu'à une espèce de
sortilège. — Voy. ce qui est dit, p. 192 du
même ouvrage, de la vieille Dame de Provence dont Rostang Bérenguier, de Marseille,
fut amoureux; et ce qu'on a écrit sur les
Philtres.

[24] A Tordésillas, le 4 décembre 1553.

Pongerville , de l'Académie Française , a peint d'une manière attendrissante cette jalousie de Jeanne-la-Folle , que la mort même de l'Archiduc Philippe n'avait pu séparer de l'amour qu'elle lui portait. « Cette jalousie· dans l'empire de la mort . — » dit-il [25] —, mêle au délire un sentiment exquis qu'on ne peut définir, et qui attire » notre hommage involontaire. »

L'amour trompé produit un état déplorable du corps et de l'âme , assez commun en Suisse. « C'est , — dit Zimmermann [26] —, la *consomption* , incurable, que les » Anglais appellent *crève-cœur,* et qu'on peut voir très-bien décrite dans les aven- » tures de Clarisse. » On lit , dans Borsinius [27] , un autre exemple frappant d'amour violent et funeste : « Une Demoiselle de Sienne , appelée la Vénus , par excellence , » mourut subitement au départ de son amant le Comte Curiale. »

La déplorable mort par passion amoureuse , concentrée et muette, du Peintre Laurent Fauchier , célèbre Portraitiste d'Aix en Provence [28] , doit avoir tout natu- rellement sa place en ce lieu ! Dans l'obligation de regarder fort souvent , avec la plus grande attention , une très-belle Dame qui l'avait chargé de faire son portrait , — probablement son chef-d'œuvre ! —, l'infortuné Fauchier laissa envahir son âme par un amour, tout à la fois si violent et si discret , que , sans en avoir voulu rien dire absolument à personne , il tomba bientôt dans une fièvre lente , à laquelle il succomba ! Ce ne fut qu'après sa mort, que l'on connut la cause de son cruel et funeste tourment ! Tout attendrie d'avoir été l'occasion d'une fin si malheureuse , et pleine d'amour, sans doute aussi , pour les Beaux-Arts , la belle personne qui, sans le vouloir, avait provoqué un si terrible incendie, fut inconsolable. Elle se sentit accablée de douleur, en apprenant cette triste nouvelle....! Dans son afflic- tion sincère , elle ne put s'empêcher, — dit-on —, d'exprimer ses vifs regrets , par

[25] *Musée des Familles :* T. IX, 1842, p. 291.

[26] *Traité de l'Expérience en général,* etc. ; ouvr. cit. : T. III , p. 277.

[27] *Hist. de Hongrie : Livr. III , Déc. III.*

[28] Dans le petit *Musée* annexé à la Biblio- thèque de la Faculté de Médecine, on admire un excellent portrait à l'huile, de la façon de cet habile Maître , représentant Jean-Baptiste de La Rose, Peintre qui, selon l'Abbé de Mon- ville, était *très-distingué par son talent*

pour les Marines [*2]. Ce portrait, plein de vie et de naturel , peut être comparé , sans crainte , à ce qu'on a fait de mieux dans ce genre. Des Peintres de mérite l'ont jugé digne de van Dyck. —Voyez, pour une intéressante anecdote dont Fauchier est le sujet, l'ouvrage de M. le Prof. Lordat , intitulé : *Essai sur l'*Iconologie Mé- dicale ; — Montp. 1833, in-8° ; pp. 135-36.

[*2] *Vie de* Pierre Mignard , par l'Abbé de Mon- ville. — Paris, 1730, in-12, p. 52.

des soupirs tirés du fond de son âme, et par ces mots trop nettement articulés peut-être, dans un imprudent aparté, mal contenu : — « Eh! que ne parlait-il...! » — mais il était trop tard...!! Thomassine SPINOLA ne serait point morte sitôt, ayant appris à temps que LOUIS XII vivait encore ; et FAUCHIER serait mort, sûrement plus tard, si jugeant mieux le cœur de son beau *Modèle*, il eût osé penser qu'on l'aimerait un jour...!

Qu'est-ce que cette pauvre Humanité, dans laquelle on meurt d'amour, tantôt *pour avoir trop parlé*, tantôt *pour n'avoir osé rien dire*....!

L'Auteur du poëme si pathétique de *La Vestale*, qui a été si bien compris et si bien traduit musicalement par SPONTINI, l'Académicien JOUY, a dit avec raison, en parlant de la passion dont il s'agit en ce moment : « ....*Les organes physiques* » *ne sont pas plus l'amour, que le cerveau n'est la pensée.* » Un Médecin connaissant véritablement la constitution de l'Homme, un Médecin Hippocratique, ne se fût certainement pas mieux exprimé. La théorie organicienne des Passions est une absurdité manifeste : la vie et la mort de notre belle et malheureuse Génoise sont autant de preuves, des plus fortes, de la justesse de cette assertion.

M. DESCURET a parfaitement décrit les plus funestes effets de *l'amour malheureux*, dans son livre ayant pour titre : *La Médecine des Passions, ou les Passions considérées dans leurs rapports avec les Maladies et la Religion* [29]. Cet Observateur a bien senti que ce qu'il y avait, dans cet état morbide, de plus ruineux pour la constitution humaine, était la partie de l'affection le plus directement relative à l'âme.

C'est précisément là ce qui rend raison de la grande influence de l'amour malheureux sur la production de la Folie. « Sur 8272 aliénés, admis tant à Bicêtre qu'à » la Salpêtrière, pendant l'espace de neuf ans, — dit M. DESCURET —, 114 de ces » individus y ont été conduits par un *amour contrarié.* » Aussi ZIMMERMANN dit-il, en terminant son Chapitre VI, *Des Passions considérées comme causes éloignées des Maladies* : « J'ai eu occasion de voir les grands Hôpitaux de Paris ; j'y ai remarqué » trois espèces de Fous. Les hommes l'étaient devenus par orgueil ; les filles *par* » *amour ;* les femmes par jalousie : tous ces gens m'avaient l'air d'autant de Furies [30]. »

D'ailleurs, pour être tout-à-fait équitable dans notre appréciation de l'amour

---

[29] *Médecine des Passions, ou les Pass. consid dans leurs rap.*, etc.—Paris, 1843, in-8°.

[30] *Traité de l'Expérience en général*, etc., ouvr. cit. : T. III, p. 283.

de Thomassine Spinola, pour le Roi de France Louis XII, ne faudrait-il pas reconnaître l'existence d'une cause atténuante dans le climat, quelque peu chaud, sous la constante influence duquel notre Héroïne était née et avait passé sa vie...? Le climat de Gênes et celui de Naples ont assez de rapport ; et M. Foulquier–Lavesque affirme, dans sa Dissertation doctorale, soutenue en 1844, ayant pour titre : *Source du Moral, son influence sur le Physique* [31], que « sous le climat chaud de Naples l'amour est noté » pour un douzième parmi les causes d'aliénations mentales. »

En Italie, suivant Dupaty, une Mère dit naturellement : « Ma fille ne mange point, » ne dort point, *elle a l'amour;* comme si elle disait : *elle a la fièvre* [32]. »

---

[31] *Thèses de Montpellier*, 1844; N° 99, p. 44.   [32] *Lettres sur l'Italie* : Lettre LXIII.

CHAPITRE VI.

DE LOUIS XII,
ET DE LA NATURE DE SES RELATIONS AVEC THOMASSINE SPINOLA.

Enons-en maintenant à l'examen de la question historique la plus importante et la plus délicate de la vie de Thomassine Spinola ; tâchons de déterminer, avec toute la précision possible, la nature et les limites de l'affection si tendre que le Roi de France et la belle Génoise avaient su s'inspirer mutuellement.

« Dans un cœur vertueux l'amour se plaît à l'être [1]. »

Nous laisserons à nos Lecteurs le soin de juger si, malgré quelques circonstances suggérant des présomptions défavorables, notre Héroïne n'a pas su rester, en tout, digne de l'illustre Famille à laquelle elle appartenait.

1. Nul doute que Thomassine Spinola, devenue éperdument amoureuse de Louis XII, n'ait inspiré à ce Monarque une passion presque aussi vive que celle qu'elle ressentait elle-même [2]. De ces deux êtres privilégiés, l'un réunissant tous les avantages les plus propres à former une femme accomplie, et l'autre se trouvant naturellement doué de brillantes qualités d'esprit, d'un physique véritablement heureux, d'une bonne grâce des plus remarquables, et surtout d'un cœur qui fut

---

[1] Saurin, *L'Anglomane*, Scène II.   [2] Les Auteurs sont unanimes sur ce point.

toujours fort tendre, il n'en pouvait être autrement. Les passages suivants, extraits de l'excellente *Notice sur* Louis XII, faisant partie du *Plutarque Français, etc.*, publié par M. E^d Mennechet [3], donneront encore plus de force à cette assertion. Formé aux exercices du corps, en même temps qu'à ceux de l'esprit, Louis XII était, — dit M. le Marquis de Cubières —, probablement d'après Saint-Gelais : « le meilleur saul-
» teur, lucteur, joueur de paulme, archer et chevaucheur, et le plus adroict homme
» d'armes qu'on pust voir. Et est à noter, qu'en tous ces jeux et esbattemens de
» jeunesse, il estoit plus doulx, gracieux et bénin que le plus petit de la com-
» paignée, et n'y en avoit nul qui tant craignist de faire quelque chose qui despleust
» ou ennuyast à quelque pauvre gentilhomme que ce fust, qu'il faisoit à luy. » —
« Il estoit très beau et très agréable, ainsy que tous ses portraicts l'ont repré-
» senté, — dit le même Historien —,... de très belle et très haute taille, de fort
» bonne grâce, et surtout d'un visage doulx et bon, qui monstroit toute candeur. »

A l'aide de tant de brillants avantages personnels, réunis chez un Roi puissant, il est fort aisé d'expliquer l'admiration ainsi que l'amour, aussi noble que pur, dont la belle Spinola ne fut point maîtresse de se défendre.

Quoi qu'en aient dit plusieurs Auteurs, il ne paraît pas que, dans sa jeunesse, notre Monarque ait été tout-à-fait à l'abri des gracieuses séductions qui, d'ordinaire, assaillaient encore plus les jeunes Princes que leurs jeunes sujets.

Le tendre et constant attachement de Louis pour la belle Bretonne, qu'il ne devait épouser que quand elle aurait été veuve, ne l'empêcha pas d'avoir quelques maîtresses. « La conduite et l'humeur du Roi Louis XI, — dit de la Place [4] —,
» avaient presque entièrement écarté tout ce qu'il y avait de gênant dans l'ancien Code
» de Cythère, et Louis XII, n'étant encore que Duc d'Orléans, avait suivi la nouvelle
» doctrine consacrée par l'usage. On a même placé au nombre des maîtresses qu'il eut
» alors une Blanchisseuse de la Cour, aussi jeune que jolie. » .... « On a même pré-
» tendu, — ajoute cet Auteur —, que Michel Bucy, Doyen de Saint-Aignan d'Orléans,
» postulé Archevêque de Bourges et mort en 1511, pouvait avoir été un fruit de
» l'amour de Louis pour la Blanchisseuse. » Que de distances rapprochées par l'amour !

Si l'on en croit Jean Le Féron, un des Historiens les plus exacts de son temps,

[3] Le *Plutarque Français, vies des Hommes et Femmes illustres de la France, avec leurs portraits en pied, coloriés.* — Paris, Crapelet, 1835, in-4° : T. II, Not. sur Louis XII, pp. 1 et 2.

[4] *Pièces intéressantes et peu connues*, etc.; ouvr. cit. : T. X, pp. 186 et 187.

Louis, dans son voyage d'Italie, sous Charles VIII, serait devenu amoureux de la fille d'une de ses hôtesses. « Ce n'était pas , — dit l'Historien [5] — , une beauté, mais » elle était vive , spirituelle , bien faite et touchant parfaitement du luth , instrument » alors très à la mode.... » Dans une note manuscrite autographe , qui sera plus tard transcrite en entier, le Président Bouhier dit bien , en parlant de l'anecdote historique relative à Thomassine Spinola : « Cette galanterie du Roi Louis XII est » d'autant plus singulière, que Saint-Gelais, en son *Histoire* (p. 115), a voulu » donner à entendre que ce Prince n'en avait eu aucune depuis son mariage »; mais , on le sent , *il y a loin d'une assertion de ce genre à une démonstration.*

On peut en dire autant du passage suivant de la Notice déjà citée, due à la plume de M. le Marquis de Cubières : « Epoux exemplaire, Anne avait fixé son cœur, qu'une » jeunesse fougueuse et un mariage malheureux avaient d'abord montré *si volage :* » respect, confiance, amour, — amour poussé jusqu'à la faiblesse quelquefois —, » avaient été réunis par lui comme une auréole autour de cette tête chérie [6]. »

Il est une autre considération qui affaiblirait encore davantage les présomptions favorables de Saint-Gelais et de M. le Marquis de Cubières : c'est que , même dans les dernières années de sa vie , Louis XII eut le cœur presque aussi tendre et ardent que dans sa jeunesse [7]. Aussi Varillas fait-il observer « que les Médecins et les » Courtisans, en le voyant remarier, s'étaient accordés à prédire qu'il ne survivrait » pas long-temps à ses deuxièmes noces [8]. » Ce bon Roi avait coutume de dire, quand on parlait d'amour en sa présence, que ce tendre sentiment était *le Tyran des vieillards et le Roi des jeunes gens.* Or, on trouve , dans ce jugement, une double allusion relative aux trois circonstances les plus saillantes de sa vie amoureuse. Ne semble-t-il pas , en effet, que l'Amour n'a été qu'un Roi pour lui , quand *il a aimé de cœur, pendant huit ans,* Anne de Bretagne, *qu'il n'était pas maître d'épouser ;* quand *il l'a aimée après qu'elle était devenue sa femme,* ou quand il a aimé , *probablement encore de cœur seulement,* la belle Génoise : tandis que plus tard ,

[5] Cité par de la Place, *Pièces intéressantes et peu connues,* etc.: T. V, p. 187.

[6] *Plutarque Français,* ouvr. cit. : T. II , Notice sur Louis XII : pp. 14 et 15.

[7] Bayle, *Dict. hist. et crit.* ; édit. var., in-8°: T. IX, p. 435, 1re col.; — Guichardin, *Hist. d'Italie, de l'année 1492 à 1532 ; avec Notice*

histor. par M. Buchon; — Paris, 1838, gr. in-8°: Liv. XII; — Paul Jove (*Vita* Leonis X, *Lib. III,* p. 146; et Liv. XIV de son *Hist.*); — et Mézeray, *Histoire de France,* etc., ouvr. cit., *sont parfaitement unanimes sur ce point.*

[8] *Histoire de* Louis XII. — Paris, 1688, six vol. in-12 : Liv. XI, p. 387.

après son troisième mariage avec· Marie d'Angleterre , ce même sentiment est devenu pour lui un vrai *Tyran*, qui a même causé sa mort, au bout de deux mois seulement ? « Outre qu'il avait changé pour Marie toute sa manière de vivre, *il avait* » *voulu*, — dit Fleuranges —, *faire du gentil compagnon avec sa femme; mais il* » *n'était plus homme pour le faire, car de long-temps il était fort malade.* »

Ce qu'a dit Fleuranges, s'accorde assez bien d'ailleurs avec ce qu'avance de Sacy. « Ce grand Roi, digne d'être placé entre Charles V et Henri IV, —dit-il [9]—, mourut » le 1ᵉʳ janvier 1515 ; éperdument amoureux de la Reine son épouse, il avait voulu » recommencer à être jeune dans l'âge où l'on cesse de l'être, et sa passion éteignit » le principe de sa vie. » Du reste, le sentiment de Sacy et de Fleuranges n'était autre que celui de Bayle, qui avait pensé, lui aussi, devoir rapporter la mort de ce Roi à son troisième mariage. La sœur du Roi d'Angleterre était jeune, âgée de 18 ans seulement, douée d'une âme ardente et d'un cœur éminemment sensible. Ces circonstances étaient peu propres à lui faire ménager Louis XII ; elle aurait pu et même dû le faire pourtant, s'il était vrai que, — comme l'a dit Bayle —, en faisant allusion à la galanterie et aux relations de cette Princesse avec le Duc de Suffolck-Brandon, qu'elle épousa plus tard, « elle écoutait la fleurette, tant en français qu'en » anglais [10]. » Mais Bayle oublie que le cérémonial des Cours a été, plus d'une fois, un excellent moyen pour faire de *nécessité* vertu. Quoique le Duc de Suffolck, favori tout à la fois de Henri VIII et de sa sœur Marie, eût accompagné cette Princesse en France, il ne serait pas étonnant que la conduite de ces deux *amants* eût alors été si prudente et si discrète, que Louis XII n'aurait jamais rien soupçonné de leurs amours.

II. Le titre d'*Intendyo*, que se sont donné réciproquement Thomassine Spinola et Louis XII, semblerait de prime abord plus significatif que ce qui précède; mais, en y pensant un peu, on voit bientôt qu'on ne saurait y trouver des preuves de relations intimes dont la nature ne pût point être hautement avouée.

Intendyo, ou *Intendio*, semble bien venir d'*Intendidor*, mot qui, dans le vieux langage, veut dire *Amant* [11]; mais d'Auton détermine lui-même, dans le récit emprunté à sa *Chronique*, le véritable sens qu'on doit y attacher ici. « .... Celle

[9] *Encyclopédie Méthodique* [Histoire]; art. Louis XII, par de Sacy : T. III, p. 382, 1ʳᵉ col.
[10] *Dict. histor.*, etc., cit.: T. VI, p. 563 (B).
[11] Voy. le *Vocabulaire des mots du vieux* langage, à la suite des *Poëtes Français*, depuis le xiiᵉ siècle jusqu'à Malherbe, avec une *Notice histor. et littér. sur chaque Poëte* (par M. Auguis); — Paris, 1824, in-8ᵉ: T. I, p. 485.

» Dame soy voyant familière de lui , — dit-il [12] —, une foys entre aultres luy prya
» très humblement que par une manière daccoincte il luy plust quelle fust *son Intendyo*
» et *luy le sien, qui est à dire accoinctance honnourable et aimable intelligence.* »

Les Historiens qui ont parlé de ces relations après d'Auton, y ont vu , ainsi que
lui , tout au plus une *amitié très-chaude*, ou plutôt un véritable *amour platonique*,
mais nullement une intrigue amoureuse vulgaire. On lit dans l'*Encyclopédie Métho-*
dique [13] : « Cette noble Génoise avait conçu pour notre Roi Louis XII cet *amour*
» *dégagé des sens qui ne s'attache qu'à l'âme*, et dont il est tant question dans les
» Poëtes et les Romanciers ; elle le pria elle-même d'être son *Intendio; elle ne voulut*
» *plus vivre que pour l'aimer, même sans le voir.* »

Ce passage de l'*Encyclopédie* s'accorde assez bien , comme on va le voir, avec le
sentiment de de la Place , qui nous semblerait avoir bien compris le véritable sens
du mot *Intendyo*. « Thomassine , — dit cet Auteur [14] —, vint même au point de prier
» le Roi de trouver bon qu'elle fût sa *Maîtresse de cœur* et lui son *Amant*, ou ,
» comme on parle en Italie , son *Intendio:* c'est-à-dire, *l'objet auquel l'un et l'autre*
» *rapportassent leurs pensées.* C'est ce que nos anciens Héros de Chevalerie appellent ,
» dans les *Amadis* et autres Romans, le *Sire* ou la *Dame de ma pensée; et ce qui*
» prouve que le relâchement de la morale amoureuse n'avait pas encore pénétré
» jusque dans l'Italie. » Ce passage est un rayon de lumière.

Sismonde de Sismondi se trompe certainement, quand il pense que le mot *Intendyo*
correspond à celui de *Cicisbeo* [15] qu'on a employé plus tard. On verra, par le texte
même de notre Manuscrit , que le mot *Intendyo* s'applique aussi bien à Thomassine
qu'à Louis XII, à l'*Amante* qu'à l'*Amant de cœur*, tandis que celui de *Cicisbeo* ne
s'applique jamais qu'à un homme. Cette remarque est péremptoire.

Du reste , d'après une Lettre dans laquelle le spirituel Auteur des *Pérégrinations*
Orientales, M. Eusèbe de Salle , nous transmettait quelques renseignements sur
la grande *Chronique* manuscrite de d'Auton conservée à Paris, — que nous n'avions
encore pu voir par nous-même —, il paraîtrait que le mot *Intendyo* ne serait pas
italien. On y lit ce qui suit : « Un savant Italien que j'ai consulté ici (à Paris) m'a dit
» que, selon toute apparence, ce mot appartenait au *patois génois du* xvie *siècle.* » Il

[12] Mst. de la Bibl. Nation., 9704 : p. cviii.
[13] *Encycl. Méth.* [Histoire] : T. V, p. 433.
[14] *Pièces intéressantes et peu connues, pour* *servir à l'Hist.*, etc.; ouvr. cit.: T. V, p. 490.
[15] *Histoire des Français.* — Paris, 1821 et suiv., in-8°: T. XV, pp. 392 et 393.

serait bien possible cependant que, vu ses rapports avec *Intendimento* et *Intendenza*, le mot *Intendyo* eût passé, comme ceux-là, du provençal dans la langue italienne parlée à Gênes au xv° et xvi° siècles. « BOCCACE, — dit le savant M. PRUNELLE [16] —, » fait même passer dans la langue italienne *une foule de tours et d'expressions pro-* » *vençales*, qui sont encore bien plus fréquents dans le *Novelliere antico*, publié à » Naples. C'est ainsi que BOCCACE a employé le mot *Intendimento* dans sa *Fiametta*, » pour désigner une *pensée amoureuse* et l'*amour lui-même* : — *Mentre io fra loro* » *alcuna volta il mio* INTENDIMENTO *mirava.* — Celui d'*Intendenza* est employé avec le » même sens dans le *Filostrato :*

> » *Di poter riaver qual si vuol pria*
> » *La dolce sua ed unica intendenza.* »

On lit dans l'*Indice di Federico* VBALDINO *accresciuto*, qui se trouve à la fin du Poëme intitulé : *Del Reggimento e de' Costumi delle Donne, di Messer Francesco* DA BARBERINO [17] : « *Intendersi in Donna* esserne inamorato [*Vita di* FOLCHETTO], *et* » *entendia se en la muillier del sieu Signor* .... »; mais les expressions dont il s'agit ici ne supposent aucune réciprocité dans cet amour. Le passage suivant, emprunté à l'*Histoire Générale de Provence*, de PAPON [18], où il s'agit d'un trait relatif à la vie de Pierre VIDAL, en serait, au besoin, une preuve évidente : « ENBARRAIL *sabia ben qe* » *Peire* VIDALS *s'entendia* ella molher, & *tenia lo à solatz, si com fasion totas las autras* » *Donpnas en qe Peire* VIDALS *s'entendia....* » Ici *s'entendia* prend l'acception de *aimait*, mais *sans réciprocité :* puisque, au contraire, toutes les Dames qu'aimait ce Pierre VIDAL se moquaient de lui.

M. Jules RENOUVIER m'a désigné les vers suivants, du *Loyer des Fausses Amours*, où le mot *Intendits* semblerait avoir été pris dans un sens assez rapproché de celui que BOCCACE donne aux mots *Intendimento* et *Intendenza :*

> « Point n'en suis las;
> » Du temps les laps
> » Je crains, tandis,
> » Mes *intendits*
> » Sont en temps dits,
> » Amour, jamais rien ne celas. »

[16] *De l'influence exercée par la Médecine sur la renaissance des Lettres.* DISCOURS, etc. — Montpellier, 1809, gr. in-4° : p. 69.

[17] Roma, 1815, in-8°; con ritrat.: pp. 55-56.

[18] Paris, MOUTARD, 1777, in-4° : T. II, pp. 216-17.

D'après le *Vocabulaire des mots du vieux langage*, ajouté par Auguis à sa *Biblio-thèque choisie des Poëtes Français depuis le xiie siècle jusqu'à* Malherbe, *Intender* signifie *Faire l'amour*, et *Intendidor* veut dire *Amant*.

Si l'on s'en rapportait au savant Auteur du *Dictionnaire de la Langue Romane*, feu Raynouard, le mot *Intendio* exprimerait une *tendance à plaire*, n'impliquant nulle-ment l'idée qu'on aurait réussi. On sent l'importance de cette restriction.

III. Mais il est une circonstance autrement sérieuse et inquiétante que tout ce qui précède, tant pour les admirateurs de la vertu de Thomassine, que pour ceux de nos Lecteurs qui pourraient porter encore quelque intérêt à l'honneur de Lucas Spinola, son mari. Sans pousser la méfiance trop loin, il est permis, en effet, de n'avoir pas l'esprit complétement tranquille sur ces deux points, qui, en définitive, n'en font qu'un. On se rappelle que, Louis XII et Thomassine s'étant mutuellement accordé le titre d'*Intendio*, « la noble Dame se tint plus heureuse » que d'avoir gaigné tout l'or du monde, et eust ce don si cher, que, pour seulle-» ment se sentir bien uollue du Roi, *tout aultre mist en oubly, voires jusques à* » *jamais plus ne vouloir coucher avecques son mary, ce qui pourroit donner à penser ce* » *qu'on vouldroit* », — dit ingénument l'Historiographe de Louis XII [10], en ajou-tant immédiatement après, comme quelqu'un qui craindrait d'avoir trop parlé — : » mais *aultre chose*, selon le vray dire de ceulx qui ce pouvoyent mieulx savoir, » *n'y eust que toute probité.* » Et cependant, le Poëte lui-même convient que cette étrange résolution, — des plus désespérantes dans le cas actuel ! — , rendit réellement fort malheureux Lucas Spinola, mari de Thomassine, puisqu'il fait dire à la défunte :

> « Hélas ieuz bien ce noble don pour cher
> » Car oncques plus ne laissay approucher
> » Homme de moy non certes mon mary
> » Qui maintes fois en a été marry. »

De tous les Historiens de France qui ont fait mention de cette anecdote, Pigault-Lebrun est peut-être celui qui l'a présentée sous le jour le plus défavorable à notre Héroïne. Ceux qui connaissent bien la trempe de son esprit auront présumé, sans doute, qu'il n'en pouvait être autrement. Quant à nous, nous ne craindrons

---

[10] *Cronicque* de Jehan d'Auton, Mst. 9701 de la Bibliothèque Nationale : feuillet 120; et *Chronique*, édit. cit. du Bibliophile Jacob, in-8° : T. II, p. 236.

pas de dire qu'en agissant de la sorte, cet Auteur a été probablement injuste tout à la fois envers ANNE DE BRETAGNE, envers LOUIS XII et envers Thomassine SPINOLA.

« L'amour n'est pas éternel, dit PIGAULT-LEBRUN [20], et le caractère difficile » d'ANNE DE BRETAGNE avait singulièrement affaibli celui que le ROI avait si long- » temps conservé pour elle. Les fêtes (de Gênes) donnèrent lieu à une aventure , » peu digne peut-être de la gravité de cette *Histoire;* mais elle peut servir à celle » du cœur, et elle est *si extraordinaire,* que je crois pouvoir l'écrire.

» Une Dame d'une naissance distinguée, Thomassine SPINOLA , se trouva à un » de ces bals. Elle fut frappée de la bonne mine du Roi ; sa conversation la charma , » et ce moment décida du reste de sa vie. Elle demanda à LOUIS *quelques entretiens* » *particuliers qu'elle obtint facilement. La passion que ce Prince lui avait inspirée* » *s'accrut de jour en jour ; elle lui en fit l'aveu dans les termes les plus expressifs.* » *Il est plus que vraisemblable que le Roi répondit à son amour.* Cependant cet » *égarement passager* ne le retint pas à Gênes. »

IV. Malgré ce passage de PIGAULT-LEBRUN , nous persisterons à dire et à penser, avec D'AUTON , que l'amour de LOUIS XII et de Thomassine SPINOLA a été une passion pure , dont le cœur presque seul a fait probablement tous les frais. Les Historiens qui se sont succédé depuis D'AUTON , n'ont pu emprunter le fait dont il s'agit qu'à cet Historiographe de LOUIS XII. Nous pensons que PIGAULT-LEBRUN lui-même aurait, ainsi que ses prédécesseurs , proclamé la vertu de THOMASSINE , malgré le vif désir de plaire et l'extrême tendresse de la noble Dame, s'il ne s'était point trop laissé aller à ses libertés de style et à ses mœurs faciles habituelles, en commentant, à sa manière, le texte naïf mais véridique de Jean D'AUTON.

Le passage suivant de Claude DE SEYSSEL , extrait de son *Histoire de* LOUIS XII , *Père du Peuple* [21], s'accorde avec l'assurance, donnée par SAINT-GELAIS , que ce Monarque *n'avait pas eu d'intrigues amoureuses* depuis son mariage avec ANNE DE BRETAGNE ; et se fait remarquer, en outre, par des expressions touchantes et pleines de naïveté : mais on doit convenir, pourtant, que l'œuvre de cet Evêque de Marseille est un panégyrique , n'ayant pas toujours le caractère sévère et la précision qui devraient être constamment inséparables de tout écrit historique sérieux. « Au regard de la » Reyne ANNE , — dit DE SEYSSEL — , ainsy qu'il l'avait honorée, vivant le Roy

[20] *Hist. de France. Abrégé critiq. et philosoph.,* etc.—Paris, 1827, in-8°: T. VI, p. 301.

[21] *Histoire de* LOUIS XII. — Paris, 1615, in-4°: p. 47.

» CHARLES, *comme sa Dame et Princesse, depuis qu'il l'a espousée, l'a toujours tant*
» et si grandement aymée, estimée et chérie, qu'il a mis en elle et reposé tous ses
» plaisirs et toutes ses délices ; *ne jamais a été soupçonné d'avoir violé son mariage ;*
» *ne prins plaisir charnel, ne volupté avec aultre femme, combien qu'on lui en ait*
» *souvent offert de bien belles et plaisantes, dont un homme moins ferme et constant*
» *eust été bien tenté, et par effect il ne fut jamais Dame mieulx traictée, ne plus aymée*
» *de son mary, etc.* » Aussi trouve-t-on sur l'anecdote de Gênes la rédaction suivante, dans les *Mémoires sur l'Histoire de France*, par M. PETITOT[22] : « Thomassine
» SPINOLA, enchantée des manières nobles de LOUIS XII, de sa conversation pleine
» de grâce et d'agrément, de sa douceur et de sa bonté, *mais fort attachée à ses*
» *devoirs, conçut pour lui et trouva moyen de lui inspirer une passion digne des beaux*
» *temps de la Chevalerie, tout-à-fait étrangère aux sens, et semblable à celle qui avait*
» *autrefois uni* LAURE *à* PÉTRARQUE. »

La manière dont NOEL parle de notre Héroïne dans son *Eloge de* LOUIS XII,
couronné par l'Académie Française[23], renforce encore ce qu'on vient de lire.
« Ses faiblesses, — dit NOEL —, ne monteront pas avec lui sur le trône, et cette
» ANNE DE BRETAGNE, qui possède son cœur sans réserve et sans partage, n'aura
» jamais d'autre rivale que *l'aimable et vertueuse* SPINOLA, *dont la passion pure et*
» *désintéressée ne peut lui causer aucun ombrage.* »

V. A l'époque du voyage de LOUIS XII à Gênes, en 1502, les mœurs différaient
peu de celles des siècles précédents ; mais on serait dans l'erreur si l'on regardait
la liberté chevaleresque dont elles jouissaient, comme étant incompatible avec leur
pureté. Le souvenir des candides amours de PÉTRARQUE et de LAURE était, bien plus
qu'aujourd'hui, dans tous les esprits. Les cœurs de LAURE et de THOMASSINE ont
eu cela de commun, qu'ils sembleraient avoir fait exclusivement leurs délices de
la nourriture la plus légère que l'on puisse savourer en amour. C'est leur Plato-
nisme qui a fait leur réputation. Au lieu de devenir célèbres, ces deux Femmes
eussent été fort probablement peu connues, sans la passion, aussi vive que tendre,
constante et pure, qu'elles devaient inspirer : l'une, à un grand Poëte ; l'autre,
à un grand ROI. Il pourrait bien se faire que VOLTAIRE eût dit avec raison de
PÉTRARQUE : « Ce Poëte serait moins connu s'il n'avait point aimé. »

---

[22] *Mémoires sur l'Histoire de France,* 1re   [23] *Choix d'Eloges,* couronnés par l'Aca-
Série ; ouvrage cité : T. XV, p. 52.   démie Française.— Paris, 1812: T. II, p.485.

Il semblerait qu'on se souvenait encore, au commencement du xvie siècle, de la doctrine amoureuse que le Poëte Provençal G. DE MONTAGNAGOUT exprime si bien, dans les vers suivants[24] :

« Ben devon li amador,
» De bon cor servir amor ;
» Car amor non es peccats
» Ans es vertuts q'els malvatz[25],
» Fai bons, ell bons son meilhor.   .

» E met home en via
   » De ben far tot dia.
» E d'amor mou[26] castitatz.
» Car q'en amour ben s'enten,
» Non pot far q' pueïs mal reinh[27]. »

Comme le dit LA PORTE-DU-THEIL[28] : « La Chevalerie avait tellement ennobli » l'amour, qu'elle l'avait rendu une passion purement héroïque. » « Un de nos anciens Poëtes[29], — ajoute-t-il —, assure que :

« Les Chevaliers mieux en valoient,
» Les Dames meilleures étoient
» Et plus chastement en vivoient. »

« Cette galanterie, — dit M. PRUNELLE[30] —, était un sentiment noble assujetti aux » lois strictes de la bienséance et de l'honneur qui animait les Chevaliers à la gloire, » les Dames à la vertu. » La liberté des mœurs de l'époque, jointe au respect pour le devoir, autorise D'AUTON à faire parler THOMASSINE, ainsi qu'il suit, sans nullement ternir sa vertu, ni flétrir sa mémoire :

« Et mon regard sur luy a faict repeuz,
» Si bien quamour me fist tost mectre en queste
» De *laccoincter*, dont ie feiz mon enqueste,

[24] PAPON (J.-P.) : *Hist. Générale de Pro-vence.* — Paris, 1777-86 : T. II, pp. 216.
[25] Malvatz : *méchants.*
[26] Mou : *se meut....*
[27] Reinh : *règne, se conduise.*
[28] *Notices et extraits des Manuscrits de la Bibliothèque du Roi, lus au Comité établi* dans *l'Académie des Inscriptions et Belles-Lettres.* — Paris, 1787 et suiv., in-4° : T. V, p. 696.
[29] Voy. *Roman de Rou* ; M st. fol. 80, v°.
[30] *De l'influence exercée par la Médecine sur la renaissance des Lettres.* DISCOURS, etc., gr. in-4°, cit. : pp. 76 et 77.

» Et *demanday la gráce du bon Prince*
» *Quil moctroya, disant que ie la prinsse;*
» Puis, me voulut *laisser et retenir*
» *Lintendyo, sans aultre erre tenir.* »

La liberté de mœurs dont il s'agit surprend moins, lorsqu'on se souvient qu'à une époque plus reculée, elle était bien plus grande encore, même chez des filles de Rois. A l'occasion de l'analyse de l'ouvrage de M. l'Abbé DE LA RUE, intitulé : *Essais historiques sur les Bardes, les Jongleurs, etc.*, RAYNOUARD s'exprime ainsi qu'il suit [31], en parlant du *Roman de Horn* : « J'eusse désiré retrouver, dans l'extrait » de M. DE LA RUE, ces vers qui peignent l'amour de la belle RIMENIL pour HORN :

« Cum fu duz sun parler, sun semblant et sun vis [32] !
» A grand mal endreit mei vint-il en ces pays....
» Une ren nepurquaut m'ad il dit e promis,
» Si mes peres le volt, k'il sera mis amis,
» Quant armes aurat portó e los aurat conquis :
» E Deus! quant er ico? trop grant terme ad mis. »

« La lecture de ce Roman nous apprend, sous le rapport des mœurs de l'époque » et du pays, que *les Demoiselles cachaient si peu leurs sentiments d'amour, que* » RIMENIL *fait franchement des avances à* HORN, *l'appelle dans son appartement,* » tandis qu'il n'est pas permis à cette fille d'un Roi d'assister à une Assemblée de » la Cour. » Les Dames même contractaient des liaisons, aussi pures que tendres, sans se donner le moindre soin de cacher ces sortes de feux. BAYARD et la Dame DE FLUXAS s'aimaient de cœur, ouvertement, sans que leur réputation ou leur honneur en souffrissent la moindre atteinte. Cette époque était véritablement l'*Age d'or* de la Morale. L'Auteur des *Mémoires sur l'ancienne Chevalerie*, DE LA CURNE DE SAINTE-PALAYE, parlant des *Dames* auxquelles il donne l'épithète de *libertines*, nous rappelle que les *Chevaliers* avaient un soin tout particulier de *noter d'infamie les Dames qui sacrifiaient leur honneur* [33]. Nous ne savons trop jusqu'à quel point ceux qui

---

[31] Voy. *Journ. des Savants.* — Paris, 1834, in-4° : N° de Septembre, pp. 545 et 546.
[32] *Sun vis :* c'est-à-dire *son visage.*
[33] Voy. DE LA CURNE DE SAINTE-PALAYE, *Mémoires sur l'ancienne Chevalerie, consi-*

dérée *comme un Etablissement Politique et Militaire.* — Paris, 1759, in-12 : T. I, pp. 86 et de 147 à 150. — Le passage du Chevalier DE LA TOUR, rapporté en ce lieu par SAINTE-PALAYE, est des plus singuliers dans ses détails.

soutiennent, avec insistance, que tout progresse à notre époque, pourraient prouver, d'une manière satisfaisante, que nos Lieutenants et Capitaines n'ont pas quelque peu dégénéré sous ce rapport !

Ces passions pures étaient le plus souvent entièrement dégagées de liens ou de nœuds grossièrement physiques. Elles différaient beaucoup, par là, de ce *Matérialisme amoureux* de l'HENRIETTE des *Femmes Savantes* de MOLIÈRE, qui, *dénué de Poésie*, la portait à *aimer avec tout elle-même . . . !*

Presque exclusivement sentimentales, ces relations constituaient un des principaux caractères de ces temps chevaleresques. Elles étaient *en amour*, relativement à la *galanterie* ou aux *liens du mariage*, ce qu'étaient eux-mêmes les tournois élégants et d'ordinaire inoffensifs sur lesquels elles s'appuyaient, par rapport aux combats réels et aux véritables batailles. On n'ignorait pas que le tournoi sentimental commençant toujours par l'amour platonique et perdant parfois, plus tard, ce caractère, ressemblait alors davantage à ces tournois guerriers malheureux, terminés d'une manière funeste, comme celui de l'infortuné HENRI II et du Comte DE MONTGOMMERI . . . . : mais on savait que les événements de cette nature n'étaient guère, alors, que des exceptions presque fortuites, ou pour mieux dire, des raretés.

On retrouvait, dans le cœur de LOUIS XII, cet amour pur des anciens Chevaliers, avec leur estime et leur respect pour les *Dames* de leurs pensées, à coté de l'admiration la plus forte pour la vertu de la Reine ANNE DE BRETAGNE, son épouse. Quelques esprits satiriques, dont tous les siècles abondent, ayant lancé des traits de leur façon contre ce bon ROI, des Courtisans l'engageaient à les en punir : « Non, » — leur répondit-il —, ils me rendent justice ; ils me croient digne d'entendre » la vérité. Mais, — ajouta-t-il —, *qu'ils ne s'émancipent pas jusqu'à insulter la* » REINE, *ni l'honneur d'aucune autre Dame ; car je me fâcherais et les ferais pendre.* » Il n'est point étonnant que LOUIS XII, de tout temps plein d'estime pour les Dames, fût en admiration devant ANNE DE BRETAGNE, vrai chef-d'œuvre de vertu.

ANNE DE BRETAGNE est la première REINE DE FRANCE qui ait eu auprès d'elle des filles de qualité, appelées depuis les *Filles de la* REINE. Cependant, malgré le désir qu'elle avait de voir tout vertueux autour d'elle, et malgré le soin qu'elle prenait constamment de prêcher d'exemple, il y avait déjà une tendance marquée vers un certain relâchement de mœurs, même chez les Dames de la Cour. L'*Ordre de la*

Cordelière, fondé par ANNE DE BRETAGNE[34], *donné seulement aux Dames dont l'honneur s'était conservé exempt de toute tache et de tout soupçon, ne subsista que pendant la vie de cette* REINE. Il est même fort étonnant qu'un *Ordre* aussi singulier ait eu cette durée. Ses insignes avaient un double inconvénient, que la publicité de leur jouissance aggravait encore. Ils avaient le grand tort de fort enorgueillir les Dames qui en étaient décorées, et d'humilier beaucoup trop celles qui ne l'avaient point obtenu. D'ailleurs, « on trouva, — si l'on s'en rapporte à un Historien du temps —, » qu'il était trop difficile de faire ses preuves. »

Ce qui ferait penser que LOUIS XII, malgré sa courtoisie pour la belle Génoise, ne fut point infidèle à sa Bretonne, c'est le soin avec lequel, pendant la guerre d'Italie, il faisait placer le chiffre d'ANNE et les *armes de Bretagne* sur quelqu'un des principaux monuments des villes qui lui ouvraient leurs portes. « Ainsi, — dit » M. NETTEMENT dans le *Plutarque Français*[35] —, absente ou présente, la REINE » conservait son empire, et LOUIS XII, par des témoignages publics, prouvait » à tout le monde que le ROI DE FRANCE se souvenait des amours du DUC D'ORLÉANS. »

VI. Il eût été sérieusement à craindre, qu'avec moins de vertu, notre belle et sensible SPINOLA n'eût dit peut-être aussi comme Valério ZUCCATO, de Georges SAND, dans un des élans de son âme brûlante : « Ce qu'il y a de plus doux, de plus » noble et de plus bienfaisant dans la vie, c'est d'aimer ; c'est de sentir et de concevoir » le beau idéal. Voilà pourquoi il faut aimer tout ce qui s'en rapproche, le rêver » sans cesse, le chercher partout, et *le prendre tel qu'on le trouve*[36]. » Mais le passage suivant contribuera à rassurer ceux de nos Lecteurs qui pourraient être restés encore quelque peu alarmés sur ce point. « Ce qui prouve, à n'en pouvoir presque douter, — dit DE LA PLACE —, *l'innocence de ce commerce*, c'est que le ROI, suivant » D'AUTON, *envoya tous ces vers à Gênes pour qu'on en ornât la pompe funèbre et le* » *tombeau de* THOMASSINE, *en signe de continuelle souvenance et spectacle mémorable*[37]. » Dans une véritable intrigue amoureuse, un pareil ROI aurait sûrement observé toutes les convenances, maintenu tous les égards dus à la REINE, et évité plus soigneusement encore toute publicité. Nos Lecteurs en seront convaincus.

---

[34] Voy. HERMANT : *Histoire des Religions ou Ordres Militaires de l'Eglise et des Ordres de Chevalerie* ; — Rouen, 1698, in-12 : p. 348, où se trouve une *figure du Cordon de cet Ordre*.

[35] *Plutarq. Franç.* : ANNE DE BRETAGNE, p. 9.

[36] Voy. *Les Maîtres Mosaïstes*, dans la *Revue des deux Mondes* : T. XI, p. 456.

[37] *Pièces intéress.*, etc. cit. : T. V, p. 192

M. le Marquis DE CUBIÈRES a sûrement pensé ainsi , puisqu'il dit , textuellement ,
dans sa *Notice sur Louis XII* [38] : « Le bruit de sa mort s'étant répandu, Thomassine
» SPINOLA , Génoise *aussi vertueuse que belle*, *riche et fort attachée au Roi* , mourut
» de douleur à cette nouvelle. » Il semblerait , en effet, que l'amour de Louis XII ,
pour Thomassine SPINOLA , avait une grande analogie avec celui dont brûla depuis
Louis XIII pour les Demoiselles D'HAUTFORT et DE LA FAYETTE. « On disait de Louis XIII
» qu'*il n'était amoureux que de la ceinture jusqu'en haut; parce que* , malgré la passion
» violente qu'il avait eue pour les Demoiselles D'HAUTFORT et DE LA FAYETTE, *il les
» avait toujours singulièrement respectées* [39]. » Cette manière d'aimer de Louis XIII
avait fait dire, assez plaisamment , à un Auteur du temps, que « *les amours de ce
» Monarque étaient vierges.* »

Il est infiniment probable que Thomassine SPINOLA est morte, amante aussi
vertueuse que tendre. Se conformant , autant qu'elle le pouvait , au principe de
l'Art d'aimer du Poëte Provençal Guilhem DE AGOULT , elle ne devait faire rien autre
que « *chercher l'honneur en l'amour* », comme il est prescrit dans le Traité de cet
Auteur du XIIe siècle, intitulé : « *La manièra d'amar dal temps passat* », composé
en 1181. JOUY, l'Auteur des poëmes lyriques si émouvants de *la Vestale* et de *Fernand
Cortez* , faisait sûrement allusion à un amour pur de ce genre, quand il a dit :
« Chez les modernes , l'Amour qui a son foyer dans le cœur, *se refuse quelquefois
» au témoignage des sens*, et parvient à embellir jusques à la laideur même. »

Ce charmant Poëte reconnaissait pourtant que ce genre de sentiment était l'ex-
ception, par rapport à la règle générale. « L'Amour, comme ROUSSEAU le conçoit ,
» comme HÉLOÏSE l'a ressenti , — dit-il — , est un concert de l'âme , de l'esprit ,
» du cœur et des sens , qui exalte jusqu'au délire toutes les facultés humaines.
» L'Amour, tel que les Allemands le représentent , sous les traits de WERTHER ,
» vit de souvenirs, de rêves, de pressentiments. Il est à l'*Amour ardent et vrai*,
» ce que la lumière pâle de la lune est aux rayons fécondants de l'astre du jour.
» Mme DE STAEL le nomme *Amour métaphysique* et le compare à des *roses fanées qui
» conservent encore leur parfum.* » Cette dernière expression est sans doute fort jolie ;
mais elle nous ferait douter que l'Auteur de *Corinne* eût pu croire sincèrement à
l'*Amour platonique*. Cette femme célèbre n'aurait vu dans la tendre, vive et pure

[38] *Plutarque Français*, in-4°, à 2 colonnes,
figures coloriées ; Notice cit. : p. 11.

[39] *Pièces intéressantes et peu connues*, etc.;
ouvr. cit. : T. V, p. 11.

affection dont il s'agit ici, qu'une dégénérescence de l'Amour ordinaire ou commun, qu'elle aurait classé, dans son esprit, peut-être fort au-dessous d'une solide amitié. Il résulterait de tout cela, pour nous, que, sans cesser d'être pure un seul instant, l'âme de la belle Génoise aurait fort bien pu s'élever à une hauteur de sentiment que l'âme de Mme DE STAEL eût été incapable d'atteindre.

Nous n'ignorons pas qu'une passion, si pure dans son essence que celle de Thomassine SPINOLA, ne serait regardée que comme une nourriture bien creuse par tant de cœurs de l'époque actuelle, qui se piquent néanmoins de savoir bien aimer. Notre siècle tourne décidément à l'*Amour platonique* beaucoup moins encore que les siècles précédents. On aurait tort pourtant de s'imaginer qu'il n'existe plus, de nos jours, une seule âme ayant assez de sentiment et d'élévation de pensée pour apprécier dignement la passion, à la fois si vive, si profonde et si délicate qui s'était allumée dans les cœurs de LOUIS XII et de Thomassine SPINOLA. Nous croyons seulement que le *goût du Positivisme*, ce cachet de notre temps, doit en rendre les échantillons de plus en plus difficiles à rencontrer. Oui, le bonheur que fait éprouver un amour mutuel, bien senti; une absorption réciproque de pensées intimes, alors même que ceux qui se conviennent et se comprennent si bien ne peuvent ni se voir ni s'entendre; ce bonheur, cette satisfaction si douce, ne sauraient être l'apanage que des seules âmes les plus nobles, les plus délicates, le plus sagement réservées, et par conséquent *les plus rares*.

Pendant un très-court séjour à Gênes, exigeant d'ailleurs, de la part d'un ROI, une représentation presque continue, les moments où il a été permis à LOUIS XII et à la belle THOMASSINE de se livrer à un peu d'abandon, ont dû nécessairement être fort rares et de bien peu de durée! Se voir un instant sans témoins; se sentir, avec bonheur, l'un près de l'autre; se dire *qu'ils s'aimaient et qu'ils s'aimeraient toujours*, dans les termes les plus tendres, les plus passionnés, et avec l'intime conviction qu'ils sauraient se tenir parole; serrer vivement contre son cœur, d'une part, une adorable main, que, de l'autre, on avait abandonnée avec une charmante faiblesse, et qu'on n'avait plus ni le pouvoir ni la volonté de retirer; permettre enfin — mais tout au plus, — à des lèvres, aussi brûlantes qu'empressées, un langage muet, ou une expression de sentiments et de pensées, qu'aucune langue articulée n'eût rendus que d'une manière fort imparfaite....: ce fut là seulement, selon toutes les probabilités, ce qu'une tendre affection mutuelle dut faire éprouver de plus vif, au plus fort de la passion de ces candides amants....; et cependant l'impression de ces instants de bonheur fut si pénétrante, si absolument dominatrice, que ni la belle Thomassine, ni le bon Roi Louis XII, ne devaient jamais plus l'oublier de leur vie.

Le savant Président Bouhier a été beaucoup trop loin, dans une note autographe que nous transcrirons en entier plus tard. Il n'a pas craint, — à tort selon nous —, d'appeler « *Thomassine* Spinole, *Maîtresse du Roy* Louis XII...! » Montesquieu aurait beaucoup mieux défini ce *désir de plaire*, en l'appelant une « *galanterie qui n'est point* » *l'amour*, mais *le délicat*, mais *le léger*, mais *le perpétuel mensonge de l'amour.* »

Nous dirons donc, en nous résumant, que les tendres relations qui liaient la sensible Thomassine Spinola et notre excellent Roi Louis XII, étaient, à peu de chose près, un *amour tout de l'âme*, un *amour pur, presque entièrement plato-nique....!* La culpabilité se réduit ici à une simple tendance.

Quant au Mari de la belle Génoise, Lucas Spinola, il fut très-malheureux, sans doute, par suite de l'étrange résolution de Thomassine, à son égard. Son affliction dut être proportionnée au prix infini de l'objet qu'il avait perdu; mais il serait injuste de soupçonner que son honneur en eût reçu la moindre atteinte sérieuse. Tout ce que l'on peut dire, en s'apitoyant le plus sur sa destinée, c'est qu'il a été victime d'un véritable *rapt d'âme*, avec *dépossession corporelle*, à la vérité *très–réelle*, pour lui, mais évidemment, *presque entièrement en effigie*, pour Louis XII. Notre tendre Monarque semblerait avoir fait à Lucas Spinola, dans cette circonstance, une espièglerie, tenant plus d'un Sylphe amoureux, que d'un Amant ordinaire ayant âme et corps humains...! sorte de délit imprévu par les Codes.

L'amour passionné, mais bientôt tout idéal, que Louis XII avait inspiré à Thomassine, était plus près de l'illusion que de la réalité, plus voisin du songe que de la veille ...! Cette vive affection constituait une Extase soutenue, une sorte de faim incessante du Sens-intime, n'ayant nul besoin d'alimentation ma-térielle, et dans l'assouvissement de laquelle l'âme se repaissait d'elle–même, en vertu de son intime préoccupation et de son intuition propre. Malheureusement une Aliénation-mentale et une Fièvre-ardente, promptement mortelles, en ont été les déplorables effets....!! On devra toujours s'y attendre dans les cas analogues.

Au Moyen-âge, où tant de Légendes conservaient par tradition le souvenir de prétendus *Esprits-follets*, Sylphes, Enchanteurs, Diables; jetant des sorts, faisant le *mauvais œil*, *maîtrisant l'âme*, opérant des *possessions*, et rendant les pauvres humains malheureux de mille manières, on aurait bien pu voir du surnaturel dans la fin si malheureuse de Thomassine...! Il n'eût pas été impossible que des idées de *sortilége* fussent venues influencer la rédaction des commentaires de toute passion ressemblant à celle de notre Héroïne [39]. En face d'un singulier amour, aussi désintéressé,

[39] Il est un fait curieux, s'il a été bien constaté, qui, sans être comparé à un sujet aussi noble, grave, sérieux et regrettable que la mort de Thomassine Spinola, serait néanmoins susceptible d'en être rapproché, sous certains rapports, tout en continuant à respecter les convenances : c'est la mort du *Perroquet* de Marguerite d'Autriche qui fournit à Jean le Maire de Belges le sujet de son Poëme intitulé : *Le Triomphe de l'Amant vert.* Au risque d'encourir le blâme des *Tantes Aurores* de notre époque, s'il en reste, et d'être accusé de *profaner ce qu'il y a de plus respectable et de plus sacré en Amour*, nous oserons rappeler que « ce pauvre *Perroquet* » mourut, — dit-on —, de douleur, parce que » cette Princesse l'avait laissé en Flandres, » pendant un voyage qu'elle fit en Allemagne. » Le fait serait avéré que nous n'en serions pas plus disposé pour cela à admettre l'existence d'une âme chez les bêtes.

La manière d'exprimer ses regrets varie autant que celle de témoigner son amour, dans les êtres humains.

L'article Brossette (Claude), de la *Biographie Universelle* [de Michaud] *, nous apprend que ce célèbre Commentateur de Boileau avait supporté avec toute la philosophie d'un véritable Médecin organicien de nos jours, la perte de son épouse qu'il avait fort aimée. On y lit le passage suivant :

« Brossette (Claude), ayant perdu sa femme, » imagina de faire *détacher de son cerveau* » *la glande pinéale, que quelques Auteurs*

* Ouvrage cité : Tome VI, p. 35, 2e colonne.

» *regardent comme le siége de l'âme, et il* » *la porta constamment enchassée dans une* » *bague.* »

Thomassine se serait sûrement bien gardée de tant matérialiser le sentiment....!

C'était principalement de cet amour, *tout de l'âme et entièrement détaché des sens*, que s'occupaient les *Cours d'Amour* établies, soit en Provence, soit en Belgique, depuis la fin du XIIe jusque vers le commencement du XVe siècle *[2]. « Les *Cours d'Amour*, — dit l'auteur » de la *Sibyle Gauloise* *[3] —, n'étaient com- » posées que de femmes presque toutes du plus » haut rang. Il faut croire que toutes aussi » avaient acquis l'expérience qu'exigeaient » leurs fonctions; mais cette expérience ne les » menait pas trop loin. *On ne jugeait à ce* » *Tribunal que l'amour de sentiment. C'était* » *beaucoup qu'on sût aimer alors de cette* » *manière.* »

« Il était curieux, — dit M. de Reiffen- » berg —, de voir des hommes ignorants et » bardés de fer, s'intéresser à des subtilités de » sentiment.... Ils appréciaient les effets d'un » penchant qui, renfermé dans des bornes » convenables, peut servir de frein à de mau- » vaises passions, et semblaient avoir deviné » confusément la pensée de Sterne, qui dit » quelque part qu'*il ne s'était jamais glissé* » *dans son âme de sentiment bas et condam-* » *nable que s'il cessait d'être épris d'une* » *Princesse inconnue ou imaginaire.* »

*[2] Voyez le Journal L'Institut, 2e Sect., No 58, octobre 1840, pag. 135 et suiv. : *Note de M. de* Reiffenberg *sur les Cours d'Amour en Belgique.*

*[3] De la Dixmérie : *La Sibyle Gauloise*, etc., p. 146.

12

aussi pur, aussi violént et aussi promptement funeste, l'effroi se serait certainement emparé sur-le-champ de toutes les âmes : Louis XII eût paru un *Sorcier;* Thomassine eût été une *Possédée....*! On aurait peut-être parlé de brûler Louis XII...!!

Certaines questions, débattues dans les *Cours d'Amour,* attestaient bien que le délit était alors, du seul fait de l'âme, rigoureusement *inoffensif,* et que les inculpés ne devaient être passibles que d'une punition morale; mais il en était d'autres dont la rédaction vague ou peu précise, dans quelques-unes de leurs expressions, commandaient tout au moins un sage doute, quand elles n'exigeaient point évidemment plus de sévérité....!

On demandait, par exemple : — « *S'il est » plus flatteur de supplanter un rival que » de se faire* AIMER *d'une personne qui avait » jusque-là résisté à l'Amour ? — S'il vaut » mieux être* AIMÉ *d'une personne très-belle* » *et* MÉDIOCREMENT SAGE, *ou d'une personne* » *très-sage et médiocrement belle?* » — mais, malheureusement, on ne définissait bien ni le mot AIMÉ, ni l'expression MÉDIOCREMENT SAGE.

On serait tenté de croire que la sorte de religion de cœur, prétendue pure, dont il s'agit, était parfois, dans ces premiers temps, faible en son dogme, et peut-être aussi déjà altérée, dégradée et quelque peu matérialisée dans sa liturgie. Il est probable que même alors ce culte avait de temps en temps des Pontifes à larges manches... Cela expliquerait peut-être pourquoi « *la plupart des sentences,* » compilées par le Chapelain ANDRÉ, *donnent* » *tort aux maris....!* »

CHAPITRE VII.

DE LA COMPLAINTE,
DEPUIS LES TEMPS LES PLUS RECULÉS JUSQU'A NOS JOURS.

es Poëtes du xvᵉ siècle, qui vécurent sous les règnes de CHARLES VI, de CHARLES VII et de LOUIS XI, ne perfectionnèrent pas la Poésie ; ils surent seulement la maintenir dans l'état où elle se trouvait alors: ils l'empêchèrent de rétrograder. Caractérisée par une naïveté, qui ne manquait pas de finesse , surtout dans les vers de VILLON , où elle se trouve malheureusement souvent trop décolletée , nous dirions presque ordurière [1], la Poésie de cette époque conserva ses formes naturelles , ses contours nettement dessinés, qui l'eussent, au besoin , très-facilement distinguée de tout ce qui aurait été caricature.

« Mais , — comme le dit avec raison l'Abbé MASSIEU [2] —, les Poëtes qui parurent
» sous les règnes de CHARLES VIII et de LOUIS XII, la défigurèrent à tel point, qu'elle
» ne fut presque plus reconnaissable. Ils ne firent rien qui vaille , et gâtèrent tout à
» force de raffiner. »

Ces Poëtes , en effet , cultivèrent et surtout multiplièrent la *rime* aux dépens et en dépit de la *raison*. Ce furent principalement MOULINET et CRÉTIN qui rendirent à la Poétique de cette époque ce mauvais service. Ces Auteurs furent les chefs de

---

[1] Voy. *Le gr. Testam.* VILLON *et le petit*, etc.   [2] *Hist. de la Poésie Franç.* : p. 284.

l'Ecole de mauvais goût d'où surgirent , avec profusion , ces rudes et lourdes rimes dites : *batelée* , *fraternisée* , *rétrograde* , *enchaînée* , *brisée* , *équivoque* , *serrée* , *couronnée* , *emperière* , etc. , dont ils firent alors , si ridiculement , le sujet de leurs travaux et leurs bizarres et déplorables délices. Ces sortes de rimes , aussi peu agréables à l'esprit qu'à l'oreille et aux yeux , furent employées, plus particulièrement , par des Poëtes du xvi⁰ siècle , postérieurs à l'Auteur de la *Complaincte de Gennes* que nous publions. Cédant à la nature de son esprit , Clément Marot lui-même se permit ce badinage, à l'occasion de la fin de Coquillard , mort de chagrin , comme on le sait , pour avoir perdu sa fortune au jeu. Marot rabaissa son talent jusqu'au niveau de rimes et de jeux de mots , sans agrément les uns et les autres , dans des allusions faites aux *coquilles d'or* que cet ancien Poëte *portait dans ses armes :*

« La Morre [a] est jeu pire *qu'aux quilles,*
» Ne qu'aux échecs, ne *qu'au quillart ;*
» A ce méchant jeu Coquillart
» Perdit sa vie et ses *coquilles.* »

Ce n'est certainement pas le souvenir de vers de cette espèce qui a pu engager Boileau à recommander aux Poëtes de son temps d'*imiter l'élégant badinage de* Marot !

Sans prétendre justifier tout-à-fait d'Auton des travers d'esprit et du haut degré de mauvais goût poétique d'alors , nous dirons néanmoins , pour être équitable , qu'il s'en est tenu plus éloigné que bien d'autres Poëtes de son temps. D'Auton avait , en effet , su conserver les élégantes et majestueuses fictions de l'Antiquité , ces ornements empruntés à la Mythologie , qui , placés avec un peu de goût et une sage réserve , savent embellir , même aujourd'hui , les sujets que l'on traite en un style élevé ; et auxquels le mauvais goût des xv⁰ et xvi⁰ siècles avait substitué des personnages grotesques , pour ne pas dire plus , tels que : *Faux–Semblant* ,

[a] *Morre*, sorte de jeu en usage aux xv⁰ et xvi⁰ siècles. Il en est fait mention dans le *Champion des Dames* , de Martin Le Franc, Lefranc ou Franc, Prévôt et Chanoine de Lausanne , et Secrétaire du Pape Félix V (Amédée VIII , I⁰ʳ Duc de Savoie), vers le milieu du xv⁰ siècle. Martin Lefranc est auteur de l'*Estrif de Fortune et Vertu* , dont la *Bibliothèque de la Faculté de Médecine* de Montpellier possède une belle copie manuscrite in-4⁰, du xv⁰ siècle, sur vélin , enrichie d'une superbe miniature soigneusement gouachée et dorée, sous la cote H. 248. Quoique déjà édité, ce Manuscrit sera probablement pour nous l'objet d'une publication prochaine , avec *fac simile*, analogue à la publication actuelle.

Bel-Accueil, *Franc-Vouloir*, *Male-Bouche*, etc...! Meschinot est un des Poëtes du xv° siècle qui ont poussé ce mauvais goût jusqu'au beau idéal du genre. Dans une *Requeste* qu'il adresse à François II, dernier Duc de Baetagne et son Souverain, mort le 9 septembre 1488[4], ce Poëte se dit : « le *Banni de Liesse*, » à présent demeurant au *Diocèse d'Infortune*, *Paroisse d'Affliction*, etc., *proche* » *voisin de Désespoir*...! » Dans le Recueil poétique du xvi° siècle ayant pour titre : « *Sensuit le iardin de plaisāce et fleur de Rethorique* »[5], on rencontre beaucoup de dénominations analogues, telles que : le *Plaintif-Amoureux*, *Doulx-Regard*, *Espé-rance*, *Loyauté*, *Hault-Vouloir*, *Bon-Advis et Souppecon* (Soupçon), *Dangier*, *Envie*, *Division*. On y voit : feuillet lv *verso* : « Comment lung des Amans.... se complaint » de son cueur qui se debat a son oeil »; feuillet cxcj *verso* : « Comment une des Dames » qui est au *iardin de plaisance* : *Fleur de rethorique*, envoye une epistre a son » singulier amy *Grant-Orateur* », etc.

C'est surtout dans la *Complainte*, que les Poëtes dont il s'agit donnaient une entière liberté à la bizarrerie de leur esprit et à la folie de leur imagination.

Il est plusieurs genres de poésies lyriques dont l'origine, la définition précise, la désignation des modifications subies, selon le goût des siècles successifs ou selon le progrès réel, constituent, même aujourd'hui, une lacune dans notre Histoire Littéraire ; nous en citerons comme exemples : la *Complainte*, la *Chanson des rues*, ainsi dénommée par Brazier[6], et la *Chanson* créée par Béranger, et que Victor-Joseph Etienne, dit de Jouy, a cru devoir appeler *Politique et Patriotique*[7].

Dans sa classification des *Chansons*, faisant partie de l'article Chanson de l'*Ency-clopédie Moderne*, de Courtin (T. VI, pp. 298 et 299), — article bien traité, malgré quelques points susceptibles d'une juste critique —, l'aimable et tendre Poëte à qui nous devons les paroles de *la Vestale*, a fait comme bien d'autres auteurs, qui ont touché en passant ou effleuré ce sujet : il a omis la *Chanson triste*, la *Chanson lamentable*, le *Lai*, le *Regrect*, c'est-à-dire la *Complainte*.

« Si je cherche à établir une espèce d'ordre, dans un sujet qui en comporte si » peu, — dit-il —, je trouve d'abord la *Chanson religieuse*, la *Chanson politique et*

---

[4] Voy. Goujet : *Bibliothèque françoise*, etc. — Paris, 1745-46, in-12 ; T. IX, pp. 404 et 405.
[5] Paris, Phelippe Le Noir, 1527, in-4°.
[6] Brazier : *Histoire des petits Théâtres de* *Paris depuis leur origine. Nouvelle édition.* — Paris, 1838, in-18 : p. 224.
[7] *Encyclopédie Moderne ou Bibliothèque Universelle*, etc.; 2° édition : T. VI, p. 197.

» *patriotique*, la *Chanson guerrière*, la *Chanson philosophique*, la *Chanson satirique*,
» ou *Vaudeville*, dans laquelle les Français ont surtout excellé ; la *Chanson grivoise*,
» qui est l'abus et l'excès de ce dernier genre ; enfin, la *Chanson burlesque* ou
» *Parodie*, qui tient de la Chanson grivoise et de la Chanson satirique. »

La lacune qu'avait long-temps laissée , dans notre Littérature , l'*Histoire du
Vaudeville* , a été depuis quelques années seulement , sinon tout-à-fait comblée ,
du moins considérablement amoindrie : M. Achille KÜHNHOLTZ a rendu un véritable
service à l'Histoire de la Poésie , en publiant un *Discours* INÉDIT *de* BROSSETTE
sur le Vaudeville [8]. Ce que le fils a tâché de faire en 1846 pour le *Vaudeville*,
le père doit s'efforcer de l'opérer aujourd'hui pour la *Complainte*. N'ayant trouvé la
Complainte , traitée d'une manière étendue et profonde , dans aucun des nombreux
imprimés ou manuscrits qu'il nous a été permis de consulter ; nous osons espérer
que nos Lecteurs accueilleront avec quelque bienveillance le résultat des recherches
consciencieuses auxquelles nous nous sommes livré sur ce point , à l'occasion de
la *Complaincte de Gennes* par D'AUTON. Notre ambition a dû , d'ailleurs , se borner ,
ici , à fournir quelques bons matériaux à celui , qui , plus heureux que nous ,
pourrait un jour traiter ce beau sujet d'une manière complète.

I. FRAMERY [9] pensait , à la fin du siècle dernier , que la *Complainte* n'avait pas
été bien définie ; nous serions de son avis , même aujourd'hui , quoique nous connaissions la définition suivante que nous en a donnée M. FÉTIS : « COMPLAINTE , *s. f.*,
» sorte de romance populaire qui a pour objet un événement public, et dont l'air
» est d'un caractère pathétique [10]. » Nous essaierons donc de la définir , tout en
reconnaissant ce qu'il pourrait y avoir à cela de difficile.

La *Complainte* est, d'ordinaire , le récit en vers d'une histoire lamentable (mort
malheureuse ou imprévue, assassinat , calamité publique , etc., ou bien la parodie,
plus ou moins comique ou burlesque , d'un pareil événement). Le récit dont il s'agit ,

---

[8] DU VAUDEVILLE. — *Discours prononcé à
l'Académie de Lyon*, par M. Claude BROSSETTE ,
Avocat en ladite ville. — Manuscrit de la Bibliothèque de M. le Président BOUHIER , C. 127.
MDCCXXIX ; aujourd'hui : H. 262 de la Bibliothèque de la Faculté de Médecine de Montpellier ,
PUBLIÉ , POUR LA PREMIÈRE FOIS , avec une *Intro-*
duction, une *Notice* et des *Notes* ; par Achille
KÜHNHOLTZ.—Paris, Comptoir des Imprimeurs-
unis, etc. ; 1846, in-16 (de XXIV-46 pages).

[9] *Encycl. Méthod.* [MUSIQUE] : T. I, p. 302.

[10] FÉTIS père : *La Musique mise à la portée
de tout le monde*, etc. ; deuxième édition. —
Paris, petit in-12 : p. 317.

presque toujours susceptible d'être chanté , a pour but de conserver , par tradition populaire , les faits historiques qui sont l'objet de cette Poésie Lyrique. Le Poète place fréquemment ce chant funèbre dans la bouche d'un criminel qui va mourir, ou qu'il suppose vivre encore après sa mort , lui faisant faire ainsi le récit , plus ou moins touchant , de ses propres infortunes. D'autres fois la *Complainte* est l'expression de la douleur qu'éprouvent : un parent , un ami , un amant , les habitants d'une ville, d'une contrée , d'un royaume , à l'occasion d'une perte d'honneurs, de distinctions ou de fortune; d'une humiliation ; d'une défaite, en temps de guerre; d'un abandon ou d'une infidélité; d'un départ pour des contrées lointaines ; de l'exil , ou de la mort d'un personnage illustre , objet d'une tendre affection , d'une vénération générale et profonde , ou d'une considération personnelle des plus éminentes, etc.

Quelquefois la *Complainte* est l'expression de sentiments tendres , provoqués par la mort d'un chien fidèle , d'un oiseau privé, d'un chat que l'on chérissait...; elle est enfin , parfois aussi , le narré plus ou moins spirituel , mi-parti de sérieux et de comique , d'éloges et de satires , de sentiments douloureux simulés ou réels , tendant à ridiculiser un personnage ayant véritablement existé ou n'étant que fictif; narré qui , dans cette circonstance, a principalement pour but d'égayer un instant les auditeurs , aux dépens d'un individu , d'un pays , d'une nation , etc.

Il n'est pas exact de dire que la *qualité historique* distingue la *Complainte* d'avec la *Romance* , qui est presque toujours consacrée à la fiction : on citerait facilement beaucoup de *Romances*, qui , pour être décidément *historiques* , n'en sont pas plus pour cela des *Complaintes*. Les *Chants de victoire* sont souvent dans ce cas.

Quoi qu'en ait dit LA HARPE , le Français a *chansonné* à toutes les époques , sans en excepter même celle de *la Terreur*...! comme le rappelle Du MERSAN , dans son *Introduction* du T. II des *Chants et Chansons populaires de la France* (édition de DELLOYE , illustrée) : « Il y eut alors autant de chansons spirituelles et de romances » pleines de sentiment et de délicatesse , que de chansons furibondes et grotesques. » A côté du *Chansonnier Patriotique* et du *Chansonnier de la Montagne,* paraissaient » le *Chansonnier des Grâces* , les *Etrennes Lyriques,* celles du *Parnasse* et l'*Almanach* » *des Muses.* Auprès de *la Carmagnole* et du *Ça ira* on entendit les *Regrets* touchants » de MONTJOURDAIN allant au supplice : « *Il faut quitter ce que j'adore!* . . . . . . »

On retrouve la forme de la *Complainte* dans quelques chants lugubres de ces temps malheureux, et l'on rencontre, plus tard, ce genre de Poésie Lyrique, même dans les chants que Brazier appelle *Chansons des rues* [11].

L'Epître (en vers) de P.-J.-B. Chaussard *sur quelques genres dont* Boileau *n'a point fait mention dans son* Art Poétique [12], ne dit absolument rien de la Complainte.

II. Le but de ce Chapitre est surtout de prouver que la *Complainte*, dont l'origine remonte vers la nuit des temps, a laissé des traces évidentes dans tous les âges et presque chez tous les peuples. Il suffit, à celui qui veut s'en convaincre, de porter un peu d'attention dans l'étude de ce genre de Poésie Lyrique, pour être à même de reconnaître aisément son caractère, malgré les diverses dénominations qui lui ont été données, suivant les lieux, durant la succession des siècles.

Les *Mancros* des Egyptiens ; certains *Cantiques* et *Psaumes* des Hébreux ; la *Lamentation*, le *Thrène*, l'*Ialème* et le *Linos* des anciens Grecs ; les *Lamentatio*, *Luctus*, *Planctus*, *Nœnia*, *Leudus*, *Lessus*, *Elegia*, *Carmen lugubre*, *Tristia*, des Latins ; le *Lai*, le *Planh*, la *Plaincte*, la *Complaincte*, les *Regrects*, la *Chanson piteuse*, le *Crève-cœur*, les *Doléances*, les *Misères*, les *Larmes*, les *Déplorations*, etc. du moyen-âge et des temps modernes, se rapportent tous à la *Chanson Elégiaque triste*, c'est-à-dire à la Complainte de nos jours.

III. Les anciens Egyptiens avaient déjà introduit, dans leurs pompes funèbres, un Chant lugubre qu'ils appelaient *Mancros*, probablement du nom d'un de leurs Princes. Ce *Mancros* des Egyptiens est très-certainement l'origine des Chants lugubres, du même genre, institués pour les pompes funèbres de tant de peuples qui se sont succédé, depuis cette époque jusques à nos jours.

IV. Les Hébreux joignaient des chants analogues aux cérémonies de leurs funérailles. Plusieurs de leurs poésies sacrées ne sont évidemment que des *Complaintes*. Cette assertion s'applique plus particulièrement au Troisième Chapitre du *Livre de Job*, à certains *Cantiques* et *Psaumes*, et surtout aux *Lamentations de* Jérémie [13].

---

[11] Brazier : *Histoire des petits Théâtres de Paris*, 2ᵉ édit.; ouvrage cité : p. 224.

[12] Paris, P. Didot l'aîné, 1811, in-4ᵉ.

[13] « Ses *Threni* ou *Lamentations*, — dit l'Abbé » de Feller, d'après le *Journal Historique* » *et Littéraire* —, sont un chef-d'œuvre de » *Complainte* sur la destruction de Jérusalem, » dont les traits sont d'une application heureuse » et frappante, dans toutes les catastrophes des » empires et des peuples frappés de la main » de Dieu, surtout de ceux qui, professant sa » loi et son culte, ont fini par l'abandonner et » être abandonnés eux-mêmes aux instruments » de la divine vengeance. »

Nous ne saurions mieux faire que d'adopter les sentiments du D' Lowth, en ce qui concerne les Chants poétiques tristes chez les Hébreux [14].

Ce peuple désignait les Poésies destinées à peindre la douleur et uniquement réservées à la plainte, par deux noms différents qui, l'un et l'autre, signifient également *Lamentation, Complainte* [15]. « L'origine et la forme de ce Poëme, chez » les Hébreux, se déduisent évidemment des cérémonies qu'ils observaient dans » leurs funérailles. *Pleurer et gémir* sur le cercueil de leurs amis et de leurs proches, » était pour eux une pratique dictée par la nature, plutôt que commandée par un » usage particulier ou par les lois [16]. »

C'est plus tard que s'introduisit d'abord chez les Hébreux, pour se répandre ensuite chez les Phrygiens, et jusque chez les Grecs et les Romains, la coutume d'appeler aux funérailles des personnes qui se louaient à prix d'argent pour pleurer [17].

« Les périodes de ces *Chants funèbres* étaient courtes, plaintives, pathétiques, » simples et sans ornements ; tournées cependant et travaillées avec un peu de » soin, parce qu'*elles suivaient une certaine mesure* et qu'*elles devaient se chanter au* » *son des flûtes* [18]. » — « ..... Les *Lamentations* de Jérémie sont la plus remar- » quable de toutes les compositions de ce genre qui existent aujourd'hui. » — « Les *Lamentations* de Jérémie (car c'est avec raison et dans un sens très-exact » que le titre en annonce plusieurs) sont une *suite de* Complaintes sur un même » sujet, dans lesquelles a été observée la forme des *Chants funèbres*, et qui, compo- » sées, chacune en particulier, de plusieurs périodes, ont été réunies et renfermées

---

[14] Voy. *Leçons sur la Poésie Sacrée des Hébreux, traduites pour la première fois en français, du latin du D' Lowth, par M. Sicard, 2ᵉ édit., — avec un Discours latin du D' Rau...* sur un sujet analogue. — Avignon, Seguin 1839, in-16 : T. II, pp. de 22 à 54.

[15] *Leç. sur la Poés.*, etc. cit. : T. II, p. 23.

[16] *Leç. sur la Poés.*, etc. cit. : T. II, p. 23.

[17] *Leçons sur la Poésie*, etc. ; ouvr. cit. : T. II, p. 26. — « Que partout au-dehors se » fasse entendre cette parole : *Hélas ! hélas !* » — dit Amos.

» Qu'à cette plainte soit appelé le laboureur;

» Et à ce *Chant funèbre*, ceux qui sont » instruits dans l'art de pleurer *. »

Le Dieu des armées s'exprime d'une manière à peu près semblable par l'organe de Jérémie :

« Appelez *celles qui pleurent* aux funé- » railles, et qu'elles viennent;

» Envoyez vers *celles qui excellent dans* » *l'art de pleurer*, et qu'elles accourent;

» Qu'elles se hâtent et commencent *leurs* » *plaintes* sur nous, etc. *². »

[18] Lowth; ouvr. cit. : T. II, pp. 26 et 27.

* Voy. *La Sainte Bible*, etc. : Amos, V. 16.
*² Voy. *La Sainte Bible*, etc. : Jérémie, IX. 17.

» dans une seule et même collection [19]. » — « Occupé à rendre en quelque sorte les
» derniers devoirs à sa patrie expirante, et *chargé, pour ainsi dire, de la fonction*
» *de ceux qui pleuraient aux funérailles*, il exprime et épanche sur-le-champ, et
» comme si ce triste spectacle était sous ses yeux, tout ce que de si grands malheurs
» font naître dans sa pensée, tout ce qui peut en peindre l'excès et émouvoir la
» pitié, tout ce que lui inspire la douleur qui le presse [20]. » — Les *Lamentations*
de JÉRÉMIE, nous font regretter que le recueil de *Chants funèbres* que possédaient
les Hébreux, ne soit point parvenu jusqu'à nous. Ainsi que nous l'apprenons par
le passage de l'Histoire Sainte, où il est fait mention du deuil solennel qui eut
lieu aux funérailles de JOSIAS, le Poëme composé par JÉRÉMIE, à cette occasion,
y fut *placé parmi les autres pièces du même genre* [21].

Il était aussi chez les Hébreux d'autres Poésies tristes, qui, ainsi que l'a très-
bien senti LOWTH, « sans offrir aussi exactement la disposition matérielle des
» *Complaintes*, n'en appartiennent pas moins à ce genre de Poésie [22]. » On doit
regarder comme telles, outre les *Complaintes* courtes que l'on trouve dans les écrits
de presque tous les Prophètes, les fragments d'EZÉCHIEL, intitulés : *Chants funèbres*,
tels que les deux Chants relatifs à la ville de Tyr et au Roi de ce pays [23].

Quant aux Prophéties d'EZÉCHIEL, annonçant la ruine de PHARAON et de l'Egypte,
quoique leur sujet soit triste et lugubre, elles ne présentent point le caractère de
la *Complainte*, dont cependant elles ont pris le nom dans leurs titres.

Presque tous les Discours que tient JOB, dans le Poëme si majestueux qui porte son
nom, et le *Psaume XLI*, doivent aussi être rapprochés de la *Complainte*, puisqu'il
n'existe peut-être pas chez les Hébreux de plus parfaits modèles de l'*Elégie triste*.

« Pour ce qui concerne la mesure réelle de ces vers, — dit le Dr LOWTH [24] —,
« leur rhythme, leur prosodie, tous ces points nous sont entièrement inconnus :
» et ni l'art ni l'industrie humaine ne parviendront jamais à les retrouver, comme
» le démontre la nature de la chose elle-même. Il est notoire que l'ancienne et
» véritable prononciation des Hébreux est absolument perdue. »

La Poésie aujourd'hui fort énigmatique des Hébreux consisterait-elle en ce que

[19] LOWTH; ouvrage cité : T. II, p. 30.
[20] LOWTH; ouvrage cité : T. II, p. 31.
[21] *II. Paralip.* XXXV, 25 : « ..... On les
» trouve écrites parmi les *Lamentations.* »
[22] LOWTH; ouvrage cité : T. II, p. 37.
[23] Voy. *La Sainte Bible* : EZÉCHIEL : XXXVII
et XXXVIII.
[24] LOWTH; ouvrage cité : T. I, p. 58.

CHAUCER appelle *cadence* ou *geste*, c'est-à-dire en une sorte de style poétique, à la fois différent de la prose et des vers rimés, analogue, par exemple, à ces *vers blancs, de quinze syllabes, très-exactement mesurées, imitant l'Iambique tétramètre des Latins?*.... nous serions assez disposé à le penser.

TYRWHITT a reconnu des vers de cette espèce, dans une *Paraphrase des Histoires de l'Ecriture Sainte*, composée en anglais, dans les premières années qui suivirent la conquête (xie siècle), par un certain ORM, ou ORMIN, qui l'appela, sans doute à cause de son nom, *Ormulum*.

TYRWHITT est surpris que HICKES et WANLEY aient méconnu cette mesure de style d'ORMIN, « quand l'auteur lui-même déclare avoir été *forcé d'ajouter çà et là quelque* » *mot pour* PARFAIRE SON VERS. » — « Avec l'*Ormulum*, — dit M. GÉNIN [25] — , TYRWHITT » cite une autre pièce, une espèce de Poëme sur le *bon vieux temps* (on parlait déjà » du *bon vieux temps* au xiie siècle), rédigé dans un mètre pareil au premier, sauf » que les vers sont coupés en deux, le premier de huit syllabes, le second de sept. »

M. GÉNIN cite encore, dans la même page et dans la page suivante, *deux passages* de CHAUCER, fort curieux mais malheureusement assez obscurs, en faveur de l'existence de ce genre de *style poétique, intermédiaire* à la prose et aux vers réguliers, style poétique que l'ancien auteur anglais appelle : *cadence*, dans l'un *(House of fame)*, et *geste*, dans l'autre *(Prol. of the persones tale)*.

N'étaient-ils pas des *Complaintes* chrétiennes, ces *Chants* des premiers siècles de l'Eglise, dans lesquels le peuple était attendri par les récits poétiquement passionnés de LACTANCE et de Saint AMBROISE sur la *Passion de J.-C.*, et de VICTORIN sur le *Martyre des* MACHABÉES...?

D'après le curieux et intéressant ouvrage sur le Japon, traduit par l'Ambassadeur TITSINGH [26], il ne paraîtrait pas que les Japonais possédassent encore, en 1819, de véritables chants lugubres, appropriés aux cérémonies usitées pour leurs funérailles.

V. Chez les anciens Grecs, on appelait *Ialème* une sorte de chanson lugubre, en usage seulement dans le deuil et les funérailles, et dont la forme des vers est aujourd'hui inconnue. Ces *Complaintes* étaient ordinairement si languissantes

[25] *La Chanson de Roland*, etc.; ouvr. cit.: Introduct. Chap. VIII, p. CLXXI.
[26] *Cérémonies usitées au Japon pour les mariages et les funérailles, suivies de détails sur la poudre de Dosia, de la Préface d'un Livre de* CONFOUTZÉE *sur la Piété Filiale;* le tout traduit du Japonais par feu M. TITSINGH. —Paris, 1819, 2 vol. in-8e fig.: pp. de 113-187.

qu'elles avaient donné lieu au proverbe grec rapporté par Hesychius : Ιαλεμοι οικτροτερος (*plus misérable* ou *plus froid qu'un* Ialème).

Nous citerons, comme exemples de *Complaintes*, chez les anciens Grecs, les Chansons que les Femmes de la Grèce chantaient pour rappeler les malheurs de la jeune Calicé qui *mourut d'amour pour l'insensible* Evaltus [27] ; et les Chansons d'Eriphanis, dans lesquelles cette jeune Grecque se plaignait tendrement de la dureté du chasseur Ménalque qu'elle aimait passionnément. Elle suivait, — dit-on —, Ménalque en les chantant sur les montagnes et dans les bois, et mourut de désespoir [28].

On devrait peut-être aussi mettre au rang des Complaintes grecques la célèbre Chanson d'Aristote sur la mort d'Hermias, dont il était l'ami et l'allié, et qui fit accuser d'impiété son auteur.

Des monuments de l'Antiquité grecque nous ont conservé le souvenir de plusieurs espèces de *Chants tristes et lugubres*. On lit dans l'*Essai sur la Musique ancienne et moderne* [de Jean-Benjamin de la Borde] [29] : « *Chants tristes et lugubres*. — Il y
» en avait de plusieurs espèces : la *Lamentation*, l'*Ialème*, le *Linos*. La *Lamentation*
» se chantait dans les funérailles ou dans les jeux funèbres ; l'*Ialème* se chantait
» dans le deuil. Le *Linos* était célébré en Phénicie et en Chypre, selon Hérodote ; et
» on prétend qu'il fut chanté, pour la première fois, aux jeux célébrés en l'honneur
» de Linus. Pollux prétend que c'était une chanson propre aux fossoyeurs, ainsi que
» le *Lytierse* [30]. On l'appelait en Egypte *Mancros*, en latin *Nænia*. »

[27] Voy. *Encycl.* ou *Dict. rais. des Sciences, des Arts et des Métiers*, etc.; ouv. cit., 3ᵉ édit.: art. Chanson, p. 237, T. VII, 2ᵉ col.

[28] Si l'on s'en rapporte à Athénée, cet amour malheureux aurait été le sujet d'un vrai *Ballet*, en Grèce, lors de la mort de cette jeune Poétesse lyrique. Selon cet Auteur, on y *répéta les Chansons d'*Eriphanis, *et sur ces Chants, on représenta ses aventures par des mouvements et des gestes qui ressemblaient à la Danse**. C'était bien là un véritable *Ballet*, quoique cette expression chorégraphique fût

* Voy. Athenæi Deipnosophistarum Libri XV, gr. etc., nova lat. versione et animadversion., etc.; ed. Schweighæuser. — Argentorati, 1801-7; Lib. XIV.

encore fort éloignée de celle de nos jours, désignée sous le même nom. Il devait s'écouler tant de siècles avant l'apparition des génies spéciaux de Noverre, ne donnant le précepte qu'après l'exemple; de Dauberval, de Gardel, de Milon, d'Aumer, et surtout de M. Scribe, par rapport à l'impulsion toute nouvelle qu'il a su donner à la Chorégraphie, dans son intéressant *Ballet* de *La Somnambule*.

[29] [De la Borde]. — Paris, 1780, in-4ᵉ fig. : T. II, Ch. II. [Des Chansons Grecques], p. 125.

[30] Cette dénomination de Chant triste vient de Lytierse, bâtard du Roi Midas, qui, étant en guerre avec les Céléniens, obligeait tous ses prisonniers à faire ses moissons, et ensuite

Chez les Grecs et les Romains les chants funèbres s'accompagnaient d'un jeu de flûtes graves, reproduisant probablement le chant à des octaves différentes [31].

La *Complainte* poétique a été appelée par les anciens Grecs Ἔλεγος ; aussi a-t-on traduit ce mot grec en latin par ceux-ci : *Lamentatio, Luctus, Elegia, Carmen lugubre.*

La *Complainte* en vers a été, en effet, primitivement pour le moins, tant chez les Grecs que chez les Latins, liée d'une manière intime et souvent même tout-à-fait confondue avec l'*Elégie*. Ces deux sortes de Poésies ont été, presque jusqu'à notre époque, aussi difficiles à déterminer l'une que l'autre. Des quatre genres de Poésies que l'on trouve dans CATULLE, les *Epigrammes* sont le seul dont les limites soient nettement tracées. Il y a un certain vague dans la détermination des Pièces *Lyriques, Héroïques* et *Elégiaques*. Le traducteur NOEL a très-bien senti cette difficulté. Il dit dans son *Discours préliminaire* (p. xxvj) : « Je me suis permis de replacer parmi » les *Elégies deux ou trois pièces qui m'ont paru en porter le caractère....* »

leur faisait couper la tête pour qu'on enveloppât le reste de leur corps dans des gerbes. — De là venait l'expression proverbiale des Grecs : *Chanter la Musique de* LYTIERSE, équivalant à celle-ci : *Chanter malgré soi* [*].

[31] Dans les Cérémonies des funérailles grecques et romaines, les sons plaintifs de ces flûtes se mêlaient à des chants empreints de tristesse, et aux sanglots de ces femmes gagées qui, possédant l'art de pleurer sans affliction, vendaient jusqu'à l'expression de leur fausse douleur.....! Par la description des pompes funèbres du jeune ARCHÉMORE, fils de LYCURGUE, on voit que c'était la flûte qui, d'ordinaire, donnait le signal et le ton de ces lamentations.

Dans les fêtes d'ADONIS, aux sons plaintifs de la flûte grave, on ajoutait ces mots lugubres : Αἲ τὸν Ἄδωνιν : *Hélas, hélas, Adonis !* [*2].

[*] Voy. [DE LA BORDE] : *Essai sur la Musique ancienne et moderne;* ouvrage cité : T. III, p. 97.

[*2] Voy. J. MEURSIUS : *De tibiis veterum*, etc , recueilli par GRONOVIUS ; Gasp. BARTOLIN : *De tibiis veterum*, etc.; —voy. aussi le *Dialogue* de PLUTARQUE

Les Romains employèrent l'accompagnement de flûtes graves aux mêmes usages, comme l'atteste une loi très-ancienne qui nous a été conservée par CICÉRON. Il est certain que, dans les pompes funèbres surtout des grands personnages et des Empereurs, les *Chants funèbres*, qu'on appelait *Nœniæ*, étaient toujours indispensablement accompagnés du jeu des flûtes graves. Telle est la clé du proverbe : *Jam licet ad tibicines mittas (Envoyez chercher les joueurs de flûte)*, pour marquer qu'un malade était *désespéré et n'avait qu'un moment à vivre.* Ce n'est que par une ironie amère que CIRCÉ emploie, assez plaisamment, cette expression proverbiale, dans les reproches qu'elle fait à POLYÉNOS sur son impuissance.

sur la Musique; trad. en français, avec les savantes remarques de BURETTE *(Mém. de l'Acad. Roy. des Inscript. et Belles-Lettres);* voy. encore Joh. ROSINI *Romanarum antiquitatum corpus*, etc. — Trajecti ad Rheoum 1701, in-4o, fig.: NÆNIA *Dea funerum*, et NÆNIA *carmen quod in funere laudandi gratiâ cantatur* AD TIBIAM [FESTUS] (p. 175).

L'origine de la *Complainte* et celle de l'*Elégie* devaient être également anciennes, quoiqu'elles ne se fondent pas toujours dans les mêmes idées d'une même époque. La *Complainte* et l'*Elégie* sont probablement, tant l'une que l'autre, l'expression lamentable du premier sentiment douloureux qu'aura éprouvé un Poëte sensible, doué d'un bon cœur et d'une vive imagination.

La Poésie étant fort ancienne chez presque toutes les sociétés humaines, la *Complainte* et l'*Elégie* devaient remonter, en effet, jusqu'aux *Plaintes* ou *Lamentations* usitées aux funérailles, presque dans tous les temps et chez tous les peuples de la terre : le ton et le rhythme des lamentations désignent cette origine.

Il y a deux espèces d'*Elégies* bien distinctes : les *Arts Poétiques* d'HORACE et de BOILEAU DESPRÉAUX se gardent bien de les confondre.

> « *Versibus impariter junctis querimonia primum,*
> » *Post etiam inclusa est voti sententia compos* » ;

— a dit HORACE [32] — ; ce que l'Abbé BATTEUX traduit ainsi : « La *Plainte* se renferma » d'abord dans les distiques inégaux ; ensuite on y fit entrer aussi la *joie des succès.* »

Quant à la distinction que fait BOILEAU des deux espèces d'*Elégies*, elle est plus explicite et peut-être plus élégante encore :

> « D'un ton un peu plus haut, mais pourtant sans audace,
> » La *plaintive Elégie*, en longs habits de deuil,
> » Sait, *les cheveux épars*, gémir sur un cercueil.
> » Elle peint des amants la *joie* et la *tristesse ;*
> (vers 42 :) » Flatte, menace, irrite, apaise une maîtresse.
> » Mais pour bien exprimer ces caprices heureux,
> » C'est peu d'être Poëte, il faut être amoureux.
> » . . . .
> » Il faut que le *cœur seul parle dans l'*ELÉGIE [33]. »

En commentant le 42ᵉ vers, pour réfuter le Duc de NIVERNOIS qui l'avait critiqué, DAUNOU [34] rappelle que le Poëte distingue convenablement « *deux espèces d'Elégies,* » l'une *condamnée aux pleurs,* l'autre *consacrée aux amours ou même à la joie.* »

---

[32] Q. HORATII FLACCI *Opera*, etc. Venetiis, 1750, in-4° : *De arte poet.* LIB. : vers. 75 ac 76.
[33] BOILEAU DESPRÉAUX : *OEuvres complètes*, édition revue et accompagnée de nouvelles notes par DAUNOU. — Paris, P. DUPONT, 1825, 4 vol. in-8° : T. II, ART POÉTIQUE, *Chant II,* vers de 38 à 40 ; 57.
[34] T. II, p. 447 de son édition de 1825.

Eh bien ! nous dirons que, selon nous , l'Elégie triste n'est rien autre chose que la *Complainte* primitive , n'ayant point encore sa forme de strophes régulières , susceptibles d'être soumises à une mélodie commune.

On ignore complètement qui a donné à ces Plaintes poétiques le ton , la mesure et la forme qu'on leur trouve dans Mimnerme et dans les autres anciens Poëtes élégiaques grecs , venus après lui , qui ont voulu l'imiter. Malheureusement la majeure partie des œuvres de ce genre a été anéantie. On peut regarder comme en étant un fragment , les plaintes élégiaques qu'Euripide a insérées dans la 3ᵉ Scène du Iᵉʳ Acte de son *Andromaque*.

Les Elégies de Sappho [35], de Platon , de Mimnerme , de Simonide , de Philétas , de Callimaque et de bien d'autres , ont été long-temps et sont encore , en grande partie , perdues pour nous. Les précieux fragments connus de Sappho [36], de cette âme brûlante, dont les *célèbres Ecrivains* de l'Antiquité n'ont parlé qu'avec transport, et que les Grecs, d'un commun accord, appelaient leur *dixième Muse*, nous faisaient vivement regretter ses autres œuvres si passionnément poétiques. Heureusement pour quelques-uns de ces beaux Génies de l'Antiquité grecque, cette perte n'a pas été définitive , sans retour. Les recherches paléographiques auxquelles on s'est plus spécialement livré, depuis quelque temps ; le soin avec lequel on a catalogué , collationné , étudié , décrit et commenté les Manuscrits les plus poudreux de nos riches Bibliothèques , ont amené de précieuses découvertes relatives à l'objet dont nous nous occupons. Espérons que ce ne seront point les dernières !

L'Ode fameuse de Sappho, traduite en latin par Catulle , en vers français par

---

[35] Dans son article Sapho de la *Biographie Universelle* [de Michaud], Marcellus prétend , avec raison , qu'il est plus exact de l'appeler Sappho *. Cette orthographe avait été déjà adoptée par J.-Christ. Wolf : voy. Sapphus. *Poetriæ lesbiæ, fragmenta et elogia*, etc. cur. et stud. J.-Christ. Wolf. — Londini , Abr. Vandenhoeck , in-4° fig. — On y trouve figuré un buste avec cette inscription : ΣΑΠΦΩ ΕΡΕΣΙΑ. — Une médaille antique apportée de Grèce , et réunie par M. Allier de Hauteroche à sa collection, offre, avec le nom grec ΣΑΠΦΩ

* *Biographie Univers.: T. XL , p. 398, 1ᵉ col.*

(Sappho), une tête de femme et les lettres EPECI , initiales de la ville lesbienne d'Eréséos , où la médaille a été frappée. Ce fait prouve matériellement qu'il a existé, outre la Sappho de Mytilène, une autre Sappho d'Eréséos ** , ainsi que l'avaient avancé Nymphis , Athénée , Ælien et Suidas.

[36] Voy. *Poésies de Sapho, suivies de différentes Poésies dans le même genre*. — Londres, 1781, gr. in-32, fig.

** Voy. *Biogr. Univers.; ouvr. cit. : T. XL , pp. 399-400*; et *Notice sur la Courtisane Sapho d'Eréséos*, par de Hauteroche. — Paris, 1822, in-8°.

Boileau et en strophes par Delile , appartient manifestement à l'*Elégie triste* , c'est-à-dire à la *Complainte* [37]. Qui peut avoir oublié ces vers si beaux de passion !

L'Elégiaque grec dont nous entretiendrons ici nos Lecteurs après Sappho , est Mimnerme , contemporain de Solon et un des adorateurs de la belle et célèbre joueuse de flûte Nanno. Ainsi que nous l'apprend Plutarque , ce Poëte Musicien composait les vers qu'il chantait. Mimnerme est regardé par quelques Savants comme l'inventeur de l'Elégie. Ce qui paraîtrait infiniment plus sûr, c'est qu'il perfectionna beaucoup ce genre de poésie , et « qu'il fut le premier qui la *transporta des funérailles à* » l'amour [38]. » On voit par là que la division de l'*Elégie en triste et gaie* remonterait un peu plus haut que bien des Auteurs ne l'avaient cru.

Solon , le second des sept Sages de la Grèce, né à Athènes l'an 639 avant J.-C. , nous a laissé une *Elégie* sur les *malheurs de sa patrie* [39]. Les vers de ce Poëte étaient pleins de vigueur. — Pausanias nous apprend que les poésies de Solon ont souvent excité les Athéniens au combat par leur force et par leur énergie [40].

Simonide , qui florissait vers l'an 480 avant J.-C. , du temps de Darius, fils d'Hystaspes , a donné des preuves de son beau talent , surtout dans ses poésies élégiaques.—Malgré ses 80 ans , il voulut concourir pour le prix de la Poésie , et il fut assez heureux pour le remporter. Lanteires dit de lui [41] : « qu'il fit des » vers si tristes , où la douleur était si bien peinte , qu'on les nomma des *Lamen-* » *tations...!* » Il ne nous reste que des fragments de cet Auteur ; mais ils suffisent pour attester qu'il était doué d'un beau talent poétique des plus remarquables.

On trouve dans l'édition des Lyriques Grecs, traduits par MM. Falconnet , etc. [42], deux *Elégies* de Théocrite , qui , comme on le sait, florissait 288 ans avant J.-C. : II. *La Magicienne,* et XXIII. *L'Amant malheureux.* — Cette dernière pièce est passablement cynique et bizarre , par l'amour exceptionnel qui en fait le sujet , et par

[37] Il a été reconnu que, comme l'avait soupçonné Visconti , c'est Sappho d'Eréséos, Courtisane célèbre , qui aimait Phaon , et qui a fait le *Saut de Leucade,* au III⁰ siècle de l'ère chrétienne, et non Sappho la Poétesse , qui était née 612 ans avant J.-C.

[38] Voy. Lanteires : *Tableau abrégé de l'Antiquité littéraire, mis à la portée de tout le monde,* etc. — Lausanne , 1791, in-8°, p. 90

[39] Voy. Lyriques Grecs : Orphée , Anacréon , Sapho , etc.; trad. par MM. Falconnet, etc. — Paris, Charpentier, 1841, in-12 : p. 150.

[40] Voy. Lanteires : *Tableau abrégé de l'Antiquité littéraire,* etc. ; ouvr. cit. : p. 202.

[41] *Tableau abrégé de l'Antiquité littéraire, mis à la portée de tout le monde,* etc. ; ouvrage cité : p. 188.

[42] Lyriques Grecs, etc. : pp. 342 et 413.

la singulière moralité suivante, qui la termine : « Amants, vivez heureux ; l'insen-
» sible n'est plus : *aimez quand on vous aime*.... Un Dieu sait punir les ingrats. »
Le même recueil contient (p. 449) un Chant de Bion sur les *Funérailles* d'Adonis.

Mais celui que l'Antiquité a regardé comme le plus grand Poëte élégiaque,
celui que Catulle et Properce s'étaient eux-mêmes donné pour modèle, est
Callimaque, qui florissait 280 ans avant J.-C., du temps de Ptolémée Philadelphe
et de Ptolémée Evergète. Ses Elégies étaient tendres et passionnées, élégantes et
polies. Parmi ses poésies se trouve une *Elégie sur la mort du Poëte* Héraclite.

On ne saurait méconnaître une Complainte dans le *Chant d'amour et de douleur*,
que l'auteur des *Fêtes et Courtisanes de la Grèce: Supplément aux Voyages* d'Anacharsis *et* d'Anténor, etc. [P. Chaussard], fait chanter par Cydippe. Ce Chant,
que Méhul a mis en Musique, commence et finit ainsi qu'il suit :

> « Comme une fleur, de Zéphir caressée,
> » S'épanouit aux rayons d'un beau jour ;
> ....
> » Je l'attendais chaque soir sous l'ombrage :
> » Il ne vient plus, et je l'attends encor [43] ! »

Dans le même ouvrage [de Chaussard], l'*Hymne funèbre* d'Adonis, en vers alexandrins, composé de divers récits d'inégale étendue, séparés par cette sorte de refrain :

> « Tu n'es plus, Adonis ! Les Amours éperdus
> » Soupirent : Adonis ! Adonis, tu n'es plus !... »

finit par les vers suivants, exprimant et la même tristesse et les mêmes regrets :

> « C'en est fait : des Enfers le gouffre inexorable
> » Ne rend point à nos champs ce Héros trop aimable !...
> » C'est assez : l'œil du monde, en son cours éternel,
> » Ramènera l'année et ce deuil solennel [44]. »

Pourrait-on dire que cette poésie, si triste, n'est point une Complainte ?

Le Poëme sur les aventures du malheureux Atys, Poëme que nous a laissé
Catulle, et dont on trouve une traduction en vers français encore dans l'ouvrage

---

[43] P. Chaussard : *Fêtes et Courtisanes de
la Grèce : Supplément aux Voyages* d'Anacharsis *et* d'Anténor, etc.; 4ᵉ édit. — Paris,

1821, 4 vol. in-8°, fig. : T. 1, pp. 113 et 114.
[44] Ouvr. cit.: Livr. II. *La Rénovation. Fêtes
de l'Adonis grec :* T. I, pp. 201 à 206.

[de Chaussard], intitulé : *Fêtes et Courtisanes de la Grèce : Supplément aux Voyages d'*Anacharsis, etc., est évidemment une autre Complainte. Il commence et finit ainsi :

« D'Atys impatient la rame vagabonde
» Des blanchissantes mers fend la plaine profonde.
....
. » De l'Inconstance Atys fut le modèle.
» Cybèle, mère auguste, ô Déesse éternelle !
» Cette victime vous suffit.
» Epargnez à tout infidèle
» L'état où vous l'avez réduit [45]. »

Nous mettrons au nombre des Complaintes la Cantate ayant pour sujet *Les Amours et les Malheurs de* Psyché, que l'auteur des *Voyages d'*Anténor *en Grèce et en Asie*, E.-F. de Lantier, a fait chanter, dans un souper chez Bion, par Théophanie. Cette célèbre Beauté grecque, — dit de Lantier —, *maria sa voix aux accords de sa cithare.*

« PSYCHÉ. — ROMANCE.

» Cœurs sensibles qui m'écoutez,
» Donnez des pleurs à ma misère.....»

C'est bien évidemment une Complainte, quoiqu'elle se termine par ces deux vers :

« Amour, je plains peu mon malheur ;
» Car pour t'aimer mon cœur me reste [46]. »

Nous en dirons autant de la Scolie de Téramène, encore citée par de Lantier [47], commençant et finissant par les deux couplets suivants :

« Adieu, doux charmes de la vie,
» Plaisirs et jeux que tant j'aimais !
» Et vous, amour, douce folie,
» Las ! je vous quitte pour jamais ! »
....
« Buvons ! Bacchus, remplis mon verre ;
» Vénus, souris à mes transports ;
» Couronné de myrte et de lierre,
» Je veux descendre chez les morts ! »

Si l'origine de l'*Elégie* est obscure, l'époque de l'invention du vers élégiaque

[45] Ouvr. cit.: T. I ; Livr. II. *La Rénovation. Aventures d'*Atys, pp. de 228 à 233.
[46] *OEuvres complètes de* E.-F. de Lantier.

(Panthéon littéraire, *Collect. Univ.*, etc.) — Paris, A. Desrez, 1836, gr. in-8°, pp. 53-54.
[47] *OEuvres complètes* cit. : p. 132.

laisse bien aussi quelque chose à désirer. Le vers *élégiaque* , primitif , a été exclusivement le *pentamètre* [48]. Dès l'origine , ces deux mots étaient regardés comme
synonymes. Mais quel a été l'inventeur de ce vers...? — On ne pourrait peut-être
pas, aujourd'hui même , répondre avec toute la certitude désirable à cette question.
Les Poétiques de tout temps sont ici également en défaut. Horace avait déjà dit :

> « *Quis tamen exiguos elegos emiserit auctor,*
> » *Grammatici certant et* adhuc sub judice lis est. »

On a pourtant soupçonné que le Poète grec Callinus ou Callinoüs , d'Ephèse ,
qui florissait l'an 776 avant J.-C. , et dont il ne nous reste que quelques vers
recueillis par Stobée , était l'inventeur du pentamètre ou vers élégiaque. C'est là ce
que rappelle le Poète latin Terentianus Maurus , — qui florissait sous Trajan , selon
certains auteurs recommandables , et sous les deux Antonins selon d'autres — , dans
les deux vers suivants , faisant partie du *Poëme* latin *sur les règles de la Poésie et
de la Versification,* seul écrit, plein de goût et d'élégance , qui nous reste de lui :

> « *Pentametrum dubitant quis primus finxerit auctor ;*
> » *Quidam* non dubitant dicere Callinoüm. »

Plus tard , l'*Elégie* se composa de vers hexamètres joints aux pentamètres , qui s'ap-
pliquèrent tout aussi bien à l'expression de sentiments gais que d'affections pénibles
ou douloureuses : c'est ce qu'Horace exprime très-clairement quand il dit [49] :

> « *Versibus* impariter junctis *querimonia primum....* »

VI. Abordons maintenant la division de notre sujet relative à la Complainte Latine.

1° Chez les Romains , la forme de poésie qui nous occupe revêt , principalement
dans les vers de Catulle , de Tibulle , de Properce et d'Ovide , un sentiment allant
toujours droit au cœur , quoique avec des caractères différents. L'expression de la
tendresse , chez Catulle , est pleine d'imagination et de grâce. S'il y a plus de force ,
plus de passion , plus d'inspiration poétique soutenue , auxquelles le travail et la
science ne nuisent pas , chez Properce , il y a plus de naturel , plus de tendresse

[48] On a aussi appelé quelquefois *pentamètres* les vers français de dix syllabes , tels que
ceux de la *Complaincte de Gennes,* etc., par
d'Auton : voy. *Complément du Dict. d l'Acad.*

Française. — Paris, Firm. Didot, 1842, in-4°.
[49] Q. Horatii Flacci *Opera interpretatione
et notis illustr.* Lud. Desprez, etc., édit. cit.
(De Arte Poetica) : pp. 878-79, vers. 77 ac 78.

et plus de douce et pénétrante mélancolie chez Tibulle ; et peut-être, quoique avec moins de sensibilité, plus d'abondance, de richesse et d'élégance de style, chez Ovide.

La pièce de vers intitulée : *Luctus in morte Passeris (Pleurs sur la mort du Moineau de* Lesbie [50] *)* est la *Complainte* la plus gracieuse et la plus tendre que l'on puisse imaginer. Aussi y a-t-il eu, tant chez les Anciens que chez les Modernes, un bon nombre de Poëtes qui ont tâché d'imiter Catulle, sous ce rapport [51].

Tibulle, Chevalier romain, de la famille distinguée des Albiens, né à Rome l'an 43 avant J.-C., avait un talent si éminent dans le genre de poésie qui nous

---

[50] Voy. la *Traduction complète des Poésies de* Catulle, etc.; avec des Notes, par Fr. Noel. — Paris, 1803, in-8° : T. I, pp. de 4 à 7.

[51] Parmi ces nombreuses imitations, nous citerons les pièces de vers suivantes :

Le *Perroquet* d'Ovide (*Am. Lib. II, Eleg. VI*) ;

La *Colombe* de Stella, que l'amitié de Martial pour son auteur et sa partialité par affection, ont pu faire placer au-dessus du *Luctus* de Catulle, dans l'*Épigramme VIII* du Liv. I, A Maxime, terminée par ces deux vers :

« *Tanto* Stella *meus tuo* Catullo
» *Quanto Passere major est Columba.* »

Cette délicieuse production poétique, aussi bien appréciée par les Modernes que par les Anciens, a trouvé encore des imitateurs plus rapprochés de nous. Citons-en quelques-uns.

Elle a été plus particulièrement imitée :

Par André Naugeri, Poëte Vénitien, grand admirateur de Catulle, dans des vers latins fort agréables, *sur la mort d'un petit Chien*, faisant partie du *Recueil*, estimé et peu commun, intitulé : *Delitiæ CC Ital. Poet.*, etc.* ;

Par Conradinus, Poëte Allemand, qui l'a fort agréablement parodiée dans des vers remplis de sensibilité, *sur la mort d'une Tourterelle ;*

Par Hadrianus Marius, dans une pièce de

* *Delitiæ CC Italorum Poetarum hujus superiorisque ævi illustrium*, collectore Ranutio Ghero (Jano Grutero). — Francof., 1608, 2 vol. pet. in-12.

vers, pleine de grâce, ayant pour sujet *la mort d'un Moineau*, insérée dans le *Recueil* intitulé : *Delit. Poetarum Belgicorum*, etc.*[2].

Quant à la pièce poétique de Passerat : *In Passeris interitum*, sujet dont le choix a pu être bizarrement déterminé par le nom de l'auteur, elle n'est, comme l'a pensé Noel, avec juste raison, ni une *Imitation*, ni une *Parodie*.

Noel énumère encore bien d'autres imitations de Catulle, en diverses langues, qu'il joint à celles que nous venons de citer. Ceux de nos Lecteurs dont la curiosité sur ce point aurait besoin d'être plus amplement satisfaite, trouveront le texte entier des pièces qui viennent d'être désignées dans la *Traduction complète*, déjà citée, des *Poésies* de Catulle*[3].

Après l'imitation grecque de La Monnoye, les vers français *sur le Passereau*, de Maufas, et les vers latins intitulés : *De Passere mortuo* Lampadis *puellæ*, Noel rapporte aussi, tout au long, des imitations de nos vieux Poëtes français et de quelques autres Poëtes plus modernes, tels que : G. Corrozet, Durand, Gacon, La Monnoye, Richer, Rigoley de Juvigny, Le Gay, Del Bassani (en vers italiens), Roger, Philippon-La-Madelaine, etc.

*[2] *Delitiæ Poet. Belgicorum*, collectore A. F. G. G. (Antuerpiano filio Guil. Gruteri). — Francof., 1614, 4 vol. pet. in-12. — Ce recueil est peu commun.

*[3] *Poésies* de Catulle, etc. : T. II, pp. de 17 à 42.

occupe , que Quintilien , d'accord en cela avec plusieurs Anciens et Modernes d'un incontestable mérite , prétend qu'aucun Poëte latin ne l'a surpassé dans le genre élégiaque. Les Elégies de cet Auteur ont été généralement trouvées, en effet , aussi remarquables par l'élégance et la pureté du style que par la délicatesse avec laquelle le sentiment y est exprimé. Elles sont exclusivement consacrées à la tendresse ; ce qui a fait dire à Boileau , en oubliant peut-être sa sévérité habituelle :

« Qu'Amour dictait les vers que soupirait Tibulle [52]. »

Aussi doit-il être moins cité en ce lieu pour ses propres Elégies que pour celle qu'Ovide , avec qui il était intimement lié , a faite sur le tombeau de son ami. Cette Elégie d'Ovide est d'ailleurs, évidemment, une de ses meilleures.

Les Elégies de Properce rentrent plus dans l'espèce de Poésie qui nous occupe principalement ici. C'est une Dame romaine , nommée Hostilia , à laquelle il donna le nom de Cynthie , qui est le sujet de ses *Complaintes amoureuses* , qu'on dirait être l'œuvre des Graces [53]. Properce a poussé si loin son talent poétique élégiaque, qu'on lui pardonnerait presque de s'être appelé lui-même le Callimaque *romain*.

Parmi les Elégies de Properce , nous signalerons surtout , comme se rapportant plus particulièrement à la *Complainte*, — sujet principal de ce VII° Chapitre —, dans le Livre IV : l'Elégie III , *Arétuse à Lycotas*; et l'Elégie XI , *Cornélie à Paulus*.

La *Dissertation sur la prééminence des Chats*, etc.; — Rotterdam, 1741, in-8° fig. (ouvrage très-spirituel de Moncrif)*, contient (pp. de 156 à 164) l'*Epitaphe* (en vers) d'un

* *Dissertat. sur la prééminence des Chats dans la société, sur les autres animaux*, etc., etc. — Rotterdam, J.-D. Beman, 1741, in-8°, avec des figures fort originales.— « Même ouvrage que *Les Chats* de » Moncrif. Les figures sont copiées sur celles de » Caylus ; mais, au lieu de : *C. sculpsit*, on a mis » au bas des planches : Coypel *sculpsit*.» (Barbier : *Diction. des ouvr. anonym. et pseudon.*; 2° édit. — Paris, 1822, in-8° : T. I, p. 327, 2° col., 4294.) Cette Note, de l'érudit Bibliographe Barbier , est fautive. Le Graveur de toutes les figures est T. Otten, qui les a signées en toutes lettres, ou par les initiales de ses nom et prénom. Celles de ces figures qui sont relatives à l'*Antiquité* peuvent seules avoir été gravées d'après Caylus. Les autres, représentant des sujets modernes, sont toutes signées : « C. Coypel *inv*...... T. Otten *sculp*. »

Chat, qui n'est qu'une véritable *Complainte* sur la mort de cet animal chéri.

Dans le *Catalogue* de vente des *Livres* de M. Libri , nous avons remarqué l'article suivant , dont la citation trouve ici sa place naturelle : « 1622. *Lagrime in morte di un* » *Gatto*. — Milano , Gius. Marelli , 1741, in-8° » fig. br. — Recueil rare , en prose et en vers » (composé par divers auteurs), en hébreu , » en grec, en latin , en italien et en patois » milanais. Ce sont des *larmes* fort gaîment » répandues sur la tombe d'un Chat favori. »

[52] Boileau Despréaux : *Œuvres complètes*. Edition de Daunou, cit.: T. II, *Art Poétique*, Chant II ; p. 147, vers 54.

[53] Voy. Lanteires : *Tableau abrégé de l'Antiquité littéraire*, etc.; ouvr. cit. : p. 169.

Les *Tristes* et les *Elégies* d'Ovide offrent toujours des plaintes, des regrets, des soupirs, auxquels se mêlent malheureusement des louanges, données à Auguste, qui sont presque constamment fort exagérées. Ces sentiments, peu dignes d'un si grand Poëte, abaissent parfois son âme jusqu'au-dessous du niveau qu'un homme, en face d'un autre homme, n'aurait dû jamais franchir : on ne peut s'empêcher de craindre qu'ils ne dégradent et n'avilissent l'Humanité. Mais tout en désirant, nous aussi, plus de sensibilité dans les *Tristes*, nous n'en trouverions pas moins de la cruauté et de l'injustice à pousser la critique de cet ancien Poëte latin, à bon droit si célèbre, jusqu'au point que n'a pas craint d'atteindre de Longchamps, quand il a dit [54] : « Il a beau gémir dans ses *Tristes*, on ne saurait le plaindre. »

Nous ne pouvons nous dispenser de désigner comme autant de *Complaintes* poétiques d'Ovide, des plus remarquables : l'Elégie II, « *Ergò erat in fatis....* »; l'Elégie III, « *Hœc mea, si casu miraris, epistola...* »; l'Elégie XI, « *Si quis es, » insultes...* » du Livre III ; et l'Elégie I du Livre IV, « *Si qua meis fuerint....* [55] »

L'admirable Episode de Virgile, relatif à la mort de César [56], n'est-il pas une Elégie triste, ou une *Complainte*, inchantable, mais des plus émouvantes !

1. Quelques auteurs ont confondu l'*Epicedium* avec l'*Epitaphium*, tandis que d'autres ont regardé l'*Epicedium* comme constituant une *Elégie triste*, un *Chant funèbre*, une *Complainte* : il y a là, selon nous, une double erreur.

On lit dans la partie Antiquités, *Mythologie, Diplomatique des Chartres et Chronologie* [de l'Encyclopédie Méthodique [57]] : « Epicède. — Servius (Ecl. V. 20) » nous apprend que l'*Epicedium* différait de l'*Epitaphium*. L'*Epicedium* était une » pièce de vers, ou un Discours, que l'on *récitait* en l'honneur d'un mort, au » moment qui précédait la sépulture de son corps, comme dans ce vers de Virgile :

« *Extinctum Nymphœ crudeli funere* Daphnim. »

» L'*Epitaphium* ne se récitait qu'après la sépulture, et se gravait sur le tombeau. »

---

[54] De Longchamps : *Discours préliminaire de sa traduction des Elégies de Properce.* — Amsterdam et Paris, 1772, in-8°; p. xj.

[55] P. Ovidii Nasonis *Opera quœ supersunt.* — Paris, J. Barbou; 1762, in-12 : T. III.

[56] P. Virgilii Maronis *Opera*, etc.; ed. Petr. Burmann. — Amstel., J. Wetsten., 1746; in-4°

fig.: T. 1; Georg., Lib. 1, p. 265, vers. 463 et sq.

« .... *Solem quis dicere falsum* » *Audeat!* .... »
» Qui pourrait, ô Soleil, l'accuser d'imposture! » (Delile.)

[57] Encyclopédie Méthodique : Paris, Panc- koucke, et Liège, Plomteux, 1786, 5 vol. in-4°, avec Pl.: T. II, p. 551, 1re col.; art. Epicède.

2. On a eu également tort de confondre l'*Epicedium* avec l'*Elégie triste*, avec un *Chant funèbre*, avec la *Complainte*. DE REMERVILLE a bien dit, dans un savant écrit [58] : « Au reste, ces *Chants de duëil*, ou *Plaintes sur la mort de quelqu'un*, » furent encore appelés *Epicedium* ; ils étoient différents de l'Epitaphe qu'on gravait » sur le tombeau » ;... mais nous n'en persistons pas moins dans notre sentiment : l'erreur dont il s'agit découle de l'emploi du mot *canere*, emprunté à VIRGILE et aux meilleurs Poëtes latins. « EPITAPHIUM, — dit SERVIUS [59] —, *est carmen quod* » CANITUR *post completam sepulturam; EPICEDIUM verò, quod* CANITUR *cadavere nondùm* » *sepulto.* » C'est assez clair ; nos Lecteurs sauront à quoi s'en tenir sur ce point.

En traduisant le mot EPITAPHIUM par les mots : *Epitaphe*, ORAISON FUNÈBRE, NOVITIUS [60] paraîtrait avoir parfaitement senti que, dans ce passage du Grammairien SERVIUS, le mot *canitur* est pris, non pas dans le sens de *cantare (chanter)*, mais dans celui de *canere*, c'est-à-dire : *prononcer, réciter poétiquement*, sens que VIRGILE donne à ce verbe, dans le premier vers du Premier Livre de son *Enéide* :

> « *Arma virumque* CANO, *Trojæ qui primus ab oris*
> » *Italiqm..................................* »

Quelques moments avant de mourir, l'Empereur ADRIEN fit des vers que DE LA BORDE [61] ne craint pas d'appeler une *véritable Chanson*, et que nous aimerions mieux, nous, appeler une *Complainte*. Les regrets, mêlés à son scepticisme, justifient notre préférence. Voici ces vers, avec une *Imitation*, de la façon de FONTENELLE :

« CHANSON D'ADRIEN :	« IMITATION PAR FONTENELLE :
» *Animula, vagula, blandula,*	» Ma petite âme, ma mignonne,
» *Hospes ; comesque corporis,*	» Tu t'en vas donc, ma fille, et DIEU sache où tu vas !
» *Quæ nunc abibis in loca*	» Tu pars seulette et tremblotante, hélas !
» *Pallidula, rigida, nudula ;*	» Que deviendra ton humeur folichonne ?
» *Nec, ut soles, dabis jocos.* »	» Que deviendront tant de jolis ébats ? »

2° Les Chansons latines du moyen âge remontent à une époque assez reculée ; mais, on le verra bientôt, ces poésies lyriques n'ont pas eu primitivement le carac-

---

[58] DE REMERVILLE : *Recherches critiques sur l'Histoire de la Poésie.* — 1706, in-16 : p. 14.

[59] Ecl. V. 20.—SERVIUS (Honoratus-Maurus), Grammairien du IVᵉ siècle, est un des auteurs qui ont le plus savamment interprété VIRGILE, dans la portion de ses Commentaires qui nous reste.

[60] *Diction. lat. gall. ad usum serenissimi* DELPHINI, etc. — Lut. Par., 1750, 2 vol. in-4°.

[61] DE LA BORDE : *Essai sur la Musique ancienne et moderne ;* ouvr. cit.· T. II, p. 130.

tère de celles qui nous occupent spécialement dans ce Chapitre. Leur véritable dénomination était *Chanson guerrière* ou *Chant de guerre*. La vraie Complainte latine, à caractère bien prononcé, est venue plus tard. L'on conviendra pourtant que, d'assez bonne heure, même la *Chanson guerrière* ou le *Chant de guerre* ont été, de temps en temps, évidemment confondus avec la *Complainte*.

Nous penserions volontiers, comme les savants Rédacteurs de l'*Histoire Littéraire de la France*[62], sur l'Histoire de la Chanson dans notre Patrie. « Depuis que l'art » de versifier a été connu dans nos Provinces, — disent-ils —, on n'a point cessé » d'y faire des Chansons. On en a fait, par conséquent, en Langue Romane, dès le » temps qu'elle a été à l'usage des peuples. C'était même en la langue la plus com— » mune, comme il a été dit, qu'on les faisait pour l'ordinaire. »

· Ces érudits nous apprennent encore que même de graves Religieux avaient eu fait des Chansons latines, plus que profanes, quand ils étaient jeunes. On peut voir, dans leur ouvrage cité[63], que ABÉLARD, Saint BERNARD, PIERRE de Blois, Archidiacre de Bath, GUILLAUME de Blois, et un autre PIERRE de Blois, Chanoine de Chartres, avaient composé, dans leur jeunesse, des *Chansons « tendres et galantes. »*

La plus ancienne Chanson des Français, que l'on ait pu découvrir, est celle qui fut composée en *vers latins barbares rimés*, à l'occasion de la victoire remportée par CLOTAIRE II sur les Saxons, en 623[64]. C'est un *Chant de guerre* analogue à ceux que, selon EGINHARD, avait soigneusement recueillis CHARLEMAGNE, qui furent trans- portés peut-être par les Anglais, à Londres, avec tant d'autres précieux Manuscrits, sous les règnes de CHARLES VI et de CHARLES VII, et qui ont été perdus depuis !...

La Chanson *latine* dont parle M. FÉTIS[65], composée par ANGELBERT sur la Bataille de Fontenay (en 842), consignée dans un Manuscrit qui a appartenu autrefois à

---

[62] *Hist. Littér. de la France*, etc., par des *Relig. Bénédict. de la Congrégation de* SAINT-MAUR [DD. RIVET, TAILLANDIER et CLÉMENCET]. — Paris, 1733 et suiv.; in-4° : T. VII, p. XLVj.

[63] *Hist. Litt. de la France* [par DD. RIVET, TAILLANDIER et CLÉMENCET] cit. : T. VII, p. L.

[64] MABILLON : *Acta Sanctorum Ordinis S. Be-nedicti*, etc. — Lut.-Paris., 1668-1701, 9 vol. in-fol° : T. II, p. 617, N° 78. — Nous devons les deux seules strophes qui nous restent, de

cette Chanson, à HILDEGAIRE, Evêque de Meaux sous CHARLES-LE-CHAUVE. « On composa, à » propos de cette victoire, — dit le pieux » Prélat —, un chant vulgaire *(carmen pu-* » *blicum)* qui se trouvait dans toutes les bou- » ches, et que les femmes chantaient en dansant » et en battant des mains. »

[65] *Biogr. Univers. des Musiciens* et *Bibliogr. génér. de la Musiq.* — Paris, 1835, 8 vol. gr. in-8°, plus 13 Pl. de Musiq. : T. 1, p. CLXXIV.

l'Eglise Saint-Martial de Limoges, et qui se trouve maintenant à la *Bibliothèque
Nationale de Paris* (sous le N° 1154, fol. 133 *recto*), était un autre *Chant de guerre*.

On peut voir dans les Légendaires et dans les anciennes *Chansons de geste latines*,
analogues aux *Gesta* DAGOBERTI, des traces dé Chants semblables à celui dont
la victoire de CLOTAIRE II a été le sujet. M. LENORMANT s'est occupé de ce point
d'Archéologie musicale dans le Tome I, page 321 de la *Bibliothèque des Chartes*.

Parmi les Chansons en vers latins relatives à notre Histoire, dues à des Clercs,
et dont trois ont été recueillies par l'Abbé LEBEUF, dans son Recueil de pièces afférentes à l'Histoire de France, il en est une, concernant le règne de CHARLEMAGNE,
reproduite aussi par M. Edélestand DU MÉRIL, qui est plutôt une *Complainte* qu'une
Ode. Cet écrit, du ixᵉ siècle, célèbre la mort de l'Abbé HUG ou HUGUES, probablement
un des fils illégitimes de CHARLEMAGNE. En voici les première et quatrième strophes :

« CHANT SUR LA MORT DE L'ABBÉ HUG :

» HUG, *dulce nomen*, HUG, *propago nobilis*
» KARLI *potentis ac sereni Principis,*
» *Insons sub armis tam repente saucius*
» *Occubuisti.* »

. . . .

« *Nam rex Pipinus lacrymasse dicitur,*
» *Cùm te vidisset ullis absque vestibus*
» *Nudum jacere turpiter in medio*
» *Pulvere campi* [66]. »

M. FÉTIS nous apprend [67] qu'on trouve encore, dans le Manuscrit 1154 de la Biblio-

[66] « Car on dit que le Roi PÉPIN versa des
» larmes, lorsqu'il le vit dépouillé de vête-
» ments, couché au milieu de la poussière. »
— Trad. de l'Abbé LEBEUF : *Recueil de divers
écrits pour servir d'éclaircissement à l'Histoire de France,* etc. — Paris, 1738, 2 vol.
in-12 : T. I, p. 349. — « Le premier couplet
» est noté, — dit M. Ed. DU MÉRIL.* — LEBEUF
» avait déjà publié ce Chant avec assez d'exac-
» titude (*Divers écrits pour servir d'éclair-

» cissements à l'Histoire de France :* T. I,
» p. 349), quoique, en écrivant HUGO au lieu
» de HUG, qui est dans le Mst., il ait donné au
» premier vers deux syllabes de trop. Cette
» orthographe a cependant une véritable im-
» portance; elle prouve que les noms germains
» n'étaient pas encore latinisés au milieu du
» ixᵉ siècle, et que par conséquent le fran-
» cisque n'était pas aussi tombé en désuétude
» qu'on a bien voulu le dire. »

* E. DU MÉRIL : *Poés. popul. lat. antérieures au xiiᵉ*
siècle. — Paris, 1843, in-8°, pp. 251 et 252, Note (6).

[67] *Biogr. univ. des Musiciens et Bibliogr.
gén. de la Musique;* ouvr. cit.: T. I, p. CLXXV.

thèque Nationale de Paris, plusieurs *Lamentations* ou *Complaintes* (latines) : « une
» *Lamentation* sur la mort de Charles-le-Chauve (*Planctus* Karoli) composée dans le
» ixᵉ siècle *et notée à la manière saxonne, morceau singulier, dont l'existence a été
» ignorée de tous les Historiens;* la *Complainte* de l'Abbé Hugues, du même temps et
» aussi *notée;* la Chanson de Godeschalch; la *Complainte* de Lazare, par Paulin; la
» Chanson du Duc Henri, par le même, et ce qui est peut-être d'un intérêt historique
» plus vif encore, on y trouve aussi la mélodie *notée* des vers anapestes qui sont au
» Premier Livre de la *Consolation philosophique*, de Boèce :

« *O stelliferi conditor orbis,*
» .... ; »

» et le Chant de la VIIᵉ Ode du IVᵉ Livre du même ouvrage :

« *Bella quis quinis operatus annis*
» *Ultor* Atrides.............. »

« Qui sait, — dit-il —, si la mélodie mesurée du premier de ces morceaux, où le
» Ministre de Théodoric *déplorait dans sa prison les misères de la condition humaine,*
» n'est pas celle qu'il composa lui-même, et si nous n'avons pas, dans ces Chants,
» de précieuses reliques de la Musique de l'Italie, sous la domination des Goths? »

Les Chansons composées par Abélard pour Héloïse, que les Journaux de 1840
annonçaient comme ayant été découvertes dans le Manuscrit Nᵒ LXXXV de la Bibliothèque du Vatican, sur parchemin du xiiiᵉ siècle, étaient des *Planctus* ou *Complaintes*
en vers latins de neuf syllabes, à rimes tantôt suivies, tantôt entrelacées. Elles se
rapportent toutes à des sujets Bibliques, comme l'attestent leurs titres que voici :

« I. Petri Abælardi *Planctus* Dinæ, *Filiæ* Jacob. — II. *Planctus* Jacob *super Filios*
» *suos.* — III. *Planctus Virginum* Israelis *super Filia* Jephtæ *Galaditæ.* — IV. *Planctus*
» Israel *super* Samson. — V. *Planctus* David *super* Abner. — VI. *Planctus* David *super*
» Saül *et* Jonathan [68]. »

La fameuse *Chanson de* Roland (*Cantilena* Rolandi); ainsi appelée parce qu'on y

[68] Von Carl. Greith a publié, en 1838, ces *Planctus* ou *Complaintes*, que, par une inter-prétation un peu forcée, il considère comme des Allégories, faites par Abélard, sur ses amours avec Héloïse; ce qui est peu probable. Son ouvrage, contenant les Poésies sacrées d'Abé-lard, a pour titre : « Spicilegium Vaticanum, » *Beitrage zur nahern Kenntniss der Vatika-* » *nischen Bibliothek, für deutsche Poesie des* » *Mittelalters.* — Frawenfeld, 1838, in-8°. »

exaltait les beaux faits de ce fameux Paladin, n'était, elle aussi, qu'un *Chant de guerre*. Pendant long-temps, nous n'avons possédé, de cette ancienne Poésie mélodique, que les seuls fragments que le Marquis DE PAULMY avait découverts dans de vieux Romanciers, et qu'il avait essayé de compléter d'une manière assez heureuse. En 1066, pour animer ses troupes à la Bataille d'Hastings, GUILLAUME-LE-CONQUÉRANT fit chanter cette Chanson, à la tête de son armée, par le Normand TAILLEFER, un des plus anciens *Jongleurs* dont l'Histoire ait conservé le souvenir. HAROLD II, dernier des Rois Anglo-Saxons, qui régnaient depuis plus de 600 ans sur la Grande-Bretagne, y fut complétement défait, et ce Chant devint dès-lors comme le cri ou le signal du combat, par l'usage que les Princes et Généraux d'armée en firent en semblables occasions [69].

On connaît la charmante métamorphose qu'ont subie ces anciens fragments de Poésie lyrique latine, sous l'heureuse influence des génies poétique et musical d'Alexandre DUVAL et de MÉHUL, dans la composition de la *Chanson de ROLAND*, appartenant à la pièce de Théâtre intitulée *Guillaume-le-Conquérant*. « C'est la » meilleure imitation que l'on ait faite de l'ancienne Chanson, — dit DU MERSSAN [70] —, » et la Musique de MÉHUL est admirable. » Voici le refrain qui la termine :

> « Soldats Français !... chantez ROLAND :
> » Son destin est digne d'envie.
> » Heureux qui peut, en combattant,
> » Vaincre et mourir pour sa patrie ! »

Nous avons de la peine à concevoir comment JARRY de Mancy a pu dire en 1831,

[69] Voy. MALM., *De reb. Angl.*: L. II, C. XI ; ALBER., *Chr.*: *Par. II*, p. 108; *Hist. Litt. de la France*, etc.; ouv. cit.: T. VII, in-4°, p. 129. — Voy. aussi : *Magas. Pittor.*; ouv. cit.: T. XIV, p. 18. — Un jour qu'on chantait la *Chanson de ROLAND*, comme c'était l'usage dans les marches : « Il y a long-temps, — dit le Roi JEAN, » — qu'on ne voit plus de ROLANDS parmi les » Français..... ! — On y verrait encore des » ROLANDS, — lui répondit un vieux Capitaine —, » s'ils avaient un CHARLEMAGNE à leur tête *. »

* Voy. NOEL et PLANCHE : *Ephémérides politiques,*

[70] *Chansons nationales et populaires de la France, précédées d'une Histoire de la Chanson Française, et accompagnées de Notices historiques et littéraires;* — Paris, Gabr. DE GONET, 1847, in-32, p. 72. — DU MERSAN penserait que la *Chanson de ROLAND* a dû être chantée, aux xi° et xii° siècles, comme on chante encore en Italie les stances de la *Jérusalem délivrée* du TASSE. Cela nous paraît extrêmement probable.

littéraires et religieuses; — Paris, 1803, in-8° : Tableau du 10 Avril, pp. 91 et 92.

dans son *Atlas historique et chronologique des Littératures anciennes et modernes* [74], « .... qu'il ne reste aucune trace de la *Chanson* de ROLAND.... » !

Du reste, ainsi que nous l'avons déjà fait pressentir, les *Chants de guerre* ont été plus d'une fois des sortes de *Complaintes*, ou en totalité, ou en partie, c'est-à-dire dans un ou plusieurs de leurs couplets : il n'en pouvait être autrement. On lit dans l'*Essai sur la Musique ancienne et moderne* [par DE LA BORDE] [72] : « Dans les Cam-» pagnes de 1756 et 1757, les Prussiens ont fait revivre cet usage par les *Chants de* » *guerre* de la composition de M. GLEIM, qui se chantaient parmi leurs troupes. Nous » en rappellerons une traduction de M. VEISS, qui pourra faire juger du mérite des » autres :

« LARMES D'UNE AMAZONE SUR LA TOMBE DE SON AMANT :

» Coulez, larmes délicieuses : coulez..... »

Tous les *Chants de bataille*, ou les *Chants de guerre* qui ressembleraient à celui-ci, sont évidemment des espèces de *Complaintes*. Notre *Marseillaise* est sûrement un très-beau *Chant de guerre*...; mais l'on est bien forcé de convenir que le VII° couplet :

« Nous entrerons dans la carrière

» Quand nos aînés n'y seront plus.... »

tourne quelque peu à la *Complainte*. Le sujet suggère naturellement cette nuance.

Le savant ouvrage de M. Edélestand DU MÉRIL, intitulé : *Poésies latines antérieures au* XII° *siècle*, déjà cité, contient plusieurs anciennes Complaintes latines, dont quelques-unes, *rimées, sont accompagnées de notations musicales de cette époque*, dans les précieux Manuscrits de la Bibliothèque Nationale, etc., d'où elles ont été extraites.

Entre ces Poésies latines fort remarquables, que des notes savantes très-étendues accompagnent, commentent et élucident constamment, nous signalerons à nos Lecteurs plus particulièrement les suivantes ; elles méritent toute leur attention :

« COMPLAINTE DE DAVID SUR ABNER, FILS DE NER, QUI FUT TUÉ PAR JOAB :

» ABNER *fidelissime*,

» *Bello strenuissime*,

» *Amor ac deliciae*

» *Militaris gloriae* [73] .... »

---

[74] JARRY de Mancy : *Atlas hist.*, etc. — Paris, J RENOUARD, 1834, gr. in-fol° : Tabl. VIII, 1re col.

[72] [DE LA BORDE] : ouvr. cit : T. II, p. 111.

[73] E. DU MÉRIL, ouvr. cit. : pp. 174 et 175.

D'après le *Spicilegium Vaticanum* (p. 129), de GREITH, ABAILARD, né en 1079 et mort en 1142, serait l'auteur de cette *Complainte*.

« CANTIQUE DE GOTTSCHALK, SUR LA DOULEUR DU PÉCHÉ :

» *O* DEUS, *miseri*
» *Miserere servi* [74] *!....* »

Le Poëte à qui l'on doit cette *Complainte* est très-probablement, — d'après M. DU MÉRIL —, non pas le Moine appelé GOTSCHALCUS ou JOTSALDUS, qui composa une *Complainte* en vers hexamètres sur la mort d'ODILON, Abbé de Cluny, mort en 1048 ; mais bien GOTTSCHALK, GODESCALCH ou GOTHESKALK, hérésiarque du IX° siècle. Ce dernier, violemment poursuivi par HINKMAR, Archevêque de Reims, et HRABAN-MAUR, Archevêque de Maïence, pour ses opinions sur le *Trinitarisme* et la *Prédestination*, fut condamné, en 849, par le Concile de Quiersy, à être fouetté publiquement, à Maïence même, où il mourut, après vingt ans de prison, le 30 octobre 868 ou 869.

« CANTIQUE DU PÉCHEUR REPENTANT :

» *Ad te*, DEUS *gloriose, rerum Factor omnium,*
» *Lacrymosi clamo gemens et amaris vocibus :*
» *Poenitenti,* CHRISTE, *da veniam* [75] *!...* »

« CHANT SUR LA MORT D'ERIC, DUC DE FRIOUL. [76] :

» *Mecum, Timavi saxa, novem flumina,*
» *Flete per novem fontes redundantia*
» *Quae salsa glutit unda Ponti Ionici* [77] *....* »

[74] E. DU MÉRIL ; ouvr. cit. : pp. 177-181.

[75] E. DU MÉRIL ; ouvr. cit. : pp. de 182 à 184. — Ce *Cantique* est extrait du *fol. 102 recto* du Mst. 1154 de la *Bibliothèque Nationale*. On trouve dans ce Mst. deux autres *Cantiques* sur le même sujet. « Le premier, — » dit M. DU MÉRIL —, est intitulé : *Versus confes-* » *sionis de luctu poenitentiae ;* il est alphabé- » tique et *accompagné de notations musicales*. »

[76] « Ce Chant a été déjà publié par LEBEUF, » *Dissertations sur l'Histoire ecclésiastique :* » T. I, p. 426, et par SINNER, *Catalogus Codi-*

» *cum Bibliothecæ Bernensis :* T. I, p. 146... »

[77] E. DU MÉRIL ; ouvr. cit. : pp. de 241 à 244. — Le texte préféré par M. DU MÉRIL s'appuie principalement sur le Mst. N° 1154 (XI° siècle) de la *Bibliothèque Nationale, fol. 116 recto ;* Mst. dans lequel il y a au-dessus des paroles une *notation musicale*. — L'auteur, qui, d'après le Copiste, serait Saint PAULIN, Patriarche d'Aquilée, *chante les vertus* et *pleure la mort de ce Duc*, arrivée en 799. Le Mst. original remonterait alors aux premières années du IX° siècle.

« CHANT SUR LA MORT DE CHARLEMAGNE :

» *A solis ortu usque ad occidua*
» *Littora maris, planctus pulsat pectora;*
» *Ultra marina* (ultra maria ?) *agmina tristia*
» *Tetigit ingens cum moerore nimio.*
    » *Heu ! me dolens, plango* [78]. »

Nous avons déjà cité (p. 99) deux strophes du CHANT SUR LA MORT DE L'ABBÉ HUG [79].

« CHANT SUR LA MORT DE CONSTANCE, ÉCOLATRE DU MONASTÈRE DE LUXEUIL :

» *Ergo plange pium, Cantor, modulando Magistrum* [80] . . . . »

L'auteur nous apprend lui-même qu'il s'appelait GUDIN et qu'il vivait sous le Roi ROBERT : « *Gloria regum*, ROTBERTUS. . . . » Du reste, FABRICIUS ne parle pas plus de GUDIN, auteur de ce Chant, que de l'Ecolâtre CONSTANCE qui lui en a fourni le sujet.

« CHANT SUR LA MORT DE L'EMPEREUR HENRI II :

» *Lamentemur nostra, Socii, peccata,*
» *Lamentemur et ploremus ! Quare tacemus* [81] ?. . . »

Avec ce refrain : « HEINRICO *requiem, rex* CHRISTE*, dona perennem !* »

« AUTRE SUR LA MORT DE HENRI II :

» *Judex summae, mediae* — *rationis et infimae,*
» *Magne Rector Coeli,* — *pie Redemptor saeculi,*
    » *Imperatoris* HEINRICI*,*
    » *Catholici, magni et pacifici,*
    » *Beatifica animam,* CHRISTE [82] !. . . »

« COMPLAINTE SUR LA PRISE DE JÉRUSALEM :

» *Heu ! voce flebili cogor enarrare*
» *Facinus quod accidit nuper ultra mare,*
» *Quando* SALADINO *concessum est vastare*
» *Terram quam dignatus est* CHRISTUS *sic amare* [83]... »

---

[78] E. DU MÉRIL ; ouvr. cit. : pp. 245-46. — Le texte de ce Chant, composé très-peu de temps après la mort de CHARLEMAGNE, en 814, ou au plus tard en 815, est fort corrompu et plus court dans le Mst. de la *Bibliothèque Nation.*, N° 1154, *fol.* 132 *recto*, que celui qui a été publié par HRABANUS-MAURUS, MURATORI, Dom BOUQUET et BOUCHAUD ; mais il est plus ancien, *et sa notation permet de rétablir avec certitude la division des strophes.*

[79] Voy. Edélest. DU MÉRIL ; ouvr. cit. : pp. de 251 à 252. Ce chant s'y trouve tout en entier.

[80] E. DU MÉRIL ; ouvr. cit. : pp. de 280 à 285.

[81] E. DU MÉRIL ; ouvr. cit. : pp. de 285 à 286.

[82] E. DU MÉRIL ; ouvr. cit. : pp. de 286 à 287.

[83] E. DU MÉRIL ; ouvr. cit. : pp. de 441 à 444.

Dans ses Etudes historiques , CHATEAUBRIAND dit en parlant de l'année 1358 :
« Nous avons encore les *Complaintes* latines que l'on chantait sur les malheurs de ces
» temps. » Ces *Complaintes*, au nombre de deux seulement , se trouvent page 432
du Tome III des *Dissertations* de l'Abbé LEBEUF , sur l'*Histoire ecclésiastique et civile
de Paris*. Dans son *Recueil de Chants historiques français, depuis le* XII° *siècle jusqu'au*
XVIII° *siècle* , M. LEROUX DE LINCY s'exprime de la manière suivante , en parlant des
Complaintes qui furent chantées dans Paris , à l'occasion de l'assassinat de LOUIS
D'ORLÉANS : « On trouve dans le Manuscrit de la *Bibliothèque Royale*, N° 9684 , une
» *Complainte en vers latins*, avec une traduction française *sur la mort de ce Prince.* »
    Certaines Elégies, publiées par des Poëtes latins modernes dans les XVI° et XVII°
siècles, ne sont évidemment que des *Complaintes*, quoique non susceptibles d'être
chantées. Nous citerons seulement , comme exemples : deux Elégies ou Complaintes
de Publio–Fausto ANDRELINI : « *Querimonia* FAUSTI *ad Musas : ut* ANNAM *Christia-*
» *nissimam Francorum Reginam, ac Britanniæ Ducem perpetuo defleant;* ELEGIA » ; et
« NÆNIA *de morte* FRANCISCI *Britanniæ Ducis, ac patris* ANNÆ : *decerpta ex decem*
» FAUSTI *Epistolis ; elego versu descriptis* [84] » ; les Vers faits par Henri ETIENNE *sur la
Mort d'un Jeune Homme adonné au vin ;* les Elégies de Pierre LOTICHIUS , habile
Médecin, et l'un des meilleurs Poëtes que l'Allemagne ait produits, mort de phrénésie
à Heidelberg, en 1560 ; et les pièces de vers tristes de Sidronius HOSSCH ou DE HOSCHE ,
né à Merckghem , près de Dixmude (Flandre Occid.), en 1596 , mort à Tangres, en
1653, dont les Poésies, contenant beaucoup d'Elégies, ont été publiées en 1656, in-8°.
    Nous citerons encore , parmi les poésies du P. RAPIN : les EGLOGUES IV et XII ;
l'HÉROÏDE (liv. II) *sur la mort de* MEMMIUS ; les VII° et VIII° ELÉGIES ; l'ODE XVII° , etc. [85]
    George-Anselme NEPOS , Poëte italien , a fait des vers latins , pleins de grâce et de

---

[84] Voy. Fausti ANDRELINI *in* ANNAM *Francorum Reginam Panegyricon*, etc. — [prel.
ASCENSCIAN. 1515] ; pet. in-4°.

[85] Renati RAPINI Soc. Jes. *Eclogæ cum dis-
sertatione de Carmine pastorali ;* — Paris.,
Fratr. BARBOU, 1723, in-12; T. I, pp. 36-39 :

« ECLOGÆ VARIÆ.
» ECLOGA IV :
» *Extinctum dulcis primo sub flore juventæ* * .... »

* Ren. RAPINI : *Eclogæ*, etc.; T. I, pp. 52-54.

« ECLOGA XII :
» In Virginis obitum suspiria. Deplorant Virginis
» mortem Pastores.
» *Flebat deposito sub vomere tristis arator*
» *Extinctam fatis, et iniquo funere raptum*
» *Parthenidem* .... *2. »

« HEROICORUM LIB. II.
» In obitum Claudii MEMMII avauxii :
» *Cum funesta tuos totum vulgaret in orbem*
» *Fama obitus, magne ó* MEMMI *3.* .... »

*2 Ren. RAPINI : *Eclogæ*, etc.; T. I, p. 36.
*3 Ren. RAPINI : *Eclogæ*, etc.; T. III, pp. 119-20.

sensibilité, dans lesquels *un père déplore la mort de sa fille :* cette charmante composition, d'un excellent goût, est une *Complainte*, des plus touchantes, qui semblerait avoir été inspirée par le souvenir du *Luctus in morte Passeris*, de Catulle.

VII. De la Langue Romane; — du Lai; — de la Complainte, en cette langue; — des Vers et de la Musique de ces Lais et Complaintes; — et des Chansons Languedociennes tristes des Troubadours modernes.

Aux xe et xie siècles, dans quelques Chansons où le latin et le roman se trouvent mêlés, comme dans les Vers relatifs au *Martyre de Saint Etienne* (xe siècle) [86], dans le *Mystère sur les Vierges Sages et les Vierges Folles* (xie siècle) [87], et dans les *Versus et Ludi* [88] d'Hilaire, disciple d'Abélard, on sent évidemment l'influence d'une époque de transition. Cet amalgame poétique annonce, comme bientôt inévitable, la substitution de la *Chanson populaire romane* à la *Chanson populaire latine*.

1° L'origine de la *Langue Romane*, ou *Romanse*, est antérieure de plusieurs siècles à celle de sa Poésie. C'est ce qu'attestent également : l'hybrisme de textes antérieurs au xe siècle; des traductions, faites au ixe et au viiie siècle, du latin en roman, et du roman en latin; certains jeux de mots, contemporains de Charlemagne, et la découverte, dans de vieilles chartes latines, de mots en *Langue Vulgaire* désignant, soit des ustensiles d'un usage commun, soit surtout des Noms propres de lieux. En nous indiquant la marche la plus convenable à suivre, dans de pareilles investigations, M. Génin a rendu service à l'Histoire de la formation des Langues. « Pour » parler sans figure, — dit-il [89] —, je me suis mis à chercher la Langue Française

---

Nous en dirons autant des Elégies :

« VII[ma] Dionys. Petavii *Soc. Jes. Tumulus* * »;
« VIII[va] : Franc. Fouquet, Nic. Fouquet *filius » quadrimulus, post fatum in stellam Viæ » Lacteæ mutatus* »; « X[ma] : *In* Alph. Mancini » *præmaturum obitum* »; de « l'Ode XVII[ma] : *In* »Guillelmi Lamonii *Senatus Principis obi-* » *tum*, etc. * ² »

[86] Voy. Raynouard, *Choix de Poésies originales des Troubadours* ; ouvr. cit. : T. II [*Planch de Sant Estève*], pp. 146-151.

* Ren. Rapini : *Eclogæ*, etc.; T. III, pp. 145-46.
* ² Ren. Rapini : *Eclogæ*, etc.; T. III, pp. 147, 152, 186, etc.

[87] Voy. Raynouard, *Choix de Poésies*, etc.; ouvr. cit. : T. II. *Extr. du Mystère des Vierges Sages et des Vierges Folles*, pp. de 139 à 143.

[88] Hilarii *versus et Ludi : Lud. in Sanct.* Nicol. — Lutetiæ-Parisior., 1838, in-8°, p. 34.

[89] Voy. *La Chanson de* Roland, *Poème de* Théroulde, texte critique accompagné d'*une* Traduction, d'*une* Introduction *et de* Notes; par M. F. Génin, Chef de Division au Ministère de l'Instruction Publique. — Paris, Imprimerie Nation., 1850, gr. in-8° (avec un *fac simile*): [Introduction], Chap. III, p. xlii. — Voy. aussi les exemples ou preuves réunis dans le même ouvrage : pp. de xlii à lix.

» dans les chartes et diplômes latins du xᵉ siècle, du ixᵉ siècle ; et en remontant
» toujours, j'en ai trouvé des traces dès le viiiᵉ siècle, dès le viiᵉ peut-être. Par
» quel procédé ? C'est en m'attachant aux *Noms propres de lieux*, lesquels, dans
» l'origine, sont toujours *tirés de la Langue Vulgaire*, et *portent en soi une signifi-*
» *cation comme Noms communs.* »

Des mots *romans* sont fréquemment mêlés aux textes latins dans les xᵉ et ixᵉ siècles.
On en trouve un exemple dans l'*Homélie* d'un Prêtre ou Moine contemporain de
Louis-le-Débonnaire : « ... [Deus] me rogavit aler ad Ninivem... — *Habuit miseri-*
» *cordiam* si com il semper solt haveir de peccatoribus... — *Et sic liberat* de cel peril.
» [quod habebat decretum] que super els metreiet. »—« *Tanta mala nos habemus* fait...
» — E si s'penteient de cel mal que fait habebant. » — « Cel peril quant il *habebat*
» decretum ⁹⁰. » On sera bien forcé de convenir que, s'il y a là des mots de la Langue
des Trouvères, il y en a sûrement bien plus de la Langue des Troubadours.

Dans le ixᵉ siècle, la Langue Romane avait fait de tels progrès, que les savants
Auteurs de l'*Histoire générale de Languedoc* ⁹¹, et long-temps après eux Raynouard ⁹²,
ont pu la regarder comme *étant déjà toute formée*. Au commencement de ce siècle,
les Laïcs et le Peuple en général n'entendaient plus le latin. Aussi est-il ordonné
par le XIIIᵉ article des Actes du Concile tenu à Tours en 813, « que chaque Evêque
» traduise publiquement ces Homélies en Langue Rustique Romane ou Théotisque, de
» *manière que tous puissent comprendre ces prédications* ⁹³. »

L'article XV des Actes du Concile de Reims ⁹⁴ et l'article XV du Capitulaire publié

---

⁹⁰ Voy. M. Génin : *La Chanson de* Roland, *Poëme de* Théroulde, etc.; ouvr. cit. [*Intro-duction*]. — Paris, Impr. Nation., 1850, gr. in-8° : Chap. III, pp. lv et lvii.

⁹¹ [Dom J. Vaissette et Dom de Vic] : *Hist. générale de Languedoc*, avec des *Notes* et les *pièces justificatives.* — Paris, 1730-45, 5 vol. in-fol°, fig. : T. I, p. 327.

⁹² Raynouard : *Choix des Poésies origi-nales des Troubadours*; ouvr. cit. — Paris, 1816, in-8° : T. I [*Introduction*], p. xxix.

⁹³ « ...et ut easdem Homilias quisque apertè » transferre studeat in Rusticam Romanam Lin-» guam aut Theotiscam, quo faciliùs cuncti

» possint intelligere quæ dicuntur *. » Ce pas-sage, cité par Hue de Tabarie *², a été repro-duit par Raynouard *³.

⁹⁴ « Ut Episcopi Sermones et Homilias Sanc-» torum Patrum, prout omnes intelligere » possint, secundum proprietatem linguæ, præ-» dicare studeant *⁴. »

* Labbei et Cossarti sacros. Conc.: T. VII, col. 1263.
*² L'Ordène de Chevalerie [par Hue de Tabarie], avec une Dissertation sur l'origine de la Langue Françoise, un Essai sur les étymologies, etc. — Lau-sanne et Paris, 1759, in-16 [par Barbazan]: pp. de 9 à 12.
*³ Raynouard : Choix des Poésies originales des Troub.; ouvr. cit.: T. I [Introduct.], pp. xix et xx.
*⁴ Labbei et Cossarti sacr. Conc.: T. VII, col. 1256.

(108)

la même année 813 par Charlemagne [95], font aussi des recommandations analogues. Nous en dirons autant de l'article II du Concile de Mayence, tenu en 847.

Un passage très-remarquable du Roman d'Agolant prouve, d'une manière évidente, qu'au commencement du ixe siècle, et même dans la seconde moitié du viiie, on traduisait quelquefois des Chartes du *vulgaire* en *latin*. Voici comment s'exprime l'Archevêque Turpin, dans le procès-verbal qu'il dressa, quand Charlemagne, étant à Vienne, reçut la soumission, faite en personne, de Girard *d'Euphrate*, qui en retint depuis le nom de Girard *de Viane*.

« Si fait la chartre de *Romanz en Latin...* »

« Voilà donc, — dit M. Génin [96], — la Langue Française déclarée usuelle du temps » de Charlemagne, et la traduction des Chartes positivement énoncée. » Un des savants Auteurs de l'*Histoire générale de Languedoc* avait eu déjà cette idée de l'ancienneté de la Langue Romane; il l'a fort bien exprimée dans le curieux passage suivant : « Voici un calembourg de Théodulfe, Evêque d'Orléans, mort en 821. Dans une » pièce de vers adressée à Charlemagne, par conséquent antérieure à 814, l'Evêque » d'Orléans plaisante aux dépens d'un certain Théodore Scot. Voulez-vous, — dit-il » à l'Empereur, — savoir ce que c'est que Scot ? Supprimez la seconde lettre de son » nom ; ce nom, ainsi réduit, vous dira la valeur de l'homme : *Quod sonat hoc et erit*, » c'est-à-dire *un sot*. Or, *sottus* n'est pas un mot d'origine latine; c'est toujours du » latin moulé sur le françois. J'en conclus que le mot *sot* existoit *en vulgaire* du » temps de Charlemagne [97]. » Aussi M. Génin pense-t-il [98] que « Charlemagne s'est » essayé à parler en français : . . . et qu'on ne peut guère douter que les Canons des » Conciles d'Arles et de Tours relatifs aux versions en langue vulgaire, n'aient été » suggérés par l'Empereur. » Cette opinion de M. Génin nous paraît des plus probables.

Deux passages fort curieux, l'un de Saint Grégoire-le-Grand, et l'autre de Saint Grégoire de Tours, qui vivaient dans le vie siècle, trouveront naturellement ici leur

[95] « De Officio Prædicatorum : Ut *juxtà*, » *quod benè* vulgaris populus *intelligere pos-* » *sit, assiduè fiat* ».

[96] *La Chanson de* Roland, etc.; ouvr. cit. [*Introduction*] : Chap. III, pp. xliv et xlv.

' Capit. Reg. Franc. : An. 813.

[97] [DD. Vaissette et de Vic] : *Histoire géné-rale de Languedoc*, etc.; édit. in-8° : T. VII, p. 447; cit. par M. Génin, dans *La Chanson de* Roland, etc. [*Introduction*] : Ch. III, p. xlix.

[98] Voy. M. Génin : *La Chanson de* Roland, etc.; ouvr. cit. [*Introduct.*] : Chap. III, p. lx.

place. Au Livre II , Chapitre XVIII , des *Dialogues de Saint* Grégoire-le-Grand , — qui furent écrits en 593 , suivant le Père Labbe — , il est question de « ....deux petits » vases pleins de vin qui sont *appelés vulgairement* Flascones : ... *vino plena duo* »*vascula quæ vulgò* Flascones [99] *vocantur* .... » Quant à Saint Grégoire de Tours , Historiographe de France , qui écrivait avant 572 , il se plaint , dans la Préface de son Histoire , que la *Langue vulgaire rustique (la Langue Romane* ou *Romanse)* était *plus en vogue, que la Latine* , qui était celle des savants [100].

2° En ce qui concerne la priorité , sinon de la Langue des Trouvères sur celle des Troubadours , du moins des Epopées en *Langue d'Oïl* sur les Epopées en *Langue d'Oc,* on est forcé de reconnaître que la publication de la *Chanson de* Roland , *Poëme de* Théroulde [101] , *du* xiᵉ siècle, par MM. Francisque Michel , en 1835 , et F. Génin , en 1850 [102], est un argument irrésistible , mettant à néant l'assertion suivante de Raynouard : « Je laisse de côté ce qui est dit des *Chansons sur* Roland et » sur Guillaume-au-Court-Nez , puisqu'*il ne nous en a été rien transmis,* et qu'*il est* » *assez évident qu'elles n'étaient pas des Chansons de geste ou Epopées romanes-* » *ques* [103]*.* » MM. Francisque Michel et Génin ont très-clairement démontré le contraire. Raynouard reconnaît lui-même [104] que le *Roman de* Gérard de Roussillon , en provençal (du xiiᵉ siècle), « est la *seule des Epopées romanesques provençales* » *conservée de toutes celles qui ont été indiquées par les Troubadours.* »

---

[99] Le mot Flascou , désignant une bouteille à large goulot , appartient à notre Languedocien d'aujourd'hui. On le trouve dans le *Dict. Languedoc.-François* de Sauvages *. Il n'est point dans le *Lexiq. Rom.,* etc., de Raynouard.

[100] « *Philosophantem Rhetorem intelligunt* » *pauci,* LOQUENTEM RUSTICUM MULTI. »

[101] Il faut lire *Turold,* selon M. Francisque Michel. Voy. le N° du 18 Avril 1851, du Siècle.

[102] A l'occasion de la publication de M. Génin , la *Bibliographie de la France,* année 1851, a fait les annonces suivantes :

« 2835. Commentaire sur la *Chanson de*

* *Dictionnaire Languedocien-François,* etc., par L. D. S. [l'Abbé de Sauvages] — Nimes, 1785, 2 vol. in-8°; T. I, p. 336, 1ʳᵉ col.

» Roland (texte critique de M. Génin), par » M. Paulin Paris ; avec un *Post-Scriptum.* » In-8° de 3 feuilles. (Paris, Didot, 1851.) »

« 2876. Lettre à M. Paulin Paris , Membre » de l'Institut; in-8° de 2 feuilles et demie. » Imprim. de Didot , à Paris. — Paris , le 20 » mai 1851, signé : F. Génin. Sur la critique » du Poëme de Roland. Voy. Nᵒˢ 2835 et 2879. »

« 2879. Lettre sur les variantes de la » *Chanson de* Roland. (Edition de M. F. Génin.) » In-8° d'une feuille. Imprim. de Schneider , » à Paris. »

[103] Raynouard : *Recherches sur les Epopées romanesques des Troubadours,* etc., cit.: p. 3.

[104] *Recherches sur les Epopées romanesques des Troubadours,* etc., cit.: p. 8.

3° Quant à la grande question de la priorité des Troubadours sur les Trouvères, ou des Trouvères sur les Troubadours, elle pourrait puiser des arguments dans la publication suivante : « *Poëmes des Bardes-Bretons du* VIe *siècle;* trad. texte en »regard, par Th. HERSART DE LA VILLEMARQUÉ ; — Rennes et Paris, 1851, in-8° » [105], et dans les écrits de MM. Pitre CHEVALIER, Alfred DE COURCY, etc. ; mais nous n'avons ni le temps ni la volonté de nous en occuper en ce lieu. Ce point important de critique littéraire ne saurait être traité seulement en passant et d'une manière tout-à-fait accidentelle, quand les deux camps opposés de Littérateurs du plus grand mérite, qui se sont formés à cette occasion, offrent à leur tête : pour les Troubadours, l'érudit RAYNOUARD et ses importants travaux sur la Langue Romane, FAURIEL et tant d'autres ; et pour les Trouvères, entre autres aussi, l'éditeur des *Vaux-de-Vire* d'Olivier BASSELIN, Louis DUBOIS [106], l'érudit DE LA RUE et le savant M. GÉNIN, tenant à la main et présentant, comme un puissant argument en sa faveur, son édition de la *Chanson de* ROLAND, *Poëme de* THÉROULDE, etc. Dans cette œuvre, si remarquable sous tant de rapports, M. GÉNIN n'a pas craint de traiter de *rêverie* [107] le sentiment d'un homme d'un mérite spécial aussi incontestable et d'une considération personnelle si justement acquise, que ceux de l'Auteur des *Templiers*, de la *Grammaire de la Langue Romane*, du *Choix des Poésies originales des Troubadours* et du *Lexique Roman !* Nous ne pouvons nous empêcher de craindre que, dans cette circonstance, les autorités normandes, opposées à RAYNOUARD, ne se soient laissées aller un peu trop à ce beau sentiment de TANCRÈDE :

« A tous les cœurs bien nés que la Patrie est chère !... »

Du reste, RAYNOUARD lui-même a fait, dans l'intérêt des deux camps, une concession des plus conciliatrices. Après avoir rapporté la langue des Troubadours et celle des Trouvères à un *type primitif des Langues de l'Europe Latine* [108], il allègue le mélange de mots évidemment *romans* avec le latin des *Litanies Carolines* [109]; et

---

[105] *Courrier de la Librairie :* 24 Février 1851, N° 2. p. 37, 1re col.
[106] Voy. *Vaux-de-Vire* d'Olivier BASSELIN, Poëte normand de la fin du XIVe siècle, etc. — Caen, Paris et Londres, 1821, in-8°; *Dissert. sur les Chansons, le Vaudeville,* etc., p. 5.

[107] M. F. GÉNIN, ouvr. cit. : p. XCI.
[108] RAYNOUARD : *Lexique Roman ou Dictionnaire de la Langue des Troubadours*, etc.; ouvr. cit. — Paris, 1838, in-8°: T. I. [*Rech. phil. sur la Langue Rom.*], p. XIV.
[109] *Lexique Roman*, etc.; ouvr. cit. : pp. XIV

ayant rappelé les *Serments de 842*, des Actes publics de 947, le *Poëme sur* Boèce antérieur à l'an 1000, le style des écrits du Comte de Poitiers, appartenant avec évidence à la seconde moitié du xiᵉ siècle, style si analogue aux écrits des xiiᵉ et xiiiᵉ siècles, dus à Bernard DE VENTADOUR, Arnaud DE MARUEIL, CADENET, etc., etc., il ajoute (p. xix): « J'ai essayé de prouver, dans mes OBSERVATIONS PHILOLOGIQUES ET » GRAMMATICALES SUR LE ROMAN DE ROU, que l'ancien *Français*, la *Langue des Trouvères*,

et xv. — La riche Bibliothèque de la Faculté de Médecine de Montpellier possède un précieux Manuscrit, du viiiᵉ siècle, orné de deux miniatures contemporaines très-curieuses, dont nous dirons un mot à cette occasion.

Le MANUSCRIT H. 409, in-4°, sur vélin, — du viiiᵉ siècle (de 772 à 794 au plus tard) —, Fonds BOUHIER: E. 69, est un Recueil commençant par un *Psalterium Latinum*, et à la fin duquel on trouve des Litanies tout-à-fait conformes aux *Litanies Carolines* données par MABILLON*.

Aux feuillets 344 et suivants, on lit, après plusieurs invocations: *ora pro* NOS.

A la suite des Litanies des Saints, on lit,

(Fol. 343):

« *Scti. Angeli, or. pro me.*
» *Scti. Archangeli. or. pro me.*
» *Scti. Throni. or. pro me.*
» *Scte. Dominationes. or. pro me.*
» *Scti. Principatus. or. pro.*
» *Scte. Potestates. or.*
» *Scti. Uirtutes. or. pro.* »

Ce PRO ME ne se rapporterait-il point au personnage pour qui primitivement ce Recueil manuscrit aurait été composé. . . . ?

(Fol. 344, recto):

» *Adriano summo pontifice* (sic) *et uniuer-* » *sale* (sic) *papæ uita.*
» *Redemptor mundi.* TU LO IUUA.
» *Scte. Petre.* TU LO IUUA.
» *Karolo excellentissimae* (sic) *et ado* (sic)

* *Analecta*, etc.: T. II, pp. 682-89.

.» *coronato magno et pacifico rege* (sic) *Fran-* » *corum et Langobardorum* (sic) *ac patricio* » *Romanorum uita et uictoria.*
» *Saluator mundi.* TU LO IUUA.
» *Scte. Iohannis* (sic). TU LO IUUA.
» . . . .
» *Exaudi Christe.*
» *Pipino et Karolo nobilissimis filiis eius* » (KAROLI MAGNI) *uita.* . . . TU LOS IUUA.
» *Scti. Mauricii* (sic). TU LO IUUA.
» *Exaudi Christe.*
» *Chlodoueo rege* (sic) *Acquitaniorum uita.* » TU LO IUUA.
» *Scte. Martinae.* TU LO IUUA.
» *Fastradane* (FASTRADE) *regina* (sic) *salus* » *et uita.* »

(Fol. 344, verso):

« *Scte. Remegii* (sic). TU LO IUUA. » »

On voit que, dans ces Litanies, où des mots évidemment romans sont souvent reproduits, on prie pour la prolongation des jours du Pape ADRIEN; de CHARLEMAGNE, de PÉPIN et CHARLES, ses enfants; de PÉPIN, Roi des Lombards; de CLOVIS, Roi d'Aquitaine, et de la Reine FASTRADE, quatrième femme de CHARLEMAGNE. Or, le Pape ADRIEN 1 étant mort en 795, et la Reine FASTRADE étant morte en 794, la fin du précieux Manuscrit dont il s'agit est nécessairement antérieure à cette date. Quant au commencement de ce monument paléographique, il est plus ancien que les *Litanies Carolines*, au moins de *vingt* ans.

» différait très-peu de la *Langue des Troubadours;* je disais, à cette occasion, que la
» prononciation des mots fut la principale des causes qui établirent une différence,
» plus apparente que réelle, entre ces deux Langues. » Le dissident se rapetisse.

4° La Langue Romane, succédant aux dialectes des villages qui s'étaient formés
du vme au xe siècle [110], ne semblerait avoir acquis un certain degré de régularité,
propre à la rendre véritablement poétique, que vers le xe siècle seulement (*Poëme
sur* Boèce *antérieur à l'an* 1000). On en trouve pourtant çà et là des germes, ou
informes, ou peu développés, ou décidément avortés, dans les siècles antérieurs.

« Quoique le premier Troubadour connu, Guillaume IX, comte de Poitou et duc
» d'Aquitaine, — dit l'Abbé Millot, dans son *Histoire littéraire des Trouba-
» dours* [111] —, ait fleuri dans le xiie siècle, on ne peut douter qu'il n'ait eu des
» prédécesseurs : les grâces de son style supposent un art déjà cultivé. » La *Grammaire de la Langue Romane,* publiée par Raynouard, renforce encore ce sentiment.
De cette manière on concilie les assertions du savant Evêque d'Avranches, Huet,
faisant remonter l'origine de la Poésie provençale jusque vers la fin du xe siècle [112],
et celles de Crescimbeni [113] qui la rapporte seulement au xiie [114].

---

[110] Simonde de Sismondi, *De la Littérature
du Midi de l'Europe.* — Paris, 1829, in-8° :
T. 1, p. 35.

[111] [Millot] *Hist. litt. des Troubadours.*—
Paris, 1774, in-12 : T. I [*Disc. prélim.*], p. xxij.

[112] *Lettre de Monsieur* Huet *à Monsieur de*
Segrais : *De l'origine des Romans,* etc. —
Paris, 1678, in-12 : p. 158.

[113] *Istor. della volgar Poesia.* — Roma,
1714, in-4° : Lib. I, p. 7 ; Lib. II, pp. 87 et 88.

[114] Le passage suivant, extrait du remarquable ouvrage de Simonde de Sismondi, sur
la formation des Langues Romanes, est trop
important pour ne devoir pas être entièrement
transcrit en ce lieu.

« Le règne de Bozon, fondateur du Royaume
» d'Arles (877-887), — dit cet Historien* —,
» peut être considéré comme marquant cette

* *De la Littérature du Midi de l'Europe* (3e édit.).
— Paris, 1829, in-8° : T. 1, pp. 37 et 38.

» époque heureuse pour le *Provençal,* qui
» devança ainsi toutes les langues de l'Europe.
» Les Ducs de Normandie, successeurs de Rollo,
» dans le xe et le xie siècle, paraissent avoir
» favorisé de même la naissance du *Français*
» ou *Roman-Wallon.* Le règne du grand Fer-
» dinand, et les exploits du Cid, dans le xie
» siècle, en excitant l'enthousiasme national,
» donnèrent, de la même manière, un centre
» à la *Langue Castillane,* et firent oublier les
» dialectes de chaque village pour la langue
» de la Cour et de l'armée. Henri, fondateur
» de la monarchie portugaise, et son fils
» Alphonse, obtinrent, dès la fin du xie siècle,
» le même avantage en Portugal par leurs ra-
» pides conquêtes. La naissance de l'*Italien*
» est reconnue pour postérieure, quoique déjà
» préparée par l'administration sage et bien-
» faisante des Ducs de Bénévent. Ce ne fut
» qu'à la Cour des Rois de Sicile, dans le

La *Langue Romane*, ou l'ancien *Provençal*, créa une Poésie originale, une Poésie ne ressemblant qu'à elle, ne devant rien ni aux Latins ni aux Grecs, et qui ne fleurit qu'environ 250 ans seulement. Selon le Supplément de Moréry, cette Langue fut très-florissante depuis 1120 ou 1130 jusqu'à la fin du règne de Jeanne, Première de nom, Reine de Naples et de Sicile, et Comtesse de Provence, qui mourut en 1382. « Alors, — dit Jehan de Nostre Dame —, défaillirent les Mécènes et » défaillirent aussi les Poëtes. » Cependant, selon Raynouard, l'ancien *Poëme* à tirades monorimes *sur* Boèce, est en *Langue des Troubadours*, quoique antérieur à l'an 1000 [115]. Comme le pélican blasonné des armoiries ou des emblèmes, le *Provençal* devait se suicider dans la formation de ce qui proviendrait de lui : la naissance du *Français*, du *Castillan*, du *Portugais* et de l'*Italien* ne pouvait que lui être funeste [116]. La réputation dont jouirent d'abord les Troubadours les attira et les fit accueillir, avec distinction, dans les Cours les plus brillantes de l'Europe, où ils trouvèrent des protecteurs presque toujours, des admirateurs fort souvent, et parfois même des imitateurs de premier mérite et du plus haut rang.

« Des Troubadours qui avaient déjà beaucoup d'éclat au commencement du » XIIe siècle, — dit M. Leroux de Lincy [117] —, apprirent aux Seigneurs, encore

» XIIe siècle, que ce qui était auparavant un » patois devint une langue soumise à des » règles *. »

L'Orient semblerait avoir eu aussi sa Langue Romane. On lit dans la *Bibliographie de la France*, année 1851 :

* « En rapportant la naissance de chaque langue » au premier règne où chaque nation semble acquérir » de la consistance, nous rangerons les *Langues* » *Romanes* dans l'ordre suivant :

» *Provençal*, à la Cour de Bozon, Roi
» d'Arles. .... 877 - 867;
» *Langue d'Oïl, d'Oui, Roman-Wallon*
» ou *Français*, à celle de Guillaume-
» Longue-Épée, fils de Rollo, Duc de
» Normandie. .... 917 - 943;
» *Castillan*, sous le règne de Fer-
» dinand-le-Grand. 1037-1065;
» *Portugais*, sous Henri, fondateur
» de la monarchie. 1095-1112;
» *Italien*, sous Roger Ier, Roi de
» Sicile. .... 1129-1154. »

« 2910. Poésies de la Langue d'Or ; tra-
» duites par J.-A. Vaillant (de Bucharest).
» In-12 de 3 feuilles. Impr. de Prève, à Paris.
» — La *Langue d'Or* est la *Langue Romane*
» *d'Orient*, comme la *Langue d'Oc* est la
» *Langue Romane d'Occident*. Elle est parlée
» *par plus de onze millions d'hommes*, habi-
» tant, la plupart, tous les pays de l'ancienne
» Dacie Trajane. »

L'ancien *François*, que tant de gens ont appelé si fort improprement *Gaulois*, touche presque, par son origine, à celle de la Langue Romane.

[115] *Journ. des Sav.*, in-4°: Juillet 1833, p. 388.

[116] Voy. Raynouard: *Influence de la Langue Romane rustique sur les langues de l'Europe latine.* — Paris, 1835, in-8°.

[117] Leroux de Lincy : *Recueil de Chants hist. franç.*, etc.; ouvr. cit.: 1re série, p. XIII.

» grossiers, l'*Art de composer en Musique et de faire à l'honneur de leurs Dames*
» *des* COMPLAINTES *amoureuses*. »

Ainsi que le rappelle LA RAVALLIÈRE dans son écrit sur l'*Ancienneté des Chansons
françoises* [118], en rendant service à l'Histoire Littéraire : « Des Hymnes, des Can-
» tiques, des Chansons semblent avoir été les premiers morceaux de Poésie vulgaire
» sur lesquels les Poëtes romans ou français exercèrent leur Muse lyrique, avant
» qu'ils aient osé entreprendre des Poëmes plus grands et plus pompeux. » Dans
l'*Histoire Littéraire de la France* [119], « on reconnaît, sans nulle difficulté, qu'il
» existait des Chansons en *jargon français* dès les xe et xie siècles. » Du reste, il
est certain que, comme en convient M. LEROUX DE LINCY, les Chansons variées et
nombreuses des Troubadours ont servi de modèle à celles des Trouvères, c'est-
à-dire des Poëtes chanteurs roman-wallons d'au-delà de la Loire [120]. Des Complaintes que nos Troubadours avaient composées dans le xiie siècle, furent imitées
par les Trouvères au commencement du siècle suivant. D'après M. LEROUX DE LINCY,
et comme nous l'avons reconnu nous-même (p. 109), les Trouvères auraient, à
leur tour, devancé les Troubadours dans la composition des longs Poëmes [121].

5° L'admiration générale qu'inspira la Langue Romane, autorise l'Abbé MILLOT [122]
à dire que « le Parnasse provençal donna en quelque sorte naissance aux Muses
» étrangères. » RYMER et DRYDEN conviennent, à leur tour, que le *Provençal* était
de toutes les langues la plus polie, et que CHAUCER, le MAROT des Insulaires d'outre-
Manche, en avait profité pour orner et enrichir l'*Anglais*, encore fort stérile avant
1400 [123]. Le savant BEMBO était d'un sentiment analogue ; « il assurait que cette
» langue avait une grande supériorité sur toutes celles d'Occident, et que tout
» homme qui voulait bien écrire, surtout en vers, écrivait en *Provençal* [124]. »

La conquête de Tolède et de toute la Castille-Nouvelle, par ALPHONSE VI, Roi
de Castille, fut pour la Poésie provençale une brillante occasion de s'introduire

---

[118] Voy. [LA RAVALLIÈRE] *Les Poésies du Roi
de Navarre*; ouvr. cit.: T. I, pp. 201-202.

[119] Ouv. cit.: T. VII [*Avertissem.*]: p. XLVII.

[120] Voy. LEROUX DE LINCY, *Rec. de Chants
hist. franç.*, etc.; ouvr. cit.: 1re série, p. XIII.

[121] LEROUX DE LINCY : *Rec. de Chants histor.
franç.*, etc.; ouvr. cit.: 1re série, p. XIII.

[122] [L'Abbé MILLOT] *Histoire littéraire des
Troubadours*, etc.—Paris, 1774, in-12; ouvr.
cit.: T. I [*Discours préliminaire*], p. LXXI.

[123] Voy. la Préface des *Fables de* DRYDEN.

[124] Voy. [L'Abbé MILLOT] *Histoire littéraire des Troubadours*; ouvr. cit.: T. I [*Discours préliminaire*], p. LXXII.

en Espagne. On sait que, dans cette expédition de 1083 à 1085, qui fit plus que doubler ses Etats, ce Monarque fut secondé par un grand nombre de Chevaliers français, provençaux et gascons, qui se joignirent au fameux Cid, Rodrigue, ou Ruy Diaz de Bivar. La gloire de ce Héros de l'Espagne, qui effaçait celle de tous ses contemporains, ne tarda pas à devenir le sujet des Chansons des Poëtes maures et castillans. Les Poëtes provençaux firent connaître, apprécier et rechercher leur Langue, et, retrempant leur originalité et leur imagination dans le génie national de leurs compagnons d'armes étrangers, ils rapportèrent dans leur patrie quelques perfectionnements de pensées, d'enchaînement d'idées et de style, évidemment dus à la culture d'esprit qu'ils avaient trouvée en Espagne.

Plus tard, l'Aragon conserva l'usage de la Langue Provençale, et, dans sa prospérité rapidement croissante, il attacha sa gloire au progrès de la Littérature des Troubadours. Cette tendance se prononça bien plus, lorsque, en 1137, Pétronille eut porté la couronne des Rois d'Aragon à Raymond-Bérenger, déjà Souverain de la Provence, de la Catalogne, de la Cerdagne et du Roussillon. Elle augmenta encore, lorsque les descendants de ce Monarque eurent conquis sur les Arabes, en 1220, les îles de Majorque, de Minorque et d'Iviça, et en 1238 le royaume de Valence. Cette prépondérance ne put que s'accroître de nouveau, lorsque la Sicile se fut donnée à eux en 1282, et qu'ils eurent conquis la Sardaigne en 1323.

Le règne des Troubadours finit, dans l'Aragon, par la transformation du *Provençal* en Langue Catalane, malgré les efforts que le Marquis de Villena fit en faveur du langage roman, à la fin du xive et au commencement du xve siècle. C'est afin de mieux atteindre son but, que ce grand seigneur, homme de lettres, avait fondé à Tortose son Académie favorite, pour laquelle il avait expressément composé une Poétique ayant pour titre : *De la Gaya Ciencia*, exposant les lois suivies par les Troubadours dans la composition de leurs vers. Malheureusement cette Académie ne survécut pas à son fondateur, et le célèbre Poëte catalan, Ausias March, de Valence, le Pétrarque de son pays, auteur de véritables *Complaintes* sous le titre de *Obres de Mort*, mourut en 1450, sans avoir été plus heureux que Villena, sous ce rapport. Ce coup devait être funeste à la Poésie des Troubadours !

De tous les pays où pénétra la Langue Provençale, l'Italie fut celui qui en retira le plus grand avantage, tant pour la formation de sa Langue en général, que pour sa Poésie en particulier. Tout le nord de l'Italie reçut de bonne heure, et avec

17

empressement, les leçons des Troubadours : Azzo VII, d'Este, les appela à sa Cour, à Ferrare ; Gérard de Camino les fit venir à Trévise ; et le Marquis de Montferrat les introduisit jusqu'en Grèce, dans son royaume de Thessalonique. Florence, Venise, Mantoue, Gênes, etc., n'eurent qu'à se féliciter d'avoir attiré les Troubadours dans leurs murs, et elles purent se glorifier, plus tard, d'avoir fourni. quelques-uns de ces Poëtes provençaux fort recommandables. Ne compte-t-on pas, en effet, comme Troubadours, parmi les Italiens illustres, Malaspina, Giorgi, Calvo, Doria, Sordello, etc. ? Le berceau de la Littérature moderne est donc la Provence. Pasquier ne craint pas d'avancer que, si les vraies fontaines de la Poésie Italienne sont Le Dante et Pétrarque, ces fontaines ont leur source dans la *Poésie Provençale.* Aussi Honoré Bouché [125] soutient-il que ce fut en Provence que Pétrarque apprit l'Art de rimer, qu'il pratiqua et enseigna ensuite en Italie. Pétrarque profita surtout des Poésies du célèbre Troubadour Arnaud Daniel, que l'on a cru de Tarascon ou de Beaucaire, et qui était, plus probablement, de Montpellier. « Toutes les Langues » modernes auraient avancé rapidement comme en Italie, — dit avec raison l'Abbé » Millot [126] —, si elles avaient été cultivées avec le même soin par des génies tels » que Le Dante, Pétrarque et Boccace. » Ce sont les Troubadours qui ont inventé ces coupes si variées des strophes qui donnent tant d'agrément et d'harmonie aux *Canzone* de l'Amant de Laure. On doit convenir pourtant que, du moment que Le Dante, au XIIIe siècle, eut donné son essor à la Langue Italienne, cette Langue se montra tout aussitôt supérieure à la Provençale qui l'avait fait naître. Bientôt après, Pétrarque parut, et il éclipsa si bien les Troubadours, que leur nom, leur langage et leurs poésies disparurent presque entièrement aux yeux de l'Europe.

La fameuse Eléonore, Reine de France d'abord, et puis d'Angleterre, qui, répudiée par Louis VII dit le Jeune, porta en 1154 la souveraineté de la Guienne, du Poitou et de la Saintonge, à Henri II, et était la petite-fille d'un des plus distingués de nos Troubadours, Guillaume IX, Comte de Poitou et Duc d'Aquitaine [127], fut l'occasion de l'importation de la Langue d'Oc, ou *Provençale*, dans la Grande-Bretagne. L'introduction des Troubadours à Londres, auprès des Rois de la Maison Plantagenet, exerça une puissante influence sur les perfectionnements de la Langue

---

[125] Voy. *La Chorégraphie ou Description de Provence, et Histoire chronologique du même pays.* — Aix, 1664, 2 vol. in-fol°.

[126] *Hist. littéraire des Troubadours,* etc.; ouvr. cit.; — Paris, 1774, in-12 : T. I, p. LXXV.

[127] *Hist. d'*Eléonor de Guyenne, etc. : p. 444.

Anglaise, et fournit à Geoffrey Chaucer, père d'une Littérature nouvelle, les premiers modèles qu'il ait imités. Tyrwhitt a publié une bonne édition de ce Poëte.

Les Troubadours eurent aussi, en Allemagne, des imitateurs, qu'en 1774, le Baron Zurlauben s'était proposé de tirer de l'obscurité. Il avait trouvé, dans la Bibliothèque du Roi, un Manuscrit contenant les Chansons tudesques de cent quarante Poëtes, qui avaient vécu depuis la fin du xiie siècle jusque vers 1330. L'Empereur Henri VI, l'infortuné Conradin, fils de Frédéric II, un Roi de Bohème, plusieurs autres Princes, Electeurs, Ducs, Margraves, etc., sont au nombre de ces Poëtes, ainsi que des Prélats et des Moines [128]. Ce projet n'a pas eu de suite.

Depuis la fin du règne des Troubadours, c'est-à-dire depuis le xive siècle, la belle Langue Romane s'est tellement dégradée, par sa transmutation en divers patois de Provence, de Languedoc, de Gascogne et de Catalogne, que les gens de Marseille, de Montpellier, de Toulouse et de Perpignan, qui voudraient les parler exclusivement entre eux, auraient sûrement, dans plus d'une occasion, la plus grande peine à se bien entendre. Il arriverait souvent qu'ils ne se comprendraient pas.

Mais de tous ces idiomes provenant de l'ancienne *Langue Romane* ou *des Troubadours*, celui qui a conservé le plus d'affinité avec la Langue Italienne pure est incontestablement notre *Languedocien moderne*, ou plutôt le *patois de Montpellier*.

6° Depuis la fin du règne des Troubadours et des Trouvères, il a été fait pourtant, en France, plusieurs tentatives de résurrection de la Langue Romane; *Langue d'Oc* ou *Langue d'Oïl*, n'importe. Dans son intéressante publication ayant pour titre : *Chefs-d'œuvre poétiques des Dames Françaises, depuis le xiiie siècle jusqu'au xixe* [129], M. Philippe Busoni rappelle que « Charles d'Orléans, ce petit-fils du Roi » Charles V, était à la tête d'une pléïade de Poëtes, tous de race royale, qui ten- » tèrent de réhabiliter la *Poésie Provençale*, dont le goût avait passé »; et il ajoute immédiatement après que « la tentative faite par Ronsard, un siècle plus tard, n'est » qu'une imitation, ou pour ainsi dire la contre-façon de celle de Charles d'Orléans. »

Du reste, les Dames Françaises du xiiie au xve siècle ne demeurèrent point étrangères aux efforts qui se firent pour maintenir la Langue Romane dans toute sa splendeur. On a signalé surtout, parmi elles, comme Troubadouresses : Béatrix

[128] Voy. [Millot] *Hist. litt. des Troubad.;* ouvr. cit. [*Discours préliminaire*] : p. lxxxii.

[129] *Chefs-d'œuvr. poét. des Dam. Franç.,* etc. — Paris, 1841, in-12 [*Préface*] : p. vii.

DE SAVOIE, Barbe DE VERRUE, ainsi que Dona CASTELLOSA, CLARA d'Anduze et NATIBORS ou Madame TIBERGE, citées par l'Abbé MILLOT [130] ; et comme Poétesses du Nord ou Trouvéresses : DOETE DE TROYES, MARIE DE FRANCE et CHRISTINE DE PISAN [131].

[130] *Histoire littér. des Troub.*, etc.; ouvr. cit.: T. II, pp. 464 et 477, et T. III, p. 321.

[131] Parmi les Poëtes et les écrits langue-dociens qui ont tendu successivement vers le même but, depuis le XVᵉ siècle, nous citerons, comme principaux, les noms d'auteurs et les titres d'ouvrages suivants :

Raimonz VIDAL *(Grammaire de)*, publiée, pour la première fois, par M. F. GUESSARD, de la Bibliothèque de l'Ecole des Chartes*;

Pey DE GARROS : *Psalmès dé DAVID, virats én rime gascoune.* — Tholozo, 1565, in-8°; = *Poesias Gascounas.*—Tholozo, 1567, in-4°;

ROUDIÉ de Rabastens en Albigez, etc.: Poésies patoises publiées par Augier GAILLIARD.— Paris, 1584, in-12;

LOYS DE LA BELLAUDIERO : *Obros et rimos Provensalos.* — Marseille, 1595 (3 Tomes en un vol. in-4°);

ADER (Guillems) : *Lou Gentilhommé Gascoun, Rey de Franço é dé Navarro, boudat à Mounseignou lou DUC D'EPERNOU.* — Toloso, 1610, in-8°. — Poëme burlesque et macaro-nique, en langue gasconne, concernant les faits et guerres de HENRI IV jusqu'en 1609; = *Lou Castounet Gascoun.* — Toloze, 1612, in-8°;

BRUEYS : *Lou Jardin dey Musos Provençalos.* — Aix, 1628, 2 vol. in-12 (réimprimé en 1842);

BEDOUT (G.) : *Lou Parterro Gascoun.* — Bourdéous, 1642, in-4°;

D'ASTROS (J.-G.) : *Lou Trimfe dé la Lengovo Gascovo.* — Toulouzo, 1643, in-12;

GOUDELIN (Pierre) : *Las Obros.*—Toulouso, 1648, pet. in-4°;

*. Citée par M. LEROUX DE LINCY : *Rec. de Chants histor. Franç.*, etc., 1ʳᵉ série; ouvr. cit. : p. XIII.

LE SAGE de Montpellier (*Les Folies du sieur*);

MICHEL (Jean), de Nismes : *L'Embarras de la Fieiro de Beaucaire*, etc.*²;

ZERBIN (Gasp.) : *La Perlo dey Musos, é Comédies Provensalos.* — Ays, 1655, in-12;

GRIMAUDET (B.) : *Le bret Cumi del Cel dins le pays moundi.* — Toulouso, 1659, in-8°;

GROS (F.-T.) : *Recueil de Poésiès Prouven-çalos.* — Marseille, 1763, in-8°;

Le Père NAPIAN (Jésuite) : *Lé Miral moundi, Poemè én bint et un librè.* — Toulouso, 1781, in-12;

FAVRE (Priou-Curat dé Cèlanova) : *Obras patouèzas.* — Mounpéïè, Augusta VIRENQUE, Librayre-Editou, 1839, 4 vol. in-18. — Les Poésies des plus remarquables de ce Trou-badour moderne, mort curé de Celleneuve le 5 Mars 1783, âgé de 55 ans, n'ont été encore publiées d'une manière complète que dans cette édition;

RIGAUD (Augusta) et RIGAUD (Cyrilla) : *Obras coumplètas én patouès dé Mounpéyè, séguidas d'un chouès dé Roumanças é Cansous pa-touèsas dé divers Aouturs.* — 3ᵉ édicioun. — Mounpéyè, Aug. VIRENQUE, Librayre-Editou, 1845, in-18. {Pièces composées en 1780, 1790, etc., réunies pour la première fois d'une manière aussi complète};

TANDON (Aug.), un de nos plus gais et de nos plus spirituels Troubadours modernes, Elève du Curé FAVRE : *Fables et Contes en vers patois.* — Montpellier, An VIII, in-4°;

MARTIN (F.-R.) : *Fables, Contes et autres Poésies patoises.*—Montpellier, An XIII-1805,

*² Publiés, avec LE SAGE et GOUDELIN : *Recueil de Poëtes Gascons.* — Amst., 1700, 2 vol. in-12, fig.

Malgré tout leur zèle, ces femmes célèbres ne purent point atteindre leur but ; et les Poétesses Louise Charly, dite Labbé, surnommée *la belle Cordière*, et Altoviti de Chateauneuf ne furent pas plus heureuses qu'elles au xvıᵉ siècle.

Du Lai Roman. Le *Lai*, — et le *Virelai*, inventé, dit-on, par les Picards, qui s'y rattache —, appartiennent, à titre de poésies tristes, au genre qui nous occupe ; mais ils sont, en général, moins sérieux ou moins graves que la *Complainte*. On les voit, du reste, varier à l'égal l'un de l'autre, tant par la forme que par le fond. Les *Lais* composés, suivant l'usage des temps, sont généralement remarquables par le récit de quelques singuliers événements. Si l'on s'en rapporte à B. de Roquefort, il n'existe que quelques *Lais* seulement dans notre Bibliothèque Nationale. Il est à regretter que la plus grande partie de ces *Lais*, faisant connaître l'étendue et en même temps le genre de la plupart des anciens essais de poésies anglo-normandes qui nous ont été transmis par les Anglais, se trouve dans le *Museum Britannicum*, où elle fait partie de la *Bibliothèque Harleïenne*[132].

1° *Lai*, *Lais* ou *Lays*, sont les noms que portèrent nos plus anciennes *Chansons Françaises*. Elles n'étaient, en presque totalité, que des *Chants tristes*, dont des infortunes amoureuses avaient fourni le sujet. « Le *Lai*, — dit Jarry de Mancy[133] —, » était un petit poëme composé de stances régulières contenant le récit d'une aventure » amoureuse ordinairement tragique ; *on croit qu'il était chanté. Chaque stance était* » *terminée par un refrain.* » — « Les plus anciennes *Chansons Françaises*, — dit » du Mersan[134] —, étaient des Lais, c'étaient des espèces de *Complaintes* que nos » premiers Romanciers faisaient chanter à leurs personnages. »

2° Le mot *Lai* n'a pas toujours été pris dans la même acception. Le *Lai* étant

in-8° ; = *Les Loisirs d'un Languedocien.* — Montpellier, 1827, in-8° ;

Lou Bouquet Prouvençáou, vo leis Troubadours revioudas. — Marseille, 1822, in-12 ;

Peyrot (C.) : *OEuvres patoises.* — Millau, 1824, in-8° ; portr. ;

Morel (J.) : *Lou Galoubet.* — Avignoun, 1828, in-12 ;

Jasmin *(Las Papillotas de)*, coiffur. de las Acadèmias d'Agen et de Bourdèou, etc. — Agen, Prosper Noubel, 1843, 2 vol. in-8°.

[132] Voy. *Poésies de* Marie de France, *Poëte Anglo-Normand du* xıııᵉ *siècle*, etc.; publiées par B. de Roquefort ; — Paris, 1832, in-8° : T. I [*Notice sur* Marie], p. 6.

[133] Jarry de Mancy : *Atlas histor. des Littérat. anc. et mod.*, etc., *d'après la méth. et sur le plan de l'Atlas de A.* Le Sage ; — (terminé en 1834) — gr. in-fol° ; Tabl. VII, 1ʳᵉ col.

[134] *Chansons nationales et populaires de la France*, etc. ; — Paris, 1847, in-32 [*Histoire de la Chanson Française*] : p. 4.

la Chanson par excellence, nos premiers Poëtes nationaux ont souvent employé ce mot pour désigner la Chanson en général.

Voici comment l'*Histoire des Rois d'Angleterre*, ou le *Livre des Bretons*, parle de Celdric, allant, déguisé en Jongleur, au secours de son frère Baldus, qu'Artus venait d'attaquer :

> « Au siége alla comme Jonglère,
> » Si fainct que il estoit harpère;
> » Il avoit apris à chanter,
> » Et *Lais* & notes à harper....... »

Les Trouvères ont appelé *Lais* des pièces de vers très-variées : des *Chansons en l'honneur de la Vierge* [135]; des *Chansons d'amour* fort tendres, sans tristesse, *en l'honneur des Dames;* des Fabliaux, des Fables, et même de simples Contes, soit dévots, soit de tout autre genre. B. de Roquefort reconnaît que les *Lais d'Aristote* [136],

---

[135] *Poésies du Roi de Navarre*, etc ; ouvr. cit.: T. II, Chans. LXIV, p. 456. — Les poésies d'Audefroy-le-Bastard et de Gautier de Coincy contiennent aussi des *Lais à la Vierge*.

[136] Par Henri d'Andelys, Mss. de la Biblioth. Nation., N° 7218 et 7615, imprimé dans le nouveau Barbazan, T. III, p. 96; trad. par Legrand d'Aussy : T. I, p. 197. — A l'occasion de la description de l'*Eglise de Saint-Pierre*, de Caen (appelée par d'anciens Actes *Eglise de Darnetal*), on lit dans le *Magasin Pittoresque* * : « Parmi les curieux détails de » cette Eglise, on remarque le chapiteau d'un » des derniers piliers du côté gauche de la nef; » on y voit, entre autres sujets : 1° le Philo-» sophe Aristote marchant à quatre pattes, » et portant sur son dos une jeune femme; » elle avait exigé de lui qu'il la conduisît, dans » cette posture, jusqu'au palais d'Alexandre. » C'est un trait pris dans le *Lai d'Aristote*, » conte mis en vers par le Trouvère Normand » Henri d'Andelys. »

* V° Année : pp. 377 et 378.

Le N° 9 (Planche I) de l'ouvrage plein d'intérêt de E.-H. Langlois du Pont-de-l'Arche, sur les *Stalles de la Cathédrale de Rouen* * 2, est relatif à un sujet, des plus remarquables, retracé sur les miséricordes de ces *Stalles*. « Cette sculpture, — dit Langlois (p. 161) —, » représente un homme vieux et barbu se traî-» nant presque à plat ventre, et portant sur son » dos une jeune femme assise. Celle-ci, coiffée » du *hennin* * 3, espèce de bonnet à deux cornes » assez commun du temps de Charles VI, vêtue » d'une robe longue et serrée, mais la gorge » fort découverte, selon l'usage des courtisanes » de la même époque, paraît, dans cet équi-» page, chevaucher le vieillard et le conduire » au moyen d'une bride dont le mors est fixé » dans la bouche de cette vénérable monture. »

* 2 Avec treize planches soigneusement gravées. — Rouen, 1838, in-8° : pp. 161-163.
* 3 Bonnet à deux cornes plus ou moins pointues, dont la mode se maintint, dans quelques parties de l'Allemagne, jusque vers la fin du XVIIe siècle, et qui se retrouve assez singulièrement, aujourd'hui même, chez les femmes Tchouwaches, paysannes russes, entre la Soura et la Wolga.

de Conseil [137], *de l'Ombre* [138], etc., sont de véritables Fabliaux et que le *Lai de l'Oiselet* [139] est une Fable [140].

Souvent le mot *Lai* désignait tantôt un petit Poëme, tantôt une sorte de longue Epopée, qui n'étaient nullement susceptibles d'être chantés ; il semblerait que cette sorte de *Lai* a plus particulièrement alors porté le nom de *Lai d'aventure* [141]. « Les » *Lais* , — dit P.-R. Auguis [142] —, étaient aussi des récits d'aventures, dont le » but était ordinairement de louer quelqu'un, ou de le blâmer, dans la vue de le » corriger...... » Nous dirons, enfin, que le *Lai* a été englobé parfois dans l'expression générique de *Dictiez*. Le même auteur dit, en parlant de Cristine de » Pisan : « .... elle s'essaya d'abord à faire des *Dictiez* , c'est-à-dire de petites » pièces de Poésie, des Ballades, des *Lais*, des *Virelais* et des Rondeaux, qui lui » firent beaucoup de réputation [143]. »

Ce sujet se rapporte non à la patience de Socrate envers l'acariâtre Xantippe, sa femme, mais bien à Aristote et à la maîtresse d'Alexandre, Elève de ce célèbre Philosophe. Nos Poëtes du moyen âge qui s'en sont emparés l'ont traité sous le titre de *Lai d'Aristote*. Un de ces auteurs, Henri d'Andelys, Trouvère renommé du xiiie siècle, met assez de naïveté dans ce récit poétique, supérieur de beaucoup, par sa délicatesse, aux autres récits analogues : « Sire Roi, — fait-il dire à cette » belle Indienne * —, si Dieu me sauve et » me maintient vive jusqu'à demain *heure de* » *none*, vous pourrez, à votre tour, vous mo- » quer de votre maître, de ce vieux bourru » chauve et pâle, dont, j'en suis certaine, » la dialectique et *clergie* ne tiendront point » contre moi. »

On conviendra que le Dieu des Chrétiens, *l'heure de none* et le mot *clergie*, du moyen âge, figurent, assez singulièrement, dans le récit d'un événement contemporain d'Aristote et d'Alexandre.... !

* E.-H. Langlois : *Stalles de la Cathédrale de Rouen ;* ouvr. cit. : p. 167.

[137] Mss. de la *Biblioth. Nation.*, N° 7218 ; trad. par Legrand d'Aussy : T. II, p. 396.

[138] Par Jehan Renaut : Mss. de la *Bibliothèq. Nationale*, N° 1830 [fonds de l'Abbaye-Saint-Germain], fol° 85 v°, col. 1, et traduit par Legrand d'Aussy : T. I, p. 179.

[139] Mss. de la *Bibliothèque Nationale* : 7218, 7615 ; imprimé dans Barbazan, T. III, p. 114 ; trad. par Legrand d'Aussy : T. III, p. 113. — La Fable de l'Oiselet se trouve encore dans *le Castoiement*, Conte xx. Barbazan : T. II, p. 140.

[140] Voy. B. de Roquefort : *Poés. de Marie de France* : T. I [*Notice sur les Lais*] ; cit. pp. 29 et 30.

[141] Voy. Leroux de Lincy : *Les Femmes célèbres de l'ancienne France. Mémoires historiques*, etc.; ouvr. cit. : 1re sér., p. 579.

[142] [P.-R. Auguis] : *Les Poëtes François, depuis le xiie siècle jusqu'à Malherbe*, etc. —Paris, Crapelet, 1824, in-8° : T. Ier [Discours préliminaire], p. xxv.

[143] [P.-R. Auguis] : *Les Poëtes François, depuis le xiie siècle jusqu'à Malherbe*, etc.; ouvr. cit. : T. II, p. 165.

3° La forme inégale que donnaient au *Lai* les vers dissyllabes qu'on y mêlait parfois, l'avait fait alors fort bizarrement appeler *arbre fourchu* [141].

Quelques auteurs distinguent le *grand* LAI, composé de *douze couplets,* de vers de mesure différente, sur *deux rimes*, d'avec le *petit* LAI, composé de *seize* ou *vingt vers, en quatre couplets, et presque toujours aussi sur deux rimes.* « Ils sont l'un » et l'autre *tristes*, — dit-on dans l'*Encyclopédie* [145] —; c'était le lyrique de nos » premiers Poëtes. » On a remarqué, avec raison, que cette définition du *Lai* ne convient point à la pièce de vers intitulée : LAI d'Alain CHARTIER. Ces vers forment bien *douze couplets*, mais le nombre de vers de chacun de ces couplets varie beaucoup, et leur mesure, ainsi que *leur rime*, varient encore davantage.

4° L'origine du *Lai* remonte à des époques fort différentes, selon des autorités également recommandables. Ce dissentiment des Auteurs découle naturellement de l'étymologie qu'ils croient respectivement devoir préférer. En trouvant l'étymologie du mot *Lai* dans le mot latin barbare *Leudus*, on ferait remonter l'origine de cette Poésie lyrique jusqu'au vɪe siècle. « J'ai fait observer, — dit B. DE ROQUEFORT —, » que, dès le vɪe siècle, le Poëte FORTUNATUS, Evêque de Poitiers, *avait souvent » fait mention des* LAIS [146]. »

Le mot latin barbare LEUDUS, déjà en usage au vɪe siècle, semblerait avoir été formé des Langues du Nord. « On le trouve, en effet, — dit encore B. DE ROQUE- » FORT [147] —, dans le teuton *Lied*, le danois *Leege*, le saxon *Leoth*, l'anglo-saxon » *Leod*, l'islandois *Liod*, l'irlandois *Laoi* [148], mots qui servent à désigner une *pièce de*

[141] « Ces *arbres fourchus*, — dit avec raison » le père Mourgues [*] —, feraient rire aujour- » d'hui; on les employait alors dans les sujets » lugubres, ou pour quelque grave moralité. »

EXEMPLE :

« Sur l'appui du monde
» Que faut-il qu'on fonde
» D'espoir ?
» Cette mer profonde,
» En débris féconde,
» Fait voir
» Calme au matin l'onde,
» Et l'orage gronde
» Le soir. »

[*] Le P. MOURGUES: *Traité de la Poésie Françoise;* ouvr. cit.: p. 176.

[145] ENCYCLOPÉDIE, *ou Dictionnaire raisonné des Sciences, des Arts et des Métiers.*—Paris, 1751-72, in-fol°: T. IX, p. 176, 1re col.

[146] *Poésies de* MARIE DE FRANCE, etc. [*Notice sur les* LAIS, cit.]: T. I, p. 31 :

« *Barbaros* LEUDOS *harpâ relidebat.* »
(VEN. FORTUNATUS: *Lib. I, Ep. I, ad Greg. Turon.*)
« *Hos tibi versiculos, dent barbara carmina* LEUDOS; » *Sic variante tropo, laus sonet una viro.* »
(Ibid.: *Epist. ad* LUPUM Cons. Campan.)

[147] *Poésies de* MARIE DE FRANCE, etc. [*Notice sur les* LAIS, cit.]: T. I, p. 28.

[148] « *Ancient Engleish Metrical romanceës:* » T. III, p. 243. »

» *vers faite pour être chantée.* On le tire aussi de l'ancien allemand *Leikr, jeu d'instru-*
» *ment*, dont on aurait fait successivement *Leich, Laics, Lays, Lay* et puis Lai. »

D'autres Auteurs, tels que Rob. Estienne [149], de la Borde [150] et La Ravallière [151], font venir le mot Lai du latin *Lessus*, ou plutôt *Lessum*, accusatif singulier, seul cas de ce nom que l'on ait trouvé dans les Classiques latins [152].

Quoi qu'en ait dit l'Abbé Massieu [153], même en laissant de côté le sentiment de B. de Roquefort, on ne peut nier que le *Lai* ne fût connu et d'un usage assez répandu long-temps avant Charles V, mort en 1380. Les Auteurs s'accordent peu sur ce point; mais il est pourtant fort aisé de faire remonter cette origine au moins jusqu'au xiie siècle. L'Abbé Massieu a été très-probablement induit en erreur par un passage équivoque de Pasquier, qu'il a mal interprété.

A plus forte raison, M. Henrion se trompe-t-il, lui aussi, quand il rapporte l'invention du *Lai* seulement à la fin du xive siècle, en s'exprimant ainsi qu'il suit, dans son *Histoire littéraire de la France* [154]: « Au règne de Charles V se » rattache, pour ne plus s'interrompre, la chaîne des Poëtes Français; c'est l'époque » encore où furent inventés les petits Poèmes, la Ballade, le Sonnet, le Rondeau, » le *Lai*, le *Virelai*. » Cet estimable Auteur est certainement dans l'erreur sur ce point. Bien plus, il avait lui-même déjà reconnu le contraire. A la page 137 de son *Histoire littéraire*, M. Henrion avait dit, en parlant des Croisés : « La Sirvente » guerrière [155] animait leur valeur; la Chanson de geste consacrait leurs noms ; le » Lai rappelait ou *leurs amours* ou *leurs aventures tragiques.* » Or, la VIIIe et dernière Croisade a eu lieu, comme on le sait, de 1260 à 1270....! Quelques recherches, des plus faciles, suffisent pour faire remonter sensiblement plus haut l'origine du *Lai.*

---

[149] « *Lessus, ûs*, m. [ὁλοφυρμὸς] *Lugubris* » *ejulatio*, estque vox fictitia per onomato- » pœian. Thetis *quoque etiam in lamentando* » lessum *fecit filio.* » (Plaut. *Truc.* 4, 2, 18 *.*)

[150] *Essai sur la Musique ancienne et mo- derne ;* ouvr. cit. : T. II, p. 147 [Note (a)].

[151] *Poésies du Roy de Navarre ;* ouvr. cit. : T. I [Ancienneté des Chansons], p. 215.

[152] *Lessum*, qu'on ne trouve qu'à l'accu-

* Rob. Stephani : *Thesaurus Linguæ Latinæ*, etc ; in-folo : T. III, p. 36 , 2e col.

satif singulier dans les Classiques latins *, signifie *pleurs, gémissements, lamentations.*

[153] *Histoire de la Poésie Françoise ;* ouvr. cit., p. 218.

[154] *Histoire littéraire de la France ;* — Paris, 1827, in-8 : p. 199.

[155] M. Henrion fait le mot *Sirvente* féminin, quoiqu'il soit regardé comme masculin par la généralité des auteurs et par l'Acad. Française.

*2 Voy. Novitius : *Dictionn. latino-gallicum.* — Lut. Parisior., 1750, in-4° : T. II, p. 786, 1re col.

18

Ainsi que le dit La Ravallière, dans sa jolie édition des *Poésies du Roy de Navarre*, le *Lai* parut dès l'instant que l'on commença à écrire en rime française : c'était la Chanson que les auteurs de nos premiers Romans faisaient chanter à leurs Héros.

D'après le *Brutus* d'Eustache [150], Poëte normand du xiie siècle, le Roy Gabet :

> « De tous estrumens sot maistrie,
> » Si sot de toute chanterie,
> » Molt sot de *Lais*, molt sot de notes..... »

Il est dit aussi, dans le Poëme d'Alexandre-le-Grand :

> « Si commença un *Lai*, qui moult ot bien apris,
> » De la harpe à flautée, ne fu mie entrepris,
> » Moult fu bien escoutez d'Alixandre et de Gris. »

On sait que Tristan, ce *très-vaillant noble et excellent Chevalier*, fils du Roi Meliadus de Leonnois, était bon *chanteur et harpiste*. Dans les Poëmes formés des récits de ses aventures, qui nous ont été conservés, et qui comprennent un de nos premiers et meilleurs Romans de Chevalerie de la fin du xiie siècle (de 1190 environ), ce Héros est souvent représenté *accordant sa harpe et chantant des* Lais [157].

M. Sainte-Beuve fait remonter l'origine du Lai encore un peu plus haut : il en cite comme preuve les *Lais* si gracieux de Marie de France, composés en langue vulgaire, *vers le milieu du xiie siècle*, dit-il [158]. Du reste, ainsi que nous le rappelle

---

[150] Le *Livre des Bretons*, le *Brut d'Angleterre*, de Wistace [Wace ou Gace (Rob.)] ; voy. La Ravallière [*Révolution de la Langue Françoise*] ; ouvr. cit. : T. I des *Poés. du Roi de Navarre*, p. 145. — Voy. dans la Bibliothèque de la Faculté de Médecine : H. 251, Mst. in-fol°, sur vélin (Recueil) : « 3° *Le Roman » de Brutus.* » xiiie siècle. — On y lit : « Mestre » Gasse *l'a translate.* » — Les trois Romans contenus dans ce Manuscrit, qui semblent se continuer et n'en former qu'*un seul* : « 1° *Le » Roman de Troye la grande*; — 2° *Le Roman » d'Enéas*; — 3° *Le Roman de Brutus*, xiii° » siècle », seraient probablement, d'après le Président Bouhier, de Raoul de Beauvais *.

* Voy. *Mémoires de l'Académie des Inscriptions et Belles-Lettres* : T. II, pp. 738 et suiv.

Le Roman du *Brut* a été publié, pour la 1re fois, par M. Leroux de Lincy ; — Rouen, 1836-38, 2 vol. in-8° ; avec trois *fac-similés*.

[157] Voy. Tristan : *Recueil de ce qui reste des Poëmes relatifs à ses aventures, composés en françois, en anglo-normand et en grec, dans les* xii° *et* xiii° *siècles*; publié par Francisque Michel ; — Londres et Paris, 1835, 2 vol. pet. in-8°. —Voy. aussi : *Lais inédits des* xii° *et* xiii° *siècles*, publiés par Francisque Michel ; — Paris, 1836, in-12 ; et surtout : *Lai d'Ignaurès, en vers du* xii° siècle ; par Renart. — Paris, 1832, in-8°.

[158] *Tabl. hist. et crit. de la Poés. Franç. et du Théât. Franç.*, etc. ; ouvr. cit. — Paris, 1843, in-12, p. 6. — B. de Roquefort a présenté, avec raison, Marie, comme étant du xiii° siècle.

Thomas Sébilet, dans son *Art Poétique* [159], le *Lai* était déjà tombé en désuétude au milieu du xvie siècle.

5° Les *Lais* les plus remarquables du xiiie siècle, que l'Histoire Littéraire ait pu nous conserver, sont ceux que nous devons à trois Poétesses célèbres de cette époque : Béatrix de Savoie, Barbe de Verrue et Marie de France.

Béatrix de Savoie, Troubadouresse [160], née à Montpellier en 1176, épousa Raymond-Bérenger V, dernier Comte de Provence, dont elle transforma la Cour en un asile des Lettres et des Sciences. Richard-Cœur-de-Lion l'invoquait, du fond de sa prison, comme un Ange tutélaire. Elle mourut, en 1269, après avoir composé très-probablement le *Fabliau de la Fée* Urgèle, mais plus certainement des *Lais d'Amour*, à stances inégales, pleins de sentiment et de grâce, dont nous transcrivons deux couplets à l'adresse du célèbre et vaillant Roi Richard :

« Sçay qu'est ung feu, courant do veyne en veyne;
» Feu que nuz hom puet n'estraindre ne fuyr;
» Qu'heur en soulcy torne et déduicts en payne,
» Et, sy, nos cuers ez torments faict se duyr.
  » Por vos aymer, très vaillant Syre,
   » D'ung tel amors,
  » Mon cuer, et ma voix et ma lyre
   » Sont en discors. »

« Mais si voliez de votre Ancelle et Dame,
» Ez feulx plus dolz, le cuer tendre ployer,
» Dont, l'attyzant, gloire apurit la flame,
» Et treuve, en soy, digne et noble loyer :
  » Por, sy, vous aymer, vous le dire
   » Jusqu'à la mors,
  » Mon cuer, et ma voix et ma lyre
   » Sont jà d'accors [161]. »

Ceci n'est point un *Lai* triste....; mais combien n'est-il pas noble de pensée, suave de délicatesse, et véritablement heureux d'expression....!

---

[159] Voy. *Nouveau Dictionnaire des Origines*, etc.; par Noel, Carpentier et Puissant; ouvr. cit. : T. III, p. 9, 2e col.

[160] *Troubadouresse* et *Trouvéresse*. — Ces deux mots manquaient à notre langue, et l'on a bien fait de les créer.

[161] Ces couplets sont cités dans les *Chefs-d'œuvre poétiq. des Dames Françaises, depuis*

Barbe DE VERRUE [162], Troubadouresse du XIIIe siècle, vivait sous SAINT-LOUIS. Des stances remarquables de cette Poétesse, tirées d'un Manuscrit de SAINT-GERMAIN-DES-PRÉS, ont été publiées, probablement pour la première fois, dans la *Décade philosophique*, en l'An X. « On y trouve, — dit VILLENEUVE [163] —, des tours ana-
» créontiques et des grâces naïves, qui ont reçu quelque altération quand MÉRARD
» DE SAINT-JUST et GIRAUD ont voulu les traduire en langue moderne. » Nous allons transcrire ici la première et la troisième de ces *Stances*, si poétiquement philoso-phiques et mélancoliques, qui sont pour nous un véritable LAI :

« Voyd bien hyvert viegnir li saiges
» Comm'als fine bieau jor belle nuict;
» Scet que sont roses por toz eaiges,
» Si por toz eaiges sont ennuict. »

« Dant que vy cheoir foilles d'altomne;
» Belle tretoz m'ont proclamé;
» Tretoz, adez, me dizent bonne;
» Ne sçay le nom qu'ay plus amé [164]. »

Deux Littérateurs fort distingués, Charles NODIER et ROUJOUX, ont publié une bonne *Notice* sur Barbe DE VERRUE, dans leur édition des *Poésies* de Clotilde DE SURVILLE, regardée, même aujourd'hui, comme un personnage fort problématique.

Quant aux *Lais* de la Poétesse ou Trouvéresse anglo-normande MARIE DE FRANCE, aussi du XIIIe siècle, dont B. DE ROQUEFORT a publié, en 1820, et le texte et une traduction en prose [165], ils consistent tous en des histoires d'aventures galantes arrivées à de vaillants Chevaliers, et ayant des formes trop éloignées du *Lai* et de la *Complainte*, tristes, chantables, pour exiger autre chose qu'une simple désignation

le XIIIe siècle jusqu'au XIXe [par M. Philippe BUSONI]; — Paris, 1844, in-12: pp. 8 et 9.

[162] Parmi les précieux *Manuscrits* de GUI-CHENON, conservés dans la Bibliothèque de la Faculté de Médecine, se trouve (vol. XII, N° 36) un *Discours en italien du Comte DE VERRUE sur la Maison de Savoye.....* Malgré nos recherches, nous n'avons pu savoir si ce personnage appartenait à la famille de notre ancienne Poétesse nationale.

[163] *Biographie Universelle* [de MICHAUD]; ouvr. cit.: art. VERRUE (Barbe de).

[164] Texte de M. Philippe BUSONI: *Chefs-d'œuvre poétiques des Dames Françaises, depuis le XIIIe siècle jusqu'au XIXe*; ouvr. cit.; — Paris, 1844, in-12: p. 3.

[165] Voy. *Poésies de MARIE DE FRANCE, Poëte anglo-normand du XIIIe siècle, ou Recueil de Lais, Fables et autres productions de cette femme célèbre;* ouvr. cit.: T. 1, pp. 42-581.

en ce lieu [166]. Marie de France est une de nos premières Poétesses qui aient fait des vers en Langue d'Oïl, langue des Trouvères, ou *ancien Français*.

On ne doit être nullement étonné de voir Marie de France poétiser en français, quand elle se trouvait en Angleterre, puisqu'on y voyait réussir, dans la Poésie française, même des Anglais, dont les productions étaient fort remarquables : tels que Robert Wace, Philippe de Than, Geoffroy Gaimar, Simon Dufresne, Everard de Kirkam, Samson de Nanteuil, Denis Pyramus, Hélie de Wincester, Guillaume de Wadington, Etienne de Langton, David, et beaucoup d'autres.

Du reste, les *Lais* de Marie de France ont joui constamment d'une haute estime. Ils ont mérité et conservent encore de nos jours une grande célébrité. Voici comment en parlait Denis Pyramus, Poète anglo-normand contemporain, et rival peut-être de Marie, circonstances les plus propres à inspirer de la confiance dans ses assertions :

« Ses *Lais* soleint as Dames plaire,
» De joie les oient et de gré
» Car *sunt selun* lor volenté. »

Ce même auteur, fort considéré, s'exprime encore ailleurs de la manière suivante :

« Kar *mult* l'ayment, si l'*unt mult* cher
» *Cunte*, *barun* et chevaler,
» Et si en ayment *mult* l'escrit [167]. »

Quant aux Trouvéresses Sainte-des-Prés et Flore de Rose, des trois fragments de Poésies qui nous restent d'elles et que M. Philippe Busoni a recueillis [168], il n'en est qu'un seul, celui de Sainte-des-Prés, relatif au *Biau Guillebert*, qui s'approche un peu du *Lai* triste ou de la *Complainte* sérieuse.

[166] Comme elle le dit d'ailleurs elle-même, dans son *Prologue des Lais* [traduct. de B. de Roquefort], elle n'a fait que « *mettre en vers* » d'anciens *Lais* (bretons) qu'elle avait entendu »raconter.... que ses aïeux avaient écrits et » composés pour garder le souvenir des aven-»tures qui s'étaient passées de leur temps. »

[167] Denis Pyramus, *Vie de Saint-Edmond* [*Manuscrits de la Bibliothèque Cottonienne*, Domitien. A. XI]; cité par B. de Roquefort, *Poésies de Marie de France*, etc.; ouvr. cit. :

T. I, pp. 8 et 13. — Les mots *sunt*, *selun*, *mult*, l'*unt*, *Cunte* et *barun*, de ces vers, et tous leurs analogues, nous feraient penser que, dans les *Langues Romanes*, et peut-être même dans le *Français primitif*, la voyelle *u* avait le son de *ou*, se prononçant, comme de nos jours encore, chez les Italiens et les Espagnols, d'après une tradition remontant très-probablement jusqu'aux anciens Romains.

[168] *Chefs-d'œuvre poétiques des Dames Françaises*, etc.; ouvr. cit. : pp. 21-23.

DE LA COMPLAINTE ROMANE. — Il a été fort souvent impossible de distinguer le LAI d'avec la COMPLAINTE : le LAI *de la Dame* DE FAVEL et beaucoup d'autres pièces analogues du moyen âge, ne sont évidemment que des sortes de COMPLAINTES [169].

Au XII° siècle, le mot *Planch*, venant du mot latin *Planctus* [170], signifiant : *coup qu'on se donne à la poitrine quand on est dans le deuil, le deuil même, lamentation, cri lugubre, gémissement*, était synonyme de *Complaincte*. Ainsi que le rappelle M. Adrien VAN MOERSEL, dans un article plein d'intérêt : « Au XII° siècle, on don- » nait le nom de *Planch*, ou *Complainte*, aux pièces de vers consacrées à un sujet » douloureux [171]. »

COMPLAINTE vient de PLANCTUS (*gémissement*), et de CUM (*avec*), préposition, indiquant l'intention qu'a l'auteur de rendre sa mélodie populaire, en s'adressant aux masses.

Les Troubadours qui ont excellé dans ce genre sont : GUILLAUME IX ; — PONS DE CAPDUEIL, qui mourut en Palestine vers 1240 ; — SAÏL DE SCOLA, qui consacra sa vie à une jeune femme malade, « *e quant ella moric él se rendet a Bragairac, é* » *laisset lo trobar él cantar* [172] » ; — Arnaud DE MARUEIL ; — Pierre ROGIER ; — la Comtesse DE DIE ; — FOLQUET de Marseille, plus célèbre encore par ses cruautés contre les Albigeois que par ses *Complaintes*; — Bertrand DE BORN ; — RAMBAUD de Vaqueiras [173] ; — Gaucelm FAYDIT ; — PERDIGON, qui se réfugia dans un cloître et se fit Moine, après avoir vu la mort rompre tous les tendres liens qui lui rendaient la vie *doulce* et chère ; — Hugues BRUNET ; — SORDEL ; — Arnaud DANIEL ; — PONS-

[169] Voy. les deux Chansons du Châtelain DE COUCY et de la Dame DE FAYEL, dans l'ouvrage intitulé : « *Chansons du Châtelain* DE COUCY, » *revues sur tous les Manuscrits, suivies de* » *l'ancienne Musique;* par M. PERNE; — 1830, » gr. in-8° : pp. 89 et 95.

[170] « *Planctus, ûs*, m. [κοπετός], *percussio*. « *Sævo planctu concutere pectora.* » (STAT. V. SILV. 1. 179*.)

[171] MUSÉE DES FAMILLES. *Lectures du soir*. — Paris, 1833-34, in-4°, à 2 col. , fig. : T. 1, p. 286 [*Poésies des Troubadours. — La Complainte. — Le Sirvente.*]

* Rob. STEPHANI *op. cit.*: T. III, p. 537, 1° col.

[172] « Et quand elle mourut, il se rendit à » l'Abbaye de Bragairac, où il abandonna la » poésie et le chant *2. »

[173] RAYNOUARD *3 parle d'une Chanson d'a- mour du XII° siècle, de RAMBAUD de Vaqueiras, dans laquelle ce Poëte, ayant le cœur plein d'amertume, s'écrie : « Je suis trahi comme » le fut FERRAGUS, quand il avoua à ROLAND » son plus grand défaut, par où ROLAND le » tua. »

*2 Adr. VAN MOERSEL : *Musée des Familles. Lectures du soir;* ouvr. cit.: T. 1, p. 286, 1re col.
*3 *Recherches sur les Épopées romanesques des Troubadours* (Extr. du *Journal des Savants*); Septembre 1833, p. 9.

Santeuil de Toulouse [174] ; — Aimeri de Péguilain [175], — et les Dames Castelloza et Clara d'Anduze.

Dans son *Choix des Poésies originales des Troubadours*, le savant Raynouard a recueilli des *Complaintes* en Langue Romane, pleines de naïveté, de grâce, de tendresse et de résignation, dont nous ferons connaître quelques extraits saillants.

1° La Strophe suivante, de la Complainte d'Arnaud de Marueil, ne le cède aux vers de Sordel, ni sous le rapport de la grâce, ni sous celui de la tendresse :

« Ailas ! qu'en er si no m socor ?
» Non als, mas deziran morrai ;
» E doucx aura hi gran honor,
» Si per so quar l'am mi dechai !
» Ilh en pot ben son cor complir,
» Mas non l'er, segon mon albir,
» Apres me nulhs amics tan sertz [176]. »

« Hélas ! qu'arrivera-t-il si elle n'a pitié de
» ma douleur ? Je ne puis que périr victime
» de mon amour ; et quel avantage trouvera-
» t-elle à m'immoler ainsi, parce que je l'aime ?
» Si elle peut se résoudre à causer ma mort,
» j'ose lui prédire qu'il ne se trouvera jamais
» un amant qui ait pour elle et ma tendresse
» et ma fidélité [177]. »

2° La Complainte de la Comtesse de Die présente, avec autant de grâce et de sensibilité, un intérêt de plus. C'est ici la tendre Amante délaissée qui se plaint de son abandon........! Nous ne pouvons résister au désir d'en transcrire le premier et le dernier Couplet, ainsi que la réflexion philosophique, mais quelque peu intéressée par rapport au cœur, qui la termine. en guise de *post-scriptum* :

« A chantar m'er de so qu'ieu no volria,
» Tan me rancur de sel cui sui amia ;
» Quar ieu l'am mais que nulha res que sia :
» Vas lui no m val merces ni cortezia,
» Ni ma beutatz, ni mos pretz, ni mos sens ;
» Qu'en aissi m sui enganada e trahia,
» Cum s'ieu agues vas lui fag falhimens. »

« Le sujet de mes chants sera pénible et dou-
» loureux. Hélas ! j'ai à me plaindre de celui
» dont je suis la tendre amie ; je l'aime plus que
» chose qui soit au monde ; mais auprès de lui
» rien ne me sert, ni merci, ni courtoisie, ni
» ma beauté, ni mon mérite, ni mon esprit.
» Je suis trompée, je suis trahie, comme si
» j'avais commis quelque faute envers lui. »

....

[174] *Complainte sur la mort de* Montagna-gout, célèbre Poëte Provençal, son beau-frère*.
[175] *Complainte sur la mort de* Raymond-Bérenger IV, Comte de Provence, des plus curieuses pour l'histoire de son temps *[2].

[176] *Choix des Poés. originales des Troubad.* —Paris, F. Didot, 1816, in-8° : T. III, p. 225.
[177] Traduction de Raynouard : *Choix des Poésies origin. des Troubad.* : T. II, p. xvi.

* Millot, *Histoire littéraire des Troubad.*, etc.; ouvr. cit. : T. II, pp. 105 et 431 ; — Papon, *Histoire de Provence ;* cit. : T. III, p. 449.

*[2] Voy. le Journal l'Institut : 2e série, T. I. Paris, 1836, gr. in-4°, p. 5.

« Valer m degra mos pretz e mos paratges,
» E ma beutatz, e plus mos fis coratges;
» Per qu'ieu vos man, lai on es vostr' ostatges,
» Esta chanso que me sia messatges ;
» E vuelh saber, lo mieus belhs amicx geus,
» Per que m'etz vos tan fers ni tan salvatges;
» No sai si s'es orguelhs o mals talens. »

« Je devrais compter sur mon mérite et sur
» mon rang, sur ma beauté, encore plus sur
» mon tendre attachement, aussi je vous adresse,
» cher ami, aux lieux où vous êtes, cette
» chanson, messagère et interprète d'amour.
» Oui, mon beau, mon aimable ami, je veux
» connaître pourquoi vous me traitez d'une
» manière si dure, si barbare ? Est-ce l'effet
» de la haine ? Est-ce l'effet de l'orgueil ? »

« Mas tant e plus vuelh que us diga 'l messatges
» Que trop d'orguelh fai mal a manthas gens [178]. »

« Je recommande à mon message de vous
» faire souvenir combien l'orgueil et la dureté
» deviennent quelquefois nuisibles [179]. »

« Je ne crois pas, — dit avec raison RAYNOUARD —, que jamais l'Elégie amoureuse
» ait mis autant de grâce et d'abandon à exprimer une affection aussi tendre et
» aussi passionnée. »

3° Nous donnerons, comme un autre exemple de Complainte Romane des Troubadours, le V° Couplet des doléances de Bertrand DE BORN sur la mort prématurée du jeune ROI D'ANGLETERRE, fils de HENRI III. La traduction littérale, interlinéaire, de cette Poésie, aussi remarquable par son style que son âge, est de M. VAN MOERSEL. [180].

« Celui que plac per nostre marrimen
A celui à qui il plut à cause de notre affliction
» Venir el mon, e nos trais d'encombrier,
Venir au monde, et qui nous arracha d'encombre,
» E recep mort a nostre salvamen,
Et reçut mort pour notre salut,
» Co a senhor humils e dreiturier
Comme à seigneur indulgent et droiturier
» Clamen merce, qu'al jove rei engles
Crions merci, afin qu'au jeune roi anglais
» Perdon, s'il platz, si com es vers perdos,
Il pardonne, s'il lui plaît, ainsi comme il est vrai pardon,
» E'l fassa estar ab onratz companhos
Et le fasse être avec honorables compagnons
» Lai on anc dol non ac ne i aura ira. »
Là où jamais deuil n'y eut ni y aura tristesse.

---

[178] *Choix des Poésies originales des Troubadours*, cit. : T. III, pp. 22 et 23.
[179] Trad. de RAYNOUARD : *Choix des Poésies*

origin. des Troub., cit. : T. II, pp. XLI et XLII.
[180] *Musée des Familles. Lectures du soir;* ouvr. cit. : T. I, p. 286, 2° col.

4° Voici comment s'exprime Sordel, dont la réputation était si bien fondée, dans le second Couplet d'une Complainte ayant pour refrain ces deux vers :

« Aylas ! e que m fan miey huelh ,
» Quar no vezon so qu'ieu vuelh ! »

« Hélas ! que sont pour moi des yeux qui
» ne peuvent voir ce que je voudrais ! »

« Sitot amor mi turmenta
» Ni m'auci , non o planc re ,
» Qu'al mens muer per la pus genta
» Per qu'ieu prenc lo mal per be ;
» Ab que'l plassa e m cossenta
» Qu'ieu de lieys esper merce ,
» Ja per nulh maltrag qu'ieu senta
» Non auzira clam de me. »

« Quoique l'amour cause mes tourments et
» ma mort, je suis loin de me plaindre. Si je
» meurs d'amour, c'est du moins pour la plus
» aimable des femmes, et je regarde ce destin
» comme un bonheur. S'il m'est permis d'es-
» pérer qu'un jour elle daignera m'accorder
» sa merci, quels que soient les tourments que
» j'éprouve, jamais elle n'entendra de moi le
» moindre murmure. »

« Aylas ! e que m fan miey huelh
» Quar no vezon so qu'ieu vuelh [181] ! »

« Hélas ! que sont pour moi des yeux qui
» ne peuvent voir ce que je voudrais [182] ! »

5° La Complainte sur la mort du Roi d'Angleterre Richard-Coeur-de-Lion, composée , dans l'année 1199, par Gaucelm Faidit , en Langue Provençale , est aussi fort remarquable. Elle fut bientôt traduite en un dialecte français alors d'usage dans le Poitou et sur la lisière de l'Anjou et du Maine. M. Leroux de Lincy a pensé, avec raison , que sa reproduction, en regard de ce *vieux Français*, accompagnée d'une traduction en français de notre époque [183], constituerait une curieuse étude philologique pour bien des Lecteurs. L'ancienne traduction présente le *Français* dans son enfance , se détachant peu à peu de la *Langue Romane*, sa mère, dont il conserve encore les principaux traits et le caractère.

D'après Le Monge de Montmaiour, cité par Jehan de Nostre Dame [184], Folquet de Marseille aurait fait un Traité intitulé : « *Las Complanchas de* Beral , auxquelles » il introduict Beral, regrettant la mort de Adalasia , sa femme. »

6° Une des dernières poésies d'Arnaud de Coutignac, Poëte provençal du xiv° siècle , était encore très-probablement une *Complainte*. Devenu amoureux d'une Dame nommée Ysharde , et convaincu qu'il n'aimait qu'une ingrate, qui , malgré

---

[181] *Choix des Poésies origin. des Troub.;* Paris , F. Didot , 1816, in-8° : T. III, p. 444.

[182] Trad. de Raynouard : *Choix des Poésies originales des Troubadours,* cit. T. II, p. xv.

[183] *Rec. de Chants hist. français, dep. le xii° jusqu'au xviii° siècle; cit.:* 4re sér., pp. 74-75.

[184] *Les Vies des plus célèbres et anciens Poëtes Provensaux,* etc. ; ouvr. cit.: p. 54.

19

les tendres vers qu'il lui avait adressés, paraissait prendre plaisir à lui causer des peines, il eut l'idée de guérir sa passion en ayant recours à l'absence : ARNAUD de Coutignac alla voyager dans le Levant, où il mourut à la guerre en 1354, après avoir composé et envoyé à celle qu'il aimait, un ouvrage en vers intitulé : « *Las Suffrenças d'Amour* [185]. »

Parmi les Complaintes en Roman du Nord, ou *Langue d'Oïl*, nous nous contenterons de mentionner seulement les trois suivantes, fort remarquables : la *Pleure-Chante*, et les *Complaintes d'Outre-mer* et de *Constantinople*, par RUTEBEUF.

La PLEURE-CHANTE (Cy comance de PLORE-CHANTE, etc. [186]), *Prose* [187] morale et religieuse en Roman de la Basse-Bourgogne (Langue d'Oïl), du XIIIe siècle, publiée pour la première fois, par M. MONIN ; — Lyon, 1834, in-8° de 16 pages, est une sorte de *Complainte* dont l'auteur est inconnu, et dans laquelle le Poëte expose, avec une très-originale naïveté, les misères de ce monde, qu'il veut qu'on supporte avec résignation en vue des félicités éternelles.

L'esprit de la pièce poétique dont il s'agit est tout dans la strophe suivante, ancien monument de notre Littérature Nationale, en *assonances* (ou *rimes de voyelles*) *répétées plusieurs fois et en hémistiches totalement séparés :*

« Et de Plore-Chante   savez que sénéfie :
» Qui plore ses péchiez   é vers DIEU s'umilie,
» *L'arme en a lo guiardon* [188]   quant la chars est porrie ;
» Au ciel entre les Anges   se va tote florie
» La ne se pot tenir   qu'èle ne chante et rie [189]. »

La *Complainte d'Outre-mer* et celle de *Constantinople*, de RUTEBEUF, ont été *publiées et mises au jour, avec Notice sur ce Poëte*, par M. Ach. JUBINAL [190]. Le caractère de cette *Complainte* est un ton satirique soutenu. On y trouve les vers suivants :

« Ahi ! prélat de Sainte Yglise
» Qui, por garder les cors de bise,
» Ne volez aler aus matines....

[185] Voy. *Encyclopédie* ou *Dict. raisonné*, etc.; in-4°, T. XXVI ; art. *Poésie Provençale*, du Chev. DE JAUCOURT : p. 388, 1re col.

[186] Bibliothèque de la ville de Lyon : Division des MANUSCRITS, N° 984 ; *olim* 649.

[187] Dans son *Avant-Propos*, l'éditeur l'appelle *Prose* ou *Chanson*. Le mot *Prose* est pris ici dans le sens des *Hymnes* où la rime et le nombre des syllabes remplacent la quantité, et que l'on chante à la Messe, immédiatement après l'Evangile, dans les grandes solennités.

[188] *L'âme en a récompense.*

[189] Lyon, G. ROSSARY, 1834, in-8° : p. 6.

[190] Paris, TECHENER, 1834, in-8°, pp. 16 et 17.

....
» Ahi ! grant cler, grant provandier,
» Qui tant estes grant viandier,
» Qui faites Dieu de votre pance.... »

La *Complainte d'Outre-mer* est reproduite dans les trois Manuscrits de la Bibliothèque Nationale, cotés sous les N°s 7218 , 7633 et 7615.

Le ton satirique de la *Complainte de Constantinople* est analogue à celui de la
Complainte d'Outre-mer. On y lit , dans une sorte de résumé, ces deux vers :

« Li cheval ont mal ès eschines ,
» Et li riche homme en lor poitrines [191]. »

La *Complainte de Constantinople* se trouve seulement dans les deux Manuscrits
de la Bibliothèque Nationale, cotés 7218 et 7633.

Parmi les *Chansons anciennes en Musique*, formant le curieux et précieux Manuscrit sur vélin , petit in-4°, du xiv° siècle, appartenant à la Bibliothèque de la Faculté
de Médecine de Montpellier, et coté H. 196, on rencontre de véritables Complaintes
amoureuses en *Langue d'Oïl* ou *vieux Français*, aussi intéressantes par leur texte
que par leur Musique [192]. Nous citerons particulièrement les deux premières : « *Ja
n'amerai autre*, etc... », composées des mêmes paroles sur des mélodies différentes :

(Fol. I v° et Fol. II v°): « Ja namerai autre que cele
» Que iai de fin euer amee.
....
» He douce amie
» Trop main dure uie
» En plour tous iours
» Pour vous sui
» Alegies moi mes gñs dolours. »

Nous y joindrons encore la désignation des trois cantilènes suivantes :

(Fol. I r°) :   « Je ne puis plus durer
» Sans voz fins cuers savoreus et douz
» Se naues merci de moi. »

(Fol. cxiv v°) :   « Amourousement me tient li maus que iai.
....
» Damors uiurai ie longuement ainsi. »

[191] Paris, TECHENER, 1834, in-8°: p. 29.   [192] On verra qu'il y en a à plusieurs parties.

(Fol. cxv rᵒ) :   « He amours morrai ie por celi que iai

....

» Di pour les sains Dieu
» Languirai ie sans auoir merci. »

....

Félicitons-nous d'avoir signalé ce Manuscrit à l'un des savants Editeurs de Dom Jumilhac [193], profondément instruit dans toutes les questions d'Archéologie musicale : nous voulons parler ici de notre excellent ami M. Théodore Nisard, que le Gouvernement a eu l'heureuse idée d'envoyer à Montpellier, pour y transcrire, avec son intelligence, son érudition et sa patience de vrai Bénédictin, notre fameux Antiphonaire, du commencement du xiiᵉ siècle, *à double notation musicale ancienne par lettres et par neumes*. Ce Musicien Archéologue s'estime tout heureux d'avoir pu porter, son attention d'abord, et sa plus grande admiration ensuite, sur le Manuscrit musical H. 196. Le beau monument littéraire dont il s'agit, à portées de 4 et 5 lignes ; d'une exécution calligraphique très-remarquable ; embelli par des ornements, des lettres tourneures, de jolies petites miniatures fort originales, à vives couleurs, gouachées, rehaussées par des applications de feuilles d'or pur, est en effet un volume des plus précieux. On connait très-peu de Manuscrits de ce genre, et l'on ne trouvait dans la réunion de tous ceux que nous possédions encore que fort peu de compositions à plusieurs parties, du xiᵉ au xiiiᵉ siècle. Le Manuscrit H. 196 de la Bibliothèque de la Faculté de Médecine de Montpellier est composé de 814 pages petit in-4°, sur vélin, remplies de morceaux de Musique à plusieurs voix [194]. M. Théodore Nisard y a découvert, *non de simples mélodies*, avec paroles romanes, comme on l'avait cru jusqu'ici, mais *près de 300 morceaux de musique mesurée, à 2, à 3 et à 4 voix*...! La composition musicale des pièces dont il s'agit date du xiᵉ au xiiiᵉ siècle ; en sorte que cette période historique, naguère excessivement

[193] Voy. *La Science et la Pratique du* Plain-Chant, etc., par Dom Jumilhac, 2ᵉ édition, scrupuleusement réimprimée d'après l'édition originale, mise dans un meilleur ordre, enrichie de *Notes critiques* et de *Tables supplémentaires très-étendues*, par MM. Théodore Nisard et Alexandre Le Clercq.—Paris, 1847 [H. Vrayet de Surcy et Cᵉ], in-fol. pap vél.

—Ce volume, vrai Chef-d'œuvre de Typographie, fait autant d'honneur aux presses françaises qu'à ses savants Editeurs.

[194] Le *Catalogue Général des Manuscrits des Bibliothèques publiques des Départements*, publié sous les auspices du Minist. de l'Instr. *publique :* — Paris, 1849, in-4° (p. 359), regarde ce Manuscrit comme *fort intéressant.*

pauvre en monuments de ce genre, se trouve ainsi enrichie d'une manière aussi considérable qu'inattendue. Nous avons la certitude qu'entre les mains de M. Théodore Nisard, cet incomparable monument produira de vives lumières, qui s'irradieront, au profit de la vraie Science, et dissiperont les nuages épais répandus, jusqu'à ce jour, sur les Origines de la Mélodie et de l'Harmonie en Europe. Grâce à ces trésors, les plus anciens Traités de Musique figurée et de Déchant ne présenteront plus d'obscurité ; *la Musique sacrée et profane du moyen âge sera parfaitement connue*. Ce Manuscrit jette, en outre, un grand jour sur le rôle que jouait la *Chanson populaire* dans la Musique de cette époque reculée.

Au milieu du xixe siècle, il sera vraiment glorieux pour la riche Bibliothèque de la Faculté de Médecine de Montpellier, d'avoir également contribué au progrès du *Plain-Chant*, par son *Antiphonaire* H. 159, in-fol. carré sur vélin, du xiie siècle ; et à celui de la *Musique harmonique et mesurée du moyen âge*, par son *Manuscrit* H. 196, petit in-4°, du xive siècle, dont nous venons de parler, et qui porte ce titre nouveau : *Livre de Chansons ancienes et Romant, avec levrs nottes de mvsicqve* (ancien fonds de Bouhier, E, 61, mdccxxi). Ces Manuscrits rendront ainsi plus complets, au triple point de vue de l'histoire, de la théorie et de la pratique, les essais de Gerbert, de Forkel, de Burney, de Kiesewetter, de Fétis, de Winterfeld et de quelques autres. Il est fâcheux que M. E. de Coussemaker ait entrepris de nous faire connaître l'Harmonie au moyen âge [195], sans avoir étudié auparavant notre Mst. 196 : il aurait comblé, par cette étude, bien des lacunes qui existeront nécessairement dans sa publication. Fort heureusement pour notre Bibliothèque et pour l'Art musical, le trésor est tombé en d'habiles mains qui sauront l'exploiter et le faire valoir.....

Les Lais, les Complaintes et des Fragments de longues Epopées ou Chansons de geste, en Langue Romane, — des Troubadours ou des Trouvères —, *divisés* ou même *non divisés en stances ou strophes*, se chantaient, accompagnés du jeu de divers instruments de musique.

1° Les passages d'Epopées Romanes, tant en *Langue d'Oïl* qu'en *Langue d'Oc*, attestant que l'on chantait les Lais en s'accompagnant de divers instruments de musique, sont des plus communs ; nous en avons déjà cité plusieurs, et nous

[195] Coussemaker (E. de) : *Histoire de l'Harmonie au moyen âge* ; in-4° avec *fac-similés* et musique : 300 pages de texte et 60 planches.

— Un Prospectus que nous avons reçu le 15 Avril 1851 annonçait cet ouvrage comme devant paraître incessamment.

nous dispenserons de reproduire ici leur indication ; mais nous aurons recours à de nouvelles preuves en faveur de cette assertion. « Il est constant que l'on » chantait les *Lais* », — dit La Ravallière [196]. — Ceux qu'il désigne ainsi sont probablement les *Lais*, à couplets réguliers et à coupe identique, ayant la forme de nos Romances.

Cet Auteur admettait pourtant que l'on chantait aussi les *Lais* irréguliers, sans forme de strophes ou couplets, puisqu'il dit encore textuellement, à l'occasion de la Chanson LXIV : « Quoique cette pièce de vers *ne soit pas divisée par strophes ou cou-* » *plets*, je n'hésite point de la mettre au rang des Chansons, parce qu'*il est constant que* » *l'on chantait les* Lais. Celui-ci peut passer pour une paraphrase du *De profundis*. »

L'usage de composer des Chansons, et de les chanter en s'accompagnant de la harpe, se perd dans la nuit des siècles. Il était passé des Bardes Gaulois [197] aux Troubadours et aux Trouvères, par une tradition qui était presque une hérédité.

D'après ce que nous dirons du chant des Fragments d'Epopées Romanes, on concevra plus facilement que des *Lais* de plusieurs centaines de vers, comme ceux de Marie de France, entre autres, aient pu être chantés, quoique, de prime-abord, ils en paraissent peu susceptibles, à cause de leur grande étendue. D'ailleurs, Marie dit textuellement elle-même, *dans quelques-uns de ses Lais, qu'ils se chan-* *taient, accompagnés de la harpe et de la vielle* [198]...; on peut l'en croire.

Un des *Lais* qui nous paraîtrait avoir dû être plus réfractaire que bien d'autres

[196] *Les Poés. du Roy de Navar.*, *av. des Not.* *et un Glos. fr.*; ouv. cit. : T. II, p. 156 [note (a)].

[197] Possidonius d'Apamée, Strabon, Diodore de Sicile, Lucain, Corn. Tacite et Ammien Marcellin, faisant l'éloge des Bardes Gaulois, vantent leurs talents pour la Poésie et la Musique. On lit dans *l'Histoire des Empereurs Romains, depuis Auguste jusqu'à Constantin*, par Crevier : « Sur leur origine, les Germains » débitaient des Fables consignées dans des *» Chansons anciennes*, seuls monuments histo- » riques qu'aient les barbares de tous les pays » et de tous les temps *. »

[198] Lais de *Gugemer*, à la fin ; de *Graelant*,

* Paris, Didot, 1818 ; in-8° : T. I, p. 133.

à la fin, etc. Voy. Legrand d'Aussy, *Fabliaux* : T. I, p. 106. — « La plus grande preuve que » les *Lais* devaient être chantés, — dit B. de » Roquefort [*2] —, se trouve dans le Manuscrit » 7989[2] (Bibliothèque Nationale) où le *Lai de* » *Graelant* [*3] est transcrit de manière à être » *noté au premier vers de la pièce, et à tous* » *ceux qui commencent un alinéa*. Il est à » regretter que les portées, tracées en encre » rouge, n'aient pas été notées comme on le » voit dans le jeu d'*Aucassin et Nicolette*, qui » fait partie du même Manuscrit. »

[*2] *Poésies de* Marie de France, *Poëte Anglo-Normand du* XIIIe *siècle*, etc ; ouv. cit. : T. I [Notice sur les *Lais*], p. 32.

[*3] On écrit tantôt *Graelent*, tantôt *Graelant*.

aux applications du chant, est le *Lai d'Eliduc*, Chevalier Breton, dont les aventures sont fort intéressantes, et qui se compose de 1178 vers.... !

2° La Complainte était comme le Lai sous le rapport de la Mélodie : elle était
tantôt chantable, tantôt peu ou point susceptible d'être chantée. La *Complaincte de
Gennes*, de d'Auton, les *Complaintes* de Marot, et tant d'autres, que nous pourrions
citer ici, sont inchantables, et n'ont pas même été composées pour être chantées.

La Chanson XVIII du Roi de Navarre [199], dans laquelle ce Roi Poëte *se plaint
de ce qu'il ne voit plus sa Dame, et du tourment qu'elle lui fait souffrir :*

> « *En chantant* voel ma doulour descouvrir... »

est une véritable *Complainte* musicale, composée de cinq couplets réguliers, suivis de
trois vers constituant l'adresse ou l'*envoi*, alors d'usage. La Ravallière a été assez
heureux pour faire suivre le texte de la notation musicale contemporaine, faite en
notes carrées, sur portées de quatre lignes seulement [200] et sans indications de mesure.
On peut douter que ce *beau et véritable Plain-Chant Grégorien*, transformé en Chanson
amoureuse, ait jamais pu attendrir le cœur d'une Beauté quelque peu cruelle...!

[199] *Les Poés. du Roy de Navarre, avec des
Not. et un Glos. fr.*, etc.; ouv. cit.: T. I, p. 243.

[200] Est-il vrai que, — comme le dit La
Ravallière, T. II, p. 234 —, « la 5° portée
» ou barre, dans la Musique, ne commença à
» être ajoutée aux quatre premières que vers
» la fin du règne de Saint-Louis ? » — La détermination de l'époque à laquelle la 5° ligne
avait été introduite dans la *portée musicale*
est restée long-temps incertaine. Nous avons
profité de l'extrême obligeance et des profondes connaissances de M. Théodore Nisard,
plus spécialement encore en ce qui concerne
l'Archéologie Musicale, pour obtenir de lui
la solution de cette question.

« Il suffit, — dit M. Th. Nisard —, de citer
quelques faits pour détruire complètement
cette assertion.

» Jusqu'au x° siècle, la notation usuelle de
l'Europe fut composée de *neumes*, c'est-à-

dire de points *isolés* ou *ligaturés*, écrits sans
aucune ligne et sans position relative d'élévation ou d'abaissement des signes. A cette
époque, on s'aperçut de l'*irrégularité* de
cette écriture (Jean Cotton, dans les *Scriptores* de Gerbert, T. II, p. 259). Pour obtenir
des neumes *réguliers*, les copistes imagi-
nèrent alors de placer les signes séméologi-
ques d'après la hauteur respective des notes ;
progrès immense qui en produisit bientôt
un autre d'une importance non moins considérable : afin de régulariser l'élévation et
l'abaissement des neumes, on traça une ou
plusieurs lignes sèches dans l'épaisseur du
parchemin. La chronique de Corbie, citée par
Gerbert (*de Cantu et Musica*, T. II, p. 61),
dit, à l'année 986, que cette manière de noter
était alors nouvelle : « *Sub iis temporibus
» incœptus est novus* (sic) *methodus...* etc. »

» Au commencement du xi° siècle, Guy

3º Les Troubadours et les Trouvères étaient-ils dans l'usage de chanter, en s'accompagnant d'instruments de musique, même des *Fragments de longues Epopées*, et

d'Arezzo rend compte, en ces termes, des systèmes de notation de ses devanciers immédiats :

« *Dehinc , studio crescente , inter duas lineas*
» *Vox interponitur una , nempe querit ratio*
» *Variis ut sit in rebus varia positio.*
» *Quidam ponunt duas voces duas inter lineas ;*
» *Quidam ternas ; quidam vero nullas habent lineas.* »
(Prologue rhythmique de l'Antiphonaire.)

» Ce célèbre didacticien inventa une manière d'écrire la Musique, si claire et si facile, qu'un

enfant pouvait déchiffrer seul et sans maître toute espèce de mélodie, après quelques jours d'étude seulement. Les *portées* qu'il imagina ont quatre lignes, mais il faut dire aussi qu'elles en ont quelquefois cinq, si l'on en juge par la précieuse copie de son *Antiphonaire*, du XIIᵉ siècle, conservée à la Bibliothèque Nationale (Supplém. lat., Nº 1017) sous le nom de *Manuscrit de Saint-Evroult.*

EXEMPLES :

» La séméïologie musicale de Guy d'Arezzo ne fut pas immédiatement adoptée partout ; long-temps même après la mort de ce grand artiste du moyen âge, on persista, dans certaines écoles, à écrire la Musique proprement dite et le Plain-Chant d'après l'ancienne méthode. Cela se conçoit : les communications littéraires n'étaient alors ni moins difficiles, ni moins lentes que toutes les autres, et souvent une découverte utile n'arrivait à quelques lieues de son berceau qu'après un pénible voyage de deux cents ans.

» C'est ainsi qu'à la fin du XIIIᵉ siècle, on voit encore des monuments dont la notation musicale a échappé à l'influence du Moine de Pompose. Par exemple, l'*Antiphonarium Arelatense* (Bibl. Nat., ancien f. latin, Nº 780) est écrit sur une simple ligne sèche. Le traité de Musique carrée (*De Musica quadrata*), attribuée au vénérable BÈDE, mais qui est certainement d'un auteur du XIᵉ ou du XIIᵉ siècle, nommé ou surnommé ARISTOTE, fournit des faits séméïologiques que j'ai remarqués dans beaucoup d'autres ouvrages du même temps.

des *Chansons de geste* [201], n'ayant ni la forme ni la régularité des couplets de nos Chansons ordinaires…? Nous serions tenté de répondre par l'affirmative. M. Paris et Raynouard nous fournissent d'excellentes raisons à l'appui de ce sentiment. Les raisons dont il s'agit sont, en outre, fortifiées encore par des assertions de M. Génin, ainsi que par des annonces extraites du Prospectus de M. E. de Coussemaker pour son *Histoire de l'Harmonie au moyen âge*, et pourtant, nous donnerions, malgré tout, ce même sentiment, moins comme l'expression d'une certitude, bien établie, que comme celle d'un grand nombre de probabilités.

On lit le curieux passage suivant, dans les *Recherches sur les Epopées Romanesques des Troubadours*, de Raynouard [202] : « J'ai eu occasion de faire remarquer » (*Journal des Savants*, Mars 1831) que, dans le Roman de *la Violette*, Gérard » de Nevers déguisé en Jongleur entre dans un château, et *chante, en s'accom-* » *pagnant de la vielle*, une tirade entière, monorime en on, du Roman de *Guillaume-* » *au-Court-Nez*. Je n'insisterai pas sur cette discussion littéraire, que M. Paris » *a suffisamment éclaircie ;* mais pour prouver que les Jongleurs *ne chantaient le* » *plus souvent que des fragments*, comme le faisaient jadis les Rapsodes, je rappor-

Dans le Manuscrit d'Aristote, que la Bibliothèque Nationale possède depuis peu et qui est du xiv⁰ siècle, les exemples de musique sont placés sur les portées de trois, de quatre ou de cinq lignes rouges avec une clef. On remarque la même chose dans l'*Ars cantus mensurabilis* de Francon de Cologne (copie du xiii⁰ siècle dans le Manuscrit du Dominicain Jérôme de Moravie, Bibliothèque Nationale, fonds de Sorbonne, N⁰ 1244) ; on y voit même une portée musicale de huit lignes.

» En résumé, il n'y avait donc rien de fixé sur la portée musicale au xiii⁰ siècle. Tantôt les *Notatores* employaient une ou plusieurs lignes sèches, tantôt deux lignes rouge et verte, tantôt quatre et cinq lignes rouges ou noires, etc., etc.

» A la fin du xiv⁰ siècle, la séméïologie musicale n'avait pas encore définitivement déterminé le nombre des lignes de la portée :

Francesco Landino, célèbre Organiste de cette époque, écrivait quelquefois ses chansons sur une portée de six lignes.

» Cependant on peut dire que, dès le commencement de ce siècle, l'usage général avait indistinctement admis, pour le Plain-Chant ou pour la Musique, la portée de quatre et de cinq lignes rouges ou noires.

» Théodore Nisard. »

[201] Le mot *Geste*, seul, désigne parfois la *Chanson de geste*, dans les Romans de Chevalerie des Troubadours et des Trouvères : on en voit la preuve dans le vers suivant de la *Chanson de Roland* :

« *Deus me confunde se la geste en desment !* * »

[202] *Extr. du Journal des Savants* (tirage à part) : N⁰ de Septembre 1833, in-8⁰; p. 13.

* F. Génin : *La Chanson de Roland, Poëme de Théroulde* ; ouvr. cit. : Chant II, vers 128, p. 69.

» terai les vers suivants de CHRÉTIEN de Troyes, dans le *Prologue* de son Roman
» d'*Erec et Enide* :

« D'EREC le fil LAC est li contes,
» Que devant Rois et devant Comtes,
» DÉPÉCIER et corrompre suelent,
» Cil qui de conter vivre vuelent.[203] »

« Ce DÉPÉCIER me semble prouver que les Jongleurs *ne chantaient ordinairement*
» *que des fragments.* » Cette réflexion du savant RAYNOUARD est fort judicieuse.

D'après un passage de l'Ecrivain anonyme qu'on appelle l'*Astronome*, et qui nous
a laissé une *Vie de* LOUIS-LE-PIEUX, rédigée sous le règne de ce fils de CHARLEMAGNE,
il paraîtrait que, déjà dans la première moitié du IXᵉ siècle, des Jongleurs avaient
consacré les noms des Héros morts à Roncevaux, dans des *Chants*, ou plutôt dans
des *Chansons*, formés d'*extraits d'un Poëme Roman sur cette journée*[204]. Malheureusement pour notre Histoire Littéraire, ce Poëme *Roman* a été perdu sans retour.

La *Chanson de geste* était courte dans le principe, comme l'admet avec raison
M. LEROUX DE LINCY[205]. C'est surtout alors qu'elle était généralement, sinon chantée,
du moins chantable. M. GÉNIN penserait aussi qu'« à l'*époque primitive*, dans les XIᵉ
» et XIIᵉ siècles, les poëmes étaient courts (du moins relativement) et *chantés* :
»c'étaient des *Chansons* dans le sens littéral du mot[206]. » Le *Prospectus* de l'ouvrage, encore sous presse, de M. E. DE COUSSEMAKER, ayant pour titre : *Histoire*
de l'Harmonie au moyen âge[207], annonce les sujets suivants[208] : « CHAP. V. — Odes
» de BOÈCE. — Ode à PHILIS, d'HORACE. — *Enéide* de VIRGILE *avec notation musicale*
» *du* Xᵉ *siècle.* — *De quelle époque est cette Musique?* — *Mélodies des Chansons de*
» *geste.* — Chant historique sur l'Empereur OTTON, du Xᵉ siècle. — Chanson de
» table, du Xᵉ siècle. » — Nous regrettons vivement que cette publication n'ait pas
été faite assez tôt, pour que nous ayons pu lui demander des lumières qui nous
auraient été peut-être ici d'un grand secours.

Plus tard, aux XIIᵉ et XIIIᵉ siècles, ces compositions de Poésie lyrique ont bien

[203] *Histoire littéraire de la France, par*
des Religieux de la Congrégation de SAINT-
MAUR, etc.; ouvr. cit. : T. XV, p. 198.

[204] Voy. M. GÉNIN : *La Chanson de* ROLAND,
etc.; ouvr. cit. [*Introduction*], Ch. III, p. LX.

[205] *Recueil de Chants historiques français,*

etc.: 1ʳᵉ série; ouv. cit. [*Introduction*], p. IX.

[206] Ouvr. cit. [*Introduct.*], Chap. V, p. CI.

[207] Un volume in-4°, avec *fac-similés* et
musique : 300 pages de texte et 60 planches.

[208] TABLE DES MATIÈRES. — 1ʳᵉ *Partie* [HIS-
TOIRE] II, *Musiq. rhythmée ou mesurée :* 2ᵉ col.

retenu le nom de *Chansons;* mais elles n'ont été réellement que de longs Poëmes inchantables. Le *chant* paraît avoir été, dès-lors, remplacé par une lecture. Il n'est pas permis de douter, en effet, que les Jongleurs ne fussent dans l'usage d'aider leur mémoire par un *livre,* du moins au xive siècle. M. Génin cite [209] trois passages curieux, du Roman de *Bodoin de Sebourc* [210], qui en sont une preuve irréfragable.

Nous serions tenté de croire que ces chants de Fragments d'Epopées Romanes, non divisés en couplets, en usage surtout aux xiie et xiiie siècles, étaient l'objet d'improvisations vagues, analogues à celles de certains Chanteurs improvisateurs Italiens, des derniers siècles, et peut-être encore de nos jours.

Comme exemple de Poëmes ou Epopées Romanes *chantables* et très-probablement *chantées* par nos anciens Troubadours, nous citerons le Poëme de Guillaume de Tudela, sur la *Guerre des Albigeois,* en faisant un emprunt à l'écrit de Raynouard, dans lequel il a parlé de cette œuvre si remarquable de Poésie Romane.

Il paraîtrait qu'au xiiie siècle, on faisait, pour certaines Poésies lyriques ou *Chansons,* ce que l'on fait depuis long-temps, chez nous, pour les Couplets de *Vaudeville.* Alors, comme aujourd'hui, on appliquait à ces paroles des Airs qui avaient été faits pour d'autres, depuis plus ou moins long-temps. Le Poëme de Guillaume de Tudela [211], qui, *selon la date qu'il porte,* appartient aux premières années du xiiie siècle, est dit, par son Auteur même, avoir été *fait sur le modèle d'un autre plus ancien,* probablement du *Poëme Roman d'*Antioche :

« Senhors, esta *Canso* es faita d'atal guia
»Com sela d'Antiocha et ayssi se versifia. »

« Seigneurs, cette *Chanson* est faite de cette guise
» Comme celle d'Antioche et ainsi se versifie. »

Le mot *Canso* doit être pris ici, selon nous, dans son acception la plus commune : celle de *Poëme chantable*, de Chanson proprement dite. Nous penserions, volontiers, que la coupe des vers du Poëme de Guillaume de Tudela était la même que celle des vers de ce *Poëme Roman d'*Antioche, du commencement du xiie siècle,

---

[209] Génin : *Chanson de* Roland , *Poëme de* Théroulde ; ouvr. cit. [*Introduction*], p. c.

[210] Chap. XVI, XVII et XIX.

[211] C'est très-probablement ce Poëme que la *Bibliographie de la France* a annoncé, en 1848, aux Nos 1044 et 5171, sous ce titre :

« La Chanson d'Antioche, composée, au com-
» mencement du xiie siècle, par le Pélerin
» Richard ; renouvelée sous le règne de Phi-
» lippe-Auguste, par Graindor de Douai ; pu-
» bliée, pour la première fois, par Paulin Paris.
» — Paris, 1848; 2 vol. pet. in-8°. »

qui avait été pendant long-temps perdu ; et, en outre, que les extraits, ou *tirades monorimes*, de vers de douze syllabes, terminés par un petit vers de six syllabes faisant, en se répétant, le premier hémistiche du premier vers de la tirade mono-rime suivante, se chantaient aussi sur un Air qui, tout au moins, aurait été appliqué déjà aux tirades du *Poëme d'*ANTIOCHE, s'il n'avait pas été fait primiti-vement et expressément pour elles [212]. Citons les propres termes de ce curieux passage de RAYNOUARD : « Le petit vers de six syllabes, placé à la fin de la tirade
» monorime des vers *de dix ou de douze syllabes*, était vraisemblablement destiné à
» aider le Trouvère ou le Jongleur, qui, par le *chant uniforme* de cette *sorte de
» refrain*, avertissait les auditeurs qu'il allait passer à une autre série de rimes. Je
» dis que le *chant* était *uniforme*, comme celui d'un *refrain*, et j'ai eu lieu de le
» penser par l'inspection du *seul monument musical que nous puissions consulter à
» cet égard* : c'est le *refrain* NOTÉ des *Chants* qui sont dans le Roman d'*Aucassin et
» Nicolette. Le dernier vers* de la tirade est toujours marqué des mêmes signes de
» musique [213]. Il serait donc permis de conclure de la circonstance de cette appo-
» sition du *petit vers de six syllabes*, à la fin des tirades omoïoteleutes, que *les
» Poëmes où il se trouve étaient particulièrement composés pour être chantés ; et en
» ajoutant que ce dernier vers était toujours en rime féminine chez les Trouvères,
» je ferai observer que les Musiciens demandent encore de nos jours que le dernier
» vers d'un Couplet soit de préférence en rime féminine [214]. »

4° Quelle était la mesure des vers de ces Chants tristes anciens, du moyen âge ou modernes ?

[212] RAYNOUARD nous donne entièrement raison sur ce point, en poussant plus loin la traduc-tion de ces derniers vers de GUILLAUME de Tudela, à la page 5 de son Extrait in-8° du *Journal des Sav.*, N° de Septembre 1833, puis-qu'on y lit ce qui suit : « Seigneurs, cette » Chanson est faite de même manière que celle » d'ANTIOCHE, et se versifie de même : *elle a » pareille Musique, si on sait la dire.* »

[213] « Les vers du Fabliau d'*Aucassin et » Nicolette* sont de huit syllabes et aussi sou-» vent en assonances qu'en rimes. Un vers de » quatre syllabes, en désinances féminines, se

» trouve à la fin de chaque tirade omoïoteleute. » En examinant la *Musique notée* dans le seul » Manuscrit qui existe de ce Fabliau, on re-» connaît qu'*à quelques légères et rares » nuances près, le chant du vers de huit syl-» labes était continué sur l'air des deux pre-» miers vers dans toute la tirade, et que le » chant du petit vers de quatre syllabes, tou-» jours identique, variait encore moins* *. »

[214] RAYNOUARD : Extrait in-8° du *Journal des Sav.*; N° de Juillet 1833 : pp. 7 et 8.

* « Voy. le T. 1 de *Fabliaux et Contes des Poëtes » français;* édit. de MÉON : pp. 380-418. »

On peut dire que la mesure des vers des *Lais*, des *Complaintes* et des longues *Epopées* ou *Chansons* DE GESTE, en Langue Romane, a été aussi variable que la forme des vers élégiaques chez les anciens Grecs, les anciens Latins et les Poëtes Latins du moyen âge d'une part, et de l'autre que la forme des vers élégiaques français depuis l'époque de la renaissance des Lettres jusques à nos jours.

1. Chez les anciens Grecs, le vers pentamètre a été primitivement celui qui était spécialement consacré aux pièces élégiaques, comme nous l'avons déjà dit ci-dessus (Pag. 93); mais bientôt, dans la composition de ces sortes de Poésies tristes, on adjoignit le pentamètre à l'hexamètre, en donnant à cette association le nom de distique. On serait, du reste, complétement dans l'erreur si l'on s'imaginait que, chez les anciens Grecs, les vers élégiaques avaient été indissolublement liés à l'*Elégie* triste. On a souvent appelé *élégiaques* des vers *hexamètres* et *pentamètres*, alternant les uns avec les autres, sous forme de distiques, sans pour cela que les pièces de vers ainsi désignées eussent le caractère de cette Elégie. CALLINUS et MIMNERME, eux-mêmes, écrivirent l'histoire de leur temps en vers élégiaques; les Sages de la Grèce y eurent recours pour publier leurs lois. Ces mêmes vers y furent employés par TYRTÉE pour chanter la valeur guerrière; par BUTAS, pour expliquer les cérémonies de la Religion; par CALLIMAQUE, pour célébrer les louanges des Dieux; par ERATOSTÈNE, pour traiter des questions de Mathématiques. Il était seulement de rigueur, selon les Grammairiens, que, chez les Grecs et les Latins, les *Elégies* tristes fussent exclusivement composées de vers hexamètres et pentamètres s'entrelaçant et constituant ainsi les vers *élégiaques*. Ces Auteurs auraient refusé le nom d'*Elégie* à la *plainte de* BION *sur* ADONIS *mort* et à celle de MOSCHUS *sur la mort de* BION, uniquement parce que l'une et l'autre ne sont composées que de vers hexamètres.

Il a bien fallu qu'EURIPIDE trouvât dans les vers *élégiaques* un caractère particulier d'expression triste, puisqu'il a, sous forme de citation, inséré dans son *Andromaque* (Act. I, Scen. III) une vraie *Elégie* en vers alternativement hexamètres et pentamètres, constituant un des plus beaux morceaux poétiques de l'Antiquité grecque. Ce célèbre Tragique aurait certainement pu, s'il l'eût voulu, exprimer les mêmes pensées en vers *ïambes* [215], comme il le fait partout ailleurs.

Les Grecs avaient remarqué que le pathétique se peint, en général, beaucoup

[215] Vers dont le second, le quatrième et le sixième pied sont toujours des ïambes.

mieux encore dans ces vers *ïambes* ou *ïambiques* que dans les *élégiaques.* « Il est
» vraisemblable , — dit (G.) l'Auteur de l'article ELÉGIAQUE de l'*Encyclopédie* [216] —,
» que si ce vers n'a pas eu la préférence dans le genre *élégiaque*, comme dans le
» *dramatique*, c'est que *l'Elégie était mise en chant.* »

2. Quoique les vers *ïambes* fussent regardés avec raison comme très-propres à
bien exprimer les Passions, les Latins leur ont préféré les vers *élégiaques* quand ils
ont composé des Poésies tristes. Ils exigeaient, pour l'Elégie Latine, que le sens de
la pensée fût renfermé, tout entier, dans chaque distique. PROPERCE et OVIDE ont
conservé l'ancien distique élégiaque à leurs compositions poétiques tristes, quoique
déjà avant eux des Poëtes élégiaques latins eussent employé, dans leurs Poésies
analogues, des vers d'un autre genre. CATULLE avait une prédilection bien marquée
pour le vers *phaleuce :* il l'a employé dans presque toutes ses Elégies.

3. On a d'ailleurs , suivant les temps et le goût des Poëtes, associé les petits
vers , de différentes manières, dans la composition des pièces de poésie tristes. Le
vers *adonique* était d'un grand usage chez les anciens Grecs et Latins, dans les fêtes
lugubres célébrées en mémoire de la mort d'ADONIS. C'est peut-être pour avoir été
d'abord exclusivement réservé pour ce genre de cérémonie funèbre, qu'on lui a
conservé son nom. Plus tard, on a composé des strophes de quatre vers, dont les
trois premiers étaient *sapphiques* et le quatrième *adonique* [217].

4. Au moyen âge, surtout entre les XIe et XIIIe siècles, on a employé, pour les
Complaintes Latines, de petits vers aussi variés par le nombre de leurs syllabes que
par le genre de leurs assonnances ou de leurs rimes.

La *Complainte de* DAVID *sur* ABNER , déjà citée, est un composé de vers de sept,
huit, onze ou douze syllabes, présentant, comme rimant entre eux, tantôt deux,
tantôt quatre, tantôt neuf vers de suite.

Le *Planctus Sanctae Mariae, etc.*, probablement du XIIe siècle tout au moins,
rapporté par M. Edélestand DU MÉRIL , dans ses *Poésies populaires latines antérieures*

[216] *Encyclopédie ou Dictionnaire raisonné
des Sciences, des Arts et des Métiers*, etc.,
par DIDEROT et D'ALEMBERT; 3e édit. , in-4e
cit. : T. XII, p. 73, 2e colonne. — En Musique des Anciens, on appelle aussi *Elégie* ou
Elégiaque un *nome* ou *air de flûte triste et
plaintif*, inventé, — dit-on —, par SACADAS,
Argien.

[217] EXEMPLE :
» *Scandit aeratas vitiosa naves
» Cura, nec turmas equitum relinquit,
» Ocior ventis, et agente nimbos
» Ocior Euro.* »

au xiie *siècle* [218], est bien plus irrégulier encore, puisqu'on y trouve des vers de trois, quatre, cinq, six et sept syllabes, à rimes tantôt divisées, tantôt suivies, tantôt séparées par deux, trois, quatre vers rimant entre eux.....

La *Nénie d'*Abailard, que M. du Méril rapporte, dans la même note, comme étant peu connue, est plus régulière et nous paraît avoir pu être chantée [219].

Le *Cantique de* Gottschalk, *sur la douleur du Péché*, consiste en vingt couplets omoïoteleutes, c'est-à-dire monorimes [220], terminés en *i* et composés de sept vers, dont les deux premiers de six syllabes, et le 7e de sept, sont communs à tous les couplets dont ils sont et l'annonce et le refrain. Les 3e et 5e sont de huit syllabes, et les 4e et 6e de six.

Le *Cantique du Pécheur repentant*, faisant partie du Manuscrit de la *Bibliothèque Nationale*, — N° 1154, fol. 102 *recto*, — est composé de vingt-quatre couplets alphabétiques, c'est-à-dire commençant chacun par des lettres différentes rangées suivant l'ordre de l'alphabet. Chaque couplet se compose de deux vers de quinze syllabes, suivis d'un vers de dix syllabes seulement, constituant une sorte de refrain.

Ce refrain est pour le premier couplet :

« *Poenitenti*, Christe, *da veniam !* »

Pour le second :

« *Miserere mei, Piissime !* »

Pour le troisième :

« *Ab inferno*, Christe, *nos libera !* »

et ils se répètent dans le même ordre à la fin des couplets suivants.

---

[218] Ouvr. cit.: p. 176, Note (1).

[219]   « *Requiescat a labore*
              » *Doloroso et amore !*
              » *Unionem coelitum*
              » *Flagitavit :*
              » *Jam intravit*
              » *Salvatoris aditum...* »

[220] Les anciens Poëmes arabes n'ont presque toujours qu'*une seule rime*. L'ancien Poëme en Langue des Troubadours sur Boëce, antérieur à l'an 1000, est en *tirades monorimes*, et les Romans provençaux de *Gérard de Rossillon* et de *Fier-à-Bras* sont écrits de même. C'est Fauchet qui a donné le nom d'*omoïote-*leutes à cette sorte de vers. On lit ce qui suit dans un article de Raynouard[*] : « J'ai eu » occasion de dire précédemment que cette » suite de vers *monorimes*, ayant été employée » pour les Proses *chantées dans les Eglises*, » avait fait donner le nom de *Prose* aux vers » *omoïoteleutes* des Langues néolatines, et j'ai » cru pouvoir expliquer le vers de Dante :

« *Versi d'amore e Prose di Romanzi* »,

» en appliquant l'expression *Prose* à des Ro-» mans composés en tirades monorimes [**]. »

[*] Extr. du *Journ. des Sav.*, N° de Juillet 1833 : p. 5.
[**] *Journ. des Sav.*, N° de Mars 1821 : pp. 135-137.

Le *Chant sur la mort d'*Eric, *Duc de Frioul*, déjà cité (voyez ci-dessus p. 103), est composé de strophes de cinq lignes, ayant chacune douze syllabes, avec une césure rhythmique après la 5° et une brève à la pénultième.

Dans le *Chant sur la mort de* Charlemagne [221], dont la notation musicale a permis de rétablir les strophes, les vers, au nombre de quatre par strophe, ont douze syllabes avec une césure rhythmique après la 5°; la 4° est toujours accentuée, et la pénultième ne l'est jamais, comme l'a fort bien remarqué M. E. du Méril. Ces quatrains sont suivis d'un refrain de six syllabes, revenant à la fin de chaque couplet, et variant comme on l'a déjà vu dans d'autres Chants de cette époque.

Le *Chant sur la mort de l'Abbé* Hug se compose de huit couplets, chacun de quatre vers ou lignes, les trois premières de douze syllabes et la quatrième de cinq syllabes seulement.

Le *Chant sur la mort de* Constance, *Ecolâtre du Monastère de Luxeuil* [222], nous présente pour premier vers un *hexamètre*, qui se répétait probablement à la fin de toutes les strophes. Quant aux autres vers, ils ont la mesure populaire de quinze syllabes, et sont réunis en tercets monorimes, de rhythme trochaïque. On sait que ce rhythme, déjà regardé par les Grecs comme le plus populaire, fut adopté successivement comme tel : d'abord par les Romains, ainsi que l'attestent irrécusablement les vers d'Ennius, probablement extraits de son *Epicharmus*, que nous a conservés Varron ; et ensuite, par les premiers Poëtes du moyen âge, ainsi que l'attestent aussi l'Hymne *De Christo*, attribuée sans doute par erreur à Saint Hilaire, Evêque de Poitiers [223], l'Hymne d'Aurelius Prudentius [224], le *Pange lingua* de Fortunatus [225], etc., etc. [226]. Nous ne saurions mieux faire que de transcrire, ici, ce que dit M. Edélestand du Méril, lui-même, du *Chant sur la mort de l'Empereur* Henri II [227] : « Le rhythme, parfaitement régulier, est basé sur la numération des

[221] Manuscrit de la *Bibliothèque Nationale*, N° 1154, fol. 132 recto.

[222] *Biblioth. Nationale*, Manuscrit N° 1772, à la fin. — Ce rhythme avait été déjà publié, mais d'une manière fautive, par Mabillon* et DD. Jos. Vaissette et de Vic [*2].

* Mabillon : *Vetera Analecta* : T. III, p. 537.
*2 DD. Jos. Vaissette et de Vic : *Hist. gén. de Languedoc*; édit. in-8° cit. : T. X, p. 325.

[223] Voy. Muratori : *Anecdota* ; T. IV, p. 127.
[224] *Cathemerinon* : Hymn. IX.
[225] Voy. Daniel : *Thes. hymnolog.*, p. 163.
[226] Voyez, sur ce rhythme trochaïque, la note très-curieuse de M. E. du Méril [*3], à laquelle nous avons emprunté ces détails.

[227] Voy. Eccard : *Veterum monumentorum*
*3 Edélestand du Méril : *Poés. populaires latines antérieures au XII° siècle*; ouvr. cit. : pp. 280-81.

» syllabes et sur la consonnance; la 1re et la 3e lignes ont douze syllabes avec une
» pause et une rime léonine à la 6e; la 2e et la 4e en ont treize, et la rime est à
» la 8e; il y en a quatorze au refrain, et la rime s'y trouve à la 6e [228]. »

5. Dans le moyen âge, la mesure des vers élégiaques tristes, destinés aux LAIS ou
COMPLAINTES, etc., en *Langues Romanes d'Oc et d'Oïl*, et en *ancien Français*, nous
présente aussi beaucoup de variété. Les vers des couplets de ces sortes de Poésies
lyriques, varient en outre singulièrement par leur forme, leur coupe, leur terminaison, leurs rimes ou leurs assonances, ainsi que par leur association à des vers
soit de mètres de même genre, soit de mètres très-différents.

Comme Complainte en vers de dix syllabes, nous citerons une Chanson du Comte
CHARLES D'ANJOU, frère de Saint Louis, né en 1220 et mort le 7 Janvier 1285,
Chanson à laquelle nous emprunterons le couplet suivant :

« Ja envers vos n'iert par moi por pensée
» Desloïautez, douce Dame avenant;
» La bonne foi qu'ai del cuer en convant
» Lors porroiz vous, sanz blasme de la gant,
» Et au maugré des felon mesdisant,
» Faire de moi ami com bien amée.
» Douce Dame, del tout à vos me rent,
» Aïez pitié de moi, s'il vos agrée. »

« Jamais non plus je ne songeai à vous être
» infidèle, douce et belle Dame. Mais aussi,
» quand vous aurez connu et éprouvé la bonne
» foi qui est dans mon cœur, alors vous pourrez,
» sans craindre le blâme public, et en dépit
» des lâches médisants, faire de moi votre ami
» comme vous êtes ma bien-aimée. Douce
» Beauté, je me rends à vous tout entier; prenez
» pitié de moi, je vous en conjure [229]. »

Une Chanson triste de RAOUL DE BEAUVAIS, contemporain de Saint Louis, à
laquelle nous empruntons le 1er couplet suivant, nous fournit un assemblage régulier de vers de huit et de quatre syllabes. Chaque couplet, composé de neuf vers, a
les six 1ers et le 8e vers de huit syllabes, tandis que les 7e et 9e n'en ont que quatre :

« Puisque d'amors m'estuet chanter,
» Chançonete commencerai,
» Et pour mon cuer réconforter
» De nouvele amor chanterai.
» DEX! tant me fet à li penser
» Cele dont ja ne partirai

« Puisqu'il me faut chanter d'amour, je
» commencerai une chansonnette, et pour
» reconforter mon cœur, je chanterai un nouvel
» amour. Hélas! elle me fait tant penser à
» elle, celle dont je ne pourrai me séparer

---

quaternio, p. 54; et GRIMM.: *Lateinische
Gedichte des* x *und* xi *Jh.*, p. 333. — Cette
pièce a été composée entre 1024 et 1027, époques de la mort d'HENRI II et du couronnement
de l'Empereur CONRAD, son successeur.

[228] Edélestand DU MÉRIL: *Poésies populaires
lat. antér. au* xiie *siècle.*— Paris, BROCKAUS et
AVENARIUS, 1843, in-8e; ouvr. cit.: p. 285.

[229] [DE LA BORDE]: *Essai sur la Musique
ancienne et moderne*; ouvr. cit.: T. II, p. 154.

»Tant com vivrai.
» Hé! Dex! vrai Dex! ne puis durer
» As maux que j'ai! »

» tant que je vivrai. Dieu! je ne puis durer
» aux maux que je souffre [230]. »

Une Chanson triste de Gillebert de Berneville, né à Courtray en Flandre, et qui vivait en 1260, nous présente régulièrement combinés entre eux des vers de sept, cinq, quatre et trois syllabes dans chaque couplet. En voici le premier :

« J'ai fet maint vers de chançon,
» Et s'ai mainte foiz chanté :
» Onques n'en oi guerredon,
» Nes tant c'on m'en s'eust gré [231].
» Mès ja pour ce n'iere faus ;
 » Toz fins & loïauz
  » M'en irai,
  » Et serai
» Sages : si m'en retreirai
 » D'amer celi
» Où il n'a point de merci. »

« J'ai fait beaucoup de vers pour chansons,
» je les ai souvent chantés : & jamais on ne
» m'en a récompensé ni su gré. Je n'en serai
» pas pour cela plus faux ; je continuerai d'être
» franc et loyal ; mais je me retirerai, je de-
» viendrai sage, & je renoncerai à aimer celle
» dont il ne faut attendre aucun merci [232].

Une Chanson triste de Messire Gage Brulés, qui florissait vers l'an 1235, nous présente, dans ses couplets, une heureuse association de vers de sept et de quatre syllabes. Citons-en le second couplet, si passionné et si poétique :

« Onques d'autrui n'oi envie,
 » Ne [233] jamais n'aurai :
« Et si mes cuers si affie,
 » De duel morrai ;
» Car trop main greveuse vie
 » Des max que j'ai.
» Hélas ! ele ne set mie,
  » Ne je ne sai,
» Se je jamès li dirai
» Bele, ne m'ociez mie. »

« Jamais je n'eus et jamais je n'aurai envie
» d'une autre ; & si mon cœur persévère à
» l'aimer, je m'attends à mourir de déplaisir ;
» car les maux que je sens me font mener une
» vie trop douloureuse. Hélas ! elle n'en sait
» rien ; & je ne sais moi-même si jamais j'aurai
» la hardiesse de lui dire : Belle, ne m'ôtez
» pas la vie [234]. »

[230] [De la Borde] : Essai sur la Musique ancienne et moderne; ouvr. cit. : T. II, p. 162. — A la page 179 du même volume, se trouve une Chanson triste du Vidame de Chartres, mort en 1245, dont les couplets, de neuf vers, sont composés de vers de huit syllabes, excepté le 7ᵉ vers qui n'en a que quatre.

[231] Le vers est faux avec cette orthographe : il y manque un pied, à moins qu'on ne pro-

nonce le mot s'eust de manière à lui donner la valeur de deux syllabes : s'é-ust.

[232] [De la Borde] : Essai sur la Musique ancienne et moderne; ouvr. cit. : T. II, p. 166.

[233] Dans le texte de La Borde, il y a une syllabe de trop à ce vers. Faudrait-il remplacer ce ne par n'...?

[234] [De la Borde] : Essai sur la Musique ancienne et moderne; ouvr. cit. : T. II, p. 197.

Le 3ᵉ couplet suivant de la Chanson triste de JEAN DE NEUVILLE, Poëte du XIIIᵉ siècle, nous offre une réunion de vers de six, de trois et de dix syllabes :

« Sovent souspir & plor	« Souvent je soupire et pleure pour
» Por celi	» celle qui jamais n'eut pitié de ma dou-
» Qui ainc de ma dolor	» leur. Hélas ! pourquoi l'ai-je vue ce jour
» N'ot merci.	» où un seul regard me coûta mon cœur !
» Hélas ! porcoi la vi	» Or, dansez, tendres amants, pour la belle
» Quant je por un regart mon cuer i mis !	» au joli minois ²³³. »
» Or, balez, fins amis,	
» Por la bele au cler vis. »	

Une Chanson de captivité due à Messire RAOUL DE SOISSONS, contemporain de Saint Louis, nous fournit des strophes régulières de treize vers, tous de sept syllabes, excepté le 5ᵉ qui, seul, n'en a que trois. En voici le premier couplet :

« Quant voi la glaie ²³⁶ meure ²³⁷	« Quand je vois la (fraîche) mûre & la
» Et le rosier espanir,	» rose s'épanouir, & la rosée briller sur la
» Et seur la bele verdure	» verdure, alors je soupire pour celle que
» La rousée resplendir,	» je désire tant. Hélas ! j'aime outre-me-
» Lors soupir	» sure. Et comme la brûlure grille tout
» Pour cele que tant désir.	» ce qu'elle atteint, son regard, qui vint
» Hélas ! j'aim outre mesure.	» me frapper au cœur pour me faire
» Autre si comme l'arsure	» éprouver la mort, fait pâlir et changer
» Fet quan qu'ele ataint brouir,	» mon visage ²³⁸. »
» Fet mon vis taindre & pâlir	
» Sa simple regardeure	
» Qui me vint au cuer férir	
» Pour fere la mort sentir. »	

Parmi les Chansons tristes de THIBAUT IV, treizième Comte de Champagne et Roi de Navarre, qui ne se trouvent pas dans l'édition de LA RAVALLIÈRE, il en est une ayant à chaque couplet neuf vers, six de dix syllabes et trois de six, à laquelle nous empruntons le couplet suivant, qui est le dernier :

²³⁵ [DE LA BORDE] : *Essai sur la Musique ancienne et moderne*; ouvr. cit. : T. II, p. 210.

²³⁶ Le texte dit la *glaie*…—« Nous ignorons » ce que c'est », dit DE LA BORDE. — Nous ferions venir volontiers cet adjectif de GLASSAR ou GLACHAR, V. *geler, glacer*, et nous lui donnerions le sens de *fraîche*, qui l'approprie parfaitement au mot *mûre*.

²³⁷ On doit lire *mé-ure* pour que le vers ne soit pas faux et que la rime avec *verdure* soit meilleure. Dans le même couplet se trouve encore le mot *regardeure*, qu'il faut lire *regardé-ure* pour le même motif, et qui, ainsi prononcé, rime mieux avec *arsure*.

²³⁸ [DE LA BORDE] : *Essai sur la Musique ancienne et moderne*; ouvr. cit. : T. II, p. 218

« Aucune gent m'ont demandé que j'ai
» Qui si porte pesme coulor ou vis ;
» Et je leur ai respondu, je ne sai ,
» Si ai menti , c'est d'estre fins amis.
　　» Ensi mes cuers leur noie ,
　　» Et porquoi leur diroie ,
　　» Quant ma Dame nel di
» Qui m'a navré ? Mès tost m'aurait gari
» S'elle savoit & dont s'en fust en voie. »

« Certaines gens, en me voyant le visage si
» pâle, m'ont demandé ce que j'ai , & je leur
» ai répondu : Je l'ignore. Je mentais ; mais
» voilà ce que c'est que d'être amant loyal.
» Ainsi, mon cœur le leur cache ; & pourquoi
» le leur avouerais-je, puisque je ne le dis pas
» même à celle qui m'a blessé ? Elle pourrait
» bien vite guérir mes maux , si elle les con-
» naissait & si elle le voulait [239]. »

La XIV⁰ Chanson du Châtelain DE COUCY, contemporain de RICHARD , se compose
de trois couplets , chacun de neuf vers de sept syllabes , commençant ainsi :

　　« En aventure coumens
　　» Ma daerraine chançon.
　　» Si ne suis lies, ni dolens ;
　　» Si ne sai se vive ou non,
　　» Ou se j'ai tort ou raison,
　　» Ou se j'aim, ou c'est noïens.
　　» Mais itex est mes talens ,
　　» Que sans nule repentance,
　　» Pense à la millor de France. »

　　« Je hasarderai ma dernière chanson, sans
» joie comme sans tristesse. Je ne sais , hélas !
» si je suis vivant ou mort, raisonnable ou
» déraisonnable, amoureux ou non amoureux ;
» mais, une chose que je sais & qui m'est na-
» turelle, c'est que, sans me repentir jamais ,
» je veux toujours penser à la meilleure femme
» de France [240]. »

Les LAIS , et peut-être même toutes les autres Poésies de MARIE DE FRANCE , Trouvéresse Anglo-Normande du XIII⁰ siècle, sont en vers de huit syllabes , « du moins ,
» — ainsi que le rappellent les savants Gervais DE LA RUE et B. DE ROQUEFORT [241] —,
» dans les traductions françaises et anglaises qui sont parvenues jusqu'à nous. »

M. GÉNIN [242] rappelle , avec raison , que *le vers de dix syllabes est l'ancien vers*
épique, le véritable vers des Chansons de geste, et que l'alexandrin n'y a été employé
qu'à la seconde époque, au commencement du XIII⁰ siècle. Le premier exemple de cette
innovation paraît être le *Roman d'Alexandre,* par ALEXANDRE de Bernay ou de Paris.

Les Poëmes authentiques du XII⁰ siècle, comme *Guillaume d'Orange* et la *Chanson*
d'Antioche, sont en vers de dix syllabes. Des fautes de copistes introduisant parfois
des vers de douze syllabes , ou des licences poétiques d'usage admettant l'e muet

---

[239] [DE LA BORDE] : *Essai sur la Musique*
anc. et mod.; ouvr. cit. : T. II, pp. 228 et 229.

[240] [DE LA BORDE] : *Essai sur la Musique*
ancienne et moderne; ouvr. cit. : T. II, p. 286.

[241] B. DE ROQUEFORT : *Poésies de* MARIE DE
FRANCE, *Poëte Anglo-Normand du* XIII⁰ *siècle,*
etc.; ouvr. cit. : T. I [*Notice sur les* LAIS],
pp. 26 et 27.

[242] *La Chanson de* ROLAND, *Poëme de* THÉ-
ROULDE; ouvr. cit. [*Introduction*] : p. CXLVII.

seul ou suivi de consonnes après l'hémistiche, ne doivent pas faire prendre le change à cet égard.

6. Le mètre du vers français de dix syllabes, particulièrement favorable aux récits familiers, quoiqu'il eût constitué l'ancien vers épique, semblerait être pourtant celui auquel on a le plus souvent donné la préférence, dans la composition des *Complaintes* à l'époque de la Renaissance, au xvie siècle. On a vu, en effet, plus fréquemment alors des Complaintes en vers de dix ou de douze syllabes, divisées en couplets qui se chantaient. Sous ce rapport, la *Complaincte de Gennes*, par d'Auton, serait plutôt une *imitation de Complainte* qu'une *véritable Complainte*; car on se figurerait avec peine qu'elle eût pu jamais avoir été chantée.

7. Quant à la mesure des vers des *Complaintes* sérieuses ou autres, composées dans les xviie, xviiie et xixe siècles, elle a varié peut-être plus encore que dans le moyen âge et dans l'antiquité. On pourra s'en convaincre par la suite de ce Chapitre.

Quel était le CARACTÈRE DES MÉLODIES, — et particulièrement de celles du LAI et de la COMPLAINTE, EN ROMAN OU EN ANCIEN FRANÇAIS —, AVANT LE XIVe SIÈCLE ?

A une époque où M. le Ministre de l'Instruction Publique, voulant favoriser de tout son pouvoir le *progrès de l'Histoire de la Musique*, en général, et tenter la *Restauration du Chant Grégorien*, en particulier, avait conçu l'heureuse idée d'envoyer à Montpellier M. Théodore Nisard, chargé d'une importante *mission d'Archéologie Musicale* [243], nous devions saisir, avec empressement, l'occasion qui se présentait si

---

[243] Le but spécial de la mission de M. Théodore Nisard à Montpellier a été de faire, *pour le Gouvernement*, une copie *fac-similé* et complète de l'Antiphonaire, faisant partie de la Bibliothèque de la Faculté de Médecine de Montpellier. Ce Manuscrit, sur vélin, in-fol., du xie au xiie siècle (quelques fragments sont de la fin du xiie siècle, et peut-être du commencement du xiiie), coté : H 159, a été acquis et catalogué, au commencement de ce siècle, sous le titre : *Incerti de Musicæ Artis Institutione*. Il a été désigné par le mot ANTIPHONALE dans le *Catalogue général des Manuscrits des Bibliothèques publiq. des Départements*, qui le regarde (p. 349) comme étant du xe au

xie siècle. C'est ce Manuscrit que M. Danjou a plus particulièrement signalé à l'attention publique, il y a quelques années, et dont Mgr Thomas Gousset, Archevêque de Reims, et Mgr Giraud, Archevêque de Cambray, firent faire de nombreux extraits par le savant Abbé Tesson, Directeur du Séminaire des Missions étrangères, expressément envoyé à Montpellier, en 1849, pour ce motif.

Le résultat du travail de M. l'Abbé Tesson, soumis à une commission nommée par ces deux Archevêques, et publié dans le *Graduale Romanum* qui vient de paraître chez Lecoffre et Ce, 1851, in-12 de 649 pages, semblerait contenir de graves inexactitudes que M. Th.

naturellement à nous d'éclairer certains points des plus obscurs de notre œuvre. Félicitons-nous publiquement d'avoir invoqué les lumières de l'aimable Erudit, que la Providence semble avoir destiné à la réhabilitation complète du Chant Grégorien et de la Musique du moyen âge. Nous transcrirons ici ses propres paroles, pour conserver à l'expression de ses pensées la profondeur, la clarté, la grâce et la fraîcheur du coloris, qui sont les caractères soutenus de son style.

« Les Mélodies Européennes de cette époque, — dit M. Théodore Nisard —, sont écrites dans une tonalité que les Artistes actuels comprennent assez difficilement : sévères et graves comme celles du Chant Grégorien, elles n'en ont pas moins un certain parfum de simplicité naïve, qui contraste avec nos habitudes musicales et leur donne un cachet inimitable. Pour s'en faire une idée, il faut se rappeler quelques Cantilènes Liturgiques, telles que le *Dies iræ*, le *Stabat Mater*, le *Victimæ Paschali*, les Antiennes à la VIERGE : *Regina Cœli*, *Salve Regina*, *Ave Regina*, etc.

NISARD s'est empressé de signaler et de combattre dans le N° IX des *Pièces Liminaires* ajoutées à la fin de sa copie *fac-similé* de notre ANTIPHONAIRE Manuscrit H. 159.

M. Th. NISARD est dans l'intention de publier le Traité de RÉGINON, Abbé de Prum au commencement du xᵉ siècle, traité qui se trouve en tête de notre Manuscrit H. 159, in-fol. L'ouvrage de RÉGINON a pour titre véritable : *Epistola de Harmonicâ Institutione ad* RATHBODUM, *Archiepiscopum Trevirensem, ac Tonarius sive Octo Toni cum suis differentiis.* GERBERT a publié l'*Epistola* dans les *Scriptores Ecclesiastici de Musicâ Sacrâ*, etc.*, d'après le Manuscrit autographe de Leipsick ; mais il n'a point donné le *Tonarius*. Dans le Manuscrit de la Bibliothèque de la Faculté de Médecine de Montpellier, le Traité de RÉGINON n'est plus sous forme de *Lettre* adressée à l'Archevêque RATHBOD, mais sous forme de *Traité général de Plain-chant* et sous ce titre : *Utilimum de Musicâ Breviarium.*

La *Préface*, — des plus savantes et du plus

haut intérêt —, que M. Th. NISARD a placée en tête de sa transcription du Traité de RÉGINON, et de son *fac-similé* rigoureux et complet de notre précieux ANTIPHONAIRE, traite successivement : de la *découverte* de ce Manuscrit ; — de son *âge* et de son *origine* ; — de son *écriture* ; — de sa *notation* ; — des *difficultés que présentait sa transcription exacte* ; — du *contenu de ce monument* ; — et de la *manière de le traduire en Plain-chant moderne* : — objet de la plus haute importance, puisque c'est une condition *sine quâ non* de la *restauration de l'ancien Chant Grégorien !* Cette composition, aussi remarquable par la forme que par le fond, occupe 72 pages in-fol.

Nous apprenons avec bonheur que M. le Ministre de l'Instruction Publique a déjà fait le plus flatteur éloge de ce travail, et que la savante PRÉFACE de cette œuvre bénédictine va être imprimée dans les *Archives des Missions Scientifiques*, avec neuf pièces liminaires très-étendues, que M. Th. NISARD a ajoutées à la fin de sa copie de l'ANTIPHONAIRE.

* Typ. SAN-BLASIAN, 1784 : T. I, pp. 230-247.

Ces Mélodies sont tellement gracieuses, malgré leur teinte austère, qu'elles survivent, impérissables, dans la mémoire des Fidèles et même des Artistes. Berlioz n'a-t-il pas dit qu'il donnerait toute sa musique pour acheter l'honneur d'avoir composé le Plain-chant du *Dies iræ?* C'est qu'en effet ce morceau est sublime, dans toute la rigueur de l'expression. Mozart, avec son immense génie et toutes les ressources de l'instrumentation moderne, n'a pas approché de la simple phrase musicale de la *Prose des Morts*, de ce drame liturgique qu'un pauvre chantre de village peut traduire avec bonheur, s'il a dans son âme quelque étincelle de piété.

» Ces Mélodies du moyen âge sont de deux espèces : *rhythmées et non rhythmées.*

» Les Mélodies non rhythmées n'étaient autre chose qu'une déclamation musicale : elles avaient quelque point de ressemblance avec le Plaint-chant Grégorien proprement dit et le Récitatif moderne, quant à la valeur temporaire des notes.

» Les Mélodies rhythmées de cette époque étaient de trois sortes, en raison même de la nature du rhythme. Or, celui-ci était réglé : 1° par la Poésie, comme dans l'*Ode d'*Horace *à Phyllis* [211]; 2° par l'accentuation latine, comme dans la plupart des *Proses* du moyen âge; ou 3° par la notation *proportionnelle figurée*, comme dans les *Chansons du Châtelain* de Coucy. Mais il faut remarquer ici que la notation proportionnelle, indiquant la valeur temporaire de chaque note, a fini par altérer la notion rigoureuse du rhythme, et a donné naissance aux combinaisons capricieuses qui distinguent les mesures musicales modernes.

» Considérée sous le rapport mélodique, la Complainte a subi très-peu de modifications : à part la question de tonalité, elle offre, de nos jours encore, l'allure simple et la naïveté larmoyante qu'elle avait pendant le moyen âge. Ce fait n'a rien qui doive surprendre; car la Complainte, abandonnée par l'Art moderne, n'a pu survivre que

[211] « Manuscrit *de la Bibliothèque de la* »*Faculté de Médecine de Montpellier :* H. »N° 425, fol. 50 *verso* — 51 *recto.* » On trouve d'élégants *fac-similés* de cette Ode, *avec notation musicale, par neumes :* 1° dans le T. I du *Catalogue Général des Manuscrits des Bibliothèques publiques des Départements,* etc. Paris, Imprim. Nation., 1849, in-4°, p. 454; — 2° dans les *Archives des Missions Scientifiques étrangères : Choix*

de Rapports et Instructions publié sous les auspices du Ministère de l'Instruction Publique; — Paris, Impr. Nation. : 11° Cahier, Févr. 1851, in-8°. — M. Th. Nisard a consigné dans ce N° des *Archives des Missions Scientifiques étrangères*, outre un *fac-similé* de deux pages, qui est ici extrêmement exact, un travail entièrement neuf (pp. de 98 à 112): la traduction de la notation musicale de l'*Ode d'*Horace.

dans les traditions populaires, et ces traditions, comme on le sait, ont des racines si profondes, qu'elles bravent les efforts de la civilisation même la plus avancée.

» A l'époque romane, la Complainte était conçue dans le style des autres Chansons; elle n'en différait que par une teinte mélancolique et sombre, bien qu'à vrai dire il y eût des Chansons d'amour et des Sirventes qui pussent rivaliser avec elle par leur couleur pathétique et leur caractère élégiaque. Mais alors, et jusqu'au xviiᵉ siècle, la tonalité du Plain-chant, seule connue, ne permettait pas à la Musique d'exprimer les passions et les bruits du Monde : tout y était austère et grave comme une Mélodie de Sanctuaire ; il y avait un mysticisme vague jusque dans l'expression musicale des joies et des pleurs de la vie profane. Et, en effet, que l'on suppose une Poésie triomphale avec le Chant liturgique de l'*O Filii et Filiæ;* que l'on adapte les notes du *Stabat Mater* aux paroles d'une Complainte langoureuse ; qu'on associe enfin une pièce rhythmée de Plain-chant, n'importe laquelle, à des couplets plus ou moins érotiques : et l'on aura une idée assez juste de ce qu'était l'Art populaire pendant la période romane. Pour nous, pour nos habitudes musicales, il y a peut-être, dans l'Art ainsi compris, peu de mérite et peu de charmes; mais les moyens d'émouvoir sont relatifs, et plus ils sont simples, plus aussi les mœurs sont pures et les jouissances durables. Il n'est pas d'ailleurs sans intérêt de connaître la source où nos Ancêtres allaient puiser leurs consolations et leurs joies : c'est un chapitre d'histoire dont les enseignements peuvent nous être utiles. »

LA RAVALLIÈRE nous rappelle [245] que la plupart des Poëtes anciens qui *faisaient des Chansons, en composaient aussi la Musique* et les chantaient. L'un d'entre eux dit qu'*il allait faire une Chanson gaie de mots et DE SON LÉGER A CHANTER.* Un autre de ces Poëtes lyriques du moyen âge, offrant une Chanson à sa Dame, s'exprime ainsi :

« Dame por vous ai furnis,
» CILS CHANTS ET CILS DITS,
» Vous les présente, etc. »

Dans sa CHANSON LXVI, le Roi de Navarre [246] signale comme bon chanteur [247]

---

[245] *Les Poés. du Roy de Navarre, avec des Not. et un Glos. fr.,* etc.; ouv. cit.: T. I, p. 244.

[246] Le vrai nom du Comte de Champagne, Roy de Navarre, est THIÉBAUZ : il se nomme lui-même ainsi dans sa CHANSON XXVI *.

[247] *Les Poés. du Roy de Navarre, avec des Not. et un Glos. fr.,* etc., ouv. cit.: T. II, p. 58.

* *Poés. du Roy de Navar.;* ouvr. cit.: T. II, p. 58.

Philippe DE NANTEUIL, son ami, fait prisonnier en combattant pour PHILIPPE-AUGUSTE, en 1198, à la rencontre de Gisors :

« Je vos vis ja BON CHANTEOR. »

Après avoir parlé des vieilles Chansons que les Français chantaient avant le XIIe siècle, et dont les paroles étaient d'un latin plus ou moins corrompu, tendant sans cesse à se métamorphoser en Langue Romane, DE LA BORDE [248] ajoute ce qui suit : « Ce genre eut un tel succès, que, pendant le XIIe et le XIIIe siècle, nous pou-
» vons compter *plus de cent trente-six Poëtes* qui nous ont laissé des Chansons plus
» ou moins agréables, mais qui presque toutes ont de la naïveté et de la délicatesse,
» même dans les sujets les plus libres. *Presque tous ces Poëtes composaient les airs de*
» *leurs Chansons, mais ces airs n'étaient autre chose que du Chant Grégorien ; et même*
» *c'était souvent tout simplement les Chants de l'Eglise qu'ils parodiaient. A la fin d'un*
» *grand nombre de leurs Chansons, on trouve les premiers mots de l'Hymne, dont l'air*
» *est celui de la Chanson.* Il est singulier qu'il n'y ait jamais eu en France plus de
» Poëtes tendres, galants et libres, que sous le règne du plus saint de nos Rois. »

Ce passage de LA BORDE et le texte de M. FÉTIS, susceptible d'être allégué à son appui, ont besoin de quelques correctifs, dont on verra bientôt les preuves dans une nouvelle et importante communication de M. Th. NISARD (p. 160 et suiv. de cet écrit). On se convaincra facilement, en effet, que les *Mélodies Romanes*, au lieu d'être un *Chant Grégorien pur* ou *parodié*, ou bien des Mélodies *originales*, n'étaient, en réalité, que de *simples accompagnements harmoniques*, à *une* ou *plusieurs parties ;* ou, si l'on veut, des *produits harmoniques*, *obtenus sur une basse donnée*, ou un *thème*, *formé d'un chant connu*, appelé *Ténor* dans le texte de FRANCON de Cologne.

DE LA BORDE induit ses Lecteurs en erreur quand il dit qu'*on trouve à la fin des Chansons* LES PREMIERS MOTS DE L'HYMNE *dont l'air est celui de la Chanson....* ; on y voit plus que cela : on y reconnaît *la partie de Ténor tout entière sur laquelle est bâtie la Chanson elle-même.* Cette circonstance était l'effet d'une règle générale ; aussi l'observerait-on non pas seulement dans *un grand nombre de Chansons du moyen âge*, mais bien dans *toutes ces Chansons*, si les monuments littéraires qui les contiennent étaient aussi complets que le précieux Manuscrit du XIVe siècle H. 196, faisant partie de la riche et curieuse Bibliothèque de la Faculté de Médecine de Montpellier.

[248] [DE LA BORDE] : *Essai sur la Musique   ancienne et moderne;* ouvr. cit. : T. II, p. 146.

22

Les *Chansons* ou *Accompagnements harmoniques* du moyen âge ont été souvent appliqués à des paroles différentes de celles auxquelles ils avaient été d'abord destinés : on faisait déjà ce que l'on a fait, long-temps après, et jusqu'à nos jours, à l'occasion des airs chantés dans les Vaudevilles : on indiquait au Lecteur l'ancien air, généralement connu, auquel s'appliquaient les paroles nouvelles.

Il est infiniment probable que le passage suivant, extrait d'une note de LA RAVALLIÈRE sur l'*envoi* de la CHANSON XXXIV des *Poésies du Roy de Navarre* [249], se rapporte à la translation d'*Accompagnements harmoniques* dont il s'agit ici. « Le » Châtelain RAOUL DE COUCY fut extrêmement tendre, ses Chansons sont le portrait » fidèle de son cœur. Un Poëte ancien a dit de lui :

> « Li Chatelain DE COUCY ama tant
> » Qu'ains por amor nus n'en ot dolor graindre,
> » Por ce *ferai ma Complainte en son chant*... »

On sait que le Châtelain DE COUCY était du nombre des Trouvères qui faisaient la musique de leurs Chansons [250]. « Si le Châtelain DE COUCY a fait la musique de ses » Chansons, — dit à cette occasion M. Th. NISARD —, il était plus que *mélodiste* ; il » était *harmoniste* ou *déchanteur* : — c'est ce que MM. FÉTIS et PERNE ont ignoré. » N'est-il pas à présumer toujours, d'après les trois vers précédents, que le *Poëte ancien* dont il s'agit avait adapté ses propres couplets à l'air musical d'une des Chansons dont RAOUL avait composé et les paroles et la musique ? — Pour ce qui nous concerne, cela nous paraîtrait assez clair.

C'est à ce genre de translation de Mélodies que se rapporte encore le passage suivant de RAYNOUARD : « Un Auteur Provençal qui écrit environ un siècle après, » nous fournit un renseignement que je ne dois pas négliger : GUILLAUME de Tudela, » composant au commencement du XIIIe siècle son Poëme ou sa Chronique en vers sur » la guerre des Albigeois, nous dit : « *Seigneurs, cette Chanson est faite de même*

---

[249] *Les Poésies du Roy de Navarre, avec des Notes et un Glossaire françois*, etc.; ouvr. cit. : T. II, p. 79.

[250] Le goût pour la Musique et pour le Chant, en particulier, semblerait s'être conservé pendant long-temps, par hérédité, dans la famille des Seigneurs DE COUCY. On lit encore dans la Note déjà citée de LA RAVALLIÈRE (p. 80) : « Les COUCYS *ont toujours été bons* » *chanteurs* : ENGUERAN, qui fut en ôtage en » Angleterre sous le Roi JEAN, dansoit et *chan-* » *toit bien.* » FROISSART : T. I, p. 249.

» *manière que celle d'*Antioche *, et se versifie de même :* elle a pareille musique , si
» on sait la dire [251]. »

M. Th. Nisard a rencontré plusieurs exemples de ceci dans le Manuscrit H. 196
de la Bibliothèque de la Faculté de Médecine , qu'il a étudié avec un soin extrême ;
nous n'en citerons qu'un. Au fol. 112 v°, commence un morceau à trois parties.
L'une chante :

    « *He marotcle alonz au bois iouer.* »

Le Ténor est formé du Chant Grégorien : aptatur.

L'autre porte ces mots (fol. 112 r°) :

    « *En la praerie*
    » *Robins et sa mie.* »

Le Chant de ces trois parties se retrouve , plus loin , dans le même Manuscrit ,
fol. 198 v°. — 1re Partie :

    « *He mere diu regardez menpi tie.* »

Ténor : aptatur.

2e Partie (fol. 200 r°) :

    « *La Vierge* Marie
    » *Loial en amie.* »

Nous transcrirons ici un passage intéressant de M. Fétis , relatif à ce point
d'Histoire de la Musique : « A l'égard de la Mélodie, — dit le savant Directeur du
» Conservatoire de Bruxelles [252] —, Dufay ne paraît pas y avoir attaché plus d'im-
» portance que les Harmonisateurs des temps antérieurs. *Ses Messes sont toutes*
» *écrites sur des Chansons vulgaires ou sur quelques phrases de Plain-chant*, et
» l'Harmonie est le seul objet qui semble avoir fixé son attention ; mais , dans cette
» harmonie , il cherchait à donner une allure chantante à toutes les parties , et l'on
» voit qu'il y a réussi d'une manière étonnante pour le temps où il a vécu. *Il fut*
» *le premier qui composa une Messe entière sur une Chanson célèbre*, connue , dès
» le xive siècle, *sous le nom de* l'Homme armé. *Pendant plus de cent cinquante ans ,*
» *un grand nombre d'Harmonistes ont pris cette Chanson pour sujet de leur musique*
» *d'église.* »

Tout ce que dit M. Fétis de Dufay, M. Nisard le trouve dans les compositions qui
existaient du temps de Francon de Cologne (très-près du xie siècle). On peut en
voir la preuve dans le Manuscrit H. 196 de la Bibliothèque de la Faculté de Médecine
de Montpellier, déjà cité plusieurs fois. Cela a fait dire à M. Nisard que « M. Fétis,

[251] Extrait (tirage à part) du *Journ. des
Sav.*, N° de Septembre 1833 : in-8°, p. 5.
  [252] F.-J. Fétis : *Biographie universelle des
Musiciens et Bibliographie générale de la
Musique.* — Paris, 1835, in-8° : T. I [*Résumé
philosoph. de l'Hist. de la Musique*], p. cci.

» ne connaissant pas les monuments de cette époque reculée, a sauté à pieds joints sur
» près de trois cents ans. »

A l'occasion de certains passages de Poëmes Romans, nous nous sommes demandé
si, au moyen âge, le *nasillement* n'était pas une sorte de mode, ou même de beauté
de chant, au moins dans quelques localités. Cette prétendue beauté de chant, qui
semblerait assez ancienne, se retrouve chez quelques peuples de nos jours, où un
mauvais goût héréditaire l'a sans doute conservé. Le curieux passage suivant de
M. Fétis en est la preuve : « Qui croirait, par exemple, que le *nasillement* est con-
» sidéré comme une beauté du chant par les Prêtres Grecs, par les Arabes et par les
» Habitants de la Syrie? C'est cependant un fait dont M. Villoteau s'est assuré,
» lorsqu'il faisait des recherches sur les systèmes de la Musique de l'Orient. Le
» Maître qu'il avait pris pour apprendre le chant de l'Eglise Grecque, était un vieux
» Prêtre, à la voix maigre et tremblante, qui *chantait du nez*, avec une sorte
» d'affectation et d'importance. Déjà l'Elève avait remarqué ce *nasillement* chez tous
» les chanteurs qu'il avait entendus au Caire et dans les autres villes de l'Egypte, ce
» qu'il considérait comme le résultat de l'organisation physique de ces individus. Il
» était alors bien éloigné de croire que cet accent fût *recherché par les Egyptiens avec*
» *autant de soin que nous en mettons à l'éviter*. Bientôt il acquit la preuve que ce qui lui
» semblait si ridicule était *une des plus grandes beautés du chant oriental; car le vieux*
» *Prêtre exigeait toujours qu'il l'imitât en cela*. Il s'ensuivit des scènes fort plaisantes,
» où le Maître se courrouçait de ce que son Elève riait d'une si belle chose [253]. »

Il n'est pas nécessaire, — selon M. Th. Nisard —, de recourir ici à l'Orient; il
penserait que tous les Peuples, dans l'enfance de l'art, ont chanté ainsi. On lit dans
les *Instituta Patrum de modo psallendi* (ve siècle environ) : « *Histrioneas voces gar-*
» *rulas, alpinas sive montanas, tonitruantes, vel sibilantes, hinnientes velut vocalis*
» *asina, mugientes seu balantes quasi pecora...... detestemur, et prohibeamus in*
» *Choris nostris* [254]. » — Il y a bien, — dit M. Nisard —, un peu de *nasillement*
dans tout cela.

Il est malheureux pour l'Histoire de la Mélodie, que les anciennes notations mu-

---

[253] Fétis : *Biogr. universelle des Musiciens
et Bibliogr. génér. de la Musique.* — Paris,
1835, in-8°; ouvr. cit. : T. 1 [*Résumé philosophique de l'Histoire de la Musique*], p. LXXVI.

[254] Gerberti (Mart.) : *Scriptores ecclesiastici de Musicâ Sacrâ potissimum, ex variis
codd. Mss. collecti.* — *Typis* San-Blasianis,
1784, in-4° : T. I, p. 8, col. 1.

sicales, — et les notations par *neumes* plus particulièrement —, ne soient guère qu'à la portée du petit nombre de savants Archéologues Musiciens qui ont pu s'en occuper longuement et d'une manière toute spéciale jusqu'à ce jour. La question, d'un si haut intérêt, concernant le caractère des Mélodies en Latin, en Roman ou en ancien Français du moyen âge, ne pourrait être, ce nous semble, fortement étudiée, approfondie et appréciée généralement, ainsi qu'elle mériterait de l'être, qu'à l'aide d'une bonne traduction des notations musicales dont certaines de ces pièces poétiques du viie au xiiie siècle sont accompagnées dans de précieux Manuscrits de ces époques.

En tête des pièces poétiques, avec notations musicales anciennes, qui pourraient éclaircir la question du caractère mélodique des Complaintes au moyen âge, nous placerons la *Chanson sur Rome*, publiée par Niebuhr et reproduite par M. E. du Méril [255] avec des réflexions judicieuses et intéressantes que nous recommandons à nos Lecteurs. Cette Chanson sur Rome commence et finit par les lignes suivantes :

« *O Roma nobilis, orbis et domina*
....
» *Ipsa nos repleat tua per dogmata.* »

Chacun de ces trois couplets, respectivement monorimes, est composé de six lignes monorimes de douze syllabes, séparées en deux parties égales par une césure ; la pénultième des deux hémistiches est constamment brève. D'après M. Edélestand du Méril, M. Baini, Maître de musique à la Chapelle Papale, *croyait la notation de cette Chanson antérieure au* viie *siècle.* « C'est, — ajoute ce savant Philologue —, » une mesure semblable à celle de nos alexandrins, que les exigences de la Musique » rendaient plus sévère sur le choix de certaines syllabes. »

On consulterait probablement avec fruit, dans le Manuscrit de la *Bibliothèque Nationale*, N° 1150 (fol. 99 *verso*), le Cantique intitulé : « *Versus Confessionis de* » *luctu Poenitentiae* », qui est alphabétique, et accompagné de notations musicales.

Le *Chant sur la mort d'*Eric, *Duc de Frioul*, est aussi accompagné d'une notation musicale dans le Manuscrit N° 1154 (xie siècle) de la *Bibliothèque Nationale* (fol. 116 *recto*). Une bonne traduction de cette ancienne notation serait d'autant plus précieuse que, d'après celui qui a écrit ce manuscrit, le Poème dont il s'agit appartiendrait

[255] Niebuhr : *Rheinisches Museum*, T. III, pp. 7 et 8 ; cité par M. E. du Méril : *Poésies populaires latines antérieures au* xiie *siècle.* — Paris, 1843, in-8° ; ouvr. cit. : pp. 239-40.

à Saint Paulin, et remonterait par conséquent aux premières années du ixe siècle : Eric ayant été tué en 799, et Saint Paulin étant mort, au plus tard, en 804.

Le Manuscrit de la Bibliothèque Nationale, N° 1154 (xie siècle), que nous avons plusieurs fois cité, contient (fol. 132 recto) un *Chant sur la mort de* Charlemagne, avec une ancienne notation musicale, que nous devions encore indiquer en ce lieu. Cette notation musicale, d'une haute importance, a été déjà d'une bien grande utilité, puisqu'elle a permis de distinguer, les unes d'avec les autres, les strophes de ce Chant, que jusque-là on avait parfaitement confondues.

Le *Chant sur la mort de l'Abbé* Hug, faisant aussi partie du Manuscrit de la *Bibliothèque Nationale*, N° 1154, où il se trouve (fol. 133 recto), porte pareillement pour son premier couplet une notation musicale par neumes, dignes de toute notre attention. M. de Coussemaker a promis les *fac-similés* et la traduction de ces trois derniers morceaux dans son *Histoire de l'Harmonie au moyen âge*.

Existait-il une Harmonie, soit vocale, soit instrumentale, a l'époque romane? Et, en cas de réponse affirmative, en quoi consistait-elle?

Une Charte de la fin du xiie siècle, ou du commencement du xiiie, dont le texte a été publié par M. Leroux de Lincy dans son *Essai historique, critique et littéraire sur l'Abbaye de Fécamp* [236], nous apprend que l'Abbé Raoul d'Argens, qui vécut de 1190 à 1220, s'exprimait ainsi qu'il suit : « ...... c'est pourquoi, soutenus par » une charité mutuelle et nous réunissant avec joie et plaisir pour *chanter en chœur*, » aux sons de l'*orgue*, du *psaltérion*, du *tambour*, tenant dans nos mains l'encensoir » rempli de parfums et la *lyre*, nous oserons nous présenter devant le Roi des » Cieux [237]..... » Mais quels étaient, et ce *chant en chœur*, et ces accompagnements d'*orgue*, de *psaltérion*, de *tambour* et de *lyre*?..... Encore pour cette question d'Archéologie Musicale, nous avons fait un appel au profond savoir spécial, à l'obligeance extrême et à l'amitié de M. Théodore Nisard : rien ne nous a fait défaut.

» On demandera peut-être, — s'est dit le savant Archéologue Musicien ---, si, à l'époque qui nous occupe, les Chansons étaient harmonisées; en d'autres termes, si elles avaient plusieurs parties, soit vocales, soit instrumentales?

» Je répondrai d'abord à cette question par deux strophes de la Ballade que fit

[236] Rouen, Ed. Frère, 1840, in-8° : p. 378.
[237] Voy. Leroux de Lincy : *Rec. de Chants* *historiques français, depuis le* xiie *jusqu'au* xviiie *siècle;* 1re série; ouvr. cit., p. xxx.

Eustache Deschamps, Poëte du xive siècle, sur la mort de Guillaume de Machau, célèbre Musicien de Charles VI. Voici ces deux strophes :

« Armes, Amours, Dames, Chevalerie,
» Clercs Musicans, fai-titres en François,
» Tous Sophistes, toute Poëterie,
» Tous ceulx qui ont mélodieuse voix,
» Ceulx qui *chantent en orgue* aucune fois,
» Et qui ont cher le doulz art de Musique,
» Demenés dueil, plourés (car c'est bien drois)
· » La mort Machau, le noble Rhétorique.

« *Rubebes, leuths, vielles, syphonie,*
» *Psalterions, trestous instrumens coys,*
» *Rothes, guiterne, flaustres, chalemie,*
» *Traversaines,* & vous Nymphes de boys,
» *Tympanne* aussi, mettez en œuvre dois
» Et le *choro:* n'y ait nul qui réplique.
» Faictes devoir, plourés, gentils Galois,
» La mort Machau, le noble Rhétorique [258]. »

» On voit deux choses dans ce curieux passage : d'abord, l'emploi d'un chœur assez nombreux d'instruments divers; en second lieu, la réunion de ces instruments avec les voix pour soutenir celles-ci qui *chantent en organum*, c'est-à-dire qui exécutent le Contre-point ou l'Harmonie, comme on l'entendait alors.

» Pendant la période romane, la Musique harmonique et mesurée se divisait en *Organum* et en *Discantus*. C'est ce que nous apprend Francon de Cologne, Ecolâtre de Liége au xie siècle, dans son *Ars Cantus mensurabilis*. L'*Organum* et le *Discantus* n'avaient que deux parties : l'une faisait le chant; l'autre, le contre-point. Le *Discantus* seul pouvait admettre une troisième, une quatrième et même une cinquième partie, et alors on le nommait *triplum, quadruplum* ou *quintuplum*.

» Toute composition harmonique se réalisait avec des *concordances* et des *discordances* qu'il est bon de connaître. Les consonnances étaient de trois sortes : les *parfaites* (l'unisson et l'octave); les *imparfaites* (la tierce majeure et la tierce mineure); les *moyennes* (la quarte juste et la quinte). — Il y avait deux espèces de discordances : les unes parfaites, les autres imparfaites. Les discordances parfaites étaient le demi-

---

[258] [De la Borde] : *Essai sur la Musique* anc. et mod. ; ouvr. cit. : T. II, pp. 362 et 363.

ton, la quarte augmentée, les septièmes majeure et mineure. On rangeait, enfin, dans la classe des discordances imparfaites la sixte mineure et la sixte majeure.

» Je pense qu'il est inutile de faire observer que la plupart de ces divisions nous offrent une Théorie harmonique en opposition formelle avec l'Art moderne. Quant à l'application des principes de Francon de Cologne, on peut les étudier dans son ouvrage et dans les compositions musicales du xie au xive siècle, qui sont parvenues jusqu'à nous. *Une harmonie barbare, quoique souvent travaillée avec élégance; des successions de quarte, de quinte et d'octave par mouvements semblables; des dissonnances sans préparation et sans résolution : tel est le caractère distinctif du Contrepoint à l'époque romane.* Il faut descendre jusqu'à la fin du xve siècle pour trouver une Harmonie régulière et définitivement assise sur une base digne de l'Art antique.

» Après ces détails généraux, je reviens à l'harmonisation de la Chanson pendant la période romane. M. Fétis a dit : « L'invention du Chant paraît avoir été toujours » dévolue au Poëte, et l'harmonisation de la Mélodie se faisait après coup par un » Musicien...... De là, le nom de *Trouvère* et celui de *Déchanteur* [259]. » Il m'est impossible d'admettre cette assertion, du moins en thèse générale. Et comme mon opinion constitue une doctrine *toute nouvelle*, je crois nécessaire de l'établir ici par quelques preuves solides, en attendant que je puisse la défendre ailleurs avec tous les développements désirables.

» Francon de Cologne, après avoir énuméré les différentes manières de réaliser l'Harmonie du temps, en raison du genre des pièces, ajoute : — « *In omnibus*..... » *primò accipitur cantus aliquis prius factus qui Tenor dicitur*.....; *in conductis verò* » *non sic, sed fiunt ab eodem Cantus et Discantus* (Cap. XI). » C'est-à-dire : « Dans » toutes les espèces d'harmonisations, on prend d'abord pour thème un chant connu » que l'on appelle *Ténor*; dans le *Conductus*, au contraire, il n'en est pas ainsi : le » Chant et le Déchant y sont l'œuvre d'un seul et même Compositeur. »

» Or, la Chanson n'appartenant pas à l'espèce de morceaux appelés *Conductus* par les Anciens, il s'ensuit que, pour la composer, on prenait d'abord un thème musical connu, comme par exemple une mélodie de Plain-chant avec les paroles latines et liturgiques, et qu'ensuite le Musicien y ajoutait une ou plusieurs parties d'accompagnement vocal. Ce sont ces parties qui recevaient le texte de la Chanson :

[259] F.-J. Fétis : *Biographie Universelle des Musiciens et Bibliographie générale de la Musique; ouvr. cit.: T. I [Résumé philos. de l'Hist. de la Musique]*, pp. clxxxvi-clxxxvii.

en sorte que les Cantilènes romanes et populaires du moyen âge, que l'on croyait être des *Mélodies originales*, ne sont en réalité que de *simples accompagnements harmoniques !*

»Dans un Travail que j'espère adresser bientôt à M. le Ministre de l'Instruction Publique sur le beau Manuscrit 196 de la Faculté de Médecine de Montpellier, je démontrerai la vérité de ce fait intéressant par d'innombrables exemples. »

Les Chants des Troubadours et des Trouvères exerçaient souvent une influence comme magique sur l'esprit des auditeurs. On en trouve une preuve fort remarquable dans un passage des *Contes d'Eutrapel*, par Noël du Faïl, passage qui lui-même n'est qu'une citation d'un vieux texte d'Ogier-le-Danois, ce qui rend son témoignage doublement précieux, comme l'a très-bien senti M. Génin. Il est, en outre, une circonstance qui rend cette citation plus particulièrement intéressante pour nous : c'est que le fait qu'elle rapporte s'est passé à Montpellier. « J'ai leu en bon autheur, » — dit du Faïl —, (ce n'est mie Fabliau, c'est Ogier le Danois), qu'*un Vielleur*, » à Montpellier, chantant la vie de ce preux Chevallier (on l'appeloit Duc), menoit » et ramenoit les pensées du peuple qui l'escoutoit en telle fureur ou amitié, qu'il » forçoit les cœurs des jeunes hommes, renflammoit celui des vieux à courageuse- » ment entreprendre tels erreurs et voyage que le bon Ogier avoit fait. » — « Nous » lisons, — dit avec raison M. Génin [260], de pareils effets des Poëtes de l'Antiquité :

> « *Irritat, mulcet, falsis terroribus implet*
> » *Ut magus* . . . . »·

Du reste, ce que M. Génin dit des *Chansons épiques*, sous certains rapports, s'applique parfaitement aux Lais et aux Complaintes : « L'usage de ces *Chants* ou » *Chansons épiques*, — dit-il —, est attesté par les Héros mêmes du *Roland*, qui » s'exhortent à bien faire pour n'être pas déshonorés dans les Chansons :

> « *Male cançun de nus ne seit chantée !* »

» ou qui se rendent le témoignage d'avoir vaillamment combattu :

> « *Male cançun n'en deit estre cantée* [261]. »

La Provence et le Languedoc n'ont point dégénéré, sous le rapport de leur goût

---

[260] *La Chanson de* Roland, *Poëme de* Thé-roulde, etc.; cit. [Introd.]: Ch. V, p. xcvii.

[261] *La Chanson de* Roland, *Poëme de* Thé-roulde, etc.; cit. [Introd.]: Ch. V, p. xciii.

23

pour les Chants satiriques, auxquels leurs Poëtes savent très-bien donner non-seulement la forme des *Complaintes*, mais encore la coupe, le rhythme et le mode des autres Poésies lyriques légères. Un Provençal ou un Languedocien, de nos jours, menacent leur ennemi d'une *Chanson*, d'un *Charivari*, ou d'une *Complainte* posthume par anticipation purement poétique, comme un Corse menacerait le sien de sa *vendetta* : chacun dispose de ses armes nationales, et prétend avoir le *droit* d'en user comme il l'entend. Du reste, la France n'est pas le seul Etat de l'Europe qui ait ses *Provinces chansonnières* : l'Ecosse est en Angleterre, et Venise est en Italie, ce que la Provence et le Languedoc sont chez nous, sous le même rapport.

Les neuf Chansons du xiiie siècle, dont LA RAVALLIÈRE cite la musique [262], sont toutes écrites en notes carrées sur des portées de *quatre lignes* seulement.

QUELS ÉTAIENT LES INSTRUMENTS DE MUSIQUE D'ACCOMPAGNEMENT, AUX TEMPS ROMANS DU MOYEN AGE ?

1. Dans la réunion de passages extraits des œuvres poétiques de Guillaume DE MACHAULT [263], d'Eustache DESCHAMPS, de Robert WACE et de Jean MOLINET, on trouve une énumération presque complète des *Instruments de Musique d'accompagnement* dont se servaient à cette époque les Troubadours et les Trouvères.

Le morceau emprunté à Guillaume DE MACHAULT est tiré de la pièce intitulée le *Temps Pastour*, et se trouve au Chapitre : *Comment li Amant fut au dîner de sa Dame*. Nous extrayons cette note de l'*Histoire Littéraire de la France*, pour la placer sous les yeux de nos Lecteurs [264]. La première et la dernière des quatre strophes

---

[262] *Les Poésies du Roy de Navarre*, avec *des Notes et un Glossaire françois*, etc.; ouvr. cit. : T. II, pp. de 305 à 317.

[263] MACHAU, MACHAUT (*Poésies morales et historiques* d'Eustache DESCHAMPS, édit. de CRAPELET), ou DE MACHAULT (*Hist. Littér. de la France* : T. XVI, p. 274) : nous donnerons la préférence à cette dernière orthographe.

264

« Mais qui véist après mangier
» Venir menestreux sans dangier *(difficulté)*,
» Pignez et mis en pure corps.
» Là furent meints divers accors,
» Car je vis là tout en un cerne *(cercle)*,
» Viole, rubebe, guiterne,

» L'enmorache, le micamon *,
» Citole * [2] et le psalterion,
» Harpes, tabours, trompes, nacaires * [3],
» Orgues * [4], cornes plus de dix paires,
» Cornemuses, flajos * [5] et chevrettes * [6],

* L'*Enmorache*, le *Micamon*..... : on ne sait ce qu'étaient ces deux instruments.
* [2] *Citole*.... : instrument à cordes, dont les sons étaient doux : on n'en sait pas davantage.
* [3] *Nacaires*.... : petites *timbales*, dont le nom et l'usage étaient venus d'Orient.
* [4] *Orgues portatives.*— Il en sera bientôt question.
* [5] *Flajos*, flageolet.
* [6] *Chevrettes*.... : espèce de *musette*. Dans quelques provinces de France, on nomme encore cet instrument : *chèvre*. BOÎTRE DE TOULMON prétend que c'est cet instrument qui a été appelé à une époque assez reculée *chorus* et plus tard *chalemie*.

de la singulière Ballade composée par Eustache DESCHAMPS, relative à la mort de Guillaume DE MACHAULT, désignent un certain nombre d'Instruments du moyen âge, dans l'ordre suivant : *Orgue* (mot accolé à cette expression : *chanter en orgue*), *Rubebes*, *Leuths*, *Vielles*, *Symphonie*, *Psaltérions*, *Rothes*, *Guiterne*, *Flaustres*, *Chalemie*, *Traversaines*, *Tympanne* et enfin *Choro* [265].

Dans les vers suivants du *Roman du* BRUT, traduit en vers français *(Langue d'Oïl)* par Robert WACE, sur l'ordre de HENRI II, Roi d'Angleterre, vers où l'Auteur proclame le Roi GABET Dieu de la Musique, il est question de *Viéles*, distinctes d'avec la *Rote*, de *Harpe*, de *Chorum*, de *Lyre* et de *Psalterium* :

> « De *viéles* sot et de *rote*,
> »De *harpe* sot et de *chorum*
> » De *lire* et de *psalterium* :

» Douceines [7], simbales, clochettes [8],
» Tymbre [9], la flauste brehaingne [10],
» Et le grand cornet d'Allemaigne [11],
» Flajos de saus [12], fistule [13], pipe [14],
» Muse d'Aussay [15], trompe petite
» Buisine [16], èles [17], monocorde
» Où il n'a qu'une seule cuorde,
» Et muse de blet [18], tout ensemble;
» Et certaindment *(sic)* il me samble
» Qu'oncques mais tèle mélodie
» Ne fut oncques vëue ne oye,
» Car chacun d'eus, selon l'acort,

[7] *Douceine....* : espèce de *vielle*, selon les uns; *flûte-à-bec*, selon les autres; *hautbois*, selon BOTTÉE DE TOULMON.

[8] *Clochettes.....* : espèce de carrillon composé de petites sonnettes qu'on frappait avec un marteau.

[9] *Tymbre....* : sorte de *tambour*.

[10] *Flauste brehaingne....* : probablement flûte champêtre; notre *mirliton*, selon BOTT. DE TOULMON.

[11] Instrument aujourd'hui inconnu.

[12] *Flajos de saus...* : flûte ou flageolet de saule.

[13] *Fistule....* : flûte, du latin *fistula*.

[14] *Pipe....* : sorte de *grand chalumeau*.

[15] *Muse d'Aussay....* : musette qui, d'après son nom *d'Aussay*, paraîtrait avoir été particulière à l'Alsace.

[16] *Buisine....* : buccine ou buccin.

[17] *Èles....* : instrument inconnu.

[18] *Muse de blet....* : espèce de musette aujourd'hui inconnue. BOTTÉE DE TOULMON pense que la *muse*, comme la *chalemelle*, était dans l'origine un *hautbois* grossier fait en manière de chalumeau avec un *fétu de blé vert*.

» Fiole [19], guiterne, citole,
» Harpe, trompe, corne, flajole,
» Pipe, souffle, muse, nacaire,
» Taboure et quanque on puet faire,
» De dois, de pennes et de l'archet,
» Ois et vis en ce parchet [20]. »

[265] Ces deux strophes ayant été déjà citées (p. 161) dans une des savantes communications qui nous ont été faites par M. Théod. NISARD, nous nous dispenserons de les reproduire en ce lieu. Nous ferons remarquer seulement que la *Ballade* dont il s'agit ne se trouve point dans l'édition de luxe ayant pour titre : « Poésies morales et historiques d'Eus-»tache DESCHAMPS, Ecuyer, Huissier d'armes »des Rois CHARLES V et CHARLES VI, Châtelain » de Fismes et Bailli de Senlis; publiées pour » la première fois D'APRÈS LE MANUSCRIT DE LA » BIBLIOTHÈQUE DU ROI, avec UN PRÉCIS HISTO-»RIQUE ET LITTÉRAIRE SUR L'AUTEUR, par G.-A. »CRAPELET.— Paris, CRAPELET, 1832, gr. in-8°,

[19] *Car chacun d'eus.... viole, guiterne, citole,* etc.... c'est-à-dire joue de la *viole*, de la *guitare*, de la *citole*, etc.

[20] *Histoire Littéraire de la France*. Ouvr. commencé par des Relig. Bénédictins de la Congrégation de SAINT-MAUR et continué par des Membres de l'Institut. Paris, 1733, in-4°: T. XVI, pp. 274 et 275.

» Parce qu'il ot del' chant tel sens,
» Disoient la gent en son tens,
» Que il est Dieu des jongléors,
» Et Dieux de tous les chantéors [266]. »

J. MOLINET, ce bizarre fondateur de l'*Ecole équivoqueuse*, a fait aussi une énumération des Instruments de Musique du moyen âge, dans les singuliers vers suivants :

« Tubes, Tabours, Tympanes & Trompettes,
» Luts & Orguettes, Harpes, Psalterions,
» Bedons, Clarons, Claquettes & Sonnettes,
» Cors & Musettes, Symphonies doucettes,
» Chansonnettes de Monocordions. »

2. Il ne sera question ici que de quelques-uns des nombreux Instruments dont on vient de voir la longue énumération dans les quatre citations précédentes, et encore serons-nous forcé, par la nature même de notre œuvre, d'être aussi succinct que possible dans ce que nous en dirons. Nous nous sommes plus particulièrement attaché à ceux de ces instruments dont nous pourrions ensuite désigner exactement la figure, soit dans des monuments d'architecture ou de sculpture, soit dans de bonnes gravures, soit surtout dans les miniatures de Manuscrits de diverses Bibliothèques, et notamment de la Bibliothèque de la Faculté de Médecine de Montpellier.

I. INSTRUMENTS A VENT. — Il paraîtrait, d'après les textes romans et par des miniatures de Manuscrits, que l'on se servait de Trompettes, de formes assez variées, pour accompagner le chant au moyen âge [267]; on semblait pourtant préférer

---

» jésus-vélin fort. » — CRAPELET nous apprend lui-même dans son PRÉCIS HISTORIQUE qu'il n'a extrait que la huitième partie de ce Manuscrit.

[266] [AUGUIS (P.-R.)] : *Les Poëtes François, depuis le XII⁰ siècle jusqu'à* MALHERBE, etc.; ouvr. cit. : T. II, p. 87.

[267] Un passage curieux, extrait par M. Ach. JUBINAL du Manuscrit du XIII⁰ siècle (*Chronique de Saint Denis*, rédaction du Ménestrel anonyme du Comte de Poitiers, ainsi que le prouve le *Prologue*), faisant partie du Recueil coté 607 dans la Bibliothèque de Berne, vaut la peine d'être cité en ce lieu. Ce morceau, pré-

cieux pour l'Histoire de la Musique Militaire de nos aïeux, atteste que la *trompette*, le *cornet* et le *buccin* avaient des usages très-distincts dans nos armées du moyen âge:

« Il a en la légion *trompeurs, corneurs* et » *buisineurs. Trompeurs trompent* quand li » chivalier doivent aller en la bataille et quand » ils s'en doivent retourner aussi. Quand *li* » *corneurs cornent*, cil qui portent les ensei-» gnes lor obéissent et s'émeuvent, mais non » pas li chivalier. Toutes les fois que li chi-» valiers doivent issir pour faire aucune be-» sogne, *li trompeurs trompent;* et quand les

ordinairement pour cet usage le jeu des Flûtes, du Hautbois, de la Muse, de la Musette ou de la Cornemuse, sans doute à cause de sa douceur.

Le CORNET A BOUQUIN, du moyen âge, était, comme le *Cor de chasse* antique, fait de cornes de bœuf ou de quelque autre animal analogue [268]. Le son désagréable de cet instrument est assez bien exprimé dans ce vers de VIRGILE [269] :

« .... *rauco strepuerunt cornua cantu.* »

On se servait aussi dans les mêmes siècles, et pour des usages analogues, de Trompettes plus longues , de diverses formes. Nous en signalerons seulement trois espèces : l'une, la trompette droite ordinaire ; l'autre, courbée et faite à peu près comme un bâton augural dont on devait la forme aux Romains, chez qui elle portait le nom de *tuba curva* ou de *lituus* [270] ; et la troisième, présentant deux courbes légères en sens inverse. Nous en désignerons quelques exemples, tirés de vignettes de Manuscrits, appartenant : à notre Bibliothèque particulière et à celle de feu MÉDARD ; à la Bibliothèque Nationale et à celle de la Faculté de Médecine de Montpellier.

ORGUE. — Selon le *Nouveau Dictionnaire des Origines*, etc., de NOËL, CARPENTIER et PUISSANT [271], « *l'Orgue serait connu depuis plus de mille ans en France, et l'Orient* » *l'aurait inventé dès les premiers siècles de l'Eglise....* » Pour apporter toute la précision et toute l'exactitude possible dans la question dont il s'agit ici, il aurait fallu soigneusement distinguer l'historique de l'*Orgue hydraulique* ou *à vapeur*, d'avec celui de l'*Orgue pneumatique* ou *à soufflet*, et l'on a rarement évité cette confusion.

L'Orgue hydraulique est certainement beaucoup plus ancien que l'Orgue pneumatique ; malheureusement les descriptions que l'on en trouve dans divers Auteurs sont peu précises, ou plutôt si vagues, qu'elles sont inintelligibles en ce qui touche les points du mécanisme les plus importants. L'historique de l'Orgue hydraulique

---

» banières se doivent mouvoir, *ti corneurs* » *cornent.* Encore y avoit ça en arrière, une » autre manière d'instrumenz que l'en apeloit » *clasiques* ; et je cait l'en les appelle orendroit » *buisines* *. »

* JUBINAL (Ach.) : *Rapport à M. le Ministre de l'Instruction Publique, suivi de quelques pièces inédites tirées des Manuscrits de la Bibliothèque de Berne.* — Paris, 1838, in-8º : p. 18.

[268] Voy. [DE LA BORDE] *Ess. sur la Musiq. anc. et mod.;* ouvr. cit. : T. I, p. 233 et fig.

[269] P. VIRG. MAR.: *Æneid.*, *Lib. VIII, vers. 2.*

[270] [DE LA BORDE] : *Essai sur la Musique ancienne et moderne*, ouvr. cit. : T. I, p. 232 et fig. relative au texte.

[271] NOËL , CARPENTIER et PUISSANT : ouvr. cit. — Paris, 1834 : T. III, p. 342, 2ᵉ col.

remonte jusqu'à Héron d'Alexandrie [272], cent ans avant l'ère chrétienne, ou même vingt ans plus haut encore, jusqu'à Crésibius aussi d'Alexandrie, Maître de Héron.

Quant à l'Orgue pneumatique, ou aux *Orguettes*, comme les nomme J. Molinet, il ne paraîtrait pas qu'on en eût connaissance avant le IV° siècle ; mais il est évident, d'après un passage de Saint Augustin sur le LVI° Psaume [273], que cet instrument à vent était connu à l'époque indiquée. Pour ce qui est de *son origine*, « rien ne » prouve, — selon M. Fétis [274] —, qu'elle soit plutôt Orientale que Septentrionale. »

Les Annales d'Eginhart, Secrétaire de Charlemagne, nous fournissent l'indication précise de l'époque où parut en Europe le premier Orgue pneumatique qui ait été entendu dans les Gaules ; ce fut en 757 que l'Empereur Constantin-Copronyme envoya cet instrument à Pépin, qui le fit placer, — dit-on —, dans l'Eglise de Saint-Corneille à Compiègne [275]. Zarlino et Platina n'auraient point fait remonter plus haut cette origine, s'ils avaient su mieux interpréter, le premier, un passage de Bernard Giustiniani, et, le second, deux vers du Mantouan, autorités sur lesquelles ils fondent leur sentiment. Nous conviendrons, néanmoins, que certaines expressions, vulgairement employées au moyen âge, ont dû nécessairement favoriser cette méprise : nous voulons parler de l'expression : *chanter en orgue* (d'Eustache Deschamps) ou *en organum*, et des mots *orguener* ou *orghener*, *orguenanz*, etc.

Ce vers de la 4° strophe de la *Ballade* d'Eust. Deschamps sur la mort de Machault :

« Ceulx qui *chantent en orgue* aucune fois... »

ne se rapporte sûrement qu'à des Chants analogues à ceux qui s'exécutaient dans les Eglises, avec accompagnement d'autres voix, ou d'instruments autres que l'Orgue. Les mots *orguener* ou *orghener*, que l'on rencontre dans les Poésies du moyen âge, expriment aussi certainement l'action d'accompagner les mélodies, ou avec d'autres

[272] Voy. Heronis Alexandrini : *Spiritalium Liber*, à Fed. Commandino, *ex gr. in lat. convers.*, etc. — *Amstelod.* 1680, in-4°, fig. ; ou Heronis *Spiritalium Liber*, etc., dans la collection ayant pour titre : *Veterum Mathematicorum opera ;* — *Paris. è Typ. Reg.*, 1693, gr. in-fol.

[273] « Organa dicuntur omnia instrumenta » musicorum ; *non solum illud organum di-* » *citur, quod grande est et inflatur follibus,* » *sed etiam quidquid aptatur ad cantilenam et* » *corporeum est.* »

[274] Fétis : *Biographie Univers. des Musiciens*, etc. ; ouvr. cit. : T. I [*Résumé philosophique de l'Histoire de la Musique*], p. CLV.

[275] Fétis : *Biogr. Univers. des Musiciens*, etc. ; ouvr. cit. : T. I [*Résumé philosophique de l'Hist. de la Musique*], pp. CLVI et CLVII.

voix , ou avec les instruments de musique d'alors, en général. Le curieux passage suivant , consigné par M. Ach. Jubinal dans son édition de *La Bataille et le Mariage des
VII Arts*, etc. [276], passage où il s'agit de l'*Harmonie* et des *quatre lignes de la portée
musicale*, au moyen âge, confirme ce qui vient d'être dit : « Après fu pointe Musique ,
» qui aprent à canter, par coi li services de Diu est fais , et par coi il est plus biaus ;
» car par ceste art cantent et *orghenent*. Qui ceste art ne set, si maine se vois aussi
» com cil qui par le cemin fait torte ligne. *N'est mie cans qui n'est selon musique,
» et qui n'est escris par .iiij. lignes...* Et ceste art si a grant sacrement et grant porfit ;
» car les .iiij. nombres par coi eles sont escrites sénefient .iiij. vertus : Prudense ,
» Force, Atemprance et Justice ; et li .viij. ton sénefient bones eurtés qui sont en
» l'âme. » (Manuscrit N° 7534. *Vie de Karlemaine le grant Empereour.*)

Dans la pièce poétique du XIIIe siècle, intitulée *Le Mariage des VII Arts*, publiée
pour la première fois par M. Achille Jubinal, l'Auteur fait dire à *Musique voulant
espouser Oroison :*

> « C'est devant Diu, quoique nus die,
> » Uns serjanz de grant mélodie,
> » *Bien chantanz et bien orguenanz ,*
> » Et je resui bien avenanz ,
> » Et si me r'ose bien vanter
> » D'*orguener* et de *bien chanter ;*
> » Nule dame n'en cremiroie. »

On a vu (p. 161) que l'expression *chanter en orgue*, ou *en organum*, signifiait
clairement pour M. Théod. Nisard : *exécuter le Contre-point ou l'Harmonie, comme
on l'entendait alors*. Mais cela ne peut pas empêcher de reconnaître aussi que l'Orgue
n'ait souvent accompagné ces chants , même dans les premiers siècles qui ont suivi
l'époque de son invention. Les représentations d'Orguettes , dans les miniatures de
nos Manuscrits du moyen âge, sont assez multipliées pour justifier cette assertion ;
et d'ailleurs , le passage de l'Abbé de Fécamp Raoul d'Argens , que nous avons
rapporté (p. 160), d'après M. Leroux de Lincy , et les deux vers que nous allons
emprunter au *Roman du Brut* en sont des preuves péremptoires. D'après le passage
suivant du *Roman du Brut*, dont la traduction par Robert Wace a été faite en

---

[276] *La Bataille et le Mariage des VII Arts,
pièces inédites du XIIIe siècle en langue
romane , publiées pour la première fois par
Ach. Jubinal ; — Paris, 1838, in-8° : p. 33.*

l'an 1155 environ, mais qui avait été composé long-temps avant, n'est-on pas autorisé à regarder l'Orgue comme accompagnant parfois les Mélodies et le Déchant d'Eglise ?

> « Moult oissies *Orgues sonner*
> » Et Clers *chanter* et *orguener*. »

Ici « *Orgues sonner* et Clers *chanter* » se lient : c'est évidemment tout autre chose que *orguener*. Il est clair qu'il s'agit là de deux genres d'accompagnements, celui de l'Orgue, et celui de voix ou d'instruments autres que l'Orgue.

Les Auteurs du *Dictionnaire des Origines*, etc., étaient évidemment dans l'erreur quand ils ont dit : « C'est par le *clavier de l'orgue* que furent trouvés, en tâtonnant, » les *premiers secrets de l'Harmonie* [277]. » Cette assertion a été victorieusement réfutée par M. Fétis [278], s'appuyant sur la construction primitive du violon.

« Nul doute, — dit ensuite M. Fétis [279] —, que les premières Orgues à vent » n'aient été de petites boîtes portatives, *comme on en voit dans quelques peintures* » *anciennes et dans des Manuscrits des* xiie *et* xiiie *siècles. Les petites dimensions de* » ces instruments n'empêchaient pas qu'ils eussent une assez grande force de son. » Ces Orgues portatives (*Orguettes*) pouvaient souvent être *portées, soufflées et jouées* par le même individu. « Quant aux petites Orgues portatives, — dit M. Fétis [280] —, » que les Musiciens s'attachaient au corps par des courroies, pour les jouer d'une » main, tandis qu'ils faisaient mouvoir le soufflet de l'autre les dimensions de leur » clavier étaient beaucoup plus petites, et la main étendue pouvait embrasser l'es- » pace d'une quinte. On donnait à cet instrument le nom de *Nimfali*. »

C'était seulement dans les grandes solennités religieuses du moyen âge que l'on avait recours au jeu du grand Orgue et à l'Harmonie d'alors. Les deux vers du *Roman du* Brut que nous venons de citer se rapportent sûrement à une solennité de ce genre. De la Borde nous rappelle que, du temps de Saint Louis, tous les instruments à vent étaient admis dans l'Office divin. On lit, en effet, dans les

[277] Noel, Carpentier et Puissant : *Nouveau Dictionn. des Origines, Inventions et Découvertes*, etc.; ouvr. cit.: T. III, p. 343, 1re col.

[278] Fétis : *Biographie Univers. des Musiciens et Bibliographie générale de la Musique;* ouvr. cit.: T. I [*Résumé philosophique de l'Histoire de la Musique*] : p. clvi.

[279] Fétis : *Biographie Univers. des Musiciens et Bibliographie générale de la Musique;* ouvr. cit.: T. I [*Résumé philosophique de l'Histoire de la Musique*] : p. clxii.

[280] Fétis : *Biographie Univers. des Musiciens*, etc.; ouvr. cit.: T. I [*Résumé philosophique de l'Histoire de la Musique*] : p. clix.

Annales de ce Roi (p. 223) : « Comme dévotement il fit chanter la Messe, et tout le
» service *à Chant et à Déchant, à Orgue et à Trèble* » (à Orgue et à Trompette).

La confection des Orgues à soufflet était encore dans son enfance au x⁰ siècle ;
on en jugera par le passage suivant du *Nouveau Dictionnaire des Origines* [281] :
« Toutefois la mécanique (des Orgues à soufflet de la vieille Eglise de Westminster)
» devait être bien grossière ; car pour quatre cents tuyaux seulement, dont se
» composait l'instrument, *il fallait vingt-six soufflets*, et pour mettre ces vingt-six
» soufflets en mouvement, *soixante-dix hommes vigoureux*. Le clavier de ces Orgues
» du moyen âge était aussi bien informe : les *touches*, à ce qu'il paraît, n'avaient
» guère moins *de cinq à six pouces de large*, et *les soupapes étaient si dures qu'il
» fallait jouer l'instrument à coups de poing.* » On aime à voir et à admirer l'énorme
différence qu'il y a entre les Orgues construites à l'époque de leur invention, ou
au moyen âge, et ces Orgues si perfectionnées de nos jours, principalement par
MM. CAVAILLÉ-COLL père et fils. Le mécanisme des *soufflets*, celui de la *caisse dite
expressive*, et une foule de détails infiniment ingénieux, ont fait dire du chef-d'œuvre
de ces savants Facteurs, lors de l'*Exposition des produits de l'Industrie Française*
en 1844 : « L'Orgue de SAINT-DENIS a donc été et méritait d'être proclamé *le plus
» bel instrument de ce genre existant en France et peut-être dans le Monde* [282]...! »

CHALEMIE. — Malgré ce qu'a dit LA BORDE [283] sur cet objet, on a assez de peine
à comprendre ce que pouvait être la *Chalemie* ou *Zampogne*, distincte du *Chalumeau*.
Quant à la MUSETTE, — instrument à vent et à anche —, que l'on prétend avoir
été inventée par Colin MUSET, Officier de THIBAUT de Champagne, Roi de Navarre,
elle était du même genre que la *Cornemuse* ; elle en différait seulement en ce que
le vent était fourni par un soufflet attaché au bras droit du joueur.

[281] NOEL, CARPENTIER et PUISSANT : *Nouveau Dictionn. des Origines, Inventions et Découvertes, dans les Arts, les Sciences, la Géographie,* etc.; ouvr. cit.: T. III, p. 343, 2ᵉ col.

[282] Voy. l'INDUSTRIE. — *Exposition des produits de l'Industr. Française* en 1844.—Paris, L. CURMER, gr. in-4°, pap. vél., fig., pp. 118 et 119. Voy. aussi : *Orgue de l'Eglise Royale de* SAINT-DENIS, construit par MM. CAVAILLÉ-COLL père et fils, Facteurs d'Orgues du Roi. —

RAPPORT fait à la Société libre des Beaux-Arts, par J.-Adrien DE LA FAGE. — Paris, 1845, gr. in-8° de 96 pag., avec fig.

On peut consulter sur l'*Histoire de l'Orgue* : MARTINI (J.-P.) : *Ecole d'Orgue, résum. d'après les ouvr. des plus célèbres Organistes d'Allemagne.* III Parties. — Paris, 1804. — L'historique de l'Orgue se trouve dans l'*Introduction.*

[283] [DE LA BORDE] : *Essai sur la Musique ancienne et mod. ; ouvr. cit.: T. I, p. 248.*

II. Instruments a percussion. — Cloche, Clochettes, Carillon, Tambours, Cymbales. — Dans nos recherches relatives à l'époque romane, nous n'avons trouvé aucun passage désignant ou une seule Cloche ou un Carillon, comme ayant été instruments d'accompagnement de voix. La miniature d'un *Manuscrit du* xiii° *siècle de la Bibliothèque du Roi*, reproduite par la gravure dans le T. Ier, p. 289 de l'*Essai sur la Musique ancienne et moderne* de la Borde, présente trois Musiciens, dont deux frappent, l'un sur un Tambour ordinaire, et l'autre sur un Tambour de Basque, tandis que le troisième agite deux Sonnettes ; mais cet assemblage de sons bizarres a pour but une danse burlesque, et nullement un accompagnement de chant quelconque. Il en est de même de la vignette supérieure de la même Planche, où l'on voit de grotesques Musiciens dansant et jouant du Rebec, du Tambour, de petites Timballes, — peut-être *Nacaires* de G. de Machault —, et d'*une marmite cassée...!*

Quelques passages du beau Manuscrit H. 196 du xiv° siècle, faisant partie de la Bibliothèque de la Faculté de Médecine de Montpellier, doivent naturellement trouver ici leur place. Au fol. 294 *recto*, on voit un morceau à trois parties, sans paroles, sur cette basse : *la ut si-b. la sol la fa la.* Après avoir été chantée huit fois de suite, cette basse change et prend cette forme un peu modifiée : *la ut, pause; la ut, pause;* et ensuite comme ci-dessus : *la ut si-b. la sol la fa la....* : c'est un vrai *Carillon.* Cette idée de Carillon, mêlé à des voix chantantes, est plus saillante encore dans le morceau à trois voix qui se trouve au fol. 378 *verso* du même Manuscrit. En voici la basse, qui n'a pas de paroles : *fa mi sol fa, mi sol fa, mi sol fa, mi sol fa, mi sol fa, mi sol fa; fa mi sol fa, mi sol fa; fa mi sol fa, mi sol fa; fa mi sol fa,* etc. L'une des trois parties commence par ces mots : *Amor potest conqueri.*

Dans la magnifique Introduction à quatre temps de sa *Messe des Morts*, en ut-mineur, Gossec a pris pour basse continue une imitation de Carillon rendue par les notes *ut mi-b. ré si*, représentées par une noire dans chaque mesure. Cette heureuse idée, des plus propres à favoriser l'illusion, impressionne vivement l'auditeur.

Lorsque les Compositeurs modernes, et surtout de notre époque, ont mêlé le son d'une Cloche à l'harmonie de certains morceaux de leurs *Opéras*, la note émise par l'instrument de percussion nous a semblé presque constamment *la dominante*, c'est-à-dire la quinte au-dessus de la tonique. La raison en est assez facile à trouver. La tonique, la tierce majeure (et mineure peut-être?) et la quinte, sont les seules notes auxquelles le Compositeur puisse avoir recours dans ces circonstances : mais il est aisé de sentir que la quinte est celle des trois qui favorise le plus la modulation.

Parmi les morceaux de Musique tristes, faisant partie de nos Opéras modernes, et que le son d'une Cloche, mêlé à l'accompagnement ordinaire, devait rendre encore plus lugubres, nous désignerons seulement les exemples suivants :

Dans *Roméo et Juliette*, de Steibelt, le *Chœur de jeunes filles*, de la Ire Scène du IIIe Acte, en ut-mineur, a une *Introduction* pendant laquelle le Beffroi, en ut, frappe *quatre fois* avec lenteur : à la manière du glas funèbre.

Au final du Ve Acte de *La Juive*, Musique d'Halévy, pendant le récitatif de Brogni : « *Prêt à mourir, réponds à ma voix qui t'implore* », sur les notes ré et si-naturel, mesure à quatre temps, la Cloche frappe, *dans la première moitié de quatre mesures consécutives*, la note sol, *tonique* du chant actuel.

Au IVe Acte des *Huguenots*, Musique de Meyerbeer, le Duo à trois temps entre Valentine et Raoul commence par deux coups de Cloche, alternativement, l'un en fa, l'autre en ut, chacun de deux temps, accompagnant le récitatif de Raoul : « *Entends-tu ces sons funèbres... !* » sur les notes fa mi fa-naturel mi fa ut ut : le morceau étant en fa-naturel-mineur.

L'Introduction de *La Favorite*, Musique de Donizetti, commence par quelques coups de Cloche seule, donnant le sol, dominante du ton (ut-majeur).

Au Ier Acte de *Giralda*, Musique d'Adam, le son de la Cloche devant se marier avec l'Orchestre donne la note ut, dominante du ton du morceau (fa-mineur).

Dans le final du IIIe Acte de *La Muette*, Musique d'Auber, la Cloche sonnant le Tocsin donne la note ut, tonique du morceau, et se marie avec l'Orchestre et le Chœur.

La phrase de Betly, faisant partie de la Romance N° 17 du *Chalet*, Musique d'Adam : « *Si je refuse, il va partir !* » sur les notes : si-b. sol-b. la si-b. si-b. sol-b. la si-b., est accompagnée d'un coup de Cloche donnant si-b. à l'unisson avec l'Alto.

Dans le Duo N° 6 du IIe Acte de *La Sirène*, Musique d'Auber, le récitatif de Scopetto : « *Neuf heures... il est mort... !* » sur les notes ré ré ré, ré-b. si-b. fa, est précédé et s'accompagne de deux coups de Cloche donnant la note fa, faisant également partie des accords de fa-majeur et de si-bémol-mineur [264].

---

[264] Voyez, pour ce qui concerne l'Histoire du Carillon et des Cloches, Eggers (Nicol.) : *Dissertat. de Campanarum nomine et origine.* Ienæ, 1684, in-4°; — Thiers (J.-B.) : *Traité des Cloches.* Paris, 1702, in-12; — [De la Borde] : *Ess. sur la Musiq.*, etc. cit. : T. I, pp. 282, etc.

TABOR, TANBOR, TAMBOURS, TIMBRES, CYMBALES, NACAIRES. — Ce que nous avons dit des Cloches ne s'applique nullement aux Tambours (Timbres, Cymbales, etc., de l'époque romane). Il semblerait que certains Tambours ou Timbres, probablement analogues au Tambour de Basque, accompagnaient parfois les Chansons du moyen âge [285]. Ce Tambour est fort ancien, puisque, selon la remarque de LA BORDE, on l'a trouvé représenté dans des peintures d'Herculanum [286].

La *Trompette*, le *Cor*, la *Viole*, le TAMBOUR faisaient partie des instruments dont les Troubadours accompagnaient leurs Chants. Ces quatre instruments sont nommés dans le vers suivant de la pièce de Poésie de PONS DE CAPDUEIL, commençant par ces mots : « *Per joy d'amor* » [287].

   « *Trompas ni Corns, Viulas ni Tambors.* »   « Trompettes et Cors, Violes et Tambours. »

Les Tambours et les Cymbales sont encore désignés dans ces deux vers suivants, le premier, de Bertrand DE BORN (*Miez sirventes*); le second, de GUILLAUME de Tudela :

[285] C'est certainement de cette sorte de Tambour qu'il est question, sous le nom de *Timbre*, dans la Chanson suivante, probablement inédite et malheureusement sans Musique, faisant partie du précieux Manuscrit H. 169 de la Bibliothèque de la Faculté de Médecine de Montpellier (fol. 245 *recto*) :

   « Lautrier par un main *
   » Ioer men alai.
   » Pastore ou serain
   » Sans pastor trouai,
   » Un Timbre en sa main ot *2.
   » Je la saluai.
   » Me ele ne dit mot.
   » Si men retornai
   » Car ele chantoit
   » Damors fine vn lai,
   » Souent regretoit

* *Main*..... *matin* par abréviation.
*2 Ce *Ot*.... a-t-il ici la signification d'*avoit* par abréviation et altération de désinence en faveur de la rime : *avoit*, *avot*, *ot*, pour rimer avec *mot*, comme dans ce vers du Poëme d'ALEXANDRE-LE-GRAND, déjà cité (p. 124) :

   « Si commença un lai qui moult OT bien apris »,

c'est-à-dire serait-il pour le verbe *avoir* ce qu'est le

   » Son ami vrai,
   » Souent rapeloit
   » Et a chascun mot
   » Docement notoit :
   » Eh DIEX dex quant verrai
   » Mon ami MIGNOT? »

[286] [DE LA BORDE] : *Essai sur la Musique ancienne et mod.*; ouvr. cit. : T. I, p. 289.

[287] Cité par RAYNOUARD : *Lexique Roman ou Dictionnaire de la Langue des Troubadours*, etc.; ouvr. cit. : T. V, p. 560, 2ᵉ col.

mot *sot* pour le verbe *savoir* dans la citation suivante, déjà faite aussi précédemment à la même page 124 :

   » De tous estrumens SOT maistrie,
   » Si SOT de toute chanterie,
   » Molt SOT de Lais molt SOT de notes.....»;

ou bien aurait-il le sens de *haut*, adjectif ou adverbe.....? Nos Lecteurs en décideront. Pour nous, nous donnerions, sans balancer, la préférence, à la première version. Les vers suivants du *Roman du BRUT*, que nous avons déjà cités (pp. 165 et 166), sont en faveur de notre sentiment :

   » De vièles SOT et de rote,
   » De harpe SOT et de chorum,
   » De lire et de psalterium :
   » Parce qu'il OT del' chant tel sons, etc.....»

« *Trompas* , Tabors, *seinheras e penos.* »   « Trompettes, Tambours, bannières et guidons. »

« *Li Corn e las Trompas e'ls* Cimbols *e'lh* Tabor. »   « Les Cors et les Trompes et les Cymbales et les Tambours. »

III. Instruments a cordes : — 1° pincées avec les doigts (*Harpes* , *Lire* , *Guiterne* ou *Guitère* , *Leuth* ou *Luth*) ; 2° touchées avec une plume ou une petite baguette d'ivoire , *Plectrum* , Plectre (*Mandoline*) ; 3° mises en vibration par le frottement d'un archet, soit libre , soit inhérent à l'instrument (*Viole* , *Vièle* , *Rubebbe* ou *Rubèbe* , *Rebec* , *Violon* , *Vielle* , etc.).

Harpe. — Au moyen âge, cet instrument, fort ancien comme personne ne l'ignore, avait la forme d'un trigone à base supérieure, monté de cordes obliques. Toutes les Harpes que nous avons vues représentées dans les manuscrits du moyen âge de la Bibliothèque de la Faculté de Médecine de Montpellier, ont cette forme : il n'est pas une seule d'entre elles ayant le corps semi-circulaire et ses cordes attachées perpendiculairement. Il est permis de douter que cette forme antique, attestée par des bas-reliefs irrécusables d'anciens Temples de la Syrie et de l'Egypte [288], ait été conservée aussi généralement que l'autre jusque dans le moyen âge. Les Harpes de cette époque étaient plus petites que celles dont on fait usage de nos jours. Il n'était pas permis à tout le monde d'en jouer. Les Rois des Ménétriers et les Seigneurs avaient seuls le droit d'en accompagner leurs chants. Un passage de Guillaume de Machault ferait supposer que cet instrument avait alors vingt-cinq cordes.

Lire , Guiterne ou Guitère [289]. — La Cythare ou Lyre des Anciens, qui, par ses perfectionnements successifs , est devenue notre Guitare , a porté les noms de *Guiterne* ou de *Guitère* , depuis le xɪᵉ siècle jusqu'au xvɪᵉ siècle inclusivement [290].

---

[288] Voy. Fétis : *Biographie universelle des Musiciens et Bibliographie générale de la Musique ;* ouvr. cit. : T. I [*Résumé philosophique de l'Histoire de la Musique*], p. lxɪɪɪ.

[289] Dans l'Inventaire des livres du Roi Charles V, après l'article N° 269, on lit ce qui suit : « Une Guitère à une teste de lyon, » en un estuy de cuir. — Une Guitère à une » teste de dame. — Un Lut. — Une Guitère » à une teste d'angelot d'ivoire, etc.... » La marge correspondante porte cette note cu-rieuse : « Le Roy les a rebailliez à ses petits » Menestrels à qui il estoit corrussié quant il » leur fist oster. * »

[290] Cet instrument était encore désigné par le mot *Guiterne* même vers la fin du xvɪᵉ siècle : Jean-Antoine de Baïf, né à Venise en 1531, mort en 1591, a publié une *Instruction pour apprendre la tablature, et à jouer de la* Guiterne (Guitare).

* *Inventaire de l'ancienne Bibliothèque du Louvre,* etc. — Paris , 1836, in-8° : p. 58.

Leuth ou Luth. — Autre instrument à cordes pincées, souvent nommé dans les Poésies du moyen âge, et qui était encore cultivé dans le xviiie siècle [291].

Mandoline. — Les cordes de cet instrument étaient touchées avec une plume, ou un *Plectrum* d'ivoire, tenus entre le pouce et l'index de la main droite, ou fixés à cet index. La Mandoline est représentée, ayant quatre cordes, sur le Tombeau d'Atilie que l'on voyait à Bresce (*Brescia*) en Lombardie [292]. Sur les deux côtés du Tombeau élevé à leur Mère tendrement aimée, par les deux frères Abidius, ces jeunes enfants sont représentés lui offrant des présents. Atilie, assise, ayant entre ses mains une énorme corne d'abondance dans un des deux bas-reliefs, tient dans l'autre une *Mandoline*, dont elle suspend le jeu pour recevoir le présent qu'on lui fait. Il est très-probable que cette Dame avait été musicienne et qu'elle jouait de cet instrument durant sa vie. Quant à la forme de l'instrument de musique dont il s'agit en ce lieu, elle est des mieux caractérisées, tant pour le manche que pour la caisse d'harmonie. Aussi avons-nous été véritablement fort étonné que de la Borde ait eu le moindre doute à cet égard. Cet instrument, *qui ne peut pas être une Guitare*, est évidemment ou une *Mandoline* ou une *Mandore*.

Instruments a cordes et archet. — Si l'historique de certains instruments de musique d'accompagnement, du moyen âge, tel que le *Goudok*, le *Crwth* des Bardes Welches, le *Rubèbe*, la *Viole*, le *Rebec*, le *Violon*, la *Vielle*, etc., ne s'identifie pas avec la question de l'origine de l'*Archet*, au point de s'y trouver tout entier, on ne saurait du moins disconvenir qu'il ne se lie à cette invention de la manière la plus intime. Les Auteurs du *Dictionnaire des Origines*, etc., reconnaissent que l'invention de l'*Archet* est généralement fixée au moyen âge, tout en semblant croire pourtant qu'elle remonte jusqu'*aux anciens*. Les recherches auxquelles nous nous sommes nous-même livré ne nous ont permis de voir autre chose, dans ce dernier sentiment, que de simples conjectures, incapables de fournir même de sérieuses probabilités.

[291] Voyez, sur le Luth, l'ouvrage d'Ernst-Gottlieb Baron, célèbre joueur de Luth attaché à la Chapelle de Gotha, intitulé *Historisch-theoretisch und praktische Untersuchung des Instruments der Lauten*, etc.; — Nürnberg, 1727, 218 pag. in-8°; pour les Chap. I et II : *sur le nom et l'origine du Luth ;* et pour le Chap. III : *sur la différence de divers* instruments que l'on croit être des Luths.

Françoise Masquières, Poétesse, née à Paris, où elle est morte en 1728, est auteur d'une pièce poétique, intitulée *l'Origine du Luth*, qui est une de ses meilleures productions.

[292] Voy. [de la Borde] : *Essai sur la Musique ancienne et moderne ;* ouvr. cit.: T. I, p. 301, fig.

S'il existe quelque fait bien constaté sur ce point, ayant pour conséquence logique rigoureuse une certitude avérée, nous ne le connaissons pas.

Dans la question dont il s'agit ici, tout dépend de la signification qu'on doit donner aux mots Πλῆκτρον des Grecs et *Plectrum* des Latins.

VIOLE, VIÈLE, RUBEBBE ou RUBÈBE, REBEC, VIOLON, etc. — On a bien soutenu que les Anciens nommaient la VIOLE ou le *Violon : Lyra, Cithara;* mais les preuves de ces assertions auraient besoin d'être plus satisfaisantes. Quoi qu'on en dise, les passages de PHILOSTRATE et d'Achille TATIUS, cités par DE LA BORDE [293], le distique du Livre IIIe (vers 319 et 320) de l'*Art d'aimer* d'OVIDE, qu'on a souvent allégué à cette occasion, et la traduction du mot latin *Plectrum* par NOVITIUS, entre beaucoup d'autres Lexicographes, ne sont guère plus probants eux-mêmes.

Dans la description faite par PHILOSTRATE quand il enseignait à Athènes, sous l'empire de NÉRON, on lit ce qui suit : « ORPHÉE avait le pied gauche appuyé contre » terre, soutenait sa *Lyre* de sa cuisse, en frappant le pavé du pied dont il marquait » le mouvement de ce qu'il jouait ; et, quant aux mains, la droite tenait l'ARCHET » ferme, l'*avançait sur les cordes*, ayant le POIGNET PLIÉ VERS LE DEDANS, et les doigts » de la main gauche étendus frappaient les cordes. »

On lit dans la note (a) du T. Ier (p. 16) de l'*Essai sur la Musique ancienne et moderne* [par DE LA BORDE] : « Quelques-uns prétendent aussi que ce que nous » appelons la *Viole* était la *Cithare* des Anciens. Achille TATIUS, au premier Livre des » *Amours de* LEUCIPE *et de* CLITOPHON, fait le récit d'un banquet, et dit qu'à la fin » du repas, un beau garçon s'avança avec un instrument qu'il nommait *Cithara,* et » qu'*essayant les cordes avec les mains, il les fit un peu résonner ; puis, ayant pris* » l'ARCHET, il accorda sa voix avec son instrument. » Quant aux deux vers suivants d'OVIDE :

« *Nec* PLECTRUM *dextrâ,* CITHARAM *tenuisse sinistrâ*
» *Nesciat arbitrio fœmina docta meo* »,

leur traduction est tout aussi passible de reproche que celle des passages précédents. L'Abbé DE MAROLLES, qui avait de l'érudition quoiqu'il fût fort mauvais Poëte, — « ayant enfanté en dépit d'APOLLON 133,124 vers, parmi lesquels il y en a *deux* » *ou trois de bons* » —, a tranché tout aussi légèrement que les Traducteurs de PHILOSTRATE et d'Achille TATIUS sur une question des plus importantes : « Une

---

[293] [DE LA BORDE] : *Essai sur la Musique* ancienne et moderne; ouvr. cit. : T. *I*, p. 306.

» habile femme, — dit-il [294] —, ne doit pas aussi, à mon avis, ignorer comme il
» faut tenir l'Archet de la main droite et la Lyre de la gauche. » Puisque l'Abbé
de Marolles a fait ici du *Plectre* un Archet, il aurait dû traduire le mot *Cithara*
par *Viole*, la *Lyre* ne s'étant jouée en aucun temps avec un Archet. Novitius [295]
traduit, à son tour, le mot Plectrum par ces mots : « un Archet de *Violles*, de
» *Violons* », et il le dérive de Plectere, *frapper*. Tous ces Auteurs font, sans s'en
douter, une pétition de principe : ils posent évidemment en fait ce qui est précisément en question. On ne saurait se contenter de pareilles preuves.

D'autres Auteurs également recommandables nous fournissent, d'ailleurs, de
puissants motifs de rester tout au moins dans le doute sur ce point d'Archéologie
Musicale. Schrevelius traduit le mot Πλῆκτρον par ceux-ci : *scutica, flagellum, calcar
galli gallinacei* ; à πλήσσω, dont le sens principal est percutio, *je frappe*.

Ce sens s'accorde assez bien avec celui que les Antiquaires donnent au mot *Plectre*.
Selon eux, le Plectre est une « baguette faite d'ivoire ou de bois poli, avec laquelle
» le Musicien touchait les cordes d'un instrument pour en tirer les sons [296]. »

Selon Caylus [297], le *Plectrum* était quelquefois « une espèce de doigt d'ivoire,
» d'or ou d'autre matière un peu recourbée, et dont on se servait pour toucher
» les cordes de la Lyre... » On trouve d'autres formes de *Plectrum* figurées dans les
ouvrages de Pignorius, de Montfaucon, de Buonarotti [298]; mais, on ne voit rien ni
dans la forme ni dans l'étendue de ces *Plectres*, qui doive les faire évidemment
assimiler, pour leur usage, au *Plectrum crinitum* du moyen âge, ou aux Archets
des *Violons, Altos, Basses*, etc., de nos jours. On lit dans la partie Antiquités, etc.,
de l'*Encyclopédie Méthodique*, à l'article Pentachorde [299] : « Musonius, au Chà-

---

[294] Voy. les *Livres d'Ovide, de l'Art d'aimer
et des Remèdes d'amour*, etc.; en latin & en
françois. *Le tovt rendv fort honneste, avec
des Nottes & des Obseruations nécessaires.* —
Paris, 1660, in-8° : p. 96. — Dans la 4ᵉ édition
de son *Manuel du Libraire et de l'amateur de
livres*, etc., — Paris, 1842 — (T. III, p. 603,
2ᵉ col.), Brunet signale le format de ce volume
comme étant *in-12* : c'est une *erreur*.

[295] Novitius, *seu Dictionarium Latino-
Gallicum, ad usum Serenissimi* Delphini. —

Lut.-Par., 1750, in-4° : T. II, p. 1038, 2ᵉ col.

[296] Encyclopédie Méthodique [*Antiquités*];
ouvr. cit. : T. IV, p. 744, 2ᵉ col.

[297] *Recueil d'Antiquités égyptiennes, étrus-
ques, grecques et romaines.* — Paris, 1752-67,
in-4° : T. VII, Pl. LXXXII, N° 3.

[298] *Osservazioni istor. sopra alcuni Meda-
glioni antichi del Card.* Carpegna. — Roma,
1698, in-4°, fig.

[299] Encyclopédie Méthodique [*Antiquités*,
etc.] : T. IV, p. 625.

pitre VII de *Luxu Græcorum*, rapporte que les cordes de cet instrument étaient des
» lanières de peau de bœuf, et qu'on les pinçait avec la *corne du pied d'une chèvre*,
» en guise de *Plectrum*. Scaliger [300] dit que les Espagnols font encore de sem-
» blables *Plectrum*, et qu'ils s'en servent pour toucher le Psaltérion. » On trouve
pourtant ce qui suit dans le *Nouveau Dictionnaire des Origines, Inventions et
Découvertes* [301] : « Le *Plectrum* des Grecs, que les Latins appellent souvent *Plectrum
» crinitum*, était une baguette dont on frappait les cordes de la Lyre pour les faire
» vibrer, et *sans doute on la* PROMENAIT *aussi quelquefois dans le même but*. On a,
» d'ailleurs, trouvé des Plectres de différentes matières, dont *les extrémités de la
» baguette étaient recourbées et disposées de manière à faire reconnaître qu'un corps
» étranger avait dû y être attaché : ce qui se rapporte bien à notre Archet moderne.* »
Nous regrettons vivement que Noel, Carpentier et Puissant n'aient cité dans cet article, ni les Auteurs Latins qui ont employé *souvent*, — disent-ils —, les mots *Plectrum*
crinitum, ni les Antiquaires qui ont rencontré l'espèce de *Plectrum* qu'ils décrivent.

Le passage suivant de l'article *Plectrum*, de l'*Encyclopédie Méthodique* [302], nous
semble digne de toute l'attention de nos Lecteurs, à cause de la réflexion naturelle
qu'il suggère. « Les Anciens, — dit l'Auteur (le Chevalier de Jaucourt) —, avaient
» des instruments à corde sur lesquels on jouait sans *Plectrum*, et d'autres où l'on
» s'en servait toujours. C'était aussi, *dans les commencements, l'usage de ne toucher
» la Lyre qu'avec le* Plectrum ; *ensuite la mode vint de n'en pincer les cordes qu'avec
» les doigts.* » — Si l'action du *Plectre* avait été véritablement un jeu d'*Archet*, il
est infiniment probable qu'on aurait de bonne heure trop bien apprécié l'avantage
de faire vibrer, d'une manière continue, les cordes des instruments de musique,
pour qu'on eût pu lui préférer le pincer des cordes au moyen des doigts.... ! « Je
» ferai remarquer, — dit M. Fétis [303] —, qu'on ne trouve rien dans l'Antiquité qui
» puisse faire croire à l'existence du Violon, ni d'aucun instrument à archet, chez
» les Peuples Orientaux. L'Archet est originaire du Nord et de l'Occident. Si on le
» trouve aujourd'hui chez les Arabes et dans la Perse, c'est que les Francs en ont
» doté l'Orient, comme ils en ont rapporté le Luth et le Psaltérion..... On n'en

---

[300] *Poetic.* : Liber I, Caput XLVIII.

[301] Noel, Carpentier et Puissant : *Nouveau
Dictionn. des Origines, Inventions et Découvertes*, etc.; ouvr. cit.: T. I, p. 73, 1re col.

[302] Encyclopédie Méthodique [*Antiquités,
Mythologie*, etc.] : T. IV, p. 744, 2e col.

[303] *Biogr. Univ. des Music.*, etc.; ouvr. cit.:
T. I [*Résumé philosophique*, etc.], p. LXVII.

» trouve aucunes traces sur les Monuments de l'Egypte ; ce qui paraît démontrer
» qu'il n'a été introduit dans ce pays que vers les ive et ve siècles, après que les
» Barbares l'eurent porté dans l'Europe Méridionale, d'où il a passé en Grèce et dans
» l'Arabie. » M. Fétis appuie son sentiment sur la forme du Goudok et de son Archet.
Cet instrument à archet, des anciens Paysans Russes, constitue le premier Violon
rustique connu. Ayant la *forme de la Mandoline*, il n'est point encore échancré
pour laisser le passage de l'archet sur ses côtés, ce en quoi il est semblable aux
plus anciens instruments de ce genre, dont les figures nous ont été transmises par
les Monuments du moyen âge. Un instrument de cette forme est représenté, selon
M. Fétis, dans un Manuscrit des premières années du ixe siècle, qui existait autrefois
dans l'Abbaye de Saint-Blaise. L'Abbé Gerbert en a donné la figure dans son *Histoire
de la Musique d'Eglise* [304]. M. Fétis fait encore une remarque très-importante, au
sujet de la forme, probablement première, que présentait l'Archet de ce Violon
primitif : « Quant à l'Archet dont on se sert pour jouer du Goudok, — dit-il [305] —,
» il est dans toute sa grossièreté originelle, car c'est exactement un *arc dont les
» deux extrémités sont pareilles*. » D'après lui [306], « l'antiquité du Crwth des Bardes
» Welches, instrument à archet, est constatée par de très-vieux Manuscrits en langue
» galloise, qui révèlent eux-mêmes des traditions populaires très-anciennes. Tous
» les anciens Poëmes Welches contiennent les noms d'une multitude de joueurs de
» Crwth, qui accompagnaient leurs voix avec cet instrument. »

Le Crwth, dont l'usage a été réservé à l'Angleterre dès les premiers temps de
l'ère chrétienne, est un instrument à archet, composé d'une caisse sonore, en carré
long, évidée dans sa partie supérieure, ayant un manche surmonté d'une touche
dans le centre, et pour monture six cordes, dont quatre sont placées sur la touche,
et deux se jouent à vide en dehors. Selon M. Fétis [307], ce serait le Crwth des
Bardes Welches, — et non la *Vielle*, comme l'ont cru Roquefort et d'autres
Auteurs —, que Venantius Fortunatus, Evêque de Poitiers, qui écrivait vers

[304] *De Cantu et Musicâ sacrâ, à primâ Ecclesiæ ætate usque ad præsens tempus.* — Typis San-Blas., 1774, 2 vol. in-4°, fig.: T. II.

[305] *Biographie Universelle des Musiciens,* etc.; ouvr. cit.: T. I [*Résumé philosophique de l'Histoire de la Musique*], p. cxxix.

[306] *Biographie Universelle des Musiciens,* etc.; ouvr. cit.: T. I [*Résumé philosophique de l'Histoire de la Musique*], p. cxxxv.

[307] *Biographie Universelle des Musiciens,* etc.; ouvr. cit.: T. I [*Résumé philosophique de l'Histoire de la Musique*], p. cxxxvii.

l'année 609, aurait désigné par les mots *Crotta Britanna*, dans le Distique suivant :

> « *Romanusque Lyrâ plaudat tibi, Barbarus Harpâ,*
> » *Græcus Achilliacâ,* Cʜᴏᴛᴛᴀ Bʀɪᴛᴀɴɴᴀ *canat* [308]. »

Tous les autres instruments à cordes et à archet du moyen âge, dont la Viole est peut-être le plus ancien, sembleraient devoir leur origine au *Goudok* et au *Crwth*.

« Après avoir passé de l'Italie dans la Grèce, — dit M. Fᴇᴛɪs [309] —, la *Viole* a » été transportée dans l'Asie Mineure, puis dans la Perse et dans l'Arabie. Elle y est » devenue le *Kemangeh Roumy*, dont on a fait ensuite diverses variétés, en leur » donnant un caractère oriental. Le *Rebâb*, imitation grossière du même système, a » été long-temps après rapporté en Europe par les Croisés, y a pris le nom de » *Rubebbe*, et enfin est devenu le violon rustique appelé *Rebec*, après avoir subi » diverses modifications dans sa forme, la matière dont il était composé, et le nombre » de cordes dont il était monté. » Il n'est pas étonnant que ʟᴀ Bᴏʀᴅᴇ, appréciant à leur juste valeur certains documents historiques peu propres à inspirer de la confiance, tels que quelques Figures des *Tableaux de* Pʜɪʟᴏsᴛʀᴀᴛᴇ, la Médaille d'argent

---

[308] Venant. Fᴏʀᴛᴜɴᴀᴛ.: *Carm. 8, Lib. VII.*
— Selon M. Th. Hᴇʀsᴀʀᴛ ᴅᴇ ʟᴀ Vɪʟʟᴇᴍᴀʀǫᴜᴇ *, la *Rota* (*Crotta Britanna* de Venantius Fᴏʀ-ᴛᴜɴᴀᴛᴜs) ne serait que le *Rebek*. En parlant de *Barz ambulants* de la Bretagne, il dit : «.... Parfois ils essayent de relever le mérite » de leurs chants, en les accompagnant des » sons très-peu harmonieux d'un instrument » de musique à trois cordes, nommé Rᴇʙᴇᴋ, » que l'on touche avec un archet, et *qui n'est* » *autre que la* Rᴏᴛᴇ *des Bardes Gallois et* » *Bretons du* vɪᵉ *siècle* [*2]. »
Dans son *Lexique Roman ou Dictionnaire de la Langue des Troubadours*, Rᴀʏɴᴏᴜᴀʀᴅ dit de la *Rota* que c'est « une sorte d'instrument

* Bᴀʀᴢᴀᴢ - Bʀᴇɪᴢ : *Chants populaires de la Bre-tagne*, etc.; ouvr. cit.: T. I, pp. xxxɪɪɪ et xxxɪᴠ.
*2 « *Crotta Britanna* (Venant. Fᴏʀᴛᴜɴ., *Lib. VII*, » p. 170). Mᴀʀɪᴇ ᴅᴇ Fʀᴀɴᴄᴇ ** la dit aussi populaire » que la Harpe :
» « Fu Gᴜɢᴇᴍᴇʀ le lai troves
» « Que hom dist en Hᴀʀᴘᴇ è en Rᴏᴛᴇ. »
** Mᴀʀɪᴇ ᴅᴇ Fʀᴀɴᴄᴇ : *Poésies*; ouvr. cit.: T. I, p. 45.

» de musique... »; mais il ne définit pas cet instrument de manière à le faire distinguer des autres. Les deux passages suivants, qu'il cite, l'un en Roman, l'autre en ancien Espagnol, obscurcissent peut-être encore davantage la question, au lieu de l'élucider :
« .... Fais la Rᴏᴛᴀ
» Ab. xᴠɪɪ cordas garnir. »
« Gɪʀᴀᴜᴅ ᴅᴇ Cᴀʟᴀɴsᴏɴ : Fadet joglar.
» Fais la *Rote* avec dix-sept cordes garnir. »
Cet instrument de musique ayant *dix-sept cordes* serait-il bien une Vièle...?
La *Rhote* citée par Eustache Dᴇsᴄʜᴀᴍᴘs, qui était en usage du temps de Cʜᴀʀʟᴇs VI, et que l'on a cru fort gratuitement être une espèce de *Guitare*, pourrait bien n'être, en réalité, que la *Vielle* dont on aurait souvent méconnu l'ancienneté.
[309] *Biographie Universelle des Musiciens et Bibliographie générale de la Musique;* ouvr. cit. : T. 1 [*Résumé philosophique de l'Histoire de la Musique*], p. ʟxxxɪɪɪ.

contorniate de *Scribonius* Libo, les *Hiéroglyphes de Pierre* Valérian, ait été contraint de dire : « Voilà ce que l'Antiquité nous a conservé sur le *Violon*, et c'est si » peu de chose, que c'est à peu près ne rien savoir [310]. »

Dans la seule Dissertation connue de Lichtenthal [311] sur l'Origine et l'Histoire du Violon, celle de L.-B.-R. le Prince, ayant pour titre : *Observations sur l'Origine du Violon* [312], l'invention de cet instrument est rapportée au moyen âge. L'Auteur de l'article *Ueber die Violine*, cité par Lichtenthal, à l'occasion de la construction du Violon, est certainement dans l'erreur, quand il avance que le Violon n'était pas connu avant le xiie siècle : de nombreux passages de textes romans prouvent évidemment que l'invention de cet instrument était antérieure à cette époque.

Les *cinq cordes* du Violon d'Apollon, dans le monument Maffei, feraient plutôt rapprocher cet instrument du *Pardessus de Viole* [313] que du Violon ordinaire, qui n'en a que quatre. Bottée de Toulmon nous rappelle que, « du temps de Jérôme » de Moravie (xiiie siècle), le Violon était monté de cinq cordes, parmi lesquelles » on comptait deux bourdons, qui résonnaient à vide, pour accompagner ce qui » était exécuté sur les autres cordes [314]. » Il ajoute que « cet Auteur lui donne le » nom de *Vielle*, et qu'il nomme *Rubebbe* un autre *violon à deux* cordes, qui devait » servir d'accompagnement à la Vielle, car il était d'une nature plus grave. »

Dans son *Lexique Roman* [315], Raynouard fait deux articles distincts, traitant, l'un la *Viula*, *Viola*, l'autre le *Violon*, dans lesquels il donne néanmoins le sens de *Violon* aux mots *Viula* et *Viola*, et le sens de la *Viole* au mot *Violon*. Le passage suivant du *Roman de Jaufre* (fol. 98) indique clairement un accompagnement de Viole :

« E'ls joglars que sun el palais	« Et les Jongleurs qui sont au Palais accom-
» Viulon dezcorts e suns e lais	» pagnent de la *Viole*, Descorts et Chants et
» E dansas e *cansons de gesta*. »	» Lais et Danses et *Chansons de geste* [316]. »

[310] [De la Borde] : *Essai sur la Musique ancienne et moderne;* ouvr. cit.: T. I, p. 357.

[311] Pietro Lichtenthal : *Dizionario et Bibliografia della Musica.*—Milano, per Antonio Fontana, 1826, in-8°: T. IV, p. 183.

[312] Voy. *Journ. Encycl.*: Nov. 1782, p. 489.

[313] [De la Borde] : *Essai sur la Musique anc. et mod.;* ouvr. cit.: T. I, fig. de la p. 304.

[314] « *Est autem Rubeba,* — dit-il —, *mu-*

» *sicum instrumentum* habens solùm duas » cordas *sono distantes à se per diapente* [une » quinte]; quod *quidem* sicut et viella cum » arcu tangitur. * »

[315] *Lexique Roman ou Dictionnaire de la Langue des Troubadours*, etc.; ouvr. cit.: T. V, p. 560.

[316] Raynouard : *Recherches sur les Epopées* * Voy. le 28e et dernier Chap. de son *Encycl. Music.*

La *Viole*, la *Viole d'amour*, le *Pardessus de Viole*, le *Violon*, etc., sont évidemment des instruments du même genre : ils paraîtraient n'avoir différé les uns d'avec les autres que par leurs dimensions [317] et par le nombre ou la nature de leurs cordes.

VIELLE. — L'*Essai sur la Musique ancienne et moderne* de LA BORDE nous représente bien, dans la planche du T. Ier (p. 302), une *Vielleuse* jouant de son instrument pour accompagner des joueurs de *Psaltérion* et de *Pandore*.... ; mais l'Auteur n'en dit pas moins (p. 305 de ce volume) que « l'instrument ainsi nommé dans » nos Fabliaux était *le même que notre Violon*. » Cette question, assez ardue, nous semblerait avoir été tranchée par LA BORDE d'une manière un peu leste. Au bas d'une figure de l'*Essai de Musique* de cet Auteur [318], qui n'est que la copie d'une miniature faisant partie d'un Manuscrit de la Bibliothèque du Roi, et qui représente un *Joueur de Vielle*, on lit ces mots : « Ce joueur de Vielle est tiré d'un Manuscrit » de la Bibliothèque du Roi, N° 7211, dont l'écriture est du XIV° siècle, *ce qui prouve* » *que la Vielle est fort ancienne.* » « On a voulu, — dit encore LA BORDE [319] —, que » la Vielle ait été inventée par Colin MUSET (au XIII° siècle); mais nous lui avons » trouvé une bien plus ancienne origine dans notre second livre. » Une Chanson de Colin MUSET, contemporain du Comte Palatin de Champagne et Roi de Navarre THIBAUT (XIII° siècle), renforce encore ce sentiment. On y lit les passages suivants :

« Vien ça, si Vièle	« Viens-ça, MUSET, joue-moi de ta
» Ta muse en chantant	» *Vielle* en chantant ta chanson si
» Tant mignonement.	» joliment.
» J'alai à li el praëlet	» J'allai à elle dans la prairie avec
» O tout la *Vièle* & *l'archet ;*	» ma *Vielle et mon archet* [320], je lui
» Si li ai chanté le Muset	» chantai mon Muset amoureuse-
» Par grant amour... »	» ment... »

Romanesques des Troubadours ; Extr. in-8° du *Journal des Sav.*, N° de Septemb. 1833, p. 7.

[317] Les dimensions de la *Viole* ont singulièrement changé à certaines époques.

« Cet instrument était si gros, — dit LA » BORDE [*] —, que le Musicien GRANIER, exécu- » tant de la Musique devant la REINE MARGUE- » RITE, jouait la Basse et chantait la Taille,

[*] [DE LA BORDE] : *Essai sur la Musique ancienne et moderne ;* ouvr. cit. : T. I, p. 307.

» pendant qu'*un petit Page*, enfermé dans » *l'instrument, chantait le Dessus.* »

[318] [DE LA BORDE] : *Essai sur la Musique ancienne et moderne ;* ouvr. cit. : T. I, p. 305.

[319] [DE LA BORDE] : *Essai sur la Musique ancienne et moderne ;* ouvr. cit. : T. II, p. 208.

[320] « Il y avait alors plusieurs espèces de » *Vielles*, — dit LA BORDE [*] —, celle *à roue*

[*] [DE LA BORDE] : *Essai sur la Musique ancienne et moderne ;* ouvr. cit. : T. II, p. 208.

La *Vielle* était plus anciennement connue. J.-J. Rousseau en fait honneur à Gui d'Arezzo, comme on sait Moine de Pompose à la fin du xᵉ siècle. Cet instrument commença à être goûté en France en 1085, et il fut admis, vers le xiiᵉ siècle, dans les meilleurs concerts. Raynouard présente le mot *Vièle*, comme n'étant que la désignation, en vieux Français, de l'instrument que l'on nommait *Viole*. Il en donne les exemples suivants, auxquels il serait aisé d'en ajouter bien d'autres [321] :

« Anc. Fr. L'uns tabore, l'autre *viele* [322]. »
....

« Et pent à son col la *Viele*
» Que Gérars bien et biel *Viele* [323]. »

Malgré son mérite incontestable, Raynouard pourrait bien s'être trompé sur ce point. Tout en reconnaissant que certains mots, tels que « Vièlière, s. m. (v. lang.) : » joueur de violon, violoniste....; Vieleor, s. m. (v. lang.) : *joueur de vielle ou de* » *violon* »; aient pu favoriser la confusion dont nous entretenons nos Lecteurs, nous penserions volontiers que les mots *vièle* et *vièler*, que l'on rencontre si fréquemment dans les écrits surtout poétiques du moyen âge, se rapportaient plus souvent qu'on ne l'a cru à l'instrument à roue que nous appelons *Vielle* même aujourd'hui [324]. Nous ne voyons pas pourquoi la Vielle et le Violon ou la Viole, etc., n'auraient pas été distingués et désignés par leurs noms respectifs au moyen âge.

Instruments de Musique du Moyen Age de nature incertaine. — Malheureusement, les Instruments de musique du moyen âge, sur la nature desquels on est dans l'incertitude, sont plus nombreux qu'on ne s'y serait attendu.

Sambuque. — Selon Ferrari, il n'existerait pas d'instrument particulier portant

» et celle *à archet que nous ne connaissons* » *plus, et d'où l'on a prétendu que nous était* » *venue la Viole* *. On voit que c'est de cette » dernière dont jouait Colin Muset, puisqu'il » parle de l'*archet*. »

[321] Raynouard : *Lexique ou Dictionnaire de la Langue des Troubadours*, etc.; ouvr. cit. : T. V, p. 561, 1ʳᵉ col.

[322] *Proverbes et Dictons populaires*: p. 160.

[323] *Roman de la Violette* : p. 69.

* C'est une grave erreur : l'historique de la Viole précédemment donné d'après M. Fétis en est une preuve péremptoire.

[324] On peut voir, sur l'histoire de cet instrument : Terrasson (l'Abbé Ant.) : *Dissertation historique sur la* Vielle ; Paris, le Merle, 1741, in-12 ; — Baton (le jeune) : *Mémoire sur la* Vielle : dans le *Mercure de France*, N⁰ du mois d'Octobre 1757, p. 143 ; — Perne : *Notice sur un Manuscrit du xiiiᵉ siècle*, dans lequel l'auteur Jérôme de Moravie donne les principes pour *accorder la Vielle* et la *Rubebbe*, deux des principaux instruments à cordes et à archet de son temps ** .

** 2 Revue Musicale : T. II, pp. 457-467 et 481-490.

ce nom : cette dénomination n'aurait été employée que pour désigner la *Harpe* à certaines époques [325].

SALTÉRION, SALTÈRE et PSALTÈRE. — Cet instrument de musique dont il est souvent question chez les Ecrivains du moyen âge, était connu des Grecs sous le nom de Ψαλτήριον, dérivé de ψάλλω, *je pince, je joue d'un instrument à cordes*.

Chez les Anciens, le mot *Psalterium* est environné d'obscurités aussi épaisses que celles qui entourent celui de *Symphonie*. D'une part, JOSÈPHE assure que c'était un instrument composé de douze cordes, et qu'on en jouait avec les doigts. Saint HILARION, DIDYME, Saint BASILE et EUTHIME disent que c'était un instrument excellent, et le plus parfait de tous. Saint AUGUSTIN nous dit que celui qui en jouait le tenait dans ses mains ; que la partie appelée *Testudo*, c'est-à-dire la partie convexe où le son se réfléchit, *était en dessus, de la même manière qu'elle est en dessous dans la Lyre*. Saint JÉRÔME lui donne une *forme carrée*, avec dix cordes.... D'autre part, plusieurs interprètes ont dit, du *Psalterium* des Anciens, ce que certains Auteurs avaient dit de la *Symphonie* des temps antiques, savoir : *que ce n'était pas un instrument véritable, mais seulement une certaine harmonie produite par la voix et par le son* [326].

Le *Psalterium* moderne ou plutôt du moyen âge, dont il est fait mention : dans le passage du *Roman du* BRUT (cité p. 165) ; dans un passage de *La Bataille des VII Arts*, Manuscrit du XIIIᵉ siècle, que nous citerons plus tard ; dans la quatrième strophe de Guillaume DE MACHAULT (citée p. 161) ; dans la note 264 de ce Chapitre ; dans le passage de Jean MOLINET (cité p. 166), comme en tant d'autres compositions soit en prose, soit en vers de cette époque, est un instrument dont la forme est fort variable. Selon LA BORDE, il est plat et carré, présentant treize rangs de cordes, de fil de fer ou de laiton, accordées de quatre en quatre, à l'unisson ou à l'octave, et montées sur deux chevalets. Les joueurs mettent ces cordes en mouvement avec leurs doigts tantôt nus, tantôt armés de petits anneaux portant un morceau de plume. On peut en voir la figure dans la Planche du T. Iᵉʳ, p. 302 de l'*Essai sur la Musique ancienne et moderne* de cet auteur. Suivant M. FÉTIS [327] : « sa forme est celle » d'une *Harpe trigone* renversée sur une caisse sonore, et montée de cordes obliques

[325] [DE LA BORDE] : *Essai sur la Musique ancienne et moderne ;* ouvr. cit. : T. I, p. 295.

[326] Voy. [DE LA BORDE] : *Ess. sur la Musiq. ancienne et moderne ;* ouvr. cit. : T. I, p. 302.

[327] *Biographie Universelle des Musiciens et Bibliographie générale de la Musique ;* ouvr. cit. : T. I [*Résumé philosophique de l'histoire de la Musique*], pp. LXIV-LXV.

» de métal ou de boyaux qu'on frappait avec de légères baguettes. » D'après des miniatures de certains Manuscrits, — le précieux Psautier du x⁰ siècle de la Bibliothèque Médard, entre autres —, le *Psalterium* aurait été touché aussi à l'aide de *Plectres* même bifurqués. Cet instrument était appelé par les anciens Arabes *Quanon*, et sa petite espèce portait le nom de *Demi-Canon*, même au xiv⁰ siècle. A son occasion, M. Fétis [328] rappelle les deux faits suivants : 1° « Au Chapitre des » Ménestrels de l'Ordonnance sur le Règlement de l'Hôtel de Louis X, Roi de France, » datée de 1315, on trouve un Leborne, *joueur de Psaltérion*. » — 2° « Dans une » Ordonnance du mois de Mai 1364, qui fait connaître les noms et l'emploi des » Musiciens ou Ménestrels de la Chambre du Roi de France Charles V, on voit que » l'un d'eux, nommé Jehan Tonet de Rains (Reims), jouait du *Demi-Canon*. » On trouve dans l'*Essai sur la Musique ancienne et moderne* de la Borde [329] une Planche où figure un personnage jouant du *Psaltérion Persan*. Ce Psaltérion est un instrument triangulaire, à table d'harmonie non ouverte, et muni de six cordes qu'on pince avec les doigts.

Cet instrument de percussion, transporté en Europe par les Croisés au moyen âge, était destiné à prendre, dans ses perfectionnements successifs, les formes du *Clavicembalum* (notre Clavecin); du *Clavicordium*, instrument à clavier dans lequel de petites lames de métal frappaient les cordes en leur servant de chevalets mobiles; de l'*Epinette*, et enfin des *Pianos*, tels que les confectionnent, avec un talent si remarquable, les Erard et les Pape, de Paris, et surtout les Boisselot, de Marseille, dans leurs *Pianos octaviés* et leurs *Pianos à sons soutenus* [330]......

Syphonie, Symphonie, Chifonie, Syphoine ou Chyfoine. — Il s'en faut beaucoup que les Auteurs, même les plus graves, soient parfaitement d'accord sur la nature de cet instrument; et pourtant il en est fait mention dans la Bible, il était fort usité au moyen âge, et il se trouvait encore en vogue du temps de Charles VI (1380-1422). Le P. Martini et de la Borde nous paraîtraient avoir mal interprété

[328] *Biographie Universelle des Musiciens*, etc.; ouvr. cit.: T. 1 [*Résumé philosophique de l'Histoire de la Musique*], p. lxv.

[329] [De la Borde]: *Essai sur la Musique ancienne et moderne;* ouvr. cit.: T. 1, p. 291.

[330] Voy. L'Industrie. *Exposition des pro-* duits de l'Industrie Française en 1844.—Paris, L. Curmer; Londres, Héring et Remington; gr. in-4°, papier vél., fig., p. 116, 1ʳᵉ col.; et la belle gravure: « *Piano droit en Ebène, avec* » *incrustations en relief de nacre et de corail,* » de Boisselot et fils, à Marseille. »

les versets du Prophète Daniel, où l'on trouve le mot *Symphoniæ*, dans une énumération d'anciens Instruments de Musique. Voici le texte de Daniel dont il s'agit :

Cap. III, Vers. 5 : « *In horâ quâ audieritis sonitum Tubæ, et Fistulæ, et Citharæ,* » *Sambucæ et Psalterii, et* Symphoniæ, *et* universi generis Musicorum, *cadentes* » *adorate statuam auream quam constituit* Nabuchodonosor *Rex.* »

Cap. III, Vers. 7 : « *Post hæc igitur statim ut audierunt omnes populi sonitum* » *Tubæ, Fistulæ, et Citharæ, Sambucæ et Psalterii, et* Symphoniæ, *et omnis* » generis Musicorum : *cadentes omnes populi, tribus et linguæ adoraverunt statuam* » *auream quam constituerat* Nabuchodonosor *Rex.* »

Le P. Martini conclut avec Saint Jérôme, « qu'on ne doit pas entendre ici, » par le mot *Symphonie*, un *instrument à corde* ou à *vent*, mais *l'union de plu-* » *sieurs instruments.* » Mais d'abord la version de Saint Jérôme a été ou mal lue, ou lue dans un texte impur par le P. Martini. Le texte auquel nous avons eu recours dans cette vérification est plus digne de confiance. Nous avons cru pouvoir nous en rapporter au Manuscrit du xv⁰ siècle, H. 7 de la Bibliothèque de la Faculté de Médecine de Montpellier : *Biblia Sacra, ex translatione S.* Hieronymi : *è Biblio- thecâ Paparum Avenionensium;* Fonds Bouhier, A. 70, 2 vol. in–fol°, sur vélin, ornés de belles miniatures. Or, dans ce Manuscrit, le mot Symphoniæ représente des instruments bien distincts tout à la fois et de ceux qui viennent d'être énumérés, et de cette suite de la phrase : « *et omnis generis Musicorum.* » Ensuite, — nous en conviendrons —, nous ne savons trop pourquoi de la Borde [331] fait dire au Prophète Daniel que la *Symphonie* est « un instrument sur lequel *on tirait plusieurs* » *sons à la fois . . . . .* » : le texte ne dit pas cela . . . . ! A son tour, le Maistre de Sacy ne nous semblerait pas avoir bien traduit les expressions de Daniel : « *et* » Symphoniæ, *et omnis generis Musicorum* », par ces mots : « et des *Concerts de toute* » *sorte de Musiciens.* »

Saint Isidore veut que la *Symphonie* soit un *bois creux des deux côtés, couvert d'une peau sur laquelle on frappait avec de petits bâtons* : ce qui s'accorde presque de tout point avec ce que de la Borde dit de la *Chifonie.* « On croit, — dit cet Auteur [332] » —, que c'était un *instrument de percussion*, fait comme une *espèce de Tambour,* » percé dans le milieu comme un crible : on le frappait des deux côtés avec des

---

[331] [De la Borde] : *Essai sur la Musique ancienne et moderne;* ouvr. cit. : T. I, p. 247.

[332] [De la Borde] : *Essai sur la Musique ancienne et moderne;* ouvr. cit. : T. I, p. 292.

» baguettes. » Levanius ne le décrit nullement, quand il se contente de dire que cet instrument était *d'une forme un peu longue et que les aveugles en jouaient avec leurs doigts.* Sans être aussi précis qu'on l'eût souhaité, Cornelio ajoute : « qu'il rendait » un son doux et agréable, par le moyen d'une *roue de fer, qui en tournant touchait* » *les cordes* (comme dans notre *Vielle*) [333]. » J. Drusius [334], le P. Mersenne, du Cange, le P. Kircher et Dom Calmet en parlent d'une manière toute différente. Grotius, dans la description qu'il en donne, présente la *Syphonie* comme une flûte recourbée, etc. ; et du Cange a réuni un certain nombre de citations qui feraient penser que cet instrument était un instrument à vent. D'après Bottée de Toulmon, avant le xiiie siècle, *Symphonie* désignait plusieurs instruments d'une nature différente. A cette époque, on appela invariablement *Symphonie* l'instrument que nous nommons Vielle. Il était réservé aux aveugles et aux mendiants : « *Aveugles chifonie aura* », dit Eustache Deschamps ; et Gerson dit à son tour : « *Tale instrumentum vendicaverunt* » *ipsi cæci.* » Une anecdote, tirée de la *Vie de du Guesclin*, atteste qu'on n'avait plus qu'une sorte de mépris pour cet instrument, au xive siècle : « Le Roi de Portugal, » — dit Guyard de Berville [335] —, avait deux Ménétriers qu'il estimait et vantait » beaucoup. Il les fit venir, et ils jouèrent de la *Cyfoine;* mais le Chevalier Matthieu » *de Gournay se moqua d'eux, en disant que ces instruments, en France et en* » *Normandie, n'étaient qu'à l'usage des mendiants et des aveugles, et qu'on les y* » *appelait* Instruments truands [236]. »

Gigue. — Quelques passages de Poésies Romanes, du xiiie siècle, feraient penser que le mot *Gigue* désigne un Instrument de Musique. On lit dans *La Bataille des VII Arts*, Manuscrits de la Bibliothèque Nationale N°s 7218 et 1830, déjà cités [337] :

> « Madame Musique aus clochetes
> » Et si clerc plain de chançonnetes
> » Portoient *Gigues* et Vieles,
> »Saltérions et Fléuteles....; »

[333] Voy. [de la Borde] : *Ess. sur la Musiq. ancienne et moderne;* ouvr. cit.: T. I, p. 246.

[334] Drusius est le *nom latinisé* de Jean Driesches, savant protestant du xvie siècle, que les Etats-Généraux de Hollande avaient chargé de faire des remarques grammaticales sur les endroits les plus difficiles de l'Anc. Testament.

[335] Guyard de Berville : *Vie de du Guesclin.* — Paris, 1767, 2 vol. in-12 : T. I, p. 292.

[336] Voy. [de la Borde] : *Ess. sur la Musiq. ancienne et moderne;* ouvr. cit. : T. I, p. 292.

[337] *La Bataille et le Mariage des VII Arts,* etc., cit.; publ. pour la première fois par Ach. Jubinal. — Paris, 1838, in-8° : pp. 32-33.

La citation suivante, en ancien Espagnol, que nous allons faire, d'après RAYNOUARD, tendrait évidemment vers le même but :

« ANC. ESP. : *Avie hy sinfonia, Arba, Giga* [338] *e Rota.* »

CHORON. — On n'a que peu de renseignements, et encore bien vagues, sur cet instrument, dont le nom se rencontre pourtant assez souvent dans les Poésies Romanes du moyen âge. Serait-ce l'instrument auquel les Hébreux avaient donné un nom ayant la signification de *Chœur?...* C'est possible... : mais on n'a, sur ce point, que de simples présomptions. On ne saurait peut-être pas que le CHORON était positivement un *instrument à cordes*, si l'Auteur de la *Vie de Louis III*, Duc de Bourbon, mort en 1419, n'avait point dit « qu'on lui trouva le corps ceint par »*pénitence d'une corde à fouet et d'une* CORDE DE CHORON [339]. »

Ce que nous avons à dire, très-succinctement ici, sur la représentation figurée des Instruments de Musique d'accompagnement du moyen âge, ne doit être considéré que comme une première ébauche. C'est un simple rapprochement de notes, ou, si l'on veut, une réunion de matériaux susceptibles d'être convenablement utilisés plus tard. Il serait à souhaiter, en effet, qu'un Archéologue Musicien, moins inhabile et surtout moins occupé que nous, voulût bien quelque jour rendre service à la Science, en traitant ce beau sujet avec toute l'étendue et la profondeur qu'il mérite. Aussi nous contenterons-nous de signaler en ce lieu : 1° certains curieux Monuments de Sculpture ; 2° quelques bonnes Gravures reproduisant des Miniatures de Manuscrits ; et 3° un petit nombre de Miniatures originales de Manuscrits de divers siècles et de différentes Bibliothèques privées ou publiques.

I. L'édition des *Poésies du Roy de Navarre*, publiée par LA RAVALLIÈRE, et déjà souvent citée, contient [340] la reproduction de quatre Monuments du moyen âge, où l'on voit figurer le *Rebec* et le *Violon*.

La première des deux Gravures de la page 251 représente la figure d'un de nos

---

[338] *Poema de* ALEXANDRO, *cap.* 1383 *. —
Le mot *Gigue* a désigné plus tard l'*Air* d'une *Danse* de même nom, dont la mesure est à six-huit et d'un mouvement assez gai. CORELLI a fait des *Gigues* qui ont été long-temps célè-bres ; mais ce mérite de composition n'a pu les empêcher de passer de mode.

* *Lexique ou Dictionnaire de la Langue des Trou-badours,* etc.; ouvr. cit. : T. V, p. 116, 2ᵉ col.

[339] Voy. [DE LA BORDE] : *Ess. sur la Musiq. ancienne et moderne;* ouvr. cit. : T. I, p. 293.

[340] *Les Poésies du Roy de Navarre, avec des Notes et un Glossaire français,* etc.; ouvr. cit : T. I, pp. de 250 à 253.

Rois, qui se voit au Portail du bas côté de l'Eglise de Notre-Dame-de-Paris, en y entrant à droite. Ce Roi tient, de la main gauche, un *Violon trilobé, à trois cordes*, et dont la table d'harmonie porte six ouvertures, symétriques de deux en deux, mais de formes et de dimensions différentes. Celles du milieu, les plus petites, sont rondes; les autres sont *en croix*. Ce Musicien, de noble lignée, tient de la main droite une *sorte d'archet*. Le P. de Montfaucon, qui a fait graver une figure peu exacte de ce personnage couronné, dans ses *Monuments de la Monarchie Françoise* [344], a prétendu qu'elle représentait le Roi Chilpéric, qui, selon Grégoire de Tours, « *faisait des Hymnes et des Chants pour l'Eglise, et composa deux livres sur ces* » *matières.* » Le morceau de sculpture dont il s'agit remonterait donc à la fin du vi° siècle. Ce Prince, que Grégoire de Tours appelait le Néron et l'Hérode *de son temps*, possédait très-bien la Langue Latine, chose étonnante pour un siècle où les Grands se faisaient un mérite de leur ignorance ; mais nous n'avons vu nulle part qu'il eût été désigné comme un Musicien remarquable....!

La seconde Gravure de la page 251 représente un *petit bassin*, ou une *jatte*, que l'Abbé Lebeuf avait jadis fait connaître à la Ravallière. Cet élégant ustensile nous montre, au milieu de son fond, un *Harpiste* debout sur une chaise fort ornée, sur une sorte de trône, pinçant de son instrument, entre un *Chanteur* et un *Joueur de Rebec à trois cordes*. Parmi les sujets des six limbes qui ornent le pourtour de ce vase, on distingue un *Chasseur* tenant un *Cornet à bouquin*, un *Harpiste* et un *Joueur de Rebec*. Ce dernier instrument présente, sur sa table d'harmonie, deux *chevalets*, entre lesquels *un archet aigu, à ses deux bouts, frotte deux cordes*. Les figures de cette jatte étant les mêmes que celles que l'Auteur du Poëme d'*Alexandre*, qui vivait du temps de Philippe-Auguste, a décrites comme ornant la *salle des jeux destinés à son Héros*, nous soupçonnerions volontiers, avec la Ravallière, et contre le sentiment de l'Abbé Lebeuf, que ce monument est contemporain, non de nos Rois de la première race, mais de la fin du xii° siècle ou du commencement du xiii°.

La troisième Gravure, tirée dans le texte même de la page 252, est la copie d'une Miniature appartenant à un superbe Manuscrit du xiv° siècle, que la Ravallière avait vu entre les mains de Guion de Sardière. Ce Manuscrit contenait des *Chansons*

---

[344] Dom Bernard de Montfaucon : *Les Mo-* *numents de la Monarchie Françoise, avec les* *figures de chaque règne que l'injure du temps* *a épargnées* (en français et en latin); — Paris, Gandouin, etc., 1729-33, 5 vol. in-fol., fig.: T. 1, p. 56.

du Roy de Navarre et de Poëtes ses Contemporains. La vignette représente un Jongleur, assis sur un banc élevé, jouant d'un *Rebec* à trois cordes, au moyen d'un archet également aigu à ses deux bouts. Ce Ménestrel exécute sa musique, en présence du Roi et de la REINE DE NAVARRE d'un côté, et de leurs Courtisans de l'autre, qui tous semblent l'écouter attentivement.

Quant au quatrième Monument, reproduit par la Gravûre de la page 253, il représente un Ecclésiastique ornant le Portail de la Chapelle de SAINT-JULIEN-DES-MÉNESTRIERS, de Paris. Cette Chapelle fut bâtie, en 1331, par les Jongleurs de PHILIPPE DE VALOIS; mais le personnage qui en orne le Portail est sûrement un violoniste plus moderne. Que ce soit Saint GENEST, Patron des Ménétriers et de leur Eglise, ainsi que le pensent avec assez de raison LA RAVALLIÈRE et MILLIN, ou Colin MUZET, comme le soutiennent ou le soupçonnent d'autres Auteurs, il est à remarquer que les formes de l'instrument et de son archet sont celles de l'archet et du Violon de nos jours, et que le Joueur tient son Violon exactement dans la position qu'on lui donne à notre époque. DE LA BORDE a consigné dans son *Essai sur la Musique*[342] une figure représentant ce personnage.

BOTTÉE DE TOULMON nous rappelle qu'un « chapiteau de SAINT-GEORGES-DE-BOCHER-» VILLE, du XIe siècle, nous montre un exécutant qui tient son Violon absolument » comme on le fait aujourd'hui. » Le bas-relief dont ce Chapiteau fait partie est du XIe ou XIIe siècle; il a été publié par WILLEMIN[343]. Le Violon figure encore dans un bas-relief du Tombeau de l'Eglise de SAINT-EUTROPE, à Milan (XIVe siècle), décrit par CICOGNARA[344], et dans le vitrail, du XIIIe au XIVe siècle, de l'ancienne Abbaye de Bon-Port, décrit dans les *Monuments Français* de WILLEMIN[345]. MILLIN fait connaître diverses formes de Violons du moyen âge, dans ses *Antiquités Nationales*, etc. : T. IV, Pl. II, p. 11 de l'article No XLII. « La frise de l'arcade du Portail de la » Chapelle de SAINT-JULIEN-DES-MÉNESTRIERS de Paris, — dit MILLIN (T. IV, No XLI, » p. 10) —, est remplie de petits Anges délicatement sculptés; ils sont occupés à » jouer de divers instruments, tels que l'Orgue, la Harpe, un instrument fait en

---

[342] [DE LA BORDE] : *Essai sur la Musique ancienne et moderne;* ouvr. cit.: T. I, p. 304.
[343] WILLEMIN : *Monuments Français inédits, pour servir à l'Histoire des Arts, des Costumes,* etc.; — Paris, in-fol.: T. I, Pl. LII.

[344] CICOGNARA : *Storia della Scultura dal suo risurgimento in Italia,* etc. Venezia, PICOTTI, 1843-18, 3 vol. in-fol. fig.: T. I, Pl. XXXVII.
[345] WILLEMIN : *Monum. Français inéd., pour serv. à l'Hist. des Arts,* etc.: T. I, Pl. CVI.

» triangle, et dont les cordes, au lieu d'être perpendiculaires, sont horizontales ;
» le *Violon*, le *Rebec à trois cordes*, la *Vielle*, la Mandoline, le Psaltérion, la Musette,
» le Cor, le Hautbois, la Flûte à bec, la Flûte de Pan ou Syrinx, les Timballes,
» le Luth et le Tympanon. » — WILLEMIN a consigné, dans ses *Monuments Français*
inédits, etc., une figure qui représente la « statue du Portail de Chartres, tenant un
» Violon : xii⁰ et xiii⁰ siècles [346]. » Cet Auteur fait connaître, en outre, des Violes
de diverses formes : « vers le xiii⁰ siècle (Pl. LII), du xiv⁰ au xv⁰ siècle (Pl. CCLII),
» au commencement du xvi⁰ siècle (Pl. CCLIII) [347]. »

Cet Auteur ajoute immédiatement après : « La forme la plus commune du Violon
» était alors celle d'une Mandoline ; plus tard, elle varia à l'infini : ainsi, les Minia-
» tures des xiii⁰ et xiv⁰ siècles nous donnent des Violons en forme de soufflet,
» d'autres faits en cœur, d'autres en battoir, en Guitare, en Mandoline, etc.... Ces
» deux dernières formes prévalurent.... »

II. Une Planche de LA BORDE [348], tirée de la *Danse aux Aveugles*, Manuscrit
du xiv⁰ siècle, représente, dans sa moitié inférieure, une réunion dansante
d'hommes et de femmes aveugles ; et, dans sa moitié supérieure, une femme assise,
majestueusement vêtue, coiffée d'un bonnet cylindrique de haute forme, avec
voile tombant en arrière, auprès de laquelle se trouve debout l'Amour ailé, ayant
sur ses yeux un bandeau et tenant son arc d'une main et ses flèches de l'autre.
Ces deux personnages président le bal, en écoutant une *Joueuse de Mandoline* et
un *Joueur de Cornemuse*, qui se tiennent debout, l'une à leur droite, l'autre à
leur gauche. On lit au bas de la figure : « Cette estampe est tirée de la *Danse aux*
» *Aveugles* [349], et prouve que la *Mandoline* et la *Cornemuse étaient connues du temps*
» *de* CHARLES V. » Un autre Joueur de Cornemuse est aussi représenté dans le même
volume, p. 278.

Quoique moins ancienne que la *Cornemuse*, la *Mandoline* était sûrement connue,

[346] WILLEMIN : *Monuments français inédits*, pour servir à l'Histoire des Arts, des Costumes*, etc. : Pl. LXXV.

[347] Voy. L.-J. GUENEBAULT : *Dictionnaire iconographique des Monuments de l'Antiquité Chrétienne et du moyen âge, depuis le Bas-Empire jusqu'à la fin du xvi⁰ siècle, indiquant l'état de l'Art et de la Civilisation à ces diverses époques*. — Paris, LELEUX, 1843, deux vol. in-8° : T. II, p. 407.

[348] [DE LA BORDE] : *Essai sur la Musique anc. et mod.*, ouvr. cit. : T. I, p. 255.— Cette Planche paraît être la copie d'une Miniature de Mst., contemporaine de CHARLES V (1364-80).

[349] Manuscrit du xiv⁰ siècle, de la *Bibliothèque du Roi*.

dans le moyen âge, bien avant la seconde moitié du XIVᵉ siècle. Voyez ce qui a été dit précédemment (p. 176) du *Tombeau d'Atilie*, mère des frères Abidius.

Quant à la *Cornemuse*, le texte même de LA BORDE (p. 255) constitue une critique sans réplique de l'inscription de l'estampe dont il vient d'être question. Après avoir dit que *la Cornemuse n'est guère connue que des paysans*, LA BORDE ajoute : « Saint » Jérôme [350] en parle dans sa Lettre à Dardanus. Les Latins l'appelaient *Naulia* ou » *Nablia*, ou *Tibia utricularia*. » Il y a assez loin, ce nous semble, des époques indiquées par ces deux citations, aux années du règne de CHARLES V : de 1364 à 1380...!

Dans la Miniature d'un Manuscrit du XIVᵉ siècle de la *Bibliothèque du Roi*, dont LA BORDE [351] a fait graver une bonne copie, on voit un groupe de gens en marche, parmi lesquels se trouvent un *Joueur de Flûte et Tambourin*, une *Joueuse de Luth* et une *Joueuse d'Orgue portatif*. Nous ferons remarquer que les tuyaux de ces *Orguettes*, d'inégales longueurs et grosseurs, ainsi que de formes irrégulières, dans d'autres Manuscrits, sont ici *parfaitement symétriques*.

Au bas de la même feuille, on voit une autre copie de Manuscrit du XIVᵉ siècle, présentant trois Cavaliers jouant l'un de la *Harpe*, l'autre du *Violon à trois cordes*, et le troisième du *Cornet*, leurs chevaux allant au galop. Le Cornet qui figure ici paraît être non le *Cornet à bouquin*, mais bien le *Cornet*, fait ordinairement de cormier, de prunier ou d'autre bois, et qui avait *sept trous* [352]. On lit au-dessous de cette gravure : « Cette estampe, tirée d'un Manuscrit de la *Bibliothèque du Roi*, » prouve que, dans le XIVᵉ siècle, on jouait, à cheval, de la *Harpe*, du *Violon à trois* » *cordes* et du *Cornet*. »

La Gravure de l'*Essai sur la Musique* de LA BORDE [353], représentant trois Femmes jouant : l'une de la *Harpe*, l'autre du *Rebec à trois cordes* et la troisième du *Tympanon*, est aussi la copie d'une Miniature faisant partie d'un Manuscrit de la *Bibliothèque du Roi*, antérieur à l'an 1300, et portant jadis le Nᵒ 7995: Au-dessous de cette Gravure on en voit une autre, faite encore d'après une Miniature du même Manuscrit Nᵒ 7995, représentant trois Musiciens jouant : l'un du *Tambour*, l'autre du *Rebec à trois cordes* et le troisième du *Cornet*, sur leurs chevaux lancés au galop.

[350] Saint Jérôme, né en 340, est mort en 420.

[351] [De la Borde]: *Essai sur la Musique ancienne et moderne;* ouvr. cit.: T. I, p. 256.

[352] Voy. [de la Borde]: *Ess. sur la Musique ancienne et moderne;* ouvr. cit.: T. I, p. 256.

[353] [De la Borde]: *Essai sur la Musique ancienne et moderne;* ouvr. cit.: T. I, p. 287.

L'Estampe de LA BORDE [354] gravée d'après un Manuscrit du xvi° siècle de la *Bibliothèque du Roi*, N° 1260, est très-curieuse. Elle présente quelque analogie avec la première belle et grande Miniature de la *Bible hystoriaus ou les Hystoires escolastres*, etc., de la Bibliothèque de la Faculté de Médecine de Montpellier, cotée H. 49, in-4° sur vélin, du xiv° siècle. On y voit L'ETERNEL assis, l'index et le médius de sa main droite étendus et dirigés en haut, tenant de la main gauche un livre ouvert appuyé sur son genou. Un Ange ailé, vêtu d'une longue robe, présente à L'ETERNEL un Enfant nu, agenouillé devant lui. Autour de ce groupe, des Anges ailés et vêtus de la même manière font un Concert en jouant de la *Mandoline* à quatre cordes, de la *Harpe*, du *Hautbois*, d'un *Violon* à forme de Mandoline ayant huit cordes, d'une *Vielle*, et d'un instrument que LA BORDE *n'a pu reconnaître*, et qui nous paraîtrait plutôt un *Orgue portatif* qu'autre chose.

Au-dessous de cette Estampe, on en remarque une autre digne de toute notre attention sous plusieurs rapports. C'est encore la copie d'une Miniature du Manuscrit contemporain de CHARLES V, dont nous avons déjà parlé, intitulé *la Danse aux Aveugles*. Cette bonne Gravure a pour sujet : LA MORT *faisant sa ronde, et frappant ceux qu'elle trouve sur son passage.* LA MORT, brandissant sa javeline, est sur un char traîné par un vigoureux taureau. Elle est précédée d'ATROPOS portant une bannière, et d'un Musicien jouant du *Tambour* et du *Galoubet*, et suivie d'un *Sonneur de Cornet à bouquin*. Six personnages, de divers rangs et de différents sexes, sont effrayés en voyant ceux que LA MORT a frappés se précipiter dans le tombeau.

Une autre Gravure, encore de LA BORDE [355], copie d'une Miniature faisant partie d'un Manuscrit de la *Bibliothèque du Roi* datant du xiii° siècle, mérite aussi d'être signalée à nos Lecteurs. Elle représente un Concert burlesque dans lequel *un Joueur de Violon (à cinq cordes)* est accompagné par des *Joueurs de Tambours* et de petites *Timbales* (Nacaires), auxquels se joint un individu frappant, d'un air moqueur, sur une *marmite cassée....*, ce que LA BORDE paraît n'avoir pas remarqué. Nous pensons que cet Auteur a commis une erreur quand il a cru que l'instrument principal ici représenté, comme instrument à cordes et à archet du xiii° siècle, était un *Rebec*. Il est facile de voir que la forme de cet instrument est exactement celle du *Violon*,

---

[354] [DE LA BORDE] : *Essai sur la Musique ancienne et moderne;* ouvr. cit. : T. I, p. 288.

[355] [DE LA BORDE] : *Essai sur la Musique ancienne et moderne;* ouvr. cit. : T. I, p. 289.

échancrée sur les côtés pour le passage de l'archet ; et il est aussi aisé de reconnaître sur son chevalet, non pas *trois*, mais bien *cinq* cordes. Cet instrument, à archet, serait donc, en réalité, ce qu'on nommait alors un *Par-dessus de Viole*.

Dans la *Description générale et particulière de la France* [par DE LA BORDE, GUETTARD, BÉGUILLET et autres] [256], on rencontre soixante portraits de Troubadours : vingt-cinq tirés d'un Manuscrit sur vélin en vieux langage provençal, N° 7225 de la Bibliothèque Nationale, et les autres de deux Manuscrits de la Bibliothèque du Vatican, N°s 3204 et 3794, dont quelques-uns fournissent certains détails, relatifs à la Musique du moyen âge, qu'il est bon d'indiquer en ce lieu. Le N° 14 est une lettre O majuscule du Manuscrit N° 7225 de la Bibliothèque Nationale. MONTAGNA GOTZ (*Montagnagout*) y est figuré debout, pinçant d'une *Harpe*, de forme ordinaire. Le N° 20 est un C majuscule, extrait du Manuscrit N° 3204 de la Bibliothèque du Vatican. PERDIGON y est représenté jouant d'un *Violon à forme de Mandoline*, c'est-à-dire d'un REBEC, quoique, par erreur du Dessinateur, peut-être, cet instrument soit monté de quatre cordes. Il est à remarquer que l'archet dont ce Poëte Musicien se sert ici a la forme d'un archet de tourneur : il est également *aigu des deux côtés*, comme l'archet primitif, celui du *Goudok*. Le N° 21 représente, dans un O majuscule, extrait du Manuscrit N° 7225 de la Bibliothèque Nationale, un Musicien dont le nom commence par les lettres PER. Serait-ce un autre portrait de PERDIGON.....? La comparaison avec le N° 20 ne porterait pas à le faire croire. La forme de l'instrument joué par ce Violoniste est celle de la *Mandoline*, ce qui constitue le *Rebec*. Du reste, l'exécutant se sert d'un archet analogue à celui qui est en usage de nos jours, et il tient son instrument comme on tient le Violon à notre époque. Le N° 27 est le Portrait du Poëte Provençal ALBERTETZ, dans un A majuscule, extrait du même Manuscrit de la Bibliothèque Nationale, N° 7225. Ce Troubadour pince d'une *Mandoline* à tête fortement inclinée, montée de quatre cordes. Quant au N° 57, c'est une lettre A majuscule, extraite du même Manuscrit de la Bibliothèque Nationale, N° 7225, représentant le Troubadour AIMERIC DE SARLAT, jouant d'une *Flûte à bec* ou d'un *Flageolet*, de la main gauche, et frappant, de la main droite, avec une baguette, un petit *Tambour* placé en bandoulière devant lui.

[256] *Description génér. et particulière de la France.*— Paris, PIERRES et LAMY (1781-1796), 78 Livraisons formant 12 Volumes in-fol. : T. XII (*Département des Bouches-du-Rhône*); devenue plus tard : *Voyage Pittoresque de la France, Ouvrage National.*

III. Pour ce qui concerne la désignation des Miniatures de précieux Manuscrits sur vélin, de différents siècles, où des Instruments de Musique d'accompagnement, du moyen âge, sont représentés en vives couleurs gouachées, souvent rehaussées d'élégantes dorures, nous aurons recours seulement à quelques-uns de ces monuments des Arts appartenant à la Bibliothèque Nationale, à des Bibliothèques particulières de Province, mais surtout à la Bibliothèque de la Faculté de Médecine de Montpellier.

Nous citerons, en première ligne, le Manuscrit suivant de la Bibliothèque Nationale : « *Liber Troporum qui cantabantur in Missa ante Introitum et alias partes Missæ.* » Item *Prosarum*, feuillets 144, etc. (xiᵉ siècle, petit in-fol.), ancien fonds latin Nᵒ 1118. Au fol. 104 commence un Traité de Plain-Chant de 20 pages (un *Tonarius*). En tête de chacun des huit modes de Plain-Chant de ce Traité, on remarque une figure allégorique coloriée, presque toujours tenant un Instrument de Musique. — 1ᵉʳ ton, fol. 104 *recto* : Personnage assis et jouant du *Rebec*. La main droite tient l'archet de forme antique (angle aigu aux deux extrémités), qui frotte les cordes, tout au bas de l'instrument, fort au-dessous du chevalet. Ce Rebec, posé sur le genou gauche de l'Artiste, a la forme d'une caisse d'ancienne Guitare ; il est également arrondi à ses deux extrémités, légèrement concave, des deux côtés, à sa partie moyenne, et monté de *trois cordes*. Au-dessous de l'insertion du chevalet, se trouvent, sur les côtés des cordes, deux ouvertures ou fentes parallèles, destinées à laisser passer, l'une le pouce, l'autre les quatre doigts suivants de la main gauche, cette main devant doigter ainsi sur la table, et dans une position invariable — 2ᵉ ton, fol. 105 *verso* : Personnage debout, sonnant d'une *Trompette droite*. — 3ᵉ ton, fol. 106 *verso* : Joueur d'une sorte de *Flûte de Pan*. — 4ᵉ ton, fol. 107 *verso* : deux Personnages, dont un, à gauche, ayant l'épée au côté, joue d'une *Petite-Flûte* droite. — 6ᵉ ton, fol. 110 *recto* : Personnage assis, pinçant avec sa main droite d'une *Harpe* très-singulière, à cordes verticales, dont la partie inférieure est pressée entre ses jambes. Le haut de l'instrument a un manche très-orné que la main gauche du Musicien fixe sur l'épaule correspondante. — 7ᵉ ton, fol. 111 *recto* : Personnage jouant du *Cornet à bouquin*, pendant qu'il tient sur l'épaule droite un instrument à cordes triangulaire, à table d'harmonie supérieure, qui semblerait être un *Psaltérion*. — Enfin, 8ᵉ ton, fol. 112 *verso* : un Joueur de *Double-Flûte*. Ces grossières Miniatures, badigeonnées en rouge, bleu, jaune, etc., sont fort incorrectes, sans doute, surtout en ce qui concerne les mains des exécutants, mais elles n'en sont pas moins précieuses pour l'Histoire des Instruments de Musique de ces temps reculés.

Des Heures en l'honneur de LA VIERGE, Manuscrit sur vélin, petit in-8°, de la fin du XIV° siècle, faisant partie de notre Bibliothèque particulière, sont ornées de Miniatures fort remarquables et qui nous fourniront ici deux citations. Une Miniature de l'*Officium Crucifixi* représente JÉSUS assis dérisoirement sur un trône, les mains liées et les yeux bandés, entre quatre individus qui l'insultent ou le maltraitent, l'un d'entre eux sonnant d'un *Cornet à bouquin* près de son oreille : ce Cornet est de forme ordinaire, mais il est embelli par deux viroles métalliques vers la partie évasée opposée à son embouchure. La Miniature suivante a pour sujet un *Portement de croix*, où l'on voit, parmi des hommes d'armes, un soldat sonnant d'une longue *Trompette droite*.

La Bibliothèque, à la fois riche et curieuse, de feu MÉDARD, nous fournit deux beaux exemples de figures authentiques d'anciens Instruments de Musique. Parmi les Miniatures d'Heures Latines en l'honneur de LA VIERGE, Manuscrit sur vélin, in-8°, du XV° siècle, il en est deux relatives à notre sujet. Dans la première, on voit deux Anges nimbés, en pied, ayant deux grandes ailes et une longue robe, qui pincent, en présence de la Mère du SAUVEUR, l'un de la *Harpe*, l'autre de la *Mandoline*. Dans la seconde, on voit L'ÉTERNEL entre deux Anges nimbés, aussi en pied, ayant deux grandes ailes et vêtus de la même manière, qui sonnent, l'un et l'autre, d'une *longue Trompette légèrement sinueuse*. Le second Manuscrit de la Bibliothèque MÉDARD est un Psautier Latin, sur vélin, in-4°, du X° siècle, ayant appartenu à la *Congrégation de SAINT-MAUR*. Ce précieux Manuscrit est orné de deux grandes Miniatures du plus haut intérêt, surtout à cause de leur date. On y voit représentés : dans la première, le *Roi DAVID* pinçant de la *Harpe;* et dans la seconde, quatre Musiciens, jouant l'un du *Rebec;* l'autre, au moyen de deux baguettes bifurquées, d'un instrument, à forme peu précise, qu'on a cru être un *Psaltérion;* le troisième des *Cimbales*, et le quatrième d'une *Flûte simple à bec*.

Quant aux représentations figurées des Instruments de Musique du moyen âge, ornant les Manuscrits de la Bibliothèque de la Faculté de Médecine de Montpellier, nous ne craignons pas de dire que nous en avons fait un relevé complet.

H. 8 : — Manuscrit sur vélin, in-fol. Fonds de Clairvaux (Recueil) : — « 1° JUSTI-» NIANI *Institutionum Libri IV*, etc. » — XIV° SIÈCLE : —fol. 11, 1re col. : dans une petite vignette, *Chasse au cerf*, le Chasseur sonnant d'un *Cornet à bouquin* ; — fol. 50 *verso* : Être fantastique, à corps humain et à tête de bête, sonnant d'un *Cornet à bouquin* analogue, seulement courbé d'une manière plus anguleuse vers son tiers inférieur ; — fol. 69 *verso* : Harpiste (*Harpère*, comme on disait au temps roman), assez curieux, jouant d'une *Harpe*, à grand bord libre, qui semblerait avoir une table d'harmonie ; — fol. 94 *recto* : Être fantastique, à corps humain et tête de bête (plutôt cochon qu'autre chose), revêtu d'une ample robe à manches et capuchon, jouant d'une sorte de *Hautbois* ou *Flûte à bec* ; — fol. 128 *recto* : Femme très-singulièrement coiffée, jouant d'une *Mandoline* à tête droite, inclinée jusqu'à angle droit, et montée de cinq *cordes*, qu'elle touche avec une plume tenue par le pouce et l'index de la *main gauche*.... ; — fol. 129 *verso* : Sonneur de *Trompette droite* ; — fol. 134 *recto* : Joueur de *Rebec* à deux *cordes*, se servant d'un archet analogue à celui des tourneurs, aigu aux deux extrémités, comme l'archet primitif, celui de l'ancien *Goudok*.

H. 49 : — Manuscrit sur vélin, in-fol. Fonds de Bouhier, B. 20. — « *Ci commence* » *la Bible hystoriaus ou les hystoires escolastres. Cest li prohemes de celui qui mist* » *cest liure de latin en françois* » (de Pierre Comestor, dont le surnom français était apparemment *Mangeard* ou *le Mangeur*), traduites en françois par « ie qui suis » prestres et chanoines de S. Pere d'Aire de leveschie de Terouenne et Guiars des » Moulins sui apeles. » Superbe monument littéraire du xive siècle. — Fol. 1 *recto* : grande Miniature représentant l'Eternel au milieu d'un Concert formé par vingt-et-un Anges nimbés...., à deux grandes ailes alternativement rouges et roses ; il tient l'Univers sous sa main gauche, ayant à la hauteur de l'épaule sa main droite, dont les doigts sont *les trois premiers élevés, le 4e et le 5e fléchis*. Les Instruments de Musique joués par cette réunion d'Anges sont : la *Mandoline* à tête très-recourbée et fort ornée, touchée par une plume en guise de plectre ; la *Trompette droite* ; un instrument vertical, d'un caractère douteux, probablement l'*Orgue portatif* ; la *Harpe de forme arrondie*, montée de cordes obliques ; la *Cornemuse* (échantillon très-orné) : les deux corps de Hautbois portant les trous pour le doigté, sortent d'une tête d'animal à caractère indécis ; les *Timbales* et le *Rebec* à deux *cordes*, joué avec un archet d'ancienne forme, aigu à ses deux extrémités [387]. — Fol. 267 *recto* :

[387] On trouve des désignations de Concerts analogues ornant des Miniatures de Manuscrits des xiiie, xive et xve siècles, dans le savant *Dictionn. iconographique des Monuments de l'Antiquité Chrétienne et du moyen âge*, par L.-J. Guenebault.—Paris, 1843 : T. I, p. 309 :

deux Miniatures relatives à l'histoire d'ESTHER représentent, l'une ASSUÉRUS à table, avec quatre de ses Officiers ; l'autre ESTHER à table, avec cinq de ses Dames de Cour, que l'on sert genou en terre, du temps que deux Musiciens placés sur les côtés sonnent de la *Trompette longue et droite* ordinaire. — Fol. 278 *recto* : Miniature de forme singulière à quatre compartiments, dont un a pour sujet le *Roi* DAVID *pinçant d'une Harpe*, et ayant auprès de lui divers Instruments de Musique; ici la Harpe, qui semble être d'ivoire, est triangulaire, légèrement arrondie à son angle inférieur, montée de cordes obliquement fixées sur la partie la plus rapprochée du Joueur et qui constitue une table d'harmonie. Aux pieds du Monarque se trouvent une sorte de *Mandoline* à tête élégamment recourbée, et un *Tympanon*, ornés avec soin.

H. 149 : — « Le Livre de SYDRAC, de toutes les Sciences, au Roy BOCTUS, *translaté* » *de Sarrazinois en Latin, par frère Rogiere de Palerme.* » Manuscrit in-fol. sur vélin. Fonds de BOUHIER, D. 11 : XIII° SIÈCLE. — Fol. 1 *recto* : Être fantastique, à forme humaine dégradée, sonnant d'un *Cornet à bouquin*, pour exciter des chiens à la poursuite d'un cerf.

H. 196 : — « *Chansons anciennes en latin et en françois, avec la Musique* » (dont il a souvent été question), Manuscrit sur vélin, petit in-4°. Fonds de BOUHIER, E. 61 : XIV° SIÈCLE. — Fol. 111 *verso* : une jolie petite Miniature en tête d'une des deux parties françaises (*Lautrier mesbatoie*, etc.), d'un Motet à trois voix [358] dont la troisième partie est latine, nous présente une Dame qui, montée sur un cheval blanc et ayant un faucon sur le poing gauche, rencontre un Berger jouant d'une élégante *Cornemuse*.

H. 206 : — « (*Horæ B. Mariæ Virginis cum Kalendario ad usum Diocesis Seno-* » *nensis*) »; petit in-4° sur vélin : XV° SIÈCLE. — Fol. 115 *recto* : en tête d'une prière à LA VIERGE commençant par ces mots : « *O intemerata et in eternum benedicta*, etc. »,

« Concert exécuté par un Roi, et plusieurs » figures. Une d'elles tient une Harpe d'une » forme presque égyptienne, Miniature du » XIII° au XIV° siècle [*];

» Concert exécuté par sept personnes et » conduit par un Chef d'orchestre, Miniature » du XIII° au XIV° siècle, publiée dans l'*Univers* » *Pittor. (Allem.)*, curieuse composition [*2];

» Concert instrumental et vocal, Miniature » de la fin du XV° siècle, décrite par WIL- » LEMIN [*3], etc. »

[358] Ce Motet ou cette Chanson à trois voix fait partie des exemples qui se trouvent dans la *Musica quadrata*, attribuée à BÈDE-LE-VÉNÉRABLE, mais que M. Th. NISARD regarde comme étant en réalité d'un nommé ARISTOTE.

[*] WILLEMIN : *Monum. Français*, etc.: T. I, Pl. CV.
[*2] Paris, DIDOT frères: T. I, Pl. de la p. XCVIII.

[*3] WILLEMIN : *Monuments Français*, etc.; ouvr. cit.: T. II, Pl. CXC.

est une grande Miniature représentant LA VIERGE assise, allaitant L'ENFANT-JÉSUS, entre deux Anges ailés, à chevelure dorée et robe blanche, pinçant l'un d'une sorte de *Mandoline*, l'autre d'une *Harpe* d'or, de forme triangulaire.

H. 207 : — « (*Horæ B. Mariæ Virginis*) », Manuscrit petit in-4º sur vélin, du xive SIÈCLE. — Fol. 26 *recto* : petite Miniature nous montrant LA VIERGE et L'ENFANT-JÉSUS entre deux Anges ailés, vêtus de longues robes, grise chez l'un et verte chez l'autre. Un de ces deux Anges pince les cordes de sa *Mandoline* avec une *plume* dont il fait un *plectre*. — Fol. 88 *verso* : grande Miniature où l'on voit L'ÉTERNEL, majestueusement assis, et LA VIERGE se prosternant à ses pieds, et ayant derrière elle trois Anges ailés et à longues robes, dont deux pincent l'un d'une *Harpe*, l'autre d'une *Mandoline à trois cordes*, à l'aide d'un *fragment de plume* converti en *plectrum*. — Fol. 94 *verso* : Miniature, en tête des *Sept Psaumes de la Pénitence*, faisant voir JÉSUS-CHRIST et LA VIERGE-MARIE intercédant pour des pécheurs, aux pieds de L'ÉTERNEL. Aux côtés de DIEU le Père sont deux Anges ayant deux grandes ailes, bleues chez l'un, vertes chez l'autre, qui jouent de l'espèce de *longue Trompette sinueuse* dont il a été déjà plusieurs fois question.

H. 261 : — « *Missale præcipuorum Festorum.* » Fonds de BOUHIER, D. 150. Manuscrit à 2 colonnes sur vélin, pet. in-fol. du xive SIÈCLE, ayant appartenu à Jean DU TILLIOT, dont il porte la signature au haut de la première page. On y trouve sur les marges, en guise d'ornements, les principaux Instruments de Musique du moyen âge, soigneusement figurés et coloriés, joués par des monstres fabuleux ou chimériques, à corps mi-partis d'homme ou de femme et de divers animaux. — Feuillet 1er *recto* : marge droite en haut, corps d'Homme, terminé inférieurement par une moitié de Coq, et jouant d'une sorte de *Hautbois*; en bas, Femme assise sur un Mascaron caricaturé, qui joue du *Rubèbe à deux cordes*, avec un archet également aigu aux deux bouts. — Feuillet 5 *recto* : au haut de la marge droite, Être fantastique à corps d'homme dans sa partie supérieure, se terminant inférieurement en Pégase ou cheval ailé, et jouant d'une *longue Trompette*; en bas, Personnage grotesque, frappant sur un petit *Tambour de Basque.* — Feuillet 7 : au haut de la marge droite, Harpère en buste tenant une *Harpe* presque triangulaire à six cordes verticales; et, plus bas, Joueur de *Guiterne* à quatre cordes. — Feuillet 12 *recto* : au haut de la marge droite, Buste de Moine ailé sonnant d'une *Trompette.* — Feuillet 24 *verso* : corps d'Homme à tête de chien et terminaison en lézard, jouant d'une *Cornemuse à deux tuyaux*, l'un supérieur, l'autre inférieur. — Feuillet 26 *recto* : Lièvre sonnant d'une *Trompette*. — Feuillet 27 *recto* : Personnage fabuleux embouchant le même instrument.

H. 346 : — « Icy encommence le romant des deduis des chiens et des oyséaux (en » vers) (par GACES DE LA BUYGNE) », Manuscrit in-4° sur vélin, du XIVᵉ-XVᵉ SIÈCLE ; provenant de la Bibliothèque d'Auxerre et ayant des notes de LAIRE. — Feuillet 1ᵉʳ *recto* : une des deux Miniatures au simple trait de plume et à teinte verte , qui se trouvent en tête des deux colonnes du texte, représente une Chasse au cerf. Le Chasseur est armé d'une lance dont il blesse l'animal, et il porte , en bandoulière , un *Cornet à bouquin* , à double virole métallique vers son pavillon.

H. 396 : — « *Evangeliorum quæ per singulas Dominicas Dies in Ecclesia recitantur* » *Compendium Germano-Helveticum*. » — Manuscrit in-16 sur vélin , du XIVᵉ SIÈCLE. Fonds de BOUHIER , F. 35 , avec des figures grossières, mais fort curieuses à chaque page. — Fol. 38 *recto* : Personnage à mi-corps, en costume ecclésiastique, portant de la main droite une croix à deux croisillons, et tenant de la gauche un *Cornet à bouquin*, analogue à ceux que nous avons déjà décrits.

H. 408 : — « *Breviarium Officiorum ecclesiasticorum, cum Kalendario.* » Fonds de BOUHIER, sans numéro. Manuscrit sur vélin in-4°, avec figures, du XVᵉ SIÈCLE. — Fol. 20 *verso* : en tête de la Messe de LA SAINTE-VIERGE, grande Miniature représentant LA VIERGE *assise*, *tenant* L'ENFANT-JÉSUS *dans ses bras*, entre deux Anges qui ont deux grandes ailes et sont vêtus de longues robes, et dont l'un joue d'une *Harpe*, quand l'autre pince d'une *Mandoline à trois cordes* avec ses doigts. — Fol. 28 *verso* : dans un G majuscule gouaché et doré , on voit encore LA VIERGE tenant L'ENFANT-JÉSUS sur ses genoux, entre deux Anges ailés, dont un pince *avec ses doigts* d'une *Mandoline* analogue. — Fol. 57 *verso* : grande Miniature représentant un troupeau gardé par trois Bergers, dont un joue d'une *Cornemuse* à deux tuyaux, l'un appuyé sur son épaule gauche ; l'autre, inférieur, doigté par sa main droite. — Fol. 85 *verso* : grande Miniature où l'on voit L'ÉTERNEL ayant à ses pieds l'Univers, et au-dessous de lui LA VIERGE et JÉSUS-CHRIST intercédant pour les pécheurs ; au haut de la Miniature, et de chaque côté de L'ÉTERNEL, se trouve un Ange ailé et à longue robe, sonnant d'une *Trompette droite* [359].

[359] On peut voir sur les *Anges Musiciens* [HEINEKEN (C.-H. DE)] : *Idée générale d'une Collection complète d'Estampes, avec une Dissertation sur l'origine de la Gravure et sur les premiers livres d'Images.* — Leips. et Vienne, KRAUS, 1771, gr. in-8°, avec 32 Pl. :

H. 437 : — Manuscrit in-8° sur vélin (Recueil), du xiv⁰ siècle. Fonds de Bouhier, E. 140. « 2° Cil livre de clergie en romant quest appeles lymage dou monde, con-
» tient lv chapitres et xxviii figures, sans quoi li livre i ne porroit estre legièrement
» entendu » (composé par Mʳᵉ Goswin en 1245). A l'occasion des *Sept Arts*, il y est
question de la *Musique*, feuillet 59 *verso* et suivants. — Feuillet 60 *verso* : dans
une Miniature, à traits de plume sur un fond rouge, on voit une Femme représentant la *Musique*. Ce personnage, ayant un marteau à chaque main, en frappe
quatre Cloches, suspendues devant elle, formant un *Carillon*. On y remarque encore,
au-dessous des *Cloches*, comme autres attributs du même Art : un petit *Orgue portatif*, et, derrière la Femme en question, un *Tympanon* et un *Rebec à deux cordes*.
— Feuillet 94 *recto* : une Miniature analogue représente une Chasse au castor, où
l'on voit un Chasseur excitant son chien en sonnant d'un *Cornet à bouquin* ³⁶⁰.

« 3° Ci commence li livre apele bestiaire. »—Feuillet 15 *recto* : petite Miniature,
à traits de plume peu ombrés, sur fond rouge et vert, représentant une *Chasse
au lion*, où l'on voit un Chasseur poursuivant cet animal qu'il effraie en sonnant
d'un *Cornet à bouquin*. — Feuillet ccxxvii *verso* : petite Miniature à la plume, avec
quelques légères teintes sur fond rouge, représentant un Chasseur sonnant d'un
Cornet à bouquin, pour exciter son chien à la poursuite d'un castor. Conformément
au texte en vers de la dernière note, cet animal se châtre de lui-même à la course,
afin d'abandonner au Chasseur les organes qui le font tant rechercher.—Feuillet 232
recto : Miniature analogue représentant un Chasseur sonnant d'un *Cornet à bouquin*, en poursuivant des singes. — Feuillet 233 *recto* : Miniature pareille où
l'on voit un Joueur de *Harpe* (triangulaire, à base supérieure, montée de cordes
perpendiculaires), faisant chanter un oiseau de grande taille que l'Auteur appelle

---

T. 1, p. 442; — Didron : *Histoire archéologique des Anges, tirée des Monuments peints
et sculptés pendant la période du moyen âge*,
et publiée avec de nombreux fac-similés dans
la *France Littéraire*, 10 Août 1840; et dans
son *Traité de l'Iconographie Chrétienne*; —
Guenebault (L.-J.) : *Dictionnaire iconographique des Monuments de l'Antiquité Chrétienne et du moyen âge, depuis le Bas-Empire
jusqu'à la fin du xvi⁰ siècle, indiquant l'état*

de l'Art et de la Civilisation à ces diverses
époques. — Paris, Leleux, 1843, 2 vol. in-8°.

³⁶⁰ Le texte relatif à cette miniature est
fort singulier ; le voici :

« Si a une autre beste eucore
» Qui est appelee castore,
» Que quant on le chace pour prendre
» Si sen chastre as deus sans atendre,
» Et laisse a ceuls ce qu'il enquierent
» Ensi a saluetei finerent. »

li asnes. Le texte ajoute : « Que quant on harpe deuant euls, il sacordent à la
» harpe tout en tel manière come tambors sacorde au flagol et meismement en lan
» quil doiuent morir chantent le miex. »

On consultera avec fruit sur les Instruments de Musique du moyen âge principalement : — GERSON (Joan), Moine Célestin, né en 1363 et mort en 1429 : *Descri-
zione di Strumenti musicali, si antichi che moderni;* dans les œuvres de cet Auteur :
édition de L. Ellies DU PIN : Antverp., 1706, 5 vol. in-fol. ; — BOWLE (John) :
Remarks on some ancient musical Instruments mentioned in LE ROMAN DE LA ROSE
V. *Archaelogia, or Miscellaneous Tracts relating to Antiquity :* London, vol. VII,
p. 214 ; — MOZART (Léopold), père du fameux Compositeur de ce nom, qui a consacré un Chapitre (le second) à l'*Origine de la Musique et des* INSTRUMENTS DE MUSIQUE
dans son ouvrage intitulé : *Versuch einer gründlichen Violinschule, entworffen
und mit 4 kupfertafeln samt einer Tabelle versehen :* Augsburg, 1756, in-4° ; —
WILLEMIN (N.-X.) : *Choix de Costumes civils et militaires des Peuples de l'antiquité,*
LEURS INSTRUMENTS DE MUSIQUE, *leurs meubles,* etc. : Paris, 1798-1802, 2 vol. gr.
in-fol., fig.

Mais on trouvera plus de détails, d'exactitude et de profondeur, sur ce point
important d'Archéologie Musicale, dans les ouvrages suivants, récemment publiés :
— BOTTÉE DE TOULMON : *Instruments de Musique en usage au moyen âge,* etc. : Paris,
CRAPELET, 1838, 15 pages in-18 ; — BOTTÉE DE TOULMON : *Dissertation sur les
Instruments de Musique employés au moyen âge,* etc. : Paris, Eug. DUVERGER, 1844,
in-8° (de 109 pages, avec fig.) : écrits des plus recommandables, auxquels nous
n'avons pas craint d'emprunter un certain nombre de détails.—M. DE COUSSEMAKER [361]
a aussi publié différents articles, sur les *Instruments de Musique en usage au moyen
âge,* dans lesquels cette matière est encore plus soigneusement traitée que dans les
écrits de BOTTÉE DE TOULMON.

On consultera, probablement aussi avec fruit, l'ouvrage illustré de M. Amédée
DE BAST, dont le Prospectus vient de paraître, et qui a pour titre : *Merveilles du génie
de l'homme, découvertes, inventions, récits historiques, amusants et instructifs sur
l'origine de l'état actuel des découvertes et inventions les plus célèbres;* —Paris, Paul
BOIZARD, gr. in-8°, principalement pour le CHAPITRE VIII : « — LA MUSIQUE : les

---

[361] Voy. l'*Annuaire Historique publié par* la *Société de l'Histoire de France,* année 1839.

» Chœurs de Tragédie antique. — Les Musiciens à Rome. — Les *Instruments aux*
» xɪɪ^e, xɪɪɪ^e, xɪv^e et xve siècles. — Le *premier Violon*. — Le *premier Piano*, etc. »

DES COMPLAINTES OU ROMANCES TRISTES DES TROUBADOURS LANGUEDOCIENS MODERNES.—
La partie de notre plan relative à l'Historique de la Complainte en Langue Romane
aurait été incomplète, si nous avions négligé de signaler ici à nos Lecteurs quelques tendres, langoureuses ou dolentes Romances, composées par nos Poëtes
Languedociens modernes les plus estimés. Les nuances des divers idiomes du Languedocien de notre époque n'empêcheront sûrement pas la plupart de nos Lecteurs
de convenablement apprécier le mérite des pièces poétiques dont il s'agit.

Nous placerons, en tête de ce choix d'exemples, quelques vers de l'Auteur de
Las Papillotas, du célèbre Coiffeur d'Agen : JASMIN [362]. — Voici comment s'exprime
Charles NODIER, dans un piquant article de *Bibliographie Patoise*, reproduit en tête
du T. II de cet ouvrage : « C'est une étrange destinée que celle du *Patois*, cette
» belle langue rustique, mère indignement rebutée de nos langues urbaines et civi-
» lisées, que ses filles ingrates désavouent, et qu'elles vont persécuter jusque sous
» le chaume, tant elles craignent, dans l'état de leur prospérité usurpée, qu'il ne
» reste quelque part des traces de leur roture. » M. SAINTE-BEUVE fait de ce Troubadour moderne un très-flatteur éloge, que M. GRANIER, de Cassagnac, a complété
dans LA PRESSE de 1839, en disant : « qu'aussi Poëte que TIBULLE.... il écrit l'an-
» tique idiome de l'Agenais avec une grâce dont rien ne saurait donner une idée ! »

Nous ne signalerons de JASMIN qu'une seule *Complainte*. Cette lamentation pleine
de sensibilité, de douceur et de vrai talent poétique, est une charmante pièce de
vers composée en 1825 et dédiée à son ami Adrien Pozzy, qui a pour titre : « MÉ CAL
» MOURI ! » Après s'être écrié, à la fin de la troisième strophe :

> « Sèy malhuròus, èy perdùt moun amigo :
> » Mé cal mouri ! mé cal mouri !! »

l'Auteur termine sa tendre Elégie par la strophe suivante :

> « Mèjonéy sòno.... ah ! sènti dins mas bénos,
> » Dambé plazé, coulà lou glas mortèl ;
> » Anfin moun cò, libré de sas cadénos,
> » Bày débalà dins la nèy dèl toumbèl.

[362] *Las Papillotas de* JASMIN, *Coiffur, de las Académias d'Agen et de Bourdéou*, etc. — 1825-1843 —; Agen, Prosper NOUBEL, 1843, 2 vol. in-8° : T. I, pp. 49-51.

» Mon èl fèblìs.... ma fòrço s'amatìgo....
» Astré dé nèy qué té sèr dé luzì ?
» Animés tout, é lèn dé moun amìgo,
» Jou bàou mourì... jou bàou mourì ! ! »

Comme Complaintes Languedociennes (Dialecte Toulousain), nous désignerons les suivantes de Pierre GOUDELIN.

« CANSÒU, SUL RÈGRÈT DÉ LA PÈRTO DÉ CARAMANTRAN », ayant pour refrain :

« Qui nou ba tout joun én plouràn ?
» Qui n'a l'àrmo marrìdo ?
» Qué lé boun pàyré CARAMANTRAN
» Sé siò perdùt d'augìdo [363] ! »

« DÉ LA MORT É PASSIÙ DÉ NOSTRÉ SÈIGNÉ. *STANSOS* », commençant et finissant ainsi :

« Qu'yèu siò lé pécadòu dé pìris pécadòus,
» Qué pèrdéssùs moun cap l'impudénço rébòufé :
» ....
» Diù qué mouréts pèr nous, ajàts piétàt dé mì,
» Qué mouriré tabé, mès qué noun sàbi l'hòuro,
» É tiràts énté bous moun àrmo pécadòuro,
» Quand dins un tristé clot mé pourtaràn dourmì [364]. »

« REGRÈT DE TIRCIS, SUS LA MORT DE SOUN AMÌC GOUDOULÌ. » Cette pièce, commençant par une Introduction en vers, se compose de dix-huit stances de six vers alexandrins chacune, dont nous allons transcrire ici la dernière :

« Abé, ça Coumpagnòus, qu'és acò màlo ràquo,
» As plasés dèl pécàt nous cal tournà casàquo,
» Obé sériòn plus sots qu'un àzé del moulì ;
» É pèr qu'àro sabén qué cal qu'un jour tout pàssé,
» Dé cor ó d'affecciu al pàouré GOUDOULÌ
» Cantén débotomén un *Requiescat in pace* [365] ! »

J. ROUMANILLE, de Saint-Remy, a publié, en 1847, à Paris, in-8°, un Recueil intitulé : « *Li Margaridéto, Poésias Provénçalas, én idiômé d'Arlés ou dé Provénça.* »

---

[363] *Recueil de Poëtes Gascons.* — Amsterd., 1700, 2 vol. in-12, fig. : T. I, pp. 157 et 158.
[364] *Recueil de Poëtes Gascons ;* ouvr. cit. :
T. I [Pierre GOUDELIN], pp. 293 et 294, avec fig.
[365] *Recueil de Poëtes Gascons ;* ouvr. cit. :
T. I [Pierre GOUDELIN], p. 320.

— Nous y trouvons plusieurs Complaintes valant la peine d'être indiquées. La première est celle qui a pour titre : « É dé qu'as qué plòurés ? » commençant par :

« É plòurés ? é dé qu'as, qué plòurés à toun âgé ? »

et finissant par ce vers de la troisième strophe :

« L'àmo bèn ! é só plòuro és qué pòu pa yé diré [366] ! ! »

La seconde , ayant pour titre : « La Fòlo , Complèinto », a été composée à
l'occasion d'une Chatte amoureuse. Elle commence ainsi qu'il suit :

« Pèr lou chan varàïo souléto
» Una Chàto , touti li jour.
» Èi fòlo ; èi la fòlo d'amòur,
» Èi la pàoura Catarinèto.

Cette charmante composition , pleine de sentiment poétique , finit de la manière
suivante :

» . . . .
» T'espèré... vèné... Ah ! qué siès bèou !

« Aquéou qué viéou din sa pénsàdo ,
» Aquéou qué tan la fàï plourà ,
» O ! lou bourrèou qu'és ! l'a lissàdo... :
» La chatòuno n'én mourirà [367] ! »

La troisième pièce que nous citerons de J. Roumanille a pour titre : « Paulòun,
» Complèinto », et porte cette épigraphe remarquable :

« Jan-Batìst' èi mor,
» Sa màïré lou plòuro ;
» Qu'ouro l'éntarraràn ?
» — Démàn à dos òuro !... —
» Balalìn , balalàn . . . .
» Li campàna fan din, dan. »
(Vièïo Complèinto.)

[366] J. Roumanille : *Li Margaridéto, Poésias
Provénçalas , én idiómé d'Arlés ou dé Provénça.* — Paris, 1847, in-8° : p. 63.

[367] J. Roumanille : *Li Margaridéto, Poésias
Provénçalas , én idiómé d'Arlés ou dé Provénça.* — Paris, 1847, in-8° : pp. 85 et 86.

Cette Complainte attendrissante finit par les deux strophes suivantes :

« Tré qué la Mor véndrà mé diré
» Dé parti, vèné lèou mé riré;
» Déscéndras quan té sounaràÿ;
» Vèr Dieou oûbouraràs moun âmo;
» È pièï, su ti-z-àlo de flàmo,
» Ou Ciel, Paulòun, m'énanaràÿ !...

» Li vèn, aquéla niù, boufàvon;
» Touti li campàno plouràvon ;
» Disiéou, malàu é piétadòus :
» Bàgné dé plour lou pan qué màngé,
» Moun frèro ! O ! perqué lou mum' Angé
» Nous émménè pas touti dous?... 368 »

La dernière pièce que nous citerons du même auteur sera : « Louviséto, Coum-
» plèinto », commençant et finissant ainsi qu'il suit :

« Quéta piétà, pamén ! régàrda Louviséto ;
» Quàou diè qu'és élo ?... ha ! pa yéou !

» . . . .
» Éi l'amòur qué la fa'nvoulà !

» . . . .
» È quàouqué tèm aprè, li juin'òmé plantèrou
» Contr'aquéla crous, una crou
» Dèssù lou tràou d'aquéou qué Louvisèt' amàvo
» Tan é tan qué n'én mouriguè !
» D'aquéou qu'una santòun' il amòun éspéràvo,
» È qu'un bèl Angé i'aduguè 369 ! »

L'Epigramme Languedocienne a pris parfois un faux air de Complainte. Nous
en trouvons un exemple dans la pièce suivante, tirée du Recuïl de Poésiès Provençalos, de M. F.-T. G. (François-Toussaint Gros), de Marsillo 370, « Sur la
» Mouer d'un Médécin » :

« Maougrà la màno é la rubàrbo
» La Mouèr vèn dé faïré la bàrbo
» Aou pus famòus Douctour qué jamàï siègu' éstà :
» La pèrlo dé la Facultà.
» L'injùsto ! àouriè dégù d'uno tan bèlo vido
» Déstournà séi décrèts.
» Noun per réconnéissénci, àou méns per intérèst;
» Car lou pàouré toujòur l'aviè tan bén servido... ! »

368 J. Roumanille : Li Margaridéto, Poésias
Provençalas, etc.: pp. de 87 à 89.
369 Voy. J. Roumanille : Li Margaridéto,

Poésias Provençalas, etc.: pp. de 109 à 112.
370 Rec. de Poés. Prov., etc. — Marseille,
Berte et Sibié, 1734, petit in-8°: p. 133.

Parmi les pièces patoises du Potier de Clermont-l'Hérault, J.-A. Peyrottes, nous avons remarqué quelques beaux vers pleins de sentiment et de poésie, qui nous ont paru, à ce double titre, dignes d'être placés sous les yeux de nos Lecteurs.

La Complainte de cet Auteur intitulée : « Cant del Paoumounisté [371] », se termine par les quatrième et cinquième strophes suivantes :

« Siòï résignàt ! — Un souvéni pécàïré !
» Mét dins moun âm' un rémòr qu'és pla grèou :
» Dins sous vièls ans cal souègnarò ma màïré,
» Quan soun éfàn sérò dins lou toumbéou ?

» Antal parlàv', al foun dé sa cabàna
» Un Pàoumounist' attristàt dé soun sor ;
» Trés jours après, lou soun dé la campàna
» As païsans announçàva sa mor... ! »

Nous y joindrons deux strophes, la première et la dernière, de la Romance intitulée « Lou Toumbéou dé moun Pèra [372] » :

« Incàra pèr ma téndra lìra
» La doulòu mé prèstà dé cants ;
» É lou dol qué pòrté m'inspira
» D'accéns funèbrés é toucàns.
» Mor ! cèrqué dins toun sanctuàry
» Un pèra qué réjoundràŷ lèou ;
» Un pèra qu'aŷ més al suzàry ;
» Un pèra qu'és dins lou toumbéou !

» O Mor ! s'as maïssounàt moun Pèra,
» Al pu léou maïssòuna soun fil.
» Régrèté pa-ré sus la terra,
» Qu'és pèr lou sag' un lìòc d'éxil.
» Moun âm', énsi qu'una fumàda,
» Sénfougis dèl mouc d'un flambèou,
» Al cièl mountarò ranimàda,
» E moun corps n'àourò qu'un toumbèou ! »

Abordons maintenant les citations relatives aux Troubadours Languedociens modernes de Montpellier. Nous commencerons par le second couplet de la charmante Romance intitulée « lous Adìous d'Annéta, de Gaussinel », si agréablement mise en Musique par M. Jos. Roger :

« Moun Dìou ! quand m'én souvèné
» Das mouméns qu'àŷ passàt,
» Podé pas mé rétèné
» Dé plourà moun ingràt.

[371] *Pouèsios patouèzas del Taralié* J.-A. Peyrottes; — Montp., 1840, in-8° : p. 54.

[372] J.-A. Peyrottes, *Pouésias patouèzas*, etc. —Montp., 1840, in-8° : pp. de 77 à 80.

» Touta la niòch languissé,
» N'àï pas pus de plézì;
» E tallamén souffrissé,
» Qu'àïmarièï màï mouri ! »   (bis.)

Nous citerons encore, de notre Troubadour Montpelliérain GAUSSINEL, le premier et le deuxième couplet de la tendre Complainte intitulée « LA SÉRÉNADA », mise en Musique par M. Jos. ROGER, toujours avec le même talent :

« Èntén la vouès pécàïré
» D'un chòuïné Pastourèl,
» Qué sé poudiè té plàïré
» Dounariè soun troupèl.
» Sé té vésé souléta
» N'àousé pas t'approuchà :
» Moun cor, Pastourèléta,
» Crénis dé té fàchà !

» Per té countà ma péna,
» L'AMOÙR, dé bon matì,
» Près dé tus mé raména
» Èmb'un nouvèl plésì ;
» Quand tout, din la natùra,
» Dourmìs tranquillamén,
» Vèné, d'una vouès pùra,
» T'éxprimà moun tourmén ! »

Nous emprunterons à Cyrille RIGAUD la première et la dernière strophe de sa Cansòu intitulée « LOU BERGER MALHURÒUS [373] » :

« Quand lou printéms, dé rétòur,
» Fàï pounchéchà la verdùra,
» É qué tout, dins la natùra,
» S'émbrandis d'àou fiòc d'amoùr ;
» Per culì la flou nouvèla,
» Lou Pastòur, dins un pradét,
» Vàï émbé sa Pastourèla,
» E yéou, pàouré ! sòuï soulét !!

» Còuma dins un soul matì
» Sé passis la flou nouvèla,
» Joust la barbàsta cruèla ;
» Ansìn yéou t'àï vis mouri.
» Près de tus, moun amiguéta,
» Aouras léou toun amiguét,
» Aou toumbèou, près de LISÉTA,
» Aoumén séràï pas pus soulét ! »

Joignons à la citation précédente le premier couplet de la Romance de notre Troubadour Languedocien BERTRAND, intitulée « LOUS RÉGRÈS D'ESTÈLA [374] » :

« Roussignoulés, ah ! tàïsa vous ;
» Pràda, per yéou siès pas pus bèla ;
» Margaridétas, parpaïòus,
» Charmàs pas pus lous ïòls d'ESTÈLA :

---

[373] Obras coumplètas d'Augusta RIGAUD é dé Cyrilla RIGAUD, én patouès dé Mounpéyè, séguidas d'un chouès de Roumànças é Cansous patouèzas dé divers Auturs. — Troucsièma édicioun. Mounpéyè, 1845, in-18 : pp. 136-137.

[374] A la suite de : Obras coumplètas d'Aug. RIGAUD é dé C. RIGAUD, én patouès dé Mounpéyè, etc. Mounp., 1845, in-18, cit. : p. 140.

» Aï perdùt lou bèou Pastourèl
» Qué faziè moun bonhùr, pécàïré !
» Ara sèràï còuma l'agnèl
» Quand lou loup y'a ravit sa màïré ! » (*bis*.)

Citons encore ici le premier couplet de la tendre Complainte intitulée « Lou Languimèn [375] » :

« S'és énanàt l'amàut fidèla
» Qué mé disiè tant dé douçòus !
» Gémis, pléntiva tourtourèla ;
» Ségàs tristés, mous agnélòus ;
» Damòussa ta flâma luzénta,
» Sourél, qúó mas trop ésclàïràt ;
» Lou qué rén moun âma doulénta
    » S'és énanàt ! »   (*bis*.)

Nous ne pouvons nous dispenser de terminer nos citations Languedociennes modernes, sans placer sous les yeux de nos Lecteurs le premier et le dernier couplet de la Complainte suivante, intitulée « Climèna », attribuée à l'Abbé Plumet [376] :

« Aou léva de l'Aouròra,   » Anas à l'avantùra
» Dins un pradét dé flous,   » A la mercì das loups,
» Zéphir caréssàn Flòra,   » Cercà vostra pastùra
» Climèna tout'én plours,   » Dins un désèr afròus :
» Sétàda sus l'herbéta   » Troupèl, vous abandòuné ;
» A l'òumbra d'un cyprès,   » Tyrcis és àou toumbéou :
» Disiè touta soulèta   » Qu'acò noun vous éstòuné,
» As échòs sous régrès.   » Yéou lou séguiràï léou ! »

IDÉES ESTHÉTIQUES, RELATIVES A LA MÉLODIE ET A L'HARMONIE, APPLICABLES AUX COMPLAINTES DE TOUTES LES ÉPOQUES.

I. COMPLAINTE SACRÉE LATINE, SOUS FORME D'ORATORIO. — Comme type de *Complainte sacrée*, sous forme d'*Oratorio*, nous désignerons le *Stabat Mater dolorosa*, que plusieurs Compositeurs ont mis en musique : cette *Prose* si célèbre du *Bienheureux Frère-Mineur* Jacopone de Todi, — Jacopo de' Benedetti, d'après certains Auteurs, et Jacopo Benedetto, selon M. Fétis [377]. L'œuvre de ce Poëte sacré,

---

[376] *Obras complètas*, etc.; ouv. cit.: p. 142.

[375] Dans les *Obras complètas d'A.* Rigaud é dé C. Rigaud, etc ; ouv. cit. : pp. 177 et 179,

cette Romance est attribuée à l'Abbé Morel.

[377] Fétis : *Biographie Universelle des Musiciens*, etc.; ouvr. cit. : T. V, p. 241.

compatriote, contemporain et admirateur du Dante, composée au xiii⁰ siècle [378], déjà d'un style des plus attendrissants, devait être rendue bien plus affective encore, au xviii⁰ siècle, par le génie musical de Pergolèse. Ce Disciple de Gaetano Greco, un des plus célèbres Musiciens d'Italie, à son époque, était destiné à éclipser, — du moins en ce qui concerne cet *Oratorio* —, et son prédécesseur, le fameux Josquin Desprès [379], Maître de Chapelle de Louis XII, et son successeur le célèbre Haydn. On a dit avec raison de la Musique de Pergolèse qu'elle était *un tableau de la Nature*, qu'elle *parlait à l'esprit et au cœur et quelquefois trop aux passions*...... : l'éloge est parfaitement juste ; et la légère critique qui le termine doit être regardée comme non avenue, alors qu'il s'agit de son célèbre Chef-d'œuvre, le Stabat Mater.

Le Professeur Lordat, en tâchant d'établir une bonne *Théorie des Beaux-Arts* sur l'idée fondamentale hippocratique de la Constitution Humaine, a trop bien fait remarquer les beautés de cette œuvre de Poésie-lyrique, pour que nous puissions nous dispenser de transcrire ici ce qu'il en a dit dans sa Leçon de Physiologie, du 24 Mars 1851 : « Ce n'est pas seulement par les yeux que les Arts-Libéraux nous » procurent des jouissances : l'ouïe est la source de plaisirs variés. La Musique nous » offre des productions nombreuses, dont les plus avancées nous présentent les » caractères de ma *Définition générale des Beaux-Arts* [380]. Après les Drames de nos

---

[378] Ce Poëte est mort, fort vieux, en 1306. — Le *Stabat Mater dolorosa* a été *faussement* * attribué par quelques Auteurs à Innocent III, et par d'autres à Saint Grégoire.

[379] Deux siècles avant Pergolèse, Josquin Desprès, Maître de Chapelle de Louis XII, avait composé, sur les paroles du *Stabat*, des Chœurs qui, comme toutes ses productions musicales, avaient joui, dans le temps, d'une grande célébrité. — Ce *Stabat*, de Desprès, aujourd'hui fort peu connu et presque entièrement oublié, était très-difficile à rencontrer, avant que Choron l'eût fait réimprimer.

* Voy. Fétis : *Biographie Universelle des Musiciens et Bibliographie générale de la Musique;* ouvr. cit. : T. V [*Résumé philosophique de l'Histoire de la Musique*], p. 242.

[380] Voici cette Définition, autrement exacte que toutes celles qui l'ont précédée :

« *Un Art-Libéral est un ensemble de moyens* » *industriellement choisis, capables d'agir* » *d'une manière insolite sur le Dynamisme* » *Humain;* ensemble *dont le but final est d'a-* » *mener, dans l'individu soumis à l'influence,* » *un sentiment affectif qui peut aller jusqu'à* » *un certain degré de Passion artificielle, en* » *l'absence des causes qui produisent natu-* » *rellement la Passion réelle ; avec ces deux* » *conditions:* 1° *qu'un organe sensorial relatif* » *au sentiment pathétique y causera une sen-* » *sation voluptueuse; et* 2° *que l'esprit qui se* » *prête à l'illusion pourra s'y soustraire à vo-* » *lonté.* » (Leçon de Physiol., du même jour.)

29

» Théâtres, les pièces musicales les plus étudiées sont les *Oratorios*. Citons-en une
» pour exemple : le *Stabat* de PERGOLÈSE.

» Tous les Chrétiens Romains savent que le STABAT est une COMPLAINTE LATINE, dans
»laquelle on rappelle les peines profondes que LA VIERGE-MARIE a dû éprouver,
» lorsqu'elle fut témoin du crucifiement de son Fils. Cette espèce d'Hymne, en
» strophes rimées, est ordinairement une cantilène courte, qui s'applique à tous les
» couplets. PERGOLÈSE trouva à propos de lui donner la forme d'un *Oratorio*. Il divisa
» le poëme en deux parties, dont la première renferme le récit des tourments subis
» par LE SAUVEUR jusqu'au moment où il a rendu l'esprit, avec l'expression orale de
» l'état pathétique du double dynamisme de la Mère;.... et dont la seconde est une
» prière, où le Chrétien pieux témoigne à LA VIERGE combien il s'associe aux souf-
» frances qu'elle a dù ressentir pendant cet événement, et où il la supplie de devenir
» son appui dans le cours de sa vie et son intercesseur au moment de la mort.

» Telles sont les idées affectives qui absorbent l'Artiste et le *Dilettante*, et les
» soustraient au monde réel, pour les maintenir dans une relation mystique.

» Les paroles qui expriment ces idées sont entretenues, renforcées, prolongées,
» rendues retentissantes par la Mélodie, qui est ici un redoublement de la décla-
» mation et un développement de l'accent oratoire.

» Pour accroître l'état pathétique mental, l'Art nous offre deux modes d'être
» instinctifs, qui sont très-propres à modifier l'affectibilité de l'âme pensante; ces
» modes instinctifs sont la *Systole* et la *Diastole*. Les moyens musicaux de les faire
» naître sont, pour la *systole*, une grande dominance, dans la Mélodie, des inter-
» valles mineurs entre les sons consécutifs; et pour la *diastole*, une dominance des in-
» tervalles majeurs. — Vous voyez une démonstration de cette vérité, — en comparant
» les diverses parties de l'*Oratorio* que je viens de citer —, dans l'exposition du fait
» et dans la peinture de la douleur maternelle..... : dominance presque perpétuelle du
» mode mineur, et expression profondément triste chez l'auditeur. J.-J. ROUSSEAU
» ne connaissait rien d'aussi expressif que la première strophe du *Stabat* de
» PERGOLÈSE : il l'appelait *le Duo le plus parfait et le plus touchant qui soit sorti de la
» plume d'aucun Musicien.* — Dans la seconde partie de l'*Oratorio*, alternative de
» prière avec espérance, et de besoins avec misère;..... alternative semblable des
» dominances du mode majeur et du mode mineur, d'après ces dispositions de notre
» affectibilité, distribuée avec la plus grande intelligence. ,

» Quant à la sensation voluptueuse que doit retenir l'âme, elle est continue dans
» l'exercice de ce bel Art, puisque la Mélodie et l'Harmonie, qui en font l'essence,
» sont inséparables de ce genre de plaisir. »

II. En fait de Complaintes Françaises, à la fois mélodiques et harmoniques, de
notre époque, nous nous contenterons ici de citer deux échantillons.

Qui ne connaît les *Plaintes d'une jeune Fille*, que Schubert a eu le talent de
rendre tout à la fois avec tant de sentiment, de suavité mélodique et d'harmonie
noble et profonde ! Si l'on ne les chante presque plus, c'est qu'on les a trop chantées !

L'Elégie si attendrissante du malheureux Poëte Gilbert digne d'un autre sort :

> « Au banquet de la vie infortuné convive,
> » J'apparus un jour et je meurs..... »

est une véritable *Complainte*, à laquelle un Musicien de mérite, homonyme de ce
Poëte, M. A. Gilbert, Organiste de Notre-Dame-de-Lorette, a eu le talent d'appliquer
un *chœur à quatre voix égales*, plein de sensibilité et de mélancolie, faisant partie du
Recueil des Compositions couronnées de l'Université [381].

Le style de la Complainte doit être simple et naïf, et son vrai caractère mélodique
et harmonique n'aurait point été convenablement conçu et exprimé par le Musicien,
s'il n'était point parfaitement d'accord avec ces qualités oratoires.

Quoique nous possédions des *Complaintes* dans plusieurs de nos bons *Opéras*, et
que nous connaissions des Chants Provençaux, Languedociens, Béarnais modernes,
etc., faisant partie de ce genre de Poésie-lyrique et appartenant au mode majeur, il
n'en est pas moins vrai que, comme le pensait Framery, le mode mineur est celui qui
convient le mieux à cette expression mélodique. « C'est à ce genre surtout, — dit
» cet Auteur [382] —, que conviennent les chants *mineurs;* ces chants montagnards,
» qui nous viennent de la Provence, du Languedoc et de tous les pays méridionaux
» de la France, dont les habitants, par une bizarrerie remarquable, ont le caractère
» si gai, l'âme si sensible et l'expression musicale si mélancolique. »

Citons quelques passages du *Discours en vers* publié par de la Chabeaussière, dans

---

[381] Voy. Université de France. — Commission des Chants religieux, etc. — *Concours Musical. Recueil de Compositions couron-*nées.—Paris, 1847, in-8° : pp. de 125 à 129.

[382] Encyclop. Méthod. [*Musique*, publiée par MM. Framery et Ginguené] : T. I, p. 302.

le *Mercure de France : sur le Chant et la Mélodie*, Discours qui, malgré le pléonasme de son titre [388], contient des traits poétiques fort remarquables.

> « N'en doutons pas, *le Chant dut naître avec le Monde.*
> » Du DIEU qui nous créa, la sagesse profonde
> » Voulut que notre espèce éprouvât tour-à-tour
> » La gaîté, le chagrin, la colère et l'amour :
> » Mais pour communiquer ces mouvements de l'âme,
> » Il fallut de la voix accentuer la gamme;
> » Sans les inflexions comment les exprimer ?
> » *On ne peut sans chanter se plaindre ni s'aimer.*
> » Les besoins nés du cœur durent, au premier âge,
> » Animer, varier les accents du langage ;
> » Tout était abandon, élan ou sentiment,
> » Et *dire, c'est chanter,* pour qui sent vivement :
> » Alors, d'une âme ardente éloquent interprète,
> » *Tout homme était Chanteur et tout Chanteur Poëte,*
> » Les deux sexes surtout, pour correspondre entre eux,
> » S'attiraient, se charmaient en sons voluptueux :
> » Auprès de son époux, satisfait de l'entendre,
> » ÈVE, aux bosquets d'Éden, modulait un air tendre ;
> » Dans son ivresse, ADAM modulait à son tour,
> » *Et le premier Duo fut un Duo d'amour,*
> » . . . .
> » L'indigent même chante afin qu'on songe à lui ;
> » Il sait qu'à la pitié le Chant dispose l'âme,
> » Et *sa Chanson lui vaut le secours qu'il réclame.* »

On consultera avec fruit, quand on voudra pousser plus loin et plus approfondir
l'HISTORIQUE DE LA COMPLAINTE, outre les Auteurs que nous avons déjà cités : —
FAURIEL : *Chants populaires de la Grèce moderne ;* — Histoire de Georges KATOVERGA :
Chants populaires de la Grèce moderne, T. II ; — M. J.-J. AMPÈRE : *Histoire Littéraire de la France,* T. I ; — X. MARMIER : *Chants de guerre de la Suisse (Revue des
Deux-Mondes,* 4° série, p. 215, 1836) ; — BOTTÉE DE TOULMON : *Discours sur la
question : Faire l'Histoire de l'Art Musical depuis l'ère chrétienne jusqu'à nos jours,*
prononcé au Congrès historique, au mois de Novembre 1835 ; — « morceau que des
» pédants ont traité de pédant » — disent les savants Editeurs de la 2ᵉ édit. de *La*

---

[483] *Mercure de France :* N° DCXLII. Samedi
6 Novembre 1813. — Ce pléonasme est très-
probablement une faute d'impression : l'Auteur
a voulu sûrement dire *Mélodie* et *Harmonie.*

Science et la Pratique du Plain-Chant, de Dom Jumilhac : MM. Théodore Nisard et Alexandre le Clercq [384] ; — Bottée de Toulmon : *De la Chanson en France, au moyen âge*, dans l'*Annuaire historique de 1837* ; travail regardé par MM. Théod. Nisard et » Alex. le Clercq comme « destiné à vulgariser des idées saines sur un sujet immense » et peu connu, même des érudits » ; — *Ballades et Chants populaires* (anciens et modernes) *de l'Allemagne*, traduct. nouvelle par Séb. Albin ; Paris, 1841, in-12 ; — Louis Delatre : *Chants de l'Exil* ; Paris, 1843, in-12 ; etc., etc.

Fragments bibliographiques de la Complainte. — La Bibliographie de la *Complainte-Romane*, de la *Complainte Latine-Française* et de la *Chanson triste Française*, imitée d'abord des *Chansons Romanes ou Provençales* de même caractère, constitue un sujet qui, lui seul, donnerait aisément lieu à la confection d'un volume.

M. Th. Hersart de la Villemarqué [385] dit en parlant de l'Histoire du Peuple :
« Il est vrai qu'elle n'est guère enregistrée ni dans les Cartulaires, ni dans les
» Chroniques ; elle existe pourtant ; elle est consignée dans les Poésies populaires et
» traditionnelles [386] ; on n'avait qu'à réunir. Voilà ce que nous aurions dû apprendre
» il y a long-temps des Etrangers. Chose inouïe ! l'Espagne a des Recueils de Chants
» populaires, imprimés depuis 1510 ; l'Italie a les Collections de Guillaume Muller ;
» la Suède en a de Wolf, de Geyer et d'Afzélius ; la Hollande, de Fallers-Leben
» et Lejeune ; la Bohême, de Hauker ; la Russie, de Goetze ; la Servie, de Vuk ; le
» Danemarck, de MM. Grimm et Thièle ; l'Allemagne, de MM. Herder, Van der
» Hagen, Goerres, Busching, Erlach et Brentam ; l'Angleterre, de Percy, Warton,
» Ritson, Ellis, Jamieson, Brooke, Evan et Walter Scott ; la Grèce moderne, de
» M. Fauriel ; et nous, nous qui donnons si souvent l'impulsion à l'Europe, nous

---

[384] Paris, 1847, pet. in-fol., p. 322, 2ᵉ col.

[385] Barzaz-Breiz : *Chants populaires de la Bretagne :* — 4ᵉ édit. — Paris, 1846, 2 vol. in-12 : T. 1 [*Préambule de la première et de la seconde édition*], pp. v et vj.

[386] Dans le curieux et savant écrit de M. Germain, Professeur d'Histoire à notre Faculté des Lettres, ayant pour titre : « Les Multi-» pliants, *Épisode de l'Histoire de Montpellier* »[1721-1723] ; — Bordeaux, 1845, gr. in-8° », il est question de la *Complainte* traditionnelle.

L'Auteur dit (p. 47), — en parlant de quatre de ces malheureux et singuliers Fanatiques, que *l'on pendait sur l'Esplanade le 22 Avril* 1723, et de ceux qui, *condamnés à assister à l'exécution, furent envoyés, les hommes aux galères, les femmes à la Tour de Constance, d'Aiguesmortes* — : « Aucun chant populaire, » aucune *Complainte* ne nous sont parvenus » sur leur compte. » Cette remarque semblerait désigner l'oubli exceptionnel d'un usage probablement suivi depuis long-temps.

» n'avons rien en ce genre à opposer aux Etrangers. » Nous aurons fait du moins quelques efforts pour diminuer l'étendue de la vaste lacune que présentait notre Histoire Littéraire, en ce qui concerne une partie de nos Chants populaires : l'*Historique* et la *Bibliographie de la Complainte*. Nous serions trop heureux si chaque Province de France avait son Historien et Collecteur de Chants populaires, comme la Bretagne a trouvé le sien dans le savant M. Th. HERSART DE LA VILLEMARQUÉ. Nous nous contenterons, dans ce moment, de réunir ici de bons matériaux pouvant être utiles un jour à quelque savant Bibliophile, qui, plus heureux que nous, aura le temps, la bonne volonté et les vastes connaissances nécessaires pour approfondir convenablement cette matière. Il est aisé de sentir que, pour être complets, l'*Historique* et la *Bibliographie des Complaintes*, *en Langues étrangères*, exigeraient un immense travail.

I. La *Bibliographie de la France*, année 1834, annonce, sous le Nº 4420, une « COMPLAINTE *ou Elégie* ROMANE *sur la mort* d'Enguerrand DE CRÉQUI, Evêque de » Cambrai, publiée et annotée par Edouard LE GLAY. — Cambrai, 1834, in-8º » d'une feuille ¹/₄, tirée à 60 exemplaires. » Entre les 127 Poëtes Troubadours ou Trouvères dont parle le Président FAUCHET comme ayant vécu avant l'an 1300, il doit en être sûrement qui ont fait des Chansons tristes ou *Complaintes*....; mais, malheureusement pour l'Histoire Littéraire de cette époque, on ne les a point conservées. Parmi les *Chansons sur les Croisades* des XIIᵉ et XIIIᵉ siècles publiées par M. LEROUX DE LINCY [387], nous en avons déjà fait remarquer, *sur les Souffrances de l'Amour et sur d'autres sujets tristes*, qui sont de véritables *Complaintes*.

II. Comme exemple de *Complainte Latine-Française*, nous citerons la Chanson, du XIIᵉ siècle, adressée à ABÉLARD par HILAIRE, son Disciple, à l'occasion de la suspension de son Enseignement, et qu'il donna à ceux qui l'avaient suivi. Cette bizarre Chanson est composée de dix Couplets ayant quatre vers latins monorimes, auxquels est joint ce vers, en ancien français, sous forme de refrain :

« Tort a vers nos li Mestre. »

Nous en transcrirons les premier et dernier couplets, en y joignant, dans une Note, la traduction qu'en a donnée, pour la première fois, M. LEROUX DE LINCY [388] :

---

[387] *Recueil de Chants historiques français*, etc.; ouvr. cit.: 1ʳᵉ série, pp. de 85 à 129.

[388] *Recueil de Chants historiques français*, etc.; ouvr. cit.: 1ʳᵉ série, pp. de 6 à 10.

« AD PETRUM ABÆLARDUM.

I.

« *Lingua servi, lingua perfidie,*
» *Rixe motus, semen discordie,*
» *Quam sit prava sentibus* (sentimus) *hodie,*
» *Subjacendo gravi sentencie :*
» Tort a vers nos li Mestre.

10.

» *Per inpostum, per deceptorium,*
» *Si negare vis adjutorium,*
» *Hujus loci non Oratorium*
» *Nomen erit, sed Ploratorium.*
» Tort a vers nos li Mestre [389]. »

III. Le véritable Père de la Chanson Française est Thibault, Comte de Champagne et Roi de Navarre, né en 1201 et mort en 1250. Avant lui, les Chansons du xii⁰ siècle n'étaient que de serviles imitations des Chansons Romanes ou Provençales.

Il ne faut pas confondre, avec la Chanson Française proprement dite, des compositions en vers qui, malgré leur titre de *Lai* ou de *Chanson*, étaient en réalité de véritables Poëmes épiques, quelquefois même fort étendus. Nous citerons les productions suivantes comme exemples de ces sortes de Poésies de longue haleine.

La Chanson de Roland, Poëme de Théroulde, du xie siècle, dont il a été déjà plusieurs fois question : sujet de vives et savantes discussions littéraires.

« 5171. — La Chanson d'Antioche, composée au commencement du xiie siècle » par le Pèlerin Richard, renouvelée sous le règne de Philippe-Auguste par Graindor » de Douai, publiée pour la première fois par M. Paulin Paris. — Paris, 1848, » 2 vol. pet. in-8° [390]. »

« 3149. — Lai d'Ignaurès, en vers du xiie siècle, par Renaut ; suivi des Lais de

[389] Traduction de M. Leroux de Lincy :

1. « Langue d'esclave, langue perfide, cause » de rixes, semence de discorde, nous sentons » aujourd'hui combien tu es mauvaise, soumis » que nous sommes à un arrêt sévère.

» Le Maître a tort envers nous. »

" .... "

10. « Si, à cause d'un imposteur qui te » trompe, tu veux nous refuser ton appui, ce » lieu ne doit plus être appelé un séjour de » prières, mais bien un *séjour de pleurs.*

» Le Maître a tort envers nous. »

Cette Chanson, qui se trouve avec d'autres

Poésies du même Auteur, dans un Manuscrit du xiie siècle, de la Bibliothèque Nationale, acheté depuis quelques années, a été publié, *en partie,* dans l'édit. des *Œuvres* d'Abélard, in-4°, p. 243, due à d'Amboise, et, *en totalité,* dans du Boulay : *Histoire de l'Université,* T. I, p. 759. Elle a été recueillie aussi dans l'ouvrage intitulé : Hilarii *versus et ludi;* Lutet. Parisior., 1838, pet. in-8° de 76 pages, — d'après le Manuscrit du xiie siècle cité —; et dans le *Recueil de Chants historiques fran-çais* de M. Leroux de Lincy *.

[390] *Bibliographie de la France,* Ann. 1848.

* Ouvr. cit.: 1re série: pp. de 6 à 10.

» MÉLION ET DU TROT, en vers du xiiiᵉ siècle; publiés pour la première fois, d'après
» deux Manuscrits uniques, par L.-J.-N. MONMERQUÉ et Francisque MICHEL. —
» Paris, 1832, in-8° de 5 feuilles ¹/₂, plus un *Fac-Simile* ³⁹¹. »

« 991. — LAI D'HAVELOK LE DANOIS, xiiiᵉ siècle. — Paris, 1833, grand in-8° de
» 5 feuilles ⁵/₈. — Une première édition de cet ouvrage, tirée à très-petit nombre,
» a paru à Londres en 1828, in-4°, sous ce titre : *The ancient English Romance of*
» HAVELOK *the dane, accompanied by the french texte : with an introduction, notes,*
» *and a glossary, by* Frederick MADDEN. L'édition française contient une *Préface*
» en xlviii pages (par MICHEL), dans laquelle sont conservées quelques Notes de
» M. MADDEN. Le texte, composé de 1104 vers, finit à la 33ᵉ page ³⁹². »

IV. Les *Chansons Françaises*, bientôt dégagées de la forme des Provençales, ont
commencé à paraître en France, selon LA RAVALLIÈRE ³⁹³, en 1200 environ, pour
avoir leur plus grand éclat de 1220 à 1230. Les premières *Complaintes Françaises*,
c'est-à-dire celles qu'ont dû chanter les Trouvères et les Jongleurs, ont eu sûrement
pour sujet les exploits des Croisés morts en Terre-Sainte, dans leurs combats
acharnés contre les Infidèles. Ces Complaintes des xiiᵉ et xiiiᵉ siècles devaient être,
comme les autres Chansons contemporaines, naïves, sauvages, chevaleresques,
parfaitement en harmonie avec les mœurs et les coutumes d'alors. Dans certaines
Chansons sur les Croisades, la teinte de douleur n'est pas toujours celle qui règne
exclusivement. Les sentiments des Poëtes sont aussi mobiles que ceux des amants
qui souvent les inspirent : combien n'est-il pas de scènes amoureuses, commençant
d'une manière et finissant d'une autre ! « Dans une des Chansons des Croisades, —
» dit M. LEROUX DE LINCY ³⁹⁴ —, GÉRARD, *délaissé par sa Maîtresse*, vient lui
» apprendre son départ pour la Terre-Sainte et *obtient aussitôt l'objet de tous ses*
» *vœux*. » Parmi les Princes ou Seigneurs Poëtes et Chansonniers du xiiiᵉ siècle, on
doit nommer le roi de Navarre THIBAULT IV, surnommé *le Grand* ³⁹⁵ ; le Comte Charles
D'ANJOU, Roi de Sicile, frère de Saint Louis ; le Châtelain DE COUCY, Gasse BRULES,

---

³⁹¹ *Bibliographie de la France*, Ann. 1832.
³⁹² *Bibliographie de la France*, Ann. 1833.
³⁹³ *Poés. du Roy de Navarre, av. des Notes et un Glossaire*, etc.; ouvr. cit. : T. I, p. 222.
³⁹⁴ *Rec. de Chants hist. franç.*, etc. : p. 87.
³⁹⁵ D'après le N° 6, 8 Février 1851, p. 43 du *Feuilleton du Journal de la Librairie*, M. P. TARBÉ aurait publié tout récemment une nouvelle édition des poésies de ce Monarque : « *Chansons de* THIBAULT IV, *Comte de Champagne et de Brie, Roi de Navarre ;* — Reims, 1851, in-8°.

Quesnes DE BÉTHUNE, Hugues DE LUSIGNAN, Pons SAUREL de Toulouse [396]; Pierre MAUCLERC Comte de Bretagne, le Comte DE BAR, ROBERT de Blois, etc., auxquels il faut joindre le Duc HENRI III [397], père de la Reine MARIE DE BRABANT, seconde femme de PHILIPPE-LE-HARDI. LÉVESQUE DE LA RAVALLIÈRE fait une remarque dont il est bon de tenir note en ce lieu. GUILLAUME IX, Duc d'Aquitaine, né en 1071, en tête des Poëtes Provençaux, et THIBAULT, Comte de Champagne et Roi de Navarre, né en 1201 et mort en 1253, en tête des Poëtes Français, marquent, le premier, l'origine de la Chanson Provençale; le second, l'origine de la Chanson Française; « de sorte que, — dit cet Auteur [398] —, le premier âge de l'une et l'autre Poésie » chantante est marqué par les noms de deux Princes qui la cultivèrent avec un » très-grand succès : quelle glorieuse prérogative pour la *Chanson* d'avoir des pères » aussi augustes....! » Les Lettres devaient progresser sous une si noble impulsion.

Du reste, nos Troubadours et nos Trouvères n'ont pas toujours été des hommes d'étude ou de grands Seigneurs. « De simples Villageois, inspirés par leur génie, » souvent inculte, mais toujours poétique, — dit DU MERSAN —, ont composé des » Ballades, des Romances, des *Complaintes*, des Chansonnettes, qui, transmises de » siècle en siècle par la simple tradition, sont encore aujourd'hui des modèles de » bonhomie spirituelle et de naïveté piquante [399]. »

Il est infiniment probable que le Manuscrit de la Bibliothèque de Berne Nº 389, intitulé : *Chansons Françaises fort anciennes*, remontant au XIIIº siècle, contient un bon nombre de *Complaintes*. D'après M. JUBINAL, ce Recueil « renferme environ 400 » Chansons appartenant à plus de quatre-vingts Auteurs qui ont vécu avant l'année » 1300. On remarque surtout parmi eux : la Dame DE FAEL (*sic*), célèbre par la

---

[396] Pons SAUREL est auteur d'une *Complainte sur la mort de* MONTAGNAGOUT. Voy. [MILLOT]: *Hist. Littéraire des Troubadours*; ouvr. cit.: T. III, pp. 105 et 431; — PAPON : *Histoire générale de Provence*, etc.; ouvr. cit: T. III, p. 449.

[397] On trouve des Chansons de HENRI III, Duc de Brabant, dans le Manuscrit de la Bibliothèque Nationale coté sous le Nº 7222, regardé comme l'un de nos plus précieux et nos plus vastes *Cançonneros* du XIIIª siècle.

M. Achille JUBINAL a publié deux Chansons de LI DUX DE BRABANT, à la suite de son édition de *La Complainte et le jeu de Pierre* DE LA BROCE, *Chambellan de* PHILIPPE-LE-HARDI, *qui fut pendu le 30 juin 1278*; — Paris, 1835, in-8°: pp. de 44 à 49.

[398] *Poésies du Roy de Navarre, avec des Notes et un Glossaire français*, etc.; édit. cit.: T. I, p. 222.

[399] DU MERSAN : *Chansons nationales et populaires de la France*, etc.; ouvr. cit.: p. 22.

30

» mort tragique de son amant, le Châtelain DE COUCY ; — QUESNES DE BÉTHUNE , l'un
» des ancêtres de SULLY , et l'un des plus braves Seigneurs de la Croisade de VILLE-
» HARDOUIN ; — le Roi RICHARD-CŒUR-DE-LION ; — AUDEFROY-LE-BATARD ; — Gélibert
» DE BERNEVILLE ; — BLONDEL ; — le Duc DE BRABANT ; — le Comte D'ANJOU ; —
» Raoul DE SOISSONS ; — le Roi DE NAVARRE ; — le Vicomté DE CHARTRES ; — le Comte
» DE COUCY ; — Raoul DE FERRIÈRES ; — la Duchesse DE LORRAINE , etc., etc... [400]. »

XIIIe SIÈCLE.

Quoiqu'elles n'en portent pas toujours l'étiquette , nous regarderons comme autant
de *Complaintes* du XIIIe siècle , les pièces dont on va lire les titres et citations.

I. La *Chanson* publiée par M. Achille JUBINAL dans son *Rapport à M. le Ministre de
l'Instruction publique* [401], en tête de laquelle on lit : « MAISTRE RENAS LA FIST DE
» NOSTRE SIGNOU » , ayant pour refrain de chacun de ses huit couplets :

> « Jhérusalem plaint et ploure
> » Lou secors ke trop demoure. »

II. RUTEBEUF : La *Complainte d'Outre-mer* et celle *de Constantinople;* publiées et
mises au jour avec une Notice sur ce Poëte par M. Achille JUBINAL (XIIIe siècle). —
Paris , 1834 , in-8°. — Il en a été déjà question , p. 32 de cet écrit.

III. A la suite du *Rapport à M. le Ministre de l'Instruction publique , suivi de quelques pièces inédites tirées des Manuscrits de la Bibliothèque de Berne,* par M. Achille
JUBINAL (Paris , 1838 , in-8°), on trouve (pp. de 57 à 68) une pièce de vers ayant
pour titre : « *La Complainte de Jhérusalem contre la Cour de Rome* [402] ». Cette pièce
de vers , assez remarquable , commence et finit ainsi qu'il suit :

> « Rome , Jhérusalem se plaint
> » De covoitise qui vos vaint ,
> » Et Acre et Damiète ausi ,
> » Et dit que por vous remaint
> » Que dame DEX et tot si saint
> » N'est en sa terre servi.

---

[400] Voy. Achille JUBINAL : *Rapport à M. le
Ministre de l'Instr. publ., suivi de quelques
pièces inéd., tirées des Manuscr. de la Bibliothèque de Berne;* — Paris, 1838, in-8° : p. 20.

[401] *Rapport,* etc.; ouv. cit.: pp. de 59 à 41.

[402] *Rapport à M. le Ministre de l'Instruction publique ,* etc. : Manuscrit N° 113 de la
Bibliothèque de Berne : XIIIe siècle (1218).

» . . . .
» Se ne fust li Sains-Esperis
» Qui en Choradin se fust mis,
» Fais fust de nostre droit envers. »

IV. Lors de ses investigations dans la Bibliothèque de Berne en 1838 [403], M. Achille Jubinal, examinant le Manuscrit in-fol., du XIIIe siècle, coté sous le N° 9, y trouva entre autres pièces une « Complainte de Saint Bernard sur la douleur causée à la » Vierge par la mort de Jésus.... »; mais, malheureusement, ce laborieux Littérateur ne donne dans son Rapport ni un extrait ni une analyse de cette pièce.

V. « Chanson Française sur les exactions commises envers le Clergé par Henri III, » Roi d'Angleterre (1236) [404]. »

VI. Les deux Chansons du Comte Charles d'Anjou, frère de Saint Louis, rapportées comme exemples de Chansons du XIIIe siècle dans l'Essai sur la Musique ancienne et moderne [par de la Borde [405]], sont de vraies Complaintes, exprimant des tourments d'amour, qui commencent, la première par ces deux vers :

« Li granz desirs & la douce pensée
» Que j'ai por vos, Dame qui valez tant.... » ;

la seconde par ces deux autres :

« Trop est destroiz [406], qui est desconfortés
» De cele en qui il a tout son cuer mis..... »

VII. Chanson de Hugues, Comte de la Marche, révolté contre Saint Louis, vaincu par lui et forcé de se soumettre après la bataille de Taillebourg, commençant ainsi :

« Puisque d'amours m'estuet les maux souffrir,
» Merveilles est c'on les puis endurer.
» . . . . »

« Depuis que je suis condamné à souffrir
» ces maux d'amour, je m'étonne comment on
» peut les endurer.... [407]. »

VIII. Austau d'Orlhac : Pièce de vers dans laquelle il déplore les malheurs de la 6e Croisade, où périt Saint Louis [408], le 25 Août de l'année 1270.

[403] Voy. Achille Jubinal : Rapport à M. le Ministre de l'Instruction publique, etc.; ouvr. cit. : in-8°, p. 16.
[404] Voy. Leroux de Lincy : Rec. de Chants hist. franç., etc., cit. : 1re sér., pp. de 185 à 191.
[405] Ouvr. cit. : T. II, pp. 153 et 154.

[406] Malheureux.
[407] [De la Borde] : Essai sur la Musique anc. et mod. ; ouvr. cit. : T. II, p. 204.
[408] Voy. [Millot] : Hist. litt. des Troubad., etc.; ouvr. cit. : T. II, p. 430; — Raynouard, Choix de Poés. des Troub., etc., cit. : T. V, p. 54.

ɪx. Austou ᴅᴇ Sᴇɢʀᴇᴛ : *Sirvente sur la mort de* Saint Lᴏᴜɪs *et sur les malheurs de la Croisade* [409].

x. (1278) Matthieu ᴅᴇ Qᴜᴇʀᴄɪ : Vers *sur la mort de* Jᴀᴄǫᴜᴇs , *Roi d'Aragon* [410] (1276), qui avait fait vœu de mourir dans le cloître, si sa santé se rétablissait.

xɪ. Vers la fin du xɪɪɪ° siècle (1278), nous rencontrons la *Complainte de* Pierre ᴅᴇ ʟᴀ Bʀᴏᴄᴇ , à l'occasion de laquelle M. Ach. Jᴜʙɪɴᴀʟ a publié, en 1835, des documents fort curieux, relatifs à notre ancienne Histoire Littéraire Française [411]. Voici les première et dernière strophes de cette Pièce de vers fort remarquable :

> « Heu ! heu ! *michi !* las chétif, *Domine* ,
> » Cri-je merci à Dɪᴇᴜ com chétif aminé;
> » Certes, bien le doi estre, car pieçà ne finé ,
> » De porchacier la honte dont je suis afiné.

> « A ce que j'ai çi dit chascuns mète s'entente
> » Et gart bien qu'en son cuer point d'envie n'i ente.
> » Cil qui est en envie est en mauvaise sente :
> » Si poi n'en puet avoir qu'il ne s'en repente. »
>
> (*Explicit* de Pierre ᴅᴇ ʟᴀ Bʀᴏᴄᴇ [412].)

xɪɪ. Il faut mettre au rang des *Complaintes* la Chanson du Vidame ᴅᴇ Cʜᴀʀᴛʀᴇs , Panetier de France de la Maison du Roi Pʜɪʟɪᴘᴘᴇ-ʟᴇ-Bᴇʟ en 1288 :

> « Chascuns me sémont [413] de chanter,
> » Mès n'en puis trouver l'achéson [414],
> » Quant cele ne me daigne amer
> » Qui a tort me tient en prison, etc. »

xɪɪɪ. *Chansons du Châtelain* ᴅᴇ Cᴏᴜᴄʏ, revues sur tous les Manuscrits par Francisque Mɪᴄʜᴇʟ ; *suivies de l'ancienne Musique* , mise en notation moderne, avec accompagnement de piano , par M. Pᴇʀɴᴇ. In-8° de 15 feuilles ¹/₂ , plus 41 pages de Musique. —

---

[409] Voy. [Mɪʟʟᴏᴛ] : *Hist. litt. des Troubad.,* etc.; ouvr. cit.: T. III, p. 394 ; — Rᴀʏɴᴏᴜᴀʀᴅ : *Choix de Poésies des Troubadours*, etc.; ouvr. cit.: T. V, p. 55.

[410] Voy. [Mɪʟʟᴏᴛ] : *Histoire littéraire des Troubadours*, etc.; ouvr. cit. : T. II, p. 262.

[411] *La Complainte et le jeu de* Pierre ᴅᴇ ʟᴀ Bʀᴏᴄᴇ, Chambellan de Pʜɪʟɪᴘᴘᴇ-ʟᴇ-Hᴀʀᴅɪ, *qui*

fut pendu le 30 juin 1278; publié pour la première fois par M. Ach. Jᴜʙɪɴᴀʟ, *d'après le Manuscrit unique de la Bibliothèque du Roi.* — Paris, Tᴇᴄʜᴇɴᴇʀ, 1835, in-8°.

[412] *La Complainte et le jeu de* Pierre ᴅᴇ ʟᴀ Bʀᴏᴄᴇ, etc.; ouvr. cit. : p. 23.

[413] *M'engage à.*

[414] *Avoir l'envie.*

Paris, Crapelet, 1830, grand-raisin vélin in-8° [415]. — Dans leurs Chansons, le Châtelain de Coucy et la Dame de Fayel chantent les tourments que leur fait éprouver leur séparation. La *Chanson du Châtelain de Coucy*, qu'on lit à la page 89 du Recueil publié par M. F. Michel, et que M. Leroux de Lincy rapporte en entier avec sa traduction [416], commence par ces deux vers :

« S'onques nus hons por dure départie   « Si jamais nul homme eut le cœur navré d'une
» Ot cuer dolant, je l'aurai par raison... »   » séparation cruelle, c'est avec raison que je l'ai... »

Dans le *Lai de la Dame de Fayel* qu'on trouve à la page 95 du Recueil publié par M. F. Michel, et que M. Leroux de Lincy a transcrit en entier avec une traduction, dans son *Recueil de Chants historiques français* [417], on lit au 3e couplet :

« Il est biaus et je suis gente :   « Il est beau, je suis jolie. Seigneur
» Sire Dex ! por que l' féis   » Dieu, pour quelle raison, quand l'un
» Quant l'uns à l'autre atalente,   » convient tant à l'autre, nous avoir
» Pour coi nos as despartis ! »   » séparés ! »

XIVᵉ SIÈCLE.

xiv. On lit dans les *Etudes historiques de* Chateaubriant, à l'occasion de l'année 1358, les *Complaintes Latines* que l'on chantait sur les malheurs de ces temps, et ce couplet pour les bons hommes, qui devint bientôt une *Complainte* populaire :

« Jacques bons hommes
» Cessez, cessez, gens d'armes et piétons,
» De piller et manger le bonhomme
» Que de long-temps Jacques Bonhomme
» Se nomme [418]. »

[415] Voy. *Bibliographie de la France*, Ann. 1830, art. 5079. — Voy. aussi : « *Roumans dou Chastelain de Coucy et de la Dame de Fayel* », accompagné de la traduction complète des 8,244 vers dont il se compose, fort volume gr. in-8°; et « l'*Histoire du Châtelain de Coucy et de la Dame de Fayel*, composée dans le xiiiᵉ siècle et mise en françois d'après le Manuscrit de la Bibliothèque du Roi. — Paris, Crapelet, 1829, gr. in-8°,

» avec fac-similé. » — Dans son *Essai sur la Musique ancienne et moderne**, de la Borde avait déjà publié xxiii Chansons du chatelain de Coucy, avec la traduction française en regard.

[416] *Recueil de Chants historiques français*, etc.; ouvr. cit. : 1ʳᵉ série : pp. de 101 à 104.

[417] *Recueil de Chants historiques français*, etc.; ouvr. cit. : 1ʳᵉ série : pp. de 105 à 112.

[418] On peut voir deux des *Complaintes*

* Ouvr. cit. : T. II, pp. de 260 à 307.

xv. Les *Chansons* que l'on composa en 1355., à Paris, *sur la captivité du Roi de Navarre* CHARLES-LE-MAUVAIS, favorables au prisonnier, malgré l'atrocité de son caractère, sa cruauté et ses crimes, ne sont autre chose que des *Complaintes*.

xvi. Nous en dirons autant des *Ballades* dans lesquelles *on déplorait la mort de Bertrand* DU GUESCLIN, en 1380. — Ces *Chansons* et *Ballades* sont des *Complaintes*, différant seulement de celle de Gênes composée par D'AUTON, en ce qu'elles sont formées de couplets qui ont pu être chantés comme ceux des chants populaires actuels.

xvii. Se rappelant sans doute tout le temps de sa jeunesse et les diverses fortunes qu'il avait eues en aimant, Jean FROISSARD place dans un de ses longs *Traittez* poétiques, intitulé le *Paradis d'Amour*, une *Complainte* très-véhémente contre l'Amour et contre les maux qu'il lui avait fait souffrir [419].

Parmi les Poésies d'Eustache DESCHAMPS, contemporain de CHARLES V et de CHARLES VI (XIVᵉ et XVᵉ siècle), nous signalerons comme Complaintes :

xviii. La BALLADE : *Du Domaine d'Eustache brûlé par les Anglais*, dont chaque couplet finit par le vers qu'on va lire :

« J'aray dès or à nom BRULÉ DES CHAMPS [420] » ;

xix. La BALLADE : *Sur la Mort de Bertrand* DU GUESCLIN (1380) [421], dont chaque couplet finit par le refrain suivant :

« Plourez, plourez, flour de chevalerie [422] » ;

xx. La BALLADE : *De la Complainte du Pays de France* [423], ayant pour refrain :

« Quant l'un ne veult fors l'autre décevoir. »

Nous nous contenterons de désigner seulement comme autant de Complaintes du même Auteur : la BALLADE *sur l'Epidémie* (probablement de 1373) [424]; la BALLADE

Latines dont parle ici CHATEAUBRIANT dans les *Dissertations de l'Abbé* LEBEUF *sur l'Histoire ecclésiastiq. et civile de Paris* : T. III, p. 432.

[419] Voy. l'Abbé GOUJET : *Bibliothèque française*, etc.; ouvr. cit.. : T. IX, p. 137.

[420] *Poésies morales et historiques d'Eustache* DESCHAMPS, etc.; ouvr. cit. : pp. 1 et 2.

[421] *Poésies morales et historiques*, etc.; ouvr. cit. : pp. 27 et 28; — recueillie aussi par LEROUX DE LINCY : *Chants histor. franç.*, etc.; ouvr. cit. : 1ʳᵉ série, pp. 258 et 259.

[422] Voy. LEROUX DE LINCY : *Rec. de Chants hist. franç., dep. le* XIIᵉ *jusqu'au* XVIIIᵉ *siècle*, etc.; ouvr. cit.. : 1ʳᵉ série, pp. de 256 à 259.

[423] E. DESCHAMPS : *Poésies morales et historiques*, etc.; ouvr. cit. : pp. 44 et 45.

[424] E. DESCHAMPS : *Poésies morales et historiques*, etc.; ouvr. cit. : pp. 116 et 117.

des plours et plains de la Mort du noble et vaillant Chevalier feu Monseigneur Loys DE
SANCERRE ; la *Complainte de l'Eglise*, etc. [425]. Dans l'édition d'Eustache DESCHAMPS,
gr. in-8°, déjà citée, et à l'occasion de la *Description du Manuscrit* de ce Poëte
(p. LVIII), faisant partie de la *Bibliothèque Nationale*, G.-A. CRAPELET, qui a le
double mérite d'être à la fois l'Editeur et l'Imprimeur de ce beau livre, signale
une Complainte d'Eustache DESCHAMPS portant le titre qu'on va lire : « *Cy commence*
» *la dolente et piteuse Complainte de l'Eglise moult désolée aujourd'hui* (pag. cccc du
» Manuscrit, jusqu'au feuillet iiijc iv *recto*). »

XXI. Comme on l'a dit, les *Chants populaires* ont le mérite de nous révéler les sentiments d'une Nation, au moment où ils ont été composés. C'est à ce titre que la
Complainte des Matelots Anglais, qui date de la fin du XIVe siècle ou du commencement du XVe, est un document historique véritablement précieux. Cette *Complainte* a
été publiée, pour la première fois, par MM. WRIGHT et Orchard HALLIWELL, dans les
Reliquiæ Antiquæ, et plus tard dans le savant ouvrage de M. JALL sur l'*Archéologie
Navale*. Elle a été inspirée par le dépérissement dans lequel était tombée la Marine
Anglaise depuis le règne d'EDOUARD III. Leur découragement étant porté à son
comble, les Poëtes Matelots comparent le sort des passagers *qui boivent le Mal-
voisie chaud*, à celui des *Marins, qui aimeraient autant être morts que de vivre comme
ils le font*. Commençant ainsi, dans sa traduction française libre :

> « Il peut renoncer au plaisir, l'équipage
> » Qui va faire voile pour Saint-James... » ;

cette *Complainte* finit comme il suit :

> « Car, quand nous allons nous coucher,
> » Les pompes sont près de la tête de nos lits,
> » Et il vaudrait mieux être morts
> » Que de sentir l'odeur puante de ce voisinage [426]. »

D'après ROQUEFORT, auteur de l'article *Christine* DE PISAN de la *Biographie Universelle* (de MICHAUD) [427], cette Poétesse, dont nous devions dire encore un mot en ce
lieu, *aurait été fort jolie femme, si elle ressemblait au portrait qui se trouve en tête du
Manuscrit No 7395 de la Bibliothèque Nationale*. A la suite de ses premiers écrits

[425] E. DESCHAMPS : *Poésies morales et historiques*, etc.; ouvr. cit. : pp. 117 et 118.

[426] Voy. *Magas. Pitt.* (Ann. 1848), pp. 230-31.
[427] Ouvr. cit. : T. VIII, p. 477, 2e col.

de poésie légère, qu'elle appelle de petits *Dictiez*, c'est-à-dire de petites pièces de poésie, se trouvent des Ballades, des Lais, des Virelais et des *Complaintes*.

Parmi les Poésies, en général si tristes, de Christine DE PISAN, nous signalerons plus particulièrement :

XXII. La *Complainte sur la Folie de* CHARLES VI (1393): voy. LEROUX DE LINCY [428].

XXIII. La *Complainte sur la Mort de* JEAN-SANS-PEUR, *premier Duc de Bourgogne, oncle de* CHARLES VII, commençant par :

> « Plourez, Françoys, tous d'un commun vouloir » ;

et finissant par :

> » Affaire eussions du bon DUC DE BOURGONGNE ! »

XXIV. Les *Vaux-de-Vire* politiques d'Olivier BASSELIN, Poëte Normand de la fin du XIVe siècle, ne sont rien autre que des Complaintes. L'Editeur de BASSELIN, Louïs DU BOIS, l'a bien senti, lorsque, en les classant, il s'est exprimé de la manière suivante : « Il m'a paru à propos de donner ensuite les Chansons amoureuses, puis les » Chansons bachiques, véritable titre de gloire de BASSELIN, et de terminer la collec- » tion par les *Vaux-de-Vire*, dans lesquels le Poëte, bon patriote et digne Français, » *déplore avec amertume la position de cette opulente Normandie, réduite à subir l'ou-* » *trage du joug anglais*, après avoir si long-temps imposé ses lois, son idiome et des » maîtres à la Grande-Bretagne [429]. » M. SAINTE-BEUVE partage ce sentiment, puis- qu'il s'exprime de la manière suivante : « Olivier BASSELIN, le Chansonnier Normand, » le créateur des Vaux-de-Vire, dit-il [430], dut quelquefois mêler à l'éloge du vin et » du cidre *quelques accents de plainte* pour cette belle France si ravagée, quelques » imprécations généreuses contre ces Anglais qui le *mirent* lui-même *à fin*, selon la » Chronique, c'est-à-dire le tuèrent. » On trouve les deux vers suivants dans le VAU-DE-VIRE LIX, ayant pour titre « LE COUVENT » :

> « Eh ! qui viendra reconforter
> » Au convent ma dolente vie [431]. »

[428] Voy. LEROUX DE LINCY : *Recueil de Chants historiques français*, etc.; ouvr. cit. : 1re série, pp. de 276 à 278.

[429] *Vaux-de-Vire d'Olivier* BASSELIN, *Poëte Normand du* XIVe *siècle*, etc. — Caen, Paris et Londres, 1821, in-8° : pp. 40 et 41.

[430] *Tabl. histor. et crit. de la Poésie fran- çaise et du Théâtre français au* XIVe *siècle*. — Paris, CHARPENTIER, 1843, in-12 : p. 8.

[431] *Vaux-de-Vire d'Olivier* BASSELIN, *Poëte Normand du* XIVe *siècle*, etc.; édit. de Louïs DU BOIS; ouvr. cit. : p. 145.

Nous placerons ici la désignation de deux des *Chansons Normandes* tirées d'un Manuscrit du milieu du xve siècle, publiées par Louïs ɒu Bois, à la suite de son édition des Vaux-ᴅᴇ-Vɪʀᴇ d'Olivier Bassᴇʟɪɴ, dont elles sont contemporaines :

xxv. Chanson II :

> « A la duché de Normendie,
> » Il y a si grant pillerye
> » Que l'on n'y peult avoir foyson.... »

finissant ainsi :

> « Ceulx par qui c'est, Dɪᴇᴜ les mauldye
> » Et aussi ʟᴀ Vɪᴇʀɢᴇ Mᴀʀʏᴇ,
> » Sans avoir jamais guarison [432] ! »

xxvi. Chanson XII :

> « Hellas ! Olivier Bassᴇʟɪɴ,
> » N'orron nous poinct de vos nouvelles ?
> » Vous ont les Engloys mys à fin.
> » . . . .
> » Dɪᴇᴜ le Père sy les mauldye [433]. »

Parmi les *Chansons Normandes anciennes tirées de Recueils imprimés devenus très-rares*, publiées aussi par Louïs ɒu Bois, à la suite de son édition de Bassᴇʟɪɴ, citons :

xxvii. « III. *Chanson nouvelle des* Rᴇɢʀᴇᴛs *des Gauloiz et Provenceaulx qui sont* » *partis de devant la ville de Rouen :* qui se chante sur l'Air Eᴛ ɒᴀ ɴᴏʙɪs :

> « Adieu Rouen,
> » Et les filles aussi [434]... ! »

xxviii. « Bᴀᴄᴄʜᴀɴᴀʟᴇ XV », commençant et finissant de la manière suivante :

> « Amour a prins sur moy rigour.
> » . . . .
> » Hélas ! il est fait de ma vie,
> » I i i i i e [435]. »

---

[432] Ouvr. cit : pp. 157 et 158. — Ce *Vaux-de-Vire* n'avait été connu pendant long-temps que par une simple désignation, en deux vers, due au sieur ᴅᴇ Bʀᴀs ᴅᴇ Bᴏᴜʀɢᴜᴇʀᴠɪʟʟᴇ, qui l'avait consignée dans ses *Recherches et Antiquités de la Province de Normandie* (p. 56). Louïs ɒu Bois a heureusement retrouvé ce *Vaux-de-Vire* tout entier dans le Manuscrit de Bayeux. Il a été consigné par ce Littéra- teur dans son édition des *Vaux-de-Vire d'Olivier* Bassᴇʟɪɴ [*] ; et par M. Lᴇʀᴏᴜx ᴅᴇ Lɪɴᴄʏ, dans son *Recueil de Chants histor. français, depuis le* xɪɪ[e] *jusqu'au* xᴠɪɪɪ[e] *siècle* [*2], etc.

[433] O. Bassᴇʟɪɴ ; ouvr. cit. : pp. 169 et 170.

[434] O. Bassᴇʟɪɴ ; ouvr. cit. : pp. 203 et 204.

[435] O. Bassᴇʟɪɴ ; ouvr. cit. : pp. 227 et 228.

[*] Ouvr. cit ; — Caen, 1821 : pp. de 157 à 159.

[*2] Lᴇʀᴏᴜx ᴅᴇ Lɪɴᴄʏ ; ouvr. cit. : 1re série, p. 299.

XV° SIÈCLE.

Ainsi que le fait justement remarquer l'Abbé MASSIEU [436], c'est au xv⁰ siècle, sous le règne de CHARLES VII, que les *Epitaphes* et les *Complaintes commencèrent d'avoir cours.* Il est certain que le goût pour la *Complainte* devint sensiblement plus vif et plus répandu à cette époque. S'il est des Poëtes d'alors adonnés à ce genre de poésie, tels que Jacques MILET et Jean RÉGNIER, dont les écrits ne survécurent pas à leurs Auteurs, il en est aussi d'autres, tels que Alain CHARTIER, les deux GREBANS, Martin FRANC et VILLON surtout, dont les noms, soigneusement conservés par l'Histoire Littéraire, sont passés à la postérité, inséparablement attachés à leurs œuvres.

XXIX. COMPLAINTE *sur la mort de* PHILIPPE-LE-HARDI, *Duc de Bourgogne* (1404) [437], par Christine DE PISAN. Le goût de cette Poétesse pour ces sortes de *Lamentations* rimées lui a valu une épithète proverbiale, fort pittoresque, désormais presque inséparable de son nom. On l'a appelée, — ainsi que nous l'avons dit —, CHRISTINE-LA-DÉSOLÉE, sûrement à cause des pleurs poétiques intarissables qu'elle s'est cru dans l'obligation de verser dans ce monde, à l'occasion des événements tristes de son temps.

XXX. Le *Recueil de Chants historiques français* [438], de M. LEROUX DE LINCY, déjà si souvent cité, nous apprend que, « de 1405 à 1419, les rues de la Capitale retentirent tour-à-tour de vœux pour le DUC DE BOURGOGNE ou pour LOUIS D'ORLÉANS », et que, « après avoir chanté des Complaintes sur l'assassinat du dernier de ces » Princes [439], l'on répétait la Chanson dont le premier vers était :

« DUC DE BOURGOGNE, DIEU le remaint en joie.... »

Il paraît que ces *Complaintes* eurent alors un grand retentissement. DE LA BORDE nous rappelle que, « sous CHARLES VI, on fit des *Chansons lamentables* sur l'assassinat » du DUC D'ORLÉANS ; elles se chantaient dans l'armée du ROI pour insulter au DUC DE » BOURGOGNE [440]. » On a souvent composé des *Complaintes*, en pareille occasion.

---

[436] *Hist. de la Poés. franç.*; ouv. cit.: p. 230.
[437] Voy. LEROUX DE LINCY : *Rec. de Chants hist. franç.*, etc., cit.: 1ʳᵉ sér., pp. de 289 à 294.
[438] Ouvr. cit.: 1ʳᵉ série, p. XLI.
[439] L'Auteur nous fait savoir, par une *Note*, qu'« on trouve dans le Manuscrit de la Biblio-

» thèque royale, N° 9681, une *Complainte en* » *vers latins*, avec une traduction française » *sur la mort violente de ce Prince.* »

[440] [DE LA BORDE]: *Essai sur la Musique ancienne et moderne*, etc.; ouvr. cit.: T. II, p. 112, Note (a).

XXXI. Le *Journal d'un Bourgeois de Paris* parle d'une *Chanson populaire*, faisant allusion à l'*Epidémie dévastatrice qui régna à Paris en* 1413, qu'il suffit de signaler ici. Le passage dont il s'agit, transcrit dans le *Recueil de Chants historiques français*, etc., par M. LEROUX DE LINCY [441], est aussi curieux par le style que par la désignation burlesque de la cause à laquelle on attribue la production de l'Epidémie.

XXXII. COMPLAINTE *sur l'état de la France après la bataille d'Azincourt* (1415), faite par quelques Clercs François. Elle a été recueillie par Enguerrand DE MONS-TRELET, dans *Les Chroniques de France, d'Angleterre et de Bourgogne* [442], etc., et par M. LEROUX DE LINCY [443].

XXXIII. Le *Livre des Quatre Dames*, d'Alain CHARTIER, est, à proprement parler, une *Complainte* à quatre parties, sortant de la bouche de quatre tendres Femmes dont les Amants avaient été à la bataille d'Azincourt, en Octobre 1415 : l'un tué, l'autre fait prisonnier, le troisième hors d'état de donner de ses nouvelles, et le quatrième en fuite : — « *c'est celle qu'il faut plaindre le plus !* » — Ce Poëme, qui n'a pas moins de deux mille vers, a dû présenter assez d'énergie, de couleur et de poésie, puis-qu'il a le mérite d'avoir servi de modèle à trois grands Maîtres : à MARGUERITE DE NAVARRE, dans le Poëme de *la Coche;* à la fausse Clotilde DE SURVILLE, dans *les Trois Plaids d'or;* et à VOLTAIRE, dans le Conte des *Trois Manières* [444].

XXXIV. « *La Dame sans merci*, d'Alain CHARTIER, ne mériterait guère qu'on y fît » attention, — dit M. G. MANCEL [445] —, si elle ne paraissait pas être comme le point » de départ des *Complaintes* dans lesquelles le génie de Maître Alain s'est essentiel-» lement exercé. Sa plume a reproduit ces sortes d'Elégies sous toutes les formes. »

XXXV. COMPLAINTES *d'Alain CHARTIER contre* LA MORT *qui lui ôte sa Dame*. — Comme le dit M. MANCEL : « Le sentiment y est assez faux et le ton presque toujours » guindé. Quand on a tant d'esprit on n'est pas bien triste. » — On peut voir cette

---

[441] Ouvr. cit. : 1re série, p. XLI.

[442] Ouvr. cit. : Liv. I, Chap. CLVI.

[443] *Recueil de Chants historiques français*, etc.; ouvr. cit. : 1re série, p. 296.

[444] Voy. M. G. MANCEL : *Notice Bibliogr.* cit. sur Alain CHARTIER, p. 11; dans les *Poëtes Normands*, etc., publiés sous la direction de L.-H. BARATTE, gr. in-8e, portr.; « Alain CHAR-» TIER, — dit M. G. MANCEL —, nous fait con-

» naître, sous un nouvel aspect, un côté des » mœurs du XVe siècle. Le Poëte n'a été que » l'écho fidèle des LAMENTATIONS des femmes, » de ces *femmes restées françaises*, *lorsque* » *les hommes ne savaient plus à quelle nation* » *ils appartenaient !* »

[445] Voy. *Notice Bibliographique sur* Alain CHARTIER (*Poëtes Normands*, etc.); ouvr. cit. : p. 9.

Complainte dans l'édition de Paris, 1523, in-4°, des *Faits et Dits de Maistre* Alain CHARTIER, *contenant en soi* DOUZE LIVRES. Ce titre est fautif : après le XII° Livre, qui est *l'Hôpital d'Amours*, on trouve pour XIII° Livre : « La COMPLAINTE *de Saint Valentin* GRANSSON, compilée par Maistre Alain CHARTIER, etc., et encore, dans les quatre autres Livres suivants, des *Complaintes* qui n'ont point été annoncées sur le titre de l'ouvrage [446]. — La meilleure édition d'Alain CHARTIER, celle qu'a publiée André DUCHESNE, Tourangeau, à Paris, en 1617, in-4°, avec une *Préface* et des *Notes* curieuses, contient : la COMPLAINTE *d'Amours*, le REGRET *d'un Amoureux sur la mort de sa Dame*, la COMPLAINTE *de* BASOCHE, et quelques autres Poésies analogues, que l'on a attribuées à cet Auteur, mais qui ne paraissent pas être de lui, et même en avaient été déclarées indignes par Clément MAROT [447].

XXXVI. En 1422, on composa sur les malheurs du temps une *Complainte* dans laquelle on exposait la misère du pays avec la plus entière liberté. MONSTRELET la cite en entier, sans y joindre la moindre réflexion. Elle avait pour titre, selon cet Auteur : « *La* COMPLAINTE *du pauvre commun et des pauvres laboureurs de France* [448]. »

XXXVII. COMPLAINTE *de France* (sans lieu ni date) ; in-4° goth. de 6 ff. [449].

XXXVIII. La COMPLAINTE *de tropt tost marié* [GRINGORE] ; pet. in-4° goth. de 6 ff. à longues lignes, avec une figure en bois sur le titre [450].

XXXIX. La COMPLAINTE *de tropt tard marié* [GRINGORE].

XL. La COMPLAINTE *du nouveau marié* (sans lieu ni date) ; in-4° goth.

XLI. La COMPLAINTE *de la Cité chrétienne, faite sur les Lamentations de* HIÉRÉMIE [GRINGORE] ; imprimée à Paris, par Pierre BIGNE, in-16.

XLII. Dans la *Collection générale des documents français qui se trouvent en Angleterre, recueillis et publiés par Jules* DELPIT [451], on ne trouve qu'une seule *Complainte* (pp. 238 et 239) ayant pour titre : COMPLAINTE *de la ville de Paris*, sous la date de (Mars ?) 1431 [452], commençant par ces deux vers :

> « Jeo suis Parys qui ne faiz que languir
> » Loing de secours, en douleur et martire.... »

[446] Voy. l'Abbé GOUJET : *Biblioth. françoise*, etc. ; ouvr. cit. : T. IX, pp. 173 et 174.

[447] Clément MAROT : *Lettre à Etienne* DOLET, *écrite le dernier Juillet* 1538.

[448] *Chr. de France*, etc., cit. : Liv. I, p. 525.

[449] Citée par BRUNET : *Manuel du Libraire*

et de *l'Amateur de livres*, etc. ; 4° édit. : T. I, p. 744, 2° col.

[450] Voy. BRUNET : *Manuel du Libraire*, etc. ; 4° édit. : T. I, p. 745, 1° col.

[451] Paris, J.-B. DUMOULIN, 1847, T. I, in-4°.

[452] Arch. de la Mairie de Lond. : reg. K, f° 103.

pour finir ainsi :

> « Maiz ils faignent vouloir paix sans doubtance ;
> » Gardez-vous bien du faulx tour de los quierre,
> » Ou vous perdrez Paris et toute France. »

XLIII. La COMPLAINTE de l'*Ame dampnée*; in-4° de 18 ff. non chiffr.

Parmi les *Poésies du Duc* CHARLES D'ORLÉANS [453], nous trouvons :

XLIV. COMPLAINTE I :

> « Ma seule Dame et ma maistresse,
> » Où gist de tout mon bien l'espoir [454].... »

XLV. COMPLAINTE II :

> « AMOUR, ne vous veuille desplaire,
> » Se trop souvent à vous me plains [455].... »

XLVI. SONGE EN COMPLAINTE III , commençant et finissant ainsi qu'il suit :

> « Après le jour qui est fait pour traveil,
> » Ensuit la nuit pour repos ordonné
> » . . . .
> » Et puis après recommandation
> » Je delairray à mon très grant honneur
> » A jeunes gens, qui sont en leur verdeur,
> » Tous fais d'amours par résignacion [456]. »

XLVII. COMPLAINTE DE FRANCE IV , commençant par ces deux vers :

> « FRANCE, jadis on te souloit nommer
> » En tous païs, le trésor de noblesse. .. »

[453] *Les Poésies du Duc* CHARLES D'ORLÉANS , *publiées sur le Manuscrit original de la Bibliothèque de Grenoble, conféré avec ceux de Paris et de Londres, et accompagnées d'une Préface historique, de Notes et d'Eclaircissements littéraires* , par M. Aimé CHAMPOLLION-FIGEAC. — Paris, 1843, in-12 : pp. de 172 à 175. — Les œuvres de CHARLES D'ORLÉANS, père de LOUIS XII, ont été découvertes par l'Abbé SALLIER vers le milieu du XVIIIᵉ siècle. On n'en a possédé , pendant longtemps, qu'une édition incorrecte et incomplète : celle de 1833 [Grenoble] ou Paris, 1809, au moyen d'un nouveau titre.

Des poésies inédites de CHARLES D'ORLÉANS, tirées des Bibliothèques du Roi et de l'Arsenal, in-8°, d'une feuille 3/4, avaient été publiées dans le *Bulletin du Bibliophile : Avril* 1842, N° 1, par M. J.-Marie GUICHARD ; ces pièces ont été, peu de temps après, réunies aux autres poésies de ce Prince Poëte, et publiées par M. GUICHARD, presque en même temps que l'édition de M. CHAMPOLLION-FIGEAC, qui a été tirée sous la même date (1842), in-12 et in-8°.

[454] *Poésies du Duc* CHARLES D'ORLÉANS, etc.; ouvr. cit. : pp. de 56 à 59.

[455] CH. D'ORLÉANS ; ouv. cit. : pp. de 86 à 89.

[456] CH. D'ORLÉANS, cit. : pp. de 144 à 149.

et ayant toutes ses strophes terminées par ce refrain :

« Très crestien, franc Royaume de France [437]. »

xlviii. Jean Regnier, alors en prison, vers 1432, a composé plusieurs *Complaintes* [458], où il expose, assez naïvement, ses chagrins et ses alarmes.

xlix. Jean Meschinot (surnommé le Banni de Liesse) est auteur de la *Briefve Lamentation et Complainte de la mort de Madame de Bourgogne*, *faite à la requête de Monseigneur de Croùy*, *quant il vint en Bretaigne devers le Duc, lequel piteusement se doutoit du cas advenu* (1441).

l. Jean Meschinot : Plainte *de la ville de Nantes, sur l'interdit qu'elle souffroit* (vers 1462.)

li. Complainte *des neuf pays du Duc de Bourgogne* (1467).

> « Bourgogne.
> » Plorer me faut, je ne puis m'en tenir,
> » Pour tant que j'ai le corps décapité..... »

Cette Complainte de Jehan Dehaynin, Sire de Louvignies, composée à l'occasion de la mort de Philippe de Valois, Duc de Bourgogne et de Brabant, surnommé le Bon (15 Juin 1467), est formée de neuf couplets qui ont donné lieu à un tour de force poétique....., « comme si l'invention de cette Allégorie était trop peu » pour le génie du Sire de Dehaynin, il a voulu rendre sa tâche bien plus difficile, » en s'astreignant à commencer tous les vers de chacun de ces couplets par une » même lettre, de telle façon que les initiales des neuf couplets formassent un » *Acrostiche* dont le mot est Philippus. Si ce n'est pas là ce que le Poëte appelle » *pleurer avec art*, on ne peut disconvenir que cette façon d'exprimer sa douleur ne » soit tout-à-fait originale [459]. » Cette contrainte a souvent tué le génie poétique !

lii. Jehan Molinet : Complainte *sur la mort de* Philippe III, *dit* le Bon, *Duc de Bourgogne, mort en* 1467. (En prose et en vers.)

liii. Jehan Molinet : *Le* Trespas *du duc de Bourgogne* Charles, *surnommé*

[437] Ch. d'Orléans, cit. : pp. de 172 à 175.

[458] Voy. l'Abbé Goujet : *Biblioth. franç.*, etc.; ouvr. cit. : p. 233. — L'ouvrage de Jean Regnier composé durant sa captivité, mais qui n'a été imprimé que long-temps après sa mort, a pour titre : *Les Fortunes et Adver-* *sités de feu noble* Jehan Regnier, *Escuyer, en son vivant Seigneur de Garchy, et Bailli d'Auxerre.* — Paris, 1526, in-8°.

[459] Voy. Leroux de Lincy : *Recueil de Chants historiques français*, etc.; ouvr. cit. : 1re sér., pp. de 365 à 367.

LE HARDI *ou* LE TÉMÉRAIRE, *qui fut tué au siége devant Nancy,* le 5 Janvier 1477. (Aussi en prose et en vers.)

LIV. Jehan MOLINET : COMPLAINTE. *sur la mort de* MARIE DE BOURGOGNE, à qui le Poëte avait présenté le *Chapelet de Vertu.*

LV. Dans *Les Dicts et Faicts de feu Maistre Jehan* MOLINET, *de bonne mémoire, en son vivant Prestre et Chanoine de Valencienne,* on trouve une pièce de vers intitulée : « COMPLAINCTE *de la Grèce après la prise de Constantinople.* »

LVI. Guillaume CRÉTIN [460] (ami et servile imitateur de Jehan MOLINET) : COMPLAINTES : *sur la mort du Général* PRUD'HOMME ; — *sur la mort de feu* OKERGAN, *Trésorier de St.-Martin de Tours* ; — *sur la mort de Guillaume* DE BISSIPUT, *Seigneur d'Anaches, Vicomte de Falaise.* Cette dernière pièce a été mal à propos attribuée à Jean LE MAIRE (Voy. notre *Notice historique sur Jean* D'AUTON, p. XIII).

LVII. LETTRE EN COMPLAINTE V, *faisant responce à* FREDET [461].

LVIII. COMPLAINTE DIALOGUÉE VI : L'AMANT ET L'AMOURS, commençant ainsi :

« L'autr'ier, en ung lieu me trouvay
» Triste, pensif et doloreux » ;

et finissant par ces deux vers que prononce L'AMOURS :

« Car le premier vous n'estes mie
» Qu'ay courroucié en grant degré [462]. »

LIX. Sous le titre singulier de : « *Les Vigilles de la mort du feu Roy* CHARLES SEP-
» TIESME *a neuf Pseaulmes et neuf Leçons, contenant la cronique et les faits advenuz*
» *durant la vie dudit feu Roy; composées par Maistre* MARCIAL DE PARIS, *dit* D'AU-
» VERGNE, *Procureur en Parlement* (vers 1492) [463]. » — Les neuf Leçons dont il s'agit ici sont autant de COMPLAINTES *sur la mort du Roi,* dans lesquelles le cœur du Poëte parle avec beaucoup de sentiment, d'effusion et de naïveté.

LX. Quant à la COMPLAINTE *que faict l'Amant à sa Dame par amours,* de MARTIAL

---

[460] Son vrai nom, ainsi qu'il nous l'apprend lui-même au commencement de la *Première Epître à Jean* MARTIN, était Guillaume DU BOIS. — Le surnom de CRÉTIN est un sobriquet. Ce mot très-ancien dans notre langue signifie un *petit panier,* selon la remarque de MÉNAGE dans son *Dictionnaire Etymologique.*

[461] CH. D'ORLÉANS, cit.: pp. de 218 à 221.
[462] CH. D'ORLÉANS, cit.: pp. de 221 à 225.
[463] Voy. BRUNET : *Manuel du Libraire et de l'Amateur de livres,* etc.; 4ᵉ édit.: T. III, pp. 300 et 301. — MARTIAL D'AUVERGNE est aussi souvent appelé DE PARIS, parce qu'il était né dans cette ville.

D'Auvergne ou de Paris, faisant suite à *l'Amant rendu Cordelier à l'observance d'Amours*, lui-même suivi de *l'Amant rendu par force au couvent de Tristesse....* (composée vers 1490), tout en rendant justice au mérite qu'il peut y avoir dans les écrits érotiques de ce Poëte du xve siècle, nous penserons, à leur occasion, comme le savant Auteur de l'*Analectabiblion* [464], etc., M. le Marquis D. R*** : «.... Nous » respectons trop la chasteté des Lecteurs modernes pour en parler avec détail. Il » nous suffira de dire qu'elle est écrite sur le rhythme alexandrin, et que tous les » vers de cette pièce, par un vrai tour de force, se terminent, pour cause, par ces » mots que *les Femmes Savantes* voulaient étêter sans pitié...... »

LXI. « Complaintes *et Enseignements de François* Guérin. — Paris, 1495, in-4°.

LXII. Complainte *très-piteuse de Dame Chrestienté sur la mort du feu Roi* Charles huitiesme *de ce nom* (sans lieu ni date); pet. in-8° goth. de 8 ff., avec une fig. en bois sur le titre (publiée vers 1498) [465].

LXIII. On trouve plusieurs *Complaintes* dans l'espèce d'Art poétique, fort curieux, célèbre et rare, intitulé : *Le Jardin de Plaisance et Fleur de Rhétorique, nouvellement imprimé à Paris* (pour Ant. Vérard), pet. in-fol goth., sans chiffres à ses 54 premiers feuillets; à 2 col., fig. en bois, avec les signat. **a-tt.** Cette édition est la première des deux éditions dues à Ant. Vérard, et la plus ancienne de celles que connaissait et que cite Brunet [466]. Elle est sans date, mais elle a été imprimée à la fin du xve siècle, évidemment entre le mois d'Octobre 1499 et le 17 Septembre 1500.

Cet Art poétique est accompagné d'un recueil d'exemples choisis, de Jean de Meung et de Guillaume de Lorris, peut-être; de différents Poëtes de réputation du xve siècle, tels que Alain Chartier, Charles d'Orléans, Villon, Coquillard, ou de l'Auteur anonyme lui-même, qui a pris pour nom le sobriquet, non pas d'*Infortuné* comme le dit Brunet (T. II, p. 707, 2° col.), mais bien d'*Infortuné Constructif* [467]. Phelippe le Noir a donné une bonne édition de ce Recueil, en 1527, pet. in-4°.

Feuillet lvj (édit. in-4°) : « *Comment les Amans estant au Jardin de plaisance, à* » *leur plaisance, l'ung des Amoureux* se complaint *de son cuer qui se débat à son œil.* »

---

[464] Analectabiblion, etc.: T. I, p. 205.
[465] Voy. Brunet : *Manuel du Libraire*, etc.; 4° édit.: T. I, p. 746, 1re col.
[466] Voy. Brunet : *Manuel du Libraire et de l'Amat. de livres*, etc.; 4° édit.: T. II, p. 707.

[467] TITULUS :
« Le Traictie se nomme instructif
» De la seconde Rhethoricque
» Par l'Infortuné Constructif
» Lequel fortune mal applicque *. »

* Feuillet ij *verso* de l'édit. d'Ant. Vérard [1499].

Feuillet xv, v° : Doléance de Mégère : « *Mégère suis que fremeur accompaigne*, etc. »

Feuillet lxxxix, v° : « *Comment après toutes les Ballades et Rondeaulx sensuyt la* » Complainte *du povre amoureux à la Dame, et des responces qu'elle luy faict.* »

Feuillet xcvij, r° : « *Cy après sensuyuent les* Lamentations *de* Jehan *de Calais,* » *lequel nestoit plus au Jardin de Plaisance, et comment il parle à* Fortune, *et* » Fortune *à luy et à* Raison. » — Espèce de Moralité imitée du Livre de Job.

Feuillet cxxiij : « *La* Complainte *du Chevalier damours faicte au Jardin de Plaisance.* »

Feuillet clxxij, v° : « *La* Complainte *du chief des Dames advocate de toutes les* » *loyales Dames du monde.* » — Doléances faites à l'occasion de livres imitant, dans leurs attaques contre la réputation des Dames, le *Romant de la Rose*, commencé par Guillaume de Lorris et achevé par Jehan de Meung, et la Lamentation *de Mariage* par Matheolus-le-Bigame [468]. — L'Abbé Goujet en a donné une analyse.

Feuillet cxc : — « *La* Complainte *du premier* : Amours, Amours, je vous fais ma » Complainte.... » ; — « *La* Complainte *du second* : En douleur vit qui povreté » guerroye.... » ; — « *La* Complainte *du tiers* : Tous jeunes gens nourris en grant » maison.... » — Ce sont des Complaintes, tendres et larmoyantes, d'Amants malheureux de ce qu'ils ne sont pas aimés comme ils aiment.

Feuillet cxcviij : « *Comment la Dame se* complaint *douloureusement en requérant* » la Mort *et dépriant que souldainement la vint frapper...*, *et comment elle mourut.* »

lxiv. Parmi les pièces de vers, *inédites*, composant un *Manuscrit du xve siècle*, qui a été acquis par la Bibliothèque Nationale de Paris, il y a quelques années, on trouve deux Complaintes remarquables [469]. Ces deux pièces, empreintes de sen-

---

[468] Le singulier ouvrage de Matheolus, composé en latin par un certain Matthieu ou Mahieu, dont il est question au Livre V, a été traduit en vers français par Jean Le Fèvre, de Thérouanne, d'après une note autographe du Président Bouhier. Il a pour titre : « Matheolus *qui nous monstre sans varier les* » *biens & aussi les vertus, qui viennent pour* » *soy marier.*

> « Et a tous faitz considérer,
> » Il dit que l'homme n'est pas saige,
> » Si se tourne remarier
> » Quant prins a esté au passaige. »

In-4° sur 2 colonnes. S. D. [Lyon sur le Rosne,

cheulx Olivier Arnoullet, demourant auprès de Nostre Dame de Confort.], avec fig. en bois assez curieuses. — Le texte commence ainsi :

> « Comment Matheolus Bigame
> » Fist ung liure disant sa game
> » De mariage tout à plain,
> » Et en commençant se complaint. »

Coté dans la Biblioth. de la Faculté de Méd. A. C. 218, in-4°.

[469] L'une, N° 3, de Régice d'Orange, commence et finit ainsi :

> « Mort très-cruelle et maudite,
> » Qui en tous lieus es interdite....
> » ....

timent, se lisent avec intérêt. M. Champollion-Figeac a publié, à l'occasion du Manuscrit dont il s'agit, une bonne *Notice*, insérée dans les N°s de Mai (pp. 122 et suiv.) et Juin (pp. 278 et suiv.) de la *Nouvelle Revue Encyclopédique*, de MM. Firmin Didot frères; — Paris, 1846, in-8°, T. 1. Le texte des deux Complaintes inédites que nous venons de désigner s'y trouve à la page 282.

LXV. [Martial dit d'Auvergne et beaucoup mieux de Paris] : *La* Complainte *que fait l'Amant à sa Dame par Amours;* — Paris, Jehan Bonfons, *Libraire demourant en la rue Neufue Nostre Dame, à l'enseigne Saint-Nicolas;* in-16 goth., de 4 feuillets. Voy. N° LX, p. 233. — C'est la Ballade d'un Amant et la Réponse de sa Dame, l'une et l'autre en vers de six pieds. Cette pièce malheureusement fort libre, très-singulière et d'une grande rareté, a été réimprimée à Paris (vers 1540).

LXVI. [Guillaume Déguilleville ou de Déguilleville] : Lamentations, dont chaque couplet commence par une lettre du nom de l'Auteur. Ces Lettres réunies font : *Guillermus* de Deguillevilla [470], ce qui suffit pour dévoiler l'anonyme.

LXVII. Octavien de Saint-Gelais : Complainte *et* Epitaphes *en vers*, publiées à l'occasion de la mort de Charles VIII, qui eut lieu au Château d'Amboise le 6 Avril 1498. Octavien de Saint-Gelais, ayant assisté aux obsèques de ce Prince, avait accompagné son corps jusqu'à Saint-Denis. Il témoigna l'affliction qu'il avait éprouvée dans cette circonstance, en composant une *Complainte* d'environ 800 vers et plusieurs *Epitaphes*. Ces pièces de Poésie funèbre, de divers titres, sont imprimées dans le Recueil, fort curieux et très-recherché, intitulé : *Le Vergier dhonneur, nouuellement imprimé à Paris*, etc.; in-fol. goth. à 2 col., fig. en bois. Dans les *Poésies des xv° et xvi° siècles, publiées d'après des éditions gothiques et des Manuscrits;* — Paris, Silvestre (imprimerie de Crapelet), 1832, gr. in-8°, caract. goth. (tiré à 100 exempl.), on trouve, comme afférentes au xv° siècle, des pièces de vers tristes dont une, portant le N° 11, a pour titre : *La* Complainte *de la grosse Cloche de Troyes*.

» Je t'abandonne hault et bas,
» Fais ton devoir tost et t'aquicte,
» Mort très-cruelle et maudite! »

L'autre, N° 4, de Jehanne Filleul, commence et finit de la manière suivante :

» Hélas! mon amy, sur mon ame
» Plus qu'aultre famme
» J'ay de douleur si largement.......
» ....

» Car clèrement
» Je cognoys que trop fort vous ame
» Hélas! mon amy, sur mon ame. »

[470] Voy. l'Abbé Goujet : *Bibliothèque françoise*, etc.; ouvr. cit.: T. XV [Additions et Corrections], pp. de xij à xiv, où il n'est rien dit ni de la date de la naissance de ce Poëte, ni de l'époque du xv° siècle où il vivait.

XVIe SIÈCLE.

Dans le xvie siècle, auquel appartient le Poëme de d'Auton, qui fait le sujet principal de ce volume, on vit paraître un bon nombre de *Complaintes* en vers. Les guerres de François Ier et de Charles-Quint, le désastre de Pavie, la prison du Roi de France à Madrid, le combat de Jarnac, la mort de Henri II, le départ de France de Marie Stuart, les guerres civiles, la mort de Charles IX, l'insolence des Mignons de Henri III, l'assassinat de ce Prince, etc., devinrent alors le sujet de *Complaintes* de genres très-variés. Si l'on pouvait recueillir toutes les Chansons d'un pays déterminé, on y trouverait sûrement, plus qu'ailleurs, de précieux documents pour son Histoire intime : cette source d'instruction serait abondante.

Croire qu'au xvie siècle les *Complaintes* étaient toujours des chants lugubres sur des sujets d'amour, ou des combats malheureux, ce serait être dans l'erreur : « On n'en manque pas non plus, — dit du Mersan [471] —, sur les anecdotes du » temps. On a aussi des *Complaintes* sur les malfaiteurs exécutés pour leurs crimes, » et ce dernier usage s'est perpétué jusqu'à nos jours. » L'ouvrage, fort curieux, de Sautreau de Marsy et Noël, intitulé : *Le Nouveau Siècle de Louis XIV, ou Poésies, Anecdotes*, etc., *du Règne et de la Cour de ce Prince, avec des Notes historiques* [472], n'a précisément d'autre but, que celui de rappeler et de caractériser les événements et les personnages du temps, par les *Chansons* dont ils ont été le sujet.

Dans son *Manuel du Libraire et de l'Amateur de livres*, Brunet cite un bon nombre des plus remarquables Poésies de ce genre [473]. Devant nous attacher ici surtout à la désignation des *Complaintes historiques en vers français*, nous nous garderons bien même de signaler simplement, par leurs titres, celles de ces *Complaintes* dont les sujets burlesques sont tout au moins fort obscènes.....! Nous craindrions, avec juste raison, que notre écrit ne se montrât peu digne de la tendre Héroïne à l'occasion de laquelle il a été composé, ainsi que des Dames vertueuses qui seraient tentées de nous lire, et dont l'approbation, si nous étions assez heureux pour l'obtenir, serait la plus flatteuse récompense de notre labeur.

[471] Du Mersan : *Chansons nationales et populaires de la France*, etc.; ouvr. cit., p. 8.
[472] *Nouv. siècl.*, etc. Paris, 1793, 4 vol. in-8°.

[473] *Manuel du Libraire*, etc.; 4e édit., gr. in-8° : T. I, pp. de 744 à 746; et surtout *Table Méthodique*, T. V, pp. de 278 à 300.

Un ordre rigoureusement chronologique, à l'abri de tout reproche, étant ici *impossible*, dans l'énumération des pièces suivantes, classées parmi les Complaintes, malgré les nombreuses variétés de leurs désignations, nous suivrons, tantôt, l'ordre adopté par l'Abbé Goujet, dans sa *Bibliothèque françoise;* tantôt, les dates des événements, de la mort des Auteurs, ou des premières publications imprimées.

lxviii. Jean Bouchet : Auteur de la Complainte *des Etats sur le Voyaige et Guerre de Naples,* présentée à Charles VIII, et de la Complainte *sur la mort de* Charles VIII, appartenant au xve siècle, a composé encore les pièces tristes suivantes : *L'Amoureux transi sans espoir* (1500); — *La* Déploration *de l'Eglise excitant les Princes à la paix;* Paris, 1512, in-8°; — *Le Temple de bonne renommée, et repos des hommes et femmes illustres, trouvé par le Traverseur des voies périlleuses, en* plorant *le très-regretté décès du feu Prince* de Thalemont, *unique fils du Chevalier et Prince sans reproche* (1516); — et, dans le Recueil de ses Poésies, publié en 1526 : *La* Complainte *sur la mort de* François de Valois, *fils aîné de* François Ier, *mort à Tournon le 12 Août 1536, âgé d'environ 19 ans;* — *Les* Angoyses *et Remèdes d'amours;* Poitiers, 1536, in-4°; — et *La* Complainte *sur la mort de* Jean de la Trimouille, contenant l'éloge de cette Maison. — Voy. le Recueil de Poésies de Jean Bouchet, intitulé : *Généalogies, Effigies et Epitaphes des Roys de France,* etc. ; Poitiers, Jacques Bouchet et Jehan et Enguilbert de Marnef frères, 1545, in-fol.

lxix. Jean Marot : Complaintes *de la ville de* Gênes (au nombre de Trois). — Dans la Première, Gênes finit en se plaignant amèrement d'avoir été abandonnée par l'Empereur, par Venise et par le Pape lui-même, dont la flotte, armée et équipée pour la secourir, n'était, — dit-elle —, que *faincte couleur.* Dans la Seconde, Gênes reproche à ses habitants d'avoir mal tenu leur promesse :

« . . . . Que si le Roi de France
» Passoit les Monts, sans aucune doubtance,
» Ils le prendraient, malgré tous ses gendarmes. »

La Troisième a pour sujet la mort d'un Doge insurrectionnel malheureux, du Teinturier en soie Paul de Nove, victime de sa témérité et de sa présomption.

lxx. *La* Complainte douloureuse *de lame dampnée.* — Paris, Michel Le Noir (vers 1500); in-4° goth. de 12 ff. non chiffr. — Probablement 2e édit. du N° xliii, p. 231.

lxxi. *Les* Lamantacions (sic) *et craintes du Jugement* (vers 1500); in-4°.

lxxii. *Les* Regretz *du loyal Amoureux* (vers 1500); in-4°.

LXXIII. Jehan MOLINET : *La* COMPLAINTE *de Constantinople* (vers 1500); in-4°.

LXXIV. CHANSON *piteuse composée par frère* Olivier MAILLARD, en 1502; in-8°.

LXXV. COMPLAINTE *de Venise* (sans lieu ni date , mais du commencement du XVI° siècle : vers 1510) ; pet. in-8° goth., fig. en bois au frontispice, ayant pour devise d'Auteur : *Tout par honneur* [471]. — Satire contre les Vénitiens, et dont l'Abbé GOUJET a donné une analyse dans sa *Bibliothèque françoise*, etc. ; ouvr. cit. : T. X , p. 430.

LXXVI. Jehan LE MAIRE , de Belges : *La* PLAINTE *du Désiré,* c'est-à-dire *la* DÉPLO-RATION *du trespas de feu Monseigneur* LOYS DE LUXEMBOURG , *Prince d'Altemore , Duc d'Andre et de Venouze, Comte de Ligny;* composée par Jehan LE MAIRE , de Belges , Secrétaire dudict feu Seigneur ; l'an 1503. — Paris, 1509, in-8°; à la suite de la *Légende des Vénitiens,* publiée en prose par le même Auteur.

LXXVII. *Les* REGRETS *de la Dame infortunée* [MARGUERITE D'AUTRICHE] *sur le trespas de son chier frère unicque* [PHILIPPE Ier, Roi d'Espagne, mort en 1506].— Il y a dans cette Pièce une idée bizarre digne du siècle où l'Auteur vivait.MARGUERITE D'AUTRICHE , cette célèbre GOUVERNANTE DES PAYS-BAS , trouve le pronostic de tous les événements fâcheux qui lui sont arrivés, dans la première lettre de son nom , parce que celle-ci commence les mots : *Malheur, Misère, Malin , Martyre,* etc. [475].

LXXVIII. *La* COMPLAINTE *des Vénitiens,* composée en prose par LE MAIRE , de Belges , publiée *en vers* par un anonyme , peu de temps après son apparition [476].

LXXIX. *Les* REGRETZ *avec la Chanson de Messire Charles* DE BOURBON (vers 1510), in-8°; de 4 ff. dont le premier ne contient que le titre. — Réimprimés en 1527 [477].

LXXX. DÉPLORATION *du Chasteau de Bloys* (à l'occasion de la mort d'ANNE DE BRETAGNE), composée par *Maistre* André DE LA VIGNE, *son Secrétaire.* 1513. In-8° goth. de 4 feuillets. — Recueil imprimé de la Bibliothèque Royale : N° Y, 4457 [478].

---

[471] Réimprimée *fac-similé,* chez TECHENER, et tirée à 40 exempl.—Dans la *Biblioth. franç.* de l'Abbé GOUJET, T. X, à l'article Jean LE MAIRE , p. 92, il est question d'une *Complainte des Vénitiens* (en vers), publiée par un anonyme contemporain de ce Poëte, dans laquelle ce peuple fait l'aveu de ses désordres, les regarde comme la source de ses maux, en demande pardon avec humilité, et prie LE SEIGNEUR de ne pas l'en punir par le fléau de la guerre.

[475] Voy. GOUJET : *Biblioth. franç. ou Hist. de la Littér. franç.;* ouvr. cit. : T. X , p. 77.

[476] Voy. GOUJET : *Biblioth. franç. ou Hist. de la Littér. franç.;* ouvr. cit. : T. X , p. 92.

[477] Voy. LEROUX DE LINCY; ouvr. cit., 2° sér. : p. 580; et *Catalogue des Livres de la Bibliothèque de feu M. le Duc* DE LA VALLIÈRE , par G. DE BURE; Paris, 1783, in-8°: T. II, p. 317.

[478] Cité par M. LEROUX DE LINCY : *Rec. de Chants hist. franç. ;* 2° sér.; ouvr. cit; p. 578.

LXXXI. [Laurens des Moulins]: La Déploration de la feue Royne de France [Anne de Bretagne] (sans lieu ni date, mais vers 1514); pet. in-8° goth. de 16 ff. non chiff.

LXXXII. Déploration de Robin. — Paris, G. Nyverd (vers 1520), pet. in-8° goth.

LXXXIII. La Destruction avec la Désolation des povres Filles de Hulen; pet. in-8°.

LXXXIV. Le grant Regret et Complainte du Capitaine Ragot (vers 1520); in-8°.

LXXXV. La Plainte du commun : à l'encontre des Tauerniers, Boulengiers, et la désespérance des Usuriers. — Paris, G. Nyuerd (vers 1520); pet. in-8°, avec une grav. en bois sur le titre.

LXXXVI. Le Testament d'ung Amoureux qui mourut par amour. — Paris (vers 1520), in-8°. — Fait à rapprocher des cas de morts d'amour déjà cités.

LXXXVII. Le Testament de Jenin de Lesche, qui s'en va au Mont-Sainct-Michel. — Paris (vers 1520); pet. in-8° goth. de 4 ff. — Pièce en vers de huit syllabes.

LXXXVIII. [Jehan Molinet]: Sensuyt le Testament de la guerre qui règne à présent sur la terre. — Lignan (vers 1520); pet. in-8° goth. de 4 ff., avec gr. en bois au front.

LXXXIX. La Complainte de Constantinople, composée par Jehan Molinet et enuoyée aux nobles Crestiens (sans lieu ni date); in-4° goth. de 4 ff., avec une fig. en bois. Voy. N° LXXIII, dont elle est probablement une nouvelle édition. — Cette Pièce est formée de 15 stances, chacune de 8 vers alexandrins, lesquels sont ici coupés en deux et ont presque toujours une double rime. C'est la même qui, dans les Faicts et Dicts de Molinet, est imprimée sous le titre de La Complaincte de la Grèce après la prise de Constantinople. — Désignée N° LV, p. 233 [479].

XC. Jean le Blond est auteur des Pièces de Poésie triste suivantes : — Epître du povre foudroyé envoyée au Dieu d'amours; ne faisant pas plus d'honneur à son goût qu'à ses mœurs....; — Plaincte sur le trespas de très dévote et très chaste Dame Jehanne Darnieuville, en son vivant Abesse de Saint-Sauveur d'Evreux; — et Plaincte sur le trespas de Maistre Benoist de la Noue, Docteur en Théologie, Pénitentier d'Evreux.

XCI. Crignon, compagnon de voyage des Poëtes Jean et Raoul Parmentier, sur deux vaisseaux que Jean Ango, Grenetier, Vis-Comte de Dieppe, avait équipés à ses dépens : Complainte sur la mort de Jean et Raoul Parmentier dans l'île de Sumatra [480].

[479] Voy. Brunet: Manuel du Libraire et de l'Amateur de livres, etc.; 4° édit.; ouvr. cit.: T. III, p. 426, 1" col.

[480] On y lit ces deux vers, sans les admirer :

« Se plus François vient en ceste frontière,
« Il nommera ceste mer Parmentière. »

xcii. Chanson *nouvelle faicte et composée par le Roy nostre Sire* François premier *de ce nom, luy estant à Madrige, en Espaigne* (1525) [481].

xciii. Guillaume Crétin : Complainte *sur la mort du Maréchal* de Chabanes, (Seigneur de la Palice, Gouverneur du Bourbonnais, de l'Auvergne, etc.), *tué à la journée de Pavie* (1525). — Prétendu héros de la Chanson niaise si connue.

xciv. Guillaume Michel, dit de Tours : *Les* Elégies, Thrènes *et* Complaintes *sur la mort de très illustre dame Madame* Claude, *Royne de France* (1526); pet. in-8°.

xcv. *Le Jardin de Jennes* (sic) *avecques la* Plainte *de Religion et soulas de Labeur* ..... *contenant treze personnaiges* (vers 1527); pet. in-4° goth., avec fig.

xcvi. [Jacques Godard] : *Petit Traité* (en vers) *contenant la* Déploration *de toutes les prinses de Rome, depuis sa fondation jusqu'à la dernière prinse des Espagnols, qui a esté plus cruelle que toutes autres.* — Paris, 1528; in-8° goth.

xcvii. Michel d'Amboise : Complaintes *de l'*Esclave fortuné, *avec vingt Epîtres et trente Rondeaux d'amours.* — Paris, Jean Saint-Denis (1529), in-8° gothique [482]; consignées dans le Recueil intitulé : *Les Epistres vénériennes de l'*Esclave fortuné *priué de la Court Damours*, etc. ; — Paris, Alain Lotrian et Denis Janot (1532), pet. in-8° gothique : mélange de Plaintes ou de *Demandes d'amours*, de Morts *métaphoriques* ou de Désespoirs *amoureux*; — et Complainte à l'occasion de son éloignement d'Isabeau du Bois, son amante, dans laquelle l'Auteur fait un détail de sa vie jusqu'à sa sortie de chez Madame de Barbesieux.

xcviii. *Les grant* (sic) Regretz *de Mademoyselle du Palais* (vers 1530); in-8°.

xcix. Complainte *et* Lamentation *des Dames et Pucelles de Rome* (vers 1530); in-8°.

c. Complainte *de la rivière de Seine, auecques la source et origine dicelle* (vers 1530); pet. in-8° gothique.

ci. Ant. Prévost : *L'Amant déconforté cherchant confort parmy le monde, contenant le mal et le bien des femmes, avec plusieurs préceptz et documenz contre lamour.* — Lyon (vers 1530); in-8° gothique.

cii. Complainte *du Prisonnier damours, faicte au Jardin de Plaisance* (sans lieu ni date, vers 1530); petit in-8° gothique de 4 ff., avec une figure en bois sur le titre et au verso du dernier feuillet. — Voy. N° lxiii, pag. 233.

ciii. *Les* Ténèbres *de Mariage.* — Lyon (sans date, vers 1530), pet. in-8°; de 8 ff.

[481] *Fleur des Chansons*, etc., p. vj; cit. par M. Leroux de Lincy : 2ᵉ série, p. 580.

[482] Voy. la *Biblioth. franç. ou Hist. de la Litt. franç.*, de l'Abbé Goujet : T. X, p. 340.

CIV. COMPLAINTES de Clément MAROT. Il n'est pas une seule des COMPLAINTES de Clément MAROT qui soit composée de strophes régulières susceptibles d'être chantées. Elles sont dans le genre de celle de D'AUTON, sous plusieurs points de vue. — Dans la Première, sur la *Mort* de Jean DE MALLEVILLE, Parisien, Secrétaire de MARGUERITE DE FRANCE, *sœur de* FRANÇOIS Ier, *tué par les Turcs à Baruth, ville de Sourie,* le Poëte adresse ses plaintes à la TERRE, à la MER, à la NATURE, à la MORT et à la FORTUNE. — La Troisième est intitulée : DÉPLORATION *de Messire Florimond* ROBERTET, Secrétaire d'Etat sous FRANÇOIS Ier. — La Quatrième, en forme d'Eglogue, a pour sujet la *Mort de* LOUISE DE SAVOIE, mère de FRANÇOIS Ier, mort le 22 Décembre 1531. Cette Complainte attira à l'Auteur, de la part des Savants de son temps, des éloges qui paraissent aujourd'hui peu mérités. — La Cinquième COMPLAINTE a été composée à l'occasion de la *Mort de* Guillaume PREUDHOMME, *Général des Finances* [483]. — Ces Complaintes sont suivies d'une *Oraison* moitié pieuse, moitié profane *devant le Crucifix.* G. CRÉTIN avait déjà traité ce sujet : Voy. N° LVI, p. 233.

CV. COMPLAINTE *faite par Madame* MARGUERITE, *Archiduch. d'Austr.* (S. D.); in-4°.

CVI. COMPLAINTE *faicte pour Madame* MARGUERITE D'AUSTRICHE, *Duchesse doagieres de Sauoye, Contesse de Bourgongne et de Villars,* etc. (sans lieu ni date, mais vers 1532); in-4° goth. de 4 ff. [484], avec portr. grav. sur bois au verso du titre.

CVII. COMPLAINCTE *de la* Terre-Saincte *et autres Provinces adjacentes détenues entre les mains des Infidèles.* — Imprimée à Anvers, par Martin LEMPEREUR, pour Jean DE LA FORGE, demourant à Tournay, l'an 1532; pet. in-4° goth. de 8 ff., avec titre entouré de 12 vignettes sur bois. — Opuscule mêlé de prose et de vers (fort rare).

CVIII. [Michel D'AMBOISE]: DÉPLORATION *de la mort de* FRANÇOIS DE VALOIS, 1er fils du Roy FRANÇOIS Ier, par L'ESCLAVE FORTUNÉ. — Paris, 1536, in-8°. Voy. N° LVIII, p. 237.

CIX. *Recueil de Vers latins et vulgaires de plusieurs Poëtes françoys composés sur le Trépas du* DAUPHIN. — Lyon, Fr. JUSTE; 1536, in-8°. — (Rare).

---

[483] *OEuv. de* C. MAROT, *de Cahors, Valet de chambre du Roi.* — La Haye, Adr. MOETJENS, 1702, pet. in-12; T. II, pp. 123, 125, 127, etc.

[484] Cette Princesse, fiancée seulement au DAUPHIN fils de LOUIS XI, depuis CHARLES VIII, allait épouser JEAN, Infant d'Espagne, fils unique de FERDINAND et d'ISABELLE, Roi et Reine de Castille et d'Aragon, quand elle donna des preuves irréfragables de beaucoup de force d'âme et d'une grande présence d'esprit. Elle composa l'Epitaphe badine suivante qu'elle destinait à son tombeau, lorsque, battu par la tempête, le vaisseau qui la portait était sur le point de périr :

« Ci-gît MARGOT, la gente Demoiselle,
» Qu'eut deux maris et si mourut pucelle. »

CX. On trouve dans les *Hiéroglyphiques* de Jean-Pierre VALÉRIAN, *vulgairement nommé* PIERIUS, *etc.*, *nouvellement donnez aux François par* I. DE MONTLYART ; — Lyon, 1615, in-fol., fig. : pp. 598-600 —, une COMPLAINTE pouvant encore être citée comme type de ces pièces de Poésie du XVIᵉ siècle. Elle a pour titre : COMPLAINTE *sur la misérable mort* d'Hippolyte DE MÉDICIS, *Cardinal*, *et* d'Alexandre, *Duc de Florence, son nepueu* [485] (1537), « laquelle je laisse en sa pleine version , — dit » l'Auteur —, parce qu'elle me sent la veine du Seigneur DE VAUPRIVAS [486]. »

CXI. *Les* REGRETS *d'amours faits par le Déconforté.* — Paris, 1538, in-8°.

CXII. COMPLAINTE *du Commun à l'encontre des Usuriers , Boulangiers et Taverniers ;* — imprimé à Rome par Jehan FERRANT, pour Guillaume MAUDUYCT (sans date, mais vers 1540) ; pet. in-8° goth. de 4 ff. — Voy. ci-devant : N° LXXXV, p. 240.

CXIII. *Le* MARTYRE *amoureux.* — Paris, 1540, in-16.

CXIV. DADOUVILLE ou DANDONVILLE : *Les* REGRETS *et Peines des mal advisés.* — Lyon, 1542, in-8°.

CXV. Pierre DORÉ, d'Orléans : *L'Arbre de vie en* COMPLAINTES. — Paris, 1542.

CXVI. *Songe de* PANTAGRUEL : *avec la* DÉPLORATION *de feu Messire* Antoine DU BOURG, *Chevalier et Chancelier de France.* — Paris, Adam SAULNIER, in-8° (vers 1542).

CXVII. Josse LAMBERT : *Les Actes et dernier Supplice* de Nicolas LE BORGNE *dict* BUZ, *traistre, rédigés en rime,* avec Robert DE LA VISSCHERYE, etc. — Gand, 1543, in-4°.

CXVIII. François SAGON : *La* COMPLAINTE *des trois Gentilzhommes Françoys* (D'ACYER, DE CHEMENS *et* DE BARBESIEUX), *occiz et mortz au voyage de Carrignan : bataille et journée de Cérizolles ;* — Paris, Denys JANOT, 1544, in-8°. — Suivie de quelques autres Poésies tristes, composées à cette occasion.

CXIX. Claude COLLET : COMPLAINCTE *de* MOMUS *avec réprehension contre* PASQUIL, à M. Jacques DE LAUNAY, Médecin ; *traduction* ; et quelques *Épitaphes* : faisant partie d'un Recueil, publié par l'Auteur, dont la première édition est de 1544.

---

[485] Assassiné dans la nuit du 5 au 6 Janvier 1537, à l'instigation de l'ardent républicain Philippe STROZZI, par un de ses parents, Laurent DE MÉDICIS, confident de ses débauches.

[486] Elle commence par le Couplet suivant :

» Comme quand un édifice
» Se dément par quelque vice ,
» Ou que la fouldre d'enhault
» Fait un grand pan choir à terre ;

» De l'esclat d'un tel tonnerre
» Le cœur des hommes tressault. »

pour finir ainsi :

» Ie ne veux oncques permettre
» (Tant qu'en moy sera de mettre
» La main à l'encre et papier)
» Vos noms mourir, qui en cuivre
» Méritent bien de reuivre ,
» Grauez au hault d'un pilier. »

33

CXX. *Les Regrets de Picardie et de Tournan* (1544) [487]. — Sorte de Complainte composée de *vingt-six Strophes*, de huit vers de dix syllabes chacune „formant entre *la Picardie* et *le Tournesis* un Dialogue que le Narrateur, qui s'intitule *l'Acteur*, est censé avoir entendu lorsqu'il était endormi, pendant un songe.

CXXI. Hugues Salel : *De la Misère et Inconstance de la Vie humaine.*— Ce Poëme, composé à l'occasion de la maladie qui atteignit François Ier, alors à Compiègne, est une Complainte constituant un Commentaire sur les paroles du Livre de Job : « L'homme né de la femme vit peu de temps, et est rempli de beaucoup de misères. »

CXXII. Artus Désiré : Lamentation *de nostre Mère Saincte Église, sur les contradictions des Hérétiques, suivant l'erreur des faulx défectueux.*— Paris, 1545, in-8°.

CXXIII. *Deux Épîtres des Brebis au Mauvais Pasteur, composées par le Patient d'adversitez*, etc. — Lyon, 1545, petit in-8° de 12 ff. ; en lettres italiques.

CXXIV. *Déploration de la mort de feu hault, puissant et noble* François de Valois, premier *de ce nom, avec plusieurs Épitaphes*, etc.— Paris, 1547, pet. in-8° de 16 pp.

CXXV. Jacques Péletier, ou Péletier du Mans : *Chant du* Désespéré (1547). — Ennuyeuse Lamentation, si l'on s'en rapporte à la *Biblioth. franç.* de l'Abbé Goujet.

CXXVI. Médard Bardin : *Le Convoy funèbre de feu Maistre* Jacques Tusanus, *Lecteur en grec pour le Roy*, etc.; et *Elégie de feu* Vatable. — Paris, 1547, pet. in-8°.

Marguerite de France, Reine de Navarre, sœur de François Ier :

CXXVII. Complainte *pour un Détenu prisonnier*, faite lorsque François Ier était retenu à Madrid, après la fatale journée de Pavie ; suivie de *trente Chansons spirituelles.* — Les deux 1res de ces *Chansons* ont pour sujet : l'une, *la dernière maladie de* François Ier; l'autre, *la mort de ce Prince arrivée le dernier jour de Mars* 1547 ;

CXXVIII. — Les Complaintes *des quatre Dames et des quatre Gentilshommes.* — *Complaintes amoureuses*, écrites avec l'esprit et la liberté de style propres à l'Auteur ;

CXXIX. — Poëme intitulé : La Coche [488]. — C'est une sorte de Plaidoyer, nommé *Estrif* au xve siècle, composé de Complaintes attendrissantes. Il est prononcé par

[487] Voy. Leroux de Lincy : *Rec. de Chants historiques français*, etc.; ouvr. cit. : 2e sér. (xvie siècle), pp. de 140 à 149. — Le *Recueil de pièces imprimées* : Biblioth. R., Y. 4457, cité par M. Leroux de Lincy lui-même, porte *Tournay*, et non *Tournan*. Il désigne en

[488] Le mot *Coche* était autrefois du genre féminin, quand il était pris dans le sens de : *Carrosse, Voiture.* « *Je ne pourrai vous voir,* » — écrivait Henri IV à Sully —, *ma femme* »*se sert de* ma Coche. »

outre vingt-neuf Couplets, au lieu de vingt-six.

trois Dames profondément affligées , en présence de la REINE DE NAVARRE , qui conseille aux Avocates Poétesses de prendre FRANÇOIS Ier pour juge de leur différend.

CXXX. Mellin DE SAINT-GELAIS : ÉLÉGIE *ou* CHANSON LAMENTABLE *de* VÉNUS *sur la mort du bel* ADONIS, etc. : dans les *Œuvres de luy tant en composition que translation, ou Allusion aux Auteurs Grecs et Latins.* Lyon , 1547, pet. in-8° de 79 pp. — C'est une *Élégie* d'OVIDE paraphrasée , imitée d'une *Idylle de* BION.

CXXXI. Antoine DU MOULIN et autres : DÉPLORATION *de* VÉNUS *sur la mort du bel* ADONIS, *avec plusieurs Chansons nouvelles.* (Recueil de COMPLAINTES.) Lyon , 1548, in-8°. — Ces COMPLAINTES ont été réimprimées dans le *Livre de plusieurs pièces,* Recueil poétique où se trouvent aussi des Poésies de MARGUERITE DE NAVARRE.

CXXXII. *Chanson nouvelle sur la mort de Monsieur d'ENGHIEN; et se chante:* « Plorez » France, aussi la Picardie. » 1548 [489].

CXXXIII. Ferrand DE BEZ ou DEBEZE : *Deux* DÉPLORATIONS *en forme d'Eclogue, l'une de feu* M. D'ORLÉANS, *l'autre de feu* M. D'ANGUIAN. Le DUC D'ORLÉANS dont il s'agit était fils de FRANÇOIS Ier et frère de HENRI II , et l'autre personnage était François DE BOURBON , Comte d'Enghien.— Dans le Recueil de l'Auteur, imprimé en 1548, in-4°.

CXXXIV. Robert DU TRIEZ : CHANTZ FUNÈBRES *sur la mort et trespas de feu excellent Prince* MAXIMILIEN D'EGMOND. — Gand (sans date , mais de 1549), in-8°.

CXXXV. Remy BELLEAU : COMPLAINTE *d'une Nymphe sur la mort de* Joachim DU BELLAY; 1550, in-4°; et dans ses *Œuvres poétiques.* Paris , 1578 , in-12. — Les interlocuteurs sont : THONET, BELLIN et une NYMPHE DE LA SEINE.

CXXXVI. Nicole BARGEDÉ : *Deux Élégies*, intitulées *Larmes;* adressées , l'une, à Philippe DE CHASTELUX , Vicomte d'Avallon; l'autre , à M. DOSME , Avocat. A la suite des *Odes pénitentes du Moins que Rien.* Paris , pour Vincent SERTENAS , 1550, in-8°. — BARGEDÉ a fait aussi des LAMENTATIONS *rimées sur la perte de la plupart des Princes* (Princesses ou Dames de qualité) *qui moururent de son temps :* la DUCHESSE DE NIVERNOIS , etc. , etc.

CXXXVII. [Estienne FORCADEL] : *Le Recueil de ses Poésies* (dont la seconde édition est de Lyon, Jean DE TOURNES , 1551 , pet. in-8°), contient , entre autres COMPLAINTES, le CHANT TRISTE de MÉDÉE, *abandonnée de son aymé* JASON.

---

[489] Voy. p. 155 du *Recueil des plus belles Chansons de ce temps, mis en trois parties.* — Lyon , 1559, in-18; et LEROUX DE LINCY : *Rec. de Chants historiques français, depuis le* xiie *jusqu'au* xviiie *siècle, avec des Notices;* ouvr. cit.: 2e série (xvie siècle), p. 583.

CXXXVIII. *Les* Regretz *et* Complaincte *de la Royne de Hongrie, avec la deffaicte des Bourguignons devant Renty* [490], *sur le Chant de « La Nonnette. »* (Vers 1555.)

CXXXIX. Dans le Recueil de *Rymes de gentile et vertueuse Dame* Pernette du Guillet, Lyonnaise, contemporaine de Louise Labé, on remarque cinq Complaintes *ou Epîtres amoureuses*, dont deux sont signées C. G. P. et une L. P. A.

CXL. Bérenger de la Tour : *Chant élégiaque de la République sur la mort de* François Ier. — L'Auteur y a fondu un double panégyrique : l'un, pour François Ier, l'autre, pour Henri II, sous les règnes desquels il écrivait.

CXLI. Déploration *sur le trespas de noble et vénérable personne Monsieur Maistre* François le Picart, *Docteur en Théologie, etc. : par un Poëte François* [Jean d'Aubusson selon l'Abbé Goujet]. Paris, Etienne Denise, 1556. — Cette pièce anonyme est signée ainsi : *Dena suasu boni*, termes qui ne renferment aucun sens, mais dans lesquels on trouve en dérangeant les lettres : Jean d'Aubusson.

J. du Bellay, né vers 1524, à Liré, près d'Angers, mort en 1559 ou 1560 [491] :

CXLII. *Livre des Antiquités de Rome, contenant une générale description de sa grandeur et comme une* Déploration *de sa ruine.* — Sonnets avec verbiage et répétitions ;

CXLIII. — *Cent quatre-vingt-trois Sonnets*, sous le titre de Regrets. — Plus estimés ;

CXLIV. — Complainte *du Désespéré ; Discours sur la louange de la Vertu et sur les diverses Erreurs des Hommes....* ; adressé à Salmon. — On sait généralement que le Poëte Latin Salmon, surnommé Macrin *(Macrinus)* à cause de sa maigreur, a été appelé l'Horace *Français*, par rapport à son beau talent pour la Poésie ;

CXLV. — *Tragiques* Regrets *de* Charles V, *Empereur*, mort en 1558, âgé de 58 ans ;

CXLVI. — Complainte *sur la mort du Duc* Horace Farnaise (sic).

Jacques Grevin, né en Beauvoisis vers 1540, mort à Turin en 1570 :

CXLVII. *Discours des* Misères *du temps.* — L'Auteur y maltraite, peut-être avec trop de zèle et d'âpreté, les Sectateurs de la nouvelle Religion ;

---

[490] *Recueil des plus belles Chansons de ce temps,* etc., 1559 : p. 118 ; cit. par M. Leroux de Lincy : 2ᵉ série (xviᵉ siècle), p. 585.

[491] Ce Poëte est auteur de l'*Hymne à la Surdité,* adressée à Ronsard, sourd comme lui, *Hymne* dans laquelle, à la surprise du Lecteur, il s'exprime de la manière suivante :

« Tout ce que j'ay de bon, tout ce qu'en moy je prise ,

« C'est d'estre , comme toy, sans fraude et sans feintise ,
« D'estre bon compaignon , d'estre à la bonne foy ,
« Et d'estre , mon Ronsard , demi-sourd comme toy :
« Demi-sourd ; ô quel heur ! pleust aux bons Dieux que j'eusse
« Ce bonheur si entier, que du tout je le feusse ! »

Il ne faut point disputer des goûts !

Joach. du Bellay a fait aussi des vers *sur la mort d'un petit Chat* [*].

[*] Voy. *Bibliothèque Poétique,* etc. ; ouvr. cit. : T. I, pp. 29 et suiv.

CXLVIII. — *Les* REGRETS *de* CHARLES D'AUTRICHE, *Empereur, cinquiesme de ce nom ; ensemble la description du Beauvoisis, et autres œuvres.* — Paris , 1558 , in-8°.

Claude BINET, né à Beauvais, d'une famille ayant plusieurs Écrivains :

CXLIX. DÉPLORATION *des Misères humaines sur la mort de Maistre Jean* BINET, oncle de l'Auteur, habile Jurisconsulte , faisant aussi des vers latins et français ;

CL. — COMPLAINTE *amoureuse du Satyre.* — Chanson galante offrant peu d'intérêt ;

CLI. — ADONIS *ou le trespas du Roi* CHARLES IX. — Ces deux dernières pièces sont imprimées dans le *Recueil de Poésies* de Jean DE LA PÉRUSE ; elles y sont jointes aux pièces de vers que Cl. BINET avait lui-même composées jusqu'alors (1573).

CLII. REGRETS *des Anglois*, sur le Chant : « Si javois faict amye à mon vouloir » (vers 1558) [492].

CLIII. *Chanson sur le* MALHEUR *de* MONTGOMÉRY, *qui, dans un tournoi, donna la mort au Roi de France* HENRI II , intitulée : *Chanson nouvelle* , sur le Chant du « Capitaine LORGE » (1559) [493].

CLIV. *Chanson nouvelle sur les regretz du trespas de la Royne* ALIÉNOR (1559) [494].

François HABERT, né à Issoudun en Berri , Poëte de HENRI II :

CLV. *Épitaphe de* RAGOT , *Maître des Coquins à Paris.* — Dans le Recueil de ses Poésies intitulé : *Le Banny de Lyesse* (1544). Voy. ci-devant : N° LXXXIV, p. 240.

CLVI. — DÉPLORATION *sur la mort d'Ant.* DU PRAT, *Chancelier de France, avec l'exposition morale de la Fable des trois Déesses,* VÉNUS, JUNO *et* PALLAS. — Lyon , J. DE TOURNES, 1545, in-8° ;

CLVII. — DÉPLORATIONS *et Épitaphes ; les unes sérieuses , les autres badines.* — Dans son Recueil intitulé : le *Temple de Chasteté ;* imprimé en 1549 ;

CLVIII. — *Quérimonie de la Déesse* VÉNUS *en sa vallée Ida , ayant perdu la trace du bel* ADONIS. — Dans le *Recueil d'Épistres héroïdes*, etc. ; publié en 1551 ;

CLIX. — *La Misère de l'Homme naissant en ce monde* (1551) ;

CLX. — *Regrets sur la mort du Roy* HENRI II (1559) ;

CLXI. — *Déploration sur le trespas de M. le Chancelier* OLIVIER , *avec une Épitre*

---

[492] Voy. deux indications de Chansons sur ce même sujet : pp. 159 et 164 du *Recueil des plus belles Chansons*, etc. ; cit. par M. LEROUX DE LINCY : 2ᵉ série (XVIᵉ siècle), p. 585.

[493] Voy. *Premier Rec. de toutes les Chan-*

sons nouvelles, etc. — Troyes, 1590, iu-32, fᵒ 40 rᵒ ; et LEROUX DE LINCY : 2ᵉ série, p. 214.

[494] Pag. 144 du *Rec. des plus belles Chansons de ce temps*, etc. ; cit. par M. LEROUX DE LINCY : 2ᵉ série, p. 585.

latine et françoise de l'excellence du Sénat de Paris. — Paris, Michel Fezandat, 1560. — Ces deux dernières pièces sont *attribuées* à François Habert, dans les *Bibliothèques françoises*, etc., de la-Croix-du-Maine et du Verdier.

clxii. *Chanson de* Marie Stuart, *sur la mort imprévue de* François II (1560) [495].

clxiii. *Chanson sur le deuil de* Marie Stuart (1560) [496].

clxiv. Olivier de Magny, de Cahors, Secrétaire de Henri II : *Chant du Désespéré.*

clxv. Adrien du Hecquet : Poésies diverses dans lesquelles il déplore : la *Prise de Rhodes*, les *Calamités causées par la Guerre*, les *Injustices des Grands et du Peuple*, les *Ravages de l'Hérésie.* — Dans son *Orphéide*, etc.; Anvers, 1561, pet. in-8° [497].

clxvi. Jacques Béreau : Complainte *de France sur la Guerre civile qui fut entre les François, l'an* 1562. — Dans ses *Églogues et aultres OEuvres poétiques.* — Poitiers, 1565, in-4°

clxvii. Pierre Ronsard : *Discours des* Misères *de ce temps, adressé à* Catherine de Médicis. Paris, Gabr. Buon, 1562, in-4°. — C'est une description des maux qui troublèrent la France sous la minorité de Charles IX, et dans laquelle le Poëte montre beaucoup de zèle et de vivacité contre les Calvinistes.

clxviii. Larmes *sur le trespas de M.* Réné de Lorraine, *Marquis d'Elbeuf, et de Louise* de Rieux, *sa femme.* — Paris, 1566, in-4°.

clxix. A. de Rivaudeau : *Livre de* Complaintes. — Dans ses *OEuvres.* Poit., 1566.

clxx. Arnaud Sorbin, célèbre Prédicateur et grand Ligueur : *Les* Regrets *de la France sur la Misère des présents troubles* (en vers). — Paris, 1568, in-8°.

clxxi. *La* Complainte *de la France, imprimée nouvellement.* — 1568, in-8°.

clxxii. J. Van der Noot : *Le Théâtre auquel sont exposés et montrés les Inconvénients et Misères qui suivent les mondains et vicieux.* — Londres, 1568, pet. in-8°.

Jean le Masle, né à Baugé vers l'an 1533, ami de Ronsard et de du Monin :

clxxiii. *Discours des* Incommodités *de la Vieillesse* (1568). — Dédié à M. Gabriel d'Amours, Seigneur du Serrin, etc. L'Auteur n'avait pas encore 35 ans;

clxxiv. — *Vers sur la mort de son oncle* Mathurin Chalumeau, Sieur de Bernay, Avocat à Angers; pour lui un second père, qu'il avait aimé comme tel.

[495] Voy. Brantôme : *Dames illustres* (Marie Stuart); T. V, p. 88 de l'édit. in-8°; et Leroux de Lincy; ouvr. cit. : 2ᵉ sér. (xviᵉ siècle), p. 225.

[496] Voy. Brantôme; édit. in-8°, T. V, p. 85;

et Leroux de Lincy; ouvr. cit. : 2ᵉ sér., p. 228.

[497] Voy. l'Abbé Goujet : *Bibliothèque françoise ou Histoire de la Littérature françoise;* ouvr. cit. : T. XII, p. 337.

Claude DE PONTOUX, ami de Cl. TURRIN, né à Châlons, où il mourut en 1579:

CLXXV. *Elégie funèbre sur le décès et trespas de très-illustre et très-catholique Princesse Madame* ISABELLE DE FRANCE, *Royne d'Espagne,* fille de HENRI II, Roi de France, et femme de PHILIPPE II, Roi d'Espagne, morte au mois d'Octobre 1568;

CLXXVI. — *Elégie des Troubles et* MISÈRES *de ce temps.*

CLXXVII. Philibert BUGNYON : DÉPLORATION *élégiaque sur le trespas de feu* Jean DE LA VALETTE, Grand-Maître des Chevaliers de l'Ordre de SAINT-JEAN-DE-JÉRUSALEM. — Lyon, 1568, in-8°.

CLXXVIII. *Le Retour de* GUILLOT *le Porcher, sur les* MISÈRES *et* CALAMITÉS *de ce règne présent* (dialogue en vers); à la suite de : *Le Ravage et Déluge de Chevaux de louage, contenant la fin et consommation de leur misérable vie* (1568-1578).

CLXXIX. COMPLAINCTE *de Madame la Princesse* DE CONDÉ *contre les Huguenots;* — sur le Chant du « Soldat de Poitiers » (1569) [498].

CLXXX. DÉPLORATION *et* COMPLAINCTE *de la mère* CARDINE, *de Paris,* etc.—1570, in-4°.

F. DE BELLEFOREST, Poëte et Historien médiocre, né en 1530, mort en 1583 :

CLXXXI. DÉPLORATIONS, dans lesquelles il pleure et loue en même temps : le Roi HENRI II, qui mourut le 10 Juillet 1559; Timoléon DE COSSÉ, Comte de Brissac; Sébastien DE LUXEMBOURG, Comte de Martigues, etc.; et le DUC D'AUMALE;

CLXXXII. — *Ode sur la mort de* Jean DE VOYER, Chevalier de l'Ordre du Roi, Vicomte de Paulmy et de la Roche de Gênes. — Dans le *Tombeau de* Jean DE VOYER, fait par divers Auteurs en diverses langues. Paris, Jean BIEN-NÉ, 1571, in-4°.

CLXXXIII. Claude TURRIN, Dijonnois : *Discours de ses* MISÈRES; c'est-à-dire : son amour, non écouté, pour Chrétienne DE BAISSEY, Demoiselle DE SAILLANT; sa passion pour les vers, et son indigence. Il y rend les Muses responsables de sa pauvreté ! — Dans ses *OEuvres Poétiques divisées en six Livres.* Paris, 1572, pet. in-8°.

---

[498] Voy. *Nouveau Vergier florissant des belles Chansons nouvelles;* Lyon, B. RIGAUD, S. D., in-32, p. 29; et LEROUX DE LINCY : *Recueil de Chants historiques français,* etc.; 2ᵉ série (XVIᵉ siècle); ouvr. cit.: pp. de 291 à 293.

Ces vers pourraient être meilleurs, et leurs rimes ne sont pas des plus riches. On en jugera par les première et dernière Strophes:

« Dames, Dames, je vous prie à mains *jointes,*
» Avecques moy de plorer mes *Complainctes,*
» Car les regrets que j'ay dedans mon cœur
» Me causeront toute ma vie douleur.
....
» Je feray fin à mes pleurs lamen*tables,*
» Criant à Dieu miséricorde et *grâce,*
» Donnant au Roy la force et la vertu
» De vaincre ceux qui l'ont tant mesconnu. »

CLXXXIV. Pierre Boton, Mâconnais ; Recueil intitulé : *La Camille, ensemble les Resveries et Discours d'un Amant désespéré.* — Paris, J. Ruelle, 1573, pet. in-8°.

CLXXXV. *Les Soupirs de la France sur le départ du Roi de Pologne, en vingt-sept Sonnets, faicts à ce propos en faveur des Princes et grands Seigneurs de ce Royaume.* — Paris, Gilles Blaise, 1573, in-4°.

CLXXXVI. Jean de la Jessée : *Discours sur le Siége de Sancerre, avec une Complainte de la France,* 1573. — La même année, l'Auteur versa encore des larmes poétiques sur la mort de Claude de Lorraine, tué devant La Rochelle, et sur celle de Henri de Foix, Duc de Candale, tué au Siége de Sommières, en Languedoc.

Clovis Hesteau, Sieur de Nuysement, Secrétaire de Henri III et du Duc d'Anjou :

CLXXXVII. *Les Gémissements de la France au Roi.* — Dans le premier Livre de ses *OEuvres Poétiques,* imprimées en 1578 ;

CLXXXVIII. — *Les Plaintes de Roger pour Bradamante.* — Imitées de l'Arioste ;

CLXXXIX. — *La Plainte de Télie à Écho.*

CXC. *Chanson nouvelle contenant les derniers propos du Roy Charles neufiesme avant son trépas; sur le Chant :* « Dames d'honneur, je vous prie à mains jointes. » 1574 [499].

CXCI. Théodore-Agrippa d'Aubigné, Gentilhomme Saintongeois : *Vers funèbres,* consistant en une *Ode* extrèmement longue et en un *Sonnet* sur la *mort* d'Étienne Jodelle, *Parisien, Prince des Poëtes Tragiques.* — Paris, 1574, in-4° [500].

CXCII. *Chanson nouvelle sur la mort de Madame Marie de Clèves, Princesse de Condé; sur le Chant :* « Plorez, Chrestiens » (1574) [501].

CXCIII. Cl. de Morenne, Curé de Saint-Méry, de Saint-Gervais et Saint-Protais : *Les Regretz et tristes Lamentations du Comte de Montgommery, sur les troubles qu'il a esmeuz au Royaume de France, depuis la mort du Roy Henry deuxiesme de ce nom,*

---

[499] *Nouv. Vergier florissant des bell. Chansons,* etc. — Lyon, S. D. in-32, fol° 30; et Leroux de Lincy: ouvr. cit.: 2° sér., p. 318.

[500] Voy. l'Abbé Goujet : *Bibliothèque françoise,* etc.; ouvr. cit.: T. XV; p. 242.

[501] Voy. *Nouv. Vergier florissant des belles Chans.,* etc.; ouvr. cit.: fol° 30, v°; et Leroux de Lincy : *Rec. de Chants historiq. français,* etc.; 2° sér. (xvi° siècle): pp. de 315 à 317. —

Cette pièce est composée de sept Strophes, commençant et finissant ainsi qu'il suit :

« Mon Dieu, Sauveur de tout le monde,
» Ce coup ayez pitié de moy,
» Car la mort dans mon cœur redonde
» Comme un écho dedans le bois.
» . . . .
» Prions, Chrétiens, pour celle Dame,
» Qu'elle soit logée aux saincts Cieux;
» A seule fin que sa pauvre âme
» Soit avecque les bienheureux. »

jusques au vingt-sisième de Juin, qu'il a été exécuté; avec la consultation des Dieux, sur la prinse dudict MONTGOMMERY. — Rouen, 1574, pet. in-8° de 16 ff.

CXCIV. Balthasar BAILLY, Conseiller à Troyes et Echevin : IMPORTUNITÉ *et* MALHEUR *de noz ans.* Troyes, Claude GARNIER, 24 Juillet 1576. — Le but de l'Auteur est de montrer que les maux qui affligent les villes proviennent des vices des Grands et du Peuple, et qu'ils en sont la punition. Poëme remarquable et curieux comme tableau des mœurs de l'époque. Regrettons la rareté des écrits analogues !

CXCV. *Chanson nouvelle des* REGRETS *et* LAMENTATIONS *des Dames de la ville d'Yssoire, sur le Chant :* « Dames d'honneur, je vous prie à mains jointes. » 1577 [502].

CXCVI. *Chanson nouvelle du pillage et surprinse de la ville d'Anvers, faict* (sic) *par les Espagnols; sur le* « Chant de Nismes. » 1577. [503]

CXCVII. *Chanson nouvelle de la* COMPLAINCTE *qu'ont faict* (sic) *les habitans de La Charité sur la prise de la dicte ville; sur le Chant :* « Tremblez, pauvre VERDUN. » 1577 [504].

CXCVIII. Guillaume DU BUYS : *Huitième Discours en vers, dans lequel l'Auteur examine les causes qui apportent une déplorable fin à toute République.* (Vers 1577.)

CXCIX. *Chanson contenant les* REGRETS *des Princesses et Dames de la Cour, sur le décès de très-illustre Princesse* MADAME, *fille unique de feu Roy* CHARLES. — Sur le Chant : « Dames d'honneur, je vous prie à mains jointes. » 1578 [505].

CC. Guillaume DE CHANEIN DE LA TAISSONNIÈRE : *Élégie sur la* MISÈRE *de sa vie* [506].

CCI. COMPLAINCTE *de très-haute et excellente Dame* ÉLISABETH D'AUSTRICHE (fille de l'Empereur MAXIMILIEN II), *sur la mort de* MADAME (MARIE-ÉLISABETH), *fille unique » d'elle et de feu Roy* CHARLES. — Sur le Chant de « La Parque. » 1578 [507].

---

[502] Voy. *le Rosier des Chansons*, etc., f° 60, r°; — *La fleur des Chansons*, fol° 11, v°, p. 29 de la réimpression TECHENER ; — et LEROUX DE LINCY; ouvr. cit. : 2° série, pp. de 357 à 359.

[503] Voy. *le Rosier des Chansons nouv.*, etc., fol° 38, v°, p. 103 de la réimpression TECHENER; et LEROUX DE LINCY; ouvr. cit. : 2° sér., p. 321.

[504] Voy. *Joyeux Bouquet des bell. Chans.*, etc.; Lyon, 1583, p. 46, in-32; — et *Cabinet des plus belles Chansons*; Lyon, 1592, p. 119, in-32; cit. par M. LEROUX DE LINCY : *Recueil de Chants historiq. français*, etc.; 2° sér., p. 591.

[505] Voy. le Recueil intitulé : *Printemps des Chans. nouvelles*, etc., fol° 8 ; — et LEROUX DE LINCY; ouvr. cit. : 2° série : pp. de 379 à 382. Cette COMPLAINTE commence ainsi qu'il suit :

« Celuy aurait le cœur plus dur que pierre,
» Que roc, que fer, que l'éclatant tonnère,
» Qui cognoissant noz amères douleurs,
» Avecques nous ne se noiroit en pleurs! »

[506] Voy. l'Abbé GOUJET : *Bibliothèque françoise*, etc.; ouvr. cit. : T. XIII, p. 252.

[507] *Printemps des Chansons nouvelles*, etc. Lyon, 1583, in-32, fol° 5, v°; — et LEROUX DE LINCY; ouvr. cit. : 2° série, pp. de 375 à 379.

34

ccii. *Le* Danger *de se marier.* — Lyon (vers 1580).

cciii. Le Recueil intéressant, recherché et peu commun, intitulé : *Le Rosier des Chansons nouvelles;* Lyon, 1580, in-18, contient, fol° 25 et suiv., une « *Chanson* » *nouvelle de la* Complainte *d'un Laboureur contre les Usuriers, qui lui ont mangé son* » *bien* »; rapportée dans le *Magasin Pittoresque*, Année 1847 (pp. 113 et 114) [508].

cciv. Alexandre Silvain : *Discours poétique des* Misères *de ce monde.* — Dans le Recueil de ses poésies, imprimé en 1581, à la suite des ses *Épitomes de cent Histoires tragiques.*

ccv. Recueil de Vers Latins et Français, imprimé en 1581, à l'occasion de *la mort du Poëte Odet* Turnèbe. — On y trouve quelques vers dans ces deux langues, faits par le second de ses frères Adrien Turnèbe, savant et célèbre Imprimeur.

ccvi. Jacques de Romieu : Complainte *de la Mort de* N. S. J. C. (vers 1582). — Dans ses *Meslanges de Poésies :* Lyon., Ben. Rigaud, 1584, pet. in-8°.

ccvii. Bern. du Poey : *Tristes Chants à sa* Caranite, c'est-à-dire à sa Maîtresse.

ccviii. Jean-Aymes de Chavigny, Beaunois : *Les* Larmes *et* Souspirs*, sur le trespas très regretté de M. Antoine* Fiancé*, lorsqu'il vivoit Professeur en Philosophie et Médecine, et Médecin de la cité d'Avignon.* — Paris, Est. Prévosteau, 1582, in-8°.

Isaac Habert, fils de Pierre Habert et neveu de François Habert :

ccix. *Élégie funèbre, où il pleure on ne sait quelle* Nymphe *qui était née aux murs de Dijon* (1582) [509];

ccx. — Complainte *funèbre sur la mort de* Ronsard. Paris, J. Richer, 1586, in-4°.

François Béroalde de Verville, né à Paris, le 28 Avril 1558, mort vers 1612 :

ccxi. *Les* Soupirs *amoureux.* — Paris, 1583, in-12;

ccxii. — *Les* Ténèbres *ou* Lamentations *de* Jérémie; traduction en vers, suivie d'une Hymne sur la Nativité de Notre-Seigneur [510].

ccxiii. Joachim Blanchon, de Limoges.—On trouve plusieurs Complaintes dans son Recueil de vers intitulé : *Premières OEuvres poétiques;* Paris, Périer, 1583, pet. in-8°.

ccxiv. On peut voir dans le *Magasin Pittoresque*, T. XIV (1846), pp. 282-283, une Chanson très-propre à donner une idée de ce qu'était la Complainte chantée,

---

[508] Cette Complainte commence ainsi :

« Hélas! Dieu! que ferai-je ?
» Moi, pauvre laboureur;
» Où me retirerai-je ?
» Que je suis douloureux.... »

[509] Voy. l'Abbé Goujet : *Bibliothèque françoise*, etc.; ouvr. cit.: T. XIII, p. 55.

[510] Voy. l'Abbé Goujet : *Bibliothèque françoise*, etc.; ouvr. cit.; T. XIV, p. 195.

au xvie siècle. Cette Pièce de Poésie lyrique a pour titre : « *Chanson nouvelle sur les*
» *Regrets d'un Voleur nommé* CAP-BLANCOU, *qui fut mis sur la roue et exécuté à*
» *Tholoze, le 3 Septembre* 1583. » — Sur le Chant : « Si je t'appelle ingrate » [541].

CCXV. LARMES *et* REGRETS *sur la maladie et trespas de M.* DE FRANCE, *fils et*
frère de Rois (en vers), plus quelques Lettres funèbres (en prose). — Paris, Frédéric
MOREL, 1584, in-4°.

CCXVI. Edouard DU MONIN est Auteur d'un *Manipulus poeticus* et de Pièces de
Poésie françaises, dans lesquelles il « *se plaint des envieux que son mérite*, — à ce
» qu'il croyait —, *lui avait attirés.* » Ce Poëte, qui ne devait guère la réputation
dont il a quelque temps joui, qu'*au mauvais goût de ses Amis*, fut assassiné le
5 Novembre 1586. — A l'occasion de cette mort violente, François GRANCHIER,
Marchois, son neveu et escolier, répandit ses *Larmes*, ses *Regrets* et *Déplorations*, et
les notifia à tous les Amis du défunt. Un Anonyme publia dans le même temps une
Élégie sur le même sujet, et l'on vit paraître aussi, la même année, un *Recueil*
d'Épitaphes en plusieurs langues, composées par plusieurs hommes doctes de France,
sur le même trespas. Malheureusement pour les Lettres, tous ces Panégyriques larmoyants n'ont pas plus de mérite que les OEuvres poétiques de celui qu'ils louent.
« L'obscurité la plus profonde, une dureté insupportable et le galimathias le plus
» ridicule, — dit l'Abbé GOUJET —, forment le caractère des écrits de cet Auteur. »

CCXVII. COMPLAINTE *de Jean* VALETTE, *Duc d'Espernon* (en vers). — Angolesme,
1584, in-8°.

CCXVIII. François MALHERBE : *Les* LARMES *de Saint* PIERRE (1587), *imitées du* TAN-
SILLO, Poëte Italien [542], et dédiées au Roi HENRI III : dans les *Poés. de* MALHERBE, etc.;
avec la vie de l'Auteur, par A. G. M. Q. Paris, J. BARBOU, 1776, pet. in-8° : pp. 4 et suiv.

---

[541] En voici les premier et dernier Couplets :

« La divine Justice
» Ne délaisse impuny
» Le cruel maléfice ;
» Enfin, l'on est puny. — Hélas !
» On revient au supplice,
» Le gain estant fini.
» . . . .
» O Seigneur, Roy de gloire,
» O Saincte Trinité !
» Ne retiens en mémoire
» Ma grand iniquité. — Hélas !

» Fais que j'aye victoire
» Par ta grand charité. »

[542] L'Editeur de MALHERBE A. G. M. Q.
(MEUNIER DE QUERLON) n'a pas craint de dire
à cette occasion : « *Mauvaise imitation d'un*
» *mauvais modèle.* » L'ouvrage italien a pour
titre : *Lagrime di Santo* PIETRO, *dal Signor*
Luigi TANSILLO. — Le TANSILLE était un Gentilhomme de Nole, ville du Royaume de Naples,
mort en 1569.

CCXIX. Chanson sur la mort de Monseigneur DE JOYEUSE, invitant tous les bons Catholiques à LAMENTER le trépas d'une si excellente colonne de la Foy (1587) [543].

CCXX. CHANSON sur la mort du DUC DE GUISE et du Cardinal DE LORRAINE à Blois. — Sur le Chant : « Écoutez-moi, ô débile Jeunesse. » 1588 [544].

CCXXI. COMPLAINTE en vers pour le DUC DE GUISE : — Le faux Mufle découvert du grand Hypocrite de la France, contenant les faits mémorables par luy exercez envers les Catoliques en ces derniers temps. 1588 [545].

CCXXII. Les REGRETS et DOLÉANCES de Madame DE JOYEUSE, sur le trépas de Monseigneur le Duc DE JOYEUSE. — Sur le Chant : « Las, ma mère, je ne puis. » 1588 [546].

CCXXIII. Jean RUYR : Élégie ou COMPLAINTE du Noyer, extraite des OEuvres d'OVIDE. — Dans ses Mélanges poétiques, imprimés en 1588, non cités par BRUNET.

CCXXIV. Chanson nouvelle sur l'assassinat de HENRI III par Jacques CLÉMENT. — Sur le Chant : « Dames d'honneur, je vous prie à mains jointes. » 1589 [547].

---

[543] Premier Recueil de toutes les Chansons nouvelles, etc. — Troyes, 1590, in-32; ouvr. cit.: fol° 47, v°; et LEROUX DE LINCY : Recueil de Chants historiques français, etc.; ouvr. cit.: 2ᵉ série (XVIᵉ siècle), pp. de 434 à 437.

[544] Voy. LEROUX DE LINCY : Recueil de Chants historiq. français, etc.; ouvr. cit.: 2ᵉ sér., pp. de 444 à 447. — On y lit la Strophe suivante :

« Pour mettre fin à ma dure COMPLAINCTE,
» A jointes mains je prie LE TOUT-PUISSANT
» Que tes sujets, d'une révolte saincte,
» Soient contre toy jour et nuit combattant,
» Pour recevoir la tribulation
» De tes grands maux et de la trahison ! »

(Recueil de Chans. en faveur de LA LIGUE, Pièce N° 2; communiquée par M. AVEINANT à M. LEROUX DE LINCY.)

[545] Recueil de l'Estoile : fol° IX; et LEROUX DE LINCY; ouvr. cit. : 2ᵉ sér., pp. de 447 à 451. — C'est une satire passionnée et virulente, dirigée contre HENRI III. Son cynisme soutenu est révoltant, et son style est souvent ordurier.

[546] Premier Recueil de toutes les Chansons nouvelles, etc.: p. 127; et LEROUX DE LINCY;

ouvr. cit. : 2ᵉ série (XVIᵉ siècle), pp. de 441 à 444. — On y lit les Couplets suivants :

« Pleurez, Dames, avecques moi,
» Pleurez ma triste Complainte,
» Pleurez la raison pourquoy,
» Hélas ! mon âme est attainte !
» . . . .
» Prions DIEU dévotement
» Et LA VIERGE très-piteuse,
» Mettre l'âme à sauvement
» Du noble DUC DE JOYEUSE. »

[547] Voy. Recueil des plus belles Chansons, etc. Lyon, 1593, in-32 : p. 9; — DESNOYERS : Bulletin de la Société de l'Hist. de France : T. I, p. 282 des Documents; — et LEROUX DE LINCY; ouvr. cit. : 2ᵉ série (XVIᵉ siècle), pp. de 471 à 473. — On aura une idée de la richesse des rimes et de la beauté de cette Poésie, par les trois citations suivantes :

« Pleurez, pleurez, fidèles Royalistes,
» Et vous aussi que l'on dit politiques,
» . . . .
» Vous, D'ESPERNON, et aussi LA VALLETTE,
» Ne pleurez-vous la mort de vostre maistre.
» . . . .
» Il fut tué par un meschant mutin,
» Jacques CLÉMENT, qui estoit jacobin. »

Claude DE TRELLON, ayant servi sous les Ducs DE LA VALETTE, DE NEMOURS, etc. :

CCXXV. *Discours en vers sur la mort de M. le Duc DE JOYEUSE* ;

CCXXVI. — *Stances sur la mort du Comte D'AUBIJOUX* ;

CCXXVII. — *L'Hermitage du sieur DE TRELLON* ;.... *avec ses REGRETS et ses LAMEN-TATIONS* (en prose et en vers). — Dans le *Cavalier parfait, où sont comprises toutes ses OEuvres divisées en quatre livres.* Lyon, P. RIGAUD, 1594, in-12.

GUY, Avocat, fils d'un Procureur au siége présidial de Tours :

CCXXVIII. *Les REGRETS de BRADAMANTE, sur l'absence de ROGER* ; imités du XLV⁰ CHANT de l'ARIOSTE ;

CCXXIX. — *Les REGRETS de ROLLAND et de la belle FLEURDELIS, sur la mort de BRANDIMART* ; imités du XLIII⁰ CHANT de ce même Poëte Italien. — Ces vers, empreints de tristesse, ont été réunis dans le Recueil de GUY de Tours, intitulé : *Mes premières OEuvres poétiques et Soupirs amoureux.* — Paris, Nic. DE LOUVAIN, 1598, pet. in-12.

CCXXX. Louis GALAUP DE CHASTEUIL, Historien, Antiquaire et Poëte : *Deux Qua-trains sur les MALHEURS DES PRISONNIERS* ; traduits en Latin par Jean ALOYSIUS [548].

CCXXXI. Jean PASSERAT : ÉLÉGIE *d'un Amant parlant à une porte* [549].

CCXXXII. François DESCALLIS : COMPLAINTE *de VULCAIN* ; suite du. Poëme de cet Auteur, intitulé : *Les Amours de Mars et de VÉNUS, ou MARS amoureux.*

François DAIX, de Marseille. Dans le Recueil de ce Poëte Provençal, imprimé en 1605, parmi les vers adressés à sa Maîtresse, on remarque les pièces suivantes :

[548] Voy. *Imitation des Psaumes de la Péni-tence, avec plusieurs autres Poésies.* — Paris, L'ANGELIER, 1597, in-4°.

[549] Cette COMPLAINTE commence et finit ainsi :

« L'humide nuict, nourrice des Amours,
» A ja parfaict la moitié de son cours;
» ....
» Je suis trompé : l'huis, ainsi que devant,
» Demeure clos ; c'estoit le bruit du vent,
» Qui avec luy ce bel espoir emporte.
» Adieu l'espoir, et au diable la Porte *. »

Dans une PLAINTE de ce Poëte malheureux, mécontent de n'avoir pas embrassé un autre genre de vie, on lit les vers suivants :

« Riche et heureux je fusse en ce siècle doré,
» Où l'or commande à tout, et seul est adoré.

* *Rec. des plus belles pièces des Poët. Franç., dep. VILLON jusqu'à BENSERADE,* cit.: T. II, pp. de 108 à 111.

»...
» En me couchant bien tard, et me levant matin,
» J'appris, sot que j'étois, du Grec et du Latin... »

Parmi les Élégies de Jean PASSERAT, il en est trois autres qui sont évidemment des *Complaintes*, quoique très-certainement non susceptibles d'être chantées. — « ÉLÉGIE II :

» Dieux qui sçavez les malades guérir,
» Venez soudain MADAME secourir... »

« ÉLÉGIE VII. SUR LA MORT D'UNE LINOTTE :

» Le cœur me disoit bien que FORTUNE cruelle
» Nous devoit envoyer quelque triste nouvelle... »

« ÉLÉGIE XI. SUR LA MORT D'UN MOINEAU :

» Demandez-vous, Amis, d'où viennent tant de larmes
» Que me voyez rouler sur ces funèbres carmes * ? »

* Le *Premier Livre des Poëmes de Jean PASSERAT.* — Paris, veufve Mamert PATISSON, 1602, in-16, feuillets 22, 27 et 31 (recto).

CCXXXIII. *Larmes funèbres de* FLORE *sur le trespas de son Amant ;*

CCXXXIV. — REGRET *sur la vanité de ses Amours et la perte du temps qu'il y avait employé.* — L'amour avait été, à peu près, la seule occupation de l'Auteur . . . . !

Philippe DESPORTES, né en 1545, mort en 1606. Dans *ses premières* OEuvres, Paris, Rob. LE MANGNIER, 1573, in-4°, plusieurs fois réimprimées depuis, nous signalerons diverses COMPLAINTES, parmi lesquelles se trouvent :

CCXXXV. *La* COMPLAINTE *de* BRADAMANT : ANGÉLIQUE : *continuation du sujet de* l'ARIOSTE, dédiée au DUC D'ANJOU, depuis Roi de France et de Pologne ;

CCXXXVI. — *Stances du Mariage.* — C'est une COMPLAINTE très-satirique contre les Femmes, dont apparemment l'Auteur avait eu beaucoup à se plaindre [520].

Jean BERTAUT, né à Càen en 1552 ; Secrétaire du cabinet de HENRI III, jusqu'à la mort de ce Prince, arrivée à Saint-Cloud, le 2 Août 1589, le lendemain de son assassinat par Jacques CLÉMENT ; mort Evêque de Séez, dans sa ville épiscopale, le 6 ou 8 Juin 1611. Parmi les vers, fruits d'une jeunesse ardente, désavoués presque plus tard, et parmi ses Poésies sérieuses, nous indiquerons les suivantes :

CCXXXVII. REGRETS *du Sieur* DE BERTAUD (sic), *qui, durant la guerre, avoit sa Maîtresse dans une ville du party contraire au Roy.* STANCES [521] ;

CCXXXVIII. — PLAINCTES *d'une Damoiselle.* (*Parnasse des plus excellents Poëtes de ce temps.* 1618. Lyon, pet. in-12 [édité par D'ESPINELLE] ; fol° 171, r°) ;

CCXXXIX. — REGRETS *d'une félicité passée.* STANCES. (*Parnasse,* etc. : fol° 177) ;

CCXL. — Long *Discours en vers sur le trespas de* RONSARD (1585) [522] ;

CCXLI. — REGRETS *ou Discours funèbre de* DAPHNIS *sur la mort de* LYSIS. — Long Poëme dans lequel, sous des noms supposés, BERTAUT introduit HENRI III DÉPLORANT la mort d'ANNE DE JOYEUSE, tué à la Bataille de Coutras, le 20 Octobre 1587 ;

CCXLII. — REGRETS *sur la mort de* HENRI III (3 Août 1589). STANCES. (*Parnasse*

---

[520] Les *Stances* de ce déterminé Misogyne commencent et finissent par les vers suivants :

« De toutes les fureurs dont nous sommes pressez,
« De tout ce que les Cieux, ardemment courroncez,
« Peuvent darder sur nous de tonnerre et d'orage,
« D'angoisseuses langueurs, de meurtre ensanglanté,
« De soucis, de travaux, de faim, de pauvreté,
« Rien n'approche en rigueur la loy du Mariage !
« . . . .
« Mais fuy de ma maison, n'approche point de moy ;

« Je hay plus que la Mort, ta rigoureuse loy,
« Aimant mieux espouser un tombeau qu'une femme*. »

[521] *Parnasse des plus excellens Poëtes de ce temps.* 1618.—Lyon, pet. in-12 : fol° 94, v°.

[522] Voy. l'Abbé GOUJET : *Bibliothèque françoise,* etc.; ouvr. cit. : T. XIV, p. 151.

* *Recueil des plus belles pièces des Poëtes Français, depuis* VILLON *jusqu'à* BENSERADE. — Paris, 1752, in-18 ; ouvr. cit. : T. II, pp. de 77 à 84.

des plus excellens Poëtes de ce temps; ouvr. cit. : fol° 285); et dans le Recueil de Poésies de l'Auteur, plusieurs fois imprimé au commencement du xvii° siècle. COMPLAINTES pathétiques sur ces tragiques événements. Les regrets et la véritable affliction de l'Auteur y sont exprimés avec beaucoup de sensibilité et de verve.

CCXLIII. Jean AUGIER : Plusieurs Pièces de vers tristes dans son Recueil, intitulé : Le TORRENT DE PLEURS funèbres, dédié à honneste et vertueuse Fille Anne AUGIER (sa sœur). — Paris, P. MERCIER, 1589, in-8°.[523]

CCXLIV. Simon PONCET, Melunois : REGRETS sur la France.... ensemble un Colloque chrestien composé par luy-mesme. — Paris, Mamert PATISSON, 1509; pet. in-8°.[524]

CCXLV. On lit (pp. 190-91) du Catalogue des Livres rares et précieux composant la Bibliothèque de feu M. GUILLAUME, de Besançon, 1850, in-8° : « 1342. Les REGRETZ, » COMPLAINTES et confusion de Jean VALETTE, dit DE NOGARET, par la grâce d'HENRY DE » VALOIS, Duc d'Espernon, grand animal (sic) de France et bourgeois d'Angolesme » sur son despartement de la Court. De nouveau mis en lumière, par un des valets du » premier tournebroche de la cuisine du commmun (sic) dudit ESPERNON. — En Ango- » lesme, par l'Avcteur, MDLXXXIX, in-8°, mar. r., fil., tr. dor. (Abich.) »

CCXLVI. Pierre MOTIN, de Bourges, est Auteur de Poésies tristes : Stances, Plaintes, Élégies, etc., parmi lesquelles nous signalerons plus particulièrement : une Ode sur la mort de Madame la Duchesse DE DEUX-PONTS; la PLAINCTE d'une Dame sur l'infidélité de son serviteur[525]; et des Méditations sur le Crucifix mourant.

CCXLVII. Gilles DURANT, sieur DE LA BERGERIE : — LAMENTATIONS sur l'Asne Ligueur, mort en 1590, pendant la tenue des États. — Pièce de vers justement regardée comme un chef-d'œuvre en son genre. « Il y règne d'un bout à l'autre, — dit l'Abbé » GOUJET[526] —, une naïveté fine, un goût d'un précurseur de VOITURE. » Elle se trouve dans les Œuvres de l'Auteur, édit. de 1594, et dans la SATYRE MÉNIPPÉE.

---

[523] Voy. Biblioth. chois. des Poët. Franç., etc. [publiée par AUGUIS] cit. : T. VI, p. 388.

[524] Ces Regrets, qui ne sont pas sans mérite, ont été l'objet d'une Notice curieuse de M. J.-Mar. GUICHARD, insérée dans le Bulletin du Bibliophile: 4° série, pp. 27 et suivantes.

Nous y joindrons la désignation de l'ÉLÉGIE commençant et finissant par ces vers :

« Je cherche un lieu désert aux mortels incognu,

» Où berger ny troupeau ne soit jamais venu.
" ....
» Honore sa dépouille inhumée en ce lieu;
» Gardes-en la mémoire, et te retire. Adieu *. »

[525] Parnasse des plus excellens Poëtes de ce temps. 1618; ouvr. cit.: fol° 127, v°.

[526] L'Abbé GOUJET : Bibliothèque françoise, etc.; ouvr. cit. T. XIV, p. 234.

* Rec. des plus belles pièces des Poëtes Franç., dep. VILLON jusq. BENSERADE, cit. : T. III, pp. de 133 à 136.

ccxlviii. Jean Prévost : *Stances sur la Passion et la Mort de Jésus-Christ.*

Jacques Davy du Perron : Complaintes, parmi lesquelles on remarque :

ccxlix. Plaintes de Pénéloppe à Ulysse, *pour sa trop longue absence.* — Traduites du Latin d'Ovide [527] ;

ccl. — Stances : *Sur les yeux de sa Maîtresse.* (Voy. *Parnasse*, etc. : fol° 93, v°) ;

ccli. — *Confession amoureuse et* Regret *d'avoir aymé une infidèle et inconstante Beauté.* (Voy. *Parnasse des plus excellens Poëtes de ce temps.* 1618 : fol° 129, r°) ;

cclii. — Regrets (de l'Auteur) *sur l'absence de deux beaux yeux,* avec le *Tombeau de* Catherine de Médicis, *Roine de France. Dédié à Madame la Marquise* de Noirmoutier (1589). (Voy. *Parnasse des plus excellens Poëtes,* etc. : fol° 283, v°) ;

ccliii. — *Poëme sur la blessure du Roy et le parricide attentat de Jean* Chastel (1594), *traité avec force et chaleur.* — Dans le Recueil de Poésies de l'Auteur.

ccliv. Scévole de Sainte-Marthe : *Chant funèbre sur la mort de Henri* Chastaigner, *Baron de Malval, fils aîné du Seigneur d'Abain et de la Rochepozay.* — Dans le Recueil poétique de l'Auteur, intitulé : *Poésie mêlée.*

Vital Daudicuier, Sieur de la Menor : Vers funèbres, tels que :

cgxlv. *Le Temple d'*Isis *sur la mort d'*Atys ;

cclvi. — Regrets de Daphné *sur le trépas de Daphnis,* avec des Complaintes et des *Stances sur le même sujet;*

cclvii. — *Le trépas d'*Apollon *pleuré par* Daphné ;

cclviii. — *Stances sur la mort de* Phylinde ; *de Madame* de Saint Proget ; — etc. ;

cclix. — *Plainte à son ami* Tircis ;

cclx. — Complainte *du decez de la Ligue,* sur le Chant : « Veuille, Seigneur, par » ta grâce. » 1590 [528].

cclxi. — *Chanson nouvelle sur la* Désolation *de la France.* — Et se chante sur le Chant : « Pauvre ville de Remolins. » 1590 [529].

---

[527] *Parnasse des plus excellens Poëtes de ce temps.* 1618 ; ouvr. cit. : fol° 95, v°.

[528] *Rec. des plus belles Chans.,* etc. : p. 47 ; — Desnoyers, *Bull. de la Société de l'Hist. de France :* T. I, p. 286 des *Documents ;* — et Leroux de Lincy ; cit. : 2ᵉ sér. : pp. 504 et suiv.

[529] *Recueil des plus belles Chansons nouvelles,* etc. ; ouvr. cit. : p. 57 ; — et Leroux de Lincy ; ouvr. cit. : 2ᵉ sér. : pp. de 512 à 514. — Cette composition est aussi pitoyable par le fond que par la forme. L'Auteur s'est rendu justice, dans son 17ᵉ et dernier Couplet, qui est peut-être le moins mauvais ; le voici :

« Celuy qu'entreprint composer
» Ceste Chanson, je vous supplie,
» Si n'est bien faicte, l'excuser,
» *Il n'entend rien à la Poésie.* »

CCLXII. Complainte *sur la mort d'*Unigenitus. — (*La morte di Lupi è la sanita delle Pecore*). Sur le Chant : « *Dies iræ, dies illa* [530]. »

CCLXIII. Complainte *sur les Misères de la France; sur le Chant : « Or voy-je bien » qu'il faut vivre en servage »* 1591 ; et autre Chanson sur le même sujet [531].

CCLXIV. *Chanson nouvelle sur les Calamitez de ce temps présent.* 1591 [532].

CCLXV. Complainte *des pauvres Catholiques de la France, et principalement de Paris, sur les cruautés et rançons qu'on leur fait éprouver, etc.* 1591 [533].

Poésies réunies des deux frères Robert et Antoine le Chevalier :

CCLXVI. Paraphrase de la Complainte *de* David *sur la mort de* Saül *et de* Jonathas;

CCLXVII. — Complainte *de là France, faisant un vif exposé des maux qui déchiraient son sein, et en particulier de l'assassinat de* Henri III.

CCLXVIII. Antoine le Chevalier : *Élégie sur la mort de Robert* le Chevalier. — Ces deux dernières pièces de vers sont énergiques et pleines de feu. . . .

CCLXIX. *La* Pauvreté *et* Lamentation *de la Ligue.* — Pièce de vers in-fol°. 1592 [534].

CCLXX. Dans le *Cabinet des plus belles Chansons nouvelles*, etc. ; — Lyon, 1592, in-18 (pp. 33 et suiv.), se trouve la Complainte *de l'Usurier* [535].

CCLXXI. André Rossant : *Le Tombeau et Éloge du* Duc de Joyeuse, *accompagné de* Plaintes *et* Regrets *de la France, et d'Anagrammes* [536].

---

[530] Cette Pièce commence et finit ainsi :

« Malheur cruel ! funeste sort !
» Molinistes, pleurez bien fort,
» Le pauvre Unigénit est mort *. »

[531] *Recueil de plusieurs belles Chansons nouvelles*, etc.; ouvr. cit. : pp. 33 et 39.

[532] *Rec. de l'*Estoile, feuil. xxvj, v°, indiq. par M. Leroux de Lincy : ouvr. cit., 2° sér., p. 598.

[533] *Rec. de l'*Estoile ; — et Leroux de Lincy : cit. : 2° sér., pp. de 535 à 538. — Elle finit ainsi :

« 12. Las ils ont fait mourir,
» Dans Paris, noble ville,
» Et de faim fait languir
» Hommes, femmes et filles,
» Encore plus de dix mille,
» Sans los pauvres enfants

* Voy. *Poésies sur la Constitution* Unigenitus, *recueillies par le Chevalier* de G..., *Officier du Régiment de Champagne.* — Villefranche, chez Philalète Belhumeur, 1724 ; 2 vol. petit in-8° fig. : T. Ier, pp. 294-296.

» Qui mouraient aux mamelles
» De mères languissants. »

[534] *Rec. de l'*Estoile : feuillet xxx (indiqué par Leroux de Lincy) ; 2° série, cit. : p. 599.

[535] « La Complainte de l'Usurier,
» Insatiable et roturier,
» Qui sera condamné à rendre
» Ce que trop il a osé prendre. »

Se chantant sur l'Air :

« *A qui me dois-je retirer,*
» *Puisque mon amy m'a laissée?* »

Elle commence par ces deux vers :

« Ne suis-je pas bien malheureux
» De m'estre adonné à l'usure ? »

Et finit par ceux-ci :

« Dieu veuille maintenir justice
» Pour rendre à chacun sa raison. »

[536] Nous ne savons si le « *Vers sur* la Mort, » *par* Thibaud de Marly, Paris 1826, in-8° », qui avaient été publiés d'abord en 1594, sous

35

CCLXXII. Gérard FRANÇOIS : *La* MALADIE *du grand corps de la France, des causes et première origine de son mal, et des remèdes pour le recouvrement de sa santé.* — Paris, Jamet METTAYER, 1595, pet. in-8°.

CCLXXIII. Rob*t* ESTIENNE, Auteur du *Thes. Ling. Lat. : Les* LARMES *de* SAINT PIERRE *et autres Vers sur la Passion,* etc. — Paris, Mamert PATISSON, 1595, pet. in-8°.

Honorat LAUGIER, Sieur DE PORCHÈRES, de l'Académie Françoise, mort en 1654 :

CCLXXIV. STANCES *sur la vie, la mort et les écrits* de son ami Jean DE SPONDE, dont il avait reçu le dernier soupir, à Bordeaux, en 1595 ; suivies d'un *Sonnet à* Madame DE SPONDE *sur la mort de son Mari ;*

CCLXXV. — *Tombeau de la Duchesse* DE BEAUFORT, *avec les Regrets de* POLÉMANDRE, c'est-à-dire HENRI IV, *sur la mort de* CALISTHÉE, *et les Regrets du Roi sur la mort de Madame la Duchesse.* 1599 [537].

CCLXXVI. DÉPLORATION *des Dames de la ville de La Fère, tenues forcément par les ennemis de la Religion Catholique.* 1596 [538].

Alphonse DE REMBERVILLER, Gentilhomme Lorrain, mort le 13 Juillet 1623 :

CCLXXVII. *Poëme sur le trespas de* Paul DE PORCELETS DE MAILLANE. 1596 ;

CCLXXVIII. — STANCES *funèbres sur le trespas de Messire* George BARON DE BOPPART, *Seigneur d'Albe, Colonel Lorrain,* tué en 1598 *au siége de Bude.*

CCLXXIX. *Chanson pour* GABRIELLE D'ESTRÉES, *composée par* HENRI IV. 1596 :

> « Charmante GABRIELLE,
> » Percé de mille dards,
> » Quand la Gloire m'appelle
> » A la suite de MARS,

[537] le nom d'HÉLYNAND, sont une *Complainte,* susceptible ou non d'être chantée; ou bien tout simplement des réflexions philosophiques en vers sur LA MORT.

[537] Voy. l'Abbé GOUJET : *Bibliothèque françoise,* etc.; ouvr. cit.: T. XVI, p. 469; et les Recueils du temps, entre autres le *Temple d'Apollon,* 1611, et le *Parnasse des plus excellens Poëtes de ce temps* [D'ESPINELLE]. Lyon, 1618; pet. in-12: ff. 312, 314 et 338.

[538] *Cabinet des plus belles Chansons,* etc.; ouvr. cit.: feuil. 69; — et LEROUX DE LINCY; ouvr. cit.: 2° sér., pp. de 591 à 574. — Cette Pièce commence par la Strophe suivante :

« 1. Sus, sus regrets, sortez de nos poitrines
» Pour discourir nos douleurs et ruines,
» Et qu'un ÉCHO, pleurant nostre soucy,
» Soit entendu par tout ce monde cy. »

On lit à la 14° Strophe :

« 14. Quand est de nous, nous n'avons autre viande
» Que la COMPLAINTE en nostre douleur grande. »

» Cruelle départie,

» Malheureux jour,

» Que ne suis-je sans vie

» Ou sans amour [539] ? »

CCLXXX. Olympe ESTIENNE, femme LIÉBAUT : *Les* MISÈRES *de la Femme mariée, où se peuvent voir les* PEINES *et* TOURMENTS *qu'elle reçoit durant sa vie,* etc. — Paris, P. MESNIER (fin du XVIᵉ siècle), pet. in-8°. — Réimprimé à Rouen en 1597, in-8°.

CCLXXXI. Jean DE BOISSIÈRES, de Montferrand en Auvergne, a consigné quelques COMPLAINTES dans les trois volumes de ses *Poésies.*

CCLXXXII. Timothée DE CHILLAC : LARMES *de la* VIERGE MARIE. — Dans ses *OEuvres.* Lyon, Thib. ANCELIN, 1599, pet. in-12. Pierre DE DEIMIER a fait quelques vers sur ces *Larmes.* Ce Poëte a fait aussi des COMPLAINTES sur GABRIELLE D'ESTRÉES [540].

Le Parnasse des plus excellens Poëtes de ce temps, 1618 ; Lyon, Barthelemy ANCELIN, pet. in-12 [dont le Collecteur et Éditeur est D'ESPINELLE], nous a fourni les indications suivantes de Pièces de vers du XVIᵉ siècle, relatives à notre sujet :

CCLXXXIII. LA VALLÉE : *Adventure amoureuse agréable ensemble et pitoyable.* — ÉLÉGIE (feuillets de 101, vᵒ, à 107, rᵒ) ;

---

[539] *Chansonnier* MAUREPAS, Manuscrit, T. 1, p. 261 ; et LEROUX DE LINCY, ouvr. cit. : 2ᵉ sér., pp. de 574 à 576. Le premier vers du second Couplet de cette tendre et célèbre Chanson est le seul premier vers des sept Couplets qui la composent, ayant neuf pieds au lieu de six. Voici ce vers d'après le texte de M. LEROUX DE LINCY :

« 2. Bel Astre, faut-il que je vous quitte ! »

Les deux mots *bel Astre,* bien placés peut-être là par le sentiment, ne devraient-ils pas être retranchés par la Poésie....? — Dans le texte de DU MERSAN *, où l'ordre des Couplets est très-différent, le vers dont il s'agit se trouve ainsi écrit :

« Bel Astre que je quitte, etc. »

* DU MERSAN : *Chansons nationales et populaires de la France,* etc.; ouvr. cit. : pp. de 100 à 102.

Cette version a le double avantage de présenter plus de force et de conserver la régularité de la COMPLAINTE amoureuse.

Du reste, d'après DU MERSAN, HENRI IV ne serait Auteur ni des paroles ni de la musique de cette Romance. L'Auteur réel de ces vers serait, très-probablement, Jean BERTAUT, qui prêtait sa plume au grand Roi. Quant à leur mélodie, quoique, dans ses *Essais sur la Musique,* GRÉTRY ait répété, d'après de fausses traditions, qu'elle était de HENRI IV, DU MERSAN la donnerait au Père DUCAURROY, Maître de Chapelle de CHARLES IX. Cet Air, primitivement composé pour un *Noël,* ne nous aurait été conservé que par les seules paroles profanes.

[540] Voy. l'Abbé GOUJET : *Bibliothèque françoise ou Histoire de la Littérature françoise,* ouvr. cit. : T. XV, p. 34.

CCLXXXIV. — D'Agoneau : Regrets d'une Dame pour la légèreté de son Serviteur qu'elle ne veut point hayr, bien qu'il ait changé (feuillet 126, v°) ;

CCLXXXV. — De la Goutte : Larmes du Sieur de la Goutte. Stances (f¹ 144, r°) ;

CCLXXXVI. — De Corselles : Plainctes faites devant un Pourtraict. Stances (feuillet 179, r°) ;

CCLXXXVII. — Maynard : Regrets d'une grande Dame sur la mort de son Serviteur. Stances. — Deux Pièces sous le même titre (feuillets 350, v°, et 351, r°) ;

CCLXXXVIII. — Montgalland : Regrets sur la mort de Messire Laurens de Galles, Chevallier Seigneur du Mestral, Viviers et Vogion, frère des Sieurs de la Buisse et du Belliers (feuillet 352, v°) ;

CCLXXXIX. — Bertelot : Cantique sur le Martyre des Innocents. Stances (f¹ 355, v°).

Le Recueil [de d'Espinelle], intitulé Le Parnasse des plus excellens Poëtes de ce temps, contient encore les Pièces de vers tristes suivantes, sans nom d'Auteurs et sans dates :

CCXC. Soupirs de Lysis esloigné de sa belle Roche. Stances. (Le Parnasse, etc.: f¹ 99) ;

CCXCI. — Des Tourments causés par l'absence. Élégie. (Ibid. : feuillet 100) ;

CCXCII. — Soupirs amoureux de Liante. Élégie. (Ibid. : feuillet 107) ;

CCXCIII. — Regrets d'un Serviteur contre sa Dame infidèle. Stances. (Ibid. : f¹ 131) ;

CCXCIV. — Stances d'Ariadne et de Thésée. (Ibid. : feuillet 133) ;

CCXCV. — Piteux Regrets accompagnés de constance. (Ibid. : feuillet 145, v°) ;

CCXCVI. — Plainte de la rigueur d'une fière Beauté. (Ibid. : feuillet 153) ;

CCXCVII. — Reproches de cruauté. Stances. (Ibid. : feuillet 154) ;

CCXCVIII. — Larmes à la Mémoire de feu Très Chrestien Roy de France et de Pologne Henry III. (Ibid. : feuillet 286, v°) ;

CCXCIX. — Regrets de Daphnis sur la mort de sa belle Astrée. (Ibid. : feuil. 306) ;

CCC. — La mort d'Astrée. (Ibid. : feuillet 306, v°) ;

CCCI. — Regrets sur la mort de Mme. la Duch. de Beaufort. Stances. (Ibid. : f¹ 311) ;

CCCII. — Regrets de Cléon, proche de sa fin tragique. Stances. (Ibid. : f¹ 316, v°) ;

CCCIII. — Regrets sur le corps de Tancrède mourant. Stances. (Ibid. : f¹ 337, v°) ;

CCCIV. — Regrets d'une Dame pour la mort de son Serviteur. (Ibid. : f¹ 340) [541].

---

[541] La Bibliographie des Recueils de Chansons, publiée par M. Leroux de Lincy à la suite de son Recueil de Chants historiques français, etc.: 2ᵉ série (XVIᵉ siècle), pp. de

XVIIᵉ SIÈCLE.

Les Pièces de vers tristes intitulées Complaintes, si abondantes, on dirait presque si communes, dans le xvᵉ siècle et surtout dans le xviᵉ, deviennent tout d'un coup infiniment moins nombreuses et presque *rares*, dans les deux siècles suivants.

601 à 646, nous indique des Pièces de Poésie qui, malgré leurs titres divers, sont autant de vraies Complaintes.

Dans les Recueils sans date :

Rec. 2 : *Chanson de la folle entreprinse des Henoyers, dessus le Chant :* « Cy congé prend » de mes belles amours ! » — Item plus autres *Chansons nouvelles des Flamands, Henoyers et Brabansons;* sur le Chant de : « A vous, » Belle, je me complains. »

Rec. 6 : . . . . *Qui la dira la douleur de mon cœur. . . . !*

Rec. 8 : . . . . *Je me repends de vous avoir aimée.* — *Au boys du deuil, à l'ombre d'ung soulcy.* — *Je m'y plains fort, amours m'ont rué sus.* — *Ne suis-je pas bien malheureux !* — *De mon triste et desplaisir.* — *Si je m'y plains, ce n'est pas sans matières.* — *Puisqu'ainsi est que je n'ay plus d'amie.*

Rec. 13 : Art. 4. — *Chanson nouvelle faicte sur la mort et trespas de* M. de Guise (assassiné par Poltrot); *sur le Chant de Noël :* « Pour » l'amour de Marie. »

« O trahison remply d'ennie. . . . »

Art. 9. — Autre *Chanson nouvelle du Nedz d'argent (Huguenot pendu à Paris);* sur le Chant de « La fille portant panier. »

« Voulez-vous ouyr Chanson. . . . »

Art. 15. — *Chanson nouvelle sur le malheur d'être Huguenot;* sur le Chant de « La » Petite beste. »

« Entre nous pauvres incensez. . . *(sic).* »

Art. 29. — *Chanson contemplative de la Mort et Passion de Nostre Seigneur J.-C.,* et se chante sur le « Chant de l'Enfant prodigue » :

« Or, escoutez mes Frères. . . »

Art. 30. — *Chanson sur la* Complainte *de* Saincte Suzanne *quand elle fut à mort condamnée;* sur le Chant : « Laissez la verde » couleur. »

« Dames qui au plaisant son. . . »

Art. 31. — *Chant de la* Complainte *de la France :*

« Laissez la gaye couleur. . . »

Art. 36. — *Les* Regrets *et* Complainte *d'vne Damoyselle sur le trespas de son Mary, tué à la prinse de Sainct-Vallery;* sur le Chant de « La Parque. »

« O Mort trop inhumaine. . . »

Art. 42. — *Chanson nouvelle de la deffaicte des Huguenotz;* sur le Chant : « Tremble, » pauvre Verdun. »

« Las ! que dit-on en France » Du Comte de Brissac ! »

Art. 43. — *Chanson nouvelle de la Bataille et deffaicte des Huguenots près Luzignan, en Poitou, sur un Chant nouveau :*

« Las ! que dit-on en France » Des bons soldatz du Roy ! »

Art. 49. — *Chant nouveau de la deffaicte et mort du* Prince de Condé :

« Noble chevalier Lossn. . . »

Cette Chanson, qui, selon M. Leroux de Lincy, est de Chr. de Bordeaux, se termine par les deux Quatrains suivants :

« L'an mil cinq ceus soixante-neuf, » Entre Coignac et Chasteauneuf,

A quelques exceptions près, non-seulement le titre de ces Pièces de vers s'y transforme en celui d'*Élégie* ou d'*Idylle*, mais encore le véritable caractère de la Complainte ne s'y trouve guère que très-notablement affaibli. N'ayant nullement la prétention d'épuiser ici la matière, nous nous contenterons d'indiquer un certain nombre de Pièces de vers tristes, constituant au fond des Complaintes, malgré leurs

» Fut porté mort sur une ânesse,
» Le grand ennemy de la Messe.

» L'an mil cinq cens soixante-neuf,
» En grève, devant l'Hostel-Neuf,
» De la ville, sans guères attendre,
» Croquet et Gastines on veit pendre. »

Art. 54. — *Chanson du Chrestien désolé;* sur le Chant : « Dout vient cela, Belle, je vous »supply, etc. »

« D'où vient cela, mon très-dolent Esprit. »

Art. 56. — *Chanson du Pénitent demandant pardon à la Majesté Divine;* sur le Chant : « Languir me fait, etc. »

« Pardonne-moi, Maiesté offensée... »

Art. 60. — *Chanson nouvelle du deuil et funèbre faict à Paris, à l'entrée du corps de* M. de Guise; sur : « Les adieux de la Royne d'Espaigne. »

« En l'honneur de la Trinité... »

Art. 63. — *Chanson nouvelle de la* Complainte *des pauvres laboureurs et gens de village;* sur le Chant : « Dames, Dames, ie »vous prie, etc. »

« Dieu tout-puissant que nul ne peult desdire... »

Art. 66. — *Les* Regrets *et* Complainte *des Catholiques de la France, sur la mort de* M. le Comte de Martigues, *Chevalier de l'Ordre du Roy et Gouverneur-général* en ces païs et Duchez de Bretaigne; sur le Chant du « Bel Adonis. »

« France réduite en vertu. »

Art. 67. — *Les* Regrets *de Madame la Comtesse* de Martigues *sur le trespas de son Mary,* sur le Chant de « La Parque. »

« Dames et Damoyselles
» Pleurez auecques moy. »

Art. 69. — *Chanson nouvelle sur la* Déploration *et* Regrets *de la Princesse* de Condé, *à l'encontre de* Gaspard de Coligny, Dandelot *et tous les Ministres.*

« Dames, Dames, je vous prie à mains jointes. »

Dans le Recueil de Chansons historiques composées en faveur de la Ligue :

Art. 1. — *Les* Regrets *et* Doléances *des Catholiques sur la mort douloureuse de Monseigneur le Duc* de Guise; sur le Chant de « La fille de Digeon. »

« France réduite en vertu. »

Art. 2. — *Chanson nouvelle;* sur le Chant : « Escoutez-moi, ô débile Ieunesse, etc. »; *sur le meurtre des* Guises.

« O cruauté ! Falloit-il que la France. »

Art. 3. — *Les* Regrets lamentables *du Clergé sur la mort violente de Monseigneur le Révérendissime Cardinal* de Guyse; sur le Chant de « Martot. »

« O Dieu ! quel grand douleur ! »

Art. 4. — *Chanson nouuelle, le Meurtre du Duc* de Guyse; *sur un Chant nouueau.*

« Ie chante icy des peruers. »

Art. 5. — *Chanson nouuelle, la Duchesse* de Guyse *déplorant la mort de son Mari;* sur le Chant : « As-tu bien peu, Père des »Dieux, forgé (sic) dans tes Gieux, etc. »

« Ie veux faire, ne pouuant mieux. »

Art. 7. — *Chanson nouuelle d'un Réformé converti, et se chante sur le Chant de* : « Som-»mières. »

« O quel mal-heur, ô quelle destinée ! »

Art. 21. — *Chanson nouuelle d'un Amant*

titres si variés [542], et appartenant au xviie et au xviiie siècle. On verra plus tard que le goût pour la véritable Complainte semble s'être ravivé dans notre siècle actuel, au moins en France.

CCCV. J. Sireulde : *Les Abuz et Superfluitez du Monde.* — Rouen (vers 1600), in-8°.

CCCVI. Alphonse de Remberviller (Voy. ci-avant N°ˢ cclxxvii et cclxxviii, p. 260) : Plaintes *de la Lorraine.* 1600 ; sur le trépas de Jean Comte de Salm, Maréchal de Lorraine, Gouverneur de Nancy ;

CCCVII. — Larmes *publiques sur le trépas de* Philippe-Emmanuel de Lorraine, *Duc de Mercœur, avec le Polémaque ou Pierre-guerrière dont ce Prince usoit, et le narré de la pompe funèbre faite à ses obsèques à Nancy.* — Pont-à-Mousson, in-4°, 1602.

César Nostradamus (César de Nostre-Dame), né à Salon en 1555, mort en 1629 :

CCCVIII. *Discours sur un horrible Verglas et grande mortalité d'Oliviers à Salon, le 6 Février* 1603 ;

CCCIX. — *Les Perles ou les* Larmes *de la Sainte* Magdelaine ; *avec quelques rimes saintes ;* Dymas, *ou le Bon Larron, et* la Marie *dolente ;* Toloze, *de l'imprimerie des* Colomiez, 1606, in-12 : — Poëme en vers héroïques, dédié à la Comtesse de Carces ;

CCCX. — *Vers* funèbres *sur la mort de* Charles du Verdier, *Escuyer de Monseigneur le Duc* de Guise, *et très-excellent joueur de Luth.* — Toloze, 1607, in-12 ;

CCCXI. — Plaintes *de la Provence sur la funeste mort d'*Henry d'Angoulème, *Grand Prieur de France ; et les Malheurs arrivés depuis icelle, jusqu'à la venue de M. le Duc* de Guise ; 1608 [543].

CCCXII. Varin : *Les* Espines *du Mariage.* — Paris, 1604, in-8°.

---

se complaignant *de sa Mie, sur vn Chant nouueau :*
  « Rozette, *pour vn peu d'absence.* »
  Dans les Recueils de Chansons avec date :
  Art. 4. — *Recueil..... de Chansons..... de ceulx qui sont dans la* Déploration de Vénus. — Lyon, 1555, in-16. Bibl. R., N° Y, 6082.
  Art. 5. — *Recueil.... avec la* Déploration de Vénus. — Lyon, par Jean d'Ogerolles, 1559, in-16. Fait partie du Cabinet de M. Jérôme Pichon.

[542] Les *Ballate,* c'est-à-dire *Ballades,* que déjà vers le xiie siècle *on chantait en dansant* dans la Toscane, prirent bientôt, malgré leur nom et leur usage primitif, le caractère de la Complainte, puisqu'elles étaient souvent alors : « *des* Plaintes *sur les peines amoureuses* [*]. »

[543] Voy. le Recueil de ses Poésies, Toulouse, 1606-1608, 2 vol. in-12 ; et l'Abbé Goujet : *Biblioth. françoise,* etc. ; ouvr. cit. : T. XV, pp. 217, 218 et 246.

[*] [De la Borde] : *Essai sur la Musique ancienne et moderne ;* ouvr. cit. : T. III, p. 251.

CCCXIII. François Maynard, Président à Aurillac, né à Toulouse en 1578, mort en 1646, âgé de 68 ans. — Cléon, *A la mort de sa Fille* [544].

CCCXIV. Jean du Nesme, de Pontoise, près Paris : *Paraphrase des Lamentations de Jérémie* ; *des Sept Psaumes de la Pénitence*, et du *Stabat Mater*. — Dans le *second Recueil* de ses Poésies, intitulé : *La Rédemption du Monde* ; 1606 [545].

CCCXV. Hiérosme de Bénèvent, *Conseiller du Roy et Thrésorier Général de France en la Généralité de Berry*: *Sur le déceds de* François de Bénèvent, *son père, aussi Conseiller*, etc. — Paris, Claude Morel, 1608.

Adrien de la Morlière, Prêtre et Chanoine de l'Eglise d'Amiens :

CCCXVI. Soupirs *et* Mort de Daphné, *pour l'absence du Roy Très-Chrestien* Henry-le-Grand, etc. ; 1610, in-4° ; treize Sonnets qui sont autant de Complaintes ;

CCCXVII. — Complainte *de* Daphné ; autre Sonnet. — Dans l'*Histoire de la ville d'Amiens*, in-4°, par cet Auteur; et dans l'édition de 1642, in-fol°, de ses Poésies.

CCCXVIII. Guillaume-Bernard de Nerveze (Secrétaire de la Chambre du Roi Henri IV): *Le Songe de* Lucidor, *ou Regrets sur la mort de* Théophile.—1610, in-12.

CCCXIX. Louis de Chabans, Sieur du Maine : *Vers lugubres* réunis par l'Auteur à plusieurs autres *Poésies lugubres et spirituelles* qu'il avait composées. Paris, Touss. du Bray, 1611, in-8°. — Ce Poëte nomme *Vers lugubres* ceux où il pleure la maladie ou la mort non-seulement de Henri IV, mais encore de la Duchesse de Deux-Ponts, de Mademoiselle de Rohan, sa sœur [546], etc., etc.

CCCXX. Isaac de la Grange : Lamentation *sur la mort de* Henri-le-Grand : *à l'imitation paraphrastique de la Monodie Grecque et Latine de* Frédéric Morel, *Interprète du Roi*. Paris, Libert, 1610, in-8°. — Pièce de vers qui, selon l'Abbé Goujet [547], n'est point inférieure à celles que du Peyrat s'était donné la peine de réunir [548].

Nous rattacherons naturellement aux Complaintes du commencement du XVIIe

---

[544] *Recueil des plus belles pièces des Poëtes Français, depuis* Villon *jusques à* Benserade; ouvr. cit. : T. III, pp. de 6 à 8. En voici le dernier quatrain :

« Dans les horreurs d'une forest secrète
» Le pauvre père entretient son ennuy.
» O ! qu'il voudroit que celle qu'il regrette
» Y fut errante et se monstrast à luy ! »

[545] Voy. l'Abbé Goujet : *Bibliothèque françoise ou Histoire de la Littérature françoise* ; ouvr. cit. : T. XV, p. 40.

[546] Voy. l'Abbé Goujet : *Bibliothèque françoise*, etc.; ouvr. cit. : T. XV, p. 68.

[547] Voy. l'Abbé Goujet : *Bibliothèque françoise*, etc.; ouvr. cit. : T. XV, p. 67.

[548] Voy. G. du Peyrat, Aumosnier servant du Roi: *Rec. de div. Poés. sur le tresp. de* Henri-le-Grand, etc. Paris, Rob. Estienne, 1611, in-4°.

siècle les *Stances* faites par une Poétesse remarquable, Anne de Rohan, *sur la mort de* Henri IV. Ces vers, dignes d'éloge, commencent et finissent ainsi qu'il suit :

> « Regrettons, soupirons, cette sage prudence,
> » Cette extrême bonté, cette rare vaillance....;
> » ....
> » Que rien n'arrête au moins le cours de nos regrets,
> » Ou vivons pour le plaindre, ou mourons pour le suivre. »

Guillaume du Peyrat, né à Lyon, d'une famille noble, mort en 1645 :

CCCXXI. Regrets *de* Bradamante *et de* Roger, tirés de l'Orlando *furioso* de l'Arioste ;

CCCXXII. — *Recueil de Poésies composées à l'occasion de la mort funeste d'*Henri IV.

Honorat Laugier, Sieur de Porchères, déjà cité à la fin du xvi⁰ siècle (voy. N⁰ˢ cclxxiv et cclxxv, p. 260), a fait encore, dans ce xvi⁰ siècle (sans dates), ou dans le xvii⁰ siècle, les Pièces suivantes, que nous signalerons à nos Lecteurs :

CCCXXIII. Regrets *sur un Départ.* (Voy. *Le Parnasse*, etc., cit. : feuillet 87, v⁰);

CCCXXIV. — Regrets *de se voir esloigné de sa Dame.* (*Ibid.* : feuillet 88) ;

CCCXXV. — Regrets *d'avoir perdu la présence de sa Dame sans luy dire adieu.* (*Ibid.* : feuillet 89, v⁰) ;

CCCXXVI. — *Plainctes de l'Absence.* Stances. (*Ibid.* : feuillet 90) ;

CCCXXVII. — *Prosopopée de* Mars *infortuné se voyant au dernier période de sa vie.* Stances au nombre de dix-huit, sur la mort du Maréchal Charles de Goutault, Duc de Biron, qui, ayant conspiré contre Henri IV, eut la tête tranchée en 1602.

CCCXXVIII. F. Malherbe, cité au xvi⁰ siècle (*Imit.* du Tansillo, N⁰ ccxviii, p. 253): *Stances sur la mort de* Henri-le-Grand, *au nom de M. le Duc* de Bellegarde [549].

Estienne Molinier, Avocat, Docteur en Droit civil et en Droit canon, Poëte et Prédicateur fort distingué de la première moitié du xvii⁰ siècle :

CCCXXIX. Regrets *funèbres sur la mort de* Henri IV. — Dans le *Recueil* de Guillaume du Peyrat (imprimé en 1611, in-4⁰ : feuillets 109 et suivants) ;

CCCXXX. — Complainte, *en forme de Chanson spirituelle, sur les* Misères *du temps et les* Fléaux *de* Dieu. — Dans les *OEuvres mêlées* de l'Auteur (imprimées après sa mort, en 1651).

Ét. Molinier fut l'Orateur choisi pour haranguer au Sacre de Louis XIII, le 10 Octobre 1610. Il prêcha à Paris, avec le plus brillant succès, en 1618 et 1619,

---

[549] *Poésies de* Malherbe, etc. — Paris,   J. Barbou, 1776; petit in-8⁰ : pp. 162-64.

et y prononça un Panégyrique de Saint-Louis, très-remarquable, accueilli avec la plus grande distinction par Louis XIII. Le Père Arnoux, Jésuite, autre Prédicateur de beaucoup de talent, fit un grand éloge de ce *Panégyrique* d'Ét. Molinier, dans un beau Sermon prêché, le jour de Saint-Louis même, en présence du Roi de France [550].

CCCXXXI. Jacques le Fèvre, Compositeur de la Chambre de Louis XIII (1613):

« Las ! il n'a nul mal qui n'a le mal d'amour ! [551] »

CCCXXXII. Mathurin Régnier, né à Chartres le 21 Décembre 1573, mort à Rouen le 22 Octobre 1613, est Auteur de Cinq Élégies et de *Stances* sous le titre de Plainte [552], qui sont de vraies Complaintes.

CCCXXXIII. N. de Rayssiguier : Vers imprimés en 1631, dans lesquels ce Poëte déplore la perte de son ancien Protecteur Henri I, Seigneur de Damville, Duc de Montmorency, mort le 2 Avril 1614 [553].

François de Cauvigny, Sieur de Colomby, mort en 1648, âgé de 60 ans :

CCCXXXIV. Plainte *de la belle* Caliston *au grand* Aristarque *durant sa captivité*, Poëme d'environ trois cents vers, imprimé en 1616. — L'Abbé Goujet [554] trouverait

[550] Voy. l'Abbé Goujet : *Bibliothèque françoise,* etc. ; ouvr. cit. : T. XVI, p. 130.

[551] [De la Borde] : *Essai sur la Musique anc. et mod.* ; ouvr. cit. : T. II *(ad calcem),* Musique, p. 28. — Tous les vers de cette Complainte amoureuse sont de *onze syllabes.*

[552] Voy. *Satyres et autres œuvr. de* Régnier, *accompagnées de remarques historiques* [de Claude Brossette]. *Nouvelle édit. considérablement augmentée* [par Lenglet du Fresnoy]. — Londres, Jac. Tonson, 1733 ; gr. in-4°, texte à cadre rouge, avec fig. de Natoire et Bouché : pp. de 261 à 296.

Nous y avons remarqué plus particulièrement les vers suivants :

ÉLÉGIE I.

« Et poussé des ennuis dont mon âme est atteinte,
« Par force je vous fais cette piteuse Plainte,
« Qu'encore ne rendrois-je en ses derniers efforts
« Si mon dernier soûpir ne la jettoit dehors.
. . . .
« Mes vers brûlants d'amour ne résonnent que Plaintes. »

ÉLÉGIE II.
[Plaintes et repentir d'un amant jaloux] :
« Ma bouche incessamment aux Plaintes est ouverte !
. . . .
« Heureux ! si par la mort j'en puis faire la fin ;
« Et si je puis, mourant en cette frénésie,
« Voir mourir mon amour avecq' ma jalousie ! »

ÉLÉGIE V.
« A vous seule, en pleurant, j'adresse ma Complainte. »

Au commencement du XVI° siècle vivait un Poëte de ce nom, auteur d'une Complainte : Jean Régnier Sieur de Garchy.— Prisonnier de guerre à Beauvais pendant dix-huit mois, il ne trouva pas de meilleur moyen de tuer le temps que celui de faire une Complainte dont il était le sujet : il mit en vers l'histoire de ses infortunes. (Voy. son Recueil de Poésies intitulé : *Fortunes et Adversités.*—Paris, 1526, in-8°.)

[553] Voy. l'Abbé Goujet : *Bibliothèque françoise,* etc. ; ouvr. cit. : T. XV, p. 374.

[554] Voy. l'Abbé Goujet : *Bibliothèque françoise,* etc. ; ouvr. cit. : T. XVI, p. 107.

que Malherbe aurait été trop sévère envers Colomby, en disant : « *qu'il avait bon* » *esprit, mais qu'il n'avait point le génie à la Poésie »* ;

cccxxxv. — Plainte *de Madame* de Rohan *sur la mort de Madame la Duchesse* de Deux-Ponts, *sa fille*, arrivée le 2 Mai 1607, après avoir été mariée le 28 Août 1604, avec Jean II, Duc de Bavière et de Deux-Ponts. — Dans les *Délices de la Poésie Françoise*, Touss. du Bray, 1620, in-8°.

cccxxxvi. Timothée le Mercier, Sieur de la Hérodière : Deuil *sur la mort de* Henri-le-Grand, etc. Sédan, Jean Jannon, 1616, in-8°. — Ce Poëme, de plus de deux mille vers, n'est qu'une Complainte dont l'énorme longueur n'est pas le seul grand défaut : manquant de goût, elle est d'un mauvais style et fort ennuyeuse [555].

cccxxxvii. P. Colas : Larmes *d'*Aronthe *sur l'infidélité de* Clorigène. Lyon, Jean Lautrec, 1620, in-12. — Récit pastoral poétique, divisé en *Cinq Journées*, toutes sur le même ton larmoyant [556].

cccxxxviii. Guillaume Colletet, l'un des Quarante de l'Académie Française, né en 1598, à Paris, où il mourut en 1659, ne laissant pas de quoi se faire enterrer :

cccxxxix. Désespoirs *amoureux* [557], *avec quelques Lettres amoureuses* (au nombre de 20) et Poésies (sous le titre de *Vers amoureux*). — Paris, G. Alliot, 1622, in-12 ;

cccxl. — *Scévole, Chant pastoral sur la mort de* (Scévole) de Sainte-Marthe, *excellent Poëte Latin et François*. 1623, in-4°. — Dans Sammarthani *pater et filius* (Scævola et Abelius) *Opera Latina et Gallica*, etc. ; Paris, 1633, in-4° ; et dans le *Tumulus* Sc. Sammarthani, 1630, in-4°, p. 97 ;

cccxli. — *Vers funèbres sur la mort de M.* de Magalotti, *Général de l'Armée du Roi en Lorraine, tué d'un coup de mousquet au siége de la Motthe*. — Paris, Camusat et le Petit, 1645, in-4°.

cccxlii. Claude Expilly : *Amours de* Chloride. — Ce Poëte réunit sous ce titre, en 1624, une multitude de Pièces de vers tendres, des *Sonnets*, des *Élégies*, des *Chansons* et des Plaintes, composées pendant tout le temps qu'il fut attaché à Méraude de Baro, qui ne répondit pas un seul instant à ses amoureux désirs [558].

---

[555] Voy. l'Abbé Goujet : *Bibliothèque fran- çoise ou Histoire de la Littérature françoise* ; ouvr. cit. : T. XV, p. 92.

[556] Voy. l'Abbé Goujet : *Bibliothèque fran- çoise*, etc. ; ouvr. cit. : T. XV, p. 103.

[557] Fort loués, aussitôt qu'ils parurent, par le Poëte Nicolas Frénicle. (Voy. l'Abbé Goujet : *Biblioth. franç.* ; ouvr. cit. : T. XVII, p. 27.)

[558] Voy. l'Abbé Goujet : *Bibliothèque fran- çoise*, etc. ; ouvr. cit. : T. XV, p. 389.

CCCXLIII. Henri Humbert : *Les Ténèbres.* 1624. — Le titre de ces Vers tristes est une allusion à la cécité dont ce Poëte recommandable avait été frappé. « Les Ténèbres » sont des Paraphrases : des endroits qui le touchaient le plus, dans les Lamentations » de Jérémie ; du récit de la *Chute de Saint Pierre* ; de la *Recommandation* que » le Sauveur, mourant, fit de la Sainte-Vierge à Saint Jean ; du *Psaume XXVII* et » de la Prose Stabat Mater. Ces Paraphrases sont suivies d'une Lamentation, pleine » de piété et bien versifiée, où l'Auteur fait un récit, mais sans spécifier aucun » fait, des accidents qu'il avait éprouvés.... [559] »

CCCXLIV. Charles Nicolas, Avocat à Toul : *Le Théâtre de la Peste, où sont décrites en vers les Misères que cette Furie a fait ressentir à la ville de Toul.* — Toul, 1630, in-12.

CCCXLV. François Tristan l'Hermite, Gentilhomme de Monsieur, Gaston Duc d'Orléans, frère de Louis XIII : Misère *de l'Homme du monde.* Sonnet [560].

CCCXLVI. Bernier de la Brousse : Stances *sur la mort de Scévole de Sainte Marthe,* arrivée en 1623. — Dans le *Scævolæ* Sammarthani *Tumulus*, 1630, in-4°, p. 120, où elles se trouvent avec des Poésies Françaises analogues et de divers Auteurs, sur la mort du même Savant.

CCCXLVII. Nicolas Frénicle, Conseiller du Roi et son Général en la Cour des Monnoyes : Jésus *crucifié* ; Paris, Jean Camusat, 1636, in-12. — La Passion du Sauveur du Monde fait le sujet de ce Poëme, souvent interrompu par des réflexions du Poëte et par des fictions, qui ne sont pas étrangères à l'objet principal [561].

CCCXLVIII. Philippe Habert, Commissaire d'Artillerie, tué en 1637, à l'âge de 32 ans, devant le Château d'Émery, en Haynaut, par les ruines d'une muraille que fit tomber sur lui l'explosion accidentelle d'un baril de poudre, due à une imprudence : *Le Temple de* la Mort. Paris, 1637, in-8°. — Ce Poëme, regardé comme une des plus belles pièces de la Poésie Française de son temps, selon Pellisson lui-même [562], a pour sujet la mort, arrivée en 1633, de la première femme de

---

[559] Voy. l'Abbé Goujet : *Bibliothèque françoise*, etc. ; ouvr. cit. : T. XV, p. 144.

[560] Il commence et finit ainsi :

« Venir à la clarté sans force et sans adresse ;
» Et n'ayant fait long-temps que dormir et manger.
» ....
» C'est l'heureux sort de l'homme. O misérable sort !
» Tous ces attachements sont-ils considérables

» Pour aimer tant la vie et craindre tant la mort ? » »

[561] Voy. l'Abbé Goujet : *Bibliothèque françoise*, etc. ; ouvr. cit. : T. XVII, p. 34.

[562] Paul Pellisson : *Relation historique de l'Acad. Franç.* — Paris, 1653 ; in-12, p. 255.

* *Recueil des plus belles Pièces des Poëtes François*, etc. ; cit. : T. XIV, p. 90.

M. DE LA MEILLERAYE, Marie RUZÉ, fille d'Antoine Marquis D'EFFIAT, Maréchal de France. Cette belle œuvre poétique, d'environ trois cents vers, a reçu de justes éloges successivement du Père MAMBRUN, Jésuite ; de Gabriel GUÉRET, de PELLISSON et de la plupart des Critiques et Hommes de Lettres distingués qui ont eu occasion d'en parler, comme on peut le voir dans les *Jugements des Savants*, de BAILLET [563].

CCCXLIX. Germain HABERT DE CERISY (l'Abbé), *un des plus beaux esprits de son temps*, selon Gilles MÉNAGE : *La Chanson de l'Amant qui meurt* (vers 1640), faussement attribuée par DE BALZAC à Madame DESLOGES, et ayant pour refrain :

> « Ah ! c'en est fait ! je cède à la rigueur du sort.
> » Je vais mourir ; je me meurs ; je suis mort. »

CCCL. Bernard DE LA MONNOYE, né à Dijon le 15 Juin 1641, mort à Paris le 15 Octobre 1728 : STANCES pleines de sentiment sur la mort de son Épouse [564].

CCCLI. N. BIGRES : JÉSUS *mourant.* — 1644, in-4°.

CCCLII. George DE SCUDÉRY, frère de Madeleine DE SCUDÉRY, Gouverneur de Notre-Dame de la Garde, en Provence, et puis Membre de l'Académie Française, mort à Paris en 1667, âgé de 66 ans : REGRETS *sur la mort glorieuse de M.* Tancrède DE ROHAN, *à Madame DE ROHAN, sa sœur.* — Paris, MUSNIER, 1649, in-4°.

CCCLIII. [Jean DUVAL], Prêtre, Chapelain du Collége de SÉEZ, à Paris : SOUPIRS *François de la Paix Italienne;* Paris, 1649, in-4° de 8 pag. — C'est la paix réputée peu sincère et peu durable, faite par le Cardinal MAZARIN, et dont les articles furent arrêtés à Ruel, le 11 Mars de la même année.

CCCLIV. Jean DESMARETS, Sieur DE SAINT-SORLIN, de Paris, Contrôleur-général de l'Extraordinaire des Guerres, Membre de l'Académie Française, etc. : COMPLAINTE sous forme de STANCES, commençant et finissant par ces deux vers :

> « Tristes et malheureuses nuits !
> » . . . .
> » Que ne ramènes-tu l'objet de mon amour ? [565] »

---

[563] Adr. BAILLET : *Jugem. des Sav. sur les princip. ouvr. des Auteurs.* — Paris, 1722; gr. in-4°, portr.: T. V, p. 152. — On trouve ce *Temple de* LA MORT dans le *Rec. des plus bell. pièc.*, etc.; ouv. cit.: T. IV, pp. de 289 à 299.

[564] Voy. [DE LA BORDE] : *Essai sur la Musiq. ancienne et moderne ;* ouvr. cit.: T. IV, pp. 260-261. On y remarque les vers suivants :

> « Chère Épouse, tu n'es donc plus !
> » Je te rappelle en vain, mes cris sont superflus !
> » . . . .
> » Dix lustres avec toi m'ont paru dix moments,
> » Et dix moments sans toi me paroissent dix lustres ! »

[565] *Recueil des plus belles pièces des Poëtes François*, etc.; ouvr. cit.: T. IV, pp. 151-52.

CCCLV. Jacques Jacques, Chanoine créé de l'Église Métropolitaine d'Ambrun (*sic*) : Le faut mourir, *et les excuses que l'on apporte à cette nécessité.* Lyon, Michel Duhan, 1657, in-12, en 2 parties. — L'Auteur de ces vers burlesques fait parler la Mort à tous les états, depuis celui de Roi et de Pape, jusqu'à celui de Mendiant, pour flétrir leurs abus, comme dans certaines *Danses Macabres.* « Je te débite ma » pensée, — dit-il en s'adressant à son Lecteur —, telle que je l'ai dans le cœur, sans » fard, sans affectation ni dissimulation , puisque *je ne suis* double *que de* nom. »

Ch. Cotin (l'Abbé), durement satirisé par Despréaux ; mort en 1682, à 78 ans :

CCCLVI. Poëme de *La Magdelène au Sépulchre de* Jésus-Christ ;

CCCLVII. — *Imitation des* Lamentations *de* Jérémie (vers 1657).

Bouillon, attaché à la Maison de Gaston de France, Duc d'Orléans, en 1652 :

CCCLVIII. Mort *de* Daphnis, *Églogue à l'imitation de* Théocrite ;

CCCLIX. — *Stances sur la mort de M. le Marquis* de Maulevrier *et sur celle de M.* de Verderonne (vers 1658).

CCCLX. Valentin Conrart, Conseiller-Secrétaire du Roi : *Ballade de la* Misère des Goutteux, en réponse à la *Ballade du Goutteux sans pareil,* que Sarasin lui avait adressée. — 1658, in-12.

Ch. Coypeau d'Assoucy, Poëte satirique, né à Paris vers 1604, mort en 1679 :

CCCLXI. Lugubre Chanson *pour ses adieux* (à Turin), qui fit rire ses ennemis mêmes (vers 1658). — L'Auteur imprudent, maladroit et trop caustique, fut forcé de quitter cette ville après avoir fait *des Vers contre plusieurs Poëtes* dont il estimait peu le talent, *des Airs contre des Musiciens de quelque mérite,* et *des Pièces contre les Médecins ;*

CCCLXII. — Plainte à la France (vers 1671). — L'Auteur a composé cette Pièce de vers étant alors dans un cachot à la Bastille. Il la publia avec l'*Histoire de sa Prison,* aussitôt qu'il eut été mis en liberté. (Voy. ci-après les *Complaintes* burlesques.) Ce Poëte Musicien fut emprisonné à Montpellier pour avoir mal parlé de plusieurs Dames considérables de cette ville. Boileau ayant dit de lui dans l'*Art Poétique* :

« Et jusqu'à d'Assoucy, tout trouva des Lecteurs »,

il fut, — dit-on —, très-sensible, à ce trait de satire, et s'écria douloureusement : « Qu'on vouloit fair déchoir de ses honneurs Charles d'Assoucy, Empereur du Bur- »lesque, Premier du nom ! »

CCCLXIII. N*** : *Les* PLAINTES *de l'*EUROPE. — *Poëme* commençant ainsi :

« Douce et charmante PAIX , si long-temps exilée ,
» Quand viendras-tu calmer l'EUROPE désolée !... [566] »

CCCLXIV. Isaac DE BENSERADE , né en Normandie , en 1613, « mourut (à Paris) âgé
» de soixante et dix-huit ans , le 20 Octobre 1691, d'une *saignée de précaution* pour
» se faire tailler , qui lui coûta la vie , parce que le Chirurgien lui coupa l'ar-
» tère [567] » : PLAINTES *d'un Amant à sa Maîtresse.* STANCES [568].

Antoine GODEAU , Évêque de Grasse et de Vence , né en 1605, mort en 1672 :
CCCLXV. *Les* LARMES *de Saint* JEAN ;

CCCLXVI. — *Les* LARMES *de Sainte* MAGDELÈNE. — Dans le 1er vol. de ses *Poésies
Chrestiennes ;* nouv. édit. Paris, Pierre PETIT, 1660, in-12.

CCCLXVII. Pierre DE LALANE , Homme de Lettres , Auteur de trois SONNETS *sur la
mort d'*AMARANTE, c'est-à-dire de sa Femme *venant d'expirer* ; d'une ÉLÉGIE et de
STANCES ayant pour sujet *La mort désespérée de* CLÉONTE ; et (vers 1661) d'un SONNET
relatif à la mort récente de sa Femme , intitulé : DAPHNIS *mourant*, c'est-à-dire lui-
même à ses Amis, SONNET finissant ainsi :

« Tous vos conseils en vain me veulent secourir ;
» S'ils n'ont pas le pouvoir de la faire revivre,
» Ils ne peuvent aussi m'empêcher de mourir, »

CCCLXVIII. Jean DE LA FONTAINE , né à Château-Thierry le 8 Juillet 1621, mort
à Paris en 1695. On trouve , dans ses *OEuvres*, six ÉLÉGIES [569] tristes et la BAL-
LADE XII [570], qui se rapportent à la COMPLAINTE ; mais de ces sept Pièces de Poésie ,

---

[566] Voy. *Bibliothèque poétique ou Choix des
plus belles pièces de vers en tout genre, depuis*
MAROT *jusqu'à nos jours* [par LE FORT-DE-LA-
MORINIÈRE, avec les Vies des Poëtes par GOUJET].
Paris, 1745; 4 vol. in-4° : T. III, pp. de 347 à 350.
[567] *Recueil des plus belles pièces des Poëtes
Franç.*, etc. ; ouvr. cit. : T. VI, pp. 109 à 110.
[568] *Ibid. :* T. VI, pp. de 169 à 171. — Elles
commencent et finissent ainsi :

« Lisez-les devant mon Rival ,
» Ces vers où je me plains de l'humeur dont vous êtes ;
» ....
» Encore que je sois un Amant outragé,
» Je désire être un faux Prophète. »

[569] *OEuvres complètes de* LA FONTAINE , *avec
des notes de tous les Commentateurs , et des
Notices historiques en tête de chaque ouvrage.*
— Paris, P. DUPONT, 1826; 6 vol. gr. in-8°
portr. : T. V, pp. de 381 à 404.
[570] *OEuvr.* complètes cit. : T. VI, pp. 133-
35. BALLADE XII. *Sur le Mal d'amour*, commençant par ces deux vers :

« De tant de maux qui traversent la vie,
» Lequel de tous donne plus d'embarras ? »

ayant pour refrain de ses quatre Strophes et
de son ENVOI :

« Le mal d'amour est le plus rigoureux ! »

l'Élégie, sur la disgrâce de son protecteur Fouquet, est la seule qui soit véritablement à la hauteur de la réputation de LA FONTAINE. La vivacité et la force du sentiment des Poëtes sont ordinairement les plus justes mesures du mérite de leur composition. Les ÉLÉGIES dont il s'agit ici justifient ce que le malheureux André CHÉNIER devait dire plus tard dans ce beau vers :

« L'Art ne fait que des vers ; le cœur seul est poëte [571]. »

Le cœur de LA FONTAINE a évidemment moins senti l'Amour que la Reconnaissance. Amant très-tempéré, distrait, inconstant et volage, il semblerait n'avoir guère aimé que comme il a été très-probablement aimé lui-même. Les cinq dernières ÉLÉGIES du célèbre Conteur et Fabuliste sont faibles, manquent de chaleur et de tendresse, parce que son prétendu amour était une illusion plutôt qu'une vérité. L'ÉLÉGIE I, sur le célèbre et malheureux Surintendant des Finances du GRAND ROI, est un chef-d'œuvre de Poésie, de Sentiment et d'Éloquence, où l'on trouve des vers heureux que la vive affection de l'Auteur a su élever jusqu'au vrai Sublime [572].

La BALLADE XII, *sur le Mal d'amour*, est bien aussi une COMPLAINTE, mais son mérite est de beaucoup inférieur à l'ÉLÉGIE I relative à FOUQUET.

Les Poétesses DE LA SUZE et DESHOULIÈRES ont assez bien réussi dans le genre d'ÉLÉGIE TRISTE se rapportant à la COMPLAINTE. On sait que pendant long-temps les Anglais n'ont presque exclusivement possédé, dans ce genre, que quelques pièces fugitives de MILTON.

CCCLXIX. Henriette DE COLIGNY, Comtesse DE LA SUZE [573], morte à Paris en 1663 : ÉLÉGIE. *Déplorable situation d'un Cœur qui n'a pas su réprimer, dans sa naissance, une passion, dont les suites sont également préjudiciables au repos et à la vertu* [574].

---

[571] *Poésies de André* CHÉNIER, *précédées d'une Notice* par M. H. DE LATOUCHE. — Paris, CHARPENTIER, 1851, in-12, p. 110.

[572] On remarque dans cette Élégie les beaux vers suivants :

« Du magnanime HENRI qu'il contemple la vie ;
» Dès qu'il put se venger il en perdit l'envie.
» Inspirez à LOUIS cette même douceur :
» La plus belle victoire est de vaincre son cœur.
» . . . .
» Et c'est être innocent que d'être malheureux ! »

[573] Son premier mari, le Comte D'HADINCHTON, Écossais, étant devenu jaloux à l'excès, notre Poétesse se fit Catholique pour ne plus dépendre de lui : ce qui fit dire à la Reine CHRISTINE, *qu'elle avait changé de Religion pour ne voir son Mari ni dans ce monde ni dans l'autre.*

[574] Voy. *Bibliothèque poétique ou Choix des plus belles pièces de vers en tout genre*, etc. ; ouvr. cit. : T. II, pp. de 106 à 110.

(275)

CCCLXX. RACAN, mort en 1670 : *Plaintes d'un Amant*, commençant ainsi :

« Verrai-je donc toujours mon espérance vaine [575] ? »

CCCLXXI. L'Abbé N. ESPRIT : PLAINTE de MADAME *sur le départ de* MONSIEUR *pour la Guerre de Hollande*. 1672, in-4°. — Cinquième pièce du *Recueil de ce qui s'est passé de plus considérable, par des meilleurs Esprits de ce temps, sur les Conquêtes du Roi en Hollande;* in-4° (S. D., mais imprimé en 1673).

CCCLXXII. Laurent DRELINCOURT : Trois *Sonnets sur la mort d'une Fille unique :* 27, 28 et 29 du IV° Livre de ses *Sonnets Chrétiens sur divers sujets, divisés en IV Livres*. 1677. — Ces Pièces de Poésie, faites avec talent et sensibilité, annoncent un Père tendre, compatissant, et en même temps très-résigné à la volonté de DIEU [576].

CCCLXXIII. Étienne PAVILLON, né en 1632, à Paris, où il est mort en 1705, âgé de 73 ans : STANCES *d'une* MAÎTRESSE *à son* AMANT *qui partoit pour la Guerre* [577].

L'Abbé Michel DE MAROLLES, mort à Paris en 1681, âgé de 81 ans :

CCCLXXIV. *La* JÉRUSALEM DÉSOLÉE, ou *Méditation sur les Leçons de Ténèbres*, etc. — Paris, Franç. TARGA, 1636, in-4°;

CCCLXXV. — Traduction en vers français des LAMENTATIONS de JÉRÉMIE, *avec des Remarques*. Paris, 1678, in-4°.

CCCLXXVI. Antoinette DU LIGIER DE LA GARDE-DESHOULIÈRES a fait quelques heureuses *Stances* qui se rapportent directement à notre sujet, quoiqu'elles n'en aient pas le titre. Outre son Chef-d'œuvre : « *Dans ces prés fleuris*, etc. », nous citerons encore, comme COMPLAINTE, les STANCES commençant et finissant ainsi qu'il suit :

> « Agréables transports qu'un tendre AMOUR inspire,
> » Désirs impatients, qu'estes-vous devenus?
> » . . . .
> » Je ne veux plus l'aimer, ah! discours téméraire !

[575] Voy. *Bibliothèque poétique ou Choix des plus belles pièces de vers en tout genre*, etc.; ouvr. cit. : T. II, pp. de 39 à 41.

[576] Voy. l'Abbé GOUJET : *Bibliothèque françoise ou Histoire de la Littérature françoise;* ouvr. cit. : T. XVIII, p. 86.

[577] Voy. *Œuvres* d'Etienne PAVILLON, *de l'Académie Françoise*, etc. Amsterd., 1751; pet. in-12 : T. II, p. 58. — On y lit la Strophe suivante :

> « L'AMOUR vous le demande, il est bon de se rendre
> » A qui brûle tout de ses feux;
> » Et ce qu'ont fait CÉSAR, ANNIBAL, ALEXANDRE,
> » Vous le pouvez faire comme eux. »

37

» Voudrais-je éteindre un feu qui fait tout mon bonheur ?

» Amour , redonnez-luy le dessein de me plaire ;

» Mais quoy que l'Ingrat puisse faire,

» Ne sortez jamais de mon cœur [578] ! »

CCCLXXVII. Antoinette-Thérèse DE LA FON DE BOISGUÉRIN-DESHOULIÈRES , fille de la précédente : « *Quel sort au mien est comparable* [579]? etc. » STANCES. — Elles furent composées à l'occasion de la mort d'un jeune Officier, plein de mérite, qu'elle aimait tendrement et qu'elle était sur le point d'épouser, lorsqu'il fut tué à l'Armée.

XVIII⁰ SIÈCLE.

CCCLXXVIII. Guillaume-Amfryc DE CHAULIEU , né en 1639, au Château de Fontenay dans le Vexin Normand , mort à Paris le 17 Juin 1720 : *Sur la mort du Marquis* DE LA FARE , *le 28 Mai* 1712 [580].

CCCLXXIX. Le M. DE P.... [probablement le Marquis DE PAULMY] : COMPLAINTE *de* DIANE : *dans la* DIANE *de* MONTE-MAJOR , *mise en vers* [581].

CCCLXXX. LAMENTATIONS *des Jésuites.* 1763, in-12, de 16 pages. — Ces *Lamentations* sont composées de *Neuf Leçons* en vers formant des Strophes irrégulières, non susceptibles d'être chantées. Elles doivent être rares , car il n'en est rien dit ni dans le *Dictionnaire des Ouvrages Anonymes et Pseudonymes*, etc. , de BARBIER ; ni dans la Quatrième Édition , publiée en 1842, du *Manuel du Libraire et de l'Amateur de Livres* , etc., de BRUNET.

CCCLXXXI. Mademoiselle COSSON DE LA CRESSONNIÈRE , née à Mézières , dans le

[578] *Œuvres choisies de Madame et Mademoiselle* DESHOULIÈRES. — Paris, 1823; in-18, pp. 127-28.

[579] *Œuvr. chois. de Madame et Mademois.* DESHOULIÈRES ; ouvr. cit. : pp. 246-47.

[580] On y lit les vers suivants :

« LA FARE n'est donc plus! La PARQUE impitoyable
» A ravi de mon cœur cette chère moitié!
» ....
» APOLLON veut qu'avec CATULLE
» HORACE conduise le deuil;
» OVIDE y jettera des fleurs sur ton cercueil ,
» Comme il fit autrefois au bûcher de TIBULLE.

» ....
» Tout ce qui me fut cher a passé le Cocyte. » [581]

[581] Voy. [DE LA BORDE] : *Ess. sur la Musiq. anc. et mod.* ; ouvr. cit. : T. II (ad calcem); MUSIQUE : pp. 122-23. — Cette COMPLAINTE a pour refrain de ses quatre Couplets :

» DESTIN dont je sens les rigueurs,
» Tu me maudis quand je suis née ;
» Hélas! à languir dans les pleurs
» Pour toujours m'as-tu condamnée ? »

[581] *Poésies de* CHAULIEU *et* LA FARE , *précédées d'une Notice biographique et littéraire* , par M. LEMONTEY. — Paris, FROMENT, 1825; in-8° : pp. 194-96.

XVIII° siècle, a publié, d'après M. Philippe Busoni (ouvr. cit., p. 228) : « *Une* »Lamentation (en vers) *sur la mort du* Dauphin. — Paris, 1766. »

CCCLXXXII. Le M. de Tres*** : Complainte *d'*Amadis *sur la Roche Pauvre* (1770) [582].

CCCLXXXIII. Arnaud Berquin, né à Bordeaux en 1749, mort à Paris le 24 Décembre 1791 : Plaintes *d'une Femme abandonnée par son Amant* (1776) [583].

CCCLXXXIV. François-Marie Arrouet, qui a rendu si célèbre le nom de Voltaire, né à Chatenay le 20 Février 1694, mort à Paris le 30 Mai 1778, à l'âge de 84 ans : Vers *sur la mort de Mademoiselle* Lecouvreur, *célèbre Actrice* (1730). — Cette Pièce est un modèle parfait d'Élégie passionnée ou de Complainte, auquel, selon Marmontel, Tibulle *et* Properce *n'ont peut-être rien à opposer*. Frédéric, alors Prince Royal de Prusse, avait eu l'idée d'appliquer une Mélodie à ces beaux vers, pour en faire une *Cantate;* mais, malgré l'assertion du savant éditeur de Voltaire, Beuchot, et d'après son texte même, ce projet ne se réalisa pas [584].

CCCLXXXV. — Stances *sur les* Regrets *que lui inspirait la Vieillesse* [585].

[582] Voy. [de la Borde] : *Ess. sur la Musiq. anc. et mod.;* ouvr. cit. : T. II (ad calcem) Musique : pp. 138-39. — Ses douze Couplets ou Quatrains commencent et finissent ainsi :

« Roses d'amour embellissoient ma vie,
» A les cueillir je semblois destiné ;
» . . . .
» Mourons, mourons, puisqu'il* ne peut renaître :
» Dieux ! qui m'arrête..? O transports superflus !
» Amour me dit... : *Tu ne la verrois plus*,
» *Souffre pour elle... obéis à ton Maître !* »

[583] *Romances* par M. Berquin. — Paris, Ruault, 1776 ; in-16, pap. de Hollande, avec de charmantes fig. de C.-P. Marillier, grav. par N. Ponce : pp. de 45 à 50.—Ces Plaintes, recueillies par de la Borde*[2], empreintes à la fois de tendresse et de mélancolie, ont pour refrain :

« Dors, mon enfant, clos ta paupière,
» Tes cris me déchirent le cœur ;
» Dors, mon enfant, ta pauvre mère
» A bien assez de sa douleur ! »

* *Ce temps si fortuné.*
*[2] [de la Borde]: *Essai sur la Musique ancienne et moderne;* ouvr. cit. : T. IV, pp. 26 et 27.

[584] Beuchot dit bien * : « Frédéric, alors »Prince Royal de Prusse, *les mit en Musique;* »voyez sa *Lettre du 26 Janvier* 1838 (T. LIII, »p. 26) »; mais voici ce qu'on lit précisément dans le lieu indiqué : « Je vous *enverrais* la »le Couvreur en Cantate :

« Que vois-je ! quel objet ! Quoi ! ces lèvres charmantes, etc.

» mais *je crains de réveiller en vous le sou-* »*venir d'un bonheur qui n'est plus.* Il faut, »au contraire, arracher l'esprit de dessus des »objets lugubres. Notre vie est trop courte »pour nous abandonner au chagrin; à peine »avons-nous le temps de nous réjouir ; aussi ne »vous enverrai-je que de la Musique joyeuse. »

[585] Dans ces Stances échappées au génie facile de Voltaire, sans qu'il se doutât qu'on dût les chanter, on remarque les vers suivants :

« Si vous voulez que j'aime encore,
» Rendez-moi l'âge des amours;

* *OEuvres de* Voltaire *avec Préfaces, Avertissement, Notes,* etc.; par M. Beuchot. — Paris, Lefèvre et Firmin Didot frères, 1834, etc.; in-8° : T. XII, p. 31.

CCCLXXXVI. Nicolas-Joseph-Laurent GILBERT, né en 1751 à Fontenoi-le-Château, village situé à six lieues de Remiremont, mort à Paris en 1780, âgé de 29 ans et quelques mois. Son ODE IV, *sur la mort de* LOUIS XV [586]; son ODE V, *sur la mort de S. A. R. Madame la Princesse* ANNE-CHARLOTTE DE LORRAINE ; sa Pièce de vers intitulée : *Le Poëte malheureux ou le* GÉNIE *aux prises avec la* FORTUNE [587]; Les PLAINTES *du Malheureux* [588]; *L'Amant* DÉSESPÉRÉ (p. 214); *Les* INQUIÉTUDES *de l'*AMOUR (p. 230), et surtout ses mémorables STANCES composées huit jours avant d'exhaler son dernier soupir, sur un grabat de l'hôpital [589], doivent être considérées, au fond, comme autant de COMPLAINTES, malgré la diversité de leurs formes.

CCCLXXXVII. Antoine BERTIN, né à l'île Bourbon en 1752, mort à Saint-Domingue en 1790. — Ses trois Livres d'ÉLÉGIES ayant pour titre : LES AMOURS [590], nous présentent plusieurs tendres COMPLAINTES [591].

» Au crépuscule de mes jours
» Rejoignez, s'il se peut, l'aurore.

» . . . .

» Le TEMPS qui me prend par la main,
» M'avertit que je me retire.

» . . . .

» On meurt deux fois, je le vois bien :
» Cesser de plaire et d'être aimable
» Est une mort insupportable ;
» Cesser de vivre, ce n'est rien. »

Puis, en parlant de l'AMITIÉ :

« Touché de sa beauté nouvelle,
» Et par sa lumière éclairé,
» Je la suivis ; mais je pleurai
» De ne pouvoir plus suivre qu'elle ! »

[586] En voici la première Strophe * :

« Pleurons, MUSES, pleurons ; que nos lyres gémissent ;
» LA FRANCE en deuil succombe aux injures du SORT.
» Que de cris ! Ciel ! partout nos Temples retentissent
» Des Chants lugubres de LA MORT. »

[587] Dans cette Pièce, offrant, malgré ses défauts, des morceaux pleins de verve, qui ont mérité les éloges de LA HARPE lui-même, on lit les vers suivants :

» Savez-vous quel trésor eût satisfait mon cœur ?
» LA GLOIRE : mais LA GLOIRE est rebelle au MALHEUR,
» Et le cours de mes maux remonte à ma naissance. (P. 193.)
» . . . . : Maître du diadème,
» De mon dernier sujet j'eusse envié le rang,

* OEuvres complètes de GILBERT publiées pour la première fois, avec les corrections de l'Auteur, etc. — Paris, DALIBON, 1823 ; in-8°, portr. : p. 102.

» Et honteux de devoir quelque chose à mon sang,
» Voulu renaître obscur pour m'élever moi-même. (P. 200.)
» . . . .
» Quoi ! je porte un cœur noble, et d'un œil plein d'effroi
» Je lis sur tous les fronts le mépris et l'injure !
» Le dernier des mortels est plus heureux que moi ! (P. 207.)
» . . . .
» GLOIRE, fantôme ingrat, à la brigue vendu,
» Va, je péris sans regret ta couronne futile :
» C'est le prix de l'intrigue, et je ne puis ramper. » (P. 208.)

[588] On y lit les vers suivants :

» Point d'espoir de repos... ; l'abaissement, la faim,
» Les pleurs, le désespoir, voilà mon apanage. (P. 210.)
» . . . .
» Et moi, sur un grabat arrosé de mes larmes,
» Je veille, je languis par la faim dévoré, etc. (P. 212.)

[589] « Au banquet de la vie, infortuné convive,
» J'apparus un jour, et je meurs :
» Je meurs, et sur ma tombe où lentement j'arrive
» Nul ne viendra verser des pleurs. »

Qui ne connaît ces STANCES, si plaintives, à l'occasion desquelles un Biographe n'a pas craint de dire : « On peut douter que LA HARPE, » si sévère à l'égard de notre Poëte, eût jamais » trouvé une inspiration aussi belle, des sen- » timents aussi touchants et aussi vrais, un » style aussi pur, aussi élégant, aussi antique. »

[590] OEuvres complètes de BERTIN avec Notes et variantes, etc. — Paris, ROUX-DUFORT, 1824 ; in-8°, fig. : pp. de 2 à 180.

[591] On en jugera par les vers suivants :

(279)

CCCLXXXVIII. Le Chevalier de CHAMPCENETZ, né à Paris en 1759, fils d'un Gouverneur des Tuileries et Officier aux Gardes-Françaises avant l'ancienne Révolution, condamné à mort par le Tribunal Révolutionnaire et exécuté le 23 Juillet 1794, a composé quelques Pièces de vers afférentes à notre sujet.

CCCLXXXIX. Jean-Antoine ROUCHER, Littérateur, né à Montpellier le 22 Février 1745, guillotiné à Paris le 7 Thermidor An II de la République (25 Juillet 1794), avant-veille du jour de la chute de ROBESPIERRE, de sa faction et du Régime de la Terreur en France. FOUQUIER-TAINVILLE le fit traîner à l'échafaud, et HENRIOT l'y conduisit, avec près de QUARANTE autres condamnés...! ROUCHER, âgé de 49 ans, eut la douleur de voir périr TRENTE-SEPT VICTIMES avant de recevoir le coup fatal....! Il mourut avec un admirable courage. Le jour même de son exécution, ayant fait faire son Portrait, il avait écrit au bas les Vers suivants, en l'adressant à sa Femme et à ses Enfants :

> « Ne vous étonnez pas, Objets charmants et doux,
> » Si quelque air de tristesse obscurcit mon visage;
> » Quand un savant Crayon dessinait cette image,
> » *On dressait l'échafaud, et je pensais à Vous !* »

Ce Vers, qui, même aujourd'hui, étreint convulsivement le cœur de ceux qui le lisent, n'est-il pas, lui seul, une déchirante COMPLAINTE....!

CCCXC. Marie-André CHÉNIER, Poëte, né à Constantinople le 20 Octobre 1762, mort âgé de 34 ans sur l'échafaud révolutionnaire, en même temps que ROUCHER et tant d'autres, le 7 Thermidor an II (25 Juillet 1794), l'avant-veille du jour qui eût brisé leurs fers et qui délivra toute la France ! — Dans une jolie édition CHARPENTIER, Paris, 1851, in-12, ornée d'un beau portrait gravé sur acier, et précédée d'une

LIVRE I, ÉLÉGIE II (p. 8) :
« Depuis ce temps je brûle : aucun pavot n'apaise
» Les douleurs d'un poison lent à me dévorer.
» La nuit, sur le duvet, je me sens déchirer;
» Le plus léger tapis m'importune et me pèse,
» Et mes yeux sont, hélas ! toujours prêts à pleurer. »
ÉLÉGIE IX, L'ABSENCE (p. 31) :
« Tout dort; le jaloux même a fermé sa paupière :
» Et moi, je veille ; et moi, je verse encor des pleurs. »
LIVRE II, ÉLÉGIE IX.
A M. LE CHEVALIER DE F. [FARNY] (p. 83) :
« Je perds la moitié de moi-même,

» Et tu me défends de pleurer !
» Ami, qui pourrait endurer
» Mon infortune et ma douleur extrême ? »

Nous désignerons encore ici l'ÉLÉGIE XII du LIVRE II, se terminant (p. 101) ainsi qu'il suit :

> « Le voyageur qui monte à Saint-Germain,
> » Tout en courant s'empressera de lire :
> » Ci-gît, hélas ! un Amant trop épris
> » Des doux attraits d'une beauté cruelle;
> » Tout son destin fut d'aimer EUCHARIS,
> » Et de mourir abandonné par elle. »

excellente et attendrissante Notice, par M. H. DE LA TOUCHE, ce Littérateur distingué regarde les ÉLÉGIES de Marie-André CHÉNIER comme « des inspirations où TIBULLE » *a jeté sa flamme, où* LA FONTAINE *a mêlé sa grâce* »; et, vous serrant le cœur par le tableau des derniers moments de CHÉNIER et de ROUCHER récitant en dialogue l'Exposition de la Tragédie d'*Andromaque*, il rappelle que l'infortuné CHÉNIER prononça quelques instants avant sa mort les beaux vers suivants :

« Oui, puisque je retrouve un ami si fidèle,
» Ma fortune va prendre une face nouvelle;
» Et déjà son courroux semble s'être adouci,
» Depuis qu'elle a pris soin de nous rejoindre ici [592]. »

CCCXCI. Antoine Comte DE RIVAROL, né à Bagnols en Languedoc vers 1754, mort

---

[592] Comme COMPLAINTES des plus touchantes de Marie-André CHÉNIER, nous désignerons plus particulièrement les Pièces où sont les vers suivants :

ÉLÉGIE XV (p. 100).

« Souvent le malheureux songe à quitter la vie,
» L'ESPÉRANCE crédule à vivre le convie.
» . . . .
» Moi, l'ESPÉRANCE amie est bien loin de mon cœur.
» Tout se couvre à mes yeux d'un voile de langueur;
» Des jours amers, des nuits plus amères encore !
» . . . .
» Ingrate LYCORIS ! à feindre accoutumée,
» Avez-vous pu trahir qui vous a tant aimée?
» . . . .
» Les Amants malheureux vieillissent en un jour.
» . . . .
» Pourtant... ô LYCORIS ! ô trop funeste Amante !
» Si tu l'avais voulu, GALLUS, plein de sa foi,
» Avec toi voulait vivre et mourir avec toi. »

ÉLÉGIE XVII (p. 105).

« Ah ! des pleurs ! des regrets ! lisez, amis. C'est elle.
» On m'outrage, on me chasse, et puis on me rappelle.
» . . . .
» Ah ! je me venge aussi plus qu'elle ne mérite ! »

ÉLÉGIE XIX (p. 108).

« Mais ne m'a-t-elle pas juré d'être infidèle ?
» Mais n'est-ce donc pas moi qu'elle a banni loin d'elle?
» Mais sa voix intrépide, et ses yeux, et son front,
» Ne se vantaient-ils pas de m'avoir fait affront?
» . . . .
» Tous ses soupirs sont faux, ses larmes infidèles,
» Ses souris venimeux, ses caresses mortelles.

» Ah ! si tu connaissais de quel art inouï
» La perfide enivra ce cœur qu'elle a trahi !
» . . . .
» Ah ! d'affronts aujourd'hui je la veux accabler.
» De véritables pleurs de ses yeux vont couler. »

ÉLÉGIE XXII (p. 114).

» . . . .
» Dieu d'oubli, viens fermer mes yeux. O Dieu de paix,
» SOMMEIL, viens, fallût-il les fermer pour jamais.
» Un autre dans ses bras ! ô douloureux outrage !
» Un autre, ô honte ! ô mort ! ô désespoir ! ô rage !
» Malheureux insensé ! Pourquoi, pourquoi les Dieux
» A juger la beauté formèrent-ils mes yeux?
» Pourquoi ce cœur est-il si fertile aux blessures
» De ces regards féconds en douces impostures? »

IAMBES V

COMPOSÉS DANS LA MATINÉE DU 7 THERMIDOR AN 11, PEU D'INSTANTS AVANT D'ALLER AU SUPPLICE.

« Comme un dernier rayon, comme un dernier zéphyre
» Anime la fin d'un beau jour,
» Au pied de l'échafaud j'essaie encor ma lyre.
» Peut-être est-ce bientôt mon tour !
» Peut-être avant que l'heure en cercle promenée
» Ait posé sur l'émail brillant,
» Dans ces soixante pas où sa route est bornée,
» Son pied sonore et vigilant,
» Le sommeil du tombeau pressera ma paupière !
» Avant que de ses deux moitiés
» Ce vers que je commence ait atteint la dernière,
» Peut-être en ces murs effrayés
» Le Messager de MORT, noir recruteur des ombres,
» Escorté d'infâmes soldats,
» Remplira de mon nom ces longs corridors sombres !
» . . . . »

à Berlin le 13 avril 1801, à l'âge de 47 ans, un des plus brillants esprits de la fin du xviiiᵉ siècle, qui fut, — comme on l'a dit —, « le siècle de l'esprit », est aussi auteur de quelques Pièces de vers ayant le même caractère.

cccxcii. Ponce-Denis Ecouchard le Brun, né à Paris en 1729, mort dans l'été de 1807 : la plupart de ses Élégies ne sont autre chose que des Complaintes amoureuses, pleines de sensibilité.

Chénier (Marie-Joseph), né à Constantinople le 28 Août 1764, mort à Paris le 10 Janvier 1811 :

cccxciii. Ode sur la mort de Maximilien-Léopold de Brunswick, 1787 ;

cccxciv. — Ode sur la mort de Mirabeau, 1791 ;

cccxcv. — Les beaux Vers où il déplore la mort de son Frère, guillotiné le 7 Thermidor An II (25 Juillet 1794), constituent une Complainte des plus attendrissantes.

Duclos appelait les Français les Enfants de l'Europe, parce que leur sensibilité vive, légère et plus d'une fois inconsidérée, s'est de tout temps exhalée en Chansons. Ainsi que le rappelle E. Jouy : « On chantait quand les Anglais démembraient » le Royaume ; on chantait pendant la Guerre civile des Armagnacs ; on chantait » pendant la Ligue, pendant la Fronde, sous la Régence, et c'est au bruit des » Chansons de Rivarol et de Champcenetz que la Monarchie s'est écroulée à la fin » du xviiiᵉ siècle. »

« Le Français, — dit Brazier [593] —, chante dans les revers comme dans les succès, » dans l'opulence comme dans la misère, à la table d'un Marchand de la rue Saint-» Denis comme à celle d'un Banquier de la Chaussée-d'Antin, avec du vin de » Bourgogne comme avec du vin d'Argenteuil, dans les fers comme en liberté ; il » chante même jusque sur les degrés de l'échafaud. » Cet Auteur ajoute [594] : « Com-» bien de victimes ont composé, peu d'heures avant de mourir, des Chansons que » l'on croirait faites au sein d'un festin joyeux ! Les unes exhalent leurs Plaintes » dans des Romances pleines de larmes, les autres dans des Couplets remplis d'in-» souciance et de pyrrhonisme.

» Montjourdain, condamné à mort, envoie à sa femme cette Romance si connue :

« L'heure avance où je vais mourir . . . . . »

[593] Brazier : Histoire des petits Théâtres de Paris, dep. leur origine. — Paris, Allardin, 1838, pet. in-12; ouv. cit.: T. II, pp. 192-93.
[594] Brazier, ouv. cit.: T. II, pp. 195 et 196.

» Un Détenu dont le nom m'échappe, et qui attendait, de jour en jour, l'instant
» de paraître au sanglant Tribunal, compose le Couplet suivant que ses Compagnons
» d'infortune répètent en Chœur :

« La Guillotine est un bijou
» Aujourd'hui des plus à la mode ;
» J'en veux une en bois d'acajou
» Que je mettrai sur ma commode.
» Je l'essaîrai chaque matin
» Pour ne pas paraître novice,
» *Si par malheur le lendemain*
» *A mon tour j'étais de service.* »

« *Et le lendemain il était de service...!* »

XIX\e SIÈCLE.

Ainsi que nous l'avons déjà dit, les Pièces de Poésie tristes portant le titre de
Complaintes et présentant le véritable type de ces sortes de compositions, infiniment
moins nombreuses et presque rares, dans le xviie et le xviiie siècle, redeviennent
plus communes dans le siècle actuel. Persistant, comme nous le devions ici, à
ne faire qu'effleurer cette matière si vaste, en ce qui concerne sa Bibliographie des
siècles autres que le xvie, nous signalerons, seulement à titre de choix, les exemples
suivants qui nous ont semblé à peu près les plus remarquables [595].

Jacques Delile, né dans la Limagne, à Aigue-Perse, près de Clermont, le
22 juin 1738, mort à Paris le 1er mai 1813, à l'âge de 75 ans :

[595] Pour ne point étendre davantage ce Chapitre, déjà si disproportionné par rapport aux autres divisions de notre œuvre, nous renoncerons à exploiter ici une riche mine, qui nous eût sûrement fourni une grande abondance de précieux matériaux : nous voulons parler de la partie Musique de la *Bibliographie de l'Empire Français*; Paris, 1812, in-8\r, continuée, sous le même format, depuis 1815 jusqu'à ce jour, sous le titre de : *Bibliographie de la France, ou Journal général de l'Imprimerie et de la Librairie*, etc. — On y rencontre, sous divers titres à la vérité, la désignation d'un grand nombre de Complaintes. Ce Journal, indiquant avec exactitude, tant les Auteurs de leurs mélodies que ceux de leurs paroles et de leurs divers accompagnements, sera de la plus grande utilité aux Historiens littéraires qui voudront, après nous, approfondir ce vaste sujet, beaucoup plus que nous ne pouvions et ne devions le faire nous-même en ce lieu.

CCCXCVI. Qui ne connaît de ce Poëte la célèbre COMPLAINTE si passionnément amoureuse, *imitée de* SAPPHO, dont les trois Strophes commencent et finissent ainsi qu'il suit :

« Heureux celui qui près de toi soupire !
» . . . .
» Je n'entends plus ; un voile est sur ma vue ;
» Je rêve et tombe en de douces langueurs ;
» Et, sans haleine, interdite, éperdue,
» Je tremble, je me meurs [596]. »

CCCXCVII. — *Les* ADIEUX *du Vieillard*, par le même Auteur (1812), sont encore une COMPLAINTE mélancolique des plus touchantes d'un bout à l'autre [597].

CCCXCVIII. COMPLAINTE *sur l'Attentat par la Machine Infernale.* — 3 Nivôse An IX (24 Décembre 1800) [598].

Évariste-Désiré DESFORGES PARNY, né à l'Ile Bourbon le 6 Février 1753, mort à Paris le 5 Décembre 1814, dans sa 61ᵉ année [599]. « ÉLÉONORE unit sa destinée à un » riche colon. Aux Chants d'AMOUR succédèrent les PLAINTES *des* REGRETS *et de la* » DOULEUR. » (NOTICE, p. IX.) :

CCCXCIX. COMPLAINTE commençant et finissant par les vers suivants :

« Naissez, mes Vers, soulagez mes douleurs,
» Et sans effort, coulez avec mes pleurs.
» . . . .
» Vous n'avez point soulagé mes douleurs ;
» Laissez, mes Vers, laissez couler mes pleurs [600]. »

---

[596] *OEuvres de J.* DELILE, *avec les Notes de* MM. PARSEVAL-GRANDMAISON, DE FÉLETZ, DE CHOISEUL-GOUFFIER, AIMÉ-MARTIN, DESCURET, etc. — Paris, LEFÈVRE, in-4ᵉ, portr. : p. 864, 2ᵉ col. — Ces vers furent composés à la sollicitation du savant Abbé BARTHÉLEMY, qui pria l'Auteur de suivre dans cette traduction la mesure des vers sapphiques *.

[597] *OEuvres de J.-J.* DELILE, etc. ; édit. cit. : pp. 888-89. — On y remarque les vers suivants :

« Hélas ! le Ciel pour moi ne marquera plus d'heures !
« Reçois donc, disait-il, de l'ami que tu pleures,

* Voy. le *Voyage du jeune* ANACHARSIS ; édit. cit. : CHAP. III, Note 11.

« Cette image du temps, dont tu trompais le cours.
« Puisse-t-elle, après moi, le marquer d'heureux jours ! »

[598] Voy. *Chants et Chansons populaires*, etc. ; édit. illustrée de DELLOYE : T. I.

[599] *OEuvres de* PARNY, *précédées d'une Notice historique sur sa vie.* — Paris, ROUX-DUFFORT frères, 1826 ; 2 vol. in-32.

[600] *OEuvres de* PARNY ; édit. cit. : T. II, pp. 98 et 99. — Nous désignerons encore, comme autant de COMPLAINTES de PARNY, ses ÉLÉGIES I, II et III, du LIVRE QUATRIÈME * : — ÉLÉGIE I, commençant et finissant ainsi :

« Du plus malheureux des Amants
» Elle avait essuyé les larmes ;

* *OEuvres* ; édit. cit. : T. I, pp. 85, 86, 87 et 89.

38

Charles-Hubert MILLEVOYE, né à Abbeville le 24 Décembre 1782, mort le 12 Août 1816, âgé de 34 ans ;

CD. Ses *Élégies* et ses *Chants élégiaques* [601], parmi lesquels nous signalerons plus particulièrement, dans le LIVRE PREMIER : *la Chute des Feuilles* [602], *l'Anniversaire* [603], *la Demeure abandonnée*, *le Bois détruit*, *les Regrets d'un Infidèle*, *le Poëte mourant* [604], et surtout la Romance *Priez pour moi*, que, « huit jours avant » de mourir, il composa d'une haleine et transcrivit, pour ainsi dire, d'un trait » de plume.... En la lisant à sa malheureuse Amie qui fondait en larmes, — dit » J. DUMAS —, il cachait sa profonde émotion et s'efforçait de la consoler. » Auteur de la *Notice sur* MILLEVOYE, placée en tête de l'Edition citée de ses OEuvres, J. DUMAS signale ainsi qu'il suit une COMPLAINTE de ce Poëte qui devait être bien touchante, mais qui a été perdue sans retour : « La mort de LOUIS XVI avait fait sur son jeune » cœur une impression profonde ; elle lui inspira, sous le règne de la Terreur, un » *Chant Lugubre*. Son oncle, sa mère, ses tantes l'environnent pour l'écouter ; *tout* » *le monde fond en larmes*. Cependant les visages se troublent, un cri s'élève : *Tu* » *nous perds, il n'est pas temps* ; il pâlit, s'élance dans les bras de sa mère, et *jette* » *ses Vers au feu.* »

« . . . .
» Je renonce au plaisir trompeur,
» Je renonce à mon infidèle ;
» Et, dans ma tristesse mortelle,
» Je me repens de mon bonheur. »

ÉLÉGIE II.

« C'en est donc fait ! par des tyrans cruels,
» Malgré ses pleurs à l'autel enchaînée,
» Elle a subi le joug de l'hyménée,
» Elle a détruit par des nœuds solennels
» Les nœuds secrets qui l'avaient enchaînée. »

ÉLÉGIE III.

« Bel arbre, pourquoi conserver
» Ces deux noms qu'une main trop chère
» Sur ton écorce solitaire
» Voulut elle-même graver?
» Ne parle plus d'ÉLÉONORE ;
» Rejette ces chiffres menteurs :
» Le TEMPS a désuni les cœurs
» Que ton écorce unit encore ! »

[601] *OEuvres complètes de* MILLEVOYE, *dédiées au* ROI, et ornées d'un beau portrait. — Paris, LADVOCAT, 1822, 4 vol. in-8°.

[602] On y lit (pp. 53-54) les vers suivants :

« Fatal oracle d'ÉPIDAURE,
» Tu m'as dit : — Les feuilles des bois
» A tes yeux jauniront encore,
» Et c'est pour la dernière fois.
» . . . .
» Et je meurs ! De sa froide haleine
» Un vent funeste m'a touché,
» Et mon hiver s'est approché
» Quand mon printemps s'écoule à peine. »

[603] On ne peut qu'être fortement ému par ces deux vers :

« Je ne puis voir un fils dans les bras de son père,
» Sans dire, en soupirant : *J'avais un père aussi !* »

[604] Parmi les beaux vers qui s'y trouvent, nous signalerons spécialement les suivants :

« La fleur de ma vie est fanée ;
» Il fut rapide, mon destin !
» De mon orageuse journée
» Le soir toucha presque au matin. »

L'assassinat de S. A. R. le Duc de Berry, par Louis-Pierre Louvel, dans la nuit du 13 au 14 Février 1820, devint le sujet de Pièces de Poésie lyrique dont quelques-unes se rapportent à notre sujet. La *Bibliographie de la France, ou Journal de l'Imprimerie et de la Librairie*, etc., annonça dans son N° du 1er Avril 1820 :

CDI. « 1127. Ode *sur l'assassinat de S. A. R. M*gr *le Duc de Berry*; par M. Adr » A....., de l'Athénée de Paris. — Paris [1820], in-4°, d'une demi-feuille ;

CDII. » 1128. Chant funèbre *sur la mort de S. A. R. M*gr *le Duc de Berry*, pré- » cédé d'un *Épithalame à l'occasion du Mariage de ce Prince*, par le même Auteur. — Paris, 1820, in-8°, d'une demi-feuille ;

CDIII. » 1130. Stances *sur l'assassinat de S. A. R.* Charles de France, Duc de » Berry, *et sur son Assassin, dont ma plume se refuse à tracer le nom*. — Paris, » in-8°, 1820, d'un huitième de feuille. — *Signé* : M.-A. Foulquier ;

CDIV. » 1131. Complainte *sur la mort funeste de M*gr *le Duc de Berry*. — Paris, » 1820, in-12, d'une demi-feuille. »

E.-F. de Lantier, Littérateur, Chevalier de Saint Louis, né à Marseille en Août 1734, mort le 31 Janvier 1826, âgé de 92 ans :

CDV. Nous regarderons comme une véritable Complainte, les *Stances sur la Vieillesse*, faisant partie de ses *Pièces fugitives* [605]. Elles commencent par ce Couplet :

> « Te voilà donc, ô rapide Vieillesse !
> » Qui, traversant mon Printemps, mon Été,
> » Rides mon front, y graves la tristesse,
> » Et de mes sens éteins l'activité ! »

Quoique, parmi ses nombreuses Strophes, on lise celle-ci d'un ton si différent :

> « Consolez-vous, tout ce qui nous arrive
> » Est arrivé jadis chez nos Aïeux ;
> » Et quoi qu'on dise, ou bien que l'on écrive,
> » Arrivera chez nos petits-neveux »,

cette composition poétique, remarquable par sa teinte générale de mélancolie, n'en reprend pas moins le caractère de la Complainte, en finissant ainsi qu'il suit :

> « Suspens le songe de ma vie ;
> » O Parque ! arrête ton fuseau ;
> » Et dans les bras de ma Délie,
> » Conduis-moi doucement aux portes du tombeau. »

---

[605] *OEuv. compl., précéd. d'une Notice biog.* et *littér.* Paris, 1836, gr. in-8 : pp. 957 et 958.

CDVI. — Le caractère de la Complainte est encore plus soutenu dans les vers du même Auteur sur la Mort, commençant par le Quatrain suivant :

« Je vais passer le fleuve du Cocyte,
» Et sur ses bords le vieux Caron m'attend ;
» Mon œil s'éteint caché dans son orbite,
» Mon front jaunit, mon pas est chancelant » ;

finissant par ces quatre autres vers, empreints d'une si douce résignation :

« Mais écartons ce penser si funeste,
» Soumettons-nous, mourir est un devoir ;
» Sachons jouir du moment qui nous reste,
» Encore un jour, Soleil, je vais te voir. »

CDVII. Chant funèbre. Par M. Urbain de Marquessac. — Nantes, 1827, in-8°, d'une demi-feuille. — Sur les Grecs [606].

CDVIII. Complainte sur l'assassinat de la Jeune Fille d'Ivry (et Réponse). — Paris, 1827, in-8°, d'un quart de feuille [607].

CDIX. Complainte sur la Loi d'Amour. — Paris, 1827, in-32.

CDX. Complainte sur la Loi de Justice et d'Amour, sur les Libertés de la Presse. — Paris, 1827, in-32.

CDXI. Complainte authentique, originale et seule véritable, sur la grande Catastrophe des Filles de Paris. — Paris, 1830, in-8°, d'une feuille [608].

CDXII. Complainte sur l'arrestation de Peyronnet et de Chantelauze; par un Elève de J.-J. Jacotot, qui a appris à faire des vers en trois jours. — Paris, 1830, in-8°, d'un quart de feuille [609].

CDXIII. Complainte sur le Prince de Polignac, ex-Président des Ministres. — Nantes, 1830, in-4°, d'un quart de feuille [610].

CDXIV. Chant funèbre des Polonais. — Paris, 1831, in-8°, d'un quart de feuille [611].

CDXV. Complainte sur le Procès des Patriotes, par un Ouvrier du faubourg Marceau. — Paris [1831], in-8°, d'un quart de feuille [612].

CDXVI. Chant funèbre sur les ravages causés par le Choléra, dédié aux Parents

[606] Voy. Bibliogr. de la France, ou Journ. gén. de l'Impr. et de la Libr.; 1827: N° 1370.
[607] Bibl. de la France, etc.; 1827: N° 6591.
[608] Bibl. de la France, etc.; 1830: N° 2690.
[609] Bibl. de la France, etc.; 1830: N° 4405.
[610] Bibl. de la France, etc.; 1830: N° 5665.
[611] Bibl. de la France, etc.; 1831: N° 4389.
[612] Bibl. de la France, etc.; 1831: N° 1930.

et aux *Amis des Victimes de ce cruel fléau ;* par A.-M. D. — Paris [1832], in-8°,
de deux feuilles, plus une lithographie [613].

CDXVII. CHANT FUNÈBRE, *dédié aux Mânes des Martyrs de Juin.* — Paris, 1833,
in-8°, d'un huitième de feuille [614].

CDXVIII. Nous lisons dans les *Mélanges de Littérature Orientale et Française,* par
J. AGOUB [615], une ÉLÉGIE, ayant pour titre : LES DERNIERS MOMENTS, qui n'est encore
qu'une COMPLAINTE, non susceptible d'être chantée, mais dont la Poésie est empreinte,
d'un bout à l'autre, d'une vive tendresse, d'une douleur profonde et d'un deuil des
plus touchants. Ne voulant point transcrire ici l'ÉLÉGIE tout entière, à cause de
son étendue, nous nous contenterons de citer, entre ses beaux vers, ceux qui nous
ont paru les plus saillants, et plus particulièrement ceux qui la terminent :

> « Nous nous quittons, JENNY : c'est le décret du SORT !
> » ....
> » Viens d'un dernier regard m'adoucir le trépas !
> » ....
>
> » Heure fatale, heure dernière,
> » Ne sonne point encor.... j'embrasse mes enfants !
> » ....
> » Chacun de tes sanglots, aggravant mes douleurs,
> « A ma frêle existence ôte une heure peut-être....
> » Crains d'abréger des instants précieux.
> » ....
> » Laisse-moi savourer sur les bords du cercueil
> » Ce qui me reste de la vie. »
>
> « Il dit, et meurt ; et dans tout le vallon
> » De la pauvre JENNY les clameurs retentirent.
> » Mais quand l'astre du soir parut sur l'horizon,
> » Plus faibles, par degrés, ses sanglots s'éteignirent...!
> » Les enfants seuls pleuraient ! Du sommet des côteaux
> » Enfin du jour naissant les clartés descendirent,
> » Le jour les trouva seuls priant sur deux tombeaux ! »

CDXIX. L'Auteur de l'*Histoire des Petits Théâtres de Paris, depuis leur origine,*
BRAZIER, a consigné, dans son excellent Livre, un passage fort remarquable, où

---

[613] Voy. *Bibliogr. de la France, ou Journ.
gén. de l'Impr. et de la Libr.* ; 1832 : N° 5337.

[614] *Bibl. de la France,* etc.; 1832 : N° 2203.

[615] *Avec une Notice sur l'Auteur par M.
DE PONGERVILLE, de l'Académie Française.* —
Paris, VERDET, 1835, in-8° : p. 317-19.

il parle des Faiseurs de Complaintes du xix⁰ siècle, en s'occupant des *Chansonniers des rues ;* nous le transcrivons ici en entier :

« Je dois parler des *Chansonniers des rues,* des Faiseurs de Complaintes, parmi
» lesquels on compte les Duverny, les Cadot, les Aubert, les Collaud, Poëtes qui
» tous ont eu de la renommée dans leur temps, et qui nous ont laissé des successeurs.

» Aujourd'hui (1838) la *Chanson des rues* a suivi le torrent politique ; elle a son
» côté gauche, son côté droit et même son juste-milieu. Si vous voulez un échan-
» tillon de Couplets contre les émeutes, en voici un de M. Lebret, que je copie
» textuellement :

> « Quoique Consul, Bonaparte sut s'y prendre,
> » Pour apaiser tout genre d'opinion :
> » De grands travaux il a fait entreprendre ;
> » *L'on ne pensait qu'à son occupation.*
> » Il appuya aussi des lois sévères,
> » En se montrant à la tête de tout ;
> » Mais il n'est plus cet homme qu'on révère....
> » Pleurons, Français, nous avons perdu tout ! »

» Je sais que, sous le rapport du style et de la versification, quelques Critiques
» pourraient peut-être trouver à reprendre à ce Couplet ; bien des gens riront de
» l'ingénuité de ce vers :

> « *L'on ne pensait qu'à son occupation.* »

» Eh bien ! moi, j'y vois le secret de la Politique de Bonaparte..... et peut-
» être aussi *sa puissance....* On ne pensait qu'à son occupation.... c'est-à-dire
» on ne se mêlait pas des affaires de l'Etat, on ne critiquait pas le *Budget,* la
» *Liste-Civile,* on ne courait pas les rues comme des fous ; enfin, *on ne pensait
» qu'à son occupation....*

» Une Complainte *sur le Choléra-Morbus,* par M. de Courcelle, me paraît le
» Chef-d'œuvre du genre ; elle est sur l'Air : *Fleuve du Tage :*

> « Pleurons sans cesse
> » De Paris les malheurs ;
> » Quelle tristesse !
> » Tout le monde est en pleurs.
> » Partout sur son passage
> » Le Choléra ravage
> » Rues et faubourgs,
> » Partout fixe son cours.
> » Hélas ! que de victimes
> » A plongé dans l'abîme !
> » Implorons Dieu....
> » Qu'il fuie de ces lieux. »

»Cela me rappelle la Complainte des fameux *Chauffeurs*, qui finissait par ces
» quatre vers :

> « Ils ont commis des crimes affreux,
> » Ils ont commis tous les délires....
> » Prions le Dieu miséricordieux
> » Qu'il les reçoive dans son empire [616]. »

Cette citation est un peu longue, sans doute ; mais, vu son importance, et sa
liaison directe et intime avec notre sujet, nous osons espérer que nos Lecteurs nous
sauront quelque gré de ne l'avoir point tronquée.

CDXX. Complainte *sur les Poids et Mesures, avec réflexions et instructions, à
l'usage d'un chacun.* — Paris, 1840, in-12, d'une feuille [617].

CDXXI. Complainte authentique *sur les Cendres de Napoléon, ou Récit fidèle,
historique et philosophique, de tout ce qui a rapport à ce mémorable événement, en
cent sept Couplets.* — Paris, 1840, in-18, d'une feuille [618].

CDXXII. Le *Chant des Anges* d'André Van Hasselt, composé à Bruxelles en 1840
et publié dans le *Musée des Familles*, T. VIII, Année 1841, pp. 22-23 :

> « Et les Anges chantaient : — Viens à nous, jeune fille, etc. »,

peut être considéré comme une Complainte d'une tournure originale, pleine d'une
exquise sensibilité et d'une mélancolie des plus douces.

Complaintes relatives à l'affaire Lafarge :

CDXXIII. Complainte *sur ce pauvre M. Lafarge, par un Chimiste de la banlieue,
Membre de beaucoup d'Académies de Province. Dédiée aux Académiciens de Brives.*
— Paris, 1840, in-32, d'un quart de feuille [619].

CDXXIV. Complainte historique *sur le procès du Glandier, par Jacquot, Ouvrier
forgeron et Poète naturel limousin.* — Paris, 1840, in-12, de deux tiers de feuille [620].

CDXXV. Complainte, *en cinquante Couplets, sur le triste sort de Madame Lafarge.
Composée par l'Auteur.* — Paris, 1840, in-32, d'un quart de feuille [621].

CDXXVI. Complainte véritable *touchant Marie Capelle, veuve Lafarge, condamnée par Arrêt de la Cour d'assises de Tulle, aux travaux forcés à perpétuité*

[616] Brazier: *Histoire des petits Théâtres de
Paris*, etc.; ouvr. cit. [Les Sociétés chan-
tantes] : T. II, pp. 224-226.
[617] *Bibl. de la France*, etc.; 1840: N° 1377.
[618] *Bibl. de la France*, etc.; 1840: N° 6251.
[619] *Bibl. de la France*, etc.; 1840: N° 4888.
[620] *Bibl. de la France*, etc.; 1840: N° 4994.
[621] *Bibl. de la France*, etc.; 1840: N° 5232.

et à l'exposition, *pour crime d'empoisonnement sur la personne de son Mari. Par une Société de Gens de Lettres ; Édition nouvelle enrichie de Notes.* — Paris, 1840, in-8°, d'un quart de feuille [622].

CDXXVII. COMPLAINTE *sur Madame* LAFARGE, *avec les tribulations de son Mari et des infortunés Rats du Glandier.* — 1841, in-plano, d'une feuille [623].

CDXXVIII. *Les* CHANTS D'UN PRISONNIER, *par Alphonse* ESQUIROS. Paris, 1841, in-16, de huit feuilles [624]. — Ces Pièces de vers doivent être à peu près exclusivement composées de COMPLAINTES, quels que soient leurs titres.

CDXXIX. Les LAMENTATIONS *du Prophète* JÉRÉMIE, traduites en vers français par M. l'Abbé VÉNARD. — Dreux, 1841, in-8°, de deux feuilles [625].

CDXXX. COMPLAINTE TRÈS-VÉRIDIQUE ET TRÈS-LAMENTABLE, *où l'on verra l'Histoire particulièrement instructive et singulièrement intéressante des malheurs et aventures incomparables du sieur* PELLETIER-DULAS, *Député de la Nièvre,* MOINS TRENTE-QUATRE SOUS, *et Candidat aux nouvelles Élections, racontée par lui-même en trente Couplets.* — Nevers, 1841, in-4°, d'une demi-feuille [626].

CDXXXI. LAMENTATION *sur la Catastrophe du 8 Mai* 1842, *au Chemin de fer de Versailles ; par Alexandre* GUILLEMIN. — Paris, 1842, in-8°, d'une feuille et demie [627].

CDXXXII. DERNIERS ADIEUX *au* PRINCE ROYAL. Paris, 1842, in-8°, d'un quart de feuille. — STANCES signées : A. ADAM, ex-Sous-Officier de l'Armée [628].

CDXXXIII. *Les* DOULEURS DE MARIE, *Ode sur la mort de S. A. R.* Mgr *le* Duc d'OR-LÉANS. *A sa Mère. Par Eug. G.* — Paris, 1842, in-8°, d'un quart de feuille [629].

.CDXXXIV. LAMENTATION *sur la Catastrophe du* 13 *Juillet* 1842 ; par l'Auteur de la traduction complète des *Psaumes* et du *Cantique des Cantiques,* en vers français. Par Alexandre GUILLEMIN. — Paris, 1842, in-8°, d'une demi-feuille [630].

CDXXXV. COMPLAINTE *chantée aux Electeurs du* 7° *Collége ; par* M. Hortensius-Rousselin CORBEAU DE SAINT-ALBIN. — Au Mans, 1842, in-8°. d'un quart de feuille. — Malgré cette Pièce ironique, le Candidat a été élu [631].

CDXXXVI. *La mort d'*HERMANCE, faisant partie des *Chants de l'Exil,* de M. Louis

[622] *Bibl. de la France,* etc.; 1840 : N° 5233.
[623] *Bibl. de la France,* etc.; 1841 : N° 4273.
[624] *Bibl. de la France,* etc.; 1841 : N° 3173.
[625] *Bibl. de la France,* etc.; 1841 : N° 1766.
[626] *Bibl. de la France,* etc.; 1841 : N° 2391.
[627] *Bibl. de la France,* etc.; 1842 : N° 2936.
[628] *Bibl. de la France,* etc.; 1842 : N° 3851.
[629] *Bibl. de la France,* etc.; 1842 : N° 3852.
[630] *Bibl. de la France,* etc.; 1842 : N° 3971.
[631] *Bibl. de la France,* etc.; 1842 : N° 4563.

DELATRE [632], est une tendre COMPLAINTE où l'on remarque surtout le Couplet suivant :

« Pleure, malheureux Père ! pleure
» Sa jeunesse éteinte avant l'heure !
» Pleure ses charmes gracieux ,
» Son œil serein , sa tête blonde....
» Que t'importent les biens du monde ?
» Ton plus cher trésor est aux Cieux ! »

CDXXXVII. *Les* CHANTS DU TOMBEAU. *Poésies,* par Edouard GRUET. — Marseille, 1843, in-18 , de quatre feuilles [633].

CDXXXVIII. COMPLAINTE NOUVELLE *sur l'horrible assassinat commis à Orléans, le* 21 *Novembre* 1842, *par le nommé* MONTELY, *domicilié à Saint-Germain-en-Laye, sur la personne de l'infortuné* BOISSELIER , *son ami, de son vivant Garçon-de-Recette de la Banque d'Orléans.* — Paris, 1843, in-8°, de cinq seizièmes de feuille [634].

CDXXXIX. La charmante Romance intitulée : LARMES DU CŒUR, paroles de M. Eugène FIEFFÉ , Musique de M. Joseph VIMEUX, publiée par le *Musée des Familles :* XII° Vol. , Paris, 1845, pp. 244-245, dont le Troisième Couplet finit ainsi :

« Ah ! par pitié ! faites qu'il m'aime :
» Les larmes ont brisé mon cœur ! »,

n'est encore qu'une véritable COMPLAINTE , mais une COMPLAINTE AMOUREUSE...

CDXL. COMPLAINTE *sur un noble Pair de France, accusé d'avoir voulu corrompre un Ministère corrompu et corrupteur.* Paris, 1847, in-16 , d'un quart de feuille. — Seize Couplets signés : G..... [635].

CDXLI. *La* COMPLAINTE DES PRÉTENDANTS. Paris, 1848, in-fol., d'une feuille. — Soixante-sept Couplets avec vignettes [636].

CDXLII. CHANT DE DOULEUR *sur la mort du Maréchal* NEY. Par Chéry PAUFFIN. — Impression lithographique. — Rethel , 1848, in-4°, de quatre feuilles, plus une lithographie. [637].

CDXLIII. COMPLAINTE *sur l'abominable attentat de viol et de meurtre , commis le* 15 *Avril* 1847, *dans la Maison des Frères de la Doctrine Chrétienne , à Toulouse, sur la personne de Cécile* COMBETTES , *âgée de* 14 *ans et demi, par le nommé*

[632] Paris, 1843, in-18 : p. 256.
[633] *Bibl. de la France*, etc.; 1843 : N° 129.
[634] *Bibl. de la France*, etc.; 1843 : N° 2139.
[635] *Bibl. de la France*, etc.; 1847 : N° 2944.
[636] *Bibl. de la France*, etc.; 1848 : N° 6539.
[637] *Bibl. de la France*, etc.; 1848 : N° 3602.

Lᵉ Bonafous, *en Religion Frère* Léotade, *âgé de 36 ans.* — Lyon, 1848, demi-feuille in-fol. Trente-deux Couplets et Morale, signés : G. R. [638].

CDXLIV. Complainte *du Procès des Accusés de Mai*, *à Bourges.* Paris, 1849, in-8°, d'un quart de feuille. — Vingt-huit Couplets, signés : Rez, Actionnaire de la rue de Poitiers [639].

CDXLV. *Le* Chant des Exilés ; paroles d'Alexis Dalès. Paris, 1849, in-4°, d'un quart de feuille. — Quatre Couplets avec refrain [640].

CDXLVI. Complainte *sur le dernier Canard du* Courrier de la Somme (N° du 15 Juin 1849). Paris, 1849, in-8°, d'un quart de feuille. — Quinze Couplets [641].

CDXLVII. Chant *des Transportés*, par Pierre Dupont. Paris, 1849, in-16, d'un huitième de feuille. — Six Couplets [642].

CDXLVIII. Complainte *sur les trois Pélerins voyageant sur les bords de la Loire.* Angers, 1849, in-8°, d'un quart de feuille. — Huit Couplets [643].

CDXLIX. *Une* Dupinade, *dédiée aux Nivernais,* Complainte *au sujet d'un Discours du Citoyen Jules* Miot, *Représentant du Département de la Nièvre*, *prononcé à la Séance de l'Assemblée Législative* du 28 Décembre 1849. In-4°, d'un quart de feuille. — Dix-sept Couplets. Signé : Constant Arnould [644].

CDL. Complainte *du Comte* de Bocarmé. Paris, 1851, in-4°, d'une demi-feuille. — Vingt-quatre Couplets [645].

CDLI. Complainte *du Comte* de Bocarmé. Paris, 1851, in-4°, d'un quart de feuille. — Douze Couplets [646].

CDLII. Condamnation a mort *du Comte de* Bocarmé, *convaincu d'empoisonnement sur la personne de M. Gustave* Fougnies, *son beau-frère.* Complainte *à ce sujet.* Paris, 1851, pet. in-fol., d'une demi-feuille. — Vingt-sept Couplets [647].

CDLIII. Grande Complainte *historique et véridique du Comte* de Bocarmé. Paris, 1851, in-fol., d'une demi-feuille. — Dix-neuf Couplets, par A. Delsa [648].

CDLIV. Complainte *sur l'histoire d'un Comte qui inventa la Nicotine, avec la*

---

[638] *Bibl. de la France*, etc.; 1848 : N° 6137.

[639] *Bibl. de la France*, etc.; 1849 : N° 2543.

[640] *Bibl. de la France*, etc.; 1849 : N° 1685.

[641] *Bibl. de la France*, etc.; 1849 : N° 4018.

[642] *Bibl. de la France*, etc.; 1849 : N° 6659.

[643] *Bibl. de la France*, etc.; 1849 : N° 7247.

[644] Voy. L'*Echo du Peuple*, N° 3 ; et *Bibl. de la France*, etc. : 1850 : N° 436.

[645] *Bibl. de la France*, etc.; 1851 : N° 3534.

[646] *Bibl. de la France*, etc.; 1851 : N° 3720.

[647] *Bibl. de la France*, etc.; 1851 : N° 3721.

[648] *Bibl. de la France*, etc.; 1851 : N° 3749.

manière de s'en servir. Paris, 1851, in-8°, d'une feuille. — Extrait du *Corsaire*, N° du 14 Juillet 1851. — Vingt-huit Couplets, par un Chauffeur du Chemin de fer, natif de Rochefort. L'Avertissement et les Notes du Commentateur sont signées : Vadius Chicotin [649].

CDLV. Complainte *de* Montcharmont. Beaune, Cottelot, 1851, d'un tiers de feuille in-12. — Douze Couplets [650].

CDLVI. *Histoire véritable et lamentable de deux Amoureux malheureux!!!* Un quart de feuille in-8°. — Six Couplets [651].

CDLVII. *Les* Larmes, *poésies; par* Joseph Maury, de Millau (Aveyron). — In-18, d'une feuille et demie [652]. — Nous n'en connaissons que ce titre.

CDLVIII. Complainte *sur l'évasion des Transportés de Juin, de la prison civile d'Alger.* Alger, 1852, in-4°, d'une demi-feuille. — Cinquante-six Couplets signés : A. Loubignac [653].

CDLIX. *Poésie.* Chant lugubre. *Les* Larmes du Pauvre....! In-8°, d'un quart de feuille. — Signé : Fontan [654].

CDLX. Alphonse de Lamartine. — Nous trouvons dans ses *Méditations Poétiques* des Pièces de vers dont les Strophes ou Couplets, régulièrement coupés, appartiennent au genre de Poésie qui nous occupe. Nous désignerons comme autant de Complaintes : *l'Isolement* et le *Désespoir* [655].

Victor Hugo :

CDLXI. *La* Mort *du* Duc de Berry. — Livre Ier, Ode VIIe [656].

---

[649] *Bibl. de la France,* etc.; 1851 : N° 3990.
[650] *Bibl. de la France,* etc.; 1851 : N° 5374.
[651] *Bibl. de la France,* etc.; 1851 : N° 5579.
[652] *Bibl. de la France,* etc.; 1851 : N° 5736.
[653] *Bibl. de la France,* etc.; 1852 : N° 268.
[654] *Bibl. de la France,* etc.; 1852 : N° 2463.
[655] *Méditations Poétiques,* par M. Alphonse de Lamartine ; 11ᵉ Édition, augm. d'une Préface par M. Ch. Nodier, etc. Paris, M. Gosselin, 1824; in-8°, fig.—On lit à la fin de la *Première Méditation*, composée de Treize Strophes, de quatre vers alexandrins chacune (p. 6) :

« Quand la feuille des bois tombe dans la prairie,
« Le vent du soir se lève et l'arrache aux vallons ;

« Et moi, je suis semblable à la feuille flétrie :
« Emportez-moi comme elle, orageux Aquilons ! »

Parmi les Vingt-une Strophes qui composent la *Seconde Méditation*, on remarque les six vers suivants (p. 63) :

« Eh quoi! tant de tourments, de forfaits, de supplices,
« N'ont-ils pas fait fumer d'assez de sacrifices
« Tes lugubres autels?
« Ce Soleil, vieux témoin des malheurs de la terre,
« Ne fera-t-il pas naître un seul jour qui n'éclaire
« L'angoisse des mortels ? »

[656] *Odes et Ballades* par Victor Hugo, de l'Académie Française. — Paris, Charpentier, 1850, in-12. On lit (p. 26) :

« ....
» Nos jeux seront suivis des pompes sépulcrales;

CDLXII. *Les* FUNÉRAILLES *de* LOUIS XVIII. — LIVRE IIIe, ODE IIIe ^657.

COMPLAINTES BURLESQUES DE DIVERS GENRES.

LES COMPLAINTES BURLESQUES, dont il nous suffira de faire connaître quelques bons échantillons, se rapportent : 1° à des Objets inanimés ; 2° à l'Homme ; 3° à des Animaux ; et 4° à des Légendes.

I. CDLXIII. Charles COYPEAU D'ASSOUCY, dont il a été déjà question au XVIIe siècle (voy. p. 272 : N^os CCCLXI et CCCLXII) : PLAINTE *de la Samaritaine sur la perte de son*

» Car chez nous, malheureux ! l'Hymne des Saturnales
» Sert de prélude au CHANT DES MORTS.

» ....

» C'est un Père à genoux, c'est un Frère en alarmes,
» Une Sœur qui n'a point de larmes
» Pour calmer ses sombres douleurs ;
» Car ses affreux revers ont , dès son plus jeune âge ,
» Dans ses yeux , enflammés d'un si noble courage ,
» Tari la source de ses pleurs.
» Sur l'échafaud , aux cris d'un Sénat sanguinaire ,
» Sa Mère est morte en Reine et son Père en Héros ;
» Elle a vu dans les fers périr son jeune Frère ,
» Et n'a pu trouver de bourreaux. »

^657 On y voit les vers suivants :

» Silence au noir séjour que le TRÉPAS protège !
» Le Roi Chrétien, suivi de son dernier Cortège
» Entre dans son dernier Palais (p. 93).

» ....

» LOUIS , chargé de fers par des mains déloyales,
» Dépouillé de pompes royales,
» Sans Cour, sans Guerriers, sans Hérauts ;
» Gardant sa royauté devant la hache même ,
» Jusque sur l'échafaud prouva son droit suprême ,
» En faisant grâce à ses bourreaux (p. 96). »

Nous ne ferons ici aucun extrait de l'ODE XIe du LIVRE Ier : BUONAPARTE (pp. 45 à 49), quoiqu'elle soit parfaitement afférente au genre de Poésie qui nous occupe. Cette Pièce de vers, composée en Mars 1828, est à la fois une tache sur la vie politique et sur le beau talent de notre inconsidéré et si versatile Poëte. On ne saurait voir qu'avec un sentiment douloureux, joint à une profonde indignation, la haine révoltante de M. Victor HUGO pour l'Empire ; son injustice envers la grandeur, la gloire et l'éclat d'une des plus brillantes époques de notre Histoire Nationale, et l'espèce de rage,

mesquinement ambitieuse, avec laquelle l'Auteur s'acharne, contre l'admirable génie de NAPOLÉON ! Ces torts graves dénaturalisent complétement le Poëte : Victor HUGO n'est plus Français... !!

Dans le Livre, probablement d'un haut intérêt historique, ayant pour titre : « Histoire » politique, civile, religieuse, militaire, législa- »tive, judiciaire, morale, littéraire et anecdo- »tique des Cordonniers et Bottiers de France, » etc., etc., ... précédée...... du *Recueil* »*complet de leurs Chansons de métier aux* »*différents siècles* , par P. L. (Bibliophile »JACOB), DUCHÊNE, LEROUX DE LINCY et Ferdi- »nand SERÉ », ayant commencé à paraître par livraisons le 15 février 1851, on doit sûrement rencontrer beaucoup de *Complaintes* relatives aux malheureux de ces diverses professions.

Il est aussi probable que l'on trouvera des Pièces poétiques présentant le caractère des *Complaintes* , dans la publication annoncée par le *Feuilleton du Journal de la Librairie* (N° 6, 8 Février 1851, p. 43), sous ce titre : « Les »*Chants des* VAINCUS, par Mme L^te COLET ; in-8°, »portr. »

Nous serions bien surpris si l'article 2832 du N° 22, Samedi 31 Mai 1851, de la *Biblio- graphie de la France*, intitulé : : « LES CHANTS » DE LA MANSARDE , par Constant ARNOULD ; » Paris, 1851, in-18, de cinq feuilles », étaient autre chose que de véritables COMPLAINTES.

Jaquemart et le débris de la Musique de ses Cloches. — Dans le *Recueil des Rimes redoublées de cet Auteur* ; dédié au Comte DE LAUZUN, et publié en 1671.

CDLXIV. COMPLAINTE *de la Coiffure-à-la-giraffe et de la Manche-à-gigot, suivie de quelques autres facéties. Par trois Amateurs d'O***, avec des Notes prosaïques et scientifiques.* — Orléans, 1828, in-8°, de deux feuilles [658].

CDLXV. HISTOIRE LAMENTABLE *de l'An* 1850. *Ses exploits, ses créations, ses projets et ses productions, chantée par le célèbre* MOUTARDICOF. In-4°, d'un quart de feuille. — Trente Couplets. *Signé :* Ch. SEILLIER [659].

CDLXVI. COMPLAINTE *du Mardi-Gras de l'An de Grâce* 1852. — Nimes, 1852, in-4°, d'un quart de feuille [660].

II. CDLXVII. HÉLOÏSE *et* ABAILARD (COMPLAINTE *burlesque*) [661].

CDLXVIII. *Le* REGRET *sur la mort de l'Asne Ligueur.* [Attribué à l'un des Collaborateurs de la *Satyre Ménippée,* dont il fait partie : Gille DURANT.] « Charmante »poésie, — dit Charles NODIER, — en parlant de cette COMPLAINTE —, dont le tour »ingénieux et la piquante naïveté caractérisent un digne précurseur de VOLTAIRE. »

CDLXIX. Vital DAUDIGUIER, Sieur DE LA MENOR, dont il a été déjà question (voy. p. 258, Nos de CCXLV à CCLXI) : *La* MORT FACÉTIEUSE *de* MAILLARD ; Pièce badine où l'ironie est assez bien maniée. Elle avait déjà paru en 1606, sous le titre de : MORT DE SOUILLARD !

CDLXX. *La* COMPLAINTE BURLESQUE *des Argotiers. Tirée d'un Dialogue de deux Myons de l'Argot,* par LE REGNAUDIN MALLAUCHEUR, *et la Vergue de Miséricorde.* — Troyes, Pierre DES MOLINS, 1630, in-12.

CDLXXI. COMPLAINTE LAMENTABLE *sur la naissance, la vie et la mort du célèbre* MUSARD, *dit* NAPOLÉON III, *quand vivait Chef d'Orchestre des Concerts Vivienne, accusé et convaincu d'avoir assassiné l'ombre de* BEETHOVEN *d'un coup de mailloche de grosse caisse.* In-fol°, d'une demi-feuille [662]. — On ne dit pas si cette Pièce est en vers ou en prose.

DCLXXII. COMPLAINTE FUNÈBRE ET LAMENTABLE *sur la naissance, la vie et la mort désastreuse occasionnée par un coup du balancier de la Monnaie des Médailles, du très-illustrrrrre Frantz* LIST, *quand vivait Autocrate de Pianopolis,* etc. ; *sur l'Air*

---

[658] *Bibl. de la France,* etc.; 1828: N° 2242.
[659] *Bibl. de la France,* etc.; 1851: N° 1840.
[660] *Bibl. de la France,* etc.; 1852: N° 1692.

[661] Voy. *Chants et Chansons populaires de la France;* ouvr. cit. : T. III.
[662] *Bibl. de la France,* etc.; 1839: N° 4658

hongrois : de Fualdès ; par Alco *jeune, Troubadour breveté.* — Paris, 1844, in-8°, d'une feuille [663].

CDLXXIII. Chanson *de M.* Déon, *en* 1712 [664] :

> « Ton himeur est Catereine,
> » Plus aigre qu'un citron vard ;
> » On ne sçait qui te chagreine,
> » Ny qui gagne ny qui pard [665].... »

CDLXXIV. La Cruelle. — Complainte *grotesque extraite d'un Recueil de Chansons tendres, galantes, bachiques, etc.* In-12 : pp. de 124 à 126. — Nous en transcrirons le 1er et le 5e Couplet, à cause de leur piquante et burlesque originalité :

1.	**5.**
« Depuis plus de six mois,	» Quand près de ton réduit
» Tu me mets aux abois,	» Je passai l'autre nuit,
» Belle Indiscrète :	» Pendant la pluye ;
» Je suis plus rissolé,	» Loin de me consoler,
» Plus sec et plus brûlé	» Tu ne fis que ronfler
» Qu'une allumette !	» Comme une Truye ! »

CDLXXV. Plaintes *d'une Amante abandonnée ;* attribuée à Vadé, *d'après* du Mersan [666]. — Nous ne transcrirons ici que deux de ses Couplets les moins libres :

1.	**5.**
« Dans les Gardes-Françaises,	» Pour sa dévergondée,
» J'avais un Amoureux,	» Sa Madelon Friquet,
» Fringant, chaud comme braise,	» De pleurs tout inondée,
» Jeune, beau, vigoureux ;	» J'ai rempli mon baquet :
» Mais de la colonelle	» Je suis abandonnée ;
» C'est le plus scélérat ;	» Mais ce n'est pas le pis :
» Pour une péronelle	» Ma fille de journée
» Le gueux m'a planté là !	» Est sa femme de nuit ! »

[663] Voy. *Bibliogr. de la France, ou Journ. gén. de l'Impr. et de la Libr.;* 1844 : N° 2760.

[664] [De la Borde] : *Essai sur la Musique ancienne et moderne ;* ouv. cit. : T. II *(ad calcem)*, Musique : pp. de 59 à 61.

[665] On trouve dans ces Couplets les vers suivants :

> « ....
> » Sans dire ni qui ni quoi ,
> » Tu me baillis l'ordonnance
> » De m'approcher loin de toi...! »

> » ....
> » Quand sur ton himeur revêche
> » Je rumine en mon cerviau ,
> » Tu me sembl' être une pêche
> » Dont ton cœur est le noyau !
> » ....
> » Au grand Colas qui te lorgne
> » Je veux pôcher les deux yeux ;
> » Ou du moins en faire un borgne ,
> » Si je ne puis faire mieux. »

[666] *Chansons nationales et populaires de la France;* ouvr. cit. : pp. 228 et 229.

CDLXXVI. COMPLAINTE FUALDÈS. — Complainte burlesque de très-mauvais goût, dans laquelle on tourne en ridicule une chose atroce, un événement des plus graves et des plus tragiques. Son Auteur, d'après DU MERSAN, est M. C..., Dentiste.

Ce genre de Poésie a pu faire dire avec raison à DU MERSAN : « Les écrits avec » lesquels on enchante maintenant les esprits qui se disent les plus délicats, sont *la* » *Morgue de la Littérature.* » Ces Poésies funèbres ont été ordinairement, en effet, l'œuvre des Poëtes de l'ordre le moins élevé, ou pour mieux dire du plus bas étage.

« L'entreprise de la COMPLAINTE, dit DU MERSAN (dans la *Notice* placée en tête de » la COMPLAINTE DE FUALDÈS), était le domaine des Poëtes de carrefour : l'extrême » naïveté en était le caractère, et le peuple se contentait de ces récits à peu près » rimés, parfaitement à la portée de son intelligence. Les gens qui veulent de l'esprit » partout ne pouvaient s'empêcher de sourire aux expressions grotesques et aux » phrases bouffonnes employées par les Troubadours populaires, pour dire les choses » les plus horriblement tragiques, et bientôt des Chansonniers spirituels s'amusèrent » à parodier les Couplets des Chantres privilégiés de la Cour d'Assises et de l'échafaud.

» La COMPLAINTE de l'empoisonneur TRUMEAU : *Épicier droguiste et barbare,* etc., » fut long-temps regardée comme l'œuvre naïve d'un Chansonnier des rues, c'était » une imitation très-originale de ce genre de *Littérature patibulaire :* tout le monde » fut dupe de la mystification. Encouragé par ce succès, l'Auteur de cette COM- » PLAINTE, CATALAN, Dentiste et homme d'esprit, fit celle de FUALDÈS, qui n'eut » pas moins de vogue que la première. »

CBLXXVII. LA LETTRE DE FAIRE PART OU LA MORT DU CONSCRIT [667].

[667] Voy. DU MERSAN : *Chansons nation. et pop. de la France;* édit. in-32 cit. : pp. de 272 à 274. — Nous transcrirons ici trois des Six Couplets composant cette COMPLAINTE originale :

1.

« ROSE, l'intention d'la présente
» Est d't'informer de ma santé.
» L'Armé' française est triomphante,
» Et moi j'ai l'bras gauche emporté.
» Nous avons eu d'grands avantages.
» La mitraill' m'a brisé les os.
» Nous avons pris arm's et bagages.
» Pour ma part j'ai deux ball's dans l'dos.

2.

» J't'écris de l'hôpital, d'où j'pense

» Partir bientôt pour chez les morts.
» J't'envoi dix francs qu'celui qui m'panse
» M'a donné pour avoir mon corps.
» Je m'suis dit, puisqu'il faut que j'file,
» Et que ma Ros' perd son épouseur,
» Ça fait que j'mourrais plus tranquille
» D'savoir que j'lui laiss' ma valeur.

6.

» Adieu! ROSE, adieu! du courage!
» A nous r'voir il n'faut plus songer;
» Car au régiment où j'mengage,
» On n'vous accorde pas de congé.
» V'là tout qui tourne... j'n'y vois goutte!
» Ah! c'est fini... j'sens que j'm'en vas!...
» J'viens de recevoir ma feuille de route.
» Adieu, ROSE, adieu, n'm'oubli' pas! »

CDLXXVIII. Carripipi le tueur d'hommes, *bêtise débitée sous la forme de* Complainte, *à la Cavalcade du 14 Mars* 1852. In-8°, d'un huitième de feuille. Impr. de Baret, à Mulhouse. — Quatre Couplets [668].

Nous ne savons trop s'il existe des *Complaintes*, de quelque genre que ce soit, dans le « *Recueil de Chansons faites par un Original* [A. M. Lottin]. — Lotinopolis » [Paris], 1781, 2 vol. in-8°. » Ce Recueil, qui est une rareté bibliographique, n'a pas été mis en vente. Le Libraire Merlin en possédait un exemplaire où toutes les Lettres initiales avaient été remplies par l'Auteur même. V. T. [669].

III. Complaintes burlesques relatives a des animaux.

Les Oiseaux, dont le langage est si souvent prophétique dans les Poésies traditionnelles de certains pays, dans les Chants populaires de la Suède, du Danemarck, et des îles Féroë entre autres, où ils *prédisent l'avenir, portent des messages, annoncent ou conjurent des malheurs,* etc., deviennent aussi l'organe, l'expression poétique d'une infortune, d'un revers, d'une mort malheureuse. « Ce sont eux qui » pleurent la mort du Klephte ; qui portent aux Parganiotes la nouvelle du désastre » des Souliş ; aux Klephtes de Thessalie celle de la victoire de Nicotzocis. . . Ils sont » les Chantres ordinaires de ces exploits ignorés du Klephte, qui n'avaient d'autre » témoin que les images du Ciel, les chaînes de l'Olympe et du Pinde, et quel- » quefois l'Oiseau muet qui les regardait de loin sur la branche [670]. » Les Oiseaux qui figurent comme Acteurs dans ces Complaintes populaires, ne sont pas toujours des Oiseaux chanteurs, tels que le *Perroquet*, le *Corbeau*, la *Corneille*, etc. ; ce sont aussi, parfois, des Oiseaux muets, auxquels un pouvoir supérieur prête momentanément et d'une manière merveilleuse une voix et un langage. Ces Oiseaux, organes des sentiments les plus nobles, annoncent un malheur pour qu'on le prévienne ; détournent d'un crime, le reprochent, le dévoilent et le font punir, quand ils n'ont pu l'empêcher, etc., etc. ; et la Moralité, qui constamment résume leur Chant mélancolique, triste ou lamentable, tend sans cesse à rendre l'Homme meilleur. On peut voir la traduction d'une Complainte Écossaise de ce genre dans le *Magasin Pittoresque*, 13ᵉ Année, p. 83.

[668] Voy. *Bibliogr. de la France ou Journ. gén. de l'Impr. et de la Libr.* ; 1852 : N° 2935.
[669] Voy. Barbier : *Dict. des ouvrages anonymes et pseudonymes, compos. trad. ou publ.* en franç. et en lat., etc. ; 2ᵉ édition. — Paris, 1822-27, in-8° ; T. III, p. 147 : 1ʳᵉ col., 15373.
[670] *Magasin Pittoresque* ; ouvr. cit. : 13ᵉ Année (1845), p. 82, 2ᵉ col.

CDLXXIX. B*** : PLAINTE *d'un Pinson sur la trop longue absence d'une Fauvette.* — Deux Couplets [671].

CDLXXX. Olivier DE MAGNY (déjà cité au XVI° siècle; voyez p. 248, N° CLXIV): *Sur la mort du petit Chien* PLOTON. — Longue Pièce, mais ayant un caractère de naïveté remarquable. Joachim DU BELLAY a traité le même sujet; et comme sa Pièce est plus courte, le Père SANADON l'a préférée à celle de MAGNY, pour la traduire en vers latins.

CDLXXXI. Annibal DE LORTIGUE : ÉLÉGIES : *Sur Florentin, petit Chien pelé; sur Matou, le plus illustre des Chats* [672]; *sur Carnavas, avec son Oraison Funèbre* [fin du XV° siècle]. On a vu parfois les Poëtes d'une même ville faire assaut de génie poétique, réunir leur esprit et leurs talents dans un même volume, pour s'apitoyer poétiquement sur la mort d'une Bête. Nous en citerons comme exemple la composition suivante : « CANZONIERE *di diversi Bergamaschi in morte d'un Cane.* — » Bergame, 1782, in-8°. »

Claude DE PONTOUX (déjà cité au XV° siècle; voyez p. 249, N°s CLXXV et CLXXVI) :

CDLXXXII. HARANGUES LAMENTABLES *sur la mort de divers Animaux, extraites du Tuscan* (d'Ortensio LANDO), *rendues et augmentées en prose françoise, où sont représentés au vif les naturels desdits animaux et les propriétés d'iceux.* — Pièces jointes, en 1570, à sa *Rhétorique gaillarde;*

CDLXXXIII. — ÉLÉGIE *sur la mort d'un Cochon nommé* GRONGNET; Pièce badine, mais très-puérile. — Dans le Recueil intitulé : GÉLODACRIE. — Lyon, 1579.

CDLXXXIV. Isaac DE BENSERADE : PLAINTE *du Cheval Pégase aux Chevaux de la Petite-Ecurie, qui le vouloient déloger de son galetas des Tuileries.* — Une des meilleures Pièces de ce Poëte, insérée par le Père BOUHOURS dans son *Recueil de Vers choisis.* « Badinerie fine et délicate, — dit l'Abbé GOUJET [673] —, où l'éloge du » ROI est très-bien amené. »

IV. COMPLAINTES BURLESQUES DE LÉGENDAIRES.

CDLXXXV. CHANSON DE LA PALISSE. — Cette Chanson est comme celle de MALBROU

---

[671] Voy. *Bibliothèque poétique,* etc.; ouvr. cit. : T. III, p. 491.

[672] Dans les OEuvres du Poëte J. COMMIRE *, on trouve deux Pièces de vers assez agréa-

* Joan. COMMIRII *è Soc.* JES. *Carmina.* — Paris, JOS. BARBOU, 1753, in-12 : T. II, p. 304.

bles sur la mort d'un Chat appelé GRISET :
« GRISET est mort. Hélas! c'est grand dommage
» .... »
et :
« GRISET est mort. Une noire FURIE
» .... »
[673] *Bibliot. franç.,* etc., cit. : T. XVIII, p. 296.

40

l'imitation d'une Chanson plus ancienne. Le fameux LA GALISSE, qui en était primitivement le sujet, est un personnage imaginaire, qu'on a appelé plus tard LA PALISSE pour le confondre bientôt, vulgairement, avec le Maréchal de France qui combattit sous les ordres de FRANÇOIS Ier à Pavie, et dont le nom s'écrivait LA PALICE. Le LA GALISSE ou LA PALISSE de la fameuse Chanson n'a pas plus de rapport avec le Maréchal DE LA PALICE, que MALBROU, ainsi que nous le verrons bientôt, n'en avait lui-même avec le célèbre DUC DE MARLBOROUGH. Cette Chanson, telle qu'on la connaît aujourd'hui et telle que DU MERSAN l'a publiée, dans ses *Chansons nationales et populaires de la France* [674], a pour Auteur le savant LA MONNOIE. Il semblerait qu'on n'en a composé, lors de la défaite de Pavie, qu'*un seul Couplet* [675], et que ce Couplet unique se chantait sur l'Air que LA MONNOIE a choisi pour sa Chanson : cette double circonstance a dû nécessairement renforcer la confusion. DU MERSAN rappelle que l'*Air langoureux* qui s'adapte le mieux à cette Chanson *était celui d'un ancien Noël*; tandis que *celui qu'on y a substitué, depuis une cinquantaine d'années, ne s'y ajuste qu'en doublant quelques Notes*. Le *Menagiana* regarde, avec raison, le texte de cette COMPLAINTE comme un bon échantillon de *style niais* [676].

---

[674] DU MERSAN : *Chansons nation. et popul. de la France;* ouvr. cit., pp. de 32 à 43.

[675] En voici les paroles :

« MONSIEUR LA PALISSE est mort,
» Il est mort devant Pavie.
» Un quart d'heure avant sa mort
» Il était encore en vie!..... »

Le premier et le dernier Couplet du texte de LA MONNOIE, annonce qu'il existait, sur ce sujet, une Chanson ancienne :

1.

« Messieurs, *vous plaît-il d'ouïr*
» *L'Air du fameux* LA PALISSE?
» Il pourra vous réjouir
» Pourvu qu'il vous divertisse. »

51.

» *J'ai lu dans les vieux écrits*
» *Qui contiennent son histoire,*
» Qu'il irait en Paradis,
» S'il n'était en Purgatoire. »

[676] Le texte de la *Chanson sur la Bataille de Pavie*, 1525, extrait de la Collection Manuscrite de MAUREPAS (T. 1, p. 13 et suiv.),

rapporté tout au long dans le *Magasin Pittoresque* (14e ANNÉE [1846], pp. 18 et 19), est fort *différent* de celui de DU MERSAN.

Il en est de même du texte recueilli par DE LA BORDE, dans son *Essai sur la Musique ancienne et moderne**; il diffère beaucoup de celui de DU MERSAN, et contient, entre autres, des Couplets tels que les suivants, que DU MERSAN n'avait pas dû connaître :

« Sur un fort bon lit de plume
» Il est mort très-mollement,
» S'il fût mort sur une enclume
» Il fût mort plus durement..! »

Quelques Couplets du texte de LA BORDE, où LA PALISSE parle lui-même, tels que le suivant :

« Je suis natif de la ville
» Où jadis j'ai vu le jour;
» Elle est au milieu d'une île
» Ayant de l'eau tout autour »,

ont été évidemment ajoutés à ceux de LA MONNOIE.

* [DE LA BORDE] : *Ess. sur la Musiq. anc. et mod.;* ouvr. cit. : T. II *(ad calcem)* [MUSIQUE] : pp. 168-69.

CDLXXXVI. La Complainte du Juif-Errant, en forme et manière de Chanson; sur l'Air : « Dames d'honneur, etc. [677] » : Légende fabuleuse, très-probablement « une » Allégorie de la dispersion des Juifs , inventée dans les temps d'ignorance et de » superstition où ce peuple était proscrit par toute la terre. » Cette tradition a commencé à s'accréditer vers le commencement du XIII° siècle. Le Chroniqueur Anglais, Matthieu Paris, qui vivait en 1228, en a parlé comme d'un personnage qui avait été vu par un Archevêque de la Grande-Arménie. Ce Chroniqueur lui donne le nom de Carthophilus et en fait un Portier du Prétoire. D'autres traditions le nomment Michab-Ader, et la Rapsodie Lyrique du Poëte Allemand Schubark l'appelle Ahasver. « On prétendit, — selon du Mersan [678] —, l'avoir vu à Hambourg en 1542, en »France en 1604, à Bruxelles en 1774. C'est à cette date qu'on rapporte la Com-»plainte et le portrait prétendu véritable qui l'accompagne. » Dans le texte de du Mersan, comme dans celui qui avait déjà paru en 1609, le Juif-Errant dit qu'il était Cordonnier et qu'il s'appelle Isaac Laquedan. Ce personnage figure dans le Roman du Moine par Lewis, fait le sujet de l'Ahasverus de M. Edg. Quinet, et a été pris pour prétexte dans un des Romans de M. Eug. Sue. M. Collin de Plancy vient de publier une nouvelle édition de cette Complainte sous ce titre : La Grande Légende du Juif-Errant (Approuvée par Mgr l'Evêque de Châlons). — 1 vol. in-8° [679].

CDLXXXVII. Complainte lamentable du vrai Suisse-Errant, ornée de son portrait, tel qu'il a été vu à Paris en Décembre 1848. Paris, 1848, demi-feuille in-fol. — Vingt-quatre Couplets avec vignettes [680]. Cette Complainte, dont nous ne connaissons que le titre, est probablement une imitation de celle du Juif-Errant.

CDLXXXVIII. Cantique de Geneviève de Brabant. — Personne n'ignore que l'Histoire de Geneviève de Brabant a servi de texte à une Complainte chantée par toute la France, et dont l'Auteur est resté inconnu jusqu'à ce jour [681].

CDLXXXIX. Complainte de l'Enfant-Prodigue, prise de la Parabole de l'Enfant-Prodigue (Chap. V de l'Evangile selon Saint Luc). — Rien ne prouve la popularité

[677] Voy. Chants et Chansons populaires, etc.; édit. (illustrée) de Delloye: T. I.

[678] Du Mersan : Chansons nationales et populaires de la France; ouvr. cit. : p. 134.

[679] Voy. Bibliographie de la France, etc.; 1850 [Feuilleton N° 51] : p. 463.

[680] Bibl. de la France, etc.; 1848: N° 6863.

[681] Voy. Chants et Chansons populaires de la France; édit. illustrée de H.-L. Delloye; in-4°, fig. : T. I ; — et du Mersan : Chansons nationales et populaires de la France; ouvr. cit. : pp. de 150 à 158.

dont elle a joui, comme cette circonstance, notée par M. Leroux de Lincy, « qu'elle
» existe en différents Patois de la France *au nombre de* 86... [682]. »

La Complainte de l'Enfant-Prodigue, que l'on trouve dans les *Chants et Chansons populaires*, etc.; édit. illustrée de Delloye, T. I, présente, dans sa composition
à plusieurs personnages, la forme et la marche des anciennes Pièces de Vers de
ce genre. Nous croirions volontiers, avec M. Leroux de Lincy, qu'elle n'est qu'une
reproduction de quelqu'une de ces antiques Chansons.

cdxc. Mort et Convoi de l'invincible Malborough.—Cette fameuse Complainte est
celle que Mme Poitrine, Nourrice du Dauphin mis au monde par Marie-Antoinette,
chantait à son nourrisson; que le bon Louis XVI fredonna lui-même, pour la faire
bientôt retentir dans Versailles, dans Paris, puis dans toute la France; et que,
— selon le Bibliophile Jacob —, Napoléon entonnait à haute voix, « *malgré son
» antipathie pour la Musique* [683], chaque fois qu'il montait à cheval pour entrer en
» campagne.... » La Cantilène tristement niaise dont il s'agit serait-elle aussi
ancienne que le croyait Chateaubriand, et que le penseraient le Bibliophile Jacob et
M. Génin?... « Nous ne répugnons pas à croire, avec M. de Chateaubriand, — dit
» le Bibliophile Jacob, dans la Notice placée en tête de *Mort et Convoi de l'invincible
» Malborough* [684] —, que ce pourrait bien être le même Air que les Croisés de
» Godefroy de Bouillon chantaient, sous les murs de Jérusalem, pour s'encourager
» à délivrer la Ville Sainte et le Tombeau du Christ. *Les Arabes le chantent encore,*
» et l'on prétend que leurs ancêtres l'avaient appris à la Bataille de Massoure, où

[682] Voy. *Mémoires de la Société des Antiquaires de France :* T. VI, p. 432.

[683] *Chants et Chansons populaires de la
France ;* édit. Delloye (illustr.); gr. in-8°,
T. I. — Le Bibliophile Jacob s'est sûrement
trompé en ce qui concerne la prétendue *antipathie de* Napoléon *pour la Musique.* La
manière dont ce Héros, supérieur en tout,
avait senti et su juger *la Vestale*, de Spontini,
et *Ossian ou les Bardes*, de Le Sueur, serait, s'il le fallait, la preuve évidente du
contraire. Les renseignements positifs sur cet
objet, que M. Lordat et moi nous devons à
le Sueur lui-même, renforcent ce sentiment

au point de le rendre désormais inattaquable.

Le Bibliophile Jacob aura sûrement confondu
l'antipathie réelle de Napoléon *pour* Cherubini,
avec une prétendue antipathie de ce grand
homme *pour toute espèce de Musique*, ce qui
est un grand tort. Nous penserions plus volontiers que Napoléon admirait, c'est-à-dire,
appréciait comme il le devait, la Musique des
Deux Journées, quoiqu'il eût une antipathie
peut-être irrationnelle contre leur Auteur.

[684] Voy. Notice de *Mort et Convoi de l'invincible* Marlborough. *Chants et Chansons
populaires de la France ;* édit. illustrée de
Delloye, T. I.

» les frères d'armes du Sire DE JOINVILLE le répétaient en choquant leurs boucliers et
» en poussant le cri national : *Montjoie Saint-Denis....!* » Cela paraît fort probable.

« La COMPLAINTE si connue de MALBROUG remonte aux Guerres Saintes.... [685]. »

M. GÉNIN a réuni et publié sur MALBROU [686] des détails d'un haut intérêt, auxquels
nous serons forcé de renvoyer ceux de nos Lecteurs qui seraient désireux de connaître en détail le curieux historique de cette COMPLAINTE. Nous nous contenterons
de dire ici, que cette COMPLAINTE date, très-probablement, de la 8ᵉ Croisade, celle
de SAINT LOUIS ; que le Chevalier Espagnol, dont on vante les hauts faits dans ce
Chant triste, et qu'on avait surnommé MEMBRU ou MAMBRUN, n'a, historiquement,
aucun rapport avec le DUC DE MARLBOROUGH ; que ce nom est passé et a été conservé
dans une ancienne Légende Espagnole commençant par ce vers :

> « MAMBRUN *se fué a la guerra...* »,

peut-être l'original de notre MALBROU... ; et que, pendant long-temps, les descendants des Maures d'Espagne désignaient toutes les pierres monumentales dont
ils ignoraient l'origine, comme étant le *Tombeau de Mambrun.*

La présomption touchant l'ancienneté de la COMPLAINTE MALBROU grandit encore
par la considération de la nature de sa Mélodie, et de quelques passages de *Chansons-
poëmes en Langue Romane.* Une tradition, soigneusement recueillie par CHATEAU-
BRIAND à cause de la confiance qu'elle lui inspirait, donne à l'Air de MALBROU une
origine arabe. « Quiconque a jeté les yeux sur les *Chansons de geste* de ce temps-là,
» — dit M. GÉNIN —, sait que rien n'y est plus fréquent que l'épithète de *membré*
» ou de *membru,* accolée au nom du Héros :

> « Non farai, SIRE, dit ROLANT *li membré* » ;
> (GÉRARD *de Viane :* v. 3260.)

> « Li grans barnages est encontre venus :
> » MILLE de Puille et HARNAUS *li membrus* » ;
> (GÉRARD *de Viane :* v. 3180.)

» *le Membru,* c'est-à-dire le *Vigoureux, l'Homme aux formes athlétiques.* »

[685] *Magas. Pittoresq.;* 1846 : T. XIV, p. 18.
[686] D'abord dans une Revue, et puis dans
l'ouvrage plein d'une érudition choisie intitulé :
Des variations du Langage Français depuis
le XIIᵉ *siècle, ou Recherche des Principes qui*
devraient régler l'Orthographe et la Pronon-
ciation. — Paris, FIRMIN DIDOT, 1848, in-8° ;
pp. de 470 à 491.

« Ce n'est pas, — dit encore M. Génin (Note de la page 489) —, que nous ayons
» manqué en France de chansonner le Duc Churchill de Marlborough. Le Recueil
» manuscrit des Chansons historiques en trente-un volumes, qui a passé du Cabinet
» de M. de Maurepas à la Bibliothèque Royale, contient *Vingt-sept* Chansons sur
» Marlborough ; mais celle qui seule a survécu, et qui devrait par conséquent avoir
» été la plus célèbre, ne s'y trouve pas ; et, parmi les Vingt-sept qui s'y trouvent,
» aucune n'offre le moindre rapport de détails avec la Chanson de Malbrou, aucune
» n'est sur l'Air de Malbrou, aucune enfin ne présente le nom de Marlborough
» autrement qu'en trois syllabes, et écrit ainsi : Malborough.

» Le seul Beaumarchais, — dit encore M. Génin [687] —, eut le tact assez fin pour
» sentir que l'Air (de Malbrou) est une des Mélodies les plus sentimentales ; aussi
» l'employa-t-il pour la Romance que chante Chérubin aux pieds de la belle Comtesse.
» Ce trait d'un homme de goût ne détrompa point le Public, le *sot Public*, — comme
» l'appelle Jean-Jacques —, et la Chanson de Malbrou est restée un type convenu
» de folle plaisanterie. Et pourquoi ? parce qu'on y trouve le nom d'un Général
» Anglais qui battit une fois les troupes françaises. Il est clair que l'on ne pouvait
» chanter la mort de Marlborough que pour s'en moquer. »

CDXCI. Histoire de Malborough, *racontée par un Anglais*. (Charge chantée par
l'Auteur.) In-4°, d'un quart de feuille ; Paris, 1851. — Quatorze Couplets. Signé :
Emile Thierry [688].

CDXCII. *Le Convoi du Duc de Guise. Romance populaire.* 1566 [689].

---

[687] F. Génin : *Des variations du Langage
Français depuis le XIIᵉ siècle*, etc.; ouvr. cit. :
pp. 471-72.

[688] Voy. *Bibliogr. de la France ou Journ.
gén. de l'Impr. et de la Libr.*; 1851 : Nᵒ 7112.

[689] T. III des *Pièces intéressantes et peu
connues pour servir à l'Histoire*, etc.: 1785,
in-12 ; et Leroux de Lincy, 2ᵉ série, p. 287. —
Cette Complainte burlesque, en Dix Couplets,
finit de la manière suivante :

« Chacun s'alla coucher (*bis*) :
» Les uns avec leurs femmes,
» Et bon, bon, bon, bon,
» Di, dan, di, dan, bon
» Et les autres tous seuls. »

Elle est visiblement calquée sur celle de
Malbrou. Les Huguenots la répandirent, à
l'occasion de la mort du Duc de Guise, assassiné par Poltrot, le 15 Février 1563. Cette
seule circonstance attesterait, au besoin, que
la Complainte de Malbrou n'a pu être composée pour le Duc de Marlborough, mort
dans son hôtel, en 1722, à l'âge de 72 ans,
par suite d'une apoplexie qui l'avait rendu
fou. Ainsi que le dit M. Génin : « *Le Convoi*
» *du* Duc de Guise n'est évidemment qu'une
» fade et grossière parodie de quelque antique
» Romance, encore populaire au XVIᵉ siècle,
» oubliée au XVIIIᵉ siècle, et que la bonne

Indépendamment des ouvrages français déjà cités, on consultera avec fruit :

Chansonnier Français avec la Musique. — Paris, 1760-62, 16 vol. in-12 ;

Les Recueils de *Chansons* indiqués par BRUNET (4ᵉ édit.) : T. I, pp. de 631 à 634, et T. IV, p. 44, 1ʳᵉ col. ;

Anthologie Françoise ou Chansons choisies depuis le XIIᵉ *siècle jusqu'à présent* [par MONNET] ; précédées d'un *Mémoire historique sur la* CHANSON ; par MEUNIER DE QUERLON. — Paris [BARBOU], 1765, 3 vol. in-8° ;

Recueil de Chansons, vendues, chantées et composées par DELBEZ. — Agen, BARRIÈRE, 1852, in-12, d'une demi-feuille ; connu seulement par une annonce [690] ;

RECUEIL DE CHANSONS ; par G. NADAUD, 2ᵉ édit. in-18, de 8 feuilles deux neuvièmes. — Augmentée de 44 Chansons inédites [691] ;

DU MERSAN et NOEL : *Chansons nationales et populaires de France, accompagnées de Notes historiques et littéraires.* — Paris, 1852, 2 vol. in-8°, 60 feuilles un quart, plus 48 dessins par GAVARNI, KARL, GIRARDET, G. STAAL et A. VARIN, *gravés sur acier* par Ch. GEOFFROY ; précédées d'une Histoire de la Chanson, pp. de I à XLVIII.

COMPLAINTES EN DIVERS PATOIS NATIONAUX OU EN LANGUES ÉTRANGÈRES.

CDXCIII. I. COMPLAINTE EN PATOIS DE TARASCON. — *Lou* CRÈBE-CŒUR *d'un Paisant sur la* MOUERT DE SON AY ; *émé la souffranço é la miséri dèi Forçàs qué son én galéro é dèis paurés Jardeniès.* — Tarasc. ou Aix, Laur. ELZÉAS, 1709, 1732 ou 1750, in-12.

CDXCIV. II. PATOIS MESSIN. — *Dialogue facétieux dung Gentilhomme François* SE COMPLAIGNANT *a l'amour, et dung Berger qui, le trouvant dans un bocage, le reconforta, parlant à lui en son patois.* Metz, Nic. ANTOINE, 1671, in-16. — En vers MESSINS.

CDXCV. III. COMPLAINTES EN Béarnais. — Nous citerons comme COMPLAINTE BÉARNAISE une suave et tendre Cantilène nationale recueillie par DE LA BORDE [692]. En voici le premier et le dernier Couplet, dont nous avons été dans l'obligation de rétablir l'orthographe [693] :

I.

« La hàout sus las mountàgnes,
» U Pàstou maluroùs,

I.

« Là haut sur la montagne,
» Un Berger malheureux,

» Madame POITRINE apporta du fond de la Province dans le Louvre des Rois de France *.

[690] *Bibl. de la France,* etc.; 1852 : N° 3750.

* GÉNIN, *Des variations du Langage Français,* etc.; ouvr. cité : p. 474.

[691] *Bibl. de la France,* etc.; 1852 : N° 3425.

[692] [DE LA BORDE] : *Essai sur la Musique ancienne et moderne ;* ouvr. cit. : T. II *(ad calcem)* [MUSIQUE], pp. 152 et 153.

[693] Les textes et les renseignements fournis

<table>
<tr><td>

» Ségud àou pé du hàou
» Négàd dé plous,
» Sounïàb' àou cambiamén
» Dé sas amous.

</td><td>

» Assis au pié d'un hêtre
» Noyé de pleurs,
» Songeait au changement
» De ses amours.

</td></tr>
<tr><td>

6.

» Adiou.dònquès tigrèsse,
» Pastoùre chens amoù;
» Cambià bé pots cambià
» Dé serbidoù;
» Iaméy nou troubaràs
» U tàou coum ïoù. »

</td><td>

6.

» Adieu donc tigresse,
» Bergère sans amour;
» Changer (oui) tu peux changer
» De serviteur;
» Jamais tu n'en trouveras
» Un tel que moi [694] . »

</td></tr>
</table>

IV. **Complaintes en Dialecte Corse**. — Chez les Corses, la **Complainte**, dans le dialecte du pays, est une Pièce de Vers souvent improvisée, à l'occasion d'une mort naturelle ou violente. D'après un *Rapport sur les Poésies populaires des Corses* [695], adressé, en 1840, à M. le Ministre de l'Intérieur, par M. Prosp. **Mérimée**, Inspecteur

à DE LA BORDE par rapport aux CHANSONS qu'il nomme *Gasconnes* [*], sont tout aussi impurs et tout aussi erronés. La plupart de ces Chansons, citées comme étant *Gasconnes*, sont réellement *Languedociennes*, et plus particulièrement de l'idiome ou Patois Roman de Montpellier. Voici les premiers vers de quatre d'entre elles, dont nous rétablirons l'orthographe singulièrement altérée dans le texte de ce savant Collecteur :

« Ès doun bèn vrāï qué toun indiffèrénça
» Sérà toujoùr lou pris dé moun amoùr (p. 144);

» L'AMOUR qué tant mé flatàva
» Dé mé rèndr'un jour countén (p. 146);

» JANÉTA, tous ïols tant doucéts
» M'an dounàt jusqu'à l'àma (p. 148);

» Aou léva dé l'AOURORA
» Dins un pradét dé flous (p. 150) [*2]. »

[694] La nature et la disposition des rimes

[*] [DE LA BORDE] : *Essai sur la Musique ancienne et moderne; ouvr. cit.* : T. II (*ad calcem*) [MUSIQUE]: pp. 144, 146, 148 et 150.

[*2] Nous avons déjà cité *Deux Couplets* de cette tendre COMPLAINTE PATOISE MONTPELLIÉRAINE (voy. ci-devant p. 210).

nous ferait penser que chacun des Couplets de cette Chanson doit être écrit différemment. Au lieu de six vers : quatre de six, et deux de quatre syllabes, dont trois seulement rimeraient entre eux, il faudrait, selon nous, trois vers seulement par Couplet, c'est-à-dire des *Tercets* composés d'un vers alexandrin et de deux vers de dix syllabes. Ces *Tercets* auraient, par Couplet, la même rime.

Soun jobeau.... n'avait pas de sens : *souniàb' àou....* est le vrai texte. Les autres fautes du texte de LA BORDE, fort impur sur ce point, sont très-graves, mais faciles à reconnaître : leur correction était moins importante.

On objectera peut-être, contre l'arrangement en *Tercets*, qu'alors le premier vers, celui de douze syllabes, aurait constamment après son premier hémistiche, un e muet, suivi ou non suivi d'un s, qui ne saurait s'élider, gênerait et formerait une syllabe surnuméraire... : nous répondrons à cela que cette circonstance est commune dans les anciens vers, soit français, soit romans du moyen âge.

[695] *Magas. Pittor.* : 8e ANNÉE, pp. 222-223

des Monuments Historiques de France, auquel nous ferons quelques emprunts, dans l'intérêt de nos Lecteurs, « c'est quelquefois la Fille, la Femme même du mort, » qui chante ou qui déclame devant son cadavre. » Selon ce savant Littérateur, le même usage existe aussi chez les Grecs, où cette sorte de LAMENTATION FUNÈBRE se nomme MOIZIOLOGHI. En Corse, ce CHANT FUNÈBRE s'appelle *Voceru*, *Buceru*, *Buceratu*, sur la côte orientale, et au-delà des Monts *Ballata*. « Le thème ordinaire » de ces Chants, — dit M. Prosper MÉRIMÉE —, est la *Vengeance*, et il n'est pas rare » qu'une célèbre *Buceratrice* fasse prendre les armes à tout un village, par la verve » sauvage de ses improvisations. Si le mort a succombé à une maladie, le *Voceru* » n'est qu'un tissu de lieux communs sur les vertus, etc. »

« Un homme mourut dernièrement de la fièvre à Bocognano, — dit M. Prosper » MÉRIMÉE — ; ses amis vinrent l'embrasser, suivant l'usage de cette localité, et l'un » d'eux lui dit : *O ! che tu fossi morto della mala morte ! t'avremmo vindicato !* — Oh ! » que n'es-tu mort de la male mort (c'est-à-dire assassiné) ! nous t'aurions vengé ! »

CDXCVI. On peut voir, comme exemple de ces COMPLAINTES CORSES, la *Lamentation funèbre du* NIOLO (*Voceru di* NIOLO), dont la traduction littérale, citée d'après le *Rapport de* M. MÉRIMÉE [696], finit ainsi :

> « D'une race si grande,
> » Tu ne laisses qu'une Sœur,
> » Sans Cousins-germains,
> » Pauvre, orpheline, sans Mari....
> » Mais *pour te venger*,
> » Sois tranquille, *elle suffit !* »

CDXCVII. V. COMPLAINTES ITALIENNES. — Fr. PÉTRARCA. Personne n'ignore que la plupart des *Sonetti* et des *Canzoni*, de PÉTRARQUE, sont des COMPLAINTES AMOUREUSES des plus tendres, aussi admirables par la pureté de leur style que par celle de leur sentiment.

CDXCVIII. Giovanni BOCCACIO : *La* FIAMMETTA. — Venezia, 1541, in-8°, dont la première traduction française a pour titre : « FLAMMETTE. *Côplainte des tristes amours* » *de* FLAMMETTE *a son amy* PAMPHILE, *translatée d'italien en vulgaire francoys.* On les » vend à Lyō par Claude NOURRY, dict LE PRINCE. — Imprimé à Lyon Mil cccc xxxij, » petit in-8° gothique, de xcvi ff. chiffrés, figures en bois. »

[696] *Magasin Pittoresque* ; ouvrage cité :   8ᵉ ANNÉE (1840), p. 223, 1ʳᵉ col.

Nous avons remarqué deux Complaintes Italiennes dans le *Catalogue de vente des Livres de* M. L*** :

CDXCIX. « 1257. *Lamento del Duca* Galeazzo Maria , *Duca di Milano, quando fu* » *morto nella Chiesa di* Santo-Stefano *(in terza rima), da* Giovanni de Lampugnano » *(senza luoco ed anno)*. In-4°, de 2 ff. à 2 col. mar. v. (avec grav. en bois repré- » sentant l'intérieur de l'Eglise au moment du meurtre »;

D. « 1259. *Questa e la vera Profecia de* Santo-Anselmo , *la qual purifichira* » *Christiani el Paganesmo (senza luoco ed anno)*. In-4°, à 2 colonn. de 20 lign. » mar. r. tr. d. — Complainte sur l'état de l'Italie, avec une fig. en bois. »

Dans le *Catalogue de vente des Livres de* M. Libri (*Belles–Lettres*), nous avons aussi remarqué quelques Complaintes Italiennes. Presque toutes ces pièces sont des raretés bibliographiques, dont nous signalerons les principales à nos Lecteurs :

DI. « Lamento *di Pisa e la Risposta*. In-4°, à 2 col. mar. r. fil. tr. d. (très-rare) »;

DII. « *Questa e la morte (in terza rima) del Reverendissimo Monsignore* Aschanio » *(senza luogo ed anno)*. In-4°, mar. v. tr. d. »;

DIII. « 1273. *Questa e la* Historia de la morte *del Duca* Valentino *(senza luogo* » *ed anno)*. In-4°, mar. v. tr. d. — Pièce rare ornée de jolies vignettes »;

DIV. « 1278. *El* Lamento *e la discordia de Italia universale (in ottava rima)*. » — *Bologna (senz'anno)*, in-4°, mar. v. tr. d. (rare) »;

DV. « 1281. Lamento *de' Venetiani (senza luogo ed anno)*. In-4°, de 2 ff. à » 2 col., fig. en bois, mar. v. tr. d. »;

DVI. « Le Miserie *de li Amanti, di* Nobile Socio. — Vinegia , Bern. de Vitali ; » 1533, in-4°, mar. r. tr. d. »— Le savant Bibliographe, qui a rédigé lui-même son Catalogue, nous apprend , dans une Note , que : « ce n'est pas , à proprement parler, » un Roman, comme on l'a annoncé quelquefois, mais une suite de *Dialogues* dans » lesquels on parle des Malheurs des Amants. »

Les Nos 1302, 1303, 1304, 1305, 1306, 1329, 1332, 1335 et 1336, du même Catalogue, sont aussi des Lamenti analogues et de la même rareté bibliographique.

DVII. P. Cantabino da Siena : Lamento *d'amor fato in vision, composto per* P. Cantabino *da Siena* (vers 1500). In-4°.

DVIII. Lamento *di* Cusino . . . . . (XVIe siècle). In-8°.

DIX. Strascino Campano : Lamento *di quel tribulato di* Strascino Campano , *sopra el male incognito* . . . . Venetia , 1523, in-8°.

DX. Baptista HISPANIOLO, vulgairement appelé MANTUANO : « *Les cent Epigrames*
» *auecques la vision*, la COMPLAINTE DE VERTU *traduyte de frere Baptiste* MANTUAN *en*
» *son liure des calamitez des temps, et la fable de lamoureuse* BIBLIS *et de* CAUNUS ;
» *traduyte* DOUIDE *par* Michel D'AMBOISE *dit l'*ESCLAUE FORTUNÉ *Seigneur de Cheuillon,*
» etc. (après 1532). — Pet. in-8° goth., avec fig. en bois. »

DXI. LAMENTO *d'una Cortegiana ferrarese.* — 1536, in-8°.

DXII. Antonio-Phileremo FREGOSO : Le ris de DÉMOCRITE *et le pleur d'*HÉRACLITE,
Philosophes, sur les folies et misères de ce monde; invention (italienne) *interprétée
en ryme franç.* par Mich. D'AMBOISE. — Paris, Arn. L'ANGELIER, 1547, in-8°.

DXIII. LAMENTO *d'una gentil Donna Padovana verso il suo Amante.* — Padova,
1554, pet. in-8°.

La possibilité de la MORT PAR AMOUR a donné lieu, de temps en temps, à la composition de quelques écrits remarquables, parmi lesquels nous citerons le suivant :

DXIV. « MORTE FINTA D'AMORE, *nella quale si veggono sette nobilissime Donne*
» *Romane piangendolo come morte,* etc. — Venet., Matteo PAGANINO, 1554, in-8°. »

Nous croyons pouvoir regarder comme un *Recueil* de COMPLAINTES en vers Italiens,
l'article suivant du *Catalogue de vente des Livres* RONTANI :

DXV. « 406. *Rime di diversi Autori, in morte* d'Irene DI SPISIMBERGO (*raccolta*
» *da* Dion. ATANAGI). — Venetia, 1561, in-8°. »

DXVI. Greg. LETI : ROMA PIANGENTE, *o Dialogi tra'l Tevere e Roma.* — Leida,
Batista VERO, 1666. — ROME PLEURANT, *ou les Entretiens du Tibre et de Rome.* Trad.
de l'Italien par M.-B.-R. LEVRE, et Henri et Pierre DE LORME, 1666, pet. in-12 [697].

Il est infiniment probable qu'on trouverait des COMPLAINTES ITALIENNES dans les
deux ouvrages suivants, que nous ne connaissons que par leurs titres : « *Chants*
» *historiques, extraits des Poésies inédites de Silvio* PELLICO; trad. par L. P. —
» 3° édit. in-12 (1852); — *Chants populaires de la Campagne de Rome;* trad. par
» Ch. DIDIER (Extr. de la *Campagne de Rome*). — Paris, J. LABITTE, 1842, in-8°.
» — Trente exemplaires tirés à part. »

DXVII. VI. COMPLAINTES ESPAGNOLES. — Le premier *Recueil de Romances Espagnoles* est celui que publia FERDINAND DE CASTILLE en 1510. Les principaux d'entre
ceux qui ont paru depuis, sont : *Cancionero de Romances;* Anvers, en 1555; —

[697] Art. 443 du *Catalogue de vente des   Livres de M.* GUILLAUME : 1850, in-8°.

Romancero historiado de L. Rodriguez ; — *Romancero* de Duran ; Madrid , 1832 ;
— *Tesoro de los Romanceros* ; Paris , 1838 , par M. de Ochoa , dont M. X. Marmier
annonçait , en 1845 , que M. F. Denis devait prochainement nous donner une traduction qui n'a peut-être pas encore paru ; — enfin , le *Romancero Espagnol* ,
traduit par M. Damas Hinard [698] , que nous avons déjà souvent cité. Parmi les
Complaintes consignées dans ce *Romancero Espagnol* , nous avons choisi , pour nos
citations , les pièces suivantes :

Romances de Bernard de Carpio (viiie et ixe siècles) :

dxviii. [v.] Plaintes *du Comte* de Saldana *en sa prison* [699] : « Il mouille sa prison
» des larmes qu'il répand , le Comte don Sanche Diaz , ce Seigneur de Saldana.... :
» — Les années de ma prison , si longue et si abhorrée , ils me les apprennent à
» tout moment , ces miens tristes cheveux blancs !..... » Le Captif finit ainsi , en
s'adressant à son Fils Bernard de Carpio : « Tous ceux qui me gardent ici me
» racontent tes hauts faits. Mais si tu n'emploies pas ton courage en faveur de ton
» Père , dis-moi , pour qui le réserves-tu ?

» Je languis ici dans les fers : et puisque tu ne me délivres pas , je dois être un
» mauvais Père ; ou tu dois être un mauvais Fils , puisque tu me délaisses.

» Pardonne-moi , si je t'offense ; je cesse de me plaindre : car , moi , comme un
» pauvre vieillard , je pleure , et toi , comme absent , tu ne peux répondre [700]. »

dxix. [xix.] *Nouvelles* Plaintes *de* Bernard [701] : « Dans le Château de Luna vous
» tenez prisonnier mon Père , coupable seulement à vos yeux , et innocent aux yeux
» de tous..... Que s'il vous faut du sang pour laver la faute de mon père , j'en ai
» assez répandu , de celui qu'il m'a donné , et cela pour vous servir !.... Rappelez-
» vous les rencontres que nous avons eues avec les Castillans , où nos âmes allaient
» si intrépides , que c'est miracle que nous ayons sauvé nos corps [702]...... »

---

[698] *Romancero Espagnol ou Recueil des
Chants populaires de l'Espagne ; Romances
historiques , chevaleresques et moresques ;
traduction complète avec une Introduction et
des Notes :* par M. Damas Hinard. — Paris ,
Charpentier , 1844 , 2 vol. in-12.

[699] *Romancero general :*

« Bañando esta las prisiones
» Con lagrimas que derrama , etc. »

[700] *Romancero Espagnol ou Recueil des
Chants populaires de l'Espagne* , etc.; ouvr.
cit.: T. I , pp. 25 et 26.

[701] *Romancero general :*

« Al casto Rey don Alfonso
» Está Bernardo pidiendo , etc. »

[702] *Romancero Espagnol ou Recueil des
Chants populaires de l'Espagne* , etc.; ouvr.
cit.: T. I , pp. 47 et 48.

DXX. [XXIII.] *Ce que dit* BERNARD *pendant les funérailles de son Père* [703] : « Je suis
» seul, ALPHONSE, mais je suis Castillan. Je suis seul, mais j'ai en moi tant de force,
» que j'ai détruit la puissance de CHARLEMAGNE et plongé la France entière dans le
» deuil et les pleurs. Ce bras est toujours ce même bras triomphant qui, en te
» donnant la victoire, épouvanta le monde. — Et ce même bras te vengera, ô mon
» Père ! car tu es outragé et BERNARD est vivant [704]. »

ROMANCES DU CID (XIe SIÈCLE) :

DXXI. [XVIII.] PLAINTES *de* CHIMÈNE *au sujet du départ* DU CID [705] : « Alarme !
» alarme ! sonnaient les clairons et les tambours. Guerre, feu et sang ! disaient
» leurs voix épouvantables.... » ; ayant pour refrain : « Roi de mon âme et Comte
» de cette terre, pourquoi me laisses-tu ! Où donc, où donc vas-tu [706] ? »

DXXII. [XXIV.] PLAINTES *de* CHIMÈNE *au sujet de l'absence* DU CID [707], commençant par
cette phrase : « Je suis effrayée, mon RODRIGUE, qu'ayant maintenant l'expérience
» *de l'amour qui vit en mon âme..... vous vous absentiez ainsi loin de moi, car
» vous n'ignorez pas que l'absence arrache souvent d'un cœur la constance la plus
» enracinée* » ; phrase qui pourrait être plus rassurante, quoique CHIMÈNE ajoute
» bientôt : « Je ne vous menace point, RODRIGUE, etc. »

Voici le Troisième et dernier Couplet de cette COMPLAINTE, suivi de son refrain :

« Ah ! cœurs ingrats des hommes ! si les femmes connaissaient bien votre assuré
» changement, comme aucune ne vous croirait ! Où sont, RODRIGUE, ces larmes, ces
» trompeuses paroles, ces fausses œuvres pleines de fausses promesses ? Le temps
» a emporté tout cela : de tout cela, il ne me reste, pour ma triste consolation, que
» de TENDRES PLEURS et de TENDRES PLAINTES : car, avec une si longue absence, vous
» faites perdre à CHIMÈNE sa patience et la vie [708]. »

DXXIII. [XLVII.] *Les* DERNIERS MOMENTS DU CID [709], dans lesquels il parle à *ses fidèles*

---

[703] *Romancero general :*

 « Al pie de un túmuso negro
 » Está BERNARDO DEL CARPIO, etc. »

[704] *Romancero Espagn.,* etc., cit.: T. I, p. 54.

[705] *Romancero general :*

 « Alarma, alarma sonaban
 » Los pifanos y atambores, etc. »

[706] *Romancero Espagnol,* etc.; ouvr. cit. :
T. II, pp. 36 et 37.

[707] *Romancero general :*

 « Espantame, mi RODRIGO,
 » Que teniendo ya esperiencia, etc. »

[708] *Romancero Espagnol ou Recueil des
Chants populaires de l'Espagne,* etc.; ouvr.
cit. : T. II, pp. 46 et 47.

[709] *Tesoro escondido :*

 « Banderas antiguas y tristes
 » De vitoria un tiempo amadas, etc. »

compagnes, ses épées : « Colada et vous ma Tizona (non point Colada épée de bonne
» trempe, mais épée bien trempée de sang au milieu des armes et des harnais
» ennemis), comment ferez-vous sans moi ? A qui vous confierai-je qui ne ternisse
» point votre honneur, lequel si aisément se ternirait [710] ? »

Romances diverses :

DXXIV. [XX.] L'Amant trahi [711] : « Compagnon, compagnon, ma belle Amie s'est
» mariée ; elle s'est mariée avec un vilain, et c'est ce qui m'afflige le plus. Je veux
» aller me faire More là-bas, en Morérie ; et tout Chrétien qui passera par là, je lui
» ôterai la vie [712]. »

DXXV. [XXVIII.] Mort de l'Amoureux don Bernaldino [713] : « Où donc est Dona
« Léonor, celle qui demeurait ici ? — Un maudit vieux qu'il fit tuer sur-le-champ
» répondit : *Son Père l'a emmenée habiter un lointain pays.* — Il déchira ses vêtements
» avec grand chagrin et colère, retourna vers son palais, et se perça le cœur d'une
» épée, pour terminer ses jours...... ! Tous ses vassaux arrivèrent, et ils eurent
» soin de l'enterrer dans un superbe tombeau tout de cristal, autour duquel on
» plaça une curieuse inscription : *Ici repose Don Bernaldino, qui mourut pour avoir*
» *trop aimé [714].* »

A ces citations tirées du *Romancero Espagnol*, etc., traduit et annoté par M. Damas
Hinard, nous ajouterons encore les suivantes, puisées dans d'autres sources :

DXXVI. Juan de Flores : « *La déplorable fin de Flamète, élégante inuention de*
» *Jehan de Flores Espaignol, traduicte en langue francoyse* (par Maurice Scève). —
» 1535. On les vend à Lyon, chez Francoys Juste ; pet. in-8° goth. de lxxvi ff. chiff. »

DXXVII. Juan Boscan [715] : Pièces de vers, sous divers titres, ayant le caractère des
Complaintes, dans « *Las Obras de Boscan y algunas de Garcilasso de la Vega,*
» *repartidas en quatro libros.* — *Acabaron se de imprimir.... en Barcelona, en la*

---

[710] *Romancero Espagnol*, etc.; ouvr. cit. :
T. II, p. 245.

[711] *Cancionero de Romances* :
«Yo me adamé un'Amigua ,
» Dedentro en mi corazon, etc. »

[712] *Romancero Espagnol*, etc.; ouvr. cit. :
T. II, p. 271.

[713] *Cancionero de Romances* .
« Ya piensa Don Bernaldino
» Ir su Amiga visitar, etc. »

[714] «Aqui está , Don Bernaldino
» Que murió por bien amar ! »
Voy. *Romancero Espagnol*, etc.; ouvr. cit. :
T. II, pp. 278, 279 et 287.

[715] Le *Nouveau Dictionnaire des Origines,
Inventions et Découvertes*, etc., par Noël,
Carpentier et Puissant *, appelle ce Poète
Élégiaque Espagnol : Juan Boscan-Almogaver.

* Ouvr. cit. : T. II [art. Élégie], p. 475; 1re col.

» *Officina* de Carles Amoros, 1543, pet. in-4° goth. » ; édition, selon Brunet, *fort rare* et *la plus ancienne* de ces Poésies. C'est quand il était à Venise, où il avait été amené par André Navagero, Ambassadeur de la République auprès de Charles-Quint, que Juan Boscan apprit *à transporter la rime de la Poésie Italienne à l'Espagnole* [716]. Bientôt après, grâce aux heureux efforts réunis des beaux génies de Juan Boscan et de Garcilasso de la Vega, que les fastes littéraires de l'Espagne présentent, avec un juste orgueil, comme des modèles dans le genre élégiaque, la Poésie Espagnole fut enfin tirée du chaos où elle était restée comme inaperçue jusqu'alors.

DXXVIII. Passion *del* Hombre Dios, *referida y ponderada en decimas españolas*, por Juan de Avila. — Leon de Francia, 1661, in-fol. [717].

DXXIX. VII. Complainte en ancien Valencien. — *La* Passion *trobada*, por Diego de Sant Pedro. — Valence [vers 1650], in-4° [718].

On consultera encore, probablement avec fruit, par rapport aux Complaintes Espagnoles : *Tesoro de los Romanceros y Cancioneros Españoles, historicos, caballerescos, moriscos y otros que contien integro el Poema del* Cid, *388 Romances caballerescos é históricos.* — *280 Coplas y Canciones de arte menor.* — *190 Romances moriscos,* — *140 varios de diferentes géneros ; hecho bajo la direccion de* D.-E. de Ochoa ; in-8°, de plus de 800 pages à 2 col.

DXXX. VIII. Complainte Arabe. — *Chant Élégiaque sur la* mort d'un Guerrier (Rabia fils de Moccadem) ; par Hais fils d'Ahnof, commençant et finissant ainsi :

« Que n'es-tu parmi nous ? »,

est une véritable Complainte dans le goût et suivant les mœurs des Arabes [719].

DXXXI. IX. Complainte Arménienne. — Élégie *sur la prise d'Edesse par les*

---

[716] L'Introduction de la *rime parfaite* remonterait bien plus haut, selon le Traducteur du *Romancero Espagnol*, etc., M. Damas Hinard : «... Quand on réfléchit, — dit-il * —, » que la *rime parfaite* a été employée en » Espagne dès le XIIIᵉ siècle, n'est-on pas en » droit de reporter à une époque plus reculée » la création de l'*assonante ?* Ce savant Traduc- »teur et Commentateur cite bientôt après de

»nombreuses et bonnes preuves de cette as- »sertion *.

[717] Voy. Brunet. *Man. du Libr. et de l'Amat. de Livres* ; 4ᵉ édit., T. V [Table Méthod. en form. de Catal. Rais.] : p. 316, 2ᵉ col., N° 15287.

[718] Voy. Brunet : *Man. du Libr.*, etc. 4ᵉ édit., T. V [Table Méthod.] : p. 317, 1ʳᵉ col., N° 15332.

[719] Voy. *Magasin Pittoresque* ; 2ᵉ Année (1834) : pp. 147 et 148.

* Voy. *Romancero Espagnol*, etc.; ouvr. cit. : T. I [Discours préliminaire], p. XIV.

* Voy. *Romancero Espagnol*, etc.; ouvr. cit. : T. I [Discours préliminaire], pp. de LV à LVIII.

Musulmans, œuvre de Nerses KLAIETSI, Patriarche d'Arménie, publiée en Arménien par le Dᵣ ZOHRAB. — Paris, 1828, in-8°. En vers [720].

DXXXII. X. COMPLAINTES EN HINDOUSTANI. — Nous citerons ici l'ouvrage intitulé : « *Les Séances de Haidari* », récits historiques et *élégiaques* sur la vie et *la mort des principaux Martyrs Musulmans*, traduites de l'Hindoustani par M. l'Abbé BERTRAND ; suivies de l'*Élégie de Miskin*, traduite de la même langue par M. Garcin DE TASSY. La réunion de ces récits n'est très-probablement qu'un *Recueil de Poésies tristes* du genre des COMPLAINTES.

DXXXIII. XI. COMPLAINTES HELLÉNIQUES MODERNES. — Dans le *Recueil des Chants Grecs*, traduit par M. FAURIEL [721], on trouve rarement des *Chansons Élégiaques*. Le plus souvent, ces Chants, de trois ou quatre Couplets, sont des *Hymnes* ou *Ballades de Guerre*. Cependant le KLEPHTE MOURANT *qui parle à un de ses Compagnons* : « Lance-toi là-bas vers le rivage.... », est une COMPLAINTE empreinte tout à la fois d'une sauvage naïveté et de véritable Poésie [722].

XII. COMPLAINTES SERVIENNES. — On consultera probablement avec fruit les Recueils suivants sur ces Chants nationaux : *Serbische Volkslieder : Chansons populaires des Serviens*, en Servien, publiées par WUK STEPHANOWITSCH. Berlin, 1824-33, 4 vol. in-8° [723] ; — *Chants populaires des Serviens*, recueillis par Wuk STEPHANOWITSCH, et traduits, d'après Mᵐᵉ TALVIJ, par Mᵐᵉ Elisa VOÏART. Paris, 1834, 2 vol. in-8° [724] ; — et surtout l'ouvrage sur la *Poésie populaire de la Servie*, publié par Mᵐᵉ TALVIJ.

DXXXIV. XIII. COMPLAINTE MORLAQUE. — COMPLAINTE *de la noble femme d'AZAN-AGA, quittant la tente où reposaient ses deux beaux enfants*. Poésie Morlaque [725].

[720] Voy. *Bibliographie de la France ou Journal général de l'Imprimerie et de la Librairie*, etc. ; 1828 : N° 473.

[721] FAURIEL : *Chants populaires de la Grèce moderne, recueillis et publiés avec une Traduction française, des Notes et le texte en regard*. — Paris, 1825 ; 2 vol. in-8°.

[722] Voy. *Magas. Pitt.*, etc. ; 5ᵉ ANNÉE : p. 349.

[723] Voy. BRUNET : *Manuel du Libr. et de l'Amat. de Livres* ; 4ᵉ édit. : T. V [TABLE MÉTHOD. EN FORM. DE CATAL. RAISON.], p. 330 ; 1ᵉʳ col., N° 45909.

[724] Voy. BRUNET : *Manuel du Libr. et de l'Amat. de Livres* ; 4ᵉ édit. : T. V [TABLE MÉTHOD. EN FORM. DE CATAL. RAIS.], p. 330, 1ᵉʳ col., N° 45910.

[725] Voy. *Magasin Pittoresque* ; 8ᵉ ANNÉE (1840) : p. 406. — Le Traducteur des *Chants populaires du Nord*, M. X. MARMIER, ne craint pas de désigner la *Légende Morlaque*, traduite plusieurs fois en français, comme « l'une des » plus belles qui existent *. »

* *Chants populaires du Nord*, Islande, — Danemarck, — Suède, — Norvège, — Féroë, — Finlande ; trad. en français et précédés d'une *Introduction*. — Paris, CHARPENTIER, 1845 ; in-12 [*Introduction*], p. IV.

XIV. Complaintes Allemandes [726]. — Les Allemands commencèrent, au ix⁰ siècle, à faire des Chansons en vers rimés, comme ceux de la Chanson composée à l'occasion de la victoire que remporta Clotaire sur les Saxons, et ils prirent leur modèle chez les Français « avec qui ils se trouvaient sous la domination du même Souverain, au moins jusqu'en 840 [727]. » Nous citerons, comme se rapportant au genre de Poésie qui nous occupe ici, les Pièces suivantes, empruntées aux *Ballades et Chants populaires* (anciens et modernes) *de l'Allemagne ;* traduction nouvelle par Sébastien Albin [728] :

DXXXV. Martin Opitz : Complainte *du soir :* « Voici la nuit, hommes et bêtes « deviennent libres, le repos désiré commence. Hélas! les soucis accourent à moi [729] ! »

DXXXVI. Paul Flemming : Près d'un mort. Pièce qui finit ainsi : « Tout cela est » vain et passager, et pourtant la vie, ô Homme! est encore plus fugitive. *Tout* n'est » *rien ; toi,* tu es *l'apparence* [730]. »

DXXXVII. Jean-Chrétien Gunther : *Sur* sa mort. Pièce terminée de la manière suivante : « Je meurs de chagrin. Le sommeil éternel endort mon âme dans mon » sein. J'aimai tendrement, je vécus avec douleur, je meurs avec joie [731]. »

DXXXVIII. Matthias Claudius : *Sur* la mort d'une Femme : « .... Tu l'aimais, Ami! » Tout ce que la vie donne n'était rien pour toi. Et... elle s'est endormie [732] ! »

DXXXIX. Louis Hoelty : Chanson du Fossoyeur, commençant et finissant ainsi :

---

[726] « Aucune nation n'a surpassé les Alle-» mands, — dit M. X. Marmier * —, soit dans » l'étude de leur propre *Poésie populaire,* soit » dans celle des Poésies étrangères. Outre leurs » Recueils nationaux, faits par Goerres * ², » Brentano * ³, Erlach * ⁴ ; outre leurs Recueils » en divers dialectes germaniques * ⁵, ils ont » encore une Collection précieuse de *Chants* » *populaires* des contrées du Nord et du Sud, » traduits par Herder ; puis les *Chants popu-* » *laires* de la Russie, par Goetze ; de Dane-» marck, par Grimm ; de la Bohême, par Hauker ; » de la Suède, par Monike ; de l'Espagne, par » Grimm et Depping ; de la Servie, par Mme. » Talvij, à qui l'on doit, en outre, un très-bon » et très-large travail sur la *Poésie populaire* » *en général* * ⁶. »

[727] *Histoire Littéraire de la France,* etc. ; ouvr. cit. : T. VII, p. xlvij.

[728] Paris, Cb. Gosselin, 1841, in-12.

[729] *Ballad. et Chants pop.,* etc. cit. : p. 129.

[730] *Ballad. et Chants pop.,* etc. cit. : p. 133.

[731] *Ballad. et Chants pop.,* etc. cit. : p. 140.

[732] *Ballad. et Chants pop.,* etc. cit. : p. 175.

* *Chants pop. du Nord,* etc.; ouvr. cit. : p. xvii.
* ² *Altdeutsche Volks und Meisterlieder,* 1 vol.
* ³ *Des Knaben Wunderhorn,* 3 vol.
* ⁴ *Die Volkslieder der Deutschen,* 5 vol.
* ⁵ V. entre autres le Recueil de Chansons Souabes, Silésiennes, Autrichiennes, etc., publié par M. J. Gunther : *Gedichte und Lieder in verschiedenen Deutschen Mundartem,* 1 vol.

* ⁶ *Versuch einer geschichtlichen charachteristik der Volkslieder.*

« Creuse, bêche, creuse; tout ce que j'ai, je te le dois. Riches et Pauvres sont ma
» proie; ils viennent tous me trouver [733]. »

DXL. — COMPLAINTE, finissant par ces mots, s'adressant à la Lune : « Bientôt,
» douce Amie, bientôt ton éclat argenté éclairera *la pierre funéraire qui couvrira mes*
» *cendres de jeune homme* [734]. »

DXLI. — CHANT *d'une Jeune Fille* SUR LA MORT DE SA COMPAGNE, dont voici la fin :
« Oh! reviens, reviens du trône de ton DIEU! reviens pour un seul instant avec ta
» couronne de victoire. Apparais-moi dans ta beauté angélique? *Je suis appuyée*
» *contre la croix noire de ta tombe, et je pleure* [735] ! »

DXLII. Frédéric SCHILLER : COMPLAINTE *de la Jeune Fille* : « . . . *Mon cœur est mort,*
» le monde est vide; il n'accorde plus rien à mes désirs. VIERGE SAINTE, rappelle
» ton enfant. *J'ai goûté le bonheur de la terre, j'ai aimé, j'ai vécu* [736]. »

DXLIII. Anastasius GRUN (le Comte D'AUERSPERG) : LARMES *d'Homme* : « Jeune Fille,
» m'as-tu vu *pleurer dernièrement?*. . . . Jeune Fille, pense à l'arbre blessé des monts
» lointains d'Orient; jeune Fille, *pense à l'Homme que tu as vu pleurer une fois* [737]. »

DXLIV. RUCKERT : *Chanson Allemande*, dont la traduction française, en prose,
commence et finit ainsi qu'il suit : « J'ai frappé à la porte de LA RICHESSE, et on m'a
» jeté un pfenning (*un liard*) par la fenêtre !. . . Mais dans le tombeau il y a place
» et repos pour tous [738]. »

DXLV. XV. COMPLAINTE BOHÉMIENNE. — *La* CHANSON *du Cavalier* [739]. »

DXLVI. XVI. COMPLAINTES LITHUANIENNES. — On rencontre, parmi les *Chants*
nationaux des Lithuaniens, de délicieuses Poésies du genre qui nous occupe. Les
unes : *Chants d'amour* (DAÏNOS), expriment, avec une naïveté pleine de charme,
les tendres sentiments domestiques de ce peuple; les autres : *Chants Élégiaques*
(RANDOS), *sur la mort des Parents et des Amis,* sont plus particulièrement afférentes
à notre sujet. Parmi les exemples de *Chants Lithuaniens,* rapportés dans le *Magasin*
Pittoresque, on remarque des DAÏNOS pleins de sensibilité, de grâce et de fraîcheur,
mais on n'y voit pas de Pièces de vers tristes appartenant au genre RANDOS [740].

---

[733] *Ballad. et Chants pop.,* etc. cit. : p. 186.

[734] *Ballad. et Chants pop.,* etc. cit. : p. 194.

[735] *Ballad. et Chants pop.,* etc. cit. : p. 192.

[736] *Ballad. et Chants pop.,* etc. cit. : p. 253.

[737] *Ballad. et Chants pop.,* etc. cit. : p. 420.

[738] Voy. *Magasin Pittoresque;* 16ᵉ ANNÉE
(1848) : p. 282, 1ʳᵉ col.

[739] Voy. *Magasin Pittoresque;* 5ᵉ ANNÉE :
p. 227, 1ʳᵉ col.

[740] Voy. *Magas. Pittor.,* 5ᵉ ANNÉE : p. 283.

DXLVII. XVII. COMPLAINTE FINLANDAISE (moderne). — L'ÉPITAPHE *de la Jeune Fille*, dont voici la terminaison : « Mon Enfant, — lui dit sa Mère —, pourquoi » ton visage est-il si pâle ? — O ma Mère ! fais creuser une fosse, ensevelis-moi » dans la tombe, pose une croix sur mon sein, et sur cette croix grave ces paroles : » *Un jour, elle s'en revint avec les mains rouges, car son Amant les avait serrées entre* » *les siennes ; un autre jour, elle s'en revint avec les lèvres rouges, car son Amant les* » *avait couvertes de baisers ; un soir, enfin, elle s'en revint le visage pâle, car son* » *Amant l'avait trahie* [741]. »

DXLVIII. XVIII. COMPLAINTES DANOISES. — Nous rapprocherons de la COMPLAINTE le « *Chant de mort de Regnar LODBROG ou LODBROK, Roi de Danemarck* [742] », quoique, sous certains rapports, il soit un *Chant de guerre*, ou plutôt une sauvage bravade guerrière, empreinte de toute la barbarie de son époque, puisque le Héros chanteur, mourant en riant d'une manière atroce, exprime le bonheur qu'il aura bientôt, « dans la brillante demeure d'ODIN, *de boire dans les crânes de ses ennemis...!* Selon le Traducteur en vers français, M. Louis DELATRE [743], « Regnar LODBROK, » célèbre guerrier Scandinave [744], fut jeté par ses ennemis dans une fosse pleine de » reptiles où il mourut. » Mais, avant d'expirer, il composa l'Hymne dont il s'agit [745].

DXLIX. La Pièce de vers du Poëte Danois HEBEL, intitulée : *Le Tombeau* : « *Dors* » *bien, dors bien dans ta couche fraîche*, etc. », est une *Élégie* pleine de sensibilité et d'une grâce exquise. Ce serait une véritable COMPLAINTE, dans l'acception rigoureuse du mot, si elle était susceptible d'être chantée. On peut en voir la traduction française, en prose, dans le *Magasin Pittoresque* [746].

---

[741] *Chants populaires du Nord*, etc.; ouvr. cit. : p. 305.

[742] Poésie scandinave publiée dans la 4e Année du *Magas. Pittor.*; pp. 154 et 155.

[743] *Chants de l'Exil.* — Paris, Ch. GOSSELIN, 1843; in-12 : pp. 289 et 290.

[744] LODBROK * était Roi de Danemarck. La Scandinavie comprenait alors le Danemarck, la Suède et la Norvège. — Selon M. X. MARMIER, « l'original de ce *Chant* étrange nous a été » conservé en Islandais * ². »

  * Ce mot signifie *Culottes velues*.
  * ² *Chants popul. du Nord ;* ouvr.cit. : p. 51.

[745] Cet Hymne commence et finit de la manière suivante :

« Déjà d'un sang impur ma lance était trempée
» Avant que j'eusse atteint vingt ans,
» Et je faisais bondir ma foudroyante épée
» Sur les têtes des combattants.
» .... »
« Au palais où des DIEUX siège la noble troupe,
» Je monte, comme eux immortel;
» Le crâne d'un vaincu me servira de coupe
» Pour boire avec eux l'hydromel.

» Des monstres dévorants me percent de blessures,
» Je brave leurs coups furieux;
» Mon âme impérissable échappe à leurs morsures
» Et vole en chantant vers les Cieux. »

[746] *Magas. Pittor.*; 15e ANNÉE : p. 93, 2e col.

On trouverait probablement des COMPLAINTES dans les deux Collections suivantes, publiées, l'une à la fin du siècle précédent, et l'autre au commencement de ce siècle, par des Poëtes Danois : Claus. FRIMAN, Almuens SANGER. — Kopenh., 1790, in-8°, de 238 pp. (*Chants populaires et Ballades historiques*, en Danois [747]; — *Recueils d'anciens Chants populaires Danois*, publ. par ABRAHAMSEN, NYERUP et RAHBEK. — Copenhague, 1812-13-14, 5 vol. in-8° (en Danois) [748].

DL. XIX. COMPLAINTES DE FÉROÈ. — *Le Chant de* SIGURD. « Toute la poétique et » tragique histoire des *Niebelungen* a été transportée dans le groupe d'îles arides, » froides et rocailleuses, qu'on nomme l'*Archipel des Féroè*.... Un Pasteur d'une » de ces pauvres petites îles, M. LYNGBYE, a publié un Recueil très-curieux des » principaux *Chants populaires des Féroè;* et lorsque, en 1831, nous visitâmes cette » honnête contrée, dont nous garderons sans cesse un touchant souvenir, le vénérable » M. SCHRŒTER, de Thorschavn, nous remit plusieurs Poëmes qui vivent depuis long- » temps dans la mémoire des habitants des Féroè, et qui n'ont jamais été publiés. »

DLI. XX. COMPLAINTES ISLANDAISES. — *Le Chant de* GUDRUNE : « C'est, — dit » M. X. MARMIER —, la tradition allemande des *Niebelungen* transportée sur les » froides plages du Nord ; c'est la douleur inconsolable de l'Épouse de SIGURD, » assombrie encore par les nuages scandinaves....; les Scaldes l'ont chantée dans » leurs Strophes lyriques....; en Islande, les Paysans la lisent encore à leurs » veillées, et, l'année dernière (1844), nous en avons entendu chanter de longs » épisodes par les Pêcheurs de Féroè [749]. »

DLII. *Chant de mort de* HIALMAR (en Dialogue) : « HIALMAR. J'ai seize blessures, et » mon armure est rompue. Tout devient noir devant moi ; je chancelle en marchant. » L'épée d'AGANTYR m'a atteint au cœur, cette épée sanglante, pleine de venin... ! » Tire de mon doigt cet anneau d'or rouge, porte-le à ma jeune INGEBORG, il lui » rappellera qu'elle *ne* doit jamais plus me revoir.... ! A l'est s'élève le Corbeau de » la bruyère ; après le Corbeau arrive l'Aigle, plus grand encore. Je serai la pâture » de l'Aigle qui viendra boire le sang de mon cœur [750]. »

---

[747] Voy. BRUNET : *Manuel du Libr. et de l'Amat. de Livres;* 4ᵉ édition : T. V [TABLE MÉTHODIQUE EN FORME DE CATALOGUE RAISON.] : p. 325, 1ʳᵉ col., N° 15672.

[748] Voy. BRUNET : *Manuel du Libr. et de l'Amat. de Livres;* 4ᵉ édition : T. V [TABLE MÉTHODIQUE EN FORME DE CATALOGUE RAISON.] : p. 325, 2ᵉ col., N° 15673.

[749] *Chants pop. du Nord*, etc.: pp. 47 et 48.

[750] *Chants pop. du Nord*, etc. cit. : p. 62.

DLIII. Sigrun [Complainte]. Premier et Sixième des sept Couplets qui la composent :

1.

« Un jour je te disais : Si tu meurs la première,
» Reviens me visiter. Mais tu ne croyais pas
» Que je pusse arracher ton corps à la poussière,
» Baiser tes yeux éteints, t'enlacer dans mes bras !

6.

» Puis, pose sur mon sein, pose ta tête blonde,
» Et dans tes bras de neige, ô mon Ange, prends-moi ;
» Enlève les liens qui m'attachent au monde :
» Je voudrais être libre et partir avec toi [751]. »

DLIV. XXI. Complaintes Suédoises. — *La Douleur de* Rosalie : « Rosalie est
» assise dans sa chambre. Des larmes amères coulent sur ses joues.... — Si pour
» moi tu as souffert le mépris, — lui dit le Roi Olaf —, ne doute pas que tu ne
« deviennes plus heureuse.

» Le Roi Olaf prend Rosalie sur ses genoux, lui donne des anneaux d'or et se
» fiance avec elle.

» Le Roi Olaf prend Rosalie dans ses bras ; il lui donne la couronne d'or et le
» nom de Reine [752]. »

DLV. Hillebrand, après un combat inégal, dans lequel il avait été blessé à
mort, en faisant des prodiges de valeur. — Complainte chevaleresque finissant ainsi :
« *Notre mariage se fera dans la demeure sombre.* Hillebrand *ne vivra pas quand*
» *viendra le jour !* — Et quand vint la lumière du jour, hors de la maison de
» Hillebrand on emportait trois cercueils : l'un était celui de Hillebrand ; l'autre,
» celui de sa Fiancée ; le troisième, celui de sa Mère, morte de douleur [753]. »

DLVI. *La Puissance de la Douleur.* Cette Complainte originale et pleine de sensibilité se termine ainsi : « Alors (étant près du tombeau de celui qu'elle aimait),
» elle entendit la voix de son Fiancé qui lui disait : — *Petite* Christine, *retourne*
» *dans ta demeure. Chaque fois que tu laisses tomber une larme, mon cercueil est*

---

[751] *Chants pop. du Nord*, etc.: pp. 313 et 314.
[752] *Chants pop. du Nord*, etc.: pp. 223 et 224.
[753] *Chants pop. du Nord*, etc.: p. 227. — Voy.

dans le *Border's Minstrelsy*, de V. Scott,
une Ballade intitulée : *La Tragédie de Dou-*
glas, qui a beaucoup de rapports avec celle-ci.

» *plein de sang. Chaque fois que ton cœur est gai, mon cercueil est plein de feuilles*
» *de roses* [754]. »

DLVII. ÉLÉGIE *traduite de* GUSTAVE-ADOLPHE, composée de cinq Strophes ayant
chacune cinq vers alexandrins, à rime féminine, pour le premier, le second et le
quatrième, et à rime masculine, pour le troisième et le cinquième [755].

DLVIII. XXII. COMPLAINTES ANGLAISES. — Pour ces COMPLAINTES, nous renver-
rons nos Lecteurs aux nombreux Auteurs qui s'en sont spécialement occupés [756].

---

[754] *Chants pop. du Nord*, etc. : pp. 228 et 229.

[755] L'illustre Prince adressait ces vers à la
jeune Comtesse Ebba BRAHÉ, qui épousa le
Comte DE LA GARDIE. — On y remarque les
vers suivants :

« Le mal que je ressens, je ne puis le décrire ;
» Je rêve et je languis, j'attends et je soupire.
» . . . .
» C'est de toi que me vient le mal qui me dévore,
» C'est toi seule qui peux m'aider et me guérir.

» Et si tu n'entends pas la voix qui te réclame,
» Si rien ne te fléchit, jamais nulle autre femme
» Ne pourra plus troubler mes sens et ma raison.
» Je serai seul, hélas ! et seul, du fond de l'âme,
» J'accuserai mon sort sans outrager ton nom ». »

[756] Le premier des ouvrages anglais qui ont
été écrits sur les Poésies populaires, est celui
de PERCY [*2] : « C'est de tous les ouvrages de
» ce genre, — dit M. X. MARMIER —, celui qui
» a peut-être le plus contribué à propager au-
» dehors le goût des Poésies traditionnelles,
» en montrant combien de riches documents
» on pourrait y puiser pour l'Histoire de l'Art
» et pour l'Histoire d'une Nation. Ensuite sont
» venus les travaux de WARTON [*3], ELLIS [*4],
» RITSON [*5], EWAN [*6], JAMIESON [*7], John FINLAY [*8],

[*] *Chants pop. du Nord*, etc. cit. : pp. 318 et 319.
[*2] *Reliques of ancient english poetry ;* 3 vol. in-8°.
[*3] *The history of ancient english poetry ;* 4 vol.
V. surtout l'*Introduction*.
[*4] *Specimens of early english metrical Romances.*
[*5] *Ancient english metrical Romances.*
[*6] *Old Ballads.*
[*7] *Popular Ballads and Songs.* — Edimb., 1806 ;
2 vol. in-8°.
[*8] *Scottish historical and romantic Ballads.*

» et Walter SCOTT clôt dignement cette liste
» d'œuvres érudites par ses *Chants du Bor-*
» DER [*9]. »

Outre ces Auteurs cités par M. MARMIER [*10],
on consultera encore avec fruit les suivants :

*Pieces of ancient popular poetry, published
by* J. RITSON. — Lond. 1794 ; in-8° [*11] ;

*Select Pieces of early popular poetry,
edited by* E.-Vernon UTTERSON.— Lond. 1817 ;
2 vol. petit in-8° [*12] ;

*Ballades, Légendes et Chants populaires de
l'Angleterre et de l'Écosse, par* Walter SCOTT,
Th. MOORE, CAMPBELL et les anciens Poëtes,
publiés et précédés d'une *Introduction* par
A.-Loève VEIMARS. — Paris, 1825 ; in-8° [*13] ;

LOVE *martyr : or,* ROSALIN'S *Complaint...
a Poem, translated by* Rob CHESTER.— Lond.
1601 ; in-4° [*14] ;

S. PETER'S *Complaint and Saint* MARY MAG-
DALEN'S *funerall Teares ; with sundry other
selected and devout Poems, by* Rob. So. (Rob.
SOUTHWELL.) — 1620 ; pet. in-12 [*15] ;

BLOOMFIELD'S *rural Tales, Ballads,* etc. —
Lond., 1802 ; gr. in-14° [*16].

[*9] BORDER'S *Minstrelsy.*
[*10] Voy. *Chants populaires du Nord*, etc.; ouvr.
cit. [INTRODUCTION] : p. XVI.
[*11] Voy. BRUNET, *Manuel du Libr.*, etc.; 4° édit.:
T. V, p. 326, 1re col., N° 15713.
[*12] BRUNET, ouv. cit.: T. V, p. 326, 2e col., N° 15720.
[*13] BRUNET, ouv. cit.: T. V, p. 326, 2e col., N° 15724.
[*14] BRUNET, ouv. cit.: T. V, p. 327, 2e col., N° 15766.
[*15] BRUNET, ouv. cit.: T. V, p. 327, 2e col., N° 15776.
[*16] BRUNET, ouv. cit.: T. V, p. 329, 1re col., N° 15861.

DLIX. **XXIII. COMPLAINTES ÉCOSSAISES.** — Parmi les Légendes des anciens Écossais, il en est une, sous forme de COMPLAINTE, mise, pour ainsi dire, par le Poëte dans le bec d'un Roitelet. On sait généralement que ce petit oiseau, jadis très-vénéré en Écosse, jouait un rôle des plus importants dans la vieille Histoire nationale de ces régions brumeuses, froides, sauvages et superstitieuses. La tradition de ce peuple supposait que le Roitelet, venu du rivage des ilots de Bigscaur et d'Ailsay ornés de pics de basalte et couronnés de ruines féodales, passait sur les basses terres de l'Écosse, où les enfants du Lothian chantent, encore aujourd'hui, le *Testament du Petit Oiseau* : « Le Roitelet est dans son lit de douleur, et il souffre, et il se » plaint beaucoup [757]. »

Quoique la grande question d'Histoire Littéraire, relative aux *Poésies d'Ossian*, n'ait peut-être pas encore été résolue d'une manière entièrement satisfaisante [758], nous n'en désignerons pas moins ces Pièces poétiques nationales, ayant tant de piquante originalité, recueillies et publiées avec une traduction anglaise par MACPHERSON, à Londres, 1765, en 2 vol. in-fol. [759], comme contenant de véritables COMPLAINTES

---

[757] Voy. *Magas. Pittor.*; 13ᵉ ANNÉE: p. 82, 2ᵉ col. — On pourra consulter utilement sur les COMPLAINTES ÉCOSSAISES, entre autres, les ouvrages suivants :

Select remains of the ancient popular poetry of Scotland, by D. LAING. — Edimb., 1822; in-4° * ;

Select scotish Songs, ancient and modern, with critical observations and biograph notices, by Rob. BURNS, *edited by* CROMEK. — Lond., 1810; 2 vol. in-8° * ² ;

Scotish historical and romantic Ballads, chiefly ancient, with explanatory notes and a glossary, etc., by J. FINLAY. — Edimb. 1808; 2 vol. in-8° * ³ ;

The Complaynt of Scotland. 1548; in-16 * ⁴ ;

Songs of Scotland, ancient and modern, with an essay, and notes histor. and critical,

and characters of the most eminent lyrical Poets of Scotland, by Allan CUNNINGHAM. — Edinb. and Lond., 1826; 4 vol. pet. in-8° * ⁵.

[758] MACPHERSON, BLAIR, GINGUENÉ, et divers Auteurs qui ont parcouru le nord de l'Écosse, où ils ont entendu chanter par des montagnards de ces contrées les *Poésies d'Ossian*, soutiennent leur authenticité, et MALCOLM, s'appuyant sur des Poésies, qui peut-être remontent jusqu'à l'antiquité d'Ossian, mais dont la couleur poétique n'est pas la même, est d'un avis tout contraire. Le savant BOISSONNADE a partagé le sentiment de MALCOLM dans les différentes critiques qu'il a faites des *Poésies d'Ossian*.

[759] Traduites en Italien par l'Abbe Melchior CESAROTTI que cet ouvrage a immortalisé (Padoue, 1772, 4 vol. in-8°); en Français, par LE TOURNEUR (1777, 2 vol. in-8°, avec des Notes); et en Espagnol, par l'ex-Jésuite MONTENGON.

* BRUNET, ouvr. cit.: T.V, p.329, 2ᵉ col., N° 15801.
* ² BRUNET, ouvr. cit.: T.V, p.329, 2ᵉ col., N° 15894.
* ³ BRUNET, ouvr. cit.: T.V, p.329, 2ᵉ col., N° 15895.
* ⁴ BRUNET, ouvr. cit.: T.V, p.329, 2ᵉ col., N° 15902.

* ⁵ BRUNET, ouvr. cit.: T.V, p.329, 2ᵉ col., N° 15906.

malgré la diversité de leurs titres. Ce sont, en effet, des « Élégies guerrières,
» mêlées d'amour, où se retrouve, — comme le dit J. JANIN —, *toute la pure*
» *mélancolie du Nord* [760]. »

DLX. XXIV. COMPLAINTES GROËNLANDAISES. — M. X. MARMIER, rappelant qu'on a
publié, vers 1844, un Volume de *Chants Groënlandais*, ajoute : « et KRANTZ, dans
» son *Histoire* de cette triste contrée, en rapporte un qui m'a frappé par sa doulou-
» reuse simplicité.... C'est l'*Élégie* qu'un pauvre Pêcheur murmure en songeant à
» la mort de son Fils : — Malheur à moi ! — s'écrie-t-il —, malheur à moi, quand
» il faut que je m'asseye seul à la place où tu venais t'asseoir !....... Que puis-je
» désirer ?.... La mort !.... La mort, je l'aimerais....; mais qui prendrait soin
» de ma femme et de mes enfants ?..... [761]. »

DLXI. XXV. CHANTS FUNÈBRES D'UN ANTHROPOPHAGE VAINCU, CAPTIF, ET SUR LE POINT
D'ÊTRE DÉVORÉ, INSULTANT MÊME ALORS A SES ENNEMIS VAINQUEURS. — Chez les peuples
sauvages, et chez les Anthropophages surtout, les CHANTS FUNÈBRES ont un caractère
particulier. Au lieu de chercher à attendrir les vainqueurs qui le plus souvent le
torturent cruellement avant de le dévorer, le Captif, dans son *Chant de mort*, tient
à honneur de braver, de narguer, d'insulter même ses vainqueurs avec une insensi-
bilité et une fermeté vraiment stoïques. Citons en exemple la *Chanson sauvage d'un*
Prisonnier Américain destiné A UN FESTIN *de ce genre;* DE LA BORDE [762] l'a empruntée à
MONTAIGNE, dont nous conserverons ici le style original, piquant, nerveux et naïf [763] :
« Qu'ils viennent hardiment trestouts, et s'assemblent pour disner de luy, car ils
» mangeront quand et quand leurs pères et leurs ayeulx qui ont servy d'aliment
» et de nourriture à son corps : *ces muscles,* — dit-il —, *cette chair et ces veines,*
» *ce sont les vostres, pauvres fols que vous estes : vous ne recognoissez pas que la*
» *substance des membres de vos ancestres s'y tient encores; savourez-les bien, vous y*
» *trouverez le goust de vostre propre chair.* »

ESSAI D'UNE CLASSIFICATION PHYSIOLOGIQUE DES COMPLAINTES.

Il eût été aisé de rapporter les COMPLAINTES aux cinq divisions bibliographiques

[760] Voy. *La Bretagne*, etc.; éd. illust.: p. 27.
[761] *Chants populaires du Nord*, etc.; trad.
par X. MARMIER; ouvr. cit.: pp. XI et XII.
[762] [DE LA BORDE]: *Essai sur la Musique*
ancienne et moderne; ouvr. cit.: T. II, p. 110.

[763] *Essais de* MONTAIGNE *publiés d'après*
l'édition la plus authentique, et avec des
Sommaires analytiques et de nouvelles Notes,
par Amaury DUVAL, *Membre de l'Institut.* —
Paris, RUPILLY, 1827, in-8°: T. I, pp. 383-84.

depuis long-temps généralement adoptées, selon qu'elles auraient eu plus ou moins d'affinités avec la *Théologie*, la *Jurisprudence*, les *Sciences et Arts*, les *Belles-Lettres* et l'*Histoire*....; mais cette Classification des plus banales, dénuée de toute espèce de mérite, n'aurait sûrement intéressé aucun de nos Lecteurs les plus bienveillants. Les deux points de vue Littéraire et Historique d'une pareille Classification n'offriraient évidemment ici ni le moindre sel, ni la moindre utilité.

La COMPLAINTE est l'expression d'un sentiment, affectueux envers autrui, ou pénible à divers degrés, éprouvé en soi-même, sentiment qui est *réel*, quand cette Poésie lyrique est *Sérieuse* et que l'âme est vivement intéressée; mais qui est *fictif* ou *supposé*, et ne constitue qu'un pur jeu d'esprit, lorsqu'elle est *Badine*.

C'est seulement cet état pénible, réel ou fictif de l'âme, à degrés très-variés, qui doit être la base d'une véritable *Classification Naturelle* de la COMPLAINTE , quels que soient d'ailleurs les titres divers des Pièces qui se rapportent à cette expression, simultanément poétique et mélodique.

Un même Tribunal peut condamner trois individus, l'un *à une peine afflictive*, qui altère ou détruit sa considération personnelle; l'autre, *à une peine infamante*, qui lui fait perdre à jamais l'honneur; le troisième, *à mourir ignominieusement* dans les 24 heures qui suivent son Arrêt. Supposons que chacun de ces trois condamnés eût composé une COMPLAINTE sur sa position : ces COMPLAINTES seraient toutes trois *Juridiques* par rapport aux Jugements prononcés dont elles auraient été les conséquences, et pourtant les sentiments qui les auraient suggérées seraient extrêmement différents.

Les *Chants de mort* ou les *Bravades* d'un Captif anthropophage, entonnés au milieu des cruelles tortures qu'on lui inflige avant de le dévorer, constituent des Chansons hors ligne, d'un genre atroce, qu'il devait nous suffire de signaler pour éviter le reproche de n'avoir pas envisagé notre sujet sous toutes ses faces.

Considérée d'une manière générale, la COMPLAINTE peut être l'expression sentimentale, doublement poétique et mélodique, appliquée à soi-même ou à d'autres [764] :

1° *D'Individus isolés* : p. 236, LXV ; p. 250, CLXXXVIII, CLXXXIX, CXCIII ; p. 273, CCCLXIV (BENSERADE : PLAINTES D'UN AMANT *à sa Maîtresse*); p. 277, CCCLXXXIII (BERQUIN : PLAINTES D'UNE FEMME *abandonnée par son Amant*); etc.

---

[764] Il en est de même de cette application faite à des objets soit purement matériels, soit poétiquement animés ou personnifiés : *La Grosse Cloche de Troyes*, p. 327 ; — etc.

2° *De plusieurs Individus :* p. 243, cxii; p. 254, cxcv (.... Regrets *et* Lamentations *des Dames de la ville d'Yssoire*....); p. 260, cclxxvi (Déploration *des Dames de la ville de La Fère, tenues forcément par les Ennemis de la Religion Catholique*); p. 293, cdlvi (*Histoire*... de deux Amoureux malheureux !); etc.

3° *Des Habitants d'une Ville, d'un Château ou d'une Ville personnifiée :* voyez, outre la **Complaincte de Gennes** qui fait l'objet principal de cet Écrit : p. 220, ii *et* iii; p. 238, lxix; p. 239, lxxiii, lxxv *et* lxxx; p. 240, lxxxix, etc.

4° *Des Habitants d'une vaste contrée :* p. 242, cvii (Complaincte *de la Terre-Saincte et autres Provinces adjacentes, détenues entre les mains des Infidèles.* — Anvers, 1532, pet. in-4° goth.); p. 244, cxx (*Les* Regrets *de Picardie et de Tournan*); etc.

5° *De toute une Nation :* p. 248, clxvi (J. Béreau : Complainte *de France sur la Guerre civile qui fut entre les François, l'An* 1562); et clxx (Arn. Sorbin : *Les* Regrets *de la France*); p. 250, clxxxvii (Cl. Hesteau : *Les* Gémissements *de la France au* Roi); p. 259, cclxvii; p. 272, ccclxii; etc.

6° *D'un Continent :* p. 273, ccclxiii (N*** : Plaintes de l'Europe).

7° *Du Monde entier :* p. 266, cccxiv (J. du Nesme : *La Rédemption du Monde*); etc.

I. Complaintes sérieuses par Sentiments *et* Passions Systaltiques, *chez ceux qui les chantent, ou chez ceux à l'occasion desquels elles sont chantées :*

1° Complaintes par Sentiment Religieux : p. 103 (*Cantique de* Gottschalk *sur la Douleur du Péché*); p. 244, xcv (... Plainte de Religion...); p. 244, cxxii (Art. Désiré : Lamentation *de nostre Mère Saincte-Église sur les Contradictions des Hérétiques*); p. 258, cclxviii (J. Prévost : *Sur la Passion et la Mort de* Jésus-Christ); p. 259, cclxii *et* cclxv; p. 270, cccxlvii (Nic. Frénicle : Jésus *crucifié*); p. 264 : articles 54, 56, 66, 1ʳᵉ col. des Notes; articles 1 et 3, 2ᵉ col.

2° Complaintes morales : p. 246, cxliv (J. du Bellay : Complainte *du Désespéré : Discours sur la Louange de la Vertu et sur les diverses erreurs des hommes*....; *adressé au Poëte* Salmon); p. 252, ccii (*Le* Danger *de se marier*); p. 256, ccxxxiv (Daix : Regret *sur la Vanité de ses Amours et la pertè du temps qu'il y avait employé*); p. 265, cccv (J. Sireulde : *Sur les Abuz et Superfluités du Monde* [765]); etc.

---

[765] Nous y rattacherons, à cause de son caractère à la fois Religieux et Moral, *le sombre Chant des Trépassés,* que l'on chante à l'unisson le *Jour des Morts,* auprès du Reliquaire de Plestin, en Bretagne : « Chré» tiens, venez voir les os de vos parents blan» chir dans le Reliquaire isolé, etc. *. »

* Voy. *Magas. Pittor. :* 6ᵉ Année (1838), p. 177.

3° Complaintes par sentiment de Convenance Sociale :

1. Complaintes politiques : p. 90 (Solon : Élégie *sur les Malheurs de sa Patrie*); p. 283, cccxcviii (*Sur l'Attentat par la Machine Infernale...*) ; p. 286, cdxiii (Complainte *sur le Prince de Polignac, Ex-Président des Ministres*) ; p. 291, cdxl et cdxli ; p. 292, cdxliv, cdxlv (Alex. Dalès : Chant des Exilés) ; cdxlvii (P. Dupont : Chant des Transportés). — Nous y joindrons l'annonce suivante, qui n'est très-probablement que la réimpression d'une Pièce ancienne : « *Chanson moult pitoyable* »*des Oppressions que la Commune d'Engleterre* (sic) *souffre*. — Lond. 1818, in-4°. »

2. Complaintes d'*Economie Politique* : p. 289, cdxx (Complainte *sur les Poids et Mesures*) ; p. 290, cdxxxi (Alexandre Guillemin : *Lamentation sur la Catastrophe du 8 Mai 1842, au* Chemin de Fer de Versailles) ; etc.

4° Par sentiment naturel du Juste et de l'Injuste : Complaintes *Judiciaires* ; p. 238, lxxi (*Les* Lamantacions (sic) *et* Craintes *du Jugement*) ; pp. 289 et 290 : de cdxxiii à cdxxvii (Complaintes relatives à l'affaire Lafarge) ; p. 291, cdxxxviii (*Assassinat de* Boisselier) ; cdxliii (*Viol et meurtre de Cécile* Combettes) ; p. 292 : de cdl à cdliv (Complaintes relatives au Comte de Bocarmé) ; etc.

5° Par perte d'Avantages Extrinsèques : *de fortune, de distinctions, d'honneurs, de liberté personnelle,* sans cause criminelle ou infamante, — malheurs de guerre, captivité, prévention injuste de contravention, de délit ou de crime — : p. 221, v et viii ; p. 222, ix ; p. 224, xvi, xviii, xix et xx ; p. 248, clxv (Adr. du Hecquet : *La Prise de Rhodes, les Calamités causées par la guerre, etc.*) ; p. 284, cd (C.-H. Millevoye : *Le Bois détruit*) ; p. 290, cdxxvii (Alph. Esquiros : *Chants d'un* Prisonnier) ; etc.

6° Par perte d'un Avantage Corporel : *d'un œil, de la vue* [766], *de l'ouïe, d'un membre, des formes normales suites d'un vice de naissance, d'une maladie, d'un accident, de la vieillesse, etc.* ; p. 248, clxxiii (J. le Masle : *Discours des* Incommodités *de la Vieillesse...*) ; p. 251, cxciv ; p. 277, ccclxxxv ; etc.

7° Par Douleur ou *Affection purement Vitale,* effet de Maladies Réactives ou par causes externes (*Blessures, Fractures, etc.*), et de Maladies Affectives Spontanées ou par causes internes (*Névroses, Névralgies, etc.*) : p. 272, ccclx (Valentin Conrart : *Ballade de la* Misère des Goutteux) ; etc.

---

[766] Henri Humbert a composé des *Lamentations poétiques* faisant partie d'un Recueil intitulé : *Les Ténèbres,* « sans doute, — dit »Auguis* — parce que l'Auteur était aveugle. »

* *Bibliothèque choisie : -- Les Poëtes Français, etc.* — Paris, 1824, in-8° ; ouvr. cit. : T. V, p. 405.

8° Par Amour-propre *blessé; Vanité non satisfaite ou punie; Orgueil humilié;* Ambition *déçue :* p. 244, ci (Ant. Prévost : *L'Amant déconforté cherchant confort parmy le monde*); p. 243, cxiv (Dadouville ou Dandonville : *Les Regrets et Peine des mal Advisés*); etc.

9° Par sentiment de Délicatesse, de Vertu et d'Honneur *outragés :* p. 294, cdxliii, etc.;

10° Par Amitié *déçue ou malheureuse :* p. 260, cclxxiv (H. Laugier... *Sur la vie et la mort de son Ami Jean de Sponde*); p. 316, dxli (Louis Hœlty : *Chant d'une jeune Fille sur la mort de sa Compagne*), et dxlvi (*Randos : Complaintes Lithua-niennes sur la mort de Parents et d'Amis*); etc.

11° Par Amour malheureux à l'occasion de l'absence, de la maladie, de l'incon-stance ou de la mort de l'objet aimé : Amant, Amante, Père, Mère, Enfants, etc.:

1. Complaintes d'Amants malheureux : p. 229, xxxv; p. 233, lx; p. 234, lxiii; p. 236, lxv; p. 255, ccxxxi (Amant *parlant à une porte*); p. 277, ccclxxxiii (Arn. Berquin : *Femme abandonnée par son Amant...*); p. 312, dxxiv (l'Amant trahi); etc.;

2. Complaintes *par Amour Conjugal :* p. 260, cclxxiv (Honorat Laugier : *Sonnet à Mme de Sponde sur la mort de son Mari*); p. 273, ccclxvii (Pierre de Lalane : *Trois Sonnets sur la mort d'Amarante,* — c'est-à-dire de sa Femme —, *venant d'ex-pirer*); p. 281 (Montjourdain, condamné à mort et sur le point d'aller à l'échafaud : *Romance envoyée à sa Femme : « L'heure avance où je vais mourir....! »*); etc.

3. Complaintes *par Amour Paternel ou Maternel :* p. 275, ccclxxii (... Laurent Drelincourt : *Trois Sonnets sur la mort d'une Fille unique*); p. 266, cccxiii (François Mainard : Cléon, *à la mort de sa Fille*); etc.;

4. Complaintes *par Amour Filial :* p. 314, dxx [xxiii]. *Ce que dit Bernard pendant les funérailles de son Père;* etc.

12° Par Repentir, à l'occasion d'un méfait, d'une contravention, d'un délit, d'un crime, d'un acte déshonorant quelconque : p. 103 et 145 (*Cantique du Pécheur repentant*); p. 252, ccxiv (Regrets *d'un Voleur.... qui fut mis sur la roue et exécuté à Tholoze, le 3 Septembre* 1583); etc.

II. Complaintes badines, — diastaltiques, expansives, actives, satiriques —; etc.:

1° Complaintes badines : *Mort d'amour simulée;* p. 309, cxiv (Mattheo Paganino : Morte finta d'amore); etc.

2° Complaintes facétieuses : p. 295, cdlxiv, cdlxv, cdlxvi, cdlxxi (*Sur Musard*);

cdlxxii (*Sur* Frantz Liszt); p. 299, cdlxxxiii (*Sur la mort d'un Cochon nommé* Grongnet); etc. [707].

3° Complaintes bouffonnes : p. 296, cdlxxiii (Catereine), et cdlxxiv (La Cruelle); cdlxxv (Vadé, d'après du Mersan : Plaintes d'une Amante abandonnée); etc.

4° Complaintes burlesques : p. 295, cdlxvii (Héloïse et Abailard : *Complainte burlesque*), et cdlxx (*La* Complainte burlesque *des Argotiers*); p. 297, cdlxxvii; p. 299, cdlxxxiii; pp. de 299 à 304 (Complaintes burlesques de Légendaires); etc.

5° Complaintes parodiées : p. 297, cdlxxvi (Catalan, Dentiste : Complainte Fualdès); p. 298, cdlxxviii (Carripipi *le Tueur d'hommes*); etc.

6° Complaintes satiriques : p. 230, xxxviii, xxxix et xl; p. 234, xliii; p. 241, ciii (*Ténèbres du Mariage*); p. 254, ccxxi (*Le faux Mufle découvert du grand Hypocrite de la France* [le Duc de Guise]); p. 256, cccxxxvi; p. 259, cclxii et cclxix; p. 265, cccxii (Varin : *Les Espines du Mariage*); etc.

7° Complaintes méprisantes et humiliantes : p. 295, cdlxviii (*Le Regret sur la mort de l'Asne Ligueur* [attribué à l'un des Collaborateurs de la *Satyre Ménippée*, dont il fait partie]); etc.

8° Complaintes insultantes : p. 254, ccxxi; p. 257, ccxlv (contre J. Valette.... *Duc d'Espernon, grand animal* (sic) *de France et bourgeois d'Angolesme sur son despartement de la Court...*); et ccxlvii; etc.

9° Complaintes attribuées par jeu d'esprit ou par licence poétique à des *Animaux*, à des *Végétaux* et à des *Morts*, ou même à des *objets inanimés et inorganiques :* p. 236, lxvii (*La* Complainte *de la Grosse Cloche de Troyes*); p. 241, c (Complainte *de la Rivière de Séine*); p. 291, cdxxxvii (Édouard Gruet : *Les* Chants du Tombeau. *Poésies*); p. 294, cdlxiii; p. 295, cdlxiv; etc.

10° Complaintes allégoriques : p. 270, cccxlviii (Ph. Habert : *Temple de la Mort*); p. 270, cccxliv (Ch. Nicolas : *Théâtre de la Peste*); etc.

11° Complaintes métaphoriques : p. 241, xcvii (*Plaintes de* Morts *métaphoriques*); p. 260, cclxxii (*La* Maladie *du grand corps de la France, des causes et première origine de son mal, et des remèdes pour le recouvrement de sa santé*); p. 289, cdxxii

---

[707] Le IVᵉ et Vᵉ *Catalogue des Livres rares et curieux....* appartenant à M. Edwin Tross, —Paris, 1852, in-8ᵉ, —porte, sous le Nᵒ 3323, l'ouvrage suivant : « *Les* Misères *de ce Monde,* » ou Complaintes facétieuses *sur les apprent.* » *de différ. arts et métiers de la ville et fau-* » *bourgs de Paris, précédées de l'histoire du* » *bonhomme* Misère. — Lond. 1783, in-8ᵉ, br. »

(*Le Chant des Anges....*); etc. — Nous y joindrons l'annonce suivante : « *Les* »Orages de la Vie, *Mélodie*: Paroles de Bélanger, Musique de L. van Beethoven. »

Quant à la progression des divers degrés de sentiments mélancoliques, de vives peines ou de passions tristes de l'Ame suggérant des Complaintes, on pourrait, ce nous semble, l'établir de la manière suivante :

— Danger (p. 252, ccii [*Le* Danger *de se marier.* — Lyon, vers 1580]; etc.).

— Crainte (p. 238, lxxxi [*Les Lamantacions* (sic) *et* Craintes *du Jugement...*]; etc.).

— Adieux, *Derniers Adieux* (p. 283, cccxcvii [*Les* Adieux *du Vieillard*]; etc.).

— Regrets (p. 243, cxi [*Les* Regrets *d'amours faits par le Déconforté*]; p. 244, cxx [*Les* Regrets *de Picardie et de Tournan.* 1544]; p. 251, cxcix; etc.).

— Piteux Regrets (p. 262, ccxcv [Piteux Regrets *accompagnés de constance.*]).

— Soupirs (p. 250, clxxxv; p. 252, ccviii et ccxi [*Les* Soupirs *amoureux*]; p. 262, ccxc [Soupirs *de* Lysis *esloigné de sa belle* Roche. Stances.]; etc. [768]).

— Reproches de cruauté (p. 262, ccxcvii [Reproches de cruauté. Stances.]).

— Tourments *causés par l'absence* (p. 262, ccxci [*Des* tourments *causés par l'absence.* Élégie.]; etc.).

— Malheur (p. 255, ccxxx [Galaup de Chasteuil : *Sur les* Malheurs *des Prisonniers....*]; etc.).

— Misères (p. 246, cxlvii [*Discours des* Misères *du temps*]; p. 247, clix; p. 249, clxxvi et clxxxiii; p. 308, dvi [Nobile Socio : Miserie *de li* Amanti]; etc.).

— Calamités (p. 248, clxv [Adrien du Hecquet : *Poésies diverses sur les* Calamités *causées par la Guerre....*] et clxxix, p. 249, clxxviii; p. 259, cclxiv; etc.).

— Crève-Cœur (p. 305, cdxciii [en Patois de Tarascon : *Lou* Crèbe-Cœur *d'un Paisant sur la* Mouert *de son* Ay; *émé la souffranço é la miséri das Forçàs qué son én galéro é dèis paurés Jardeniès.*]; etc.).

— Plaincte ou Plainte (p. 240, lxxxv; p. 241, xcv [... *La* Plainte *de Religion et soulas de Labeur...*]; p. 262, cclxxxvi [Plainctes *faites devant un Pourtraict*]; etc.).

— Quérimonie (p. 247, clviii [Quérimonie *de la Déesse* Vénus....]; etc.).

[768] Le veuvage étant un état assez pénible pour un bon nombre de Femmes, — si l'on s'en rapporte surtout à certains Auteurs —, on pourrait rapprocher, des Écrits poétiques dont il s'agit en ce moment, la Pièce de vers de Philiberte de Fleurs, intitulée : Soupirs de *la Viduité.* La Poétesse Mâconnaise a composé cette Complainte avec une exquise sensibilité et un talent de versification fort remarquable. Philiberte a peint, d'après nature, la double solitude affective, qui semblerait l'avoir plus vivement impressionnée que bien d'autres...!

— Complaincte ou Complainte (p. 239, LXXV [Complainte de Venise] et LXXVIII [Le Maire, de Belges : La Complainte des Vénitiens]; p. 240, LXXXIX; p. 241, XCIX; *La Complaincte de Gennes, etc.*; par d'Auton); etc.).

— Complainte douloureuse (p. 238, LXX [Complainte douloureuse de lame dampnée]; etc.).

— Doléance (p. 254, CCXXII [Les Regrets et Doléances de Madame de Joyeuse, sur le trépas de Monseigneur le Duc de Joyeuse. 1588.]; etc.).

— Déploration (p. 239, LXXX [André de la Vigne : Déploration du Chasteau de Bloys]; p. 240, LXXXII [Déploration de Robin]; p. 245, CXXXI [Déploration de Vénus sur la mort du bel Adonis] et CXXXIII; p. 249, CLXXVII; etc.).

— Désolation (p. 258, CCLXI [Vital Daudiguier : Désolation de la France]; etc.).

— Désespoir (p. 244, CXXV [Jacq. Péletier, du Mans : Chant du Désespéré]; p. 246, CXLIV; p. 250, CLXXXIV; p. 269, CCCXXXIX [Désespoirs amoureux, avec quelques Lettres amoureuses]; etc.)

— Chants ou Lais tristes (p. 86 [Chants tristes et lugubres]; pp. de 119 à 127; p. 245, CXXXVII [Le Chant triste de Médée, abandonnée de son aymé Jason]; etc.).

— Chant lugubre (p. 86; p. 272, CCCLXI [Ch. C. d'Assoucy : Lugubre Chanson pour ses adieux (à Turin)]; p. 293, CDLIX [Chant lugubre des Larmes du Pauvre]; etc.).

— Chant funèbre (p. 83; p. 245, CXXXIV; p. 258, CCLIV; p. 285, CDII [Adr. A..., de l'Athénée de Paris : Chant funèbre sur la mort de S. A. R. le Duc de Berry]; etc.).

— Hymne funèbre (p. 91 [Hymne funèbre d'Adonis]; etc.).

— Chant de douleur (p. 291, CDXLII [Chéry Pauffin : Chant de douleur sur la mort du Maréchal Ney; impress. lithograph.; Rethel, 1848, in-4°]; etc.).

— Larmes (p. 245, CXXXVI [Nicole Bargedé : Larmes]; p. 248, CLXVIII [Larmes sur le trespas de M. Réné de Lorraine, etc.]; p. 252, CCVIII; p. 253, CCXXV; etc.).

— Larmes du Cœur (p. 291, CDXXXIX [Larmes du Cœur; Paroles de Fieffé, Musique de Vimeux).

— Torrent de pleurs (p. 257, CCXLIII [J. Augier : Le Torrent de pleurs funèbres]).

— Gémissements (p. 250, CLXXXVII [Les Gémissements de la France au Roi]; etc.).

— Lamentations (pp. 82 et 83; p. 244, CXXII; p. 245, CXXX; p. 251, CXCV [... Regrets et Lamentations des Dames de la ville d'Yssoire]; etc.).

— Derniers-moments (p. 271, CCCXLIX [Germain Habert de Cerisy : Chanson de l'Amant qui meurt], et CCCLI [N. Bigres : Jésus mourant]; p. 272, CCCLV [Le Faut

MOURIR] ; p. 284, CD [*Le* POÈTE MOURANT] ; p. 311, DXXIII [*Les derniers moments* DU CID] ; p. 318, DLII (COMPLAINTES ISLANDAISES : *Chant de mort d'*HIALMAR) ; etc.).

Dans cette composition d'un Essai de BIBLIOGRAPHIE et de CLASSIFICATION NATURELLE DE LA COMPLAINTE , nous n'avons jamais eu un seul instant la prétention de donner à nos Lecteurs, ni la *Bibliographie complète* d'un sujet aussi vaste, ni une *Classification* de ces Pièces de vers tristes qui fût à l'abri de toute solide objection. Nous avons voulu faire les premiers pas dans une direction qu'on n'avait pas prise encore : nous laisserons , volontiers , à de plus habiles et de plus spécialement instruits que nous , le soin d'aller plus avant , plus sûrement et plus vite , vers le but qu'il nous a suffi de montrer.

Nous avons dû nécessairement nous attacher, d'une manière particulière , à la *Bibliographie de la Complainte*, relative au xvie siècle ; la raison en est toute simple , des plus naturelles, et se devine fort aisément : c'est au commencement du xvie siècle qu'appartient la **Complaincte de la ville de Gennes, sur la mort de Dame Thomassine Espinolle, Geneuoise, Dame intendyo du Roy, avecqu's l'Epitaphe et le Regrect**, de D'AUTON, COMPLAINTE qui, par le fond sinon par l'étendue , fait le principal objet de notre Publication.

CHAPITRE VIII.

DESCRIPTION DU MANUSCRIT H. 439, IN-8°, SUR VÉLIN,

FAISANT PARTIE

DE LA BIBLIOTHÈQUE DE LA FACULTÉ DE MÉDECINE DE MONTPELLIER.

 E Manuscrit de la *Bibliothèque de la Faculté de Médecine de Montpellier*, coté H. 439., in-8° [1], est intitulé, en encre rouge : « **La Complaincte de Gennes sur la mort de Dame** » **Thomassine Espinolle, Geneuoise, Dame intendyo** » **du Roy, auecq's l'Epitaphe et le Regrect.** »

Il est parfaitement écrit en Bâtarde ancienne [2], se ressentant quelque peu de la Gothique dégénérée, sur *onze feuillets* de beau vélin ; avec Ornements, Capitales et Miniatures à sujets historiques variés, afférents au texte, bien composés, et aussi soigneusement gouachés que dorés.

---

[1] Le *Catalogue Général des Manuscrits des Biblioth. publiq. des Départem.*, publié sous les auspices du Ministre de l'Instr. publiq., T. 1, Paris, Impr. Nationale, 1849, in-4°, le signale (p. 458) comme étant PET. IN-4°.

[2] Voy. le *Catalogue de* LA VALLIÈRE, T. 1, p. lxiij : *Explications des différentes écritures des Manuscrits ;* — voyez aussi FOURNIER-LE-JEUNE : *Manuel typographiq.*, etc. Paris, 1766, in-16, fig. : T. II, p. 192.

44

Ce Document littéraire, fort remarquable sous le point de vue iconographique, est d'ailleurs extrêmement curieux [3]. Il paraîtra sûrement, en outre, d'un prix tout particulier, ayant été fait expressément pour le Roi Louis XII, *à l'époque même de la mort de* Thomassine Spinola : les Trois belles Miniatures gouachées et dorées qu'il contient, et dont la dernière présente deux colonnes à bracelets et fleurs-de-lis en or, sur fond d'azur, en sont, selon nous, une preuve irréfragable.

On trouve ce Poëme dans le Manuscrit de la *Bibliothèque Nationale*, coté 9701, intitulé : « 𝕷𝖊𝖘 𝕮𝖗𝖔𝖓𝖎𝖖𝖚𝖊𝖘 𝖉𝖚 𝕽𝖔𝖞 𝖙𝖗𝖊𝖘 𝖈𝖗𝖊𝖘𝖙𝖎𝖊𝖓 𝕷𝖔𝖞𝖘 𝕯𝖔𝖚𝖟𝖎𝖊𝖘𝖒𝖊 » 𝖉𝖊 𝖈𝖊 𝖓𝖔𝖒, 𝖈𝖔𝖒𝖒𝖊𝖓𝖈𝖊́𝖊𝖘 𝖊𝖓 𝖑'𝖆𝖚 𝖒𝖎𝖑 𝖛𝖈𝖈 𝖊𝖙 𝖚𝖓𝖌, 𝖊𝖙 𝖈𝖔𝖓𝖙𝖎𝖓𝖚𝖊́𝖊𝖘 » 𝖏𝖚𝖘𝖖𝖚𝖊𝖘 𝖆̀ 𝖑'𝖆𝖚 𝖒𝖎𝖑 𝖛𝖈𝖈 𝖊𝖙 𝖘𝖎𝖝; 𝖕𝖆𝖗 𝕵𝖊𝖍𝖆𝖓 𝖉'𝕬𝖚𝖙𝖔𝖓, 𝖉𝖊 𝖑'𝕺𝖗𝖉𝖗𝖊 » 𝖉𝖊 𝕾𝖆𝖎𝖓𝖈𝖙 𝕭𝖊𝖓𝖔𝖎𝖘𝖙, 𝕳𝖎𝖘𝖙𝖔𝖗𝖎𝖔𝖌𝖗𝖆𝖕𝖍𝖊 𝖉𝖚 𝕽𝖔𝖞. » Ce Manuscrit N° 9701, et les Manuscrits cotés 8421, 9700 et 9707, composent entièrement les *Chroniques* de D'Auton. Ils sont tous in-folio. Leurs reliures actuelles, en maroquin jaune ou rouge, ont remplacé leurs reliures primitives, jadis en bois et à fermoirs. Ces précieux monuments littéraires ont appartenu à Louis XII, qui les tenait sans doute de son Historiographe même [4].

Une conséquence naturelle de ce qui précède, serait, qu'au lieu d'être un *Extrait* des grandes *Chroniques* de D'Auton (Mss. 8421, 9700, 9701 et 9707 de la Bibliothèque Nationale), le Manuscrit de Montpellier constituerait très-probablement une *première copie*, extrêmement élégante, faite, avec des intentions toutes particulières, d'après l'autographe de l'Auteur. Cet autographe aura été transcrit de nouveau dans les grandes *Chroniques*, par l'ordre et sous les yeux de D'Auton, lors de la rédaction générale de ses œuvres, qui ne doit avoir eu lieu que plus tard.

Les Calligraphes qui peignaient le mieux, à leur époque, ont souvent été incapables de comprendre le sens des mots qu'ils transcrivaient. C'est, selon nous, à l'ignorance du Calligraphe royal, relative à la Poésie et même à la Langue Française, qu'il faut rapporter les fautes d'orthographe et les omissions de lettres, de mots et même de vers, que présente le Manuscrit de la Bibliothèque de la Faculté de Médecine de Montpellier. Ce qui le prouve, c'est que ces fautes et omissions

---

[3] « ... *è abbellito da varie* curiose *minia-* » *ture* », dit le savant Abbé Gazzera [*].

[*] *Trattato della Dignità ed altri inediti scritti di* Torq. Tasso, etc. ; ouvr. cit. : p. 82.

[4] Voy. la *Préface* citée du Biblioph. Jacob, en tête des *Chroniques* de Jean d'Auton : T. I, pp. xiv et xv. — Le savant Bouhier n'a pas connu l'existence de ces Manuscrits.

du Manuscrit de Montpellier ne se rencontrent pas, ou sont différentes, dans le Manuscrit de la Bibliothèque Nationale, comme nous nous en sommes assuré par nous-même, *en les corrigeant* dans notre propre copie.

Il existe deux autres Manuscrits de cette **Complaincte de Gennes sur la mort de Thomassine Espinolle, etc.**, qui paraîtraient des copies de celui de l'École de Médecine de Montpellier.

Le premier de ces Manuscrits, décrit dans la première partie du *Catalogue des Livres du Duc* DE LA VALLIÈRE : T. II, pp. 321 et 322, N° 2987, est aussi du commencement du xvi° siècle. Il est écrit, sur *neuf feuillets* de vélin in-4°, en ancienne Bâtarde, et orné de *Trois belles Miniatures*. Ainsi que le nôtre, il représente « Louis XII, dans la Troisième Miniature, vêtu de noir et décoré du Collier de l'Ordre » de SAINT-MICHEL ; sa suite est composée de quatre Officiers habillés de même. » Ce Manuscrit diffère de celui de Montpellier en ce qu'il porte sur le feuillet de garde cette suscription espagnole : « *Este libro es de Luis de Mendoça* »; et qu'il est formé de *neuf feuillets* seulement, tandis qu'on en compte *onze* dans le nôtre. Acheté au prix de 80 francs, lors de la vente LA VALLIÈRE, il fait aujourd'hui partie de la Bibliothèque Nationale [5].

Le second de ces Manuscrits, coté autrefois 3. 3. N° 183 du fonds COLBERT, format in-8°, aujourd'hui, 10,439 de la Bibliothèque Nationale, est resté inachevé : il n'a point de Miniatures, mais leurs places y sont réservées.

On remarque, au feuillet de garde, des Armes composées de *trois tours d'argent* sur un *champ de gueules*, sans doute celles de quelque ancien Seigneur Tourangeau [6], possesseur originaire de ce Manuscrit historique.

M. Achille JUBINAL, qui a collationné cet exemplaire sur une copie, presque complète, du Manuscrit de Montpellier, n'y a trouvé que de *simples changements de mots, sans aucune variante importante*.

La Complaincte de Gennes, du Manuscrit 9701 de la Bibliothèque Natio-

[5] *Manuscr.*: fonds LA VALLIÈRE, N° 147, in-4°.
[6] Les Armes du Manuscrit dont il s'agit seraient-elles celles de CARBONELLE ?... On lit dans Lowan GÉLIOT [*]: « CARBONÈLE portant de » gueules à trois tours quarrées d'argent. » Voici ce qu'on lit dans la *Nouvelle Méthode Raisonnée de Blason*, etc., de MÉNESTRIER; Lyon, 1780, in-8°, fig. (p. 204) : « CARBONELLE, » de *gueules* à trois *tours quarrées et créne-* » *lées d'argent*. »

[*] *La vraie et parfaite Science des Armoiries.* — Paris, 1661, in-fol., fig., p. 634.

nale, présente le texte le plus complet et le plus pur. En revanche, notre Manuscrit est mieux peint, son caractère est même élégant; et chacune de ses Trois Miniatures, dont la dernière est la plus belle, se montre bien supérieure à l'*Unique* Miniature de l'exemplaire de la Bibliothèque Nationale. Cette Miniature *Unique*, de 13 centimètres de largeur sur 16 centimètres de hauteur, représente Thomassine ESPINOLLE, *morte couchée dans un lit de parade, entourée de femmes qui se désolent, et ayant, aux pieds de son lit, un individu qui s'arrache les cheveux.* Ce dernier n'a aucun attribut royal; et comme la scène se passe à Gênes, il ne peut être que son mari : Lucas SPINOLA. Le Catafalque de la défunte est sous un ciel de lit, dont la garniture est d'une étoffe noire brochée d'or. Le costume de Thomassine et tout ce qui la touche présentent les couleurs les plus vives. Le coussin sur lequel sa tête s'appuie est bleu, rehaussé d'or; ses manches rouges sont sablées d'or; et les bandes rouges et bleues dont la couverture de son lit est formée, ont aussi de l'or dans leurs ornements.

Cette **Complaincte** est composée de vers presque tous de dix syllabes, ayant, la plupart, un point, ou un *petit trait vertical* délié, marquant la césure, après le quatrième pied, sans prendre le moins du monde en considération le repos naturel voulu par le sens du texte. On n'y voit pas d'autre ponctuation [7].

Le Manuscrit de la Bibliothèque de la Faculté de Médecine de Montpellier, que nous publions aujourd'hui, sur format grand in-4°, avec une *Notice historique* sur D'AUTON; une *Dissertation sur les* SPINOLA *de Gênes*; un *Historique de la* COMPLAINTE; et *des Commentaires, des Notes, des* FAC-SIMILE, *tant du texte que des trois remarquables Miniatures qui l'embellissent* [8] et qui étaient encore INÉDITES, appartient au commencement du XVIᵉ siècle, et très-probablement à l'année 1505 ou 1506.

Composé de onze feuillets, plus un titre ajouté en 1721, il est écrit sur beau vélin blanc, de 20 centimètres de haut sur 13 centimètres de large; relié en carton recouvert d'un velours de soie noir, jadis très-beau, mais dont il ne reste presque plus aujourd'hui que la trame, et maintenu fermé et serré par quatre forts rubans de soie, de couleur rouge, ainsi que sa tranche. Les marques qui le désignent main-

[7] Cette coupure singulière de chaque vers n'existe pas sur le Manuscrit de la *Bibliothèque Nationale :* elle doit être attribuée au Copiste, ainsi que d'autres fautes, assez nombreuses mais légères, dont nous nous contenterons de faire connaître seulement les plus importantes.

[8] Le texte, mais le *texte seul*, a été déjà publié par le Bibliophile JACOB, en 1834, avec les *Chroniques* du même Auteur, de Jean D'AUTON, que nous avons souvent citées.

tenant dans la Bibliothèque de la Faculté de Médecine de Montpellier dont il fait
partie, sont, comme nous l'avons dit : H. 439.

On voit, sur les *versos* du titre moderne et du dernier feuillet de ce Manuscrit, le
cachet de cette Bibliothèque présentant ces mots grecs : H ΤΕΧΝΗ ΜΑΚΡΗ, dans un
champ ovale, limité par un serpent se tenant la queue, et autour duquel on lit
l'inscription : *Ecole de Médecine de Montpellier.*

Le titre ajouté présente, aux deux tiers supérieurs de son *recto*, et sur un fond
rouge, deux Levriers d'argent, à collier rouge avec anneau d'or, qui soutiennent un
Écusson portant les Armes parlantes des Bouhier : UN BOEUF D'OR SUR UN CHAMP D'AZUR.
Au-dessus de cet Écusson, est un Timbre fermé d'argent, à pourtour et visière dorés,
ayant pour Cimier une Tête de bœuf en or. Des panaches, bleu et or, partent de
derrière le Timbre et descendent sur les côtés, comme pour embrasser l'Écusson.

Au tiers inférieur de cette page, on remarque un Cartouche en écusson transversal,
avec ornements et enroulements dorés, soutenu par des branches de palmier et
d'olivier, et dans le champ d'azur duquel on lit ce titre gouaché en blanc : « *Regrets*
» *de Dame* Thomassine Espinolle » ; titre qui, comme on va bientôt s'en convaincre,
est très-inexact, et, mal à propos, répété sur l'étiquette.

Ce Frontispice a été peint ainsi par les ordres du Président Bouhier, probablement
à l'époque où il fit l'acquisition de l'ouvrage. On lit sur les côtés de ce Cartouche :
« MS. E. = 63, de la Bibliothèque de M. le Président Bouhier » ; et au-dessous :
« MDCCXXI », date présumée de son acquisition par ce Savant.

1° La Première Miniature est peinte sur le *recto* du premier feuillet.

Au milieu d'un fond noir, semé de larmes dorées, on voit un cadre en teinte plate
d'or, appliquée au moyen du pinceau, et dont l'intérieur représente, dans ses trois
quarts supérieurs, la Ville et le Port de Gênes, au moment où il vient d'arriver
un élégant vaisseau, dont le corps, les mâts et les cordages sont dorés.

Sur un pont unissant deux quais de ce port, — et par lequel le Peintre a eu peut-
être l'intention de représenter le Ponte Spinola —, on remarque quatre Dames
costumées comme il est très-probable qu'elles devaient l'être dans cette ville, au
commencement du XVIe siècle. Une d'entre elles, en sa qualité de principal personnage, occupe, seule, le premier plan : c'est la noble Dame Thomassine Espinolle. Son attitude est la plus distinguée. Les trois autres, sur un même rang, au
second plan, sont les Dames de suite ou de compagnie de cette belle Génoise.

Au-delà d'un vaste bassin, on voit se développer une partie de la Ville de Gênes. Les lignes sinueuses de montagnes d'inégale grandeur, appartenant à des plans différents, terminent l'horizon dans le lointain.

Cette Miniature gouachée est rehaussée de touches élégantes d'or au pinceau.

La Dame Espinolle est censée voir Louis XII, à son arrivée à Gênes, le 26 Août 1502, époque où elle contracta cet amour, pur, malgré sa violence, auquel elle devait néanmoins succomber, seulement deux ans après, étant encore à la fleur de l'âge.

Les quatre Dames ont absolument le même costume; elles sont presque entièrement en noir d'un bout à l'autre. Leurs robes courtes, ou plutôt leurs tuniques élégamment plissées, dépassant à peine les genoux, ornées de deux broderies circulaires en or, l'une en bas, l'autre à moitié hauteur, sont arrêtées à la ceinture par un *cordonnet d'or* [9]. Les manches en sont extérieurement crevassées, et laissent sortir par leurs ouvertures une fine étoffe blanche. Quant à leurs gants, ils sont tous blancs.

La toque noire, qui couvre leur tête, semble fixée par un ornement coupant transversalement le front, et au milieu duquel se trouve cette sorte de joyau, qu'à l'occasion de certaines amours de François Ier, on devait, quelques années plus tard, appeler *Ferronnière* [10]. Les quatre Dames, dont deux conversent entre elles, ont toutes, autour du cou, des chaînes d'or tombant sur la poitrine. Pour ce qui est de leur chaussure, elle consiste en des souliers ou pantoufles, probablement de velours noir, sans brides transversales, ni liens d'aucune espèce propres à les fixer aux jambes.

Au-dessous de cette Première Miniature, et dans le tiers inférieur du cadre, on lit, écrit en encre rouge, le véritable titre de ce petit Poëme, qui est le suivant : « 𝕷𝖆 𝕮𝖔𝖒𝖕𝖑𝖆𝖎𝖓𝖈𝖙𝖊 𝖉𝖊 𝕲𝖊𝖓𝖓𝖊𝖘 𝖘𝖚𝖗 𝖑𝖆 𝖒𝖔𝖗𝖙 𝖉𝖊 𝕿𝖍𝖔𝖒𝖆𝖘𝖘𝖎𝖓𝖊 » 𝕰𝖘𝖕𝖎𝖓𝖔𝖑𝖑𝖊, 𝕲𝖊𝖓𝖊𝖚𝖔𝖎𝖘𝖊, 𝕯𝖆𝖒𝖊 𝖎𝖓𝖙𝖊𝖓𝖉𝖚𝖔 𝖉𝖚 𝕽𝖔𝖞, 𝖆𝖚𝖊𝖈𝖖'𝖘 𝖑'𝕰𝖕𝖎- » 𝖙𝖆𝖕𝖍𝖊 𝖊𝖙 𝖑𝖊 𝕽𝖊𝖌𝖗𝖊𝖈𝖙 [11]. »

---

[9] D'après un passage du *Roman de la Rose*, il semblerait que cet ornement était de mode au xive siècle :

> « La belle fut atornée
> » Et d'un filet d'or galaudée*. »

[10] Voy. Dom C.-J. Bévy : *Histoire des inaugurations des Rois*, *Empereurs*, etc. — Paris, Moutard, 1776, in-8°, fig. : Pl. V, p. 366.

* L'Épithète *Galaudée* est ici pour *ornée*, *parée*.

[11] Le Président Bouhier, s'il eût porté un peu plus d'attention sur ce point important, aurait d'abord corrigé la faute de son Copiste dans la reproduction de ce titre. Il aurait ensuite empêché son Relieur de la répéter sur l'étiquette de ce Manuscrit : *Regrets de dame* Thomassine Espinolle, ou bien *Complaincte de Gennes sur la mort de Dame* Thomassine Espinolle, etc. : ce n'est pas la même chose.

Dans la composition de cette Miniature, le Peintre a eu ici un tort, selon nous, des plus graves : ce costume noir n'est pas celui des Dames qui allèrent au-devant du Roi lors de son entrée à Gènes, le 26 Août 1502, à midi. L'extrait suivant du *Cérémonial Français*, de Théodore et Denis GODEFROY [12] qui n'ont fait que copier D'AUTON sur ce point, en est la preuve évidente :

« Elles estoient presque toutes vestuës de *draps de soye blanche*, ou de *fines toiles » blanches;* et leurs habillements estoient différents à tous autres : car *leurs robbes* » estoient *courtes jusques à my-jambes*, ou environ, *ceintes sous les aisselles, et au » derrière au droit des épaules auoient un feustre qui tout le dos leur engrossissoit.* » En leur *coiffure* elles auoient *sur le col et derrière le chef vn petit cercle de linge » embourré, et leur chevelure entortillée tout autour en manière de diadesme.* Tout » *à l'enuiron de leur front y auoit force orfeurerie* et au col portoit *chaisne d'or* et » divers joyaux, les doigts de leurs mains estoient pleins de diamans, et garnis de » rubis, saphirs et émeraudes, leurs bras vestus de fines et *larges manches de chemises » de toile de Hollande,* et enuironnez de bracelets d'or et de fines pierreries ouurez » de diuers artifices, et auoient des *chausses blanches ou rouges*, et des *souliers de » même couleur* [13]. »

Il est encore dit plus loin [14] que même les Dames et Demoiselles qui se trouvaient dans les rues et sur le passage du ROI, étaient « *toutes en blanches robbes* et très-» richement ornées. »

On le voit, le Peintre n'a nullement observé le costume décrit par D'AUTON, et, d'après lui, par les Auteurs du *Cérémonial Français.* Tout ferait pourtant penser que les détails donnés par ces Historiographes doivent être exacts. L'Artiste aurait dû se procurer, sur le costume des Dames Génoises, en ce jour solennel, les détails qui lui étaient nécessaires, et les mettre ensuite à profit, dans l'embellissement d'un Manuscrit fait expressément, selon toute apparence, pour Louis XII lui-même.

Comme les Génois ont toujours eu, — et peut-être plus particulièrement encore au XVIe siècle que dans tout autre —, un goût très-décidé pour les vêtements noirs de velours ou de soie, nous serions tenté de croire que l'élégant costume noir, rehaussé de broderies en or, des Femmes représentées dans la Première et même

---

[12] *Le Cérém. franç.*, rec. par Th. GODEFROY, etc.—Paris, 1649, 2 vol. in-f°: T. I, pp. 705-707.

[13] D'AUTON : *Chroniques* cit. : T. I, p. 705.

[14] D'AUTON : *Chroniques* cit. : T. I, p. 707.

dans la Seconde des Miniatures du Manuscrit de Montpellier, n'est que le costume ordinaire des Dames Génoises élégantes de cette époque. La coiffure de Thomassine et celle de ses Femmes a quelque analogie, en effet, avec celle des Dames de Gênes d'alors, si l'on s'en rapporte aux Auteurs du temps. Les nobles Génoises du xvi° siècle se coiffaient avec des étoffes qu'elles mêlaient à leurs cheveux, et dont elles s'entouraient la tête. Un peu d'inexactitude dans les dessins de ces coiffures faits sur les lieux, ou dans leurs copies exécutées en France, rendraient facilement raison de la différence qu'elles peuvent présenter dans notre Manuscrit.

Le *Couvre-chef* ou *Béguin*, soit de velours, soit de satin, qui remplaça l'*Escoffion*, au commencement du xvi° siècle et surtout sous François I°ᵉʳ, nous venait de l'Italie, ainsi que tant de costumes embellis par les heureuses modifications que la renaissance des Arts avait su y ajouter [15].

La Troisième Figure de la page 319 de l'année 1837 du *Musée des Familles*, empruntée au *Livre des Proverbes et des Adages*, Mst. N° 4316 de la Bibliothèque Nationale, et les Deux Figures de la page 320, tirées, la première, du même Manuscrit, et la seconde, d'un vitrail de l'*Église de* Saint-Etienne de Beauvais, doivent être regardées comme autant d'exemples de coiffures du xvi° siècle, aussi fidèles que gracieuses. Mais, malgré quelques légères modifications dictées par le goût ou le caprice des Dames Françaises qui les avaient adoptées, ces modes n'en présentent pas moins beaucoup d'analogie avec le type italien qui les avait évidemment suggérées.

Nous pouvons indiquer encore, comme un perfectionnement de ce même type, la coiffure simple, mais élégante et gracieuse, du Portrait en pied de Marguerite de Valois, Reine de Navarre. On peut en voir une jolie reproduction dans le T. III du *Plutarque Français*, où elle se trouve accompagnée d'une excellente *Notice* par Mme. Louise Colet née Révoil.

L'article du *Musée des Familles*, déjà cité, atteste encore que *la Ferronnière, sorte de petit bandeau étroit, avec une pierrerie au milieu, contournant le front et se nouant derrière le couvre-chef avec un nœud plein d'élégance, qu'il était de bon ton de former le plus large et le plus raide possible*, appartenait plus spécialement ce semble aux coiffures du xvi° siècle : on en voit la preuve dans une Figure de la page 319 déjà

[15] Voy. *Musée des Fam.*, in-4°, Juillet 1837 : pp. de 313-320 : *Histoire de la Coiffure des Femmes en France, dep.* Clovis *jusq.* Henri II, et plus particulièrement les pp. 319 et 320.

citée de l'année 1837 du *Musée des Familles*. Cette Figure, aussi empruntée au *Livre des Proverbes et des Adages* du Manuscrit N° 4316 de la Bibliothèque Nationale, représente une coiffure de femme du xvi° siècle, composée d'un *Couvre-chef* ou *Béguin*, laissant sortir les cheveux sur le front, les tempes, le bas du visage et le derrière de la tête, et sur lequel passe, à la hauteur du front, l'ornement appelé *Ferronnière* [16]. La coiffure dont il s'agit ressemble beaucoup à celle des Dames Génoises de notre Manuscrit. Nous en dirons autant des manches crevassées, par les ouvertures desquelles sortaient, en s'épanouissant, de fines et riches étoffes blanches bouffantes, ainsi que de tout le reste de l'élégant et somptueux costume noir auquel l'or venait toujours se mêler sous des formes aussi variées qu'agréables.

On sait généralement quelle a été de tout temps la prédilection particulière des Génois pour le costume noir. « Le Pouvoir militaire, — dit Dupaty [17] —, ne reste » que trois mois dans les mains du même Général, qui commande en cheveux » longs, en manteau court et *en habit noir*. »

2° Sur le *recto* du huitième feuillet, et dans les trois quarts supérieurs d'un cadre en tout semblable à celui de la Première Miniature, on voit l'intérieur d'une Chapelle, — peut-être de la *Chapelle* Spinola de l'Église Sainte-Catherine —, dont l'ordonnance architecturale, à pilastres cannelés, à chapiteaux et frises dorés, de très-bon goût, est aussi élégante que riche. Dans cette Chapelle se présente un somptueux Cercueil ouvert, où l'on a déposé le corps de l'infortunée Thomassine Espinolle. Ce Cercueil, sculpté et doré avec beaucoup de goût, est entouré d'une étoffe noire couverte de broderies en or ; il est gardé par quatre Dames affligées, et dans des attitudes différentes. Elles sont costumées comme les quatre Génoises de la Première Miniature. Une d'entre elles, plus désolée que les autres, se livre au désespoir et s'arrache les cheveux.

A gauche, et au-dessus de la tête de Thomassine morte, se trouve un riche Crucifix, sur une tenture d'étoffe noire brochée d'or ; et on voit, du côté opposé, aux pieds du Cercueil, un bénitier en or avec son aspersoir de même métal. Plus loin, la Mort, enveloppée d'une écharpe blanche, tient appuyée sur l'épaule une javeline dont on

---

[16] Une Figure du *Livre des Marques de Rome*, Mst. N° 6756 de la Bibliothèque Nationale, représente une coiffure du xv° siècle, appelée *Escoffion adourné*, accompagnée d'un ornement simple passant sur le front, et qui semblerait être l'origine de ce qui, plus tard, est devenu *la Ferronnière*.

[17] *Lettres sur l'Italie*. XVI. A Gênes.

ne voit que la seule extrémité de la hampe qui est empennée. LA MORT quitte avec empressement cette Chapelle, comme n'ayant plus rien à y faire pour le moment [18]. Dans le tiers inférieur du cadre, on lit le commencement de l'**Épitaphe parlant par la bouche de la Deffuncte**.

3° La Troisième Miniature, occupant le *recto* du dixième feuillet, est peinte aussi sur un fond noir, semé de larmes; mais au lieu du cadre uniforme des deux premières, on y voit en haut une sorte d'architrave, et en bas un riche soubassement, ornés et dorés. Sur ses côtés, le cadre est complété par des colonnettes gothiques, de grosseur et d'architecture différentes. Ces colonnettes ont leurs braclets, — qui les coupent à moitié hauteur —, entièrement dorés, ainsi que leurs bases et leurs élégants chapiteaux. Le champ des quatre compartiments qui les constituent est *bleu d'azur fleurdelisé en or*, circonstance très-digne de remarque et sur laquelle nous reviendrons plus tard.

Les trois quarts supérieurs de l'intérieur de ce beau cadre représentent une

---

[18] Cette manière de représenter LA MORT, armée d'une *longue flèche*, était familière aux xve, xvie et même xviie siècles. On lit dans une des *Complaintes* de Clément MAROT [*] :

« LA MORT, en lieu de sceptre vénérable,
» Tenait en main ce DARD espoventable. »

Dans le *Recueil de Chants historiques français*, etc., par M. LEROUX DE LINCY [*2], on voit une *Chanson contenant les Regrets des Princesses et Dames de la Cour, sur le décès de très-illustre Princesse MADAME, fille unique du feu Roy CHARLES*, composée en 1578, où se trouvent les deux vers suivants :

« Je sens LA MORT qui me vient approcher,
» Branlant son DARD pour soudain me toucher. »

On lit dans le Recueil souvent cité : *Sensuyt le Iardin de Plaisance et fleur de Rethorique*, etc.; édit. in-4e [1527], p. cxcviij, r^o : « Comment la Dame se complaignant douloureuse-

[*] Les *OEuvres de Clément MAROT, de Cahors*, etc. — La Haye, 1702, pet. in-12 : T. II, p. 128.
[*2] *Rec. de Chants historiques français, depuis le xiie jusqu'au xviiie siècle*, etc., etc.; 2e sér., xvie siècle; ouvr. cit. : p. 381.

» ment en requerant LA MORT et dépriant que » souldainement la vint frapper de sa DARDE » mortelle : dont piteusement elle mourut. »

Dans l'*Enfer de Cupido* par le Seigneur DES COLES, l'Auteur s'adresse à TIRÉSIAS, Juge de l'*Enfer de Cupido*, qui, l'instruisant de tout ce qu'il désire savoir, le conduit d'abord dans les *faux-bourgs* de cet Enfer, où résidaient *Regret, Noise, Chaos, Soucy, Gémissement, Faux-semblant, Maladie, Crainte, Vieillesse, Mépris, Discorde*, et enfin LA MORT,

« Ayant en main sa cruelle SAGETTE,
» Que sans égard deçà et delà gette [*3].

On lit encore la Strophe suivante dans la COMPLAINCTE *de Madame la* PRINCESSE DE CONDÉ *contre les Huguenots* [*4] :

« O faulce MORT, cruelle et redoutable,
» Tu as frappé mon Seigneur amiable ;
» De ton faux DARD qui est tant venimeux
» As mis à mort le Prince valeureux ! »

[*3] Voy. GOUJET : *Bibliothèque françoise*, etc.; ouvr. cit. : T. XI, pp. 204 et 205.
[*4] Voy. LEROUX DE LINCY : *Rec. de Chants histor. français*, etc.; 2e sér., xvie siècle; ouvr. cit. : p. 292.

Salle de réception, pavée de marbres riches et variés, où l'on croit reconnaître le portor. Les murs de cette élégante pièce sont couverts de tentures de deuil, d'une belle étoffe noire brochée d'or, ou de marbres précieux, travaillés avec goût. Le chambranle et le dessus de sa porte d'entrée sont soigneusement sculptés et dorés.

On voit, dans cette belle Salle de réception, tous en *habits de deuil* [19], Louis XII,

[19] A cette époque, le *deuil* de Cour était ordinairement porté *en blanc* pour les Reines, Princesses, etc. Après la mort de CHARLES VIII, la Reine ANNE DE BRETAGNE « prit le deuil *noir*, » quoique les autres Reines eussent accoutumé » de le porter *blanc*.. », dit MEZERAY [*].

Il est probable que le deuil de la Cour, pour les Rois, était *en violet*, quand le deuil, pour les Reines, était *en blanc*. MM. NOEL, CARPENTIER et PUISSANT pourraient bien être dans l'erreur, quand ils avancent, dans leur *Dictionnaire des Origines*, etc., que le deuil violet de la Cour n'est pas fort ancien.

Ces Auteurs citent, d'après MONSTRELET, CHARLES VII et LOUIS XI comme ayant pris le *deuil noir* à l'occasion de la *mort de leurs Pères*; ils auraient pu ajouter, sans donner plus de force à leur sentiment, qu'ANNE DE BRETAGNE avait pris le *deuil en noir* lors de la mort de CHARLES VIII, et que LOUIS XII en avait fait autant quand il perdit ANNE DE BRETAGNE [*2].

Les Rédacteurs du *Dictionnaire des Origines*, etc., n'ont pas remarqué que les Auteurs contemporains s'accordaient assez bien à regarder comme des innovations les *deuils en noir* de CHARLES VII, de LOUIS XI, de LOUIS XII et d'ANNE DE BRETAGNE. L'erreur est de la dernière évidence en ce qui concerne cette REINE : le passage de MEZERAY, cité en tête

[*] *Abrégé chronologique :* T. IV. — Amsterd. 1701, in-12 : pp. 66-67.
[*2] *OEuvres du Seigneur DE BRANTÔME.* — Paris, J.-Fr. BASTIEN, 1787, in-8° : T. II, pp. 252 et 253.

de cette Note, ne saurait être plus formel.

Voilà pourquoi M. le Marquis DE CUBIÈRES dit dans sa *Vie de Louis XII* [*3], en parlant d'ANNE DE BRETAGNE morte le 9 Janvier 1514 : « Il la pleura avec abondance de larmes, *porta* » *le deuil en noir, comme elle avait fait pour* » CHARLES VIII, et demeura plusieurs jours » enfermé sans voir personne. »

Quant au Président HÉNAULT, il est plus explicite : il juge cette question absolument comme nous l'avions nous-même jugée, avant de l'avoir consulté sur ce point : « Je trouve, » — dit-il [*4] —, une chose singulière touchant » LOUIS XII et ANNE DE BRETAGNE. Elle avait » aimé LOUIS XII qu'elle épousa après la mort » de son Mari; et cependant elle fut si touchée » de la mort de CHARLES VII, qu'*elle porta son* » *deuil en noir, quoique jusque-là les Reines* » *l'eussent porté en blanc;* et, de son côté, » LOUIS XII, son second Mari, qui *porta aussi* » *son deuil en noir* CONTRE L'USAGE, se remaria, » l'an d'après, avec MARIE D'ANGLETERRE, pour » qui son amour lui coûta la vie. »

On a, malgré tout, de la peine à se figurer qu'à l'occasion de la mort de Thomassine SPINOLA, LOUIS XII ait pris et fait prendre à sa Cour le *deuil en noir*, sous les yeux mêmes d'ANNE DE BRETAGNE. Tout porte à penser que, s'il en avait eu un instant l'idée, les justes égards dus à la REINE l'y auraient fait renoncer aussitôt.

[*3] *Plutarque Français :* ouvr. cit. : p. 14, 2e col.
[*4] *Nouvel Abrégé chronologique de l'Histoire de France.* — Paris, 1749, in-4°, fig. : p. 290.

accompagné de quatre Officiers de sa Cour, dont un, assez près de lui et à sa droite, tient une canne blanche qu'on semble avoir voulu faire d'ivoire; tandis qu'un autre, à sa gauche et un peu plus éloigné, porte suspendus, par une sorte de *bride* [20], à sa main gauche, des gants blancs probablement de *peau* [21], qui pourraient bien être des gants de rechange destinés au Roi en cas de besoin. Les deux autres Officiers, moins élevés ce semble en dignités, se tiennent derrière, sur le second plan. Deux individus, probablement Huissiers de Cour, mis d'une manière plus simple et dont un tient aussi une canne blanche, sont comme de garde tout près de la porte d'entrée de cette pièce.

Les principaux personnages qui entourent Louis XII, coiffés d'un bonnet de

[20] Voy. la 52ᵉ Fig. des *Songes drolatiques* de PANTAGRUEL (RABELAIS, Édit. *varior.*: T. IX, p. 205), qui représente le jeune PANURGE, c'est-à-dire le CARDINAL DE LORRAINE, ayant, probablement, selon l'usage du temps (XVIᵉ siècle), ses *gants réunis par un lien qui les suspendait au bras gauche.*

[21] Les gants du Roi, qui collent parfaitement, et ceux d'*en cas*, qu'un des Officiers attachés à sa personne semble tenir à sa disposition, sont de *peau* blanche et non de *soie*. On sait que le Roi HENRI II fut le premier qui porta des bas de soie, et que ce fut seulement en 1559, aux noces de sa Sœur. Il est infiniment probable que les gants de soie, certainement plus difficiles à confectionner que les bas, n'ont dû être faits que plus tard.

Si l'on s'en rapportait à l'ancienne *Edda* ou à l'*Edda de Salmund*, Recueil composant « le plus précieux monument qui nous »reste de la Mythologie première, des sym- »boles religieux et des traditions héroïques »de la vieille Race Scandinave », la forme des gants à doigts séparés serait fort ancienne. « L'*Edda* raconte que le Dieu THOR passa la »nuit *dans le petit doigt du gant d'un Géant**.

* Voy. *Chants populaires du Nord*, etc.; ouvr. cit.: p. XXXII de l'INTROD., et p. 3 de la NOTICE SUR L'EDDA.

On lit dans l'ENCYCLOPÉDIE MÉTHODIQUE * [2] : « On voit à Portici la main et l'avant-bras gau- »ches d'une statue de bronze, trouvée à Her- »culanum, qui méritent d'être cités ici. C'est »le bras d'un *Cestiphore*, c'est-à-dire d'un »*Athlète* dont les mains étaient armées d'un »*ceste*..... Le *ceste* y a la figure d'un *gant*, »*garni de doigts, qui ne descendent pas jus- »qu'aux ongles.* »

Dans l'*Odyssée* (Ω), HOMÈRE parle de *Gants* ou *Gantelets* destinés à *défendre les mains contre les épines.* EUSTATHE, expliquant ce vers d'HOMÈRE, ajoute que « les Archers se »servaient aussi de *gants qui n'étaient pas *refendus en doigts* * [3]. »

Les passages des Classiques Latins, con- sultés par nous, où se trouvent les mots: *manica*, *manicatus*, etc. * [4], n'éclaircissent nullement la question relative à l'origine des gants *refendus en doigts.*

* [2] ENCYCLOPÉDIE MÉTHODIQUE [*Antiquités, Mytho- logie*, etc.]: T. I, p. 726, 1ʳᵉ col.
* [3] ENCYCLOPÉDIE MÉTHODIQUE [*Antiquités, Mytho- logie*, etc.]: T. III, p. 11, 2ᵉ col.
* [4] P. VIRGILII MARONIS *Opera*, etc.; ed. PANCR. MASVIC.; Leovardiæ, 1717, in-4°, fig.: T. I, *Georg. Libr. IV*; v. 439; — COLUMELLA, *De cultu hort.*: l. 8; — PLINII-JUNIOR. *Epistolar. Libr. X*, etc.; *Vene- tiis, in ædibus* ALDI *et* Andr. ASULANI *Soceri*, 1508: *Epistol.* III, 5.

velours noir fixé par une sous-mentonnière, ont, ainsi que le Roi, une petite collerette en dentelle et des chaînes d'or autour du cou. Ils sont vêtus comme lui d'une veste ou tunique assez ample ne dépassant pas les genoux, et d'un surtout ou manteau court en soie noire, à larges manches. Le tout est élégamment plissé et disposé avec goût.

Le Roi ne peut pas, néanmoins, être confondu avec les Courtisans qui l'accompagnent. Il occupe le milieu de la scène ; son costume est plus ample et de tout point beaucoup plus soigné. Il est le seul de cette réunion qui ait mis des gants. Les manches de sa veste ou tunique sont brochées d'or. Son surtout, à manches plus larges et plus élégamment plissées et drapées, est fermé par le haut, où il présente un collet assez grand rabattu sur les épaules. Seul, il porte le riche collier de l'Ordre Militaire de SAINT-MICHEL [22] tombant sur sa poitrine, Ordre Militaire dont il était Chef et Grand-Maître en sa qualité de Roi DE FRANCE. Sa coiffure sans sous-mentonnière consiste en une simple bande circulaire noire, de velours ou d'étoffe de soie. Cette bande noire est ornée, devant, d'un bouton d'or, et ne cache qu'imparfaitement la couronne du Monarque dont on voit saillir, en haut, les fleurs-de-lis d'or.

Les chaussures d'homme, que présente cette Troisième Miniature, sont absolument comme les sandales d'étoffes variées, à brides transversales devant le cou-de-pied, qu'il était d'usage de porter, en habit bourgeois élégant ou en habit de Cour, aux xve et xvie siècles, et telles que les représentent les Portraits en pied de CHARLES VIII et de FRANÇOIS Ier du *Plutarque Français* [23].

L'attitude du Roi, ses mains croisées devant la poitrine, sa tête un peu inclinée à droite, et son air de triste préoccupation, indiquent bien la juste affliction à laquelle il est en proie. Mais tout n'est pas cependant tristesse dans cette douce physionomie : on y voit des souvenirs agréables se mêler à des sentiments pénibles, plus, ce semble, pour les tempérer mélancoliquement que pour les exaspérer. Le regard finement scrutateur et l'air malignement compatissant des deux principaux Courtisans en sont la preuve. Un peu d'attention sur leur physionomie permet de saisir un sourire, quelque peu narquois, empreint d'une ironie si légère qu'elle en est presque imperceptible ; mais cette spirituelle mimique, aussi bien rendue que sentie par le Peintre, atteste clairement que ces grands Dignitaires, qui participent

---

[22] Cet Ordre a été institué par Louis XI, à Amboise, le 1er Août 1469.

[23] *Plutarque Français*, ouvr. cit. ; in-4°, à 2 colonnes, fig. color. : T. III.

ici à la douleur de leur Maître, jugent néanmoins fort bien toutes les nuances des sentiments qui occupent le fond de son cœur.

Cette Miniature est très-remarquable, en outre, sous le rapport artiel, à cause de la manière dont les draperies noires ont été rendues. Ceux qui ne sont pas étrangers à la Peinture savent combien il est difficile de représenter les ombres de divers degrés et les parties en relief ou éclairées, quand il s'agit d'une étoffe de soie noire. Il est aussi peu commun de réussir quand on peint noir sur noir, que lorsqu'on veut représenter des objets blancs sur un fond blanc : or, c'est avec un véritable bonheur que le Peintre a su ici surmonter cette difficulté. Nous ajouterons à ce qui vient d'être dit, que cette Troisième Miniature, à l'exécution de laquelle l'Artiste a dû prêter une très-grande attention, est la plus correcte de dessin, la mieux gouachée et la plus soigneusement dorée des Trois que contient notre Manuscrit. Cela renforce encore plus notre idée que ce Manuscrit est une copie, d'après l'autographe même, que l'Historiographe d'Auton avait fait faire expressément pour le Roi.

Le quart inférieur de cette Troisième Miniature présente le commencement du **Regrect que faict le Roy pour la mort de sa Dame intendyo; Regrect** que suit, en terminant le Manuscrit, un **Rondeau**, dont le premier mot, répété après le huitième vers et après le treizième ou dernier, est **Celle.**

Une sorte d'Introduction ou d'Exposition, de 75 vers : **la Complaincte élégiacque,** de 180 vers ; **l'Œpitaphe parlant par la bouche de la Deffuncte,** de 62 vers ; **le Regrect que faict le Roy pour la mort de sa Dame intendyo,** de 42 vers ; et un **Rondeau,** de 15 vers, formant en tout 374 vers, composent cette production poétique du commencement du xviᵉ siècle.

La Description du Manuscrit dont il s'agit ne serait pas complète, si nous ne transcrivions pas ici : 1° la Note curieuse que le Président Bouhier a écrite, de sa propre main, sur le *verso* du feuillet vélin de garde qui précède le titre ajouté en 1721 ; 2° l'Article du *Catalogue* inédit *des Manuscrits du Président* Bouhier, rédigé par lui-même, *Note* et *Article* auxquels nous joindrons quelques Réflexions qui nous ont paru indispensables.

1° Voici cette Note : « Je ne sçache pas, — dit ce Savant —, qu'il soit parlé *en* »*aucune Histoire* de cette Thomassine Espinole ou Spinola. — Fol. 8 de ce Poëme, »on voit que le Roy Louis XII la vit et l'aima, au voyage qu'il fit à Gênes, en

» 1502, et que depuis elle ne voulut plus coucher avec son *Mari, dont on ne dit*
» *pas le nom* [24]. Et deux ans après, sur un bruit qui se répandit faussement de la
» mort de ce Prince, elle tomba malade et mourut. — Cette *galanterie* du Roy
» Louis XII est d'autant plus singulière, que Saint-Gelais, en son *Histoire* (p. 145),
» a voulu donner à entendre que ce Prince *n'en avait eu aucune depuis son mariage.*
» Je soupçonne, au reste, que *Guillaume Crétin est l'Auteur de cette Complainte.* »

2° Voici comment est conçu l'Article relatif au Poëme de l'Historiographe d'Auton,
dans le *Catalogue inédit des Manuscrits du Président Bouhier*, rédigé par lui-même,
— E. N° 63 de la *Bibliothèque Bouhier*; et H. N° 19, in-fol., de la *Bibliothèque de
la Faculté de Médecine de Montpellier*, dont il fait partie aujourd'hui —, T. II, p. 54 :

» Complainte et Regrets sur la mort de Thomassine Espinol ou Spinola, Dame
» Génoise, *Maîtresse du Roi* Louis XII, en vers françois, *par un Auteur incertain*, qui
» paraît être Guillaume Crétin. — Volume parfaitement bien écrit, en vélin, avec de
» belles Vignettes et Figures, dans l'une desquelles ledit Roy est représenté avec
» ses Courtisans en deuil. »

Il est de toute évidence, d'après ces deux passages autographes, que le savant
Président Bouhier n'avait pas consulté, à cette occasion, les Historiens qui parlaient
de Thomassine Espinolle, et qu'il ne connaissait pas l'existence des Manuscrits de
d'Auton, possédés par la Bibliothèque Nationale de Paris. C'est à cause de cela qu'il
a dû ignorer nécessairement le nom du Mari de notre Héroïne, que l'on sait positivement aujourd'hui avoir été Lucas Spinola, *comme nous l'avons prouvé.*

Le Président Bouhier nous paraît ensuite aller beaucoup trop loin, quand il donne
au mot de *galanterie* le sens d'*intrigue amoureuse bien conditionnée...* : Saint-Gelais,
Mezeray, Masselin, Tailhé, Garnier entre autres, seraient, selon nous, plus près
de la vérité, en ne voyant dans l'*amour* presque entièrement platonique de la belle
Génoise et de Louis XII qu'une sorte d'amitié renforcée, quelque peu singulière, si
l'on veut, mais pas autre chose. Quant au soupçon de paternité poétique relatif

---

[24] C'est une erreur. On sait très-bien, au
contraire, que le Mari de Thomassine était,
comme nous l'avons déjà dit, Lucas Spinola,
célèbre Jurisconsulte, et *l'un des Douze les
plus honorables de Gênes qui furent au-devant de* Louis XII *pour aller faire la joyeuse*
réception. — D'Auton dit textuellement * :
« Lucas Spinola était le Mari de Thomassine
» Espinolle, Dame Intendio du Roi. »

* Voy. *Chroniq.* cit. : T. II, pp. 213, 214 et surtout 407. — Voy. aussi la relation du voyage de
Louis XII, écrite en latin par Benedictus Portuen-
sis (Benoît Du Port). (Cité par le Biblioph. Jacob.)

à Guillaume Crétin, il n'a pu être accueilli, comme méritant quelque confiance, que tant qu'on a ignoré l'existence de la *Chronique* manuscrite de Jean d'Auton.

Nous avons regardé le costume dont notre Héroïne et ses Femmes sont revêtues dans la Première et la Seconde Miniature, comme étant celui des nobles Dames Génoises au commencement du xvie siècle, et nous persistons dans notre manière de voir sur cet objet. Un Document historique qui nous est fourni par les Auteurs contemporains les plus recommandables, renforce encore ce sentiment. Il est certain que, dans ses expéditions militaires en temps de guerre, et même dans ses parties de plaisir ou dans ses voyages ordinaires, le Roi avait constamment, parmi les Seigneurs de sa suite, non-seulement un Historiographe, mais encore un bon Peintre. L'Historiographe était chargé de prendre des notes exactes et convenablement détaillées, sur tous les événements historiques ayant quelque importance ; et le Peintre dessinait, au besoin, d'après nature, soit les lieux où s'étaient passés des faits d'armes mémorables, soit les objets remarquables, de tout genre, qui avaient pu frapper l'attention du Roi, et dont ce Monarque était bien aise de conserver un fidèle souvenir figuré.

A l'occasion de la mort de l'*Amante de cœur*, de l'*Intendyo* de Louis XII, il est tout naturel que l'Historiographe-Poëte et le Peintre du Roi se soient concertés, et aient fait de leur mieux en unissant leurs talents, pour être agréables autant qu'ils le pourraient à ce bon Monarque.

Les Trois jolies Miniatures du Manuscrit de la Bibliothèque de la Faculté de Médecine de Montpellier seraient-elles l'œuvre du Peintre du Roi, nommé Jean-de-Paris, dont il est question dans d'Auton, à la page 326, du Tome Ier de l'édition de ses *Chroniques*, publiées par le Bibliophile Jacob ....? Nous le regarderions comme infiniment probable. Le Peintre du Roi, Jean-de-Paris, avait accompagné ce Monarque dans ses Guerres d'Italie, et il s'était trouvé évidemment à Gênes, auprès de Louis XII, en même temps que le royal Historiographe d'Auton.

CHAPITRE IX.

TEXTE DU MANUSCRIT H. 439, IN-8°, DE LA BIBLIOTHÈQUE DE LA FACULTÉ DE MÉDECINE DE MONTPELLIER ;

AVEC CORRECTIONS, COMMENTAIRES ET NOTES HISTORIQUES, PHILOLOGIQUES ET CRITIQUES.

 OUR éviter les longueurs inutiles, nous désignerons ainsi : MST. DE M. le Manuscrit H. 439, in-8°, *de Montpellier;* et MST. DE P. le Manuscrit, coté 9701, *de la Bibliothèque Nationale de Paris.*

Les fautes de copie ont été corrigées dans notre Texte. Le caractère *italique* indiquera en quoi elles consistaient, dans les Notes, quand elles en vaudront la peine. Il en sera de même des variantes. Les vers omis, et remplacés d'après le Texte de Paris, seront également signalés à nos Lecteurs dans les Notes.

Tout en conservant le fond de style du xvıᵉ siècle, nous avons cru devoir marquer les majuscules, pointer les i, rétablir les accents et les apostrophes, faire disparaître quelques abréviations, et corriger la ponctuation. Sans rien perdre de son intérêt, sous le rapport de l'Histoire de la Poésie, notre Texte n'en sera lu qu'avec plus de facilité, même par les Curieux le moins exercés à la lecture des anciennes écritures.

M. BOEHM, Lithographe distingué, et M. Jean MARTEL AÎNÉ, habile Imprimeur de

46

Montpellier, ont rivalisé de zèle dans leur coopération à l'embellissement de notre œuvre. Ils ont rempli, l'un et l'autre, les devoirs de leur profession avec un zèle et une attention intelligente et soutenue, dignes des plus sincères éloges, et qui ne peut qu'accroître leur réputation.

Les trois Lithographies *fac-similés* qui accompagnent cet Écrit, ont été bien exécutées, malgré leur date déjà reculée, et sont d'une exactitude rigoureuse.

Quant à M. J. Martel aîné, il ne s'est pas contenté d'acquérir, expressément, des Ornements Typographiques d'un excellent goût (Initiales ornées, Têtes de Chapitre, Culs-de-lampe, Vignettes au trait, Fleurons), et un beau Caractère pour le corps de notre ouvrage; il a bien voulu se procurer aussi, à cette occasion, un *Caractère neuf Gothique*, persuadé avec juste raison que cette reproduction du Texte de d'Auton, rappelant mieux l'original, donnerait ainsi plus d'agrément à notre Publication.

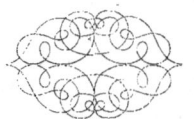

La complainte de pomes sur la mort de dame thomassine espinolle genevoise dame tiendro du roy: aueqs lepitaphe et le regret

Impetuenlx vent coursoire vulture
En orient. menant bruyt dinture
Contre aquillon. descendant de son poltre

La Complaincte
de Gennes

sur la Mort de Dame Thomassine Espinolle,

Geneuoise, Dame intendyo du Roy,

auecq's l'Epitaphe et le Regrect.

Impétueulx[1] Uent, coursoire[2] Uulturne[3],
En Orient menant brupt diuturne,
Contre Aquilon descendant de son pôle,

[1] IMPÉTUEULX. — Le Mst. de P. écrit : *L'impétueux*.

[2] COURSOIRE : *rapide, qui va vite*. — Le sens de ce mot est ici analogue à celui qu'Apollinaris Sidonius donne à *cursoria* dans l'expression *cursoria navis* (vaisseau *bon voilier, fin voilier*). — Voyez, pour l'inversion des noms Apollinaris Sidonius, l'agréable et savant écrit de M. A.-C. Germain, Professeur à la Faculté des Lettres de Montpellier, ayant pour titre : « *Essai littéraire et historique sur* Apollinaris » Sidonius. — Montpellier, 1840, in-8°. »

[3] VULTURNE. — Mst. de M. : *vulture*, et au vers suivant *diuture...* : mais ce sont des fautes du Calligraphe.

Le mot *Vulturne* désigne ici non le Dieu des Sabins VULTURNUS où VOLTURNUS, c'est-à-dire le Fleuve VOLTURNO ou VOLTORNO déifié, qui

Là-sus en l'air faisant leur monopole
Et bruyans cris sur l'heure conticine [h];

fut adoré ensuite par les Romains dans les *Vulturnales* ou *Volturnales* [*], mais un *vent* sur la direction duquel les Auteurs les plus recommandables ne sont pas parfaitement d'accord. La figure relative aux douze vents, selon Aristote et Pline, reproduite par le Géographe R. Bonne, dans la 7e Carte de la Ire Partie de l'*Atlas Géographique* de l'Encyclopédie Méthodique : « *Imperia antiqua, pars »orientalis* », indique le *Vulturnus* (Eurus) comme vent du *sud-est-tiers-d'est*. D'après Vitruve, ce même nom désigne, selon certains Auteurs, le vent *sud-est-quart-d'est* ; et selon d'autres, le vent *sud-est-tiers-d'est* [*2]. Dans la 5e Carte de l'*Atlas Géographique* de l'Encyclopédie Méthodique, R. Bonne lui-même désigne le *Vulturnus* comme étant le vent *sud-est*, d'après les Grecs et les Latins. La *Topographie Médicale de Montpellier*, Montpellier, 1810, in-8e (p. 110, N° xxvi), par Murat, signale le vent *d'est-sud-est* comme étant le *Vulturne* des Anciens.—On lit néanmoins dans le *Lexique Roman ou Dictionn. de la Langue des Troubadours*, etc., par Raynouard [*3] :

« Vulturn, s. m., lat. Vulturnus, Vulturn, »*vent du nord-est.*

» *Dos vens collaterals, des quals le prumier »es* Vulturn, *de ves septentrio.*
(Eluc. de las propr., fol. 134.)

»Deux vents collatéraux, desquels le pre-» mier est Vulturn, devers septentrion. »

* Voy. Joh. Rosini : *Romanar. Antiquitat. corp. absolutissim.*, etc. — Traj. ad Rhen., 1701, in-4e, fig., p. 187.
[*2] Voy. Vitruve : *Les dix Livres d'Architecture ;* trad. par Perrault ; — Paris, 1684, gr. in-fol• fig. : Note de la page 24.
[*3] *Lexique Roman*, etc , cit. : T. V, p. 577, 2e col.

[h] Le Mst. de M. porte : *impestine*, au lieu de *conticine*, qu'on lit dans celui de Paris, et qui nous paraît préférable. Cette variante dépend du double sens dont est susceptible le mot précédent : *leure* écrit de la même manière dans les Mss. de P. et de M., et signifiant tout aussi bien *lèvre* que *l'heure*.

Si l'on donne au mot *leure* le sens de *lèvre*, l'épithète *impestine* conviendrait pour désigner ce qu'a de malfaisant le souffle du vent dont il s'agit. Dans le petit *Traité sur l'exil de Gênes*, fait par *Ballades*, baillé au Roi, que d'Auton a mis à la suite de ses *Chroniques* [*4], se trouve ce vers :

« Le pestifère Auster vent du Midi. »

Si l'on donne au mot *leure* le sens de *l'heure*, il faudrait que l'épithète suivante fût *conticine*, le Poëte ayant voulu désigner alors le *silence de la nuit.* Le mot *conticinium* a été employé, par Plaute, pour désigner le *silence nocturne*, le *temps de la nuit où tout est tranquille.* Varron lui donne la même acception, en tirant son étymologie de *conticendo* (se taisant). Selon Macrobe, *conticinium* est le moment du jour où les coqs se taisent et les hommes dorment : « *Conticinium, cùm et galli contices-»cunt et homines etiam tùm quiescunt* [*5]. » Le Glossaire de la Langue Romane de Roquefort contient le mot : « *Conticinie : temps calme »et doux;* traduction de *conticinium* [*6]. » Con-

[*4] D'Auton : *Chroniques*; édit. cit. : T. IV, p. 153 et suiv.
[*5] Aur.-Theod. Macrobii : *Opera ad optim. edit. collata, etc*.— Biponti, 1788, in-8e : *Saturnal. Lib.* 1, p. 209.
[*6] Roquefort-Flaméricourt : *Gloss. de la Langue Romane.* — Paris, 1808, in-8e : T. I, p. 291.

Saturne ayant sa buccine [5] argentine,
En l'ascendant [6] du palais Capricorne [7],
A son public par les cieulx crie et corne

ticine vient évidemment de là : *l'heure conti-*
cine, de D'AUTON , est donc *une des heures de*
la nuit où tout est silencieux et calme.

[5] MST. de M. : *bucine, de buccina* (trompette).
Dans la pièce de vers, du *Jardin de Plaisance*
et Fleur de Rethoricque, intitulée : *Rethoricque*
composée par la dicte Dame, on lit les deux
vers suivants :

« Dorosnauant pour mieulx veoir le signe
» PLUTO corna en son orde *bucine.* »

Dans le petit *Traité sur l'exil de Gènes,*
de D'AUTON , qui a été déjà cité [*], se trouve
(p. 155) le vers suivant :

« Puis BELLONA fit corner sa *buccine.* »

Jean MAROT écrit *bussine :* il dit, dans son
Voyage de Gènes [**] :

« Durant ce temps, trompes, cloches, *bussines.*
» Menoyent ung bruyt doulx et armonieux. »

Le nom de *buccin* (*buccina* des Latins ,
βυχάνη des Grecs) est resté de nos jours au
genre de coquille univalve qu'il désignait
dans la plus haute antiquité, et qui, selon
toute apparence, a suggéré, plus tard, l'idée
de la trompette et du cor. D'après HYGIN ,
THYRRHÈNE , fils d'HERCULE, qui mourut vers
l'an du monde 2884, fut le premier qui joua
de cet instrument [*3]. Les Rabbins prétendent, cependant, d'après DE LA BORDE, que
» le premier *buccin* fut une des cornes du

» bélier qu'ABRAHAM immola à DIEU au lieu
» d'ISAAC. »

La *buccine,* chez les anciens Romains, était
un instrument de Musique Militaire, en cuivre,
ayant la forme d'une longue trompette recourbée [*4], terminée le plus souvent en gueule
de serpent. Ceux qui en jouaient portaient le
nom de *Buccinateurs.* Les grands Peintres ,
et les Graveurs qui ont travaillé d'après eux ,
nous ont conservé la forme exacte de ces
sortes de trompettes, surtout dans leurs représentations de *Triomphes.* On en trouve de
beaux exemples, très-fidèlement représentés,
dans les *Triomphes* gravés d'après POLIDORE
(de CARAVAGE) et dans le *Triomphe de César,*
de la belle édition de Sam. CLARKE [*5]. Cette
terminaison, *en gueule de serpent,* a été conservée dans quelques-uns de nos intruments
de Musique Militaire.

Nous ne sachons pas, du reste, qu'aucun
genre de trompette ait jamais été un attribut
de SATURNE. Nous n'avons rien trouvé, sur cet
objet, dans aucun des Auteurs consultés à
cette occasion.

[6] L'ASCENDANT... MST. DE M. : *lassendant...*
c'est-à-dire, probablement *le haut de l'esca-*
lier, dans l'esprit du Poëte.

[7] Le Poëte aurait-il voulu désigner ainsi le
mois de Décembre, époque de l'année à laquelle
le Soleil entre dans le signe du Capricorne ?

[*] D'AUTON : *Chroniq.,* etc., édit. cit. : T. IV, pp. 153
et suiv.
[*2] J. MAROT : *OEuvr.* cit. : p. 29.
[*3] Voy. (DE LA BORDE) : *Essai sur la Musique anc.*
et moderne ; ouvr. cit. : T. I , p. 222.

[*4] Selon DE LA BORDE, la *bucina* ou le *buccinum*
est la *trompette entièrement courbée, ressemblant à*
un cercle.
[*5] CÆSARIS *opera quæ extant,* etc.; Lond. TONSON,
1712, gr. in-fol., fig.

Et retentit [8] ses tons mélodieulx

Pour réveiller [9] les Déesses et Dieux,

Disant à tous les célestes consors :

« Levez-vous sus, mettez-vous aux essors [10],

» Et allez voir [11] la région terrestre

» Pour ne laisser plus là bas en terre estre

» Celle qui est tant digne de louanges,

» Qu'elle doit bien estre avecques les Anges [12];

» Car sa vie louable et méritoire

» A desservi son lieu au consistoire

» Des Immortels, et posséder le trosne

» Sidéréal, comme saincte Matrone [13],

[8] RETENTIT... MST. DE M.: *retentist...* a ici le sens de *fait retentir* ou *rend retentissants.*

[9] RÉVEILLER. — Le MST. DE P. remplace ce mot par celui de *ventiller*, dont il est difficile de sentir l'à-propos dans cette circonstance. Le Bibliophile JACOB, peut-être même sans connaître notre Manuscrit, a heureusement substitué dans son texte le mot *réveiller*, du MST. DE M., à celui de *ventiller*, du MST. DE P. Le sens indiquait naturellement la correction de cette faute de Copiste. *Réveiller*, placé ici, s'accorde, en effet, très-bien avec la variante adoptée ci-dessus, relative à l'*heure conticine.*

[10] Le MST. DE M. porte : *efforts.* Le MST. DE P. et le Bibliophile JACOB écrivent : *essors*, mot qui nous paraît préférable.

[11] MST. de M. : *veoir*, formant une seule syllabe. — Nous avons déjà cité un vers du *Jardin de Plaisance et Fleur de Rethoricque*

(p. 354, 1re col. : Note 5), dans lequel le mot *veoir* a la valeur de deux syllabes :

« Doresnauant pour mieulx *veoir* le signe. »

[12] ANGES. — On est surpris, à bon droit, de voir SATURNE emboucher le *buccin* et appeler ainsi vers lui les DÉESSES et les DIEUX, afin de les inviter à aller chercher Thomassine ESPINOLLE sur la terre, pour la transporter dans une réunion d'ANGES.... Ce mélange de profane et de sacré est de fort mauvais goût sans doute, quoiqu'il fût devenu commun aux xve et xvie siècles surtout; mais du moins il n'est pas poussé jusqu'à la dégoûtante licence et à la révoltante impiété devant lesquelles n'a pas reculé PARNY dans sa *Guerre des DIEUX.*

[13] SAINCTE MATRONE. — L'épithète *saincte* mérite le reproche déjà fait à l'occasion d'ANGES. — Quant à son association avec le mot *Matrone*, elle devient burlesque. Le mot *Matrone*

» Qui à son loz[14] tant faict magnifier,

» Que après sa mort se doit déifier[15];

» C'est le vouloir des Dieux et le plaisir

» Qu'elle vienne[16] les cieulx prendre et saisir,

» Et qu'elle soit tost eslevée et source

» Et mise sur les Plèïades et l'Ourse[17];

» Car elle fust en vertu coustumière,

» Dont sera là spectacle de lumière,

» Pour la gloire d'icelle amplifier,

» Et aux aultres mieulx exemplifier. »

Sur ce, j'oys[18] ce cri finir et taire,

était même peu flatteur au xvi° siècle. *Matrona* signifiait, il est vrai, *Dame de qualité* du temps de Cicéron, de Pétronne et de Florus. Ce mot a conservé le même sens jusqu'au xi° siècle. « Le mot *Matrone*, dit Roquefort[*], » sert maintenant à désigner ce que, aux xii° et » xiii° siècles, on nommait une *ventrière* (*ob-* » *stetrix*), et qu'on nomme assez impropre- » ment aujourd'hui une *sage-femme*, bien que » les *sages-femmes* ne le soient pas plus que » d'autres. » — Dans les xiv° et xv° siècles, le mot *Matrone* était déjà employé pour désigner une *houlière*, comme nous l'apprend Roque- fort[*2] dans son *Glossaire*; et en voyant les sens des mots : *Holier, Holière*, aux pag. 756 et 757 du T. I° du même ouvrage, on verra que si Thomassine Spinola eût pu les com- prendre, elle n'aurait certainement pas tiré

[*] Roquefort : *Glossaire de la Langue Romane*, etc.; ouvr. cit.: art. Matrone, T. II, p. 153.

[*2] Roquefort: *Glossaire de la Langue Romane*, etc.; ouvr. cit.: art. Matrone, T. II, p. 153.

vanité d'une pareille application. — On lit dans le *Complément de l'Académie Française*, Paris, Firm. Didot, 1842, in-4° :

« Holier, s. m. (V. lang.): luxurieux, dé- » bauché. »

« Et deux holiers eumi la voie. » (Fabliaux.)

[14] Loz ou Los de *laus* des Latins (louange). — Voy. le *Glossaire de l'Ordène de Cheva- lerie*, etc. [par Barbazan]. Lauzan. et Paris, 1759, in-16 : p. 228. — Dans un sermon de Saint Bernard, il est question de « . . . li vain » *los* des homes. . . . »

[15] Mst. de M. : . . . *deiffier*. — Il n'est guère de meilleur goût de vouloir déifier *Thomassine* quand on a voulu déjà la mettre au rang des *Anges*, surtout lorsque, en attendant la céré- monie, on place cette Héroïne sur *les Plèïades* et *l'Ourse* comme dans une salle d'attente.

[16] Mst. de M. : . . . *viengne*. . .

[17] Mst. de M. : . . . *les Playdes et lOurce*. . .

[18] J'ouÿs. — Mst. de M. : . . . . *ioy*. . .

Et Jupiter laisser le Sagittaire [19],

Pour saillir hors de sa claire [20] maison,

Disant aux corps célestes : « C'est raison,

» Puisqu'en terre fust d'honneur tant parée,

» Qu'aux cieulx lui soit mansion [21] préparée,

» Et qu'il n'y ait zodiacal degré

» Qu'à son plaisir ne monte et à son gré. »

Ce dit, Phœbus, du palais du Lion,

Jeta là bas [22] des raidz ung million,

Pour esclarcir le monde bruineulx,

Et faire amont [23] ung chemin lumineulx ;

Mercure y vint, à sa teste canine,

Qui doulcement à la Vierge [24] bénigne

Se monstra là gracieux champion ;

Mars destourna la queue au Scorpion,

Pour ne vouloir [25] le chemin empescher ;

[19] Ce vers et celui où il a été déjà question de SATURNE :

« En l'ascendant du palais Capricorne »,

feraient penser que le Poëte a voulu placer l'événement dont il s'agit vers la fin de Novembre, ou le commencement de Décembre (1505); malheureusement pour cette interprétation, on voit que plus bas :

« .... PHŒBUS, du palais du Lion,
» Jeta là bas des raidz ung million... »

[20] MST. DE M. : ... clere...

[21] MANSION ou mansée, manse : demeure, habitation.

[22] MST. DE M. : ... sa bas...

[23] Nous avons préféré : amont du MST. DE M., c'est-à-dire en haut, vers le ciel... à à mont, version du Bibliophile JACOB.

[24] Le MST. DE M. porte : .... o sa verge... (dont le sens pourrait être : portant haut son caducée...), ainsi corrigé par le Bibliophile JACOB : à sa Vierge.... Ayant accepté la correction, nous avons écrit : à LA Vierge...: le sens est alors clair, en rapportant le mot Vierge au signe zodiacal de ce nom.

[25] MST. DE M. : ... me vouloir...; évidemment faute de Copiste.

Uénus aussi vint la **Libre** [26] approucher,

Pour la parer de rameaulx et de fleurs ;

Diane n'eust las [27] voulu estre [28] ailleurs,

Mais la chambre du **Cancre** avoit ouverte,

Et de Nymphes tapissée et couverte.

Ainsi chascun d'iceulx fist son devoir

Pour accueillir la **Dame** et recepvoir,

Comme estoit deu à celle bienheurée [29]

Plaisante au monde et aux cieulx désirée.

Je [30] ne savois [31] encore à qui c'estoit,

Que tant d'honneur là sus on apprestoit,

Mais tost après au vrai fuz avertie

[26] Le Mst. de M. et le Bibliophile Jacob écrivent : .... sa *libre* ....: nous avons pensé que le sens exigeait la *Libre*, c'est-à-dire la *Balance*, signe du Zodiaque.

[27] Mst. de P. et texte du Bibliophile Jacob : ... *lors* ....

[28] Voulu estre. — Les Poëtes d'alors n'étaient nullement choqués de la rencontre des voyelles, si dure pour une oreille un peu sensible à l'harmonie poétique, constituant ce qu'on nomme *hiatus*. Ce choc de voyelles dans un vers se rencontre même dans les Œuvres poétiques de J. Marot, de Clém. Marot et de Ronsart.

J. Marot a dit, p. 202 de ses Œuvres :

« Mais *si* d Paris vous entrez. »

Il a dit encore, dans sa *Complainte de Gênes*, p. 35 de ses Œuvres :

« Dont dire puis, *Roy* à qui je me assers
» De tels servans noblement servy estes. »

Clément Marot n'a-t-il pas dit lui-même :

« Fils, puisque Dieu t'a fait la grâce d'estre
» *Vray héritier* de mon peu de savoir... » ?

Ronsart a dit aussi, dans sa Pièce de vers intitulée : Promesse, qui est ici une personnification :

« Tous les peuples étoient envieux *et* ardens ; »
» ....
« Méprisoit la vertu *et* chérissoit le vice. »
» ....
« D'où es-tu, d'où viens-tu *et* où te loges-tu ? »
» .... »
« Le Poëte est à *moi*, à *moi* l'Historien. »
» .... »
« *Tu es* trop Écolier, etc... »

Et La Fontaine lui-même n'a-t-il pas dit :

« Le Juge prétendait qu'à tort *et* à travers » ?

[29] Mst. de M. : .... *deu* ... dû ...; bien *eurée* : bien heureuse.

[30] C'est maintenant ici la Ville de Gênes qui parle.

[31] Mst. de M. : .... *je ne savoye* ....

47

Qu'une Dame mienne estoit despartie
De ce siècle [52], en celle nuit passée,
Et qu'elle estoit de douleur trespassée.
Or, en seus-je [53] les piteuses nouvelles
Qui ne me sont ne plaisantes ne belles,
Par les clameurs du Peuple Gennevois [54],
Que j'entendis crier à haulte voix,
Disant : « Hélas ! Thomassine Espinolle,
» Qui nous estoit guidon et banerolle [55],
» Et l'entretien [56] du Roy nostre bon Prince,
» Le seul recours de la nostre Province,
» La ressource de notre adversité [57],
» Est morte ! Hélas ! que fera la Cité
» Désolée, puisque celle perdons [58],
» Que ne pouvons [59] plus recouvrer par dons ? »
Ainsi estoit pleurée et regrectée,
Dont en sera ma Complaincte traictée [60].

[31] Mst. de M. : . . . . ciecle. . . .

[33] En sus-je... Mst. de M. : ... en sceu ie..

[34] Le Mst. de P. écrit : Geñeuoys..... Ce vice de langage devait inévitablement faire confondre plus d'une fois, ainsi que nous l'avons déjà dit, les habitants de Gênes avec ceux de Genève.

[35] Banerolle : banderole, bannière.

[36] Entretien. — Ce mot rappelle celui d'In-tendyo dont il est presque synonyme et qu'il explique : on désignait ainsi la personne avec laquelle le Roi avait le plus de plaisir à s'entretenir.

[37] Ce vers a été omis dans le texte suivi par le Bibliophile Jacob.

[38] Mst. de M. : . . . . pardons.

[39] Mst. de M. . . . ne pouons. . . .

[40] Mst. de P. : . . . . trectee.

Complaincte Élégiacque.

Oyant les cris, les lamentz et délas,
Les pleurs, les plaincts[41], les souspirs et hélas,
Que pour la mort de celle furent faictz,
De larmoyer mes yeulx ne furent las ;
Mais en laissant tout plaisir et soulas[42],
Et chargée de dueil oultre mon faiz[43],
En recordant[44] ses grâces[45] et bienfaictz,
Et sa valeur tant regrectée[46] et plaincte,
J'ay bien voulu dicter une Complaincte
Pour faire icy commémorer son nom,
Disant à tous : « Si sa vie est estaincte,
» Tousiours en loz florira son renom[47] ! »

Pourquoy doncques n'eut-elle longue vie,
Puisqu'elle avoit bon vouloir et envye

---

[41] MST. DE M. : .... plains....

[42] SOULAS : soulagement, consolation (sola-
tium). On lit dans la Complainte d'une Niepce
à sa Tante, par MAROT :

> « Mon soulas gist sous ceste terre icy,
> » Et de le voir plus au monde n'espère. »

[43] MST. DE P. : .... faix....

[44] EN RECORDANT : en rappelant, en se res-
souvenant de.... ; de recordari des Latins,
dont les Italiens ont fait ricordare.

[45] MST. DE P. : .... les grâces.....

[46] MST. DE M. : .... regrettée....

[47] MST. DE P. : .... regnon.

De prouffiter en vertueux[48] propos ?

Elle n'avoit pas la Mort desservie,

Ne ne devoit si tost estre ravie,

Mais tous temps vivre en très heureux repos !

Responds icy, ô fatale Atropos !

Qui, sans raison, de tes cruentes[49] mains,

Romps les filetz de la vie aux Humains

Malgré Clotho et Lachésis tes sœurs[50] !

Tes faictz sont trop cruelz et inhumains,

Quand soubz ta main nulz hommes ne sont seurs !

Par coup soubdain celle as rendue[51] morte,

[48] MST. DE P. : ..... vertueulx....

[49] MST. DE M. : cruantes , de cruentus , au propre sanglantes , mais au figuré , comme en ce lieu, cruelles.

[50] MST. DE M. : ..... tes seurs.

[51] RENDUE MORTE. — Les Poëtes de cette époque plaçaient encore l'e muet ou féminin , tantôt au repos du vers, tantôt ailleurs, en lui donnant la valeur d'une syllabe , alors même que cet e était suivi d'une voyelle, quoi-qu'ils eussent déjà senti l'avantage qu'il y avait de l'élider, dans ces circonstances, comme ils le faisaient le plus souvent.

Nous avons déjà vu l'e muet ou féminin, suivi d'une consonne, ayant la valeur d'une syllabe et tomber même sur l'hémistiche, dans les vers suivants :

« Car sa vie louable et méritoire....
» .... »

« Qu'une Dame myenne estoit despartie... ;
» .... »
« Désolée, puisque celle perdons... ».

L'Abbé MASSIEU fait, à cette occasion, des réflexions pleines de justesse dans son Hist. de la Poésie , citée (p. 304). Cet ε muet était aussi employé , comme ayant la valeur d'une syllabe dans tout autre point d'un vers , ce que la rapidité ordinaire de la lecture, plus grande en ce lieu qu'au repos, rendait fort désagréable. Le vers relatif à cette Note est une des nombreuses preuves qu'on en peut citer. Dans ce même vers, l'ε muet de rendue n'est compté pour rien quoiqu'il soit cause que le vers est faux.

D'un autre côté, pour favoriser la rime ou accroître le nombre des pieds d'un vers, tantôt on supprimait, tantôt l'on ajoutait des lettres.

En démonstrant ta périlleuse sorte [52],

Dangereuse, diverse et importune ;

Mais ung remort [53] *sur ce me réconforte ;*

C'est qu'elle fust constante, ferme et forte,

Contre l'assault de perverse [54] *Fortune.*

On n'en devroit pas louer plus fort une [55]

Dans la *Complainte II* (p. 88) de CHARLES D'ORLÉANS, on lit :

« Par m'âme ! c'est donner couraige
» A chascun de voz serviteurs, etc. »

LA COCHE, Poëme de MARGUERITE DE NAVARRE, imitation du *Livre des quatre Dames* d'Alain CHARTIER, fait dire à cette Princesse « qu'il » lui aurait fallu les talents de ce Poëte, pour » bien raconter son Histoire »

« Pensay en moi que c'estoit un subject
» Digne d'avoir un Alain CHARRETIER. »

CHARRETIER est mis ici à la place de CHARTIER parce que le vers eût manqué d'une syllabe.

[52] SORTE. — Le Poëte a fait synonyme de *caractère*, de *nature*, ce mot, que la rime semble avoir appelé, bien plus que la raison, pour terminer ce vers.

[53] .... *remords*....

[54] MST. DE M. : .... *parverse*....

[55] FORTUNE rimant avec *fort une*.

Dans son *Temple de Bonne-Renommée*, Jean BOUCHET dit, en parlant de MOULINET :

« Si vous lisez les faictz de MOULINET,
» Vous trouverez qu'il eut son *moulin nect*
» Quand le Roman de la *Rose arrosa*
» De la Science, et le *moralisa*. »

Les rimes étaient souvent alors, par mauvais goût, tantôt pauvres à l'excès, tantôt ridiculement trop riches, et tantôt plus ou moins bizarrement redoublées, en tombant soit sur la fin du premier hémistiche, soit même sur tout autre point du vers.

BARBAZAN * fait remarquer que c'est seulement lors de la décadence de l'Empire Romain et du goût que la rime se glissa dans la Poésie Latine ; et que PAULIN, SIDONIUS, SÉDULIUS et d'autres Poëtes, des iv⁰ et v⁰ siècles, l'ont employée dans leurs écrits.

Les Poëtes de ce siècle faisaient rimer des singuliers avec des pluriels. — Fréquemment, ils se contentaient de rimes féminines, n'ayant de commun entre elles que leurs trois ou quatre dernières lettres, uniquement parce qu'elles étaient satisfaisantes pour l'œil, quoiqu'elles fussent très-choquantes pour l'oreille. *Bardes* et *cordes*, *hallebarde* et *miséricorde*, étaient regardés comme autant de bonnes rimes. J. MAROT fait rimer HERCULES et ACHILLES. Dans la partie de son *Voyage de Gênes*, intitulée : *Mutination des Genevoys avec la Prinse du Chastellas* (Œuvr. cit., p.17), J. MAROT dit :

« Car sauver fault quatre choses en guerre :
» Prestre, Hérault, Paige et féminin genre. »

Il avait dit aussi (p. 9) :

« Bien preveoyt qu'il faict malavoir charge,
» D'enfants mutins qui ne craignent la *verge*. »

Dans sa *Complainte* sur la mort de PHILIPPE-

* *Extr. de quelques Poésies des* XII⁰, XIII⁰ *et* XIV⁰ *siècles. Lausanne*, 1759, in-16 [par BARBAZAN], p. 9.

Que ceste-cy [56], que chascun dit et vante
Avoir esté belle, bonne et savante,

LE-HARDI, Duc de Bourgogne (1404), Christine DE PISAN, surnommée LA DÉSOLÉE, a fait rimer *témoingne* et *Bourgongne* ainsi qu'il suit :

« Car moult perdez, et chascun le tesmoingne,
» Dont vous direz souvent mate et relent :
» Affaire eussions du bon Duc de Bourgongne[*]. »

L'espèce de *Complainte* satirique, sur les affaires du temps, que l'on répandit dans Arras, en 1465, et qu'a recueillie dans ses *Chroniques* Jacques DUCLERCQ (Liv. IV, Ch. 1), nous fournit une rime de ce genre :

« Qui ce brefvet recoeullera
» Garde se bien qu'il ne le monstre,
» Ou de le dire tout en oultre
» Fors à tous ceux qu'il trouvera. »

Les rimes suivantes, de Jean MAROT, sont plus singulières encore. Il dit, dans sa *Complainte de Gênes* (p. 33) :

« Alors congneuz juste comme l'*orloge*,
» Que Sainct-Denis avait vaincu *Sainct-George*. »

Et dans son *Voyage à Gênes* (p. 41) :

« Tsincturier serf m'a tins soubz sa *commande*;
» C'est mal joué le jeu de *condemnade*
» A qui Roy vient quant ung valet *demande*. »

Les quatre vers suivants, généralement connus, adressés à Guillaume DUBÓIS surnommé CRÉTIN, par Jean MOULINET, parlant de lui-même, donnent une juste idée de cette burlesque École poétique :

« MOULINET *n'est* sans bruit ni sans *nom*, non.
» Il a *son son*, et comme tu *vois*, voix,
» Son doux *plaid plaist*, plus que ne fait *ton ton*.
» Son vif *art ard*, plus clair que *charbon bon*. »

On trouve une nouvelle preuve de ce mauvais goût poétique dans l'EPITAPHE suivante, de Flaminio DE BIRAGUE, entachée de jeux de mots si peu convenables à ce genre de Poésie.

[*] Voy. LEROUX DE LINCY : *Recueil de Chants historiques français*, etc ; 1re série; ouvr. cit. : p. 293.

« Passant, pense-tu pas de passer le passage
» Qu'en mourant j'ay passé? Pense le même pas :
» Si tu n'y penses bien, de vray tu n'es pas sage,
» Car possible, demain passeras au trespas. »

Le quatrain suivant, terminant un des *Cent Distiques des Trois Sœurs Anglaises* sur la mort de la Reine de Navarre[*2], traduits par Antne DE LOYNE, suffirait pour donner une juste idée des singuliers jeux de mots que l'on regardait presque généralement comme des beautés de style poétique au XVIe siècle :

« D'une infinité de Sainctz
» Ta saincte âme est toute ceincte,
» Et sainctement tu te ceinctz
» D'une autre infinité saincte. »

Le *Journal des Savants* (1830, p. 282) dit : « Quand une Littérature possède de telles extravagances, elle n'a pas besoin de recourir » à des modèles étrangers pour se gâter. »

On sait que les vers *Léonins* étaient rimés tantôt à la fin seulement, tantôt simultanément au milieu et à la fin du vers. On en trouve de remarquables exemples dans le Poëme de Gualterus DYSSÉ, Carme Bordelais vivant en 1404, et qui commençait ainsi :

« *Heliconis rivulo modicè compersus*
» *Vereor ne pondere sim verborum mersus* », etc.;

dans ces vers cités par PASQUIER :

« DÆMON *languebat*, *Monachus tunc esse volebat*,
» *Ast ubi convaluit*, *mansit ut antè fuit* »;

et surtout dans la *Schola Salernitana*[*3] :

« *Pone gulæ metas*, *ut sit tibi longior ætas*,
» *Ut medicus fatur*, *parcus de morte levatur*. »

[56] Texte du Bibliophile JACOB : .. *celle-ci*..

[*2] [Philippe BUSONI] : *Chefs-d'œuvre des Dames Françaises*, *depuis le* XIIIe *siècle jusqu'au* XIXe. — Paris, PAULIN, 1841, in-12 : p. 96.
[*3] *Schola Salernitana*, etc.; *cum animadv*. Ren. MOREAU. — *Lut. Par.* 1672, in-8º : p. 130.

Saige [57], riche, gracieuse et bénigne,
Honnourable, très faconde et prudente,
Et parangon [58] de grâce féminine.

Si par [59] larmes espandre et ruisseler,
Ou richesses tost désamonceler,
Estoit permis [60] de révocquer les âmes,
Je ne vouldrois [61] jà tant dissimuler,
Que tout ne misse à celle rappeler
Comme la plus désirée des Dames.
Or, est son corps transy, entre les lames [62]
De ses parens trespassez et amis.
Hélas ! pourquoy est-il ainsi là mis
Pour devenir si vile pourriture,
Et aux vermetz [63] de terre estre [64] submis,
Qui fut le chief des œuvres de Nature.

---

[57] .... sage.....

[58] PARANGON : modèle. — MST. DE M. : ....
paragon.....

[59] MST. DE M. : .... pour.....

[60] MST. DE M. : .... promis.....

[61] MST. DE M. : .... vouldroye.....

[62] LAME : tombe, ou plutôt table de pierre,
de marbre, de plomb ou de cuivre, placée sur
la fosse de personnes inhumées : de lamina :

« En luy chargeant, puisqu'elle va soubz lame,
» De luy dire qu'il pri' DIEU pour son âme. »
(Compl. sur la mort de la Comtesse DE CHARROLOIS.)

« Icy soubz cette froide lame,
» Repose, digne de mémoire,
» La plus vaillant' et noble Dame. »
(Jardin de Plaisance et Fleur de Rethoricque ; édit.
in-fol. : feuillet 235, verso.)

On verra plus loin qu'en terminant l'Epitaphe parlant par la bouche de la Deffuncte,
THOMASSINE dit à l'occasion de son corps :

« Puisque pour vous il est mort soubz la lame,
» Veuillez avoir souvenance de l'âme. »

[63] VERMETZ : verme, vermez, vermis, vers
de terre.

[64] DE TERRE ESTRE. — MST. DE M. : de la terre.

O Gennevoys ! que ferez-vous icy,
Si n'est douloir [65] et plourer de soucy,
Pour la perte qui vous est advenue
Par le décès du corps qui est transy,
Que vous voyez en la terre estre ainsi,
Ce qui vous est dure déconvenue ?
Le temps requiert aussi, l'heure [66] est venue
Que vous devez porter le noir habit,
Pour démonstrer le funéral obit [67]
D'une qui fust la plus qu'aultre estimée ;
Celle perdez par ung cas trop subit,
Qui seule estoit mieulx digne d'estre aymée.

Que faictes-vous, mes Dames Gennevoises,
Damoiselles, marchandes et bourgeoises,
Chamberières [68], servantes et esclaves ?
Approuchez-vous plus près que de deux toises,
Pour lamenter, en lieu de faire noises,
Et ne soyez à plourer ici graves.

[65] DOULOIR : de *dolere* (latin) ; *dorrë* (anc. provenç.) : se plaindre, gémir, se lamenter.

  « Femme se plaint, femme *se deult*,
  « Femme pleure quand elle veult. »
             (*Ancien Proverbe.*)

[66] Le MST. DE M. écrit : *Le temps requiert et l'heure....*

[67] OBIT : d'*obitus* (lat.), mort.

[68] MST. DE P. : *.... chambarieres....*

Laissez à sec sur le sablon vos naves [69],

Et espuysez toute l'eau de la mer

Pour la venir en ce lieu consumer

Par le dégouet de vos yeulx larmoyens [70] :

Celle est morte, qui, pour vous renommer,

Sur les aultres a trouvé les moyens !

Vous, Neptunus, qui la mer gouvernez

Et ses voiles [71] faictes singler au vent,

Venez icy et nous entretenez ;

Plus ne pouvons [72] sans vous aller avant [73],

Car nous avons perdu par cy-devant

Le gouvernail de nostre navigage,

La conduite de tout nostre passage [74],

L'appuy tenant nostre seure espérance,

L'Intendyo [75] du noble Roy de France.

[69] NAVES : de *navis* (lat.), nef, nacelle, barque.

[70] Singulière idée que celle d'*épuiser toute l'eau de la mer*, pour venir là pleurer auprès de la Défunte ! — *Larmoyens* a été mis ici au lieu de *larmoyants*, uniquement pour rimer avec *moyens*.

[71] MST. DE P. : .... les *voisles*...

[72] MST. DE M. : ... ne *pouons* ; ... MST. DE P. : ... ne *pourrons*....

[73] MST. DE M. : .... *au vent*... Nous avons préféré *avant*, du MST. DE P. : la rime est aussi riche, le sens est plus naturel, et le Poëte évite ainsi la répétition vicieuse du *même mot* au *même cas*.

[74] MST. DE M. : .... *passaige*....

[75] L'INTENDYO. — Ce mot ne se trouve ni dans le *Dict. du Vieux Langage*, de NICODE ; ni dans le *Glossaire* cité de BARBAZAN ; ni dans le *Glossaire de la Langue Romane*, de ROQUEFORT.

Dame Aurora, qui avez arousée [76]

De voz larmes la terre en plusieurs lieux,

Pleuvez icy celle doulce rousée [77]

Que pour **Cygnus** [78] dégouctez de vos yeulx :

Vous ne pouvez [79], ce croy-je, faire mieulx,

Car celle-là, qui plus estoit louée,

D'excellent prix de beaulté alouée [80],

Et qui portoit tous les tiltres d'honneur,

A rendu l'âme au céleste Seigneur.

Vous **Eacus**, **Mynos** et **Radamant** [81],

Qui de tous droitz infernaulx décidez,

Gardez-vous bien de faire jugement

Contre celle, et que n'y procédez ;

Ou si de tant, certes, vous excédez [82],

Tantost sera sentence révoquée ;

Car jà sa cause est mise et évoquée [85]

---

[76] MST. DE P. : .... *arrosée....*

[77] MST. DE P. : .... *rosée....*

[78] CYGNUS. — Nous avons adopté, pour ce mot, l'orthographe ordinaire, qui est aussi celle du MST. DE P. et du Bibliophile JACOB. Lo MST. DE M. écrit : .... *Cinus....*

[79] MST. DE M. : .... *ne pouez....*

[80] *Allouée...* MST. DE P. : .... *avouée....*

[81] RHADAMANTHE. — Le Poëte a supprimé l'e final de ce mot pour le faire rimer avec *jugement.*

[82] Ce vers a été omis dans le MANUSCRIT DE MONTPELLIER.

[83] Autre vers omis dans le MST. DE M.

Au grand conseil du divin consistoire,
Où tous les Dieux tiennent leur auditoire.

Thisiphone, Alecto [84] et Mégère,
Pluton, Charon [85], Bélides [86], Tantalus,
Et tous ceulx qui en lieu de refrigère
Estes plongés [87] ès infernaulx paludz [88],
A ceste-cy ne ferez vos [89] salutz ;
Car du gouffre obscur, puant et noir,
Où vous estes, jusques à son manoir,
Qui est plus beau que les Champs Elisées,
N'a seur chemin, adresses, ne brisées.

---

[84] Mst. de M. : *Thesiphone, Aletho....*

[85] Mst. de M. : .... *Caron....*

[86] Mst. de M. : ..... *Bellides*, que nous avons écrit *Bélides*. — Le Mst. de P. porte probablement *Belides*, et le Bibliophile Jacob a cru devoir écrire *Belidès*, comme il l'eût fait d'un nom d'homme.

Dans la dernière hypothèse, nous ne connaîtrions pas les motifs de cette leçon. D'après la Mythologie, quel serait, entre les Condamnés aux Enfers, celui que d'Auton eût pu désigner par le nom, au singulier, Belidès? — Serait-ce Palamède? — Ce n'est pas probable. Nous savons bien qu'il était petit-fils de Bélus, et que c'est pour cela que Virgile l'appelle Bélidès, au 82ᵉ vers du Livre II de l'*Énéide;* mais nous savons aussi qu'au lieu d'avoir été condamné au séjour des Enfers, Palamède a été, après sa mort, regardé comme un Dieu, auquel on a élevé des statues.

L'explication du nom Bélides, écrit comme nous l'écrivons et supposé *pluriel*, devient naturelle, facile, et se présente presque d'elle-même. Ce mot pluriel ou collectif féminin, mis sans beaucoup de goût parmi les noms propres singuliers, masculins, au milieu desquels il se trouve, désignerait alors parfaitement les Danaïdes, en leur qualité de filles de Danaüs et de petites-filles de Bélus.

[87] Mst. de M. : ..... *plungez....*

[88] Mst. de P. : *palludz ;* .... Mst. de M. : *pallus.*

[89] Mst. de M. : .... *ne ferez-vous...* : dans ce sens, c'est une inversion de *vous ne ferez....*

*

Laissez les fleurs, ô Déesses Napées !
Et appelez les fontales [90] Nayades,
Et aux forestz de verdure drapées
Allez quérir Satyres et Dryades ;
Sonnez aussi à ces Hamadryades [91],
Que trouverez sur les arbres perchées ;
Dessus les mous Oréades [92] couchées ;
Faunes [93] aux champs, en mer les Néréydes :
Amenez-les icy à mes aydes [94].

O Narcissus [95], qui eustes en desdain
La doulce Echo [96] en bon point jeune et belle,
Vous n'eussiez pas faict resfuz si soubdain [97]
De ceste-cy, ne tant esté [98] rebelle :
Tant de vertuz avoit et grâce telle,
(Mais qu'elle n'eust parole ou regard chiche),
Qu'oncques homme, tant fust grant, bel ou riche,

---

[90] C'est-à-dire : Nymphes des fontaines....

[91] Mst. de M. : .... Amadryades....

[92] Oréades : Nymphes des montagnes. — Mst. de P. : Orcades : ... faute de copie.

[93] Mst. de M. : Phannes : ... c'est une faute du Copiste.

[94] Aydes rimant avec Néréides. Dans Aydes l'a et l'y doivent être prononcés avec le son de é et i : sans cela le vers serait faux.

[95] Mst. de M. : .... Narcisus....

[96] Mst. de M. : .... Eco....

[97] Mst. de P. : .... souldain...,

[98] Mst. de M. : .... ne tant estre....: faute du Copiste.

Ne la sceut voir [99], adviser ou ouyr,

Qui n'eust désir de son amour jouyr.

Sus Terpender [100], inventeur de Musique [101],

Et Apollo, le doulx harmonizant,

Mettez à part la science et praticque

De vostre chant; plus n'est icy duysant [102].

Vous, Orphéus, tant bien cytharizant

Que les Enfers endormez par vos [103] sons;

Et Arion [104], qui faictes les poissons

Danser en mer, quand la harpe touchez:

Fuyez d'icy, et plus ne m'approuchez.

Par [105] vraye amour et douloureux regrect,

---

[99] MST. DE M. : ... veoir...

[100] TERPENDER, c'est-à-dire TERPANDRE, fils de DERDENÉE, né à Antisse dans l'île de Lesbos, selon les *Marbres d'Oxford*, ou en Béotie, selon certains Auteurs, est donné mal à propos ici pour l'*Inventeur de la Musique*, évidemment connue avant lui.

Ce célèbre Musicien Grec aurait, selon PLINE, ajouté trois cordes à la Lyre. Selon DE LA BORDE, entre autres, il serait plus sûr que TERPANDRE aurait ajouté seulement une septième corde à la Lyre de MERCURE, pour égaler le nombre des cordes de cet instrument à celui des Planètes. Ce serait pour ce délit que, selon PLUTARQUE, les Éphores l'auraient condamné à l'amende et auraient fait suspendre sa Lyre à un clou.

Selon Saint CLÉMENT (d'Alexandrie), TERPANDRE aurait mis en Vers et en Musique les Lois de LYCURGUE *.

[101] MST. DE P. : .... *florissant en Musique*....

[102] DUYSANT : convenable; de *duire : cela me duit*, cela me convient.

[103] MST. DE M. : *vous sous :* faute du Copiste.

[104] MST. DE M. : ..... *Haryon*....

[105] Le Bibliophile JACOB aura été probablement induit en erreur en lisant *Car*, au lieu de *Par*, dans le MST. DE P. Le sens modifié par

* Voy. [DE LA BORDE] : *Essai sur la Musiq. anc. et mod.* ; ouvr. cit. : T. II, p. 19; T. III, pp. 116 et 117.

Dont elle fust jusques au cueur atteincte,

Pour son Seigneur, Intendyo [106] secret,

Le cuidant mort et sa vie estre esteincte,

Cas! elle en print celle mortelle estreincte [107],

Pour trop serrer le lien d'amytié.

C'est ung bienfaict et ung cas de pitié

Qui ne se doit à jamais oublier,

Mais en tous lieux crier et publier.

Que diront plus Orateurs et Poëtes

De Thysbée, d'Héro et de Phylis [108],

De Médée, fille du roy Aétes [109],

Dont amours ont les corps ensevelis;

D'Erigone, de Scylla [110] dont je lis;

De Julia et Dido de Carthage [111] ?

Celles doivent laisser en bas estage [112],

---

cette erreur l'aurait-il engagé à tronquer cette Strophe, en supprimant le vers qui manque dans son texte.... ?

[106] Ce vers atteste que, comme nous l'avons dit, ce titre se donnait évidemment aux Amants, quel que fût leur sexe : LOUIS XII est appelé ici : Seigneur, *Intendyo secret* de THOMASSINE.

[107] Vers omis par le Bibliophile JACOB, autorisant la différence de notre ponctuation.

[108] Le MST. DE M. écrit : *De Tisbee, Dero et de Phylis.*

[109] EETA ou EÉTÈS, Roi de la Colchide, père de MÉDÉE, et non *Oetes*, MST. DE M.; ni *Ætes*, texte du Bibliophile JACOB. Cette dernière orthographe, où l'*A* et l'*E* sont liés, a en outre l'inconvénient de rendre le vers faux.

[110] MST. DE M. : ..,. *Derigone, de Cila....*

[111] MST. DE M. : ..... *Iullia.... Cartaige.*

[112] MST. DE M. : .... *estaige....*

Et à ceste fonder ung oratoire,
Où tous ses faicts seront mis en histoire.

Celle [113] a bien faict des œuvres tant louables
Que par escript se doyvent rédiger
Et engraver en pierres ou en tables [114],
Pour les mettre en vue et ériger :
Elle a voulu les vices corriger,
Et approuver les grâces et vertus,
Les affaméz a peuz [115], les nudz vestus,
Servi à Dieu et bien aymé l'Eglise,
Et tout son temps vescu en ceste guise.

Ennuyeux m'est [116] ce conte [117] à réciter,
Dont le surplus du dire je révoque.
Mais toutes fois pour mon deu acquitter,
Vestue [118] en noir et portant mesme toque,

---

[113] Texte du Bibliophile Jacob : *Elle*....

[114] Texte du Bibliophile Jacob : .... *et en tables*....

[115] Repeux. — Mst. de P. : *repus*...; Mst. de M. : *peux*...; mais *peux*, *pu*, participe de *paître* (actif), n'est usité qu'en terme de Fauconnerie.

[116] Texte du Bibliophile Jacob : *Ennuyeux n'est*....

[117] Mst. de M. : ..... *ce compte*.....: faute du Copiste.

[118] Mst. de P. : ... *vestus*, se rapportant aux Citoyens ; au lieu de *vestue*, Mst. de M., se rapportant à la ville de Gênes, qui parle.

Mes citoyens à ce dueil je convoque,
A celle fin que chascun soit recors
De la Dame dont icy gist le corps,
Et qu'elle soit tant plourée et doulue,
Qu'on conguoisse qu'elle estoit bien voulue.

Le long propos de ce piteux affaire
Tant me réduyt à courroux et à dueil,
Que je ne say certes si [119] je dois faire
Plaincte de bouche ou fondre en larmes d'œil [120].
C'est ung regrect dont si fort je me dueil,
Que mes souspirs, qui tousiours sont en l'air [121],
Me syncopent et rompent le parler,
Tant que je suis à ce moyen contraincte
Faire silence et finir ma Complaincte.

[119] Mst. de M. : ... *que je dois faire*....
[120] D'œil à la place de.... *dueil*....: faute
du Mst. de M. — Il est de toute évidence que
la substitution du mot *d'œil* au mot *dueil*
rendrait la phrase absolument inintelligible.
[121] Mst. de P. : ... *l'er*... au lieu de *l'air*.

Comme chun au tou du malle tube
Icy dessoubz ceste massiue tumbe
Suis morte helas. et perye auat age
Sans nul respit. auoir pour lauantaige
De ieunesse. dont iestoye en paree

Sensuyt[122] l'Epitaphe parlant par la bouche de la Défuncte.

Comme chascun autour du malheur tombe[123],
Icy dessoubz ceste massive tombe,
Suis morte, hélas ! et périe avant âge,
Sans nul respit avoir pour l'avantage
De jeunesse, dont j'estois[124] emparée,
Et de beaulté moult richement parée,
De biens mondains dont aussi j'en acquis
Moult largement, quand à Gennes nasquis,
Où j'ay vescu doulcement à séjour,
Et demouré là jusques à ce jour.
Au quel lieu vint, comme j'estois en vie,
Le noble Roy de France, ayant envie
De visiter sa superbe Cité,
Où se trouva comme s'il fust cité :
C'estoit le preux Roy Douziesme Louis.
Je le veiz là, l'entendis[125] et l'ouïs,

---

[122] Ce mot n'est pas dans le Mst. de P.

[123] Mst. de M. : .... *tumbe*...., ainsi que pour le vers suivant.

[124] Mst. de M. : .... *iestoye*....

[125] Mst. de M.: *lentendi* au lieu de *lentendis :* faute du Copiste. Malgré la tolérance de l'*hiatus* dans les Poésies des xvᵉ et xviᵉ siècles, il n'est pas probable que d'Auton eût supprimé cet *s*

49

Parlai à luy au mieulx que faire peuz,

Et mon regard sur luy a faict [126] repeuz,

Si bien qu'Amour me fist tost mettre en queste

De l'accoincter [127], dont je feiz mon enqueste

Et demandai la grâce du bon Prince,

Qu'il m'octroya, disant que je la prinsse;

Puis me voulut laisser et retenir,

L'Intendyo, sans aultre erre tenir [128].

final. Dans des circonstances analogues, Jean MAROT, et même LA FONTAINE, ont placé, par licence poétique et pour éviter l'*hiatus*, des s euphoniques, qui régulièrement n'auraient pas dû être employés.

J. MAROT dit, p. 39 de son *Voyage à Gênes :*

« Qu'eussiez voulu pour éviter telz maulx
» Encores estres au ventre vostre mère. »

Nous conviendrons qu'ici cette *euphonie* ne mérite pas trop ce nom : elle n'est que purement intentionnelle...!

LA FONTAINE a mieux réussi, quand, dans la Fable de *La Colombe et la Fourmi* (Livr. II, Fabl. 12), il a dit :

« Le long d'un clair ruisseau buvait une Colombe ,
» Quand sur l'eau se penchant une Fourmis y tombe. »

[126] Texte du Bibliophile JACOB : ..... *faix.....,* probablement par faute d'impression.

[127] L'ACCOINCTER : l'aborder, le voir souvent, entrer en liaison avec lui.

[128] Ces deux vers, pris au pied de la lettre, renforceraient ce que nous avons déjà dit des tendres et pures amours de LOUIS XII et de la belle Génoise. L'expression : *sans AULTRE ERRE tenir*, c'est-à-dire *sans AUTRE GAGE*, disposerait bien à penser que cette double infidélité

n'a été que du seul fait des âmes..... Mais, le contraire fût-il vrai, l'on penserait assez naturellement que, dans une Pièce de vers, demandée par LOUIS XII *à son Historiographe*, celui-ci n'aurait eu garde d'apprendre *Urbi et Orbi* la nature de pareilles relations. Dans cette hypothèse, le Poëte eût été doublement imprudent s'il eût agi d'une autre manière. Il aurait sûrement déplu au Roi, êt se serait exposé à froisser les sentiments les plus chers, et à heurter inconsidérément le caractère, à la fois vif, fier et ferme, d'ANNE DE BRETAGNE...!

Aux termes de D'AUTON, tout se réduit presque à ceci : *Vous serez mon Ami, je serai votre Amie.....*; et nous conviendrions nous-même que, sans la beauté, la grâce, l'esprit et l'amabilité de Thomassine ESPINOLLE, d'une part, et, de l'autre, sans les brillantes qualités de cœur et d'esprit d'un Roi de France tel que LOUIS XII, il eût très-bien pu n'y avoir à cela aucun danger véritablement sérieux. Mais, pourtant, dans le *Regrect que faict le Roy pour la mort de sa Dame Intendyo*, le Poëte a mis le vers suivant dans la bouche de ce Monarque :

« PRINCE, j'ay eu son amour en partage ! »

Hélas ! j'euz bien ce noble don prou [129] cher,

Car oncques puis ne laissay approucher

Homme de moy, non certes mon mary,

Qui maintes fois en a esté marry.

Deux ans ou plus, j'ay tousiours maintenue

Ceste vie, et pour luy main tenue [130],

Et eusse faict tant qu'au monde eusse esté,

Et pour luy seul, tout [131], mon cueur excepté;

Mais Fortune, celle marastre adverse,

Disant ainsi qu'elle [132] m'aura traverse,

Et ne voulut souffrir ce, ne permettre,

Comme sera icy touché par mètre [133]:

Car une voix m'envoya pour me dire

Qu'il estoit mort, dont fuz esprise d'ire

Et de courroux, tant que lors je m'accouche [134],

[129] Mst. de M. : . . . . pour cher . . . .; le Mst. de P. porte . . . . prou cher . . . ., que nous préférons, en donnant au mot *prou* le sens de *assez*, *beaucoup*, *fort*.

[130] Serait-ce une allusion à la manière dont on assure l'effet d'une promesse *en se touchant la main* . . . ? C'est très-probable.

[131] Il faut ici une virgule après *tout*, pour que le sens soit clair. Ceci et les trois vers précédents se rapportent évidemment au *mary*,

« Qui maintes fois en a esté marry. »

La terminaison du vers :

» . . . . mon cueur excepté »,

en est une nouvelle preuve.

[132] Mst. de M. : . . . que . . . au lieu de *qu'elle* . . . : faute du Copiste.

[133] Par mètre, c'est-à-dire par vers (*Métonymie*) : en Poésie Grecque et Latine, *mètre* s'entend du *pied*, dont la quantité varie selon la nature du vers. — Mst. de M. : *mectre*, ce qui est évidemment une faute du Copiste.

[134] Je m'accouche, doit être pris ici dans le sens non d'*accoucher*, mais de *se coucher*. Il ne faut pas oublier que la Défuncte a dit plus haut dans la même Pièce de vers :

» Car oncques puis ne laissay approucher
» Homme de moy, non certes mon mary
» Qui maintes fois en a esté marry. »

Le Poëte a mis au lieu de *je me couche*, je

Ne oncques puis me [135] levay de ma couche,

Disant : « Hélas ! ha ! Mort ! trop est mortel

» Ton dur assault, si par toi est mort tel [136] !

» Car s'il estoit, comme on dit, trespassé,

» Mon corps vouldroit ce pas estre passé [137]. »

En ce disant, la fièvre continue

Me vint [138] saisir et si [139] me continue,

Qu'à la parfin mes espritz [140] tant lassés

Ne peurent plus soustenir tel accès [141],

Dont commençay les membres à estendre,

Tirer du cueur qui du travail est tendre ;

Lors vient la Mort qui les deux yeulx me bousche,

M'estreinct le pouls [142] et me ferme la bouche.

---

m'accouche, uniquement pour que la rime fût plus riche.

[135] Mst. de M. :.... ne.... : faute du Copiste.

[136] Tel ! : lui ! celui que j'aime ! l'objet de mes pensées !

[137] Ce pas estre passé. — Cette succession dans le même vers de mots ayant quelque analogie entre eux, était de mode encore au beau temps de Cl. Marot. On lit, dans une de ses *Complaintes*, où il est question d'une *Niepce** :

« Qui a perdu par fère mort immonde
» *Tante*, et *attente*, et *entente*, et liesse »;

et dans la même Pièce, p. 426 :

« O *Mort mordante*, ô *impropre impropère*,
» ....
» Mon cueur ailleurs ne *pense*, ne *pensoit*,
» Ne *pensera*. »

* Cl. Marot : *Œuvres* cit. : T. II, p. 125.

On trouve encore dans ce même Tome :

P. 431 :

« François *franc Roy de France et des François*. »

P. 432 :

« *Santé cent ans* puisse avoir un tel Maistre. »

P. 433 :

« *Faites Fontaine*, où *puiser* ou *puisse* can. »

etc., etc........ Poétiquement, c'était alors très-beau : depuis long-temps ce ne l'est plus !

[138] Mst. de P. :.... *vient*....

[139] Si : tant.

[140] Mst. de M. :.... *esperitz*....; faute : le vers aurait une syllabe de trop.

[141] Mst. de M. :.... *acez*....

[142] Mst. de M. :.... *poux*....

Ainsi laissay les choses temporelles
Dont maintes ont souvent mal temps pour elles.

Hélas! Sire, soyez ey enseigneur,
Si vraye amour est ou gist en Seigneur,
Si vous estes après moy survivant
En ce monde, où n'y a seur vivant,
Ne mettez pas celluy corps en oubli,
Que vous avez tant de grâce ennobli :
Puisque pour vous il est, mort, soubz la lame,
Uueillez avoir souvenance de l'âme !

S'ensuyt cy après le[143] Regrect que faict le Roy pour la mort de sa Dame Intendyo.

Cruelle Mort, de dur venin esprise,
D'amer poison enracinée et prise
Et de fièvre pestifère entachée,
Pourquoy as-tu par celée [144] entreprise
Celle Dame au despourveu surprise,
Et contre elle ta fureur attachée ?
Elle n'estoit pas encore tachée
De vieillesse, ne de son gris pelage [145];
Mais au printemps de son florissant âge [146],
Belle, bonne, sage [147], riche et discrecte;
Or, est elle morte par ton [148] oultrage [149]:
Tousiours la plains et sans fin la regrecte !

[143] Ces mots ne sont pas dans le Mst. de P.
[144] Mst. de P. : .... celee; .... Mst. de M. : .... cellee....
[145] Mst. de M. : .... pelaige....
[146] Mst. de M. : .... de florissant eage, écrit ainsi (éáge) pour que le vers ait le nombre de pieds voulu. — Mst. de P. : age; mais le vers est alors faux. Le Bibliophile Jacob a heureusement évité ce double écueil en écrivant : de son florissant âge, et nous avons adopté sa correction.
[147] Mst. de M. : .... saige....
[148] Mst. de M. : .... son..., faute de Copiste.
[149] Mst. de M. : .... oultraige....

Quelle mort, de dur venin esprise
Damer poison enracinee, prise
Et de fieure pestiffere entachee
Pour quoy as tu par cellee entreprise
Celle dame au despourueu surprise

En faict d'honneur estoit si bien apprise,
Qu'elle ne fust en sa vie reprise
D'aucun méfaict, ne [150] de mal reprouchée.
Or, l'avois-je pour Intendyo prise,
Et elle moy, de quoy mieulx je me prise,
Veu les vertus dont elle estoit merchée [151].
Tant fust certes de mon cueur approuchée,
Que pour son bien maintenir en usage,
J'eusse bien faict à Gennes ung voyage [152];
Mais de malheur [153] est morte la pauvrecte [154]!
Hélas! c'est bien ung merveilleux dommage :
Tousiours la plains et sans fin la regrecte !

Elle vivant, j'ay sa valeur comprise,
Tant qu'il ne [155] fault que morte la desprise ;
Mais est requis que par moy soit cherchée,
Voire de cueur, que regrect auctorise

---

[150] Mst. de P. : .... et de mal...

[151] Merchée : marquée, douée ; de merchier, qui, en vieux langage, signifiait marquer.

[152] Mst. de M. : .... usaige... voyaige.... domaige....

[153] Texte du Bibl. Jacob : ...de male heure...

[154] Mst. de M. : .... pouvrecte.... au lieu de pauvrette, ... évidemment pour rimer avec regrecte que l'on devait prononcer alors en faisant sentir le c.

[155] Mst. de M. : .... me... : c'est une faute du Copiste.

De ce faire; et le cas favorise,

Disant qu'amour ne peult estre cachée;

Ce que sait bien ma pensée empeschée,

Mes sens ravis et mon triste courage,

Qui ne peuvent oublier l'avantage

Que me fist lors tant qu'ores en sufraicte [156] :

Son corps en est en terre pour ostage.

Tousiours la plains et sans fin la regrecte!

Prince, j'ay eu son amour en partage,

Dont elle aura de moy, pour héritage,

Prière, adieu et oraison segrecte;

Ie ne luy peuz donner aultre suffrage,

Si n'est que icy ce bas monde et frage [157],

Tousiours la plains et sans fin la regrecte!

---

[156] Mst. de M. : ... *souffrecte*, c'est-à-dire *sufraite*; en vieux langage : *souffrance*.

[157] Frage, c'est-à-dire fragile. Le Bibliophile Jacob a aussi écrit comme le Mst. de M.

Rondeau [158].

Celle est morte qui a vescu sans blasme,
Et eu le bruyt de tant heureuse fame [159],
Que impossible seroit de trouver homme
Qui sceust nombrer la moitié de la somme
Des grans vertus qu'avoit la Noble Dame.

Qui veult sçavoir comment elle se clame,
Je ne la veulx certes céler à âme :
Thomassine Espinolle se nomme
Celle.

---

[158] Ce mot, faisant séparation et servant de titre à cette dernière Pièce de vers, ne se trouve ni dans le Mst. de P., ni dans le texte du Bibliophile Jacob.

[159] FAME. — En vieux langage : renommée; du mot latin fama :

« Si tost que la fame aux ailes emplumées. »
(FABLIAUX.)

Cy finera ma piteuse Epigramme.

Louant ses [160] faictz et priant pour son âme,

Comme regrect, de ce faire, me somme,

Et vraye amour qui commande en somme

Si j'amay [161], lors, encores veult que j'ame [162]

Celle.

[160] Mst de P.: .... *les*...

[161] Mst. de M.: .... *iamay*... : j'aimai.

[162] Mst. de M.: .... *jame*... : j'aime. — Nous avons laissé ici *j'amay* au lieu de *j'aimay*, et *j'ame* au lieu de *j'aime*, parce qu'il fallait conserver la rime de ce mot avec âme.

CHAPITRE X.

CONCLUSIONS.

'Historiographe Royal d'Auton a dû nécessairement se plier aux vices de style et sacrifier au mauvais goût de la Poésie de son époque; mais il n'en devra pas moins occuper toujours une place dans l'Histoire Littéraire de sa patrie. Il y a droit, à la vérité, moins comme Poëte que comme Historien, ou, pour mieux dire, comme Chroniqueur.

I.

La Famille Spinola est, peut-être, la plus ancienne des Quatre Premières Familles Nobles de Gênes.

II.

Cette illustre Maison, alliée à des Grands d'Espagne, à des Princes et à l'Empereur Andronic II, Paléologue, a fourni, depuis le XIIIe siècle, un nombre considérable d'Hommes célèbres à l'État Ecclésiastique, à la haute Administration

Civile et à la Diplomatie, à l'Art de la Guerre principalement Maritime, et enfin aux Sciences, aux Belles-Lettres et aux Beaux-Arts.

III.

Les Monuments de divers genres, auxquels les Spinola ont attaché leur nom, ont en général pour caractère distinctif un goût exquis, une élévation de pensée, une richesse et un grandiose des plus remarquables. Ils seraient véritablement dignes en tout d'une Famille Princière.

IV.

Thomassine Espinolle ou Spinola, tout à la fois l'ornement et l'orgueil de sa noble, célèbre et ancienne Famille, avait su réunir aux dons, pour ainsi dire privilégiés, qu'elle tenait de la Nature, la grâce, l'esprit et les talents les plus agréables qu'une personne du sexe puisse posséder. Elle passait, à juste titre, pour la Femme de son temps la plus belle et la plus aimable de toute l'Italie. Thomassine sut inspirer à Louis XII, ce modèle des Rois, une passion amoureuse qu'elle ressentit vivement elle-même, et qui resta très-probablement toujours pure, malgré sa violence. Cet amour, presque inconcevable, devait pourtant être funeste à notre Héroïne; mais, en y succombant, elle sut conserver toute sa considération personnelle, et se faire regretter et juger digne d'un meilleur sort, tant par ses Compatriotes et ses Contemporains étrangers, que par la Postérité tout entière.

V.

Pour ce qui est des terribles effets de l'amour violent et malheureux, dans certaines circonstances....., ils trouvent leur plus fidèle emblème dans le Papillon du soir, se brûlant à la bougie qui l'attire d'une manière irrésistible....: il est bien sérieusement à craindre que ces pauvres insectes ailés ne continuent, de temps en

temps, à se brûler ainsi, tant qu'il y aura des papillons et des flammes ardentes...!
Heureusement, la passion dont il s'agit ici, surtout quand elle est platonique et
poussée à un si haut degré, devient de plus en plus rare à l'époque actuelle.

VI.

Quant à l'amour de la belle Génoise Thomassine Espinolle pour notre Père du
Peuple, pour Louis XII, tout bien pesé, il nous semblerait être, quoi qu'en aient dit
plusieurs Historiens, moins un amour vulgaire qu'une sorte de précurseur de cet
amour vif et soutenu, mais constamment chaste, qui, unissant dans le siècle suivant
Mesdemoiselles d'Hautfort et de la Fayette à Louis XIII, devait faire dire à un
Auteur contemporain que « les amours de ce Monarque étaient vierges. »

VII.

En traitant De la Complainte, depuis les temps les plus reculés jusqu'à nos
jours, nous n'avons pas prétendu combler entièrement l'immense lacune que présentait l'Histoire Littéraire sur ce point intéressant; nous n'avons aspiré qu'à fournir
des matériaux de bon aloi pouvant être utiles à de savants Bibliographes, qui,
plus heureux et plus spécialement instruits que nous, seraient par cela même
certains d'atteindre plus sûrement leur but. Ce sera à nos Lecteurs bénévoles,
et surtout à Son Altesse Royale Monseigneur le DUC DE GÊNES, pour qui
ce Chapitre VII a été expressément composé, qu'il appartiendra d'apprécier, en
dernier ressort, l'utilité dont peut être cette partie de notre OEuvre.

Nous n'avons pu nous empêcher de voir avec peine que, par l'effet d'un esprit
satirique, haineux ou vindicatif, on avait souvent perdu de vue le but primitif
de la Complainte : ceci se rapporte surtout aux Complaintes satiriques, bouffonnes,
burlesques, etc. Cet abus ferait presque naître dans notre âme une affection
pénible analogue à celle de Ma Tante Aurore, dans la Scène, à la fois la plus

pathétique et la plus comique, de la délicieuse œuvre de LONGCHAMP et de BOÏELDIEU.
On sait ce que cette Femme sensible éprouve d'affligeant à la vue de ce poignard, qui
l'avait tant émue de plaisir et d'admiration ! On se souvient de son indignation,
lorsqu'elle voit cette lame, — si redoutable en apparence —, rentrer dans son
manche, sous la légère pression du doigt de son vieux et malin domestique GEORGE,
et en sortir tout aussi aisément d'une manière réitérée et fort inoffensive...! On
n'a pas oublié qu'elle s'écrie, d'un ton à la fois sévère, douloureux et solennel :

> « ..... Amants coupables !
> » C'est ainsi que vous m'abusez :
> » Ainsi vous ridiculisez
> » Les objets les plus respectables !... »

Il est aisé de reconnaître que, dans la composition des COMPLAINTES BADINES, BOUF-
FONNES, BURLESQUES, les larmes d'affliction ont été évidemment profanées, comme l'a
été incontestablement le poignard d'amour dans l'attachant Opéra de BOÏELDIEU.

VIII.

Si, dans la Description que nous avons faite du Manuscrit de la Bibliothèque
de la Faculté de Médecine de Montpellier, on prend en considération : le sujet de
la Troisième Miniature ; le soin spécial apporté par le Peintre à l'exécution de tous
ses détails ; la richesse de la Salle Royale qui y est représentée ; la correction de
dessin des personnages ; le talent remarquable avec lequel sont plus particulièrement traités les costumes des Courtisans et surtout du ROI, tous en noir ; enfin, si
l'on porte son attention sur la richesse architecturale du cadre de cette Miniature,
somptueusement sculpté et doré, et des colonnettes gothiques dont les fûts, à compartiments, présentent un *fond d'azur fleurdelisé en or* : on a la conviction intime
que le Poëte, le Calligraphe et le Peintre ont travaillé à l'envi pour un Monarque,
et que ce très-remarquable Manuscrit a été fort soigneusement écrit, gouaché et
doré, expressément pour le Roi LOUIS XII, en 1505.

L'examen comparatif des textes du Manuscrit de Montpellier et de celui de Paris nous fournit de nouvelles probabilités en faveur de ce sentiment. Le texte du Mst. de Paris, plus pur, plus complet, d'une orthographe évidemment postérieure, annonce qu'il a été revu, avec un soin particulier, avant d'avoir été transcrit dans l'Exemplaire d'Auteur de la *Grande Chronique* de d'Auton. Cette dernière n'a qu'une seule Miniature, au texte de sa **Complaincte de Gennes.**

Cette Miniature unique est d'ailleurs assez peu soignée. Thomassine Espinolle y est représentée morte, couchée dans un lit de parade, entourée de femmes qui se désolent....; mais on y voit, en outre, aux pieds du lit un individu, — probablement Lucas Spinola, *le Mari de Thomassine* —, *se livrant au désespoir et s'arrachant les cheveux.*

Le Mst. de Montpellier offre encore de plus que celui de Paris : au titre de l'**Épitaphe,** le mot et l'article : **Sensupt l';** au titre du **Regrect,** les mots : **S'ensupt cy après le ;** et le mot **Rondeau** en tête de la Pièce de vers qui s'y rapporte.

La qualité du Poëte, Historiographe Royal ; la tendre Héroïne, dont la mort déplorable fait le sujet de cette Pièce poétique ; l'attachement du Roi pour la Défunte ; l'ordre donné à son Poëte-Chroniqueur de mettre en vers cet affligeant événement : tout se rapporte à l'amoureux Monarque Français, et renforce de plus en plus notre sentiment à cet égard.

Il est infiniment probable que le Manuscrit H. 439, in-8°, de la Faculté de Médecine, si richement orné, est précisément celui que l'Historiographe d'Auton signale lui-même comme ayant été destiné par Louis XII à la Ville de Gênes, où il paraîtrait malgré cela n'être jamais parvenu. Et il est tout aussi probable, en outre, que les autres Manuscrits connus de la **Complaincte de Gennes, etc.,** par d'Auton, ornés, comme celui de Montpellier, de *Trois Miniatures gouachées et dorées,* ne sont que des copies de celui de la Bibliothèque de la Faculté de Médecine de Montpellier, qui, seule, possède véritablement le Manuscrit original de cette Complainte.

IX.

Pour la reproduction du Texte entier de D'AUTON, nous avons eu recours à un élégant caractère gothique qui, par sa date, se rapproche beaucoup plus de la bâtarde légèrement gothique du Manuscrit, que ne l'auraient fait les caractères ordinairement employés de nos jours. Les trois *Fac-similés* lithographiés, d'une exactitude rigoureuse, qui ont été placés à la fin du Volume, sont d'ailleurs plus que suffisants pour que l'on soit à même de parfaitement connaître et justement apprécier l'écriture du Manuscrit original.

Nous osons donc espérer que la majorité de nos Lecteurs ne manquera pas d'approuver cette idée, et d'être bien convaincue qu'un égal désir de lui plaire avait dû animer en même temps l'Imprimeur, le Lithographe et l'Auteur.

FIN.

TABLE DES MATIÈRES.

51

52

CHAPITRE VIII.

DESCRIPTION DU MANUSCRIT H. 439, IN-8°, SUR VÉLIN, FAISANT PARTIE DE LA BIBLIOTHÈQUE DE LA FACULTÉ DE MÉDECINE DE MONTPELLIER.

FIN DE LA TABLE DES MATIÈRES.

ERRATA.

P. 19, 7ᵉ ligne : « ....Frédéric SPINOLA, frère aîné »du fameux Ambroise SPINOLA...», — lisez : *puîné*

P. 20, 28ᵉ lig. : « ....800,000 coups de *canons*....», — lisez : .... coups de *canon*....

P. 23 (Note 38), 2ᵉ lig. : « .... CATHERINE D'ARRAGON »...», — lisez : D'ARAGON....

P. 29, lign. 18 et 19, en parlant du Palais SPINOLA *(in San-Pier-d'Arena)* « ...admiré *par* les magni- »fiques peintures...», — lisez : *pour*...

P. 101, 16ᵉ ligne : « ...DU MERSSAN...», — lisez : DU MERSAN....

P. 103, 11ᵉ lig. : « ... *Maïence*...», — lisez : *Mayence*..

P. 121, 9ᵉ lig. : « ... *Cristine* DE PISAN....», — lisez : *Christine*....

Pp. 128 et 129 : « .... PONS-SANTEUIL de Toulouse »...», — lisez : Pons SAUREL....

＊ MILLOT : *Hist. littér. des Troubad.* « ...T. II...», — lisez : T. III....

P. 134, 14ᵉ et 15ᵉ lign. : « ....*à portées de* 4 *et* 5 »*lignes*....», — ajoutez : *quelquefois même, mais rarement, de* 6 *lignes.*

P. 157 : « La Vierge MARIE » Loial *en* amie. » lisez : Loial *est* amie.

P. 174, 1ʳᵉ ligne : « .... Timbres, CYMBALES....», — lisez : TIMBALES....

P. 192, 1ᵉʳ alinéa, 9ᵉ ligne : « ....Cet Auteur...», — lisez : BOTTÉE DE TOULMON....

P. 258 : Nᵒˢ CCLX et CCLXI... supprimez le « — » qui ferait penser, *à tort*, que ces deux pièces ano- nymes sont de l'Auteur précédent : Vital DAU- DIGUIER.

P. 305 : « CDXCIV. II. PATOIS MESSIN. » — lisez : COM- PLAINTE EN PATOIS MESSIN.

P. 322 : « DLXI. XXV. CHANTS FUNÈBRES....», — lisez : CHANT FUNÈBRE....